Das Buch

Mit unermüdlicher Energie und originellen Einfällen gelingt es der sympathischen Deanna Reynolds, ihren größten Traum zu verwirklichen und eine erfolgreiche Talkshow zu moderieren. Auch in ihrer Beziehung ist sie sehr glücklich, denn der Starreporter Finn Riley schenkt ihr die Liebe, die sie bisher vermisst hat.

Schnell lernt Deanna jedoch die Schattenseiten des Erfolgs kennen. Angela Perkins, Deannas Mentorin und Finns ehemalige Liebhaberin, missgönnt ihr das berufliche und private Glück. Dabei hat sie aber nicht mit dem anonymen Fan gerechnet, der von Deanna besessen ist und es sich zur Aufgabe gemacht hat, sie zu beschützen – auch wenn er dabei über Leichen gehen muss.

Die Autorin

Nora Roberts wurde 1950 in Maryland geboren. Ihren ersten Roman veröffentlichte sie 1981. Inzwischen zählt sie zu den meistgelesenen Autorinnen der Welt. Ihre Bücher haben eine weltweite Gesamtauflage von 500 Millionen Exemplaren überschritten. Mehr als 200 Titel waren *New-York-Times*-Bestseller, und ihre Bücher erobern auch in Deutschland immer wieder die Bestsellerlisten. Nora Roberts hat zwei erwachsene Söhne und lebt mit ihrem Ehemann in Maryland.

Mehr Informationen über die Autorin und ihr Werk finden sich am Ende des Romans.

Besuchen Sie die Autorin auf www.noraroberts.com

nora roberts

Tödliche Liebe

roman

Aus dem Amerikanischen
von Gunther Seipel

WILHELM HEYNE VERLAG
MÜNCHEN

Die Originalausgabe erschien 1990 unter dem Titel
PRIVATE SCANDALS bei Bantam Books, New York.

MIX
Papier | Fördert
gute Waldnutzung
FSC® C014496

Penguin Random House Verlagsgruppe FSC® N001967

2. Auflage
Vollständige Taschenbuchausgabe 07/2023
Copyright © 1993 by Nora Roberts
Published by Arrangement with Eleanor Wilder
Copyright © 2001 by Wilhelm Heyne Verlag, München
Copyright dieser Ausgabe © 2023 by Wilhelm Heyne Verlag, München,
in der Penguin Random House Verlagsgruppe GmbH,
Neumarkter Straße 28, 81673 München
Umschlaggestaltung: t.mutzenbach design, München
Umschlagmotiv: © plainpicture/Benjamin Rondel; shutterstock
Satz: Buch-Werkstatt GmbH, Bad Aibling
Druck und Bindung: GGP Media GmbH, Pößneck
Printed in Germany
Alle Rechte vorbehalten
ISBN 978-3-453-42946-8

www.heyne.de

Für Papa

Teil eins

»›Jetzt ist es an der Zeit‹, sagte das Walross,
›über viele Dinge zu sprechen.‹«

Lewis Carroll

Teil eins

CHICAGO, 1994

Es war Mitternacht in Chicago, eine Nacht ohne Mond. Deanna kam sich in diesem Augenblick allerdings vor wie in dem Film *Zwölf Uhr mittags.* Ohne Schwierigkeiten konnte sie sich in die Rolle des ruhigen, würdevollen, beherzten Gary Cooper hineinversetzen, der sich gerade darauf vorbereitete, den verschlagenen, rachsüchtigen Revolverhelden zur Strecke zu bringen.

Verdammt! dachte Deanna. Chicago war doch *ihre* Stadt und Angela die Außenstehende!

Vermutlich entsprach es Angelas Sinn für Dramatik, sie genau in dem Studio zur entscheidenden Kraftprobe herauszufordern, in dem sie beide die schlüpfrige Leiter ihrer ehrgeizigen Bestrebungen erklommen hatten, dachte Deanna. Mittlerweile jedoch war das hier *ihr* Studio und *ihre* Talkshow – *Deannas Stunde* –, die den Löwenanteil an Einschaltquoten einbrachte, und daran würde auch Angela nichts ändern können, es sei denn, sie ließ Elvis von den Toten auferstehen und bat ihn, dem Studiopublikum »Heartbreak Hotel« vorzusingen.

Ein flüchtiges Lächeln huschte über Deannas Lippen, doch war ihr keineswegs zum Scherzen zumute. Angela – eine würdige Gegnerin! Die ganzen Jahre hindurch hatte sie mit einer abscheulichen Taktik dafür gesorgt, dass ihre tägliche Talkshow auf dem ersten Platz blieb.

Doch was immer Angela dieses Mal auch im Schilde führen

mochte, ihre Strategie würde nicht aufgehen. Sie hatte Deanna Reynolds unterschätzt. Sollte sie doch nur von Geheimnissen munkeln und mit Skandalen drohen, so viel sie wollte! Sie konnte unmöglich irgendetwas vorbringen, das Deanna veranlassen würde, ihre Pläne zu ändern.

Jedenfalls werde ich Angela ausreden lassen, dachte Deanna. Vielleicht werde ich sogar ein letztes Mal versuchen, mich auf einen Kompromiss einzulassen, und ihr zwar nicht gerade meine Freundschaft, aber doch zumindest einen einstweiligen Waffenstillstand anzubieten. Es gab zwar nur wenig Grund zu der Hoffnung, dass nach dieser ganzen Zeit und all diesen Feindseligkeiten die Kluft zwischen ihnen überbrückt werden konnte, doch war Deanna der Ansicht, dass man die Hoffnung nie aufgeben sollte.

Zumindest, solange es noch ein Fünkchen Hoffnung gab.

Die junge Frau lenkte ihre Gedanken wieder auf das, was sie gerade tat, und fuhr auf den Parkplatz des CBC-Gebäudes. Tagsüber war dieser Parkplatz völlig überfüllt; Leute von der Technik und aus den Redaktionen, Produzenten und Regisseure, Sekretärinnen, Künstler, Schauspieler, Moderatoren und die vielen anderen Mitarbeiterinnen und Mitarbeiter – alle stellten hier ihren Wagen ab. Sie selbst ließ sich immer von ihrem Fahrer absetzen und wieder abholen und vermied so das lärmende Durcheinander. Im Innern des großen weißen Gebäudes hasteten normalerweise die Menschen hin und her, um die Nachrichten auf die Beine zu stellen, die um sieben Uhr morgens, zwölf Uhr mittags, fünf Uhr nachmittags und zehn Uhr abends ausgestrahlt wurden. Auch die Sendungen *Das Kochstudio* mit Bobby Marks, das allwöchentliche Magazin *Nachgefragt* mit Finn Riley und die landesweit beste Talkshow, *Deannas Stunde,* wurden hier produziert.

Jetzt jedoch, kurz nach Mitternacht, war der Parkplatz nahezu leer. Nur ein halbes Dutzend Autos war zu sehen. Sie gehörten dem Stammpersonal, das sich in der Nachrichtenredaktion die Zeit um die Ohren schlug und darauf wartete, dass irgendwo in der Welt etwas passierte. Wahrscheinlich hofften sie darauf, dass der Ausbruch neuer Kriege bis zum Ende der einsamen Nachtschicht auf sich warten ließ.

Während Deanna ihren Wagen einparkte und den Motor abschaltete, wünschte sie sich, woanders zu sein, ganz egal wo. Für einen Moment blieb sie einfach sitzen und lauschte in die Nacht hinein, hörte das Brausen des Straßenverkehrs und das Dröhnen der gewaltigen Klimaanlage, die das Gebäude und die teuren Gerätschaften darin kühl hielt. Bevor sie Angela gegenübertrat, musste sie unbedingt ihre widersprüchlichen Gefühle in den Griff bekommen und ihre seelische Stärke wiedergewinnen.

Seelenstärke und Selbstbeherrschung waren in dem Beruf, den sie sich ausgesucht hatte, zu ihrer zweiten Natur geworden; erst diese Eigenschaften befähigten sie zu ihrer Arbeit. Eigentlich hatte sie ihr Temperament unter Kontrolle, denn es führte zu nichts, die Fassung zu verlieren. Bei den starken und sich widersprechenden Gefühlen, die momentan mit ihr durchzugehen drohten, war das jedoch anders. Auch nach der ganzen Zeit, die mittlerweile verstrichen war, fiel es schwer zu vergessen, dass die Frau, der sie gleich gegenüberstehen würde, eine Person war, die sie einmal bewundert und respektiert und der sie vertraut hatte.

Aus bitterer Erfahrung wusste Deanna, dass Angela eine Expertin im Manipulieren von Gefühlen war. Deannas Problem – und nach den Äußerungen vieler auch ihre besondere Stärke – bestand darin, dass sie unfähig war, ihre Gefühle zu verbergen. Sie standen ihr einfach ins Gesicht geschrieben und sprachen für jeden, der darauf achtete, eine deutliche Sprache. Was immer sie gerade fühlte, spiegelte sich in ihren grauen Augen, wurde durch die Neigung des Kopfes oder den Ausdruck ihres Mundes offenbar. Einige meinten, genau dadurch würde sie unwiderstehlich und gefährlich. Mit einer schnellen Bewegung des Handgelenks drehte Deanna den Rückspiegel auf sich zu. Ja, dachte sie versonnen, sie konnte sehen, dass ihre Augen vor Wut funkelten, konnte den verhaltenen Groll und den Schmerz, der auf ihrer Seele lastete, erkennen. Immerhin waren sie und Angela einmal Freundinnen gewesen oder hatten zumindest kurz davor gestanden, welche zu werden.

Doch Deanna verspürte auch eine gewisse Vorfreude. Es ging um ihren Stolz, und das anstehende Wortgefecht war schon lange überfällig gewesen.

Mit einem dünnen Lächeln brachte sie einen Lippenstift zum Vorschein und bemalte sorgfältig ihren Mund. Ohne diesen elementarsten Schutz sollte sie nicht in den Schlagabtausch mit ihrer Erzrivalin gehen. Erfreut über ihre völlig ruhige Hand ließ sie den Lippenstift wieder in die Handtasche fallen und stieg aus dem Wagen. Einen Augenblick lang stand sie da, atmete die milde Nachtluft ein und stellte sich die eine Frage.

Bist du ruhig, Deanna?

Nein, dachte sie, innerlich rotiere ich. Solange das jedoch ihrer Kraft zugutekam, war das nicht weiter schlimm. Deanna schlug die Autotür zu und ging mit energischen Schritten über den Parkplatz. Sie zog den Plastikausweis aus der Tasche und steckte ihn in den Sicherheitsschlitz neben dem Hintereingang. Sekunden später leuchtete ein kleines grünes Licht auf, und ein Klicken zeigte an, dass sie die Türklinke nach unten drücken und die schwere Tür aufziehen konnte.

Sie knipste die Treppenbeleuchtung an und ließ die Tür hinter sich sanft ins Schloss fallen.

Interessant, dass Angela nicht schon vor mir da ist, dachte sie. Wahrscheinlich wird sie den Fahrdienst genommen haben. Seit

Angela sich in New York niedergelassen hatte, stand ihr in Chicago nicht mehr rund um die Uhr ein Fahrer zur Verfügung. Überrascht stellte Deanna fest, dass sie auf dem Parkplatz gar keine Limousine gesehen hatte, die auf Angela wartete.

Angela war sonst wirklich immer sehr pünktlich, und das war eines der vielen Dinge, die Deanna an ihr schätzte.

Während sie ein Stockwerk nach unten ging, wurde das Klicken ihrer Absätze auf den Treppenstufen mit einem hohlen Echo von den Wänden zurückgeworfen. Als sie ihren Ausweis in den nächsten Sicherheitsschlitz gleiten ließ, fragte sie sich kurz, wen Angela wohl geschmiert, bedroht oder verführt haben mochte, um Einlass in dieses Studio zu bekommen.

Vor gar nicht so vielen Jahren war Deanna genau diesen Weg noch mit weit aufgerissenen Augen und voller Enthusiasmus entlanggeeilt, wenn Angela sie mit einem fordernden Fingerschnippen gebeten hatte, irgendwelche Aufträge für sie auszuführen. Wie ein kleines Hündchen hatte sie jedem Zeichen der Anerkennung entgegengefiebert. Doch wie jeder kluge kleine Hund hatte auch sie dazugelernt.

Als es dann zum Verrat und ihrer abrupten und schmerzhaften Desillusionierung gekommen war, hätte sie – um bei dem Vergleich mit dem kleinen Hund zu bleiben – herumwinseln können. Stattdessen hatte sie ihre Wunden geleckt und sich alles nutzbar gemacht, was sie gelernt hatte – bis die Schülerin zur Meisterin geworden war.

Eigentlich hätte sie die Entdeckung, wie schnell alte Ressentiments und seit Langem verflogener Groll wieder aufflammen können, nicht weiter überraschen sollen. Dieses Mal würde sie Angela in ihrem eigenen Revier gegenüberstehen, dachte Deanna, und das Treffen würde nach ihren Regeln ablaufen. Das naive Mädchen aus Kansas brannte inzwischen darauf, ihrer Kontrahentin zu beweisen, dass ihre Ambitionen Wirklichkeit geworden waren.

Und hatte Deanna das erst einmal getan, würde es ja vielleicht die Atmosphäre zwischen ihnen bereinigen, sodass sie sich beide auf der gleichen Ebene begegnen konnten. Sollte es nicht gelingen zu vergessen, was in der Vergangenheit zwischen ihnen vorgefallen war, konnten sie das immer noch akzeptieren und ihrer Wege gehen.

Deanna ließ ihren Ausweis in den Schlitz neben den Türen zum Studio gleiten. Das Licht blinkte grün auf. Sie schob sich nach innen, in die Dunkelheit hinein.

Das Studio war leer, was sie freute.

Als Erste hier anzukommen verschaffte ihr einen weiteren Vorteil, denn sie würde dann als Talkmasterin den unwillkommenen Gast an einen ihr wohlvertrauten Ort führen, an dem sie sich ganz wie zu Hause fühlte. In diesem Studio war Deanna vom Mädchen zur Frau herangereift, hier hatte sie gelernt und sich herumgezankt; insofern war das Studio wirklich ihr Zuhause.

Mit einem feinen Lächeln streckte Deanna in der Dunkelheit den Arm nach dem Schalter aus, mit dem das Lampenaggregat an der Decke eingeschaltet wurde. Sie vermeinte, etwas gehört zu haben, ein leises, kaum wahrnehmbares Flüstern. Und die Vorfreude, die sie verspürte, wurde jäh von dem Gefühl durchbrochen, nicht allein zu sein.

Angela, dachte sie und betätigte den Schalter.

Doch als die Strahler an der Decke aufflammten, explodierten gleichzeitig hellere, blendendere Lichter in ihrem Kopf. Schmerz durchzuckte sie, und sie versank wieder in der Dunkelheit.

Stöhnend erlangte sie allmählich wieder das Bewusstsein. Ihr Kopf hing nach hinten, stieß gegen einen Sessel, tat fürchterlich weh. Desorientiert hob sie erschöpft eine wacklige Hand an die Stelle, an der der Schmerz am schlimmsten war. Leicht mit Blut beschmiert, bewegten sich die Finger wieder davon weg.

Verzweifelt versuchte sie, sich zu konzentrieren, und stellte verblüfft fest, dass sie an ihrem Stammplatz in dem ihr wohlbekannten Studio saß. Hatte sie einen Einsatz verpasst? fragte sie sich und starrte benommen auf die Kamera, an der das rote Licht aufleuchtete.

Doch hinter der Kamera war kein Studiopublikum zu sehen, außerhalb des von den Kameras erfassten Bereiches herrschte bei den Leuten von der Technik kein geschäftiges Treiben. Obwohl die Deckenlichter mit der vertrauten Hitze auf Deanna herunterfluteten, war keine Talkshow im Gang.

Deanna erinnerte sich daran, dass sie eigentlich gekommen war, um sich mit Angela zu treffen.

Wie Wasser, in das ein Stein geworfen wurde, begann ihr Gesichtsfeld erneut zu schwanken. Sie blinzelte, um klarer sehen zu können, und ihr Blick blieb an den beiden Bildern auf dem Monitor hängen. Dort sah sie sich selbst, blass und mit glasigen Augen. Dann bemerkte sie voller Entsetzen den Gast im Sessel neben sich.

Angelas rosafarbenes Seidenkostüm war mit Knöpfen aus Perlen verziert. Um den Hals trug sie eine zu diesen passende Perlenkette und kleine Trauben aus diesen Perlen als Ohrringe. Angelas goldfarbenes Haar war zu einer lieblichen Frisur zurechtgemacht, sie hatte die Beine übereinandergeschlagen und die gefalteten Hände über die rechte Armlehne ihres Sessels gelegt.

Jeder Irrtum war ausgeschlossen – das musste Angela sein, auch wenn von ihrem Gesicht nicht mehr viel zu erkennen war.

Die rosafarbene Seide war mit Blut bespritzt, und frisches Blut rann fast gemächlich von dort herunter, wo eigentlich dieses schöne, kluge Gesicht sein sollte.

Deanna fing an zu schreien.

I

CHICAGO, 1990

Fünf, vier, drei …

Deanna lächelte von ihrem Platz im *Mittagsmagazin*-Studio aus in die Kamera. »Unser Gast heute Nachmittag ist Jonathan Monroe, ein hiesiger Schriftsteller, der gerade ein Buch mit dem Titel *Ich will, was mir zusteht!* veröffentlicht hat.« Sie hob das dünne Buch von dem kleinen runden Tisch zwischen den Stühlen in die Höhe und versuchte, es vor die zweite Kamera zu bringen. »Jonathan, Sie haben diesem Buch den Untertitel *Gesunder Egoismus* gegeben. Was hat Sie veranlasst, über eine Eigenschaft zu schreiben, die die meisten Menschen als charakterliche Schwäche ansehen?«

»Nun ja, Deanna.« Der kleine Mann mit dem heiteren Lächeln, dem die Strahler die Schweißperlen auf die Stirn trieben, lachte vergnügt in sich hinein. »Mein gesunder Egoismus eben.«

Gut geantwortet, dachte sie. Ihr war jedoch klar, dass er das nicht weiter ausführen würde, wenn sie nicht ein wenig nachhalf. »Wenn wir ehrlich sind, ist das doch bei uns allen so, oder nicht?«, fragte sie und versuchte ihren Gast ein wenig aufzulockern, indem sie ihm ein Gefühl von Kameradschaftlichkeit vermittelte. »Jonathan, in Ihrem Buch behaupten Sie, dass schon im Kinderzimmer Eltern und Betreuer damit beginnen, diesen gesunden Egoismus zu unterdrücken.«

»Ganz genau.« Sein starres Lächeln blieb unverändert, während sein Blick voller Panik hin und her schnellte.

Deanna rutschte auf ihrem Sessel ein wenig nach vorne und legte unterhalb des von den Kameras erfassten Bereichs die Hand auf seine starren Finger. Ihr Blick strahlte Interesse aus, ihre Berührung vermittelte Unterstützung. »Sie sind der Meinung, die Forderung der Erwachsenen, Kinder sollten ihr Spielzeug mit anderen teilen, schaffe einen unnatürlichen Präzedenzfall.« Aufmunternd drückte sie ihm die Hand. »Haben Sie nicht das Gefühl, dass das Teilen eine elementare Form der Höflichkeit darstellt?«

»Überhaupt nicht!« Mit diesen Worten begann Jonathan, ihr seine Gründe dafür zu erläutern. Obwohl er seine Erklärungen nur stockend von sich gab, konnte sie ihm immer wieder über seine Unbeholfenheit hinweghelfen und ihn so sicher durch den drei Minuten und fünfzehn Sekunden langen Beitrag führen.

»So viel also zu dem Buch *Ich will, was mir zusteht!* von Jonathan Monroe«, sagte sie abschließend in die Kamera. »Es ist überall im Buchhandel erhältlich. Vielen, vielen Dank, dass Sie heute zu uns gekommen sind, Jonathan.«

»Es war mir ein Vergnügen. Nebenbei bemerkt, arbeite ich gegenwärtig an meinem zweiten Buch mit dem Titel *Platz da, ich war zuerst da!* Darin geht es um gesunde Aggression.«

»Viel Glück damit! Gleich sind wir wieder da mit dem Rest vom *Mittagsmagazin.*« Sobald die Werbung begonnen hatte, lächelte sie Jonathan an. »Sie waren großartig! Ich schätze es sehr, dass Sie gekommen sind.«

»Ich hoffe, ich habe es gut gemacht.« Sobald sein Mikrofon entfernt worden war, zückte Jonathan ein Taschentuch, um sich den Schweiß von der Stirn zu wischen. »Ich war jetzt das erste Mal im Fernsehen.«

»Sie haben das sehr gut gemacht. Ich glaube, das wird eine Menge Interesse an Ihrem Buch hervorrufen.«

»Meinen Sie wirklich?«

»Aber sicher. Würden Sie dieses Exemplar Ihres Buches wohl für mich signieren?«

Jonathan strahlte wieder, nahm das Buch und den von ihr angebotenen Stift entgegen. »Sie haben mir die Sache aber auch leicht gemacht, Deanna. Heute Morgen gab ich ein Radiointerview, bei dem der Moderator nicht einmal den Text auf der Buchrückseite gelesen hatte.«

Sie griff nach dem mit einem Autogramm versehenen Buch und stand auf; in Gedanken war sie bereits am Nachrichtentisch auf der anderen Seite des Studios. »Das macht es allen schwer. Noch einmal vielen Dank«, sagte sie und reichte ihm die Hand. »Ich hoffe, Sie kommen mit Ihrem nächsten Buch wieder zu uns.«

»Aber gerne!«, erwiderte er. Deanna jedoch war bereits gegangen, bewegte sich geschickt über die Kabelschlangen am Boden hinweg und nahm ihren Platz hinter dem Tisch der Nachrichtenredaktion ein. Sie ließ das Buch darunter verschwinden und befestigte das Mikrofon am Revers ihres roten Kostüms.

»Noch so ein Spinner!« Eine solche Bemerkung konnte nur von ihrem Komoderator Roger Crowell kommen.

»Er war sehr nett.«

»Du findest doch alle sehr nett, und die Spinner ganz besonders.« Grinsend warf Roger einen prüfenden Blick in seinen Handspiegel und rückte kaum merklich die Krawatte zurecht. Sein reifes, vertrauenswürdiges Gesicht mit den vornehm an den Schläfen ergrauten rostfarbenen Haaren gab vor der Kamera immer ein gutes Bild ab.

»Deswegen hast ja auch du einen festen Platz in meinem Herzen, Rog.«

Die Bemerkung erzeugte bei den Männern hinter der Kamera ein verstohlenes Kichern. Die Antwort, die Roger darauf geben wollte, wurde vom Aufnahmeleiter abgewürgt, der ihnen signalisierte, wie viel Zeit noch blieb. Während auf dem optischen Souffleur über der Kamera der Sprechtext abrollte, lächelte Roger in diese hinein und schlug den richtigen Ton für einen erfreulichen Beitrag über die Geburt von Zwillingstigern im städtischen Zoo an.

»Das ist für heute alles im *Mittagsmagazin*. Bleiben Sie dran für *Das Kochstudio*. Mein Name ist Roger Crowell.«

»Und ich heiße Deanna Reynolds. Bis morgen.«

Als die Klänge der Abschlussmusik aus ihrem Kopfhörer drangen, drehte sich Deanna zu Roger um und lächelte ihn an. »Du bist ein Softie, mein Guter. Den Beitrag über die kleinen Tigerbabys hast du doch selbst geschrieben, er trug eindeutig deine Handschrift.«

Er errötete ein wenig, zwinkerte ihr dann jedoch zu. »Ich gebe ihnen genau das, was sie haben wollen, Süße.«

»So, das hätten wir«, meinte der Aufnahmeleiter und streckte seine Schultern. »Die Sendung war gut, ihr zwei.«

»Danke, Jack.« Deanna löste bereits ihr Mikrofon vom Revers.

»He, isst du etwas zu Mittag?« Roger war für ein Essen immer zu haben und glich sein inniges Verhältnis zu diesen Genüssen mithilfe seines persönlichen Trainers wieder aus. Vor dem gnadenlosen Auge der Kamera ließen sich nämlich keine überflüssigen Pfunde verstecken.

»Geht nicht. Ich habe noch zu tun.«

Roger stand auf. Unter seiner tadellosen blauen Sergejacke trug er unglaublich schrille Bermudashorts. »Sag mir bitte nicht, du erledigst einen Auftrag für den Schrecken von Studio B.«

Ein kaum wahrnehmbarer Ausdruck der Verärgerung trübte für einen kurzen Moment ihren Blick. »Wie du willst, dann sage ich halt nichts dazu.«

»Komm schon, Dee!« Kurz bevor Deanna den Aufbau für die Nachrichten verlassen hatte, hatte Roger sie eingeholt. »Jetzt sei doch nicht gleich sauer.«

»Ich habe mit keinem Wort gesagt, dass ich sauer bin.«

»Das ist auch gar nicht nötig.« Sie gingen die breite Stufe hinunter, die vom prächtig aufgemachten Bühnenaufbau zum zerkratzten Holzboden hinabführte, bewegten sich an den Kameras und Kabeln vorbei und schoben sich gleichzeitig durch die Studiotüren. »Du bist sauer, das sieht man dir doch an. Dann bekommst du nämlich immer diese Falte zwischen deinen Augenbrauen. Schau nur!« Er nahm ihren Arm und zog sie in den Schminkraum. Nachdem er das Licht eingeschaltet hatte, stellte er sich hinter sie und legte ihr die Hände auf die Schultern. Gemeinsam schauten sie in den Spiegel. »Siehst du, sie ist immer noch da.«

Mit einem Lächeln entspannte sie sich und ließ die Falte auf der Stirn bewusst verschwinden. »Ich kann nichts sehen.«

»Dann lass mich dir sagen, was ich sehe: den Traum aller Männer vom Mädchen nebenan, gesunden natürlichen Sex, gepaart mit Raffinesse.« Auf den finsteren Blick, den sie ihm zuwarf, reagierte er nur mit einem Grinsen. »Und das ist nur das, was man von außen sieht, Kleine. Diese großen Augen, die einen dazu bringen, ihnen unwillkürlich zu vertrauen, ein Gedicht, einfach prima. Für eine Fernsehreporterin sind das gar keine schlechten Eigenschaften.«

»Und was ist mit ihrer Intelligenz?«, entgegnete sie. »Was ist mit ihren Fähigkeiten, etwas gut zu Papier zu bringen, was ist mit ihrem Schneid?«

»Wir sprechen jetzt nur über das, was von außen sichtbar ist.« Sein Lächeln blitzte auf und ließ die charakteristischen Lachfältchen um seine Augen herum noch deutlicher hervortreten. Niemand beim Fernsehen würde es wagen, sie als Runzeln zu bezeichnen. »Die letzte Moderatorin, mit der ich zusammengearbeitet habe, war eine richtige Sexbombe. Sie bestand fast nur aus Fönfrisur und perfekten Zähnen und machte sich eher Sorgen um ihre Wimpern, anstatt etwas Schwung in die Sendung zu bringen.«

»Mittlerweile moderiert sie die Nachrichten im zweitgrößten Sender von Los Angeles.« Sie kannte die Spielregeln der Branche, aber niemand konnte sie zwingen, daran Gefallen zu finden. »Es geht das Gerücht um, dass man sie für das Sendernetz aufbauen will.«

»So ist das nun mal. Ich persönlich schätze es sehr, jemanden am Tisch sitzen zu haben, der über ein wenig Grips verfügt, aber wir sollten nicht vergessen, was wir sind.«

»Ich dachte, wir seien Journalisten.«

»*Fernseh*journalisten. Dein Gesicht ist wie für die Kamera gemacht, und es verrät deine Gedanken und deine Gefühle. Das einzige Problem dabei ist nur, dass das auch ohne Kamera so ist, und dadurch wirst du angreifbar. Eine Frau wie Angela verspeist kleine Mädchen vom Lande wie dich doch zum Frühstück.«

»Ich komme nicht vom Lande«, meinte sie humorlos.

»Könnte aber gut sein.« Freundschaftlich drückte er ihr die Schultern. »Wer ist eigentlich dein Freund, Dee?«

Mit einem Seufzer verdrehte sie die Augen. »Du natürlich, Roger.«

»Sei bei Angela vorsichtig.«

»Hör mal, ich weiß, dass sie im Ruf steht, sehr launisch zu sein ...«

»Sie steht im Ruf, ein richtiges Miststück zu sein.«

Deanna trat einen Schritt von Roger weg und öffnete den Deckel eines Topfes mit Cold Cream, um ihr dickes Make-up zu entfernen. Ihr gefiel es nicht, wenn ihre Mitarbeiter gegeneinander ausgespielt wurden und miteinander um ihre Zeit konkurrierten. Genauso wenig mochte sie das Gefühl, dazu gedrängt zu werden, sich zwischen ihnen zu entscheiden. Es war schwierig genug gewesen, ihre Verantwortlichkeiten in der Nachrichtenredaktion und vor der Kamera und die Gefälligkeiten, die sie Angela erwies, unter einen Hut zu bringen. Und das, was sie für Angela tat, waren tatsächlich nur Gefälligkeiten, und spielte sich überwiegend in ihrer Freizeit ab.

»Zu mir war sie jedenfalls immer sehr freundlich. Meine Arbeit für das *Mittagsmagazin* und *Deannas Viertelstunde* gefielen ihr, und sie will mir sogar dabei helfen, meinen Stil noch zu vervollkommnen.«

»Sie nutzt dich nur aus.«

»Sie bringt mir etwas bei«, korrigierte Deanna und warf die für das Abschminken benutzten Wattebäusche beiseite. Ihre Bewegungen waren schnell und geübt, und sie traf die Mitte des Abfalleimers so sicher wie ein erfahrener Basketballspieler. »Es hat schon seine Gründe, dass Angelas Talkshow als die beste überhaupt gilt, und ich hätte Jahre gebraucht, um die ganzen Feinheiten dieser Arbeit zu lernen, die ich in wenigen Monaten von ihr mitbekommen habe.«

»Und du meinst wirklich, sie gibt dir von diesem Kuchen ein Stück ab?«

Sie zog einen Flunsch, denn selbstverständlich wollte sie ein schönes, großes Stück dieses Kuchens für sich. *Gesunder Egoismus,* dachte sie und lachte in sich hinein. »Immerhin bin ich keine Konkurrenz für sie.«

»Noch nicht.« Roger wusste jedoch, dass das irgendwann einmal der Fall sein würde. Es überraschte ihn, dass Angela den Ehrgeiz übersah, der immer wieder in Deannas Augen aufglomm. Egozentrik macht einen eben oft blind, dachte er versonnen. Es hatte seine Gründe, dass er so gut darüber Bescheid wusste. »Ich gebe dir einen freundschaftlichen Rat: Liefere ihr nicht noch zusätzliche Munition.« Er bedachte sie mit einem letzten prüfenden Blick, während Deanna sich noch schnell für die Straße schminkte. Sie mochte ja vielleicht naiv sein, grübelte er, dickköpfig war sie jedenfalls obendrein noch. Ihr Mund und die Neigung ihres Kinns verrieten ihm das. »Ich muss mich noch um eine Aufzeichnung kümmern.« Sie zupfte an ihren Haaren. »Bis morgen dann.«

»Ja.« Als Deanna allein war, klopfte sie mit ihrem Augenstift auf den Schminktisch. Sie hielt nicht alles für unbegründet, was Roger gesagt hatte. Weil Angela Perfektionistin war, für ihre Talkshow Höchstleistungen einforderte und diese auch geboten bekam, hatte sie den Ruf, sehr streng zu sein. Und das zahlte sich aus. Seit sechs Jahren wurde ihr Material überallhin verkauft, und ihre Talkshow *Angela* war jetzt mehr als drei Jahre lang die unbestrittene Nummer eins.

Da sowohl *Angela* als auch das *Mittagsmagazin* in den CBC-Studios aufgezeichnet wurde, war Angela durchaus imstande, ein wenig Druck auszuüben, damit Deanna mehr Zeit für sie erübrigen konnte.

Es traf auch zu, dass Angela sich Deanna gegenüber immer freundlich verhalten hatte und ihr mit einer Freundschaft und einer Bereitschaft, mit ihr zu teilen, begegnete, die in der ganz auf Konkurrenz eingestellten Welt des Fernsehens eher Seltenheitswert hatte.

War es naiv, auf Freundlichkeit zu vertrauen? Deanna war nicht dieser Ansicht. Allerdings war sie auch nicht so dumm zu glauben, dass Freundlichkeit immer belohnt wurde.

Nachdenklich nahm sie die Bürste mit ihrem Namen darauf in die Hand und zog sie durch ihr schulterlanges schwarzes Haar. Wenn ihre Haut nicht von der dicken Schicht Theaterschminke bedeckt wurde, die im Licht der hellen Lampen und vor der Kamera erforderlich war, erinnerte sie mit ihrer vornehmen Blässe an Porzellan und stand damit in dramatischem Kontrast zu der tiefschwarzen Mähne ihrer Haare und den rauchgrauen, ein wenig schräg stehenden Augen. Um dem Ganzen noch eine zusätzliche dramatische Note zu geben, hatte sie ihre Lippen rosarot geschminkt.

Zufrieden zog sie die Haare mit zwei flinken Bewegungen der Handgelenke zu einem Pferdeschwanz nach hinten.

Sie hatte nie vorgehabt, Angela Konkurrenz zu machen. Obwohl sie hoffte, das Gelernte dazu nutzen zu können, ihre eigene Karriere voranzutreiben, wollte sie eigentlich nur irgendwann einmal einen festen Platz im Sendernetz erhalten. Und *Deannas Viertelstunde,* ihren wöchentlichen Beitrag zu den Mittagsnachrichten, zu einer richtigen eigenen Talkshow auszuweiten, lag durchaus im Bereich des Möglichen. Aber auch das würde Angela, der unumstrittenen Königin auf dem Gebiet der Talkshows, noch lange nicht den Rang ablaufen.

Die Neunzigerjahre waren für alle möglichen Stile und Shows weit offen. Sollte sie tatsächlich Erfolg haben, würde dieser auf dem beruhen, was ihr ihre meisterhafte Lehrerin beigebracht hatte. Und dafür würde sie Angela immer dankbar sein.

»Wenn dieser Mistkerl denkt, ich ließe mich von ihm einwickeln, steht ihm eine unangenehme Überraschung ins Haus!« Angela Perkins warf dem Abbild ihres Produzenten im Spiegel ihrer Garderobe einen wütenden Blick zu. »Er war damit einverstanden, in der Show zu erscheinen, um sein neues Album anzupreisen, und dafür hat er gefälligst einiges einzustecken, Lew. Wir sichern ihm landesweite Aufmerksamkeit, also wird er verdammt noch mal einige Fragen über die gegen ihn bestehenden Klagen wegen Steuerhinterziehung beantworten müssen.«

»Er hat doch gar nicht gesagt, dass er nicht darauf antworten will, Angela.« Der dumpfe Schmerz hinter Lew McNeils Augen war noch stark genug, um ihn hoffen zu lassen, er würde bald vorübergehen. »Er meinte nur, nichts Genaueres darüber sagen zu können, solange der Fall noch nicht entschieden sei. Ihm wäre es lieber, du würdest dich auf seine Karriere konzentrieren.«

»Ich wäre nie so weit gekommen, wenn ich zulassen würde, dass ein Gast mir meine Talkshow diktiert, nicht wahr?« Sie stieß einen weiteren deftigen Fluch aus, drehte sich dann auf dem Stuhl herum und fauchte Marcie, ihre Friseuse an: »Wenn Sie mir noch einmal an den Haaren ziehen, meine Liebe, lasse ich Sie die Lockenwickler mit den Zähnen vom Boden aufheben.«

»Entschuldigen Sie, Miss Perkins, aber Ihre Haare sind einfach zu kurz ...«

»Bringen Sie die Sache jetzt endlich zu Ende!« Angela wandte sich wieder ihrem Spiegelbild zu und entspannte mit einer bewussten Anstrengung ihre Gesichtszüge. Sie wusste, wie wichtig es war, unabhängig von der Höhe des Adrenalinspiegels vor einem Auftritt die Gesichtsmuskeln zu entspannen. Wie einem alten Freund, mit dem sich eine Frau zum Mittagessen verabredet hat, entging der Kamera nämlich nicht die kleinste Falte im Gesicht. Daher atmete Angela tief ein und aus und schloss für einen Moment die Augen, um ihrem Produzenten zu verstehen zu geben, er solle jetzt den Mund halten. Als sie die Augen wieder öffnete, waren sie klar wie hellblaue, von seidigen Wimpern umrahmte Diamanten.

Marcie strich ihre Haare jetzt mit schwungvollen Bewegungen nach hinten und formte sie zu einem welligen blonden Heiligenschein. Angela lächelte. Die Frisur stand ihr gut, entschied sie. Sie war ausgeklügelt und hatte Pfiff, wirkte aber nicht bedrohlich; sie war *très chic,* machte aber keinen gekünstelten Eindruck. Angela überprüfte die Gestaltung ihrer Frisur aus jedem Winkel heraus, bevor sie Marcie mit einem Nicken das Kommando zum Weitermachen gab.

»Das ist sehr gut geworden.« Angela ließ ihr dynamisches Lächeln aufblitzen, durch das Marcie die vorherige Drohung wieder vergaß. »Ich fühle mich zehn Jahre jünger.«

»Sie sehen wunderbar aus, Miss Perkins.«

»Dank Ihnen.« Entspannt und zufrieden spielte Angela mit den Perlen an ihrem Hals, die zu ihrem Markenzeichen geworden waren. »Und wie geht es Ihnen mit dem neuen Mann in Ihrem Leben, Marcie? Behandelt er Sie gut?«

»Er ist toll.« Marcie grinste und verpasste Angelas Haaren eine reichliche Portion Spray, damit die Frisur auch in Form blieb. »Ich denke, er könnte der Richtige sein.«

»Wie schön für Sie. Wenn er Ihnen irgendwelche Schwierigkeiten macht, sagen Sie mir Bescheid.« Sie zwinkerte ihr zu. »Ich werde ihm schon den Kopf zurechtsetzen.«

Mit einem Lachen zog sich die junge Frau zurück. »Danke, Miss Perkins. Ich wünsche Ihnen für diesen Morgen viel Glück.«

»Mmmm-hmmm. Nun, Lew …« Angela lächelte und hob ihm eine Hand entgegen. Der Händedruck war aufmunternd, feminin, freundlich. »Mach dir keine Sorgen. Halte unseren Gast einfach bei Laune, bis wir auf Sendung gehen. Um den Rest kümmere ich mich.«

»Er will dein Wort, Angela.«

»Dann gib ihm doch, wonach es ihn verlangt, Süßer.« Sie lachte. Lews Kopfschmerzen verstärkten sich plötzlich ins Unerträgliche. »Und jetzt quäl dich bitte nicht so.« Sie beugte sich nach vorne, um der Packung auf dem Toilettentisch eine Zigarette zu entnehmen, zündete diese mit einem goldenen, mit einem Monogramm versehenen Feuerzeug an, das ihr zweiter Mann ihr geschenkt hatte, und ließ den Rauch in einem einzigen dünnen Strahl aus dem Mund strömen.

Lew wird allmählich schlaff, dachte sie, und zwar als Person und in seinem Beruf. Obwohl er den von ihrer Kleiderordnung vorgeschriebenen Anzug und Krawatte trug, hingen seine Schultern herab, als würden sie durch das Gewicht seines sich immer weiter ausdehnenden Bauches nach unten gezogen. Auch seine Haare begannen sich zu lichten und hatten dicke graue Strähnen bekommen, stellte sie fest. Angelas Talkshow war für Spritzigkeit und Tempo bekannt, und ihr gefiel es ganz und gar nicht, dass ihr Produzent wie ein kleiner, dicker, alter Mann aussah.

»Nach all diesen vielen Jahren solltest du mir eigentlich vertrauen, Lew.«

»Angela, wenn du Deke Barrow angreifst, machst du es uns sehr schwer, andere prominente Persönlichkeiten als Teilnehmer zu gewinnen.«

»Blödsinn. Die setzen doch alles daran, eine Chance zu bekommen, in meiner Talkshow aufzutreten.« Sie stieß mit ihrer Zigarette wie mit einer Lanze in die Luft. »Sie wollen, dass ich ihre Filme, ihre Sondersendungen im Fernsehen, ihre Bücher und Platten und vor allem ihr Liebesleben groß herausstelle. Sie sind auf mich angewiesen, Lew, weil sie wissen, dass jeden Tag Millionen Menschen diese Sendung einschalten.« Sie lächelte in den Spiegel, und das Gesicht, das zurücklächelte, war liebenswürdig, gelassen, elegant. »Und das tun diese Menschen nur, weil sie mich sehen wollen.«

Lew arbeitete jetzt seit mehr als fünf Jahren mit Angela zusammen und wusste genau, wie er eine Kontroverse mit ihr zu handhaben hatte. »Niemand bestreitet das, Angela«, schmeichelte er ihr. »Du *bist* die Show. Ich meine ja auch nur, du solltest bei Deke vorsichtig zu Werke gehen. Er hat in der Countrymusic-Szene schon lange einen Namen, und sein Comeback hat viel mit sentimentalen Gefühlen zu tun.«

»Überlass Deke einfach mir.« Hinter dem Rauchschleier ihrer Zigarette lächelte sie. »Ich werde schon dafür sorgen, dass die Gefühle nicht zu kurz kommen.«

Sie nahm die Karteikarten mit den Anmerkungen in die Hand, die Deanna heute Morgen um sieben Uhr für sie zusammengestellt hatte. Lew war mit dieser Geste entlassen, was ihn zu einem Kopfschütteln veranlasste. Angelas Lächeln wurde breiter, als sie die Anmerkungen überflog. Das Mädchen war gut, dachte sie. Sehr gut, sehr gründlich.

Sehr nützlich.

Angela zog ein letztes Mal nachdenklich an ihrer Zigarette, drückte sie in dem schweren Kristallaschenbecher auf ihrem Toilettentisch aus. Wie immer standen jeder Topf, jede Bürste, jede Tube in akribischer Ordnung nebeneinander. Eine Vase mit zwei Dutzend roten Rosen, die jeden Morgen frisch gebracht wurden, und ein kleiner Teller mit den verschiedenfarbigen Minzbonbons, die Angela so gerne mochte, vervollständigten das Ensemble.

Routine war ein Lebenselixier für sie, und ihre Umgebung einschließlich der Menschen um sie herum kontrollieren zu können ebenfalls. Jeder hatte darin seinen Platz, und es war ihr eine Freude, auch Deanna Reynolds einen solchen Platz zukommen zu lassen.

Einige fanden es vielleicht merkwürdig, dass eine Frau, die auf die Vierzig zuging und dazu noch eitel war, ausgerechnet eine jüngere, schöne Frau unter ihre Fittiche nahm, förderte und ihr Wissen an sie weitergab. Doch Angela war eine hübsche Frau gewesen, die im Laufe der Zeit, mit wachsender Erfahrung und einer gehörigen Portion Einbildung, zu einer schönen Frau geworden war und keine Angst vor dem Alter hatte – zumindest nicht in einer Welt, in der man so leicht etwas gegen das Alter tun konnte.

Sie wollte Deanna hinter sich wissen, weil Deanna so gut aussah, so begabt und so jung war. Vor allem aber, weil sie als starke, mächtige Frau diese Qualitäten auch bei jemand anderem erspürte.

Und aus dem einfachen Grund, weil sie das Mädchen mochte.

Oh, natürlich würde sie Deanna mit ausgesuchten Ratschlägen, freundlicher Kritik und einem guten Schuss Lob bedenken – und ihr vielleicht mit der Zeit auch eine Position von Bedeutung geben. Doch sie hatte nicht die Absicht, einer Frau zu gestatten, sich von ihr zu lösen, von der sie bereits ahnte, dass sie ihr irgendwann Konkurrenz machen konnte. Von Angela Perkins kam so leicht keiner wieder los.

Zwei ehemalige Ehemänner von ihr, die es versucht hatten, mussten das am eigenen Leib erfahren. Anstatt von Angela loszukommen, war sie es gewesen, die sich ihrer ganz schnell entledigt hatte.

»Angela?«

»Deanna!« Angelas Hand schnellte der jungen Frau entgegen, um sie willkommen zu heißen. »Ich habe gerade an dich gedacht. Deine Anmerkungen sind wundervoll und geben viele zusätzliche Anregungen, von denen die Talkshow nur profitieren kann.«

»Ich bin froh, dass ich dir helfen konnte.« Deanna hob eine Hand und spielte mit ihrem linken Ohrring. Sie würde noch lernen müssen, diese Geste, mit der ihre Unschlüssigkeit offenkundig wurde, zu kontrollieren. »Angela, es ist mir peinlich, dich das zu fragen, aber meine Mutter ist ein großer Fan von Deke Barrow.«

»Und du möchtest gerne ein Autogramm.«

Ein verlegenes Lächeln huschte über Deannas Lippen, dann brachte sie die CD zum Vorschein, die sie hinter ihrem Rücken versteckt hatte. »Sie würde sich sehr freuen, wenn er die für sie signieren könnte.«

»Lass sie mir einfach da.« Angela klopfte mit einem vollendeten, auf französische Art maniküren Finger gegen den Rand der CD. »Wie heißt deine Mutter doch gleich noch mal, Dee?«

»Marilyn. Dafür bin ich dir wirklich sehr dankbar, Angela.«

»Für dich tue ich doch alles, meine Liebe.« Angela wartete einen Augenblick; ihr exzellentes Timing war schon immer eine ihrer Stärken gewesen. Dann sagte sie: »Ach, könntest du mir einen kleinen Gefallen tun?«

»Aber natürlich.«

»Würdest du bitte einen Tisch bei *La Fontaine* für mich reservieren? Halb acht, zwei Personen. Ich bin einfach nicht dazu gekommen, das selbst zu erledigen, und habe vergessen, meiner Sekretärin zu sagen, sie solle sich darum kümmern.«

»Kein Problem.« Deanna zog einen kleinen Schreibblock aus der Tasche, um sich eine Notiz zu machen.

»Du bist ein Schatz, Deanna.« Angela erhob sich und überprüfte mit einem letzten Blick in den Drehspiegel, dass mit ihrem blassblauen Kostüm auch alles in Ordnung war. »Wie findest du diese Farbe? Sie wirkt doch nicht zu verwaschen, oder?«

Deanna wusste, dass Angela sich über jedes Detail ihrer Show von der Zuschauerbefragung bis zum richtigen Schuhwerk ihre Gedanken machte. Sie nahm sich daher die Zeit, die Farbe bewusst auf sich wirken zu lassen. Der zarte Stoff passte wunderbar zu Angelas wohlgeformter Figur. »Erfrischend weiblich«, meinte Deanna.

Die Spannung in Angelas Schultern löste sich. »Dann ist es ja genau richtig. Bleibst du noch bis zur Aufzeichnung?«

»Nein, ich muss noch ein Manuskript für das *Mittagsmagazin* schreiben.«

»Ah ja.« Die Verärgerung war nur für einen kurzen Augenblick sichtbar. »Ich hoffe, dass du nicht in Verzug gekommen bist, weil du mir so häufig ausgeholfen hast.«

»Der Tag hat vierundzwanzig Stunden«, sagte Deanna, »und von diesen lasse ich keine einzige ungenutzt. Aber jetzt will ich dich nicht länger von deinen Sachen abhalten.«

»Mach's gut, meine Liebe.«

Deanna schloss die Tür hinter sich. Alle wussten, dass Angela darauf bestand, die letzten zehn Minuten vor ihrem Auftritt ganz für sich zu haben. Es wurde vermutet, dass sie diese Zeit dazu nutzte, noch einmal ihre Notizen durchzugehen, aber das war natürlich Blödsinn, denn sie war immer bestens vorbereitet. Angela ließ die Leute aber ganz gerne in dem Glauben, sie würde noch einmal ihre Informationen auffrischen oder gar einen schnellen Schluck aus der Flasche Brandy nehmen, die sie in ihrem Toilettentisch aufbewahrte.

Selbstverständlich rührte sie den Brandy nicht an. Die Notwendigkeit, die Flasche dort in greifbarer Nähe zu wissen, erschreckte und tröstete zugleich.

Solange niemand wusste, was sie in dieser Zeit tatsächlich machte, sollten die Leute doch glauben, was sie wollten.

Angela Perkins hatte in diesen letzten einsamen Momenten vor jeder Aufzeichnung panische Angst. Sie, eine Frau, die das Bild allergrößten Selbstvertrauens erweckte, die Präsidenten, Mitglieder der Königsfamilie, Mörder und Millionäre interviewt hatte, litt dann immer wieder unter heftigem Lampenfieber.

Hunderte von Therapiestunden hatten das Zittern, die Schweißausbrüche und die Übelkeit nicht lindern können. Hilflos brach sie jedes Mal in ihrem Stuhl zusammen und wurde ganz auf sich zurückgeworfen. Dreifach zeigte der Spiegel das Bild der eleganten, perfekt zurechtgemachten und sich makellos präsentierenden Frau. Der glasige Blick verriet das Entsetzen plötzlicher Selbsterkenntnis.

Angela presste die Hände gegen die Schläfen und ließ der kreischenden Dampfwalze ihrer Angst freien Lauf. Heute würde sie stolpern, heute würden alle ihrem Tonfall entnehmen, dass sie aus der hintersten Provinz stammte. Die Leute würden das kleine, ungeliebte und unerwünschte Mädchen sehen, dessen Mutter die über den Fernsehbildschirm huschenden Bilder ihrem eigenen Kind aus Fleisch und Blut vorzog, das Mädchen, das sich so verzweifelt die Aufmerksamkeit der Mutter wünschte, dass Angela sich in ihrer Phantasie in diesen Fernseher hineinbegab, damit ihre Mutter ihre ausdruckslosen, betrunkenen Augen ein einziges Mal auf sie richtete und sie ansah.

Sie würden das Mädchen in den gebrauchten Kleidern und mit den schlecht sitzenden Schuhen sehen, das sich so sehr angestrengt hatte, um durchschnittliche Zensuren nach Hause zu bringen.

Sie würden sehen, dass sie ein Nichts war, ein Niemand, eine Betrügerin, die sich nur mit Bluffs und Täuschungsmanövern den Zugang zum Fernsehen verschafft hatte und damit auf die gleiche Weise wie ihr Vater seinen Zugang zur bürgerlichen Welt.

Man würde sie auslachen.

Oder schlimmer noch, ihre Sendung abschalten.

Das Klopfen an der Tür ließ sie zusammenzucken.

»Wir sind so weit, Angela.«

Die schöne Frau atmete tief durch, einmal und noch einmal. »Bin schon unterwegs.« Ihre Stimme klang wie immer. Sie war eine Meisterin darin, sich zu verstellen. Noch ein paar Sekunden starrte sie in den Spiegel und beobachtete, wie die Panik langsam aus ihren Augen wich.

Sie würde nie versagen, sie würde nie mehr ausgelacht oder wieder ignoriert werden. Und niemand würde von ihr etwas zu sehen bekommen, das sie nicht von sich zeigen wollte. Angela stand auf, verließ ihre Garderobe und ging den Flur entlang.

Eigentlich hätte sie noch nach dem Gast ihrer Show sehen müssen, aber sie ging am Künstlerzimmer vorbei, ohne auch nur einen einzigen Blick hineinzuwerfen. Vor Beginn der Aufzeichnung wechselte sie mit ihren Gästen gewöhnlich kein Wort.

Ihr Produzent brachte gerade das Studiopublikum in Schwung. Die Glücklichen, die Eintrittskarten für die Aufzeichnung hatten ergattern können, erwarteten sie mit aufgeregtem Gemurmel. Marcie wackelte auf zehn Zentimeter hohen Absätzen durch die Gegend, stürmte auf sie zu und überprüfte in letzer Minute Angelas Frisur und Make-up. Einer der Zuschauerforscher reichte ihr noch ein paar Karten. Angela sprach weder mit ihm noch mit Marcie.

Als sie auf die Bühne kam, steigerte sich das Gemurmel im Publikum unvermittelt zu frenetischem Beifall.

»Guten Morgen.« Angela nahm auf ihrem Sessel Platz und ließ den Applaus über sich hinwegbranden, während das Mikrofon an ihr befestigt wurde. »Ich hoffe, Sie sind alle bereit für eine großartige Show.« Während sie sprach, wanderte ihr Blick über das Publikum. Die demographische Zusammensetzung der Zuschauer war genau nach ihrem Geschmack. Eine gute Mischung verschiedener Altersgruppen und Nationalitäten hatte sich hier eingefunden, Männer wie Frauen – und das war ein wichtiges Bildelement für die Kameraschwenks. »Sind unter Ihnen vielleicht auch ein paar Deke Barrow-Fans?«

Sie lachte herzhaft, als die nächste Runde Applaus losbrach. »Ich bin auch einer«, meinte sie, obwohl sie Countrymusic in jeder Form verabscheute. »Ich würde sagen, dann können wir uns ja alle auf einen Hochgenuss freuen.«

Angela nickte, lehnte sich zurück, legte die Beine übereinander und faltete die Hände über der Armlehne ihres Sessels. Das rote Licht an der Kamera leuchtete weiter. Die schwungvolle, an Jazz erinnernde Begrüßungsmusik erklang.

»*Lost Tomorrow, That Green-Eyed Girl, One Wild Heart* – das sind nur einige der Hits, die unseren heutigen Gast zur Legende gemacht haben. Seit über fünfundzwanzig Jahren schreibt er die Geschichte der Countrymusic mit, und sein neues Album *Lost in Nashville* erobert gerade die Hitparaden. Bitte heißen Sie mit mir in Chicago willkommen: Deke Barrow!«

Erneut erhob sich tosender Beifall, als Deke auf die Bühne trat. Mit gewölbter Brust und ergrauten Schläfen unter seinem schwarzen Stetson aus Filz grinste Deke ins Publikum, bevor er Angelas warmen Händedruck erwiderte. Sie trat ein wenig zurück, ließ Deke den Moment auskosten. Der Sänger tippte grüßend an seinen Hut.

Mit allen Anzeichen großer Freude schloss sich Angela den stehenden Ovationen des Publikums an. Wenn die Stunde sich ihrem Ende zuneigte, würde Deke von der Bühne wanken, dachte sie. Und er würde nicht einmal wissen, was ihn so getroffen hatte.

Angela wartete die zweite Hälfte der Show ab, bevor sie zu ihrem Schlag ausholte. Als gute Talkmasterin hatte sie ihrem Gast geschmeichelt, aufmerksam seinen Anekdoten gelauscht, leise über seine Scherze gelacht. Jetzt badete sich Deke in der Bewunderung des Publikums, während Angela den aufgeregten Fans das Mikrofon entgegenhielt, damit sie aufstehen und Fragen stellen konnten. Hinterhältig wie eine Kobra wartete sie auf ihren Moment.

»Deke, ich würde gerne wissen, ob Sie auf Ihrer Tour auch Danville in Kentucky besuchen. Das ist nämlich meine Heimatstadt«, fragte ein Rotschopf mit glühenden Wangen.

»Nun, gegenwärtig kann ich das nicht genau sagen. Am siebzehnten Juni spielen wir jedoch in Louisville. Sagen Sie also auf alle Fälle Ihren Freunden Bescheid, damit sie mich dort sehen können.«

»Durch Ihre *Lost in Nashville*-Tour werden Sie etliche Monate lang unterwegs sein«, begann Angela. »Das ist doch bestimmt ganz schön hart für Sie, oder nicht?«

»Es fällt mir tatsächlich nicht mehr so leicht wie früher«, meinte er mit einem Augenzwinkern. »Ich bin immerhin keine Zwanzig mehr.« Er hob die breiten Hände, die sonst immer die Gitarre zupften, und breitete sie aus. »Aber ich muss einfach zugeben, ich kann nicht anders. Im Aufnahmestudio zu singen ist auch nicht annähernd dasselbe, wie ein Konzert vor Publikum zu geben.«

»Und die Tour ist bis jetzt ja bestimmt ein großer Erfolg. Dann entsprechen die Gerüchte, Sie müssten wegen Ihrer Schwierigkeiten mit der Steuerfahndung die Tour unterbrechen, also nicht den Tatsachen?«

Dekes sympathisches Lächeln verlor einiges an Überzeugungskraft. »Nein, Ma'am. Diese Sache werden wir bald ausgestanden haben.«

»Ich bin sicher, dass ich die Meinung jedes Zuschauers hier im Saal zum Ausdruck bringe, wenn ich sage, dass wir natürlich in dieser Sache ganz auf Ihrer Seite stehen. Wie sich das anhört: ›Steuerhinterziehung‹!« Sie verdrehte ungläubig die Augen. »Die machen Sie ja zu einem kleinen Al Capone.«

»Dazu kann ich jetzt wirklich nichts weiter sagen.« Deke scharrte mit seinen Stiefeln auf dem Boden und zerrte seine Krawatte zurecht. »Aber von Steuerhinterziehung spricht eigentlich kein Mensch.«

»Oh!« Ihre Augen weiteten sich. »Das tut mir leid. Wovon ist denn die Rede?«

Unbehaglich rutschte er auf seinem Sessel hin und her. »Es geht lediglich um eine kleine Unstimmigkeit bezüglich einiger Steuerrückstände.«

»›Unstimmigkeit‹ dürfte wohl nicht ganz das richtige Wort dafür sein. Mir ist klar, dass Sie während des Laufenden Verfahrens zu diesem Thema nichts weiter sagen können, aber meiner Meinung nach ist das Ganze eine Ungeheuerlichkeit. Ein Mann wie Sie, der seit zwei Generationen Millionen von Menschen Freude gebracht hat, steht jetzt möglicherweise vor dem finanziellen Aus, nur weil seine Buchführung nicht hundertprozentig in Ordnung war.«

»So schlimm ist es ja nun auch wieder nicht ...«

»Aber immerhin mussten Sie doch sogar Ihr Haus in Nashville verkaufen.« Ihre Stimme triefte vor Mitgefühl, ihre Augen glänzten. »Ich finde, das Land, das Sie in Ihrer Musik so preisen, sollte Ihnen gegenüber dankbarer sein und mehr Mitleid mit Ihnen haben. Meinen Sie nicht auch?«

Jetzt hatte sie ihm aus der Seele gesprochen.

»Allem Anschein nach hat der zuständige Finanzbeamte nicht viel mit dem Land zu tun, das ich jetzt seit fünfundzwanzig Jahren besinge.« Dekes Lippen wurden schmal, sein Blick hart wie Stahl. »Diese Leute sehen doch nur die Dollarzeichen und denken gar nicht mehr daran, wie hart ein Mann dafür gearbeitet hat, wie viel Schweiß es ihn gekostet hat, etwas aus sich zu machen. Sie nehmen einem einfach immer weiter etwas weg, bis das meiste, das einem selbst gehörte, auf einmal ihnen gehört, und verwandeln so ehrliche Leute in Lügner und Betrüger.«

»Womit Sie ja nicht sagen, dass Sie bei Ihrer Steuererklärung gemogelt haben, nicht wahr?« Sie lächelte harmlos, während er erstarrte. »Wir sind gleich wieder da!«, sagte sie in die Kamera und wartete, bis das rote Licht verloschen war. »Ich bin mir sicher, dass die meisten hier im Saal vom Finanzamt ausgequetscht werden, Deke«, meinte sie, drehte sich um und hielt die Hände hoch. »Wir stehen hinter ihm, nicht wahr, liebe Zuschauer?«

Explosionsartig toste der Beifall, Jubelgeschrei füllte den Saal, aber das änderte nichts daran, dass Deke der Schock deutlich anzumerken war.

»Ich kann nicht darüber reden«, brachte er schließlich hervor. »Dürfte ich etwas Wasser haben?«

»Keine Angst, wir lassen die Sache jetzt auch auf sich beruhen. Wir haben ja noch Zeit für ein paar Fragen.« Angela drehte sich wieder zum Publikum, während einer ihrer Assistenten mit einem Glas Wasser für Deke herbeieilte. »Deke würde es sicherlich begrüßen, wenn wir dieses sensible Thema dann nicht weiter ansprechen. Geben Sie ihm reichlichen Applaus, wenn wir nach der Werbung wieder auf Sendung gehen, und lassen Sie Deke ein wenig Zeit, sich wieder zu sammeln.«

Nachdem sie ihm auf diese Weise ihre Unterstützung und ihr Einfühlungsvermögen zugesichert hatte, drehte sie sich wieder zur Kamera um. »Willkommen zurück bei *Angela*. Wir haben noch Zeit für ein paar weitere Fragen, aber auf Dekes Bitte hin beenden wir jetzt die Diskussion über seine steuerliche Situation, da er, solange die Sache noch nicht entschieden ist, nichts zu seiner Verteidigung sagen kann.«

Wenn Angela die Talkshow in wenigen Minuten beendete, hatte natürlich jeder Zuschauer nur dieses Thema im Kopf.

Die Moderatorin hielt sich nicht lange beim Publikum auf, sondern gesellte sich umgehend wieder zu Deke auf die Bühne. »Das war wundervoll.« Mit festem Griff nahm sie seine schlaffe Hand. »Vielen Dank, dass Sie gekommen sind. Und viel Glück!«

»Danke.« Noch immer ganz geschockt, begann Deke Autogramme zu geben, bis der Regieassistent ihn von der Bühne führte.

»Besorgen Sie mir eine Aufzeichnung«, befahl Angela, als sie zu ihrer Garderobe zurückging. »Ich will mir den letzten Teil noch einmal ansehen.« Dann ging sie direkt auf ihren Spiegel zu und lächelte sich an.

2

Deanna hasste es, über Tragödien zu berichten. Vom Verstand her wusste sie zwar, dass sie als Fernsehjournalistin die Aufgabe hatte, die Zuschauer über die neuesten Geschehnisse in Kenntnis zu setzen und diejenigen zu interviewen, bei denen diese Ereignisse ihre Wunden hinterlassen hatten. Sie glaubte auch unerschütterlich daran, dass die Öffentlichkeit ein Recht darauf hatte, zu wissen, was alles geschah. Aber sobald sie ihr Mikrofon auf großes Leid richtete, fühlte sie sich wie ein Voyeur der schlimmsten Sorte.

»Der ruhige Vorort Wood Dale war heute Morgen Schauplatz einer tragischen Gewalttat. Wie die Polizei vermutet, führte ein Familienstreit dazu, dass die in Chicago geborene zweiunddreißigjährige Grundschullehrerin Lois Dossier erschossen wurde. Ihr Ehemann, Dr. Charles Dossier, ist verhaftet worden. Die beiden fünf und sieben Jahre alten Kinder des Ehepaares befinden sich in der Obhut ihrer Großeltern mütterlicherseits. Um kurz nach acht setzten plötzlich Schüsse der Ruhe im Haus dieser wohlhabenden Familie ein Ende.«

Deanna wurde wieder ruhiger, als die Kamera über das schmucke zweistöckige Einfamilienhaus hinter ihr schwenkte, und setzte dann ihren Bericht fort. Direkt in die Linse der Kamera blickend, ignorierte sie die Menschenmenge, die sich vor dem Haus versammelte, die anderen Sprecher der Nachrichtenteams, die sich in ihre Positionen gebracht hatten, und den leichten Frühlingswind, der den süßen, scharfen Duft von Hyazinthen mit sich trug.

Ihre Stimme klang fest und angemessen distanziert, ihre Augen jedoch verrieten die Gefühle, die in ihr tobten.

»Um Viertel nach acht erschien die Polizei auf Meldungen hin, es seien Schüsse gefallen. Sie konnte am Tatort nur noch den Tod von Lois Dossier feststellen. Nachbarn zufolge war Mrs. Dossier eine hingebungsvolle Mutter, die sich auch aktiv an Projekten der Gemeinde beteiligte. Sie war bei allen gern gesehen und sehr geachtet. Zu ihren engsten Freundinnen gehörte Bess Pierson, die direkt neben dem Haus der Familie Dossier wohnt und den Vorfall auch der Polizei gemeldet hat.« Deanna wandte sich an die Frau im purpurfarbenen Trainingsanzug direkt neben ihr. »Mrs. Pierson, kam es Ihres Wissens schon vor diesem Morgen im Haus der Familie Dossier zu Gewalt?«

»Ja … das heißt, nein. Ich hätte nie gedacht, dass er ihr etwas antun würde, und ich kann es immer noch nicht glauben.« Die Kamera holte das geschwollene, tränennasse Gesicht der Frau heran, die noch ganz blass vor Schreck war. »Meine beste Freundin. Seit sechs Jahren leben wir jetzt Tür an Tür, und unsere Kinder spielen immer miteinander.«

Wieder kamen ihr die Tränen. Voller Verachtung für sich selbst umklammerte Deanna die Hand der Frau und fuhr fort: »Sie kennen sowohl Lois als auch Charles Dossier. Stimmen Sie mit der Einschätzung der Polizei überein, dass diese Tragödie das Ergebnis eines Familienstreits ist, der außer Kontrolle geriet und immer weiter eskalierte?«

»Ich weiß gar nicht, was ich denken soll. Ich weiß nur, dass die beiden Probleme in ihrer Ehe hatten und es immer wieder Streit gab und laut wurde.« Nach wie vor völlig fassungslos starrte die Frau ins Leere. »Lois sagte mir, sie wollte Chuck dazu bewegen, mit ihr zur Eheberatung zu gehen, aber er weigerte sich.« Jetzt begann sie zu schluchzen und bedeckte mit einer Hand die Augen. »Er wollte nicht, und jetzt ist sie nicht mehr da. O Gott, sie war wie eine Schwester für mich.«

»Schnitt!«, bellte Deanna und legte Mrs. Pierson den Arm um die Schultern. »Tut mir leid, tut mir wirklich leid. Sie sollten jetzt nicht hier draußen sein.«

»Mir kommt es immer noch wie ein böser Traum vor, so als könnte das alles unmöglich Wirklichkeit sein.«

»Haben Sie jemanden, zu dem Sie gehen können, eine Freundin oder einen Verwandten?« Deanna ließ ihre Blicke über den ordentlichen Hof schweifen, auf dem sich überall neugierige Nachbarn und entschlossene Reporter zusammendrängten. Nur wenige Meter links von ihr wurde gerade von einem anderen Team ein Kollege von ihr aufgezeichnet. Der Reporter ruinierte die Aufnahmen, weil er dauernd über seine eigenen Versprecher lachen musste. »Hier wird es jetzt eine ganze Weile recht unruhig bleiben.«

»Ja.« Mit einem letzten Schluchzer wischte sich Mrs. Pierson über die Augen, drehte sich um und stürmte davon.

»O Gott!« Deanna beobachtete, wie andere Reporter mit ihren Mikrofonen auf die flüchtende Frau zuhielten.

»Du hast viel zu viel Mitleid«, bemerkte ihr Kameramann.

»Halt den Mund, Joe.« Sie riss sich zusammen, holte tief Luft. Sie konnte ja ruhig Mitleid empfinden, durfte aber nicht zulassen, dass das ihr Urteilsvermögen beeinträchtigte. Ihre Aufgabe bestand darin, einen klaren, knappen Bericht abzugeben, den Zuschauer zu informieren und ihm zusätzlich den Ort des Geschehens so ins Bild zu setzen, dass es bei ihm einen bleibenden Eindruck hinterließ.

»Bringen wir die Sache zu Ende. Wir brauchen den Bericht für das *Mittagsmagazin.* Hol das Schlafzimmerfenster heran und komm dann wieder zu mir zurück. Und sieh zu, dass du die

Hyazinthen, die Osterglocken und auch das rote Spielzeugauto von dem Kind ins Bild bekommst. Hast du es?«

Joe studierte die Szene. Die Baseballkappe über seinen drahtigen Haaren war etwas ins Gesicht gezogen, damit seine Augen im Schatten lagen. Er konnte sich bereits genau vorstellen, wie die Bilder nach dem Schnitt, der Montage und der Bearbeitung aussehen würden, kniff die Augen zusammen und nickte. Als er die Kamera wieder hochhob, traten die Muskeln unter seinem Sweatshirt deutlich hervor. »Wenn du so weit bist, ich bin es ebenfalls.«

»Dann also: drei, zwei, eins.« Sie wartete kurz ab, während die Kamera ihr Bild heranholte und dann nach unten schwenkte. »Lois Dossiers gewaltsamer Tod lässt diese ruhige Gemeinde erschüttert zurück. Während sich Freunde und Familie fragen, wie es dazu kommen konnte, ist noch nicht entschieden, was jetzt mit Dr. Charles Dossier geschehen wird. Deanna Reynolds berichtete aus Wood Dale für die CBC.«

»Gute Arbeit, Deanna.« Joe schaltete die Kamera ab.

»Ja, mein Bester.« Auf ihrem Weg zum Sendewagen steckte sie sich zwei ihrer Lieblingsbonbons in den Mund.

Die CBC verwendete die Aufzeichnung noch einmal im Lokalteil der Abendnachrichten und aktualisierte sie mit Aufnahmen aus dem Polizeirevier, in dem der wegen Totschlags angeklagte Dossier festgehalten wurde. Deanna hatte sich in ihrer Wohnung in einem Sessel zusammengerollt und verfolgte nüchtern, wie der Moderator vom zentralen Thema auf einen Beitrag über einen Brand in einem Wohnhaus der South Side überleitete.

»Ein guter Beitrag, Dee.« Fran Myers hatte es sich auf der Couch bequem gemacht. Ihr roter Lockenschopf war auf dem Kopf zusammengesteckt und hing schräg zur Seite herunter. Sie hatte scharfgeschnittene, verschmitzte Gesichtszüge, die durch die Farbe ihrer kastanienbraunen Augen noch mit einem besonderen Akzent versehen wurden. Ihre freche Sprache verwies unmissverständlich auf ihre Herkunft aus New Jersey. Im Unterschied zu Deanna war sie nicht in einem der ruhigen Viertel in den von Alleen durchzogenen Vororten aufgewachsen, sondern in einer lauten Wohnung in Atlantic City, New Jersey, in der sie bei ihrer zweimal geschiedenen Mutter mit einer wechselnden Schar von Stiefgeschwistern gelebt hatte.

Sie nippte an ihrem Gingerale und deutete dann mit dem Glas auf den Bildschirm. Die träge Bewegung war wie ein Gähnen. »Du siehst vor der Kamera einfach toll aus. Ich hingegen verwandle mich im Fernsehen immer in einen pummeligen Gnom.«

»Ich musste versuchen, die Mutter des Opfers zu interviewen.« Die Hände in den Hosentaschen ihrer Jeans vergraben, sprang Deanna auf und lief im Zimmer hin und her. Jeder ihrer Schritte verriet ihre innere Spannung. »Sie ging nicht ans Telefon, und als gute Reporterin machte ich daher ihre Adresse ausfindig. Aber auch die Haustür blieb verschlossen, die Vorhänge waren zugezogen, und zusammen mit einem ganzen Haufen anderer Presseleute wartete ich fast eine geschlagene Stunde draußen. Ich kam mir vor wie ein Unhold.«

»Du müsstest doch inzwischen wissen, dass die Begriffe ›Unhold‹ und ›Reporter‹ austauschbar sind.« Deanna konnte dieser Bemerkung kein Lächeln entlocken, und Fran sah an ihren ruhelosen Bewegungen, wie sehr sich ihre Freundin schuldig fühlte. Nachdem sie ihr Glas abgestellt hatte, zeigte sie auf den Sessel. »Okay, jetzt setz dich mal hin und hör dir einen guten Rat von Tante Fran an.«

»Kann ich mir den Rat nicht im Stehen anhören?«

»Nein.« Fran schnappte sich Deannas Hand und zog die junge Frau mit einem heftigen Ruck auf das Sofa. Trotz ihres so gegensätzlichen Hintergrundes und ihrer so unterschiedlichen Art bestand ihre Freundschaft, seit sie am College ihre ersten Gehversuche unternommen hatten. Diesen Kampf zwischen Verstand und Gefühl hatte Fran schon Dutzende Male bei Deanna erlebt.

»Gut. Frage Nummer eins: Warum bist du nach Yale gegangen?«

»Weil ich ein Stipendium bekommen hatte.«

»Jetzt komm mir nicht mit deiner Intelligenz, Mrs. Einstein. Warum sind wir beide zum College gegangen?«

»Du wolltest Männer treffen.«

Fran kniff die Augen zusammen. »Das fiel tatsächlich auch noch dabei ab. Jetzt hör aber gefälligst auf, dauernd um den heißen Brei herumzureden, und beantworte endlich meine Frage!«

Deanna gab sich geschlagen und stieß einen tiefen Seufzer aus. »Wir nahmen das Studium auf, weil wir Journalistinnen werden und gut bezahlte, hoch profilierte Stellen beim Fernsehen bekommen wollten.«

»Ganz genau. Und ist uns das gelungen?«

»In etwa schon. Wir haben unsere Abschlüsse gemacht. Ich bin Reporterin für die CBC, und du bist Koproduzentin vom *Frauengespräch* im Kabelfernsehen.«

»Und das sind hervorragende Ausgangspositionen. Hast du etwa den berühmten Fünfjahresplan von Deanna Reynolds vergessen? Wenn ja, bin ich mir sicher, dass sich in diesem Schreibtisch dort eine getippte Fassung davon befindet.«

Deanna blickte zu dem einzigen Möbelstück hinüber, das sie seit ihrem Umzug nach Chicago erworben hatte. Es war ihr ganzer Stolz, und sie hatte den mit einer wunderschönen Patina versehenen Schreibtisch aus der Zeit Königin Annas auf einer Auktion erstanden. Und Fran hatte recht. In der obersten Schublade lag tatsächlich eine getippte Fassung ihrer Karrierepläne – in zweifacher Ausfertigung.

Seit dem College hatte sie ihre Pläne allerdings ein wenig abgeändert. Fran hatte geheiratet, sich in Chicago niedergelassen und ihre frühere Zimmergefährtin dazu gedrängt, auch dorthin zu kommen und ihr Glück zu versuchen.

»Jahr eins: ein Job vor der Kamera in Kansas City«, erinnerte sich Deanna.

»Liegt hinter dir.«

»Jahr zwei: eine Stelle bei der CBC in Chicago.«

»Hast du bekommen.«

»Jahr drei: ein kleiner, aber feiner Programmteil in eigener Verantwortung.«

»*Deannas Viertelstunde*«, meinte Fran und prostete der aktuellen Sendung ihrer Freundin mit dem Gingerale zu.

»Jahr vier: die Moderatorin des Lokalteils der Abendnachrichten.«

»Auch das hast du bereits etliche Male getan, um für jemand anderen einzuspringen.«

»Jahr fünf: Probesendungen und Resümees auf heiligem Boden – New York.«

»Wo man deiner Kombination aus Stil, Anziehungskraft vor der Kamera und Aufrichtigkeit unmöglich wird widerstehen können – natürlich nur, wenn du aufhörst, dich weiterhin dauernd im Nachhinein zu kritisieren.«

»Da hast du recht, aber …«

»Kein aber!« In diesem Punkt ließ Fran nicht mit sich reden und stützte sich mit den Füßen am Couchtisch ab. »Du machst gute Arbeit, Dee. Die Menschen reden mit dir, weil du mitfühlst. Für eine Journalistin ist das ein Vorteil und keine Schwäche.«

»Aber es fördert nicht gerade meinen guten Schlaf.« Unruhig und ganz plötzlich erschöpft, fuhr Deanna sich mit der Hand durch die Haare, schlug die Beine übereinander und musterte das Zimmer mit grüblerischem Blick.

Da waren die zerbrechlich wirkende Essecke, für die sie noch einen passenden Ersatz finden musste, der verschlissene Teppich, der stabile Sessel, den sie in einem zarten Grau hatte neu beziehen lassen. Nur der Schreibtisch fiel aus dem Rahmen und war der strahlende Beweis dafür, dass sie durchaus Teilerfolge hatte erzielen können. Alles im Zimmer hatte seinen festen Platz – auch die wenigen Kinkerlitzchen, die sie dort zusammengetragen hatte.

Diese ordentliche Wohnung war nicht gerade was, was sie sich erträumte, aber wie Fran betont hatte, war sie ein hervorragender Ausgangspunkt. Und Deanna hatte vor, in persönlicher wie in beruflicher Hinsicht noch einiges in Gang zu setzen.

»Weißt du noch, wie wir früher am College dachten, dass es doch unheimlich aufregend sein müsste, hinter Krankenwagen herzujagen, Massenmörder zu interviewen und ein so eindringliches Manuskript zu verfassen, dass die Aufmerksamkeit jedes Zuschauers unweigerlich davon gefesselt sein würde? Nun, das ist es tatsächlich.« Mit einem Seufzer stand Deanna auf und ging wieder im Zimmer hin und her. »Aber dieser Kick hat seinen Preis.« Sie hielt einen Augenblick inne, nahm eine kleine Porzellandose hoch, stellte sie wieder hin. »Angela ließ durchblicken, ich könnte in ihrer Talkshow die Untersuchungen und Forschungen zu den Befragungen leiten. Das würde bedeuten, ich hätte Einfluss auf die tatsächlich gesendeten Programme; außerdem wäre es mit einer deutlichen Gehaltserhöhung verbunden.«

Fran wollte ihre Freundin in keiner Weise beeinflussen, daher schürzte sie einfach nur die Lippen und achtete darauf, dass ihre Stimme möglichst gleichgültig klang. »Ziehst du das in Erwägung?«

»Wenn ich das tue, fällt mir jedes Mal ein, dass ich dann nicht mehr vor der Kamera stehen würde.« Mit einem kraftlosen Lachen schüttelte Deanna den Kopf. »Das kleine rote Licht würde mir doch fehlen.« Sie ließ sich auf die Lehne der Couch fallen. Ihre Augen leuchteten wieder, die unterdrückte Aufregung ließ sie die Farbe von dunklem Rauch annehmen. »Weißt du, eigentlich will ich mich gar nicht um die Befragungen für Angelas Talkshow kümmern. Ich bin mir nicht einmal sicher, ob ich überhaupt noch nach New York will. Ich glaube, ich wünsche mir eine eigene Talkshow, die von einer Agentur überallhin vermarktet wird und die sich zwanzig Prozent aller Zuschauer ansehen. Ich will auf dem Titelbild der Programmzeitschriften zu finden sein.«

Mit einem Grinsen fragte Fran: »Und was hindert dich daran?«

»Nichts.« Als Deanna das laut ausgesprochen hatte, fühlte sie sich sofort viel selbstsicherer. Sie verlagerte ihr Gewicht und stellte die nackten Füße auf das Sofakissen. »Vielleicht wäre das dann Jahr sieben oder acht, so genau habe ich das noch nicht durchdacht. Aber ich will es und ich schaffe das auch. Allerdings ...« Sie gab einen tiefen Seufzer von sich. »Das bedeutet, dass ich noch über viele leidvolle und quälende Dinge berichten muss, bis ich mir die nötigen Lorbeeren verdient habe.«

»Die erweiterten Karrierepläne der Deanna Reynolds.«

»Ganz genau.« Deanna war froh darüber, dass Fran begriffen hatte, was sie meinte. »Du hältst mich nicht für verrückt?«

»Ach, mein Schatz, ich halte jede Frau mit deinem exakten Denken, deiner eindrucksvollen Art, vor die Kamera zu treten, und deinem kultivierten und dennoch starken Ehrgeiz für fähig, genau das zu bekommen, was sie will.« Fran griff in die Schale mit gezuckerten Mandeln auf dem Couchtisch und steckte sich drei von ihnen in den Mund. »Doch wenn du das tust, vergiss die kleinen Leute nicht.«

»Wie heißt du noch gleich?«

Fran warf mit einem Kissen nach ihr. »Okay, jetzt haben wir dein Leben so weit geklärt, dass ich gerne die folgende Ergänzung der Fran Myers-Saga mit dem Titel ›Mein Leben ist nie so, wie ich es mir vorgestellt habe‹ bekannt geben möchte.«

»Wurdest du befördert?«

»Nein.«

»Richard vielleicht?«

»Auch nicht, obwohl er vielleicht in Kürze zum Juniorchef aufsteigen kann.« Sie holte tief Luft und errötete. Ihr Gesicht unter den roten Haaren glühte wie eine blühende Rose. »Ich bin schwanger.«

»Was?« Deanna schaute maßlos verwundert drein. »Schwanger? Wirklich?« Lachend rutschte sie herunter auf die Couch und ergriff Frans Hände. »Ein Baby? Das ist ja wundervoll. Und einfach unglaublich.« Deanna umarmte Fran und wollte sie gerade an sich drücken, als sie plötzlich wieder von ihr abrückte und das Gesicht ihrer Freundin musterte. »Oder etwa nicht?«

»Aber sicher! In den nächsten beiden Jahren hatten wir das zwar eigentlich nicht eingeplant, aber was soll's! Neun Monate braucht es ja ohnehin dazu, nicht wahr?«

»So habe ich das auch gehört. Du bist glücklich, das kann ich sehen. Ich kann nur einfach nicht glauben …« Deanna unterbrach sich und wich erneut mit einem Ruck von Fran zurück. »Herrgott, Fran, du bist fast eine Stunde hier und hast es erst jetzt fertiggebracht, mir davon zu erzählen!«

Selbstgefällig tätschelte Fran ihren flachen Bauch. »Ich wollte, dass es nichts mehr gab, was dich davon abhalten konnte, dich ganz auf mich zu konzentrieren. Das heißt, auf uns.«

»Damit habe ich keine Probleme. Ist dir denn morgens übel oder so etwas?«

»Mir?« Eine Augenbraue fuhr in die Höhe. »Bei meinem Pferdemagen?«

»Stimmt auch wieder. Was sagte denn Richard dazu?«

»Meinst du vor oder nach seinen Freudentänzen?«

Deanna lachte wieder, sprang hoch und wirbelte selbst im Zimmer umher. Ein Baby! dachte sie. Sie würde sich eine Unmenge von Geschenken ausdenken, in den Geschäften nach Stofftieren umsehen und Sparbriefe kaufen müssen. »Das müssen wir doch feiern.«

»Weißt du noch, was wir auf dem College immer getan haben, wenn es etwas zu feiern gab?«

»Wir haben chinesisch gegessen und billigen weißen Wein getrunken«, erwiderte Deanna grinsend. »Besser geht's doch gar nicht.«

»Ich muss dich aber noch um einen Gefallen bitten«, meinte Fran.

»Welchen?«

»Lass bei deinen Karriereplänen nicht locker, Dee. Ich glaube, ich möchte gerne, dass mein Kind einen Star als Patentante hat.«

Als um sechs Uhr morgens das Telefon klingelte, versuchte Deanna den Schlaf abzuschütteln, musste aber feststellen, dass sie einen ausgewachsenen Kater hatte. Eine Hand gegen den Kopf gepresst, tastete sie mit der anderen nach dem Hörer.

»Reynolds.«

»Deanna, meine Liebe. Tut mir wirklich fürchterlich leid, dich zu wecken.«

»Angela?«

»Wer sonst wäre wohl so unverschämt, dich um diese Zeit anzurufen?« Angelas leises Lachen drang aus dem Hörer, während Deanna verschlafen auf die Uhr schaute. »Ich muss dich darum bitten, mir einen Riesengefallen zu tun. Wir zeichnen heute eine Sendung auf und Lew liegt mit irgendeinem Infekt im Bett.«

»Das tut mir aber leid.« Deanna räusperte sich und schaffte es dann heldenhaft, sich aufzusetzen.

»So etwas kann schon mal passieren. Dummerweise behandeln wir heute aber ein sehr heikles Thema, und als ich darüber nachdachte, stellte ich fest, dass es keine Bessere gibt als dich, um die Gäste hinter der Bühne zu betreuen. Du weißt ja, dass normalerweise Lew dafür zuständig ist; ich bin also wirklich in Schwulitäten.«

»Und was ist mit Simon oder Maureen?« Deannas Kopf war ja vielleicht noch nicht ganz klar, aber dennoch erinnerte sie sich daran, wer in der Hierarchie wem Anordnungen gab.

»Beide sind für diese Aufgabe nicht geeignet. Simon kann am Telefon hervorragende Vorgespräche führen, und Maureen ist ein wahres Juwel, wenn es darum geht, Unterkünfte und Transportmittel zu organisieren. Doch die heutigen Gäste verlangen ein besonderes Feingefühl – dein Feingefühl.«

»Ich wäre froh, dir dabei helfen zu können, Angela, aber ich muss um neun beim Sender sein.«

»Das mache ich schon mit deinem Produzenten klar, meine Liebe. Er ist mir sowieso noch einen Gefallen schuldig. Wenn du einfach deine Sachen so weit klären könntest, dass es dir möglich ist, mir heute Morgen auszuhelfen, kann sich Simon um die zweite Aufnahme kümmern. Ich wäre dir wirklich überaus dankbar.«

»Aber sicher.« Deanna strich ihr zerzaustes Haar nach hinten und fand sich innerlich mit einer schnellen Tasse Kaffee und ein paar Kopfschmerztabletten ab. »Wenn sonst keiner etwas dagegen hat.«

»Mach dir darüber keine Sorgen. In der Nachrichtenredaktion habe ich immer noch großen Einfluss. Ich brauche dich hier um Punkt acht. Danke, meine Liebe.«

»Ist schon gut. Aber …«

Immer noch ganz benommen starrte Deanna auf das Telefon, aus dem das Freizeichen drang. Ein paar Punkte hatten sie jetzt noch gar nicht angesprochen, dachte sie. Was zum Teufel war denn das Thema dieses Morgens, und wer waren die Gäste, die diese besondere Betreuung brauchten?

Mit unsicherem Lächeln und einem Becher frischen Kaffee in der Hand betrat Deanna das Künstlerzimmer. Mittlerweile wusste sie, worum es heute ging. Wie ein erfahrener Soldat bei der Inspektion eines Minenfeldes ließ sie vorsichtig einen prüfenden Blick über die sieben Gäste schweifen, die für heute angekündigt waren.

Dreiecksbeziehungen in der Ehe war das Thema. Deanna wappnete sich mit einem tiefen Atemzug. Zwei Ehepaare und die beiden anderen Frauen, durch die deren Ehen beinahe zerstört worden wären, hatten sich eingefunden. Wahrscheinlich wäre ein Minenfeld sicherer gewesen.

»Guten Morgen.« Vom Murmeln der Morgennachrichten aus dem Fernseher einmal abgesehen, hüllte sich der Raum in ein unheilvolles Schweigen. »Ich bin Deanna Reynolds. Willkommen bei *Angela*. Darf ich jemandem Kaffee nachgießen?«

»Gerne.« Der Mann im Sessel in der Ecke rückte die offene Aktentasche auf seinem Schoß zurecht, hielt ihr seine Tasse hin und schenkte ihr umgehend ein Lächeln, das durch den Ausdruck der Belustigung, der ihr aus seinen sanften braunen Augen entgegenfunkelte, noch verstärkt wurde. »Ich bin Dr. Pike. Marshall Pike.« Er senkte die Stimme, während Deanna seine Tasse auffüllte. »Keine Bange, die sind alle unbewaffnet.«

Deannas Blick hob sich und blieb an seinen Augen hängen. »Ihre Zähne und Fingernägel haben sie noch«, murmelte sie.

Sie wusste, wer er war: Dr. Pike, der zu dieser Sendung geladene Experte, ein Psychologe, der versuchen würde, die bei dieser Sendung zu erwartenden Tretminen zu entschärfen, bevor der Abspann mit den Namen der Mitwirkenden über den Bildschirm rollte. Deanna schätzte ihn mit dem schnellen, kundigen Blick einer Polizistin oder Reporterin auf Mitte dreißig. Selbstsicher und entspannt saß er da und war ausgesprochen attraktiv. Von der sorgsam gestalteten Frisur seiner blonden Haare und seinem Maßanzug her zu urteilen, war er eher konservativ. Die umgeklappten Ecken seines Kragens schimmerten, seine Fingernägel waren maniküt, sein Lächeln unbeschwert.

»Wenn Sie mir die Flanke decken, tue ich dasselbe für Sie«, bot er ihr an.

Sie erwiderte sein Lächeln. »Abgemacht. Mr. und Mrs. Forrester?« Deanna hielt einen kurzen Moment inne, als das Paar zu ihr herüberblickte. Das finstere, unbewegte Gesicht der Frau verriet ihren Groll, das des Mannes wirkte unglücklich und verlegen. »Sie kommen als Erstes dran ... zusammen mit Miss Draper.«

Lori Draper, das letzte Element des Dreiecks, strahlte vor Aufregung. Sie ähnelte eher einer lebhaften Cheerleaderin, die kurz davorstand, mit einem plötzlichen Sprung von mittelmäßiger Eleganz Aufmerksamkeit auf sich zu ziehen, als einem männerfressenden Vamp. »Habe ich jetzt alles, was ich vor der Kamera brauche?«

Deanna ging über Mrs. Forresters verächtliches Schnauben hinweg und versicherte Lori Draper, dass alles in bester Ordnung war. »Ich weiß, dass Ihnen allen beim Vorgespräch die Grundprozedur erläutert wurde. Die Forresters und Miss Draper gehen als Erste hinaus ...«

»Ich will nicht neben ihr sitzen«, zischte Mrs. Forrester mit zusammengepressten Lippen, die sie dabei affektiert verzog.

»Das wird kein Problem sein ...«

»Ich will auch nicht, dass Jim neben ihr sitzt.«

Lori Draper verdrehte die Augen. »Herrgott, Shelly, wir haben doch schon vor Monaten Schluss gemacht. Meinst du, ich wollte ihn hier im Fernsehen vögeln oder was?«

»Das würde ich dir glatt zutrauen.« Shelly zog ihre Hand weg, als ihr Mann versuchte, sie zu tätscheln. »Wir werden nicht neben ihr sitzen«, teilte sie Deanna mit. »Und Jim wird auch nicht mit ihr sprechen. Nie mehr.«

Diese Erklärung brachte das Fass in Dreieck Nummer eins zum Überlaufen. Bevor Deanna auch nur den Mund öffnen konnte, redeten alle gleichzeitig los. Anschuldigungen und Verbitterung erfüllten den Raum. Deanna blickte zu Marshall Pike hinüber und wurde von dem gleichen unbeschwerten Lächeln wie vorher begrüßt. Mit dem Heben einer seiner eleganten Schultern deutete er ein Achselzucken an.

»Na schön!« Deanna hob ihre Stimme, sodass sie den Lärm übertönte und mischte sich in den Tumult. »Bestimmt haben Sie alle berechtigte Argumente und eine ganze Menge zu sagen. Warum sparen Sie sich das aber nicht für die Talkshow auf? Jeder von Ihnen war damit einverstanden, diesen Morgen hierherzukommen, seine Version der Geschichte zu erzählen und nach möglichen Lösungen zu suchen. Ich bin mir sicher, wir können die Sitzordnung so gestalten, dass damit allen gedient ist.«

Rasch ging sie die restlichen Anweisungen durch und hielt die Gäste dabei mit unerschütterlicher Fröhlichkeit und fester Hand bei der Stange wie eine Kindergartenbetreuerin aufsässige Fünfjährige.

»Nun, Mrs. Forrester ... Shelly ... Jim, Lori, wenn Sie bitte alle mit mir kommen wollen, wir machen Sie zurecht und versorgen Sie mit Mikrofonen.«

Zehn Minuten später kam Deanna wieder in das Künstlerzimmer zurück, dankbar, dass kein Blut geflossen war. Starr saß das andere Dreieck da und starrte auf den Fernsehbildschirm, Marshall war aufgestanden und beschäftigte sich damit, ein Kuchentablett nach besonderen Leckerbissen zu durchstöbern.

»Das haben Sie sehr gut gemacht, Miss Reynolds.«

»Danke, Dr. Pike.«

»Marshall.« Er entschied sich für ein Blätterteiggebäck mit Zimt. »Das ist eine ganz schön heikle Situation. Obwohl die Dreiecksbeziehung mit dem Ende der Affäre rein formal nicht mehr besteht, setzt sie sich gefühlsmäßig, moralisch und sogar im Kopf noch fort.«

Da hat er verdammt recht, dachte sie. Wenn jemand, den ich liebte, mich betrügen würde, wäre vor allem er es, der in jeder Hinsicht als gebrochener Mann daraus hervorgehen würde. »Ich vermute, dass Sie sich in Ihrer Praxis mit ähnlichen Situationen auseinandersetzen.«

»Häufig. Nach meiner Scheidung fasste ich den Entschluss, mich ganz auf dieses Gebiet zu konzentrieren.« Mit einem freundlichen und ein wenig schüchternen Lächeln fuhr er fort: »Aus naheliegenden Gründen.« Er blickte auf ihre Hände hinunter und stellte fest, dass sie an der Rechten einen einzelnen Ring mit einem Granat in einer Altgoldfassung trug.

»Sie haben keinen Bedarf an meiner besonderen Erfahrung auf diesem Gebiet, schätze ich?«

»Im Augenblick nicht.« Marshall Pike ist ja wirklich ein ausgesprochen attraktiver Mann, dachte sie – das charmante Lächeln, die große schlanke Statur, die sogar Deanna, die auf ihren hohen Absätzen gut einen Meter fünfundsiebzig maß, veranlasste, den Kopf nach hinten zu legen, um dem schmeichelnden

Interesse in seinen dunkelblauen Augen zu begegnen. Doch im Moment musste sie ihre Aufmerksamkeit vor allem auf die verdrossenen Menschen hinter ihm richten.

»Direkt nach dieser Werbung beginnt wieder das Programm.« Deanna deutete auf die Bühne. »Marshall, Sie werden erst in den letzten zwanzig Minuten nach vorne kommen, aber es wäre hilfreich, wenn Sie das Programm verfolgen würden, damit Sie sich schon ein paar spezielle Ratschläge zurechtlegen.«

»Selbstverständlich.« Es war ihm eine Freude, sie zu beobachten und ihre enorme Kraft zu spüren. »Machen Sie sich keine Sorgen, ich hatte schon drei Auftritte bei Angela.«

»Ah, dann sind Sie ja ein alter Hase. Kann ich Ihnen noch irgendetwas bringen?«

Sein Blick glitt zu dem Trio hinter ihm und versenkte sich dann wieder in Deannas Augen. »Eine kugelsichere Weste vielleicht?«

Sie lachte in sich hinein und drückte kurz seinen Arm. Er würde bestens mit allem zurechtkommen, da war sie sicher. »Ich werde sehen, was sich machen lässt.«

Wie es sich zeigte, war die Talkshow doch etwas für das Gemüt, und auch wenn bittere Schuldzuweisungen hin und her flogen, trug niemand ernsthaft Wunden davon. Von ihrem Standort hinter den Kameras aus verfolgte Deanna voller Bewunderung, wie Angela mit sanfter Hand die Zügel führte, ihren Gästen immer wieder freien Lauf ließ und sie behutsam bremste, wenn die Gefühle mit ihnen durchzugehen drohten.

Sie bezog auch das Publikum mit ein und hielt mit untrüglichem Instinkt das Mikrofon genau zum richtigen Zeitpunkt der richtigen Person hin und fand dann immer wieder eine elegante Überleitung zur nächsten Frage oder zu einer eigenen Bemerkung.

Und auch was Dr. Pike anbetraf, hätten sie kaum einen geschickteren Vermittler wählen können, dachte Deanna. Er verströmte genau die richtige Mischung aus Verstand und Mitgefühl, in die er immer wieder die für das Medium so unverzichtbaren knappen Ratschläge in gut verkraftbarer Dosierung einstreute.

Als die Talkshow vorbei war, hielten sich die Forresters fest an den Händen. Das andere Paar hatte aufgehört, miteinander zu sprechen, und die beiden *anderen* Frauen plauderten wie zwei alte Freundinnen miteinander.

Wieder einmal hatte Angela ins Schwarze getroffen.

»Entscheidest du dich dafür, dich uns anzuschließen, Deanna?« Roger kniff sie in den Arm, als er neben ihr einschwenkte.

»Ich weiß ja, dass ihr Jungs nicht ohne mich durch den Tag kommt.« Deanna schlängelte sich durch den lärmenden Nachrichtenraum zu ihrem Tisch hinüber. Telefone klingelten, Tastaturen klapperten. An einer Wand zuckten die gegenwärtig laufenden Programme der CBC und der drei anderen Sendernetze über die Monitore. Man konnte riechen, dass vor Kurzem jemand Kaffee verschüttet hatte.

»Was ist dein Aufmacher?«, fragte sie Roger.

»Der Brand gestern Nacht in der South Side.«

Deanna nickte und setzte sich an ihren Tisch. Im Unterschied zu den meisten anderen Fernsehjournalisten herrschte auf ihrem Tisch immer peinliche Ordnung. Gespitzte Bleistifte steckten mit den Spitzen nach unten in einem geblümten Keramikbecher, daneben hatte ein Notizblock seinen festen Platz. Ihr Filofax war mit dem heutigen Datum aufgeschlagen.

»Brandstiftung?«

»Das wird allgemein vermutet. Ich habe die Aufzeichnung eines Interviews mit dem Brandmeister und eine Direktübertragung vom Schauplatz des Geschehens.« Roger hielt ihr seine

Tüte mit Lakritzbonbons hin. »Und da ich ein netter Mensch bin, habe ich dir deine Post mitgebracht.«

»Das sehe ich gerade. Danke.«

»Ich habe heute Morgen ein paar Minuten von Angela erwischt.« Nachdenklich kaute er auf seinem Bonbon herum. »Macht das die Leute nicht nervös, wenn so früh am Tag über Ehebruch debattiert wird?«

»Dann haben die Leute etwas, über das sie sich beim Mittagessen unterhalten können.« Sie nahm ihren Brieföffner aus Ebenholz und schlitzte den ersten Umschlag auf.

»Wenn sie im Fernsehen ihren Gefühlen freien Lauf lassen?«

Sie hob eine Augenbraue. »Im Fernsehen den Gefühlen freien Lauf gelassen zu haben, scheint zumindest der Beziehung der Forresters gut getan zu haben.«

»Für mich sah es so aus, als ob das andere Paar geradewegs auf den Scheidungstermin zusteuert.«

»Manchmal ist auch eine Scheidung die Lösung.«

»Ist das deine Meinung dazu?« Er ließ die Frage bewusst harmlos klingen. »Wenn dein Mann dich betrügen würde, würdest du ihm verzeihen oder die Scheidung einreichen?«

»Nun, ich würde ihm zuhören, darüber reden und herauszufinden versuchen, wieso das passiert ist. Und dann würde ich diesem Schwein von Ehebrecher ein paar Kugeln in den Leib jagen.« Sie grinste ihn an. »Aber so würde ja nur ich handeln. Siehst du? Immerhin hatten auch wir etwas, über das wir uns unterhalten konnten!« Sie blickte auf das Blatt Papier in ihrer Hand. »He, schau dir das mal an!«

Sie hielt das Blatt Papier so, dass sie es beide einsehen konnten. Auf der Blattmitte stand in dunkelroter Farbe ein einziger getippter Satz:

Deanna, ich liebe dich.

»Der geheime Bewunderer alten Schlages, hmmm?«, meinte Roger mit gleichgültiger Stimme. Sein Blick jedoch hatte sich verfinstert.

»Sieht ganz danach aus.« Neugierig drehte sie den Umschlag herum. »Kein Absender, keine Briefmarke.«

»Ich habe die Post gerade aus deinem Fach gezogen.« Roger schüttelte den Kopf. »Jemand muss sie dort hineingesteckt haben.«

»Ist ja vermutlich süß gemeint.« Sie rieb sich über die Arme, an denen sie plötzlich fröstelte, und lachte. »Aber auch ein wenig unheimlich.«

»Du könntest ja herumfragen, ob jemand einen Mann gesehen hat, der um deinen Briefkastenschlitz herumschlich.«

»Ach, das ist nicht weiter wichtig«, meinte sie, warf Brief und Umschlag in den Papierkorb und nahm den nächsten Brief in die Hand.

»Entschuldigen Sie.«

»Oh, Dr. Pike.« Deanna legte ihre Post wieder hin und lächelte den Mann an, der hinter Roger stand. »Haben Sie sich auf dem Weg nach draußen verlaufen?«

»Nein, eigentlich wurde mir gesagt, ich könnte Sie hier finden.«

»Dr. Marshall Pike, Roger Crowell.«

Marshall reichte den beiden die Hand und sagte: »Ich schaue bei Ihnen häufig zu, folglich kenne ich Sie ja gewissermaßen.«

»Und ich habe heute Morgen zufällig einen Teil Ihres Auftritts mitbekommen«, erwiderte Roger und ließ dabei die Bonbontüte geistesabwesend in seine Tasche gleiten. In Gedanken beschäftigte er sich immer noch mit dem Brief. Er nahm sich vor, ihn bei der erstbesten Gelegenheit aus dem Papierkorb zu fischen. »Wir brauchen übrigens noch das Manuskript über die Hundeausstellung, Dee.«

»Kein Problem.«

»Nett, Sie getroffen zu haben, Dr. Pike.«

»Das Gleiche gilt für mich.« Als Roger wegging, wandte sich Marshall wieder an Deanna. »Ich wollte Ihnen noch danken. Sie haben heute Morgen dafür gesorgt, dass alle bei Verstand geblieben sind.«

»Das ist eines der Dinge, die ich besonders gut kann.«

»Da muss ich Ihnen beipflichten. Ich war immer der Meinung, dass Sie die Nachrichten mit klarem Kopf und Mitgefühl moderieren. Eine ungewöhnliche Kombination.«

»Und ein ungewöhnliches Kompliment. Vielen Dank.«

Er sah sich mit prüfendem Blick im Nachrichtenraum um. Zwei Reporter führten ein erbittertes Streitgespräch über Baseball, Telefone schrillten, ein Mitarbeiter schob einen mit Akten überhäuften Karren durch die schmalen Lücken zwischen den Schreibtischen. »Interessanter Ort.«

»Das ist er auf jeden Fall. Ich würde Sie gerne ein wenig herumführen, aber ich muss noch ein Manuskript für das *Mittagsmagazin* schreiben.«

»Dann werde ich später noch einmal darauf zurückkommen.« Er blickte zu ihr hinüber und hatte wieder dieses freundliche, unbeschwerte Lächeln um die Mundwinkel. »Deanna, da wir sozusagen Seite an Seite im Schützengraben gestanden haben, hoffte ich, Sie würden sich zu einem Abendessen mit mir bereit erklären.«

»Ein Abendessen.« Sie musterte ihn jetzt ein wenig aufmerksamer, wie es eine Frau tut, wenn ein Mann plötzlich nicht nur Mann ist, sondern zu einem möglichen Beziehungspartner wird. Es wäre töricht gewesen, so zu tun, als würde er sie nicht anziehen. »Ja, vermutlich würde ich mich dazu bereit erklären.«

»Heute Abend? Sagen wir um halb acht?«

Sie zögerte. Spontanen Impulsen folgte sie nur selten. Er war ein Profi, dachte sie, hatte gute Manieren und bot einen erfreulichen Anblick. Und was noch wichtiger war: Er hatte seine Intelligenz und sein Herz unter Beweis gestellt. »Aber sicher.« Sie nahm einen Zettel aus dem Rauchglaskasten und schrieb ihre Adresse auf.

3

Im Mittagsmagazin zeigen wir die Geschichte einer Frau, die ihr Haus und ihr Herz den unterprivilegierten Kindern Chicagos geöffnet hat, ferner die aktuellen Sportberichte mit Les Ryder und die Wettervorhersage für das Wochenende mit Dan Block. Seien Sie heute Mittag um zwölf Uhr mit dabei!«

Kaum war das rote Licht verloschen, machte Deanna ihr Mikrofon los und stand auf. Sie musste noch ein Manuskript vollenden, ein Telefoninterview stand auf ihrem Terminkalender, außerdem musste sie ihre Notizen für die nachfolgende Ausgabe von *Deannas Viertelstunde* noch einmal durchgehen. Zwei Wochen waren jetzt vergangen, seit sie für Lew eingesprungen war, und in dieser Zeit hatte sie mehr als einhundert Stunden auf ihre Arbeit verwandt, ohne ihr Tempo zu verlangsamen.

Sie stieß die Studiotüren auf und war bereits den halben Flur in Richtung Nachrichtenraum entlanggestürmt, als Angela sie anhielt.

»Meine Liebe, bei dir gibt es wirklich nur zwei Gangarten: stehen oder vorwärtsstürmen.«

Deanna blieb nur deswegen stehen, weil Angela ihr den Weg versperrte.

»Im Moment ist eindeutig Vorwärtsstürmen angesagt. Ich versinke in Arbeit.«

»Mir ist nicht bekannt, dass du jemals irgendetwas nicht auf die Reihe bekommen oder einen Termin nicht genau eingehalten hast.« Damit Deanna ihr nicht entwischte, legte Angela ihr eine Hand auf den Arm. »Es dauert auch nur eine Minute.«

Deanna kämpfte gegen ihre Ungeduld an. »Du kannst zwei Minuten haben, wenn wir uns beim Gehen unterhalten.«

»Schön.« Angela drehte sich um und passte ihren Schritt Deannas Tempo an. »Ich bin in einer Stunde zu einem Geschäftsessen verabredet, daher habe ich selber nicht viel Zeit. Du musst mir einen winzigen Gefallen tun.«

»In Ordnung.« Mit ihren Gedanken war Deanna bereits bei ihrer Arbeit, als sie zum Nachrichtenraum abbog und ihren Schreibtisch ansteuerte. Nach ihrer Dringlichkeit geordnet stapelten sich dort die Papiere: die Notizen, die sie zu einem Manuskript erweitern musste, die Liste von Fragen für den Mitarbeiter am Telefon, die Karten mit den Anmerkungen für *Deannas Viertelstunde*. Sie schaltete ihren Computer an und gab ihr Kennwort ein, während sie auf Angelas Erklärungen wartete.

Angela nahm sich Zeit. Seit Monaten war sie jetzt nicht mehr im Nachrichtenraum gewesen, dachte sie sich. Möglicherweise war es sogar noch länger her. Ihre Büros und ihr Studio befanden sich jetzt im ›Turm‹, wie die Angestellten der CBC den kleinen weißen Speer nannten, der aus dem Gebäude herausragte. Auf diese nicht gerade subtile Weise wurden die landesweit ausgestrahlten Programme und die nicht zu den Nachrichten gehörenden Sendungen räumlich von den Lokalprogrammen getrennt.

»Ich gebe morgen Abend eine kleine Party. Heute Abend wird nämlich Finn Riley aus London zurückerwartet, und ich wollte ihm ein kleines Willkommensfest bereiten.«

»Mmmm-hmmm.« Deanna arbeitete bereits an ihrem Aufmacher.

»Dieses Mal war er wirklich lange weg, und ich dachte mir, er hat sich nach dieser unangenehmen Geschichte in Panama vor

seiner Rückkehr auf seinen Londoner Posten ein kleines Trink-
gelage verdient.«

Deanna war sich nicht sicher, ob ein kleiner, blutiger Krieg
als »diese unangenehme Geschichte« bezeichnet werden sollte,
nickte aber trotzdem.

»Da das ein ganz spontaner Einfall war, brauche ich jetzt dringend jemanden, der mir dabei hilft, auch alles auf die Reihe zu
bekommen: Speisen und Getränke, Blumen, Musik – und natürlich die Party selbst. Jemand, der sich vergewissert, dass alles
glattgeht. Meine Sekretärin hat überhaupt kein Händchen für
so etwas, und ich will wirklich, dass alles perfekt wird. Wenn du
mir heute Nachmittag ein paar Stunden opfern könntest – und
morgen natürlich auch –, wäre das fabelhaft.«

Deanna kämpfte gegen ihre Verstimmung und das Gefühl an,
Angela verpflichtet zu sein, und erwiderte: »Angela, ich würde
dir wirklich gerne aushelfen, aber ich bin völlig ausgebucht.«

Angelas gewinnendes Lächeln blieb unverändert, ihre Augen
jedoch wurden frostig. »Du stehst doch Samstag gar nicht auf
dem Plan.«

»Nein, hier nicht, obwohl ich auf Abruf bereitstehe. Ich habe
jedoch selber etwas vor.« Deanna begann, mit einem Finger auf
ihre Notizen zu klopfen. »Eine Verabredung.«

»Verstehe.« Angelas Hand wanderte zu ihrer Perlenkette, und
sie rieb mit den Fingern über eine glatte, schimmernde Kugel.
»Wie man sich erzählt, hast du dich in letzter Zeit ziemlich häufig mit Dr. Marshall Pike getroffen.«

Die Abendnachrichten drehten sich ja vielleicht um Tatsachen und Informationen, deren Richtigkeit überprüft worden
war. Deanna hatte jedoch mittlerweile begriffen, dass in den
Nachrichtenräumen und Studios alles auf Gerüchten basierte.
»In den letzten Wochen sind wir ein paarmal miteinander ausgegangen, richtig.«

»Nun, ich will mich ja da nicht weiter einmischen und hoffe, dass du das jetzt nicht falsch verstehst, Dee.« Um ihrer Aussage einen gewisse Intimität hinzuzufügen, lehnte Angela eine Hüfte an Deannas Schreibtisch. »Meinst du wirklich, er ist dein Typ?«

Zwischen guten Manieren und ihren Terminen hin und her gerissen, entschied sich Deanna für die guten Manieren. »Ich habe eigentlich gar keinen bestimmten Typ.«

»Natürlich hast du den.« Mit einem leisen Lachen legte Angela den Kopf zurück. »Dein Typ ist jung, gut gebaut, ein Mann, der sich oft im Freien aufhält. Ein athletischer Typ«, fuhr sie fort. »Du brauchst jemanden, der mit dem fürchterlichen Tempo, das du dir selbst gesetzt hast, Schritt halten kann und der natürlich auch intellektuell etwas zu bieten hat, aber nicht zu kopflastig ist. Du brauchst jemanden, der imstande ist, in fünfzehn Sekunden auf den Punkt zu kommen.«

Für solche Sachen hatte Deanna jetzt nun wirklich keine Zeit. Sie nahm einen ihrer angespitzten Bleistifte und ließ ihn durch die Finger gleiten. »Das macht mich ja zu einer ganz seichten Person.«

»Überhaupt nicht.« Angelas Augen weiteten sich protestierend, obwohl sie gleichzeitig leise in sich hineinlachte. »Meine Liebe, ich will doch nur das Beste für dich. Ich kann es nicht ertragen zu beobachten, dass ein flüchtiges Interesse an einem Mann mit dem Schwung kollidiert, mit dem sich deine Karriere gerade entwickelt. Und was Marshall anbelangt … Ist er nicht ein wenig zu glatt?«

Wut flammte in Deannas Augen auf, im nächsten Augenblick hatte sie ihre Gefühle aber wieder unter Kontrolle. »Ich weiß nicht, was du meinst. Ich fühle mich sehr wohl in seiner Gesellschaft.«

»Natürlich tust du das.« Angela tätschelte Deannas Schulter. »Welche junge Frau würde sich auch anders fühlen? Ein älterer

Mann, erfahren, gewandt ... Aber lass nicht zu, dass er deine Arbeit beeinträchtigt.«

»Er beeinträchtigt überhaupt nichts. Wir sind die letzten Wochen ein paarmal zusammen ausgegangen, und das war alles. Entschuldige, Angela, aber ich muss mich jetzt um meine Termine kümmern.«

»Tut mir leid«, meinte Angela kühl. »Ich dachte, wir wären Freundinnen. Dass ein kleiner konstruktiv gemeinter Rat dich beleidigen könnte, hätte ich nicht gedacht.«

»Er hat mich auch nicht beleidigt.« Deanna unterdrückte einen Seufzer. »Aber ich habe Termindruck. Hör zu, wenn ich heute irgendwann später noch etwas Zeit herausschinden kann, werde ich alles mir Mögliche tun, um dir bei deiner Party zu helfen.«

Als ob ein Schalter umgelegt worden wäre, verwandelte sich Angelas eisiger Blick in ein ausgesprochen warmes Lächeln. »Du bist ein Schatz. Weißt du was? Damit du nicht auf den Gedanken kommst, ich sei nachtragend, kannst du Marshall ja morgen Abend mitbringen.«

»Angela ...«

»Ein Nein als Antwort werde ich nicht akzeptieren.« Sie glitt vom Schreibtisch herunter. »Und wenn du ein oder zwei Stunden früher kommen könntest, wäre ich dir überaus dankbar. Keiner hat ein solches Organisationstalent wie du, Dee. Wir sprechen später noch einmal darüber, ja?«

Deanna lehnte sich in ihrem Sessel zurück, als Angela davonschlenderte. Sie hatte das Gefühl, von einer Dampfwalze aus Samt überrollt worden zu sein.

Kopfschüttelnd blickte sie auf ihre Notizen. Ihre Finger schwebten über die Tastatur. Mit einem Stirnrunzeln entspannte sie sich wieder. Angela irrte sich, dachte sie. Marshall beeinträchtigte ihre Arbeit nicht. Interesse an einem Mann zu entwickeln, musste doch nicht mit ehrgeizigen Karriereplänen kollidieren.

Sie genoss es, mit Marshall auszugehen. Sie mochte seine Intelligenz – die Art und Weise, wie er eine Situation von mehreren Seiten betrachten konnte, die Art seines Lachens, wenn sie sich auf ihrer Meinung versteifte und sich weigerte, davon abzurücken.

Deanna schätzte sehr an ihm, dass er die körperliche Seite ihrer Beziehung sich in der ihr eigenen, langsamen Geschwindigkeit entwickeln ließ. Zugegebenermaßen wurde die Versuchung, die Dinge voranzutreiben, allerdings immer stärker. Es war schon lange her, dass sie sich bei einem Mann sicher und stark genug gefühlt hatte, um ihn zu Intimerem einzuladen.

Sobald es dazu kam, würde sie ihm alles erzählen müssen, dachte sie.

Bevor sich die Erinnerungen mit schmerzhaften Stacheln in ihr Herz gruben, schüttelte sie sie von sich ab. Nach ihren Erfahrungen war es am besten, sich auf das jeweils Nächstliegende zu konzentrieren und sich nicht über etwas Gedanken zu machen, das noch gar nicht eingetreten war.

Und das Nächstliegende bestand jetzt darin, ihre Beziehung mit Marshall, wenn es denn eine Beziehung war, genau zu untersuchen und dann zu entscheiden, wohin sie sich entwickeln sollte.

Ein Blick auf die Uhr ließ sie aufstöhnen.

Der nächste Schritt würde sich in ihrem ganz persönlichen Tempo vollziehen müssen. Sie setzte die Finger auf die Tastatur und begann mit der Arbeit.

Angelas Mitarbeiterstab nannte ihren an eine Suite erinnernden Bürotrakt insgeheim ›die Zitadelle‹. Wie eine Feudalherrscherin regierte sie dort von ihrem Schreibtisch aus, erteilte Befehle, maß jedem seinen Lohn und seine Strafe zu. Wer nach einer sechsmonatigen Probezeit in diesem Stab blieb, war ihr treu ergeben, mit Fleiß bei der Sache und behielt seine Klagen für sich.

Sie stellte anerkanntermaßen hohe Anforderungen, ließ keine Ausreden gelten und nahm für sich einen bestimmten Luxus in Anspruch, was sie sich allerdings auch verdient hatte.

Angela betrat das Vorzimmer zu ihrem Büro, in dem ihre Sekretärin gerade damit beschäftigt war, die näheren Details für die Aufzeichnung am Montag zu klären. Vom ruhigen Flur zweigten auch die anderen Büros der Regisseure und Produzenten, der Zuschauerforscher und Mitarbeiter ab. Die lärmende Geschäftigkeit in den Räumen der Nachrichtenredaktionen hatte Angela schon lange hinter sich gelassen. Sie hatte die Tätigkeit als Fernsehjournalistin nicht nur als Sprungbrett, sondern als wahres Katapult für ihre Ambitionen genutzt und hatte dabei, so weit sie sich zurückerinnern konnte, nur eines gewollt: im Mittelpunkt der Aufmerksamkeit zu stehen.

Bei den Nachrichten war der Bericht das Allerwichtigste. Natürlich wurde auch die Sprecherin wahrgenommen, die diesen Bericht vermittelte, wenn sie gut genug war. Und Angela war sehr gut gewesen. Sich sechs Jahre dem ungeheuren Druck der Live-Berichterstattung auszusetzen hatte sie einen Mann gekostet, ihr einen zweiten ins Netz gehen lassen und ihr den Weg zur eigenen Talkshow *Angela* geebnet.

Die kirchenähnliche Stille dicker Teppiche und schallisolierter Wände war ihr viel lieber, und mittlerweile bestand sie auf diesen Arbeitsbedingungen.

»Ich habe einige Nachrichten für Sie, Miss Perkins.«

»Später.« Angela riss eine Hälfte der Doppeltür auf, die in ihr eigenes Büro führte. »Ich brauche Sie jetzt hier bei mir, Cassie.«

Auch als sie das leise Klicken hörte, mit dem sich die Tür hinter ihrer Sekretärin schloss, lief sie, ohne ihren Schritt zu verlangsamen, rastlos am eleganten Schreibtisch vorbei über den Aubusson zu der alten Vitrine mit den von ihr gewonnenen Preisen hinüber.

Die habe ich mir alle verdient, dachte sie. Jetzt würde niemand noch einmal über sie hinwegsehen.

Vor den gerahmten Fotos und den Bildern aus Zeitungen und Zeitschriften, die eine Wand schmückten, blieb sie stehen. Auf ihnen war sie selbst zu sehen, wie sie auf Wohltätigkeitsveranstaltungen und bei Preisverleihungen mit prominenten Persönlichkeiten zusammenstand, ferner zeigten sie die Titelseiten von Fernsehzeitschriften und verschiedenen Magazinen mit ihrem Porträt. Tief Luft holend, starrte sie die Bilder an.

»Ist sie sich eigentlich klar darüber, wer ich bin?«, murmelte sie. »Hat sie eine Ahnung, mit wem sie es da zu tun hat?«

Kopfschüttelnd wandte sie sich wieder von der Wand ab. Es war ein Ausrutscher gewesen, rief sie sich ins Gedächtnis zurück. Ein kleiner Fehler, der sich leicht wiedergutmachen ließ. Immerhin mochte sie das Mädchen.

Allmählich wurde sie wieder etwas ruhiger, umrundete ihren Schreibtisch und nahm in dem speziell für sie angefertigten rosafarbenen Ledersessel Platz, den ihr ihr früherer Ehemann geschenkt hatte, als ihre Talkshow bei den Einschaltquoten den ersten Platz erreicht hatte.

Cassie blieb stehen. Sie war nicht so dumm, sich einem der Mahagonisessel mit den mit Petit point überladenen Kissen zu nähern, bevor sie dazu aufgefordert wurde.

»Haben Sie mit den Lieferanten für Speisen und Getränke Kontakt aufgenommen?«

»Ja, Miss Perkins. Der Menüvorschlag liegt auf Ihrem Schreibtisch.«

Angela warf einen flüchtigen Blick darauf und nickte geistesabwesend. »Mit der Floristin ebenfalls?«

»Bis auf die Callas haben sie alles zugesagt«, berichtete Cassie. »Sie versuchen, sie in der von Ihnen gewünschten Menge zu finden, haben jedoch etliche Vorschläge gemacht, was als Ersatz dienen könnte.«

»Wenn ich einen Ersatz haben wollte, hätte ich nach einem Ersatz verlangt.« Angela machte eine beschwichtigende Handbewegung. »Das ist nicht Ihre Schuld, Cassie. Setzen Sie sich.« Angela schloss die Augen. Einer ihrer Migräneanfälle war wieder im Anmarsch, einer dieser wie eine Ramme in ihrem Schädel pochenden, plötzlich auf sie einstürmenden Schmerzanfälle. Sanft massierte sie sich mit zwei Fingern die Mitte der Stirn. Ihre Mutter hatte häufig Kopfschmerzen gehabt, erinnerte sie sich. Sie hatte sie mit Alkohol zum Verschwinden gebracht. »Holen Sie mir bitte ein Glas Wasser, ja? Ich bekomme gerade Migräne.«

Cassie erhob sich wieder von dem Sessel, in den sie sich gerade gesetzt hatte, und ging durch das Zimmer zur funkelnden Bar hinüber. Sie war eine ruhige Frau, sowohl in ihrem Auftreten als auch in ihren Worten. Und sie war ehrgeizig genug und so sehr an ihrem Vorwärtskommen interessiert, dass sie über Angelas Schwächen hinwegsah. Ohne etwas zu sagen, wählte sie die Kristallkaraffe, die jeden Tag mit frischem Quellwasser gefüllt wurde, und goss Angela ein Wasserglas ein.

»Danke.« Angela ließ eine Kopfschmerztablette in das Wasser fallen und hoffte inständig, dass die Wirkung möglichst bald einsetzte. Sie konnte es sich nicht leisten, während ihres Termins beim Mittagessen abgelenkt zu sein. »Haben Sie eine Liste der Gäste gemacht, denen wir für die Party zugesagt haben?«

»Liegt auf Ihrem Schreibtisch.«

»Schön.« Angela hielt die Augen weiter geschlossen. »Geben Sie Deanna eine Kopie der Liste und alle anderen Unterlagen, von jetzt an wird sie sich um die Details kümmern.«

»Ja, Ma'am.« Sich ihrer Pflichten bewusst, begab Cassie sich hinter Angelas Schreibtisch und massierte sanft ihre Schläfen. Die Minuten verstrichen und wurden vom leisen Ticken der Uhr in dem länglichen Gehäuse auf der anderen Seite des Büros abgezählt, die mit einer kleinen Melodie jede Viertelstunde anzeigte.

»Haben Sie den Wetterbericht eingeholt?«, murmelte Angela.

»Es soll klares und kühles Wetter geben mit Tiefsttemperaturen um die acht Grad.«

»Dann müssen wir die Terrasse heizen. Ich will, dass getanzt wird.«

Gehorsam ging Cassie zu ihrem Platz hinüber, um sich die Anweisungen aufzuschreiben. Ihre Aufmerksamkeit wurde mit keinem Wort des Dankes gewürdigt, und Cassie verlangte das auch gar nicht. »Ihre Friseuse kommt um zwei Uhr zu Ihnen nach Hause; Ihr Kleid wird bis spätestens drei Uhr gebracht.«

»In Ordnung. Schieben wir das alles für einen Augenblick beiseite. Ich möchte, dass Sie mit Beeker Kontakt aufnehmen. Ich will alles über einen gewissen Dr. Marshall Pike in Erfahrung bringen, was es über diesen Mann zu wissen gibt. Er ist Psychologe und hat hier in Chicago eine private Praxis. Beeker soll die Informationen so an mich weitergeben, wie er sie bekommt und nicht erst damit warten, bis er einen vollständigen Bericht verfasst hat.«

Sie öffnete die Augen wieder. Die Kopfschmerzen waren noch nicht völlig verschwunden, aber die Tablette war im Begriff, sie zurückzudrängen. »Sagen Sie Beeker, es handelt sich nicht um einen Notfall, muss aber vorrangig behandelt werden. Haben Sie verstanden?«

»Jawohl, Miss Perkins.«

Um sechs Uhr abends arbeitete Deanna immer noch auf Hochtouren. Während sie mit drei Telefonaten gleichzeitig jonglierte, besserte sie einen Text für die Spätnachrichten aus. »Ja, ich verstehe durchaus Ihren Standpunkt, aber ein Interview und insbesondere ein im Fernsehen ausgestrahltes Interview würde Ihrer Position doch bestimmt zugutekommen.« Deanna verzog den Mund und seufzte. »Wenn Sie meinen, selbstverständlich. Ich glaube nur, dass Ihre Nachbarin mir ihre Version der Geschichte mehr als bereitwillig in der Sendung erzählen wird.« Sie lächelte, als lautstarkes Protestgeschrei aus dem Hörer drang. »Ja, wir würden es vorziehen, wenn beide Seiten vertreten wären. Vielen Dank, Mrs. Wilson. Ich bin morgen um zehn Uhr da.«

Sie erspähte Marshall, der auf sie zukam, und winkte mit der erhobenen Hand, während sie gleichzeitig auf den nächsten blinkenden Knopf ihrer Telefonanlage drückte. »Tut mir leid, Mrs. Carter. Ja, wie ich bereits sagte, verstehe ich Ihren Standpunkt durchaus. Das mit Ihren Tulpen ist eine Schande. Ein im Fernsehen gesendetes Interview würde in diesem Streit Ihre Position jedoch sicherlich stärken.« Deanna lächelte, als Marshall ihr grüßend mit der Hand über die Haare strich. »Wenn Sie so sehr davon überzeugt sind, geht das natürlich. Aber Mrs. Wilson hat sich bereits damit einverstanden erklärt, mir in der Sendung ihre Version der Geschichte zu erzählen.« Den Hörer in einem sicheren Abstand vom Ohr haltend, blickte Deanna zu Marshall hoch und rollte mit den Augen. »Ja, das wäre hervorragend. Ich bin um zehn Uhr da. Bis dann.«

»Bist du einer heißen Geschichte auf der Spur?«

»Eher erhitzten Gemütern in der Vorstadt«, stellte Deanna klar, während sie die Verbindung unterbrach. »Ich muss morgen noch ein oder zwei Stunden auf diese Sache verwenden. Es herrscht ein erbitterter Nachbarschaftsstreit: um ein Tulpenbeet, ein fehlerhaftes Gutachten und einen Cockerspaniel.«

»Klingt faszinierend.«

»Ich kann dir die Einzelheiten ja beim Abendessen erzählen.« Sie protestierte nicht, als er seinen Kopf zu ihr heruntersenkte, und ließ bereitwillig zu, dass sich ihre Lippen berührten. Der Kuss war freundlich und ohne das Drängen einer intimeren Berührung. »Du bist ja ganz nass«, murmelte sie, als sie den Regen und die kühle Haut schmeckte.

»Es regnet draußen in Strömen. Ein schönes, warmes Restaurant und ein trockener Wein, und ich werde wunschlos glücklich sein.«

»Ich habe noch einen Anruf in der Leitung.«

»Lass dir Zeit. Möchtest du irgendetwas haben?«

»Ein kaltes Getränk wäre mir sehr recht. Meine Stimme ist ganz heiser.«

Deanna schob alle störenden Gedanken beiseite und drückte auf den nächsten Knopf. »Mr. Van Damme, tut mir schrecklich leid, dass wir unterbrochen wurden. Bezüglich der Weinbestellung von Miss Perkins für morgen Abend scheint etwas durcheinandergeraten zu sein. Sie benötigt drei Kisten Taittinger, nicht zwei. Ja, das ist richtig. Und der Weißwein?« Deanna verglich ihre Aufstellung mit dem, was ihr der Lieferant vorlas. »Ja, genau.« Sie schenkte Marshall wieder ihr Lächeln, als dieser mit einer Dose 7-Up zurückkam. »Das ist wunderbar, Mr. Van Damme. Und dass es statt der Fruchttörtchen Petits fours geben soll, haben Sie sich notiert? Hervorragend. Ich denke, dann haben wir alles. Bis morgen. Auf Wiedersehen!«

Tief ausatmend legte Deanna auf. »Das war's«, verkündete sie Marshall. »Zumindest hoffe ich das.«

»Hattest du einen langen Tag?«

»Lang und produktiv.« Automatisch begann sie ihren Schreibtisch aufzuräumen. »Ich bin dir sehr dankbar, dass du mich hier abholst, Marshall.«

»Mein Zeitplan war heute nicht so eng wie deiner.«

»Mmmm.« Sie nahm einen großen Schluck, stellte die Dose ab und schaltete ihren Computer aus. »Ich stehe sowieso schon in deiner Schuld, weil ich für morgen unsere Pläne geändert habe, um Angela einen Gefallen zu tun.«

»Ein guter Psychologe sollte flexibel sein.« Er beobachtete sie, während sie ihre Papiere in Ordnung brachte und sich ihre Notizen zurechtlegte. »Außerdem hört es sich nach einer verdammt guten Party an.«

»Das wird es auch werden. Diese Frau macht keine halben Sachen.«

»Und das bewunderst du.«

»Aber sicher. Gib mir fünf Minuten Zeit zum Frischmachen, dann verspreche ich dir, meine ganze Energie darauf zu konzentrieren, beim Abendessen mit dir zu entspannen.«

Als sie sich erhoben hatte, kam er so nahe an sie heran, dass sein Körper sie ganz leicht streifte. Die unauffällige Bewegung war wie ein zarter Wink. »Du kommst mir sehr frisch vor.«

Sie spürte, wie ein erregtes Prickeln ihre Wirbelsäule hinabrieselte. In ihrem Bauch erwachte eine strahlende Wärme. Sie neigte den Kopf, um seinem Blick zu begegnen, und sah sein Verlangen, den Mangel, die Geduld, eine Kombination, die ihren Pulsschlag in die Höhe jagte.

Sie wusste, sie brauchte nur ja zu sagen, und sie würden das ganze Abendessen und jede Entspannung vergessen. Und für einen Augenblick, einen sehr langen, sehr stillen Augenblick wünschte sie sich, es könnte so einfach sein.

»Es dauert nicht lange«, murmelte sie.

»Ich warte.«

Das würde er auch weiterhin tun, dachte sie, als er beiseitetrat, um sie vorbeizulassen. Doch sie würde sich bald entscheiden müssen, ob sie auf dem gemütlichen, geselligen Weg, den diese Beziehung genommen hatte, weitergehen oder eine ganz andere Gangart einschlagen wollte.

»Hast du dich in psychologische Behandlung begeben, Dee?«

Der Kameramann an der Tür, den sie sofort erspäht hatte, nahm einen Bissen von seinem Schokoladenriegel. »Eine dümmere Bemerkung fällt dir wohl auch nicht ein, wie?«, meinte sie zu ihm.

»Nein.« Er grinste sie über den Schokoladenriegel hinweg an. Die Ansteckplakette an seiner abgewetzten Jeansweste verkündete: ICH BIN NOCH ZU HABEN. Die Knie seiner Jeans hatten Löcher. Die Leute von der Technik mussten sich um ihr äußeres Erscheinungsbild keine Gedanken machen, und Joe fühlte sich wohl so. »Aber irgendjemand musste es ja mal sagen. Hast du für morgen die Termine für die beiden Interviews festgemacht? Wegen der Tulpenkriege?«

»Ja. Und macht es dir wirklich nichts aus, dafür deinen Samstagmorgen zu opfern?«

»Wenn ich die Überstunden bezahlt kriege, geht das in Ordnung.«

»Gut. Delaney sitzt noch an seinem Schreibtisch, oder?«

»Ich warte auf ihn.« Joe biss erneut in seinen Schokoladenriegel. »Wir spielen heute Abend Poker, und da werde ich dafür sorgen, dass ich ihm meinen doppelten Tageslohn wieder abknöpfen kann, um den er mich das letzte Mal geleimt hat.«

»Tu mir dann den Gefallen und sag ihm, wir haben mit beiden Frauen einen Termin um zehn Uhr.«

»Mach ich.«

»Danke.« Deanna eilte davon, um ihre Frisur noch schnell in Ordnung zu bringen und ihr Make-up aufzufrischen. Sie schminkte sich gerade die Lippen, als Joe in die Damentoilette platzte. Hallend knallte die Tür gegen die Wand, und er stürzte auf sie zu.

»Herrgott, Joe, bist du verrückt geworden?«

»Setz deinen Hintern in Bewegung, Dee. Unser Typ wird verlangt, und zwar sofort.« Mit der einen Hand schnappte er sich ihre Handtasche vom Waschbecken, mit der anderen packte er sie am Arm.

»Aber um Himmels willen …« Sie stolperte über die Schwelle, während er sie durch die Tür nach draußen zerrte. »Hat jemand einen Krieg angefangen?«

»Fast genauso dringend. Wir müssen raus zum Flughafen O'Hare.«

»Nach O'Hare? Verdammt! Marshall wartet doch.«

Seine Ungeduld zügelnd, gestattete Joe, dass Deanna ihren Arm losriss. Wenn er Grund hatte, sich bei ihr über irgendetwas zu beklagen, dann war das nur die Tatsache, dass ihr Blickfeld zu weit war. Wenn die Kamera eine Nahaufnahme brauchte, hatte sie immer auch die Peripherie im Blick.

»Sag deinem Freund, du musst Karriere als Journalistin machen. Delaney hat gerade die Nachricht bekommen, dass ein Flugzeug im Landeanflug Probleme hat. Ein Riesending!«

»O Gott!« Deanna rannte in den Nachrichtenraum zurück, Joe war ihr dicht auf den Fersen. Sie hetzte durch den Tumult, schnappte sich ein leeres Notizbuch von ihrem Schreibtisch. »Marshall, tut mir leid, aber ich muss weg.«

»Das habe ich mir bereits gedacht. Willst du, dass ich warte?«

»Nein.« Sie fuhr sich mit der Hand durch die Haare, griff nach ihrer Jacke. »Ich weiß nicht, wie lange es dauern wird. Ich rufe dich an. – Delaney!«, rief sie.

Der korpulente Mann, der die Aufträge verteilte, schwenkte den Stummel seiner erloschenen Zigarre in ihre Richtung. »Brechen Sie sofort auf, Reynolds! Bleiben Sie über das Zweiwegekabel mit uns in Verbindung. Wir schalten Sie live zu. Bringen Sie mir einen Knüller!«

»Tut mir wirklich leid!«, rief sie Marshall zu. »Woher kommt das Flugzeug?«, wollte sie von Joe wissen, als sie die Treppe hochrasten. Seine Motorradstiefel knallten auf das Metall wie Gewehrschüsse.

»Aus London. Sie geben uns die restlichen Informationen, während wir unterwegs sind.« Er schob die Tür nach draußen auf, und sie stürzten sich in den sintflutartigen Regen. Sofort klebte ihm das Sweatshirt mit den Chicago Bulls darauf an der Brust. Den Sturm noch übertönend, schrie er beim Aufschließen des Sendewagens zu ihr hinüber: »Es ist eine 747 mit mehr als zweihundert Passagieren an Bord. Die linke Düse hat einen Schaden, dazu gibt es Probleme mit dem Radargerät. Vielleicht hat der Blitz eingeschlagen.« Wie um seine Worte zu unterstreichen, zuckte in diesem Augenblick ein krachender Blitz über den schwarzen Himmel und tauchte alles in grelles Licht.

Bereits völlig durchnässt, kletterte Deanna in den Sendewagen. »Wann sollte das Flugzeug denn ankommen?«

»Keine Ahnung. Lass uns einfach hoffen, dass wir früher da sind.« Die Aufnahme von der Bruchlandung würde er nur äußerst ungern verpassen. Er startete den Motor und blickte zu ihr hinüber. Das Funkeln in seinen Augen versprach eine wilde Fahrt. »Und jetzt kommt der Knaller, Dee: An Bord befindet sich Finn Riley, und dieser verrückte Kerl war es auch, der uns über diese Sache informiert hat.«

4

In der vorderen Kabine der geschundenen 747 zu sitzen glich einem Ritt im Bauch eines Mustangs, der an Verdauungsbeschwerden litt. Das Flugzeug bockte, stieß hin und her, erzitterte und schüttelte sich, als ob es mit aller Macht dagegen ankämpfen würde, die in ihm befindlichen Passagiere auszuspeien. Einige der Menschen an Bord beteten, andere weinten, wieder andere hatten ihre Gesichter in den Tüten vergraben, die für Fälle von Übelkeit bereitlagen, und fühlten sich so schwach, dass sie nur noch stöhnen konnten.

Finn Riley verschwendete nicht viele Gedanken auf das Beten. Er war zwar auf seine Weise ein religiöser Mensch und konnte, wenn er das Bedürfnis dazu verspürte, seine Sünden bereuen wie er es früher als Kind in diesen düsteren Sitzungen im Beichtstuhl getan hatte. Im Moment hatte es für ihn jedoch keine besondere Priorität, Buße zu tun.

Ihm stand nicht mehr viel Zeit zur Verfügung – die Batterie seines Laptops war gleich leer; bald würde er sein Diktiergerät einschalten müssen. Finn schrieb seine Texte allerdings viel lieber, wenn die Worte direkt aus seinem Kopf in die Finger flossen.

Er blickte aus dem Fenster nach draußen. Immer wieder explodierte der Himmel, wenn die Blitze herabzuckten, Lanzen der Götter gleich – nein, entschied er und verwarf diese Formulierung. Das klang zu abgedroschen. Es war wie auf einem

Schlachtfeld, auf dem die Natur gegen die Technik des Menschen kämpfte. Die Geräuschkulisse erinnerte tatsächlich an Krieg, grübelte er. Die Gebete, das Weinen, das Stöhnen, gelegentlich hysterisches Lachen. Das kannte er aus den Schützengräben. Und das hallende Krachen des Donners, das das Flugzeug wie ein Spielzeug erzittern ließ, kannte er ebenfalls.

Die letzten Augenblicke seiner endgültig an Kraft verlierenden Batterie nutzte er dafür, diesen Aspekt des Geschehens festzuhalten.

Sobald er den Laptop ausgeschaltet hatte, verstaute er Diskette und Computer im sicheren Schutz seines schweren Metallkoffers. Er musste einfach darauf hoffen, dass alles gut ging, dachte er sich, als er sein Miniatur-Diktiergerät aus der Aktentasche zog. Er hatte die Folgen eines Flugzeugabsturzes oft genug erlebt, um zu wissen, dass es reine Glückssache war, einen Absturz heil zu überstehen.

»Es ist der fünfte Mai, sieben Uhr zwei Central Time«, sprach Finn in das Diktiergerät. »Wir befinden uns an Bord des Fluges 1129 und nähern uns dem Flughafen O'Hare, obwohl der Sturm es unmöglich macht, irgendwelche Lichter zu erkennen. Vor etwa zwanzig Minuten wurde die linke Düse vom Blitz getroffen. Und dem Flugbegleiter der Ersten Klasse konnte ich die Information entlocken, dass es auch mit dem Radargerät Probleme gibt, die möglicherweise mit dem Sturm zusammenhängen. An Bord befinden sich zweihundertzweiundfünfzig Passagiere sowie zwölf Besatzungsmitglieder.«

»Sie sind verrückt.« Der Mann neben Finn hob seinen Kopf, den er die ganze Zeit zwischen die Knie gehalten hatte. Sein bleiches, schweißnasses Gesicht hatte einen grünlichen Farbton. Er sprach mit dem Akzent der britischen Oberklasse; seine mehr als nur undeutliche Aussprache war auf eine Kombination aus Scotch und Entsetzen zurückzuführen. »Wir können in wenigen Minuten tot sein, und Sie haben nichts Besseres zu tun, als in irgendein verdammtes Gerät hineinzusprechen.«

»Wir können in einigen Minuten auch noch leben. Doch wie auch immer, es ist auf alle Fälle etwas für die Nachrichten.« Mitfühlend zog Finn ein Taschentuch aus der Gesäßtasche seiner Jeans. »Hier!«

»Danke.« Murmelnd tupfte sich der Mann das Gesicht ab. Als das Flugzeug erneut erzitterte, ließ er den Kopf kraftlos nach hinten gegen den Sitz sinken und schloss die Augen. »Sie müssen ja Eiswasser statt Blut in den Adern haben.«

Finn lächelte nur. Sein Blut war alles andere als Eis, heiß wurde es durch seine Adern gepumpt, aber es war zwecklos, den Versuch zu unternehmen, das einem Laien zu erklären. Natürlich war er weder angstfrei noch besonders fatalistisch. Aber er hatte eben den engen Gesichtskreis und den Tunnelblick, der Reportern eigen ist, und sein Diktiergerät, das Notizbuch und den Laptop. Das waren die Schutzschilde, die ihm die Illusion der Unzerstörbarkeit vermittelten.

Warum würde ein Kameramann sonst weiterfilmen, wenn um ihn herum die Kugeln pfiffen? Warum hielt ein Reporter einem Psychopathen ein Mikrofon hin oder rannte während einer Bombendrohung in das betreffende Gebäude hinein, anstatt sich aus ihm zu entfernen? Weil ihn die Schutzschilde der Presse blind für alles andere machten.

Oder vielleicht waren sie ja auch einfach nur verrückt, dachte Finn und grinste.

»He!« Er drehte sich in seinem Sitz herum und richtete das Diktiergerät aus. »Wollen Sie mir mein letztes Interview geben?«

Sein Nebenmann öffnete zwei rot geränderte Augen. Sie erblickten einen Mann, der nur wenige Jahre jünger war als er selbst, dessen klare, helle Haut durch den Anflug eines Bartes ein wenig dunkler wirkte als die zerzauste Mähne seiner gewellten, bronzefarbenen Haare, die über den Kragen einer Bomberjacke aus Leder fielen. Die scharfen Gesichtszüge eines knochigen Gesichtes wurden von einem Mund abgemildert, der sich zu einem breiten, gewinnenden Grinsen verzog, bei dem sich ein krummer Eckzahn zeigte. Das Grinsen ließ seine Grübchen deutlicher hervortreten, doch anstatt seinem Gesicht einen sanfteren Ausdruck zu geben, ließen die Grübchen wie die Einkerbungen eines Felsens seine Gesichtszüge nur noch härter wirken.

Die tiefblauen Augen zogen den Betrachter unwillkürlich in ihren Bann. Im Augenblick wirkten sie ein wenig verschleiert, wie ein in Nebelschwaden gehüllter See, und drückten Belustigung, eine gewisse Selbstverachtung und Verwegenheit aus.

Der Mann vernahm ein Geräusch, das ihm aus der Kehle drang, und stellte völlig verblüfft fest, dass er lachte. »Schweinepriester!«, meinte er und grinste zurück.

»Auch wenn wir das dieses Mal durchgehen lassen, glaube ich nicht, dass es gesendet wird. Wir haben gewisse Standards. Ist das Ihre erste Reise in die Vereinigten Staaten?«

»Sie sind wirklich verrückt.« Doch ein Teil seiner Angst verebbte. »Nein, ich unternehme diese Reise ungefähr zweimal im Jahr.«

»Was wollen Sie als Erstes tun, wenn wir heil auf dem Boden aufkommen?«

»Meine Frau anrufen. Kurz vor meiner Abreise hatten wir noch Krach wegen einer völlig dummen Sache.« Erneut wischte er sich das feuchte und kalte Gesicht ab. »Als Erstes will ich meine Frau und meine Kinder anrufen.«

Das Flugzeug verlor an Höhe. Mit einem Krachen wurde die Lautsprecheranlage lebendig und durchdrang das Schreien und Schluchzen. »Meine Damen und Herren, bitte bleiben Sie auf Ihren Sitzen und schnallen Sie sich an. Wir werden jeden Augenblick landen. Um Ihrer eigenen Sicherheit willen legen Sie bitte den Kopf zwischen die Knie und halten Sie die Knöchel fest. Sobald wir gelandet sind, werden die Notfallmaßnahmen zur Evakuierung eingeleitet.«

Oder sie kratzen uns mit Schaufeln vom Rollfeld, dachte Finn. Die Bilder der über Schottland verteilten Wrackteile der explodierten Pan-Am-Maschine kamen ihm in den Sinn und erzeugten Beklommenheit. Er erinnerte sich noch viel zu gut daran, was er gesehen, wie es gerochen und wie er sich gefühlt hatte, als er den Bericht sendete.

Fatalistisch fragte er sich, wer wohl vor den zerfetzten rauchenden Metallteilen des Flugzeugs stehen und der Welt vom Schicksal des Fluges 1129 berichten würde.

»Wie heißt Ihre Frau?«, fragte Finn, während er sich nach vorne beugte.

»Anna.«

»Und die Kinder?«

»Brad und Susan. O Gott, ich will nicht sterben.«

»Denken sie an Anna und Brad und Susan«, meinte Finn, »und an nichts anderes. Das hilft.« Mit kühlem Blick musterte er das keltische Kreuz, das sich unter seinem Pullover hervorgearbeitet hatte und jetzt an seiner Kette baumelte. Auch er hatte Menschen, an die er denken konnte. Er schloss die Hand über dem Kreuz, hielt es fest umklammert und spürte die Wärme.

»Es ist sieben Uhr neun, Central Time. Der Pilot beginnt mit der Landung.«

»Kannst du es schon sehen? Joe, kannst du es sehen?«

»Bei diesem gottverdammten Regen sehe ich überhaupt nichts.« Er kniff die Augen zusammen und hob die Kamera. Der Regen lief über seine Baseballkappe und plätscherte in einem kleinen Wasserfall vor seinem Gesicht herab. »Ich kann es gar nicht glauben, dass sonst noch keine Nachrichtenteams hier sind. Das sieht Finn ähnlich, uns mit einem Anruf über diese Supergeschichte zu informieren, sodass wir daraus einen Exklusivbericht machen können.«

»Die anderen haben aber inzwischen bestimmt ebenfalls Wind davon bekommen.« Deanna bemühte sich, in der Dunkelheit irgendetwas zu erkennen, und schob sich die tropfnassen Haare aus dem Gesicht. Die Lichter der Landebahn ließen den Regen wie einen Hagelschauer aus kleinen silbernen Strichen wirken. »Wir werden hier draußen nicht mehr lange unter uns sein. Ich hoffe nur, sie benutzen tatsächlich diese Landebahn hier.«

»Bestimmt. Hast du das gehört? Ich glaube, das war kein Donner.«

»Nein, es klang wie … Da!« Sie stieß mit einem Finger in den Himmel. »Schau nur! Das muss das Flugzeug sein.«

Die Lichter der 747 waren in dem strömenden Regen kaum zu erkennen. Ganz schwach hörte sie das Flugzeuggeräusch, dann das Aufheulen der schweren Rettungsfahrzeuge. Ihr wurde ganz flau im Magen.

»Benny? Zeichnest du das auf?« Sie hob ihre Stimme, um den Sturm zu übertönen, und nahm zufrieden wahr, dass die Stimme des Produktionsleiters im Kopfhörer zu verstehen war. »Die Maschine kommt jetzt herunter. Ja?« Sie nickte Joe zu. »Wir sind so weit. Wir gehen live auf Sendung«, sagte sie ihm. Dann stellte sie sich mit dem Rücken zur Landebahn auf. »Schwenk von mir weg und halte dann die ganze Zeit auf das Flugzeug. Sie haben uns«, murmelte sie und lauschte dem wüsten Durcheinander im Regieraum, das aus ihrem Kopfhörer drang und eher an ein Tollhaus erinnerte. »Noch fünf Sekunden, Joe.«

Sie hörte die einleitenden Worte des Moderators und ihr Stichwort. »Gerade eben konnten wir die Lichter der Unglücksmaschine ausmachen. Wie Sie selbst sehen können, hat sich der heftige Sturm noch weiter verstärkt, und strömender Regen fegt über die Landebahnen. Offiziell gibt es seitens der Flughafenbehörde keinerlei Stellungnahmen darüber, mit welchen Problemen Flug 1129 zu kämpfen hat, doch die Rettungsfahrzeuge stehen bereit.«

»Was können Sie sehen, Deanna?« Die Frage kam vom Moderator im Studio.

»Wir können die Lichter des Flugzeugs erkennen, außerdem hören wir die Düsen. Die Maschine sinkt immer weiter nach unten.« Sie drehte sich um, während Joe die Kamera gen Himmel schwenkte. »Da!« Im Licht eines Blitzes wurde das Flugzeug sichtbar, wie ein riesiges hellsilbernes Geschoss raste es auf den Boden zu. »An Bord von Flug 1129 befinden sich zweihundertvierundsechzig Menschen, darunter zwölf Besatzungsmitglieder.« Sie musste schreien, um das Tosen des Sturmes, die Düsen und das Heulen der Sirenen zu übertönen. »Finn Riley, Auslandskorrespondent der CBC, ist ebenfalls an Bord. Er kehrt gerade von seinem Posten in London nach Chicago zurück. Gott stehe ihnen bei«, murmelte sie. Dann verstummte sie und ließ die Bilder den Rest der Geschichte erzählen. Das Flugzeug war jetzt immer deutlicher zu sehen.

Es hatte schwer zu kämpfen. Sie stellte sich vor, wie es wohl in seinem Inneren sein mochte, während der Pilot sich verzweifelt bemühte, die Nase des Flugzeugs oben und die Maschine gerade zu halten. Der Krach musste ohrenbetäubend sein.

»Fast«, flüsterte sie und vergaß die Kamera, das Mikrofon und die Zuschauer. Wie gebannt starrte sie auf das Flugzeug. Sie sah das Fahrgestell, dann das hellrot, weiß und blau gefärbte Emblem der Fluglinie an der Seite. Im Kopfhörer hörte sie nur noch statische Störungen.

»Ich kann Sie nicht mehr hören, Martin. Bleiben Sie dran.«

Sie hielt den Atem an, als die Räder mit einem harten Schlag auf der Rollbahn aufsetzten, schleuderten, wieder hochprallten, und das Flugzeug schwankend und schlitternd an den aufblitzenden Lichtern der Rettungsfahrzeuge vorbei die Rollbahn entlangraste.

»Es schleudert«, rief sie. »Unter der linken Tragfläche ist Rauch zu sehen. Ich kann das Kreischen der Bremsen hören. Das Flugzeug wird jetzt eindeutig langsamer. Noch hat der Pilot es allerdings nicht unter Kontrolle.«

Die Tragfläche neigte sich, kratzte über die Rollbahn und ließ einen Funkenregen hochschießen. Deanna beobachtete, wie die Funken mit einem Zischen in der Nässe erloschen und das Flugzeug herumschwenkte. Dann erzitterte es ein letztes Mal und blieb schließlich mit einem heftigen Ruck schräg auf der Landebahn stehen.

»Es ist gelandet. Flug 1129 befindet sich auf dem Boden.«

»Deanna, können Sie den Schaden abschätzen?«

»Von hier aus nicht. Ich habe nur an der linken Tragfläche Rauch gesehen, womit sich unsere inoffiziellen Berichte über einen Schaden im Bereich der Düse an der linken Tragfläche bestätigen könnten. Die Rettungsmannschaften haben einen Schaumteppich gelegt, Krankenwagen stehen bereit. Gerade öffnet sich die Tür, Martin, und die Notrutsche wird herabgelassen. Ah ja, jetzt sehe ich, wie die ersten Passagiere evakuiert werden.«

»Geht noch näher heran«, befahl der Produktionsleiter. »Wir schalten zu Martin zurück, das verschafft euch die nötige Zeit.«

»Wir gehen jetzt noch ein wenig näher heran und bringen Ihnen dann mehr über Flug 1129, der gerade in O'Hare gelandet ist. Deanna Reynolds für die CBC.«

»Ihr seid nicht mehr auf Sendung. Also, los mit euch!«, rief der Produktionsleiter.

»Verdammt noch mal!« Die Aufregung ließ Joes Stimme eine Oktave in die Höhe rutschen. »Was für Bilder! Was für Bilder!«

Sie warf ihm einen kurzen Blick zu und entgegnete nur: »Komm schon, Joe, lass uns sehen, ob wir noch ein paar Interviews bekommen können.«

Sie eilten zur Landebahn, während immer mehr Passagiere die Notrutsche herunter in die Arme der wartenden Männer und Frauen vom Rettungsdienst glitten. Als die beiden den Fahrzeugpulk erreicht hatten und wieder alles für die Übertragung vorbereiteten, waren bereits ein halbes Dutzend Menschen sicher ins Freie gelangt. Eine Frau saß auf der Erde und weinte in ihre verschränkten Arme hinein. Mit der Zielstrebigkeit eines Journalisten nahm Joe alles auf.

»Benny, wir sind jetzt am Schauplatz des Geschehens. Bekommst du alles gut herein?«

»Hervorragend. Beste Bilder. Wir schalten euch wieder live dazu. Bringt mir einen der Passagiere, bringt mir …«

»Riley«, rief Joe. »Hey, Finn Riley!«

Deanna blickte zur Rutsche zurück und sah gerade noch, wie Finn herunterglitt. Als er hörte, wie sein Name gerufen wurde, drehte er den Kopf. Die Augen als Schutz vor dem herunterstürzenden Regen zusammengekniffen, konzentrierte er sich auf die Kamera und grinste.

Trotz des Metallkoffers, den er umklammerte, kam er sanft auf dem Boden auf. Regen tropfte ihm aus den Haaren, glitt über seine Lederjacke und durchtränkte seine Stiefel.

Mit federnden Schritten legte er die Entfernung von der Rutsche bis zur Kamera zurück.

»Du Glückspilz!«, strahlte Joe und gab Finn einen freundschaftlichen Stoß gegen die Schulter.

»Schön, dich zu sehen, Joe. Entschuldige mich einen Moment.« Ohne jede Vorwarnung packte er Deanna und küsste sie heftig auf den Mund. Sie hatte gerade die Zeit, die Hitze zu spüren, die sein Körper ausstrahlte, fühlte den leichten Stromstoß, als sein Mund den ihren berührte, den kurzen Kraftausbruch, dann hatte er sie auch schon wieder losgelassen.

»Ich hoffe, Sie hatten nichts dagegen.« Er schenkte ihr ein charmantes Lächeln. »Ich wollte eigentlich die Erde küssen, aber Sie sahen einfach viel besser aus. Kann ich mir die für einen Moment ausleihen?«

Schon nahm er ihr den Kopfhörer ab. »He!«

»Wer hat die Produktionsleitung?«

»Benny. Und ich ...«

»Benny?« Er schnappte sich ihr Mikrofon. »Ja, ich bin's. Dann ist mein Anruf also bei euch angekommen.« Er lachte in sich hinein. »Die Freude ist ganz auf meiner Seite. Für die Nachrichtenredaktion tue ich doch alles.« Er lauschte einen Moment, dann nickte er. »Kein Problem. Wir sind in zehn Sekunden live auf Sendung«, informierte er Joe. »Können Sie kurz darauf aufpassen?«, fragte er Deanna und stellte seinen Koffer neben ihren Füßen ab. Dann schob er sich die Haare aus dem Gesicht und blickte in die Kamera.

»Sie hören Finn Riley mit einem Livebericht vom Flughafen O'Hare. Heute Abend um sechs Uhr zweiunddreißig wurde Flug 1129 von London nach Chicago vom Blitz getroffen.«

Deanna wunderte sich, dass der Regen, der über ihre Kleidung rann, nicht zischte, als sie Finn bei seinem Bericht beobachtete. Bei ihrem Bericht, verbesserte sie sich. Zwei Minuten, nachdem dieser hinterhältige Mistkerl auf dem Boden aufgekommen war, hatte er sich über sie hergemacht, ihr ihren Beitrag gestohlen und ihr Aufgaben zugeschustert, die eines Laufburschen würdig waren.

Und dazu war er auch noch gut. Deanna schäumte vor Wut, als sie zusah, wie er die Zuschauer auf die Odyssee des Fluges

1129 von London nach Chicago mitnahm. Doch eigentlich war das keine Überraschung. Sie hatte schon früher seine Berichte gesehen – aus London, natürlich, und aus Haiti, Mittelamerika, dem Nahen Osten.

Sie hatte sogar für einige dieser Berichte die einleitenden Worte gesprochen.

Aber darum ging es jetzt nicht.

Er hatte ihr einfach ihren Teil der Berichterstattung weggenommen. Vielleicht hatte er ihr ja die Schau stehlen können, aber Deanna beschloss, es ihm nicht so leicht zu machen, sich einfach ihren Beitrag anzueignen.

Interviews zu führen war eine ihrer Stärken, entsann sie sich und rang darum, ihre Fassung wiederzugewinnen. Daraus bestand ihre Arbeit, und genau das würde sie jetzt tun. Und zwar in hervorragender Weise.

Sie drehte Finn den Rücken zu, beugte sich nach vorne, um sich vor dem herunterprasselnden Regen zu schützen und machte sich auf die Suche nach geeigneten Passagieren.

Wenige Augenblicke später tippte jemand gegen ihren Rücken. Sie drehte sich um, hob eine Braue. »Brauchen Sie noch etwas?«

»Einen Brandy und ein prasselndes Feuer.« Finn wischte sich den Regen aus dem Gesicht. Nichts schien ihn bremsen zu können. Das Chaos, die Unverzüglichkeit, mit der er seinen Bericht hatte abgeben können, und die einfache Tatsache, nicht ums Leben gekommen zu sein, spornten ihn an. »In der Zwischenzeit könnten wir den Bericht mit ein paar Interviews abrunden. Ein paar Passagiere, Leute vom Rettungsdienst – vielleicht mit etwas Glück auch einige Mitglieder der Besatzung. Für einen Sonderbericht vor den Spätnachrichten sollten wir das jedenfalls im Kasten haben.«

»Ich habe bereits ein paar Passagiere zusammenbekommen,

die gewillt sind, sich mit mir während der Sendung zu unterhalten.«

»Gut. Nehmen Sie Joe und erledigen Sie das. Ich werde währenddessen versuchen, irgendwie an ein Interview mit dem Piloten heranzukommen.«

Bevor er sich abwenden konnte, schnappte sie sich seinen Arm. »Ich brauche mein Mikrofon.«

»Oh, aber selbstverständlich.« Er reichte es ihr, dann übergab er ihr auch den Kopfhörer. Sie sieht aus wie ein nasser Hund, dachte er, aber nicht wie eine Promenadenmischung, sondern wie einer jener aristokratischen afghanischen Windhunde, die das Kunststück fertigbringen, auch unter den schlimmsten Bedingungen Würde und Stil zu bewahren. Sein Vergnügen darüber, am Leben zu sein, steigerte sich noch. Es war die reine Freude zu beobachten, wie sie ihn wütend anfunkelte. »Ich kenne Sie, nicht wahr? Sind Sie nicht bei den *Morgennachrichten?*«

»In den letzten Monaten war ich nur im *Mittagsmagazin* zu sehen.«

»Herzlichen Glückwunsch.« Er konzentrierte sich bewusster auf sie. Das verschleierte Blau seiner Augen wurde klar und durchdringend. »Diana – Nein, Deanna. Stimmt's?«

»Sie haben ein gutes Gedächtnis. Ich glaube nicht, dass wir schon vorher einmal miteinander gesprochen haben.«

»Nein, aber ich habe etwas von Ihrer Arbeit mitbekommen. Sie war recht gut.« Sein Blick irrte schon wieder suchend umher. »Im Flugzeug waren auch einige Kinder. Wenn Sie sie nicht ans Mikrofon bekommen, sollten Sie sie zumindest vor die Kamera bringen. Schauen Sie, da ist ja die Konkurrenz.« Er deutete auf ein paar andere Journalisten, die sich zwischen die Passagiere gemischt hatten. »Wir sollten uns mit unserer Arbeit ein wenig beeilen.«

»Ich kenne meine Arbeit«, sagte sie, doch er lief schon wieder weg.

»Der scheint ja nicht unter einem Mangel an Eigendünkel zu leiden.«

Joe, der neben ihr stand, schnaubte verächtlich. »Sein Ego ist so groß wie der Sears Tower und alles andere als leicht zu erschüttern. Wenn du mit ihm allerdings einen Bericht produzierst, kannst du dich darauf verlassen, dass er einfach alles richtig macht. Und er behandelt die Mitglieder seines Teams auch nicht wie geistig minderbemittelte Sklaven.«

»Zu dumm, dass er anderen Reportern gegenüber nicht den gleichen Anstand an den Tag legt.« Sie machte auf dem Absatz kehrt. »Lass uns jetzt die Aufnahmen machen.«

Es war bereits nach neun Uhr, als sie in das Gebäude der CBC zurückkehrten. Finn wurde wie ein Held empfangen. Jemand reichte ihm eine Flasche Jameson mit unversehrtem Siegel. Fröstelnd begab sich Deanna unverzüglich an ihren Schreibtisch, schaltete den Computer ein und begann, ihr Manuskript zu schreiben.

Sie wusste, dass dieser Bericht landesweit ausgestrahlt werden würde, und diese Chance wollte sie nicht verpassen.

Auf das Gelächter, das anerkennende Klopfen auf den Rücken und das laute Getöse in der Redaktion ließ sie sich bewusst nicht ein. Stattdessen schrieb sie wie wild an ihrem Text und arbeitete hier und da die flüchtigen Notizen mit ein, die sie hinten im Sendewagen in ihr Notizbuch gekritzelt hatte.

»Bitte schön!« Sie drehte sich um und sah, wie ihr eine breite Hand mit langen Fingern und mehreren Narben unten am Daumen ein Glas auf den Schreibtisch stellte. Darin befanden sich etwa zweieinhalb Zentimeter einer bernsteinfarbenen Flüssigkeit.

»Bei der Arbeit trinke ich keinen Alkohol.« Sie hoffte, bei diesen Worten eher kühl als steif zu klingen.

»Ich glaube nicht, dass ein Schluck Whiskey Ihr Urteilsvermögen beeinträchtigt«, meinte Finn und verfiel dabei unversehens in einen klangvollen irischen Akzent. »Außerdem wird er in Ihrem Bauch eine überaus angenehme Wärme hervorrufen. Und Sie haben doch nicht vor, schwere Maschinen zu bedienen, oder?« Finn umrundete ihren Sessel und setzte sich auf den Rand ihres Schreibtischs. »Ihnen ist ja ganz kalt.« Er reichte ihr ein Handtuch. »Kippen Sie ihn einfach hinunter. Und trocknen Sie sich die Haare ab. Wir haben noch einiges an Arbeit vor uns.«

»Der widme ich mich gerade.« Das Handtuch nahm sie jedoch entgegen. Und nach kurzem Zögern trank sie auch den Whiskey. Es war nur ein Schluck, aber Finn hatte recht: Er entfachte in ihrem Bauch ein kleines, behagliches Feuer.

»Wir haben noch dreißig Minuten Zeit für den Text. Benny bearbeitet bereits die Aufnahmen.« Finn reckte seinen Hals, um ihren Bildschirm einsehen zu können. »Gute Arbeit«, kommentierte er.

»Sie würde noch besser, wenn Sie mich nicht dauernd davon abhalten würden.«

Er war Feindseligkeit gewohnt, hatte aber immer ein starkes Interesse zu erfahren, was die Ursache dafür war. »Sind Sie sauer, weil ich Sie geküsst habe? Ich will Sie ja nicht kränken, Deanna, aber es war wirklich nicht persönlich gemeint. Es war eher wie ein Urinstinkt.«

»Ich bin nicht sauer, weil Sie mich geküsst haben«, stieß sie hervor und begann wieder zu tippen. »Ich bin darüber sauer, dass Sie mir meine Story geklaut haben.«

Finn nahm sein Knie in die Hände und dachte über ihre Worte nach. Er kam zu dem Schluss, dass an ihrem Argument tatsächlich etwas dran war, auch wenn es ihn nicht völlig überzeugte. »Dann lassen Sie mich Ihnen eine Frage stellen: Was ergibt den besseren Film? Wenn Sie sich vor das Flugzeug stellen und einen Bericht abgeben oder wenn ich wenige Minuten nach der Evakuierung detailliert beschreibe, was während des Flugs geschehen ist?«

Sie hatte nur einen zornigen Blick für ihn übrig und sagte nichts dazu.

»Okay, während Sie noch weiter darüber nachdenken, werde ich meinen Text ausdrucken und sehen, wie er sich zusammen mit Ihrem lesen lässt.«

Sie hielt inne. »Was meinen Sie mit ›Ihrem‹ Text?«

»Den Text, den ich im Flugzeug verfasst habe. Ich habe sogar noch ein Interview mit meinem Sitznachbarn geführt.« Die unbekümmerte Belustigung war wieder in seinen Blick zurückgekehrt. »So etwas kommt sehr gut beim Zuschauer an.«

Trotz ihrer Verärgerung hätte sie beinahe gelacht. »Sie haben einen Text verfasst, während Ihr Flugzeug abstürzt?«

»Diese tragbaren Computer funktionieren doch überall. Sie haben übrigens noch ungefähr fünf Minuten, dann kommt Benny vorbei und rauft sich wieder die Haare.«

Deanna starrte hinter Finn her, als dieser davoneilte, um sich einen Schreibtisch zu organisieren.

Ganz offensichtlich war dieser Mann verrückt.

Allerdings war er auch ausgesprochen talentiert, stellte sie dreißig Minuten später fest.

Keine drei Minuten vor der Sendezeit waren das bearbeitete Band und der Abspann fertig. Das ebenfalls überarbeitete, umgeschriebene und mit allen Zeitangaben versehene Manuskript wurde in den optischen Souffleur eingegeben, und Finn Riley, immer noch in Pullover und Jeans, nahm hinter dem Tisch des Moderators Platz. Sein Bericht wurde landesweit ausgestrahlt.

»Guten Abend. Wir begrüßen Sie zu einem Sonderbericht über Flug 1129. Mein Name ist Finn Riley.«

Deanna wusste, dass er den Nachrichtentext ablas, da sie die ersten dreißig Sekunden selber geschrieben hatte. Dennoch hatte man das Gefühl, er würde eine Geschichte erzählen. Er wusste genau, welches Wort er besonders zu betonen und wann er eine Pause einzulegen hatte. Und er wusste genau, wie er durch die Kamera den Zuschauer erreichte.

Dabei wirkte er überhaupt nicht plump, grübelte sie, und machte auch nicht den Eindruck, sich zu einem gemütlichen Plausch eingefunden zu haben. Er überbrachte die Nachrichten, vermittelte eine Botschaft, und wahrte dabei irgendwie die Distanz.

Ganz schön raffiniert, dachte sie. Immerhin hatte er selbst in dem Flugzeug gesessen, das er beschrieb.

Sogar beim Ablesen seiner eigenen Worte, die er formuliert hatte, als er in einem Flugzeug mit rauchendem linken Triebwerk vom Himmel herabstürzte, blieb er distanziert. Er war der Erzähler der Geschichte, nicht die Geschichte selbst.

Bewunderung schlich sich durch ihre Abwehr.

Als der Filmbeitrag eingespielt wurde, drehte sie sich zum Monitor und sah sich selbst. Mit tropfnassen Haaren und riesigen Augen stand sie da, ihr Gesicht genauso fahl wie das Wasser, das auf sie herunterprasselte. Ihre Stimme klang fest. Das hatte sie im Griff, dachte Deanna. Aber sie war nicht distanziert. Ihre Angst und ihr Entsetzen waren einfach da und teilten sich genauso deutlich mit wie ihre Worte.

Und als die Kamera wegschwenkte, um das über die Landebahn schleudernde Flugzeug einzufangen, hörte sie ihr geflüstertes Gebet.

Ich lasse mich viel zu sehr auf das Geschehen ein, erkannte sie und seufzte.

Es wurde noch schlimmer, als sie Finn auf dem Monitor sah, der Minuten, nachdem er dem beschädigten Flugzeug entkommen war, die Berichterstattung an sich gerissen hatte. Er wirkte wie ein Krieger, der gerade aus der Schlacht zurückkommt – ein erfahrener Krieger, der jeden Schlag und jeden Hieb kurz und knapp und ohne jedes Gefühl erläutern konnte.

Und er hatte recht. Das kam dem Filmbeitrag zugute.

Während der Werbung ging Deanna hoch in den Regieraum. Ungeachtet des Schweißes, der Benny auf der breiten, zerfurchten Stirn stand, grinste der Produktionsleiter wie ein Schwachsinniger, ein fetter Mann mit einem Gesicht, das immer gerötet war, und der zudem die Angewohnheit hatte, dauernd an seinen glatten braunen Haarbüscheln herumzuziehen. Doch Deanna wusste, dass es für diesen Posten keinen Besseren gab.

»Wir schlagen jeden anderen Sender der Stadt«, meinte er gerade über Kopfhörer zu Finn. »Keiner hat Aufnahmen von der Landung oder vom Beginn der Evakuierung.« Er warf Deanna eine Kusshand zu. »Das ist wirklich toll geworden. In zehn Sekunden bist du wieder zurück auf Sendung, Finn. Dann werden wir die aufgezeichneten Interviews mit den Passagieren bringen. Und los!«

Während der letzten dreieinhalb Minuten der Sendung murmelte Benny unaufhörlich vor sich hin und zog an seinen Haaren.

»Vielleicht hätten wir ihm doch eine Jacke geben sollen«, sagte er irgendwann.

»Nein«, meinte Deanna. Es hatte keinen Sinn, Finn weiter grollen zu wollen. Sie legte Benny eine Hand auf die Schulter und fuhr fort: »Er sieht großartig aus.«

»Und in den letzten Augenblicken, in denen das Flugzeug sich noch in der Luft befand, dachten einige, wie Harry Lyle, an ihre Familie. Andere, wie Marcia DeWitt und Kenneth Morgenstern, dachten an ihre unerfüllten Träume. Für sie und alle anderen an Bord von Flug 1129 war die lange Nacht um sieben Uhr siebzehn beendet, als das Flugzeug auf Landebahn drei sicher zum Stehen kam. Finn Riley für die CBC. Gute Nacht.«

»Den Abspann rein! Und die Musik! So, das hätten wir!«

Der ganze Regieraum jubelte los. Benny lehnte sich in seinem Drehsessel zurück und warf triumphierend die Arme in die Luft. Telefone begannen zu klingeln.

»Benny, auf Apparat zwei ist Barlow James!«

Sofort wurde es totenstill im Regieraum. Benny starrte den Hörer an, als ob dieser eine Schlange wäre. Barlow James, dem die ganze Nachrichtenabteilung unterstand, rief nur selten an.

Alle Augen waren auf Benny gerichtet, der schluckte und dann den Anruf entgegennahm. »Mr. James?« Eine Weile lauschte Benny den Worten aus dem Hörer. Zunächst war ihm alles Blut aus dem geröteten Gesicht gewichen, dann strömte es in einer heißen Welle zurück. »Danke, Sir.« Mit einem breiten Grinsen verkündete er, dass alles in Ordnung war, und löste damit erneutes Jubelgeschrei aus. »Ja, Sir. Finn ist ein wahrer Glücksfall. Wir sind froh, dass er wieder bei uns ist. Deanna Reynolds?« Er drehte sich in seinem Sessel herum und machte Deanna schöne Augen. »Ja, Mr. James, wir sind stolz darauf, sie in unserem Team zu haben. Vielen Dank. Ich werde es weitergeben.«

Benny legte wieder auf, erhob sich und tanzte einen schnellen Boogie-Woogie, der seinen Bauch über seinem Gürtel in wilde Zuckungen versetzte. »Barlow war hellauf begeistert«, frohlockte Benny. »Sie wollen die ganzen acht Minuten für die Zweigsender. Von dir war er ebenfalls ganz hingerissen.« Benny packte Deanna an den Händen und wirbelte sie herum. »Ihm gefiel dein frischer, vertraulicher Stil – das war ein Zitat – und die Tatsache, dass du auch völlig durchnässt noch ein so gutes Bild abgegeben hast.«

Mit einem erstickten Lachen wich Deanna einen Schritt zurück und stieß dabei mit voller Wucht gegen Finn.

»Und das sind für eine Reporterin zwei hervorragende Eigenschaften«, stellte Finn fest. Als er sie stützte, streifte ihn der Duft ihrer Haare nach Regen und Apfelblüten. »Gute Arbeit, Jungs.« Er ließ Deanna wieder los und schüttelte den auf ihn zustürmenden Mitarbeitern der Regie die Hand. »Wirklich großartig.«

»Mr. James heißt dich ganz herzlich wieder bei uns willkommen, Finn«, sagte Benny. Entspannt sackte der Bauch wieder gegen den Gürtel. »Und er freut sich darauf, dich nächste Woche beim Tennis vernichtend zu schlagen.«

»Na, der Traum wird sich wohl nicht erfüllen.« Aus den Augenwinkeln heraus sah Finn, dass Deanna die Treppe hinunterging. »Noch einmal vielen Dank«, sagte er und eilte hinter ihr her.

Als sich Deanna im Nachrichtenraum gerade in den Mantel warf, hatte er sie eingeholt.

»Das war eine sehr gute Leistung«, meinte er.

»Stimmt.«

»Manuskripte vorzulesen gehört nicht gerade zu meinen Lieblingstätigkeiten, aber Ihren Text zu lesen war mir ein aufrichtiges Vergnügen.«

»Diese Nacht ist für Komplimente wirklich wie geschaffen.« Sie schwang sich ihre Handtasche über den Arm. »Danke, und willkommen in Chicago.«

»Kann ich Sie irgendwohin bringen?«

»Nein. Ich bin mit dem eigenen Wagen da.«

»Ich nicht.« Er strahlte sie an, seine Grübchen schienen ihr betörend zuzuzwinkern. »Bei diesem Wetter ist es wahrscheinlich so gut wie unmöglich, ein Taxi zu bekommen.«

Sie bedachte ihn mit einem prüfenden Blick. Mit ihren hohen Absätzen war sie fast genauso groß wie er, fiel ihr auf, als sie ihm direkt in seine unschuldigen blauen Augen sah. Sie sind viel zu unschuldig, dachte sie, besonders in Kombination mit diesem schnellen, verwegenen Grinsen und seinen zwinkernden Grübchen. Wie sie feststellte, *wollte* er unschuldig aussehen. Ganz schön raffiniert, dachte sie.

»Ich denke, aus reiner Gefälligkeit könnte ich Sie ja nach Hause fahren.«

Ihre Haare waren immer noch nass, stellte er fest, und sie hatte sich nicht die Mühe gemacht, ihr Make-up wieder in Ordnung zu bringen. »Immer noch sauer auf mich?«

»Nein, mittlerweile hat sich das so weit gelegt, dass ich jetzt nur noch ein wenig beleidigt bin.«

»Ich könnte Sie zu einem Hamburger einladen.« Er streckte die Hand aus und spielte mit einem der Knöpfe an ihrer Jacke. »Vielleicht gelingt es mir ja, mich so lange mit Ihnen zu unterhalten, bis Ihre Wut verraucht ist.«

»Das nimmt schon seinen Lauf. Jedenfalls denke ich, dass Ihre Heimkehr aufregend genug gewesen ist. Ich muss jetzt telefonieren.«

Ihm entging nicht, dass sie sich mit jemand anderem eingelassen zu haben schien. Wie schade. Wirklich jammerschade. »Na, dann nehmen Sie mich eben einfach nur mit. Ich weiß es zu schätzen.«

5

Für einige Menschen ist die Organisation einer Party etwas, das man ganz lässig handhaben kann: Speisen, Getränke, Musik und gute Gesellschaft werden zusammengeworfen und dann sich selbst überlassen, damit sie sich auf die ihnen eigene Weise miteinander vermischen können.

Für Deanna war es wie ein Feldzug. Seit Cassie vor knapp vierundzwanzig Stunden die Fackel an sie weitergereicht hatte, gab es kein Detail, um das sie sich nicht gekümmert hätte, und keine Liste, die sie nicht durchgegangen wäre und erledigt hätte. Wie ein General, der seine Truppen auf Vordermann bringt, überprüfte sie beim Lieferanten für Speisen und Getränke, bei der Floristin, dem Barkeeper und dem Haushaltspersonal, ob alles so war, wie es gewünscht wurde. Sie traf alle nötigen Vorbereitungen, änderte hier und da noch etwas um und brachte ihre Zustimmung zum Ausdruck, wenn alles perfekt war. Sie zählte die Blumen nach, besprach mit den Musikern, welche Stücke gespielt werden sollten, und probierte persönlich Van Dammes Hühnerkebab in Erdnussbuttersauce.

»Unglaublich«, murmelte sie mit geschlossenen Augen und leicht geöffneten Lippen, als sie dessen Geschmack kostete. »Wirklich unglaublich.«

Als sie die Augen öffnete, strahlte der schlanke junge Mann, der für die Beköstigung zuständig war, sie an, und sie strahlte zurück.

»Gott sei Dank.« Van Damme reichte ihr ein Glas Wein. Die beiden standen mitten in Angelas riesiger Küche. »Miss Perkins wollte als kulinarisches Motto Speisen aus der ganzen Welt. Wir mussten uns in kurzer Zeit einiges einfallen lassen und umfangreiche Vorbereitungen treffen, um Geschmacksrichtungen zu präsentieren, die sich gegenseitig gut ergänzten. Die Ratatouille, die frittierten Pilze à la Berlin ...« Seine Aufzählung nahm kein Ende.

Deanna kannte zwar kaum den Unterschied zwischen Ratatouille und Thunfisch, gab aber die passenden Geräusche von sich. »Sie haben wirklich wunderbare Arbeit geleistet, Mr. Van Damme.« Deanna prostete ihm zu und nahm einen Schluck. »Miss Perkins und ihre Gäste werden begeistert sein. Jetzt weiß ich, dass bei Ihnen alles in guten Händen ist.«

Das hoffte sie zumindest. Ungefähr ein halbes Dutzend Leute hielten sich in der Küche auf, klapperten mit den Pfannen, vervollständigten das Arrangement der Speisen auf den Serviertellern, huschten hin und her. »Wir haben noch dreißig Minuten.« Sie sah sich ein letztes Mal um. Jeder Zentimeter auf Angelas rosafarbenen Anrichten war mit Tabletts und Töpfen gefüllt; die Luft war voller Wohlgerüche. Gehetzt waren überall Van Dammes Helfer bei der Arbeit. Deanna wunderte sich, dass in diesem Durcheinander überhaupt irgendjemand etwas zustande bringen konnte, und entfloh dem Ganzen.

Sie eilte in den vorderen Teil des Gebäudes. Angelas hohes Wohnzimmer bestand nur noch aus Pastellfarbtönen und Blumen. Zarte Callas ragten in verschwenderischer Fülle aus den Kristallvasen. Anmutig-zarte Rosenblüten schwammen in zerbrechlich wirkenden Schalen. In den blassen Mustern der Orientteppiche auf dem Boden und in den winzigen Veilchen, mit denen die Seidentapeten übersät waren, setzte sich das Blütenthema fort.

Wie alle anderen Räume in Angelas schmuckem, zweistöckigem Haus war auch das Wohnzimmer mit seinen zarten Farben und den dicken Polstern ein Fest weiblicher Dekorationskunst. Deannas geübtes Auge überflog die scherbettfarbenen Kissen auf dem Sofa mit der geschwungenen Rückenlehne, die Anordnung der dünnen Wachskerzen, die Präsentation der blassrosa und grün gefärbten Minzbonbons in den flachen Konfektschüsseln aus Kristallglas. Durch die geschlossenen Terrassentüren hindurch hörte sie leise, wie die Musiker der Kapelle ihre Instrumente stimmten.

Einen Augenblick lang malte sie sich aus, wie das Haus wohl aussehen würde, wenn es ihr gehörte. Es würde viel mehr Farben geben, dachte sie, und weniger Verzierungen. An den hohen Zimmerdecken, den Bogenfenstern und dem gemütlichen Kamin mit dem Vorsatz aus Apfelholz hätte sie jedoch bestimmt ihre Freude.

Sie hätte auch mehr Kunstwerke an den Wänden aufgehängt, auffällige Drucke, Skulpturen mit geschwungenen Formen. Dazu hätte sie ein paar ausgesuchte Antiquitäten mit kantigen modernen Möbelstücken gemischt.

Eines Tages wird es so weit sein, dachte sie versonnen, und rückte auf einer Tischplatte eine Vase zurecht.

Zufrieden wanderte sie ein letztes Mal durch das Erdgeschoss. Sie ging gerade durch die Eingangshalle zur Treppe, als die Türglocke läutete. Für Gäste war es eigentlich noch zu früh, dachte sie, als sie sich umdrehte, um die Tür zu öffnen. Sie hoffte nicht, dass jetzt noch in letzter Minute etwas angeliefert wurde, um das sie sich dann noch kümmern musste.

Finn stand vor der Tür unter dem Dach des Vorbaus. Hinter ihm wurde es allmählich dunkel. Ein leichter Wind wehte, spielte mit seinen Haaren und trug seinen männlichen Duft und den Geruch der hereinbrechenden Nacht zu Deanna herüber. Er grinste sie an und ließ seinen Blick von den Spitzen ihrer Turnschuhe bis zu ihrem zerzausten Haar wandern.

»Hallo! Sind Sie für das Ereignis heute Abend zuständig?«

»Sozusagen.« Er hatte sich rasiert, stellte sie fest. Und obwohl er sich nicht die Mühe gemacht hatte, eine Krawatte umzubinden, verlieh seine schiefergraue Jacke und die genauso gefärbte Hose seinem lässigen Erscheinungsbild doch eine gewisse Eleganz. »Sie sind früh dran.«

»Auf besonderen Wunsch hin.« Er trat ein und schloss die Tür hinter sich. »Ihr Partykleid gefällt mir.«

»Ich wollte mich eigentlich gerade umziehen.« Er brachte ihren Terminplan ganz durcheinander. Sie ertappte sich dabei, wie sie mit ihrem Ohrring spielte, und ließ schnell die Hand fallen. »Warum kommen Sie nicht einfach ins Wohnzimmer und setzen sich erst mal? Ich sage Angela Bescheid, dass Sie hier sind.«

»Warum die Eile?«, fragte er, als er ihr ins Wohnzimmer folgte.

»Ich habe es nicht eilig. Möchten Sie einen Drink? Der Barkeeper ist gerade in der Küche, aber etwas Einfaches bekomme ich auch zustande.«

»Machen Sie sich keine Mühe.«

Er setzte sich auf die Armlehne des Sofas und schaute sich forschend um. Deanna passte genauso wenig in die reichgeschmückte Weiblichkeit dieses Zimmers wie er, stellte Finn fest. Irgendwie fiel ihm bei ihrem Anblick die Feenkönigin Titania ein, und obwohl er dafür keinen Grund zu nennen wusste, assoziierte er mit Titania wilden Sex auf feuchtem Waldboden.

»In den letzten sechs Monaten hat sich ja hier nicht viel verändert. Ich komme mir in diesem Haus immer vor wie bei einem Spaziergang durch den königlichen Garten.«

Deannas Lippen zuckten; sie bezwang den Drang, zu lachen und Finn zuzustimmen. »Angela freut sich eben an Blumen. Ich werde sie holen.«

»Überlassen wir sie doch einfach noch ein wenig sich selber.« Bevor sie aus dem Zimmer eilen konnte, schnappte sich Finn ihre Hand. »Das ist ihr bestimmt auch am liebsten. Kommen Sie eigentlich nie zur Ruhe und setzen sich mal hin?«

»Natürlich setze ich mich manchmal hin.«

»Ich meine jetzt nicht beim Autofahren oder wenn sie Texte verfassen.«

Sie machte sich nicht die Mühe, ihre Hand loszureißen. »Gelegentlich setze ich mich beispielsweise zum Essen hin.«

»Das ist interessant, denn ich mache das genauso. Vielleicht könnten wir das ja irgendwann einmal zusammen tun.«

Deanna hob eine Braue und neigte den Kopf. »Mr. Riley, wollen Sie sich an mich heranmachen?«

Er seufzte, aber das Lachen in seinen Augen blieb. »Miss Reynolds, ich war der Meinung, das auf ganz subtile Art zu tun.«

»Das haben Sie aber nicht.«

»Nein?«

»Nein, Sie haben das nicht auf ganz subtile Art getan. Und außerdem bin ich auch nicht dafür zu haben.« Jetzt ließ sie ihre Hand aus seinen Fingern gleiten. »Das ist zwar ein durchaus verlockendes Angebot, aber ich bin bereits mit jemandem liiert.«

Vielleicht, fügte sie insgeheim hinzu. »Und wenn ich das nicht wäre, hielte ich es für unklug, persönliche und berufliche Beziehungen miteinander zu vermischen.«

»Das klingt ja sehr eindeutig. Sind Sie immer so eindeutig?«

»Eindeutig ja«, antwortete sie, allerdings mit einem Lächeln.

Angela blieb in der Tür stehen und biss die Zähne zusammen, um ihre Wut im Zaum zu halten. Zu sehen, wie sich ihr Liebhaber und ihr Günstling in ihrem Wohnzimmer anlächelten, ließ ihr die Galle hochkommen. Obwohl ihr dieser Anflug von Wut vertraut und sogar recht angenehm war, holte sie tief Luft und verzog die Lippen zu einem Lächeln.

»Mein lieber Finn!« Einer wohlgeformten, von hellblauer Seide umschlossenen goldenen Blüte gleich sauste sie durch das Zimmer. Finn hatte sich gerade vom Sofa erhoben, als sie sich in seine Arme warf und ihren Mund besitzergreifend auf seinen legte. »Oh, ich habe dich vermisst«, murmelte sie, ließ ihre Finger nach oben wandern und in das dichte Gewirr seiner Haare hineingleiten. »Wie sehr habe ich dich vermisst.«

Sie verfehlt ihre Wirkung nicht, dachte Finn. Das tat sie nie. Der Druck ihres Körpers und die Leidenschaft ihres Mundes brachten unmissverständlich zum Ausdruck, dass sie Sex mit ihm wollte. Und sein Körper reagierte darauf, obwohl sein Verstand argwöhnisch ein Stück von ihr abrückte.

»Ich freue mich auch, dich zu sehen.« Er befreite sich und hielt sie mit ausgestreckten Armen von sich, um sie mit prüfendem Blick anzusehen. »Du siehst wunderbar aus.«

»Du aber auch. Schäm dich, Deanna, mir nicht zu sagen, dass der Ehrengast schon hier ist«, meinte sie, ließ dabei Finn aber keinen Moment aus den Augen.

»Tut mir leid.« Deanna widerstand dem Drang, sich mit einem Räuspern von der Heiserkeit ihrer Stimme zu befreien. Sie wünschte sich jetzt, das Zimmer verlassen zu haben, als Angela hereingekommen war, aber der gierige wissende Blick im Gesicht der Frau, während sie auf Finn losstürmte, hatte bewirkt, dass Deanna wie angewurzelt stehen geblieben war. »Ich wollte es gerade tun.«

»Sie wollte mir erst noch einen Drink mixen.« Finn blickte über Angelas Schulter hinweg zu Deanna hinüber. Immer noch war Belustigung in seinem Blick, stellte Deanna fest.

Sie meinte aber auch, einen Anflug von Verlegenheit zu erkennen.

»Ich weiß nicht, was ich ohne Deanna getan hätte.« Angela drehte sich um, ließ einen Arm um Finns Taille gleiten und schmiegte sich auf eine Weise an ihn, wie es nur kleine, geschmeidige Frauen mühelos fertigbringen. »Auf Deanna kann ich mich wirklich in jeder Hinsicht verlassen. Und das tue ich auch. Oh, ich vergaß!« Lachend streckte sie nun auch nach Deanna eine Hand aus, als wollte sie sie einladen, sich dem Kreis anzuschließen. »Bei diesem ganzen Durcheinander habe ich völlig vergessen, wie aufregend die letzte Nacht für euch gewesen sein muss. Mir war ja fast schlecht vor Angst, als ich das mit dem Flugzeug hörte.« Sie schauderte und drückte Deannas Hand. »Und ich muss euch wirklich sagen, ihr habt bei der Außenübertragung ganz tolle Arbeit geleistet. Das sieht Finn wirklich ähnlich, dem Tod von der Schippe zu springen und daraus einen Bericht zu machen, nicht wahr?«

Deannas Blick schnellte zu Finn hinüber, dann wieder zu Angela. Sie konnte kaum atmen, so stark war die Atmosphäre sexueller Leidenschaft, die im Raum hing. »Ich traute meinen Augen nicht. Ihr beide wollt doch bestimmt vor dem Eintreffen der anderen Gäste noch ein wenig Zeit für euch haben, oder? Ich muss mich nämlich noch dringend umziehen.«

»Oh, selbstverständlich, wir halten dich ja nur auf. Deanna lässt bei ihren Terminen nicht mit sich spaßen«, fügte Angela hinzu, legte den Kopf in den Nacken und schaute zu Finn hoch. »Ab mit dir!« Ihre Stimme war wie ein Schnurren, als sie Deannas Hand losließ. »Von jetzt an kümmere ich mich um alles.«

»Na, dann werde ich mir eben selbst etwas zu trinken machen.« Finn rückte von Angela weg, als Deannas schnelle Schritte die Treppe hochtrippelten.

»Ich bin mir sicher, dass da hinten Champagner steht«, sagte Angela zu ihm, als er hinter die Bar aus Rosenholz trat. »Ich möchte mit dem Allerbesten auf deine Heimkehr anstoßen.«

Finn tat ihr den Gefallen und holte aus dem kleinen, in die Rückseite der Bar eingelassenen Kühlschrank eine Flasche Champagner. Während er die Silberfolie abstreifte und den Draht abdrehte, überlegte er, wie er in dieser Situation mit Angela umgehen sollte.

»Ich habe letzte Nacht etliche Male versucht, dich anzurufen«, begann sie.

»Als ich endlich bei mir zu Hause war, habe ich alle Anrufe auf den Anrufbeantworter geschaltet. Ich war völlig fertig mit der Welt.« Das war die erste Lüge, würde aber wohl nicht die letzte sein, dachte er mit einer Grimasse, während er den Korken knallen ließ. Der Schaum zischte bis zur Öffnung der Flasche hoch, zog sich dann wieder zurück.

»Verstehe.« Sie ging zur Bar hinüber, legte ihm ihre Hand auf die Finger. »Und jetzt bist du hier. Das waren lange sechs Monate.«

Wortlos schenkte er ihr ein Glas Champagner ein, dann machte er sich noch eine Flasche Sodawasser auf.

»Willst du dich mir nicht anschließen?«

»Erst einmal bleibe ich hierbei.« Er hatte das Gefühl, in dieser Nacht einen klaren Kopf zu brauchen. »Angela, du hast dir wirklich fürchterlich viel Mühe gemacht. Das war doch nicht nötig.«

»Für dich ist mir keine Mühe zu viel.« Sie nippte am Champagner und beobachtete ihn über den Rand ihres Glases hinweg.

Nicht mehr hinter der Bar hervorzukommen, war vielleicht ein Zeichen von Feigheit, aber Finns Blick war direkt, fest und kühl. »Wir hatten einige gute Zeiten, Angela, aber es gibt keinen Weg mehr zurück.«

»Wir gehen weiter voran«, pflichtete sie ihm bei. Sie führte seine Hand an ihre Lippen, zog die Fingerspitze in ihren Mund. »Wir waren so gut zusammen, Finn. Daran erinnerst du dich doch, oder?«

»Daran erinnere ich mich.« Sein Blut reagierte, indem es wild durch seine Adern pochte. Innerlich fluchte er darüber, dass er genauso hirnlos war wie ein Pawlowscher Hund. »Es wird nur nicht mehr funktionieren.«

Ihre Zähne zwickten heftig ins Fleisch, was ihn überraschte und zugleich erregte. »Da irrst du dich«, murmelte sie. »Und das werde ich dir beweisen.« Erneut läutete es an der Tür. Angela lächelte. »Später.«

Finn fühlte sich wie in einem samtenen Gefängnis. Im Haus drängten sich die Menschen. Freunde, Mitarbeiter, Kollegen, die hohen Tiere des Senders, alle feierten begeistert seine Rückkehr. Das Essen war phantastisch und exotisch, die leise Musik erinnerte an Blues. Am liebsten wäre er allem entflohen.

Es machte ihm nichts aus, sich danebenzubenehmen, aber er wusste genau, dass Angela bei einem Versuch seinerseits, die Party zu verlassen, ihm eine Szene machen würde, deren Widerhall von der Ost- bis zur Westküste zu hören wäre. Und es waren einfach zu viele Berufskollegen da, als dass eine heftige Auseinandersetzung sich nicht sofort in allen möglichen Berichten niederschlagen würde. Und er zog es vor, über Ereignisse zu berichten, als selbst zum Gegenstand von Berichten zu werden. Mit diesem Gedanken im Hinterkopf beschloss er, die Sache einfach durchzustehen, auch wenn ihm am Ende dieser schier endlosen Party unausweichlich eine unangenehme Kraftprobe mit Angela bevorstand.

Wenigstens war die Luft auf der Terrasse klar und frisch. Er war ein Mann, der den Duft von Frühlingsblumen und frisch gemähtem Rasen schätzen konnte, in den sich die Parfüms der Frauen und der Wohlgeruch würziger Speisen mischten. Auch hier hätte er es vielleicht genossen, allein zu sein, um die Nacht ganz in sich aufzunehmen, aber er hatte gelernt, flexibel zu sein, wenn es keine andere Wahl gab.

Und er hatte die Gabe, anderen zuzuhören und sich mit ihnen unterhalten zu können, während seine Gedanken abschweiften. Im Augenblick ließ er sie zu seinem Blockhaus wandern, wo er jetzt mit einem Buch und einem Brandy am Feuer sitzen oder Köder vorbereiten würde, und zwar allein. Die Phantasie, allein zu sein, ließ ihn endlose Debatten über Programmgestaltung und Einschaltquoten überstehen, ohne aus dem seelischen Gleichgewicht zu geraten.

»Ich sage dir, Riley, wenn der Dienstagabend nicht besser wird, steht der Nachrichtenabteilung eine weitere Kürzung ins Haus. Mir wird ganz schlecht, wenn ich daran denke.«

»Ich weiß, wovon du redest. Uns ist allen noch gut im Gedächtnis, wie es uns vor zwei Jahren ergangen ist.« Er entdeckte Deanna. »Entschuldige mich bitte einen Moment.« Finn zwängte sich durch das Gedränge auf der Terrasse hindurch und ließ seine Arme um Deannas Körper gleiten. Als sie sich versteifte, schüttelte er den Kopf. »Das hier ist kein Annäherungsversuch, sondern ein Ablenkungsmanöver.«

»Ach ja?« Unwillkürlich passten sich ihre Schritte ihm an, als er mit ihr lostanzte. »Ein Ablenkungsmanöver wovon?«

»Von einer leidenschaftlichen Kritik an der Politik des Senders bezüglich der Planung für den Dienstagabend.«

»Ah ja!« Sie fuhr sich mit der Zunge über die Zähne. »Das ist tatsächlich unser Schwachpunkt, aber ich bin mir sicher, dass Sie das wissen. Unser Aufmacher für die Spätnachrichten ist ...«

»Kein Wort mehr dazu!« Er lächelte, als sie auflachte, und genoss es, dass sich ihre und seine Augen auf einer Höhe befanden. »Sie sind ziemlich groß, nicht wahr?«

»Das sagte man mir früher schon mal. Sie wissen ja, dass Sie sich als Ehrengast unter die Gäste mischen müssen?«

»Ich kann Regeln nicht ausstehen.«

»Mir sind Regeln sehr wichtig.«

»Dann betrachten Sie doch diesen Tanz als meine Art, mich unter die Gäste zu mischen. Wir plaudern immerhin miteinander. Ihr Kleid gefällt mir.« Das stimmte sogar. Die schlichte Linienführung und die kecke rote Farbe waren ein willkommener Kontrast zu Angelas überladenen Pastelltönen und allgegenwärtigen Spitzen.

»Danke.« Neugierig musterte sie sein Gesicht. Sie konnte ihm ansehen, dass ihm die Schläfen schmerzten. »Sie haben Kopfschmerzen?«

»Ja.« Er nickte.

»Soll ich Ihnen eine Kopfschmerztablette besorgen?«

»Das geht schon wieder weg.« Er zog sie näher zu sich heran, legte seine Wange gegen ihre. »Ist schon viel besser. Woher stammen Sie?«

»Aus Topeka.« Fast hätte sie aufgeseufzt und die Augen geschlossen, doch unvermittelt fiel sie wieder in ihre gewohnte aufmerksame Haltung zurück. Er war einfach viel zu glatt, dachte sie, auch wenn dieses Wort ihr etwas seltsam vorkam, wenn sie eng an einen Körper gedrückt wurde, der hart wie Eisen war.

»Warum Chicago?«

»Meine Zimmergefährtin vom College hat sich nach ihrer Heirat hier niedergelassen und überredete mich zum Ortswechsel. Die Stelle bei der CBC machte den Umzug einfach.«

Sie roch einfach toll, dachte er. Beim Duft ihrer Haare und ihrer Haut musste er an einen kräftigen Wein und eine ruhige Zigarette denken. Sein See fiel ihm wieder ein, wie er vom Licht der Sterne besprenkelt wurde, dazu das melodische Zirpen der Grillen im hohen Gras … »Angeln Sie gerne?«

»Wie bitte?«

»Angeln Sie gerne?«

Sie rückte von ihm ab, um sein Gesicht zu sehen. »Keine Ahnung. Welche Art von Fisch meinen Sie denn?«

Er lächelte. Nicht nur die Verwirrung in ihrem Blick ließ seine Mundwinkel nach oben wandern. Es belustigte ihn, dass sie seine Frage offensichtlich genauso ernst nahm wie eine Frage zur Weltpolitik.

»Mit Ihrem Umzug haben Sie jedenfalls genau das Richtige getan, Kansas. Ihre Neugier wird Sie in unserer Branche noch ganz nach oben bringen. Und Sie haben weiß Gott auch das richtige Gesicht dazu.«

»Ich bin eher der Meinung, dafür die entsprechende Intelligenz zu besitzen.«

»Wenn Sie das tun, dann wissen Sie ja, dass es bei den Fernsehnachrichten durchaus auf ein entsprechendes Äußeres ankommt. Der Öffentlichkeit gefällt es einfach, wenn Tod, Zerstörung und schmutzige Politik von einer attraktiven Sprecherin vermittelt werden. Und warum zum Teufel auch nicht?«

»Wie lange hat es gedauert, um so zynisch zu werden?«

»Nachdem ich beim dritten Sender in Tulsa meine erste Livesendung untergebracht hatte, dauerte es ungefähr fünf Minuten.« Finns Gedanken wandten sich wieder dem zu, was so greifbar vor ihm lag. Nur ein paar Zentimeter trennten ihn davon, ihren vollen, aufreizenden und ernsten Mund zu kosten. »Die beiden Mitbewerber habe ich nur deshalb geschlagen, weil ich vor der Kamera ein besseres Bild abgab.«

»Und Ihre Arbeit hat nichts damit zu tun?«

»Mittlerweile schon.« Er spielte mit den Spitzen der Haare, die ihr über die Schultern fielen.

Seine Finger fühlten sich einfach gut auf ihrer Haut an, stellte Deanna fest. »Woher haben Sie denn diese Narbe?«

»Welche?«

»Die da.« Sie führte die Hand vor seine Brust und drehte die Narbe nach oben.

»Ach, die! Das war bei einer Schlägerei in einer Kneipe in …« Seine Augen schlossen sich, als er versuchte, sich an den Ort zu erinnern. »… Belfast. Es war eine entzückende kleine Kneipe, die die IRA mit Essen und Trinken versorgte.«

»Aha!« Aus Vorsicht hielt sie seine Hand weiterhin fest. Wie intim diese Geste auch immer wirken mochte, sie verhinderte, dass er sie berührte. »Meinen Sie nicht, dass es eines berühmten Fernsehkorrespondenten unwürdig ist, sich in Kneipen zu schlagen?«

»Ich habe doch auch Anspruch auf Unterhaltung, aber das ist schon lange her.« Der narbige Daumen strich sanft an ihrem Daumen entlang nach unten auf ihr Handgelenk zu, wo ihr Puls immer unregelmäßiger wurde. »Mittlerweile ist mein Auftreten viel würdevoller.« Mit einem Lächeln zog er sie näher an sich heran.

Jeder Muskel in ihrem Körper schmolz dahin und schien sich in Wasser zu verwandeln. »Den Eindruck habe ich nicht.«

»Probieren Sie es doch aus.« Auf diese leise gemurmelte Herausforderung wusste sie nichts mehr zu sagen. »Da sucht Sie übrigens jemand.«

Sich aus ihrer Stimmung reißend, blickte sie sich über die Schulter um und erspähte Marshall. Als sich ihre Blicke trafen, lächelte er und hielt zwei Gläser Champagner in die Höhe.

»Ich denke, das ist für mich das Signal, Sie loszulassen.« Was Finn auch tat, aber nicht ohne ein letztes Mal ihre Hand einzufangen. »Wie ernsthaft ist Ihre Beziehung zu diesem Mann?«

Sie zögerte und schaute auf ihre Hand hinunter, die in seiner ruhte. Das Verlangen, die Finger miteinander zu verschränken, war sehr stark. »Das weiß ich nicht.« Sie blickte ihm direkt in die Augen. »Ich habe mich noch nicht entschieden.«

»Lassen Sie mich wissen, wenn Sie es getan haben.« Er ließ ihre Hand los und schaute zu, wie sie wegging.

»Tut mir leid, dass ich mich verspätet habe.« Marshall gab ihr einen flüchtigen Kuss, dann bot er Deanna ein Glas Champagner an.

»Ist schon in Ordnung.« Sie nahm einen kleinen Schluck und war ganz überrascht, wie trocken ihre Kehle war.

»Hier draußen ist es ein wenig kühl, nicht wahr?« Besorgt berührte er ihre Hand. »Dir ist kalt. Komm doch nach drinnen.«

»Okay.« Als Marshall sie wegführte, blickte sie noch einmal zu Finn zurück. »Tut mir leid, dass aus dem gestrigen Abend nichts wurde.«

»Mach dir darüber mal keine Gedanken.« Nachdem Marshall einen schnellen, prüfenden Blick durch das Zimmer schweifen ließ, führte er sie in eine ruhige Ecke. »Bei unserer Arbeit haben wir beide es immer wieder mit unvorhergesehenen Ereignissen zu tun.«

»Nachdem ich wieder zu Hause war, habe ich noch bei dir angerufen.«

»Ja, das habe ich auf meinem Anrufbeantworter gehört.« Sein Blick schnellte kurz zu seinem Glas hinunter, dann nahm er einen Schluck. »Ich ging gestern früh ins Bett.«

»Dann hast du ja gar nicht den Bericht gesehen.«

»Letzte Nacht? Nein. Aber in den Morgennachrichten habe ich noch einen Teil erwischt. War das nicht Finn Riley, mit dem du da gerade getanzt hast?«

»Ja.«

»Seine Heimkehr glich ja wirklich einem Donnerschlag. Für

mich wäre es unvorstellbar, so präzise und distanziert über eine Sache zu berichten, wenn ich wenige Augenblicke vorher noch dem Tod so nahe war. Vermutlich ist er in dieser Hinsicht ziemlich abgebrüht.«

Deanna runzelte die Stirn. »Ich glaube, das ist eher eine Frage des Instinktes und des Trainings.«

»Ich bin froh, dass dein Instinkt und dein Training dich nicht so gefühllos haben werden lassen. Dein Bericht vom Flughafen war voller Leidenschaft und sehr echt.«

Sie lächelte dünn. »Eigentlich sollte er objektiv und informativ sein.«

»Er war auch sehr informativ.« Er gab ihr wieder einen Kuss. »Und du hast im Regen einfach wunderschön ausgesehen.« Den Kuss in sich nachklingen lassend, vermisste er ihr verärgertes Zusammenzucken. »Können wir uns vielleicht vornehmen, uns hier relativ früh davonzuschleichen, damit wir noch ein wenig Zeit für uns haben?«, fragte er ruhig.

Vor vierundzwanzig Stunden hätte sie noch ja gesagt, stellte sie fest. Jetzt jedoch, mit dem ganzen Gemurmel der Gespräche um sie herum, der Musik, die durch die Terrassentüren zu ihnen hereindrang und dem Prickeln des Champagners auf der Zunge, zögerte sie. Marshall tippte mit dem Finger unter ihr Kinn. Diese Geste hatte sie einmal als liebenswert empfunden.

»Ist das ein Problem für dich?«

»Nein. – Doch.« Ungehalten über ihre eigene Unschlüssigkeit, stieß sie einen Seufzer aus. Es war an der Zeit, ein wenig von ihm abzurücken und sich Klarheit darüber zu verschaffen, was sie eigentlich wollte, dachte sie. »Tut mir leid, Marshall, aber Angela rechnet damit, dass ich ihr bei dieser Party bis zum Schluss zur Hand gehe. Und ehrlich gesagt geht mir das jetzt auch alles ein wenig zu schnell.«

Er ließ seine Hand, wo sie war, aber sie spürte, dass er sich innerlich ein Stück weit von ihr zurückzog. »Ich wollte nicht drängen.«

»Das hast du auch nicht getan.« Sie legte ihm ihre Finger über das Handgelenk. Die Geste war eine Entschuldigung und ein Zeichen der Zuneigung zugleich. »Ich neige in Beziehungen zur Vorsicht, vielleicht bin ich sogar übervorsichtig. Das hat auch seine Gründe, und wenn ich kann, werde ich sie dir erklären.«

»Es gibt keine Veranlassung zur Eile. Du weißt doch, wie sehr ich mit dir zusammen sein will, und das hat nicht nur sexuelle Gründe.«

»Das weiß ich.« Sie stellte sich auf die Zehenspitzen und legte ihre Wange gegen seine. Dabei erinnerte sie sich sehr deutlich an das Gefühl an ihrer Wange bei ihrem Tanz mit Finn.

Er war müde, und er ermüdete nicht leicht. Jahrelang hatte er sich in Zügen, Flugzeugen und Bussen, in seinen Zeltlagern draußen im Dschungel oder in der Wüste und hinter den feindlichen Linien immer irgendwie seinen Schlaf ergattert, und das hatte ihn abgehärtet. Finn genoss die feine Bettwäsche und die mit minzgrünen Bezügen bedeckten Kissen in den Luxushotels, doch er konnte genauso tief schlafen, wenn er seinen Kopf auf eine zusammengerollte Decke legte und vom Echo des Artilleriedonners in den Schlaf gewiegt wurde.

Heute Abend sehnte er sich nach einem Bett und danach, alles hinter sich zu lassen. Unglücklicherweise gab es da aber noch ein paar unerledigte Sachen. Er war vielleicht ein Mann, der Regeln ignorierte, aber über Probleme sah er nie hinweg.

»So, das waren die letzten.« Angela stürmte ins Wohnzimmer zurück und sah genauso frisch und schön aus wie Stunden zuvor. »Alle waren so froh, dich wiederzusehen!« Sie schlang ihre Arme um ihn und schmiegte den Kopf unter seine Schulter.

Seine Hand hob sich, um mit gewohnter Geste ihre Haare zu streicheln. Wie weich sie sich anfühlt, dachte er. Ihm war, als hätte er sich in einer duftenden Kletterranke verfangen. Knipste er nicht die Spitzen der Ranken ab, würde ihn die Pflanze mit Sicherheit ersticken.

»Lass uns noch ein wenig hinsetzen. Wir müssen miteinander reden.«

»Ich weiß, es ist nur schwer zu glauben, aber ich habe heute so viel geredet, ich kann jetzt einfach nicht mehr.« Sie ließ eine Hand unter sein Hemd gleiten, zog sie wieder zurück. Dann fuhr die Hand nach oben, um mit seinem obersten Hemdknopf zu spielen. »Und ich habe den ganzen Abend darauf gewartet, endlich mit dir allein zu sein, damit ich dich noch einmal richtig zu Hause willkommen heißen kann.« Sie beugte sich vor, um ihn zu küssen. Als er sie von sich fernhielt, blitzten ihre Augen in einem stechenden Kobaltblau auf.

»Angela, es tut mir leid, aber ich habe kein Interesse daran, dort wieder anzufangen, wo wir vor sechs Monaten aufgehört haben.« Seine beiden Hände blieben fest auf ihren Schultern liegen. »Die Sache fand ein schlimmes Ende, und das finde ich bedauerlich, aber wir haben sie beendet.«

»Du willst mich doch nicht dafür bestrafen, dass meine Gefühle mit mir durchgingen und ich in der Hitze des Gefechts dir alles Mögliche gesagt habe, was besser ungesagt geblieben wäre. Finn, dafür bedeuteten wir uns doch viel zu viel.«

»Wir hatten eine Affäre«, korrigierte er. »Wir hatten tollen Sex. Und wir hatten eine Art merkwürdiger Freundschaft. Wenn wir den Rest außen vor halten, lässt sich die Freundschaft vielleicht retten.«

»Du bist grausam.«

»Ich bin ehrlich.«

»Du willst mich also nicht?« Sie warf ihren Kopf zurück und

lachte. Ihre Stimme klang verschwommen, ihre Augen waren glasig. »Ich kenne dich. Ich kann es spüren.« Ihre Haut glühte, als sie wieder auf ihn zuging. Mit leicht geöffnetem Mund beobachtete sie, wie sich sein Blick auf ihre geschwungenen Lippen senkte und dort verweilte. »Du weißt, was ich bei dir alles anstellen kann, Finn, und was ich dich bei mir tun lasse. Du willst mich doch genauso stark wie ich dich.«

»Ich nehme mir nicht alles, was ich will.«

»Aber du hast mich genommen – das erste Mal genau an dieser Stelle und auf diesem Fußboden. Erinnerst du dich noch?« Ohne auch nur einen Moment ihren Blick von seinen Augen abzuwenden, ließ sie ihre Hände an seiner Brust hochgleiten und erbebte triumphierend, als sie das unregelmäßige Pochen seines Herzens unter ihrer Handfläche spürte. »Ich habe dich verrückt gemacht, und du hast mir die Kleider vom Leib gerissen. Weißt du noch, wie es war?« Ihre Stimme senkte sich und glitt durch seinen Körper wie vergifteter Honig.

Er erinnerte sich noch genau, und die Erinnerungen machten ihn ganz schwach vor Verlangen. Er spürte wieder ihre Fingernägel, die sich in seinen Rücken bohrten, ihre Zähne in seiner Schulter. Sie hatte Blut geleckt, und ihm war alles egal gewesen.

»Ich will, dass du mich wieder nimmst, Finn.« Sie beobachtete sein Gesicht, als ihre Hand langsam nach unten kroch.

Seine Finger krümmten sich und gruben sich in die Seide auf ihrem Rücken. Er wusste genau, wie es sein würde, und sehnte sich für einen kurzen Moment verzweifelt nach diesem Augenblick leidenschaftlicher Sinnenfreuden. Doch er erinnerte sich nicht nur an den hitzigen Sex und die verblüffenden Phantasien, sondern auch an vieles andere.

»Es wird nicht ein weiteres Mal dazu kommen, Angela.« Er ließ seine Hände von ihrem Rücken sinken. Sie war schnell. Eigentlich hätte er darauf vorbereitet sein sollen, aber ihr tückischer Schlag mit dem Handrücken ließ ihn zwei Schritte nach hinten stolpern.

Seine Augen blitzten gefährlich auf, doch er hob nur seine Hand und wischte sich gelassen das Blut von der Lippe. »Wie ich sehe, hat sich auch sonst genauso wenig verändert wie in diesem Zimmer.«

»Das liegt nur daran, dass ich älter bin als du, nicht wahr?« Sie schleuderte ihm die Worte entgegen. Wut verzerrte die Schönheit ihres Gesichtes, die sie sonst mit so viel Sorgfalt bedachte. »Du denkst, du könntest eine Jüngere finden, die du dir zurechtbiegen und der du beibringen kannst, vor dir herumzukriechen, nicht wahr?«

»Das Lied können wir doch nun wirklich schon singen. Ich glaube, uns fällt auch nicht mehr viel Neues dazu ein.« Finn drehte sich um und ging auf die Tür zu. Er hatte die Eingangshalle fast durchquert, als sie sich ihm vor die Füße warf.

»Lass mich nicht allein!« Schluchzend klammerte sie sich an seine Beine. Zurückweisung löste bei ihr eine Angst aus, die genauso groß war wie ihr Schmerz. Das war schon immer so gewesen und würde auch in Zukunft immer so sein. »Es tut mir leid.« Und in diesem Moment meinte sie das auch so, aus vollem Herzen und ohne jede Einschränkung, was alles nur noch schlimmer machte. »Tut mir leid. Bitte, verlass mich nicht!«

»Um Himmels willen, Angela!« Mitleid und Abscheu bestürmten ihn, als er sie wieder hochzog. »Hör jetzt auf damit!«

»Ich liebe dich. Ich liebe dich so sehr.« Die Arme um seinen Hals geschlungen, weinte sie an seiner Schulter. Die Liebe war genauso echt wie ihre vorherige Wut, genauso vergänglich und genauso unberechenbar.

»Wenn ich glauben würde, dass du das ernst meinst, können

wir uns nur leidtun.« Er stieß sie von sich und schüttelte sie. Tränen hatte er schon immer für die wirksamste und hinterhältigste Waffe einer Frau gehalten. »Verdammt noch mal, lass das endlich bleiben! Meinst du denn, ich hätte drei Monate lang immer wieder mit dir schlafen können, ohne zu wissen, wann du mich manipulierst? Du liebst mich nicht, du willst mich nur, weil ich von dir weggegangen bin.«

»Das ist doch nicht wahr.« Sie hob ihr tränenüberströmtes Gesicht. Das Ausmaß der unschuldigen Verletzung und des echten und aufrichtigen Unglücks darin war so groß, dass er beinahe weich geworden wäre. »Ich liebe dich, Finn. Und ich kann dich glücklich machen.«

Wütend über sie und darüber, dass er bei ihr immer wieder schwach wurde, riss er seine Arme von ihr weg. »Meinst du, ich wüsste etwa nicht, dass du James unter Druck gesetzt hast, mich zu feuern, nur weil du nicht wolltest, dass ich die Stelle in London annehme?«

»Ich war völlig verzweifelt.« Sie bedeckte das Gesicht mit den Händen und ließ die Tränen durch die Finger rinnen. »Ich hatte Angst davor, dich zu verlieren.«

»Du wolltest doch nur beweisen, dass du das Sagen hast. Und hätte James sich nicht so eindeutig hinter mich gestellt, hättest du mir meine Karriere ruinieren können.«

»Er hat nicht auf mich gehört.« Sie senkte die Hände und fügte mit einem kalten Ausdruck im Gesicht hinzu: »Genauso wenig wie du.«

»Stimmt. Ich bin heute Abend gekommen, weil ich hoffte, es wäre genug Zeit vergangen, in der sich die Dinge setzen konnten. Wie es aussieht, habe ich mich da jedoch geirrt.«

»Meinst du denn, du könntest mich einfach sitzen lassen?«, fragte sie leise und ausgesprochen ruhig, als Finn auf die Tür zuging. Die Tränen waren vergessen. »Denkst du, es wäre einfach damit getan, sich umzudrehen und zu gehen? Ich werde dich zugrunde richten, auch wenn ich Jahre dazu brauche, das schwöre ich dir!«

An der Tür blieb Finn noch einmal stehen. Angela stand mitten in der Eingangshalle, ihr fleckiges Gesicht und ihre Augen waren vom vielen Weinen ganz geschwollen, der Blick jedoch hart wie Stein. »Danke für die Party, Angela, es war ein prächtiges Schauspiel.«

Deanna hätte Finn Riley zugestimmt. Als dieser zu seinem Wagen schlenderte, gähnte sie gerade im Fahrstuhl, der zu ihrer Wohnung hochkroch. Sie war dankbar, dass sie den ganzen nächsten Tag frei hatte. Dadurch hatte sie Zeit, sich ein wenig zu erholen und darüber nachzudenken, wie sie nun zu Marshall stand.

Doch im Moment stand für sie nur eines auf dem Programm: ein Bad nehmen und sich ausschlafen.

Bevor sich die Fahrstuhltüren wieder öffneten, hatte sie bereits ihre Schlüssel aus der Handtasche geholt. Beim Aufschließen der beiden Schlösser an ihrer Wohnungstür summte sie vor sich hin. Gewohnheitsmäßig betätigte sie den Lichtschalter neben der Tür, als sie über die Schwelle trat.

Diese Ruhe, dachte sie, diese wundervolle, selige Ruhe. Hinter ihr die Wohnungstür wieder abschließend, ging sie zu ihrem Anrufbeantworter, um zu überprüfen, ob jemand eine Nachricht für sie hinterlassen hatte. Während sie das Band abhörte, schlüpfte sie aus ihren schwarzen Satinpumps heraus und bewegte die verkrampften Zehen. Sie musste lachen, als sie Frans Stimme hörte, die mögliche Namen für das Baby aufzählte. Da fiel ihr Blick auf den Umschlag in der Nähe der Wohnungstür.

Seltsam, dachte sie. Hatte der schon dagelegen, als sie hereingekommen war? Sie ging zurück und blickte durch den Tür-spion nach draußen, bevor sie sich bückte, um den Brief auf-zuheben.

Er war mit einem Siegel verschlossen und mit keinerlei Auf-schrift versehen. Verwirrt unterdrückte sie ein weiteres Gähnen, riss den Umschlag auf und faltete ein einzelnes Blatt Schreib-papier auseinander.

In dunkelroter Farbe war nur ein einziger getippter Satz dar-auf zu lesen:

Deanna, ich verehre dich.

6

Noch dreißig Sekunden, dann sind wir auf Sendung!«

»Das schaffen wir.« Deanna glitt auf dem Aufbau des Nachrichtenstudios neben Roger in ihren Sessel. In ihrem Kopfhörer hörte sie die hektisch durcheinanderredenden Stimmen aus dem Regieraum. Etwa einen Meter entfernt gab der Aufnahmeleiter mit lautem Geschrei bekannt, welche Informationen ihm noch fehlten, und tänzelte auf seinem Platz hin und her. Einer der Kameramänner rauchte träge und plauderte mit einem Bühnenarbeiter.

»Noch zwanzig Sekunden. Herrje!« Roger wischte sich die feuchten Handflächen an seinen Knien ab. »Wer hat Benny denn nur auf die tolle Idee gebracht, den Beitrag noch mit Musik zu untermalen?«

»Das war ich.« Etwas kleinlaut lächelte Deanna zu ihrem Kollegen hinüber.

»Mir kam der Gedanke, als ich mir diesen Beitrag vor der Sendung ansah, und ich verwarf ihn auch wieder. Aber der Beitrag wird damit wirklich perfekt.« Jemand bedachte sie im Kopfhörer mit irgendwelchen Obszönitäten, und ihr Lächeln wirkte auf einmal ein wenig gequält. Wieso musste für sie nur immer alles perfekt sein? »Ich konnte wirklich nicht ahnen, dass er auf diese Weise darauf reagieren würde.«

»Noch zehn gottverdammte Sekunden!« Roger warf einen letzten flüchtigen Blick in den Handspiegel. »Wenn wir jetzt irgendwelche Pausen überbrücken müssen, dann werde ich das dir unterjubeln, Süße.«

»Das kriegen wir schon hin.« Das Kinn trotzig nach vorne gereckt, war sie sich gewiss, dass das Ergebnis für sich sprechen würde. Das Fluchen im Regieraum verwandelte sich in ein infernalisches Jubelgeschrei. »Sie haben es geschafft.« Nach einem kurzen, selbstgefälligen Blick in Rogers Richtung drehte sie ihr Gesicht wieder zur Kamera.

»Guten Tag. Wir begrüßen Sie zum *Mittagsmagazin*. Mein Name ist Roger Crowell.«

»Und ich bin Deanna Reynolds. Letzten Freitag befanden sich an Bord von Flug 1129 von London nach Chicago insgesamt zweihundertvierundsechzig Menschen. Heute früh kam noch einer dazu, denn um fünf Uhr fünfzehn erblickte Matthew John Carlyse das Licht der Welt. Er ist der Sohn von Alice und Eugene Carlyse, die beide in der Unglücksmaschine saßen. Obwohl der kleine Matthew sechs Wochen zu früh kam, brachte er gesunde fünf Pfund auf die Waage.«

Als der Beitrag lief und während das schmachtende »Mein Baby, mein Baby« zu hören war, gab Deanna einen erleichterten Seufzer von sich und grinste den Monitor an. Das war ihre Idee gewesen, rief sie sich ins Gedächtnis zurück. Und der Beitrag war perfekt. »Tolle Bilder.«

»Nicht schlecht«, musste Roger zugeben und konnte sich eines Lächelns nicht erwehren, als das Bild auf dem Monitor die winzige Gestalt zeigte, die sich mit protestierendem Geschrei im Brutkasten krümmte. An seinem Deckchen waren zwei kleine Tragflächen befestigt. »Sie sind das Magengeschwür fast wert.«

»Die Carlyses haben ihren Sohn nach Matthew Kirkland benannt, dem Piloten, der Flug 1129 Freitagnacht trotz eines Maschinenschadens heil auf dem Flughafen O'Hare zu Boden brachte. Mr. Carlyse sagte, weder bei ihm noch bei seiner Frau würde der Rückflug nach London Ende des Monats Besorgnis hervorrufen. Vom kleinen Matthew gab es dazu keinen Kommentar.«

»Nun zu weiteren Meldungen ...«, begann Roger seine Überleitung zum nächsten Beitrag.

Deanna blickte auf ihren Text und ließ noch einmal ihr Lesetempo Revue passieren. Als sie wieder hochschaute, entdeckte sie hinten im Studio Finn. Er schaukelte auf seinen Fersen nach hinten und hatte die Daumen in die Vordertaschen seiner Jeans eingehakt, gab ihr jedoch mit einem Kopfnicken zu verstehen, dass er ihr zu dem Beitrag gratulierte.

Was zum Teufel hatte er hier eigentlich zu suchen, und wie kam er dazu, ihnen zuzuschauen und auch noch ihre Arbeit zu bewerten? Der Mann hatte doch jetzt eine ganze Woche frei. Warum war er nicht irgendwo am Strand, im Gebirge oder sonstwo? Als Deanna sich wieder zur Kamera wandte und ihr Stichwort aufnahm, konnte sie spüren, wie der nüchterne Blick aus seinen kühlen blauen Augen auf ihr ruhte.

Während der Unterbrechung der Sendung für den letzten Werbeblock vor *Deannas Viertelstunde* hatte sich ihre innere Ruhe in schäumende Wut verwandelt.

Deanna schob ihren Sessel vom Tisch weg, ging die Stufen hinab und lief mit energischen Schritten über die Kabelschlangen hinweg. Bevor sie jedoch ihren heutigen Gast begrüßen konnte, baute sich Finn vor ihr auf.

»Sie sind ja noch besser als in meiner Erinnerung.«

»Wirklich?« Mit einem kurzen Ruck zerrte sie am Saum ihrer Jacke. »Mit einem solchen Kompliment werde ich jetzt glücklich sterben können.«

»Es ist nur eine Beobachtung.« Er ergriff ihren Arm, damit sie ihm nicht entwischen konnte. »Ich werde aus Ihnen einfach nicht schlau. Stehe ich immer noch auf Ihrer schwarzen Liste, weil ich neulich Ihre Story an mich gerissen habe?«

»Sie stehen auf gar keiner Liste. Ich kann es nur nicht ausstehen, wenn man mich beobachtet.«

Finn musste grinsen. »Dann haben Sie aber den falschen Beruf, Kansas.«

Er ließ sie los. Einem plötzlichen Impuls folgend, setzte er sich auf einen der Klappstühle hinter den Kameras. Eigentlich hatte er nicht vorgehabt zu bleiben und wusste auch, dass er das jetzt nur deshalb tat, weil er Deanna ärgern wollte. Ursprünglich war er diesen Nachmittag hier aus dem gleichen Grund aufgetaucht, weswegen er auch am Abend zuvor erschienen war: weil er es genoss, wieder zurück in den Studios von Chicago zu sein.

Außer seiner Karriere gab es im Augenblick nicht viel in seinem Leben, aber das war ihm so auch am liebsten. Er beobachtete, wie Deanna hinter der Bühne ihre Gäste beruhigte, indem sie mit ihnen plauderte, und dachte nach. Wäre sie erleichtert oder verärgert, wenn sie wüsste, dass er den Rest des Wochenendes überhaupt nicht mehr an sie gedacht hatte? Seine jahrelange Tätigkeit als Fernsehjournalist hatte ihn zu einem Experten darin gemacht, sein Leben in einzelne Bereiche aufzuteilen. In seiner Arbeit, beim Gestalten einer Story oder in seinen ehrgeizigen Karriereplänen hatten Frauen nichts zu suchen.

Die Monate in London hatten seinem Ruf und seiner Glaubwürdigkeit gutgetan, doch jetzt war er froh, wieder in Chicago zu sein.

Als er Deanna lachen hörte, kreisten seine Gedanken jedoch erneut um sie. Das Lachen gefiel ihm; es klang rauchig und nach raffiniertem Sex und passte zu ihrem Aussehen, stellte er fest. Und diese Augen! Im Augenblick waren sie voller Wärme und blickten mit lebhaftem Interesse auf ihren Gast, eine

Künstlerin, die gerade auf eine an diesem Abend stattfindende Veranstaltung aufmerksam machte, bei der sie ihr Können unter Beweis stellen wollte.

Finn hatte im Augenblick für Kunst keinen Sinn. An Deanna jedoch war er sehr stark interessiert. Die Art und Weise, wie sie sich nur ein ganz kleines Stück nach vorne beugte, um dem Interview eine etwas intimere Note zu geben, war ihm genauso wenig entgangen wie die Tatsache, dass sie kein einziges Mal einen Blick in ihre Notizen warf und unsicher nach der nächsten Frage suchte.

Auch als das Programm für die Werbung unterbrochen wurde, schenkte Deanna ihrem Gast weiterhin ihre Aufmerksamkeit. Beim Verlassen des Studios hatte die Künstlerin dadurch eindeutig an Selbstbewusstsein gewonnen. Für den Schlussteil der Sendung glitt Deanna wieder mit Roger hinter den Nachrichtentisch.

»Sie ist gut, nicht wahr?«

Finn blickte sich um. In der Nähe der Studiotüren stand Simon Grimsley, ein Mann mit schmalen Schultern und einem langen, schmalen Gesicht, das sich unaufhörlich besorgt und zweifelnd in Falten legte. Auch wenn er lächelte, was er gerade tat, verkündete sein Blick immer unausweichliches Unheil. Seine Haare lichteten sich bereits, obwohl Finn wusste, dass Simon erst Anfang dreißig war. Wie immer trug er einen dunklen Anzug und eine ordentlich gebundene Krawatte. Und wie immer betonte seine Kleidung seinen dürren Körper noch.

»Wie geht es dir, Simon?«

»Frag besser nicht.« Simon verdrehte seine dunklen, pessimistischen Augen. »Angela hat heute wieder eine Stinklaune. Ich kann dir sagen!«

»Damit erzählst du mir doch nichts Neues, Simon.«

»Ich weiß ja auch selber nichts Genaueres.« Beim Aufflammen des roten Lichtes senkte er die Stimme. »Sie warf heute mit einem Briefbeschwerer nach mir«, flüsterte er. »Glücklicherweise kann sie nicht gut zielen.«

»Vielleicht sollte sie einer Baseballmannschaft beitreten.«

Simon gab ein Geräusch von sich, das als leises Lachen durchgehen konnte, unterdrückte es aber schnell und schuldbewusst. »Sie steht sehr unter Druck.«

»Das stimmt.«

»Es ist nicht einfach, an der Spitze zu bleiben.« Simon gab einen Seufzer der Erleichterung von sich, als das Leuchtschild mit der Aufschrift ›Sendung läuft‹ wieder erlosch. Livesendungen versetzten ihn immer in einen ständigen Zustand inneren Aufruhrs. »Deanna.« Er winkte ihr zu und wäre beinahe mit einem Fuß in einer Kabelschlange hängen geblieben, als er losrannte, um sie einzuholen. »Das war ein guter Beitrag. Wirklich toll.«

»Danke.« Sie blickte von ihm zu Finn und wieder zu ihm zurück. »Wie war die Aufzeichnung von heute Morgen?«

»Ging so.« Er machte eine Grimasse. »Angela hat mich gebeten, dir diese Nachricht zu geben.« Er reichte ihr einen blassrosa gefärbten Umschlag. »Es schien wichtig zu sein.«

»Okay.« Sie widerstand dem Impuls, den Umschlag einfach in ihrer Tasche verschwinden zu lassen. »Keine Sorge, ich vergesse ihn nicht.«

»Nun, dann gehe ich jetzt besser wieder hoch. Komm doch während der Aufzeichnung heute Nachmittag einmal vorbei, wenn du kannst.«

»Das werde ich tun.«

Finn beobachtete, wie die Tür hinter Simon wieder zufiel. »Ich werde nie begreifen, wie ein so nervöser und niedergeschlagener Mensch mit den Leuten umgehen kann, die Angela für ihre Talkshow verpflichtet.«

»Er hat alles gut im Griff. Ich kenne keinen, der Probleme besser lösen kann als Simon.«

»Das war auch keine Kritik«, meinte Finn und passte seinen Schritt ihrem Tempo an, während sie das Studio verließen.

»Es war ein Kommentar.«

»Heute scheinen Sie mir eine Menge Kommentare abgeben zu müssen.« Wie sie es gewohnt war, bog sie zur Garderobe ab, um ihr Make-up aufzufrischen.

»Dann habe ich noch einen für Sie auf Lager. Ihr Interview mit dieser Künstlerin – Myra heißt sie doch, nicht wahr? – war sehr solide gemacht.«

Freude schlich sich durch ihre Abwehr. »Danke. Es war auch ein interessantes Thema.«

»Das war aber nicht das Ausschlaggebende. Sie haben die Frau immer wieder auf den Boden gebracht, wenn sie begann, sich über Technik und Symbolik auszulassen, und dadurch verlief das Gespräch die ganze Zeit über in unbeschwerten und freundlichen Bahnen.«

»Ein unbeschwertes und freundliches Gespräch ist mir auch am liebsten.« Ihre Blicke trafen sich im Spiegel, und es knisterte. »Ghaddafi und Saddam Hussein überlasse ich Ihnen.«

»Das weiß ich zu schätzen.« Er schüttelte den Kopf, als sie ihren Lippenstift nachzog. »Sie sind wirklich sehr empfindlich. Diese Feststellung war als Kompliment gedacht.«

Da hatte er recht, dachte sie. Sie war tatsächlich ziemlich empfindlich. »Wissen Sie, was ich glaube, Finn?« Sie strich ihr Haar glatt und drehte sich zu ihm um. »Ich glaube, dieser Raum ist zu klein für unsere gegensätzlichen Energien.«

Seitdem er sie auf einer Rollbahn im Regen an sich gedrückt hatte, hatte er das Gefühl, unter Strom zu stehen. »Und was für ein Gefühl rufen diese gegensätzlichen Energien bei Ihnen hervor?«

»Es ist mir einfach zu voll hier.« Ihr Lächeln war eine direkte Reaktion auf den Ausdruck der Belustigung in seinen Augen. »Vermutlich ist auch das der Grund, warum Sie mir immer im Weg zu stehen scheinen.«

»Dann denke ich, ich sollte besser ein wenig zur Seite treten und Ihnen etwas Raum geben.«

»Warum tun Sie das dann nicht?« Sie nahm den rosafarbenen Umschlag, den sie auf die Ablage gelegt hatte, doch bevor sie ihn öffnen konnte, nahm Finn ihre Hand.

»Eine Frage: Wie koordinieren Sie Ihre Arbeit als Reporterin für die CBC mit Ihrer Arbeit für Angela?«

»Ich arbeite nicht für Angela. Ich arbeite für die Nachrichtenredaktion.« Mit schnellen, gekonnten Bewegungen fuhr sie sich mit der Bürste durch die Haare und band sie hinten zusammen. »Angela tue ich gelegentlich einen Gefallen. Sie bezahlt mir nichts.«

»Ihr seid einfach nur zwei gute Kumpel, die sich aushelfen?«

Deanna achtete nicht auf die Gereiztheit in seiner Stimme. »Ich würde Angela und mich nicht unbedingt als gute Kumpel bezeichnen. Wir sind befreundet und sie war mir gegenüber sehr großzügig. Die Nachrichtenabteilung hat weder mit meiner freundschaftlichen Verbindung zu Angela noch mit der Zeit Probleme, die ich für sie erübrige.«

»Das habe ich auch gehört. Aber mit der Macht einer Talkshow im Rücken, die als die beste gilt, wird die Unterhaltungsabteilung irgendwann Druck machen.« Er schaukelte wieder auf den Fersen nach hinten und bedachte sie mit einem prüfenden Blick. »Ich frage mich, warum Angela diese ganze Mühe auf sich nimmt, nur um Sie für ihre Zwecke zu benutzen.«

Deanna wurde wütend. »Sie benutzt mich nicht, sie bringt mir etwas bei. Und ich finde es nützlich, noch etwas zu lernen.«

»Was lernen Sie denn genau?«

Wie man die Beste wird, dachte sie, behielt aber diesen Gedanken für sich. »Sie hat ein unglaubliches Geschick im Führen von Interviews.«

»Das stimmt, aber Ihr Geschick dafür scheint mir genauso ausgeprägt zu sein.« Er machte eine Pause. »Zumindest im Bereich der seichteren Berichterstattung.«

Beinahe hätte sie ihn wütend angefaucht, was ihn freute. »Mir gefällt meine Arbeit, und selbst wenn das anders wäre, ginge Sie das überhaupt nichts an.«

»Das ist richtig.« Er hätte das Thema fallen lassen sollen, aber er wusste nur zu gut, was Angela mit ihren Krallen tun konnte, sobald man sich erst einmal in ihnen befand. Und wenn er mit seinen Vermutungen nicht völlig falsch lag, würde Deanna rasch und reichlich Blut lassen. »Würden Sie auf eine freundschaftlich gemeinte Warnung vor Angela hören?«

»Nein, ich bilde mir meine Meinung über Menschen selber.«

»Machen Sie, was Sie wollen. Ich frage mich nur«, fuhr er fort und betrachtete dabei forschend ihr Gesicht, »ob Sie so hart sind, wie Sie meinen.«

»Ich kann noch härter sein.«

»Das werden Sie auch sein müssen.« Er ließ ihre Hand los und ging davon.

Endlich war sie allein. Deanna stieß einen tiefen Seufzer aus, was ihr half, sich wieder abzuregen. Warum fühlte sie sich nach fünf Minuten in Finns Gesellschaft, als hätte sie einen Marathonlauf hinter sich – erschöpft und erheitert zugleich? Alle weiteren Gedanken an Finn beiseiteschiebend, riss sie den Umschlag mit Angelas Nachricht auf. Die handschriftliche Mitteilung war mit Füllhalter geschrieben worden, ihre Schrift schien nur aus einer langen Reihe Schleifen und Schnörkel zu bestehen.

Meine liebe Deanna,
ich muss etwas von entscheidender Bedeutung mit Dir be-
sprechen. Mein Terminplan für heute ist zum Verrücktwerden,
aber gegen vier Uhr kann ich mich wegschleichen. Komm
bitte zum Tee ins Ritz in die Lounge in der Eingangshalle.
Glaube mir, es ist dringend.

Herzlichst
Angela

Angela konnte es nicht ausstehen, wenn man sie warten ließ. Um Viertel nach vier bestellte sie einen zweiten Champagner-Cocktail und kochte allmählich vor Wut. Sie wollte Deanna die Chance ihres Lebens bieten, doch anstatt ihr dafür dankbar zu sein, leistete sich Deanna diese Unverschämtheit. Das hatte zur Folge, dass Angela die Kellnerin anfuhr, als ihr Drink serviert wurde, und sich mit finsterem Blick in der luxuriösen Lounge umsah.

Der Springbrunnen hinter ihr gab ein melodisches Geräusch von sich, das sie ein wenig beruhigte. Das Schlückchen prickelnden Champagners hatte die gleiche Wirkung. Eigentlich hat das nicht viel mit Trinken zu tun, dachte sie und freute sich über sich selbst. Es ist das Auskosten von Erfolg.

Bis zur vergoldeten Pracht des Ritz war es von Arkansas ein weiter Weg gewesen, erinnerte sie sich. Und sie war dabei, auf diesem Weg noch weiter zu gehen.

Die Erinnerung an ihre Pläne milderte ihren finsteren Blick. Das Lächeln machte einer älteren Dame mit blau gefärbten Haaren Mut, und sie kam auf sie zu und bat sie um ein Autogramm. Angela war die Freundlichkeit und Umgänglichkeit in Person. Als Deanna um zwanzig nach vier in die Lobby eilte, sah sie, wie Angela gerade liebenswürdig mit ihrem Fan plauderte.

»Entschuldige«, sagte Deanna und nahm gegenüber von Angela Platz. »Tut mir leid, dass ich mich verspätet habe.«

»Mach dir darüber nur keine Gedanken.« Lächelnd winkte Angela ab. »Es war wirklich nett, Sie getroffen zu haben, Mrs. Hopkins. Ich bin froh, dass Ihnen die Sendung gefällt.«

»Ich würde sie nicht missen wollen. Und Sie sind persönlich noch viel netter als im Fernsehen.«

»Ist das nicht süß?«, meinte Angela zu Deanna, als die beiden wieder unter sich waren. »Sie schaut sich jeden Morgen meine Sendung an. Jetzt wird sie in ihrem Bridgeclub damit herumprahlen können, mich persönlich getroffen zu haben. Lass uns für dich etwas zu trinken bestellen.«

»Wir sollten es für mich bei Tee belassen. Ich muss noch fahren.«

»Unsinn.« Angela lenkte die Aufmerksamkeit der Kellnerin auf sich, tippte gegen ihr Glas und hielt zwei Finger hoch. »Ich weigere mich, mit Tee zu feiern.«

»Dann sollte ich vielleicht wissen, was wir feiern.« Deanna schlüpfte aus ihrer Jacke. Sie schätzte, dass sie es in den dreißig Minuten, die sie sich für das Treffen zugebilligt hatte, bei einem einzigen Drink belassen konnte.

»Erst wenn du deinen Champagner hast.« Angela lächelte affektiert, bevor sie an ihrem eigenen Champagner nippte. »Ich muss dir wirklich noch einmal dafür danken, dass du mir neulich so treu zur Seite gestanden hast. Es war eine wundervolle Party.«

»Es gab doch nicht viel zu tun.«

»Das kannst du leicht sagen. Du bist aber auch in der Lage, all diese vielen kleinen Details in den Griff zu kriegen, die mir einfach nur lästig sind.« Mit einem Flattern ihrer Finger tat sie das alles als unbedeutend ab, stellte ihren Drink wieder auf den Tisch und nahm sich eine Zigarette. »Was hältst du eigentlich von Finn?«

»Ich muss sagen, er ist einer der besten Reporter bei der CBC und auch sonst. Er ist kraftvoll. Irgendwie schafft er es, direkt zum Kern eines Themas durchzudringen und lässt in den Bericht nur gerade so viel von sich einfließen, dass die Zuschauer neugierig gemacht werden.«

»Nein, nein, ich meine nicht in beruflicher Hinsicht.« Ungeduldig blies Angela den Rauch in die Luft. »Ich meine als Mann.«

»Als Mann kenne ich ihn nicht.«

»Welchen Eindruck macht er auf dich, Deanna?« Angelas Ton wurde schärfer, was Deanna in Alarmbereitschaft versetzte. »Du bist doch Reporterin und im Beobachten geschult. Was hast du also beobachtet?«

Jetzt bloß Vorsicht! dachte Deanna. Im Sender kursierten jede Menge Gerüchte darüber, was in der Vergangenheit zwischen Finn und Angela gelaufen war, und es wurde auch vermutet, dass die beiden Stars gegenwärtig eine Affäre miteinander hatten. »Nun, wenn ich ihn mir von außen so ansehe, ist er sehr attraktiv, hat Charisma, und ich denke, ich muss das Wort ›kraftvoll‹ erneut auf ihn verwenden. Die Techniker mögen ihn, und auch bei den hohen Tieren ist er sehr beliebt.«

»Vor allem aber bei den Frauen.« Angela begann mit dem Fuß zu wackeln, was verriet, wie aufgewühlt sie war. Auch ihr Vater hatte Charisma gehabt, erinnerte sie sich mit Verbitterung. Und auch er war attraktiv und gewiss auch sehr kraftvoll gewesen – wenn er gerade eine Gewinnserie hatte. Und auch er hatte sie und ihre bemitleidenswerte, immer betrunkene Mutter wegen einer anderen Frau und der Verlockung eines Royal Flush verlassen. Doch seitdem hatte Angela dazugelernt und wusste jetzt eine Menge darüber, wie man jemandem so etwas heimzahlen kann. »Er kann sehr charmant sein«, fuhr sie fort, »und sehr verschlagen. Er scheut sich nicht, Menschen auszunutzen, um das zu erreichen, was er haben will.« Sie nahm einen tiefen Zug von ihrer Zigarette und lächelte dünn durch einen Schleier aus Rauch hindurch. »Ich habe bemerkt, dass er dich während der Party aufs Korn genommen hat, und dachte, ich sollte dich ganz freundschaftlich vor ihm warnen.«

Deanna hob eine Braue und fragte sich, was Angela wohl fühlen würde, wenn sie gewusst hätte, dass Finn nur wenige Stunden zuvor fast die gleiche Formulierung benutzt hatte. »Dazu besteht kein Bedarf.«

»Ich weiß, dass du dich im Moment mit Marshall eingelassen hast, aber Finn kann sehr überzeugend sein.« Sie klopfte ihre Zigarette aus und beugte sich zu Deanna vor. »Ganz Mädchen zu Mädchen«, fuhr sie fort: »Ich weiß auch, wie Neuigkeiten im Studio die Runde machen, also müssen wir nicht so tun, als ob dir nicht bekannt wäre, was zwischen Finn und mir vor seinem Weggang nach London gewesen ist. Seit ich die ganze Sache abgebrochen habe, befürchte ich jedoch, dass er versuchen könnte, sein angeschlagenes Selbstbewusstsein wieder zu stärken und es mir heimzuzahlen, indem er sich mit jemandem brüstet, an dem mir etwas liegt. Ich würde nicht gerne erleben wollen, dass dir auf diese Weise Schaden zugefügt wird.«

»Dazu wird es auch nicht kommen.« Unbehaglich rutschte Deanna auf ihrem Stuhl nach hinten. »Angela, meine Zeit wird knapp. Wenn es also das war, worüber du mit mir sprechen wolltest, dann …«

»Nein, nein. Das war nur Plauderei. So, dann können wir ja loslegen!« Sie strahlte, als ihre Getränke serviert wurden. »Jetzt haben wir auch das Richtige zum Anstoßen.« Sie hob ihr Glas, wartete, bis Deanna ihres ebenfalls gehoben hatte. »Auf New York!« Mit einem fröhlichen Klang stießen die Gläser zusammen.

»New York?«

»Mein ganzes Leben habe ich darauf hingearbeitet.« Nach

einem hastigen Schluck stellte Angela ihr Glas wieder ab. Ihre freudige Erregung umgab sie in rastlosen Wellen wie ein Schimmern. Nichts, nicht einmal Champagner konnte da mithalten. »Und jetzt ist es Wirklichkeit! Was ich dir jetzt erzähle, ist übrigens streng vertraulich, hast du verstanden?«

»Natürlich.«

»Ich habe ein Angebot von Starmedia erhalten, Deanna. Ein unglaubliches Angebot.« Ihre Stimme perlte wie Schaumwein. »Wenn im August mein Vertrag ausläuft, werde ich Chicago und die CBC verlassen. Meine Talkshow wird ebenfalls mit nach New York gehen, dazu kommen vier Sondersendungen zur Hauptsendezeit.« Angelas Augen waren wie blaues Glas, ihre Finger flatterten am Sektglas auf und ab wie aufgeregte Vögel, die nach einem Platz zum Landen suchen.

»Das ist ja wundervoll! Aber ich dachte, du hättest schon längst zugestimmt, deinen Vertrag bei der CBC und dem Delacort-Konsortium zu verlängern.«

»Mündlich.« Angela ging mit einem Achselzucken darüber hinweg. »Starmedia ist ein Syndikat mit viel mehr Phantasie. Delacort hätte es als selbstverständlich angesehen, dass ich bei ihnen bin, und ich gehe eben dahin, wo man mir die größte Wertschätzung entgegenbringt und wo es sich für mich auch am meisten auszahlt. Ich werde meine eigene Produktionsgesellschaft gründen. Und wir werden nicht nur *Angela* produzieren, sondern auch Sondersendungen, Spielfilme für das Fernsehen und Dokumentarfilme. Das eröffnet mir den Zugang zu den Besten der Branche.« Angela machte eine Pause. Sie wusste immer, wie man etwas in Szene setzt. »Deswegen möchte ich auch, dass du als Produktionsleiterin mit mir nach New York gehst.«

»Du willst mich dafür?« Mit einem Kopfschütteln versuchte Deanna, Klarheit in ihre wild durcheinanderwirbelnden Gedanken zu bringen. »Aber ich bin doch gar keine Produzentin. Und Lew …«

»Lew.« Mit einer ruckartigen Bewegung des Kopfes entließ Angela ihren langjährigen Mitarbeiter. »Ich will in dieser Position einen jungen, frischen, phantasievollen Menschen. Nein, wenn ich diesen Schritt mache, werde ich Lew nicht mitnehmen. Der Posten ist für dich, Deanna. Du musst ihn nur annehmen.«

Deanna nahm langsam einen großen Schluck Champagner. Sie hatte erwartet, dass Angela ihr die Stelle der Leiterin des Forschungsstabes anbot. Da ihre Bestrebungen in eine ganz andere Richtung gingen, war sie innerlich darauf vorbereitet gewesen, ein solches Angebot abzulehnen. Doch was ihr jetzt eröffnet wurde, hätte sie in ihren kühnsten Träumen nicht für möglich gehalten, und es stellte eine viel größere Versuchung dar.

»Ich fühle mich geschmeichelt«, meinte sie. Eigentlich bin ich völlig verblüfft, verbesserte sie sich innerlich. »Ich weiß gar nicht, was ich sagen soll.«

»Dann gebe ich dir das entsprechende Stichwort: Sag einfach ja.«

Mit einem kurzen Lachen lehnte sich Deanna zurück und musterte die Frau, die ihr am Tisch gegenübersaß. Eifrig war sie, impulsiv und rücksichtslos. Alles in allem keine schlechten Eigenschaften. Dazu war sie talentiert und intelligent und besaß diese Nervosität, von der sie dachte, dass sie keinem auffallen würde. Diese Kombination hatte sie an die Spitze gebracht und hielt sie dort.

Es ging um einen erstklassigen Posten bei der gegenwärtig besten Talkshow, überlegte Deanna. »Ich wünschte, ich könnte einfach zugreifen, Angela, aber ich muss das erst noch durchdenken.«

»Was gibt es denn da noch zu durchdenken?« Der Champagner schäumte in Angelas Kopf. Deanna war gerade noch schnell genug, um zu verhindern, dass ihr Sektglas umfiel, als Angela eine achtlose Bewegung über den Tisch hinweg machte. »Ein Angebot wie dieses bekommst du in dieser Branche nicht jeden Tag, Deanna. Nimm, was du kriegen kannst. Weißt du überhaupt, von welchen Summen ich hier spreche? Welches Ansehen und welche Macht mit dieser Position verbunden ist?«

»Ich habe eine ungefähre Vorstellung davon.«

»Eine Viertelmillion Dollar im Jahr Anfangsgehalt, und dazu noch alle möglichen Vergünstigungen.«

Es dauerte eine Weile, bis Deanna ihren Mund wieder geschlossen hatte. »Offensichtlich hatte ich doch keine rechte Vorstellung davon.«

»Du hast dein eigenes Büro und dein eigenes Personal, ferner steht dir ein Wagen samt Fahrer zur Verfügung. Du hast jede Menge Gelegenheiten zum Reisen und für Kontakte mit der gesellschaftlichen Oberschicht.«

»Warum bietest du mir das an?«

Vergnügt lehnte sich Angela zurück. »Weil ich dir vertrauen und mich auf dich verlassen kann, und weil ich etwas von mir in dir erkenne, wenn ich dich ansehe.«

Ein blitzartiger Schauer tanzte Deannas Rückgrat hoch. »Das ist ein sehr großer Schritt.«

»Mit kleinen Schritten vergeudet man nur seine Zeit.«

»Das mag ja richtig sein, aber ich muss es mir trotzdem noch durch den Kopf gehen lassen. Ich weiß einfach nicht, ob ich für diese Arbeit geeignet bin.«

»Ich denke, du bist geeignet.« Angelas Ungeduld flackerte wieder auf. »Warum zweifelst du daran?«

»Angela, einer der Gründe, weswegen du mir diese Stelle anbietest, ist bestimmt meine Fähigkeit, mich so sorgfältig um die Details zu kümmern. Ich bin gründlich und habe fast zwanghaft immer alles gut im Griff. Das wäre jedoch anders, wenn ich mir nicht immer die Zeit nehmen würde, mir zunächst einen Überblick zu verschaffen.«

Mit einem Kopfnicken nahm sich Angela eine weitere Zigarette. »Da hast du recht. Ich sollte dich auch nicht drängen, aber ich will dich einfach bei dieser Geschichte bei mir haben. Wie viel Zeit brauchst du?«

»Ein paar Tage. Kann ich dich Ende der Woche wissen lassen, wie ich mich entschieden habe?«

»In Ordnung.« Angela betätigte ihr Feuerzeug und warf einen kurzen, prüfenden Blick auf die Flamme. »Eines möchte ich dir noch sagen. Du gehörst nicht als Sprecherin hinter den Tisch der lokalen Mittagsnachrichten. Du bist für Größeres geschaffen, Deanna, und das habe ich von Anfang an in dir gesehen.«

»Ich hoffe, du hast recht.« Deanna stieß einen tiefen Seufzer aus. »Das hoffe ich wirklich.«

In der kleinen Galerie in einer Seitenstraße der Michigan Avenue drängten sich die Menschen zusammen. Der Ausstellungsraum war kaum größer als eine durchschnittliche Vorortgarage und hellerleuchtet, um die auffälligen Spritzbilder ins rechte Licht zu setzen, die fast Rahmen an Rahmen an den Wänden angeordnet waren. Als Deanna den Raum betrat, war sie froh, ihrem spontanen Impuls gefolgt und hier hereingeschaut zu haben. Dadurch wurden nicht nur ihre Gedanken von Angelas erstaunlichem Angebot vom Nachmittag abgelenkt, der Besuch war auch eine nahtlose Fortsetzung ihres heutigen Interviews.

Die Luft war erfüllt von den Klängen heftig miteinander streitender Stimmen und dem Geruch nach billigem Sekt. Die schwarzen und grauen Farben der Menge bildeten einen starken Kontrast zu den kräftigen Farben an den Wänden. Deanna bedauerte, dass sie kein Kamerateam für eine kurze Aktualisierung ihres Interviews zusammengetrommelt hatte.

»Ein richtiges Ereignis«, murmelte Marshall ihr ins Ohr.

Lächelnd drehte sich Deanna zu ihm um. »Wir werden nicht lange bleiben. Ich weiß, dass das nicht gerade dein Stil ist.«

Er ließ seinen Blick über die unruhigen, über die Leinwand geschleuderten Farben wandern. »Nicht ganz.«

»Wilde Sachen.« Fran drängte sich durch die Menge und hielt dabei die Hand ihres Mannes Richard fest umklammert. »Dein kurzer Beitrag heute Nachmittag hat ja wohl ziemlichen Eindruck gemacht.«

»Das war mir gar nicht klar.«

»Nun, kann ja nur nützlich sein.« Fran hob den Kopf und schnupperte. »Ich rieche Essen.«

»Mittlerweile kann sie einen Hotdog aus drei Häuserblocks Entfernung riechen.« Richard schob sich heran und legte Fran einen Arm um die Hüfte. Er hatte ein hübsches, jungenhaftes Gesicht, das gerne lächelte. Seine hellblonde Frisur war eher konservativ, die winzigen Löcher in seinem linken Ohrläppchen verrieten jedoch, dass er einmal eine ganze Reihe verschiedener Ohrringe zur Schau getragen hatte.

»Das ist auf eine Intensivierung der Sinneswahrnehmungen zurückzuführen«, behauptete Fran. »Und sie verrät mir, dass es um drei Uhr geröstetes Schweinefleisch gibt. Bis später!« Sie ging davon und zerrte Richard mit sich.

»Hast du Hunger?« Deanna wurde von hinten heftig angestoßen und begab sich in den wohltuenden Schutz von Marshalls Arm.

»Eigentlich nicht.« Den Vorteil nutzend, den ihm seine Größe verschaffte, sah sich Marshall um und führte sie dann aus dem dichtesten Gedränge heraus. »Du bist wirklich alles andere als ein Spielverderber«, meinte sie.

»Weil ich hierhergekommen bin? Ist doch ganz interessant hier.«

Sie lachte und gab ihm einen Kuss. »Du bist ein feiner Kerl. Ich will auch nur noch schnell Myra gratulieren.« Deanna blickte sich um. »Wenn ich sie überhaupt finde.«

»Lass dir Zeit. Ich kann ja inzwischen versuchen, uns ein paar Appetithäppchen zu besorgen.«

»Danke.«

Deanna schlängelte sich durch die Menge. Sie genoss die an sie herandrängenden Körper, die unterschwellige Aufregung um sie herum, die Gesprächsfetzen, die sie aufschnappte. Sie hatte gerade die Hälfte des Raumes durchquert, als ein ihr besonders ins Auge fallendes Bild sie zum Stehenbleiben veranlasste. Gewundene Linien und grelle Spritzer auf einem strukturierten, mitternachtsblauen Hintergrund verwandelten die Leinwand in eine Explosion aus Gefühl und Kraft. Fasziniert ging Deanna näher heran. Die Aufschrift auf dem kleinen Schild unter dem glatten Ebenholzrahmen lautete: ERWECKUNGEN. Wunderbar, dachte Deanna, einfach wunderbar.

Die lebendigen Farben schienen sich von der Leinwand freikämpfen und der Nacht entkommen zu wollen. Während sie das Werk genauer studierte, fühlte sie, wie aus ihrem Vergnügen ein Wunsch wurde, der sich bald in Entschlossenheit verwandelte. Mit einem kleinen Balanceakt ihres Budgets …

»Gefällt es Ihnen?«

Abrupt wurde sie sich wieder bewusst, wo sie war. Sie machte sich jedoch nicht die Mühe, sich zu Finn umzudrehen und ihn anzuschauen.

»Ja, sehr. Verbringen Sie viel Zeit in Galerien?«

»Hin und wieder.« Er trat neben sie und amüsierte sich darüber, wie sie das Bild anstarrte. Jeder Gedanke von ihr spiegelte sich in ihren Augen. »Eigentlich war es Ihr kurzer Beitrag in der Sendung heute Nachmittag, der mich veranlasste, hier vorbeizukommen.«

»Tatsächlich?« Jetzt blickte sie ihn an. Er trug ungefähr die gleiche Kleidung wie auf der Rollbahn: die offene teure Lederjacke, abgetragene Jeans, ausgetretene Stiefel.

»Ja, tatsächlich. Sie haben bei mir übrigens noch einen gut, Kansas.«

»Warum das denn?«

»Deswegen.« Er nickte dem Bild zu. »Ich habe es gerade gekauft.«

»Sie ...« Deanna blickte von ihm zum Bild und wieder zurück, die Zähne fest zusammengebissen. »Verstehe.«

»Es ließ mich einfach nicht mehr los.« Seine Hand sank auf ihre Schulter, als er sich dem Bild zuwandte. Er wusste, dass er grinsen musste, wenn er sie noch länger anschaute. Ihr Blick brachte alles zum Ausdruck – die Enttäuschung, ihren Wunsch, die Verärgerung. »Und der Preis hat gestimmt. Ich glaube, die Galerie wird sehr bald merken, dass sie ihre Werke unter Wert verkaufen.«

Verdammt noch mal, das war ihr Bild gewesen! In ihrer Phantasie hatte sie es bereits zu Hause über ihrem Schreibtisch aufgehängt. Sie konnte nicht glauben, dass er es ihr vor der Nase weggeschnappt hatte. »Warum denn gerade dieses Bild?«

»Weil es für mich das ideale Bild ist.« Mit einem kaum spürbaren Druck auf ihre Schulter drehte er sie zu sich herum. »Als ich es sah, habe ich es sofort gewusst. Und wenn ich etwas sehe, was ich will ...« Er ließ einen federleichten Finger an der Seite ihres Halses in die Höhe streichen, sein Blick ruhte dabei unverwandt auf ihren Augen. »... dann tue ich alles, was in meiner Macht steht, um es zu bekommen.«

Ihr hüpfte das Herz in der Brust wie ein Kaninchen, was sie überraschte und mit Ärger erfüllte. Sie standen jetzt ganz dicht nebeneinander, ihre Zehen berührten sich, ihre Augen und ihr

Mund befanden sich auf einer Linie. Sie waren sich viel zu nah, nur wenige Zentimeter zu nah, sodass sie sah, wie sie sich im träumerischen Blau seiner Augen spiegelte.

»Manchmal ist das, was wir wollen, aber nicht zu bekommen.«

»Manchmal.« Er lächelte, und sie vergaß die vielen Menschen um sie herum, die sich gegen sie drängten und sie noch weiter zusammenschoben, vergaß das begehrte Bild hinter ihrem Rücken, die Stimme in ihrem Kopf, die ihr sagte, sie sollte ein wenig von ihm abrücken. »Ein guter Reporter muss eben wissen, wann man schnell sein und wann man Geduld zeigen muss. Meinen Sie nicht auch?«

»Ja.« Es war ihr fast unmöglich, noch einen klaren Gedanken zu fassen. Seine Augen, stellte sie fest, es waren seine Augen, die Art und Weise, mit der sie sich auf sie richteten, als gäbe es nichts und niemanden sonst auf der Welt. Und irgendwie wusste sie, dass er sie auf genau diese Weise immer weiter anschauen würde, auch wenn sich der Boden plötzlich unter ihr öffnete.

»Willst du, dass ich Geduld zeige, Deanna?« Sein Finger strich über die Umrisse ihres Kinns, verweilte dort.

»Ich ...« Sie schnappte nach Luft. Und einen erschreckten Augenblick lang spürte sie, wie sie auf ihn zuschwankte.

»Oh, wie ich sehe, hast du bereits Erfrischungen gefunden«, meinte Marshall.

Sie sah, wie sich Finns Gesicht zu einem Ausdruck gequälter Belustigung verzog. »Ja, Marshall«, sagte sie mit unsicherer Stimme. In dem Bemühen, ihre Fassung wiederzugewinnen, hielt sie sich an seinem Arm fest, als wäre dieser ein Fels im stürmischen Meer. »Zufällig traf ich Finn. Ich glaube nicht, dass ihr euch schon einmal begegnet seid. Dr. Marshall Pike, Finn Riley.«

»Natürlich! Ich kenne Ihre Arbeit.« Marshall reichte ihm die Hand. »Willkommen daheim in Chicago.«

»Danke. Sie sind Psychologe, nicht wahr?«

»Ja. Ich habe mich auf Familienberatung spezialisiert.«

»Ein interessantes Arbeitsfeld. Statistische Untersuchungen scheinen ja auf das Ende der traditionellen Familie hinzuweisen, aber wenn wir uns die Werbung oder den Bereich der Unterhaltung anschauen, scheint der allgemeine Trend wieder in die andere Richtung zu weisen und genau zu dieser Familie zurückzuführen.«

Deanna versuchte, in Finns Äußerungen irgendeine Spitze zu entdecken, aber sie nahm nur echtes Interesse wahr, als er Marshall in ein Gespräch über die amerikanische Familienkultur verwickelte. Der Reporter in ihm ermöglicht es Finn, jederzeit mit jedem über jedes Thema sprechen zu können, dachte sie. Im Augenblick war sie darüber dankbar.

Es war ihr eine Hilfe, dass Marshall ihre Hand festhielt, und sie das Gefühl hatte, Teil eines Paares sein zu können, wenn sie das wollte. Und Marshalls sanfte Romanze mit ihr war ihr tausendmal lieber als Finns direkte Attacke auf ihr Nervensystem. Wenn sie beide Männer miteinander zu vergleichen hätte, wozu es, wie sie sich versicherte, keine Veranlassung gab, würde sie Marshall für seine Liebenswürdigkeit, seinen Respekt und seine Stabilität die besten Noten geben.

Sie lächelte zu ihm hoch, während ihr Blick wieder zu dem dramatischen und leidenschaftlichen Bild gezogen wurde.

Als sich Fran und Richard zu ihnen gesellten, machte Deanna die beiden auch mit Finn bekannt. Nachdem alle ein paar Minuten miteinander geplaudert hatten, verabschiedeten sie sich voneinander. Deanna versuchte so zu tun, als würde sie Finns Blick nicht spüren, während sie sich vorsichtig ihren Weg zur Tür bahnten.

»Bleib ruhig, meine Liebe«, murmelte Fran in Deannas Ohr. »Der ist ja live noch viel aufreizender als im Fernsehen.«

»Meinst du?«

»Süße, wenn ich nicht verheiratet und schwanger wäre, würde ich einiges mehr tun als das nur zu meinen.« Fran warf einen letzten Blick über ihre Schulter nach hinten. »Mmm, lecker!«

Kichernd schubste Deanna sie aus der Tür. »Beherrsch dich, Myers.«

»Phantasien sind harmlos, Dee, das sage ich dir doch dauernd. Und wenn er mich auf die gleiche Weise angeschaut hätte wie dich, wäre ich ohnehin nur noch eine Hormonpfütze zu seinen Füßen.«

Mit einem tiefen Atemzug an der Frühlingsluft bekämpfte Deanna das flaue Gefühl, das sich plötzlich in ihrem Bauch ausgebreitet hatte. »So leicht schmelze ich eben nicht dahin.«

Nicht so leicht dahinzuschmelzen war ein Teil ihrer Misere, dachte Deanna später. Als Marshall seinen Wagen vor ihrem Haus am Straßenrand abstellte, wusste sie, dass er sie zur Haustür bringen würde. Und wenn er das tat, würde er erwarten, dass sie ihn einlud, hereinzukommen. Und dann …

Sie war einfach noch nicht bereit für das ›und dann‹.

Zweifellos lag der Fehler bei ihr. Sie konnte ihr Zögern natürlich leicht auf intime Beziehungen der Vergangenheit schieben. Das war auch gar nicht so unzutreffend. Sie wollte nicht zugeben, dass ein anderer Teil ihres Zögerns Finn zuzuschreiben war.

»Du brauchst mich nicht zur Haustür zu bringen.«

Er hob eine Hand, um mit ihrem Haar zu spielen. »Es ist noch früh.«

»Ich weiß. Aber ich habe morgen einen ganz frühen Termin. Ich weiß es sehr zu schätzen, dass du mit mir in die Galerie gegangen bist.«

»Mir gefiel es dort auch mehr, als ich erwartet hatte.«

»Gut.« Mit einem Lächeln berührte sie seinen Mund mit ihren Lippen. Als er den Kuss intensivierte und ihre Lippen in seinen Mund sog, gab sie nach. Wärme und Leidenschaft, die sich gerade noch zügelte, empfingen sie. Ein leises, vergnügtes Aufstöhnen drang aus ihrer Kehle, als er die Position seines Mundes veränderte. Sein kräftiger Herzschlag raste mit dem ihren um die Wette.

»Deanna.« Sein Mund trat eine langsame Reise über ihr Gesicht an. »Ich will mit dir zusammen sein.«

»Ich weiß.« Sie wandte ihm wieder ihre Lippen zu. Es fehlt nicht mehr viel, dachte sie verträumt. Fast war sie sich sicher. »Ich brauche noch ein bisschen Zeit, Marshall. Tut mir leid.«

»Du weißt, was ich für dich empfinde?« Er nahm ihr Gesicht in die Hände und sah sie mit forschendem Blick an. »Aber ich verstehe, es muss alles stimmen. Warum fahren wir nicht einfach für ein paar Tage weg?«

»Weg?«

»Ja, wir verlassen Chicago. Wir könnten uns dafür ein Wochenende nehmen.« Er neigte ihren Kopf nach hinten und küsste sie auf eine Seite ihres Mundes. »Cancún, St. Thomas, Maui, was immer dir gefällt.« Jetzt küsste er die andere Seite. »Nur wir beide. Dann könnten wir sehen, wie wir uns zusammen fühlen, wenn wir nicht arbeiten müssen und nicht unter Druck stehen.«

»Das würde mir schon gut gefallen.« Ihr fielen die Augen zu. »Darüber werde ich gerne einmal nachdenken.«

»Dann denk darüber nach.« Mit unverhohlenem Triumph im Blick fügte er hinzu: »Schau in deinen Terminkalender und überlass alles Weitere mir.«

7

Deanna hatte nicht damit gerechnet, dass ihre Treulosigkeit solche Gewissensbisse bei ihr auslösen würde. Aber das Fernsehen war schließlich ein Geschäft, und ein Teil dieses Geschäftes bestand darin, die Nase vorn zu haben und die besten Verträge abzuschließen. Und während sich das ganze CBC-Gebäude mit den großen, jedes Jahr im Mai stattfindenden Marktanalysen und deren Ergebnissen beschäftigte und alle Mitarbeiter – von den höchsten Tieren bis hinunter zu den Wartungsteams – die nächtlichen Einschaltquoten diskutierten und analysierten, kam sich Deanna vor wie eine Verräterin.

Die Höhe der Etats des Folgejahres wurde auf der Grundlage der Ergebnisse dieser Analysen geschätzt, und wie Deanna seit dem gestrigen Nachmittag wusste, beruhten diese Schätzungen auf völlig falschen Annahmen.

Die Talkshow *Angela* würde noch vor dem Beginn der Herbstsaison wegfallen. Und mit der Abmachung, die Angela getroffen hatte, würde sie sowohl mit dem Tagesprogramm der CBC als auch mit den Sondersendungen zur Hauptsendezeit in Konkurrenz treten.

Je mehr der Nachrichtenredaktion zum Feiern zumute war, desto stärker wurden Deannas Schuldgefühle und Gewissensbisse.

»Gibt es ein Problem, Kansas?«

Deanna blickte hoch, als Finn es sich auf der Ecke ihres

Schreibtischs bequem machte. »Warum fragst du?« Seit ihrer Begegnung in der Galerie waren sie zum vertraulichen Du übergegangen.

»Weil du jetzt seit fünf Minuten auf deinen Bildschirm gestarrt hast. Ich bin es gewohnt, dich hier immer in Bewegung zu sehen.«

»Ich denke nach.«

»Das lässt dich aber normalerweise nicht bewegungslos am Platz verharren.« Finn beugte sich vor und strich mit seinem Daumen über die Stelle zwischen ihren Augenbrauen. »Verspannt«, meinte er.

Abwehrend schob sie sich in ihrem Sessel nach hinten, um den Kontakt zu unterbrechen. »Wir sind mitten in der Zeit für die Analysen. Wer ist da nicht verspannt?«

»Das *Mittagsmagazin* konnte doch seine Position behaupten.«

»Es hat sich sogar verbessert«, fuhr sie ihn an. Ein Gefühl des Stolzes und der Loyalität überkam sie. »Achtundzwanzig Prozent der Zuschauer entscheiden sich für unser Programm. Seit der letzten Analyse haben wir bei den Einschaltquoten um drei Prozentpunkte zugelegt.«

»Jetzt gefällst du mir schon wieder besser. Ich sehe dich lieber wütend werden als unglücklich sein.«

»Ich war nicht unglücklich«, stieß sie mit zusammengebissenen Zähnen hervor. »Ich dachte nur nach.«

»Was auch immer.« Er stand wieder auf und hob die Kleidertasche hoch, die er auf dem Boden abgestellt hatte.

»Wo gehst du hin?«

»Nach New York.« Mit einer mühelosen, geübten Bewegung warf Finn sich die Tasche über die Schulter. »Ich schiebe noch ein paar Tage als Ersatzmoderator in *Der fröhliche Wecker* ein. Kirk Brooks hat momentan wieder mit seinen Allergien zu kämpfen.«

Deannas Augenbrauen wölbten sich fragend. Sie wusste, dass *Der fröhliche Wecker* nicht gerade gut lief und mittlerweile hinter den Programmen des Frühstücksfernsehens der anderen Sender zurückgefallen war. »Du meinst wohl, die Sendung hat mit ihren Einschaltquoten zu kämpfen.«

Finn zuckte mit den Achseln und nahm sich eine der gezuckerten Mandeln aus der Schale auf ihrem Schreibtisch. »Die Sendung befindet sich auf ihrem Tiefpunkt, und die hohen Tiere glauben, dass die Zuschauer von jemandem, der etliche Feuergefechte und Erdbeben überstanden hat, in den Bann gezogen werden.« Ein Ausdruck des Abscheus huschte über sein Gesicht, als er schluckte. »Daher werde ich jetzt ein paar Tage früher aufstehen und eine Krawatte tragen.«

»Na, die Anforderungen werden schon etwas höher sein. *Der fröhliche Wecker* ist eine ziemlich komplexe Sendung mit Interviews, Nachrichtenteilen …«

»Seichtem Geplauder.« Die Worte brachten seine ganze Verachtung zum Ausdruck.

»An seichtem Geplauder gibt es doch nichts auszusetzen. Der Zuschauer fühlt sich angesprochen und wird auf diese Weise miteinbezogen. Außerdem stößt es einem alle möglichen Türen auf.«

Finns Lippen verzogen sich zu einem Mittelding zwischen einem Lächeln und einer höhnischen Grimasse. »Richtig. Das nächste Mal, wenn ich ein Interview mit Ghaddafi führe, werde ich nicht vergessen, ihn zu fragen, was er von Madonnas neuem Video hält.«

Neugierig geworden, hob sie den Kopf und sah ihn prüfend an. Sie hatte gedacht, Finn auf die Rolle des verwegenen Rebellen festnageln zu können, der nur das tat, was er für richtig hielt, und die Vorgesetzten unaufhörlich nach ihren Beruhigungsmitteln greifen ließ. »Wenn es dir so verhasst ist, wieso machst du es dann überhaupt?«

»Ich arbeite hier«, war seine einfache Antwort, und er bediente sich ein weiteres Mal bei ihren Süßigkeiten.

Deanna senkte den Blick und spielte mit den Papieren auf ihrem Schreibtisch. Auch ich arbeite hier, dachte sie unglücklich. »Dann geht es dabei also um Loyalität.«

»Zunächst ist das eine Frage der Loyalität.« Was ging nur die ganze Zeit in ihrem Kopf vor sich? Wie schade, dass er nicht die Zeit hatte, noch eine Weile dazubleiben und es ans Tageslicht zu befördern. »Aber das ist ja nicht alles. Wenn nämlich *Der fröhliche Wecker* den Bach runtergeht, werden davon auch die Einnahmen des Senders in Mitleidenschaft gezogen. Und wer bekommt das als Erstes zu spüren?«

»Die Nachrichtenredaktion.«

»Ganz genau. Wenn die Morgensendung bezüglich ihrer Einschaltquoten aus dem letzten Loch pfeift und ein paar dämliche Idioten nicht in der Lage zu sein scheinen, das Programm für einen vernünftigen Dienstagabend auf die Beine zu stellen, stehen uns nämlich ganz schnell Kürzungen ins Haus.«

»Der Montag und der Freitag sind gut«, murmelte sie. »Außerdem haben wir *Angela.*«

»Es ist nicht gerade beruhigend zu wissen, dass Angelas Talkshow und eine Handvoll Situationskomödien uns vor dem Untergang bewahren.« Doch dann flog plötzlich ein Lächeln über sein Gesicht und er zuckte mit den Achseln. »Das ist schon ein verrücktes Geschäft! Einen Abschiedskuss von dir zu erwarten, kann ich mir vermutlich abschminken.«

»Da vermutest du richtig.«

»Du wirst mich noch vermissen.« Das Lachen in seinen Augen reichte aus, um sie zurückgrinsen zu lassen.

»Du ziehst nicht in den Krieg, Finn.«

»Du hast gut reden. Bleib bei Laune!« Er schlenderte davon. Deanna beobachtete, wie er auf eine andere Reporterin zuging.

Die Frau lachte und gab ihm einen übertriebenen Kuss auf den Mund. Als daraufhin Applaus aufkam, drehte sich Finn um und grinste Deanna an. Mit einem letzten Gruß an den Nachrichtenraum schwenkte er durch die Türen.

Deanna lachte immer noch in sich hinein, als sie sich wieder ihrem Text zuwandte. Der Mann mochte ja seine Fehler haben, dachte sie, aber zumindest konnte er sie zum Lachen bringen.

Und sie gab zu, dass er sie auch zum Nachdenken bringen konnte.

In ihren Gedanken hatte sie wieder ihre Aufstellung aus der Schublade gezogen. In zwei sauber getippten Spalten hatte sie dort alle Gründe aufgeführt, die dafür oder dagegen sprachen, Angelas Angebot anzunehmen. Das Original lag bei ihr zu Hause in der obersten Schreibtischschublade. Es war nicht schwierig, die Aufstellung vor ihrem inneren Auge entstehen zu lassen. Mit einem Seufzer trug sie ein weiteres Wort in die Spalte ›ablehnen‹ ein.

Loyalität.

»Miss Reynolds?«

Zunächst schaute sie nur verständnislos drein, dann konzentrierte sie sich. Hinter einem Blumentopf aus Porzellan mit einem in verschwenderischem Rot blühenden Hibiskus darin war ein rundes, fröhliches Gesicht zu sehen. Es dauerte eine Weile, bis sie es einordnen konnte. Als der Mann sich jedoch seine Brille mit dem Drahtgestell auf die Stupsnase schob, erinnerte sie sich.

»Hallo, Jeff! Was ist denn das?«

»Für dich.« Er stellte den Blumentopf auf ihren Schreibtisch und steckte dann sofort die Hände in die Taschen. Als Assistent des Cutters fühlte sich Jeff Hyatt bei seinen Geräten wohler als unter Menschen. Er schenkte Deanna ein flüchtiges Lächeln, dann starrte er auf die Blumen. »Schön. Ich bin zufällig dem Ausfahrer begegnet, und da ich auf meinem Weg hierher war ...«

»Danke, Jeff.«

»Keine Ursache.«

Als Deanna nach der Karte griff, die zwischen den Blüten steckte, hatte sie Jeff bereits vergessen.

Was hältst du von Hawaii?

Lächelnd streckte sie eine Hand aus und streichelte eine Blüte. Ihr fiel noch eine weitere Eintragung für die Spalte ›ablehnen‹ ein: Marshall.

»Miss Reynolds möchte Sie sprechen, Miss Perkins.«

»Sagen Sie ihr, sie solle sich noch etwas gedulden.« Mit einer glimmenden Zigarette zwischen den Fingern ging Angela mit finsterer Miene Beekers Bericht über Marshall Pike durch. Mit Sicherheit war das eine interessante Lektüre, die ihre volle Aufmerksamkeit erforderte. Seine Referenzen hatte er sich wohlverdient – den Doktortitel aus Georgetown, das Jahr Auslandsstudium. Und auch finanziell ging es dem Psychologen gut, der Angehörigen der oberen Zehntausend und Politikern in ihren festgefahrenen Ehen sowie ihren gestörten Familien seine Beratung anbot. Als Ausgleich zu dieser lukrativen Privatpraxis schenkte er drei Nachmittage in der Woche der staatlichen Gesundheitsfürsorge.

Alles in allem entstand das Bild einer ehrlichen und tüchtigen Person, die nach einem erfolgreichen Studium hart gearbeitet und sich dem Familienleben gewidmet hatte.

Angela wusste genau, was sie von diesen Persönlichkeitsprofilen zu halten hatte und kannte auch die Illusionen, die sie nährten.

Seine Ehe war gescheitert. Eine in aller Stille vollzogene und zivilisiert ablaufende Scheidung hatte in der gesellschaftlichen Welt Chicagos kaum Aufsehen erregt und gewiss auch seiner Praxis nicht geschadet. Und dennoch war diese Scheidung ein interessanter Punkt, denn wie Beeker herausgefunden hatte, waren die Summen, die Marshall als Abfindung und Alimente an seine ehemalige Frau zahlte, ungewöhnlich hoch. Einer kurzen, kinderlosen Ehe entsprachen sie jedenfalls nicht.

Er hatte das nicht angefochten, grübelte Angela. Beim Weiterlesen konnte sie ein Lächeln nicht verbergen. Vielleicht hatte er das nicht gewagt. Wenn ein fünfunddreißigjähriger Mann dabei erwischt wurde, wie er sich um zwei Uhr morgens mit der sehr schönen, sehr jungen und nackten Tochter seiner Sekretärin amüsierte, hatte er nicht mehr viel Spielraum für Verhandlungen. Wie willig die Minderjährige auch immer gewesen sein mochte, sie blieb eine Minderjährige. Und wer seine Frau betrog – und insbesondere, wenn er dies mit einer Sechzehnjährigen tat –, zahlte dafür einen saftigen Preis.

Bei der weiteren Durchsicht der Akte ihres Detektivs stellte Angela fest, dass Marshall es sehr intelligent angestellt hatte, die Sache zu vertuschen. Die Sekretärin hatte einen Haufen Geld und ein hervorragendes Zeugnis entgegengenommen und war mit ihrer Familie nach San Antonio gezogen. Die Frau hatte noch einiges mehr an Geld genommen, aber immerhin hatte das zur Folge, dass kaum über den guten Doktor getuschelt wurde, und wenn das doch der Fall war – und für diese Kühnheit bewunderte Angela den Psychologen –, wurden entsprechende Gerüchte immer mit der Sekretärin in Verbindung gebracht, nicht aber mit ihrer attraktiven Tochter …

Und so führte der elegante Dr. Pike seine Praxis als einer der gefragtesten heiratsfähigen Junggesellen Chicagos weiter fort.

Der berühmte Familienberater mit einer Schwäche für Teenager. Das wäre ein interessantes Thema für eine Talkshow, stellte sie fest und musste laut auflachen. Nein, nein, das würden sie für sich behalten. Manche Informationen waren viel mehr wert als gute Einschaltquoten. Angela schloss die Akte und ließ sie in einer Schublade verschwinden. Sie fragte sich, wie viel Deanna wohl wusste.

»Schicken Sie sie herein, Cassie.«

Als Deanna ihr Büro betrat, wurde sie von Angela mit einem strahlenden Lächeln empfangen. »Tut mir leid, dass ich dich warten ließ, aber ich musste eben noch kurz etwas fertig machen.«

»Ich weiß ja, dass du sehr viel zu tun hast.« Deanna zupfte kurz an ihrem Ohrring. »Hast du jetzt ein paar Minuten Zeit?«

»Natürlich«, erwiderte Angela, stand auf und deutete auf einen Sessel. »Wie wäre es mit einer Tasse Kaffee?«

»Nein, danke, mach dir keine Mühe.« Deanna setzte sich hin und zwang sich, die Hände ruhig auf ihrem Schoß zusammenzufalten.

»Das macht doch gar keine Arbeit. Vielleicht stattdessen ein kaltes Getränk?« Im Augenblick machte es Angela großes Vergnügen, sie zu bedienen. Sie ging zur Bar und goss ihnen beiden ein Mineralwasser ein. »Wenn ich nicht heute Abend noch zum Essen verabredet wäre, würde ich Cassie einige dieser süßen Fondants hereinbringen lassen, die sie, wie ich weiß, in ihrem Schreibtisch aufbewahrt.« Sie lachte leise. »Sie denkt, ich weiß nichts davon, aber natürlich habe ich es mir zur Regel gemacht, bei meinen Leuten über alles Bescheid zu wissen.« Nachdem sie Deanna ein Glas gereicht hatte, ließ sie sich in einen Sessel fallen und streckte die Beine von sich. »Was war das nur wieder für ein Tag! Und morgen früh bei Tagesanbruch bin ich unterwegs nach Kalifornien!«

»Nach Kalifornien? Ich wusste gar nicht, dass du Außenaufnahmen machen willst.«

»Will ich auch nicht. Ich halte eine Rede anlässlich der Feierlichkeiten zur Verleihung akademischer Grade in Berkeley.« Für eine Frau, die einmal als Kellnerin gearbeitet hat, um sich eine Reise durch Arkansas zusammenzuverdienen, ist das doch gar nicht schlecht, dachte Angela. »Für die Aufzeichnungen am Montag bin ich wieder zurück. Weißt du, Dee, wo du gerade da bist, könntest du vielleicht einen Blick auf meine Rede werfen? Du weißt ja, wie sehr ich deine Anregungen schätze.«

»Sicher.« Kläglich nippte Deanna an ihrem Wasser. »Vor fünf werde ich nicht dazu kommen können, aber ...«

»Das ist kein Problem. Du kannst es mir nach Hause faxen. Ich gebe dir eine Kopie mit.«

»Okay, Angela ...« Direktheit war jetzt der einzige Weg für sie, diese Situation zu bewältigen. »Ich bin gekommen, um mit dir über dein Angebot zu sprechen.«

»Das hoffte ich.« Entspannt und zufrieden schlüpfte Angela aus ihren Schuhen und griff nach einer Zigarette. »Ich kann dir gar nicht sagen, wie sehr ich mich auf den Umzug nach New York freue, Deanna. Dort wird für diese Branche der Ton angegeben.« Sie betätigte ihr Feuerzeug und nahm einen schnellen Zug von ihrer Zigarette. »Dort sitzt die Macht. Ich lasse bereits meinen Agenten nach einer Wohnung suchen.«

Ihr Blick verlor die berechnende Schärfe und wurde träumerisch. Innerlich war sie immer noch das kleine Mädchen aus Arkansas, das am liebsten eine Prinzessin wäre. »Ich will etwas mit einem schönen Blick, mit vielen Fenstern, viel Licht und viel Platz, einen Ort, an dem ich mich zu Hause fühlen und Gäste empfangen kann. Wenn ich die richtige Wohnung finde, können wir vielleicht sogar einige der Sondersendungen dort drehen. Unsere Fernsehzuschauer sind doch ganz versessen darauf, einen Blick in unser Privatleben werfen zu können.«

Sie lächelte, als sie die Asche ihrer Zigarette abklopfte. Der weiche Ausdruck in ihren Augen wurde wieder schärfer. »Wir werden es noch weit bringen, Dee. Endlich haben die Frauen im Fernsehen festen Fuß gefasst, und wir beide, du und ich, wir schaffen es bis ganz oben.« Sie griff kurz nach Deannas Hand und drückte sie. »Weißt du, deine Intelligenz und deine Kreativität sind nur teilweise der Grund dafür, dass ich dich bei mir haben will.« Sie sprach mit großer Überzeugungskraft, ihre Worte klangen aufrichtig. »Dir kann ich vertrauen, Dee. Wenn du in meiner Nähe bist, kann ich mich entspannen, und ich muss dir ja nicht sagen, was das für mich bedeutet.«

Für einen kurzen Augenblick schloss Deanna die Augen. Schuldgefühle wühlten ihren Magen auf.

»Ich glaube nicht, dass es jemals eine andere Frau gegeben hat, der ich mich so nah fühlte«, meinte Angela abschließend.

»Angela, ich möchte …«

»Du wirst mehr als nur meine Produktionsleiterin sein, du bist meine rechte Hand. Eigentlich hätte ich meinen Agenten auch für dich nach einer Wohnung suchen lassen sollen, die nicht weit von meiner entfernt ist«, murmelte sie und stellte sich vor, wie sie spät in der Nacht zusammensitzen und Mädchengespräche führen würden, die sie sich seit ihrer Jugend nie mehr erlaubt hatte. »Es wird einfach wunderbar für uns beide werden.«

»Angela, drossel dein Tempo bitte etwas.« Mit einem halbherzigen Lachen hob Deanna die Hand. »Ich denke, ich habe begriffen, wie viel dir diese Vereinbarung mit Starmedia bedeutet, und ich finde das auch ganz toll für dich. Du warst mit deiner Hilfe und deiner Freundschaft einfach wundervoll zu mir, und ich wünsche dir jeden nur erdenklichen Erfolg.« Sich vorbeugend, griff Deanna nach Angelas Hand. »Aber ich kann das Angebot nicht annehmen.«

Das Leuchten in Angelas Augen erlosch, ihr Mund wurde

hart. Die unerwartete Ablehnung raubte ihr beinahe den Atem. »Bist du sicher, dass du begriffen hast, was ich dir eigentlich anbiete?«

»O ja, das habe ich begriffen«, wiederholte Deanna, nahm Angelas Hand zwischen ihre Handflächen und drückte sie leicht, bevor sie aufstand und im Zimmer auf und ab ging. »Und glaub mir, ich habe über das Angebot sorgfältig nachgedacht. Ich konnte die ganze Zeit kaum an etwas anderes denken.« Sie drehte sich wieder zu Angela um, gestikulierte lebhaft mit den Händen. »Ich kann es einfach nicht annehmen.«

Ganz langsam richtete sich Angela in ihrem Sessel auf und schlug die Beine übereinander. Diese einfache Geste ließ alle Sanftheit an ihr verschwinden. »Warum?«

»Das hat eine ganze Reihe von Gründen. Zunächst einmal habe ich bereits einen Vertrag mit der CBC.«

Mit einem Geräusch, das sich zwischen Abscheu und Belustigung ansiedeln ließ, tat Angela das Argument mit einer Handbewegung ab. »Du bist doch nun schon lange genug dabei, um zu wissen, wie einfach sich das erledigen lässt.«

»Das mag ja sein, aber mit meiner Unterschrift habe ich mein Wort gegeben.«

Angela zog ein weiteres Mal nachdenklich an ihrer Zigarette und kniff die Augen zusammen. »Bist du wirklich so naiv?«

Deanna war klar, dass diese Äußerung als Beleidigung gemeint war, doch sie ging mit einem Achselzucken darüber hinweg. »Es gibt noch andere Faktoren. Auch wenn ich weiß, dass du nicht planst, Lew mitzunehmen, würde ich mich schuldig fühlen, wenn ich in seine Fußstapfen trete, weil ich einfach nicht seine Erfahrung habe. Ich bin keine Produzentin, Angela, auch wenn es äußerst verführerisch ist, das zu vergessen und dein Angebot sofort anzunehmen – das Geld, die Position, die Macht, mein Gott, New York!« Sie stieß einen Seufzer aus, der die Haare an der Stirn erzittern ließ. Solange diese Dinge nicht tatsächlich in so greifbare Nähe gerückt waren und sie sie wieder hatte loslassen müssen, war Deanna gar nicht richtig klar gewesen, wie sehr sie sich das alles wünschte. »Dazu die Gelegenheit, mit dir zusammenzuarbeiten. Es ist nicht einfach für mich, all dem den Rücken zuzuwenden.«

»Aber genau das tust du gerade«, bemerkte Angela in kühlem Ton.

»Es geht hier nicht nur um mich. Auch andere Umstände stehen dem entgegen, über die ich nicht einfach hinwegsehen konnte, so sehr ich die Sache auch hin und her drehte. Mein Ziel ist es, vor der Kamera zu stehen, und ich bin in Chicago sehr glücklich. Hier habe ich meine Arbeit, hier bin ich zu Hause, hier lebt mein Freundeskreis.«

Mit schnellen, kurzen, an Maschinengewehrfeuer erinnernden Bewegungen klopfte Angela ihre Zigarette aus. »Und Marshall? Spielte er auch eine Rolle bei deiner Entscheidung?«

Deanna dachte an den Blumentopf mit dem rot blühenden Hibiskus auf ihrem Schreibtisch. »Ein wenig. Ich habe durchaus etwas für ihn übrig und würde ihm gerne eine Chance geben.«

»Ich muss sagen, du machst wirklich einen Fehler. Du lässt zu, dass irgendwelche Details und persönliche Gefühle dein ausgesprochen gutes Urteilsvermögen trüben.«

»Das glaube ich nicht.« Deanna durchquerte das Zimmer, setzte sich wieder hin und beugte sich nach vorne. Ein Angebot abzulehnen, ohne undankbar zu erscheinen, ist ja wirklich eine heikle Sache, dachte sie. Dazu kam, dass dieses Angebot auch noch den Beiklang hatte, hier würde einer Freundin ein ungeheuer großer Gefallen getan. »Ich habe es wirklich von allen Seiten aus durchleuchtet. Das ist ja meine Art, und manchmal übertreibe ich es auch. Es war nicht leicht, dein Angebot abzulehnen, und ich tue es auch nicht leichtfertig. Ich werde dir immer dankbar dafür sein, dass du das Vertrauen in mich hast, mir überhaupt ein solches Angebot zu unterbreiten, und ich fühle mich dadurch auch unglaublich geschmeichelt.«

»Dann willst du also weiterhin die Hände in den Schoß legen und Manuskripte lesen?« Jetzt stand Angela auf. Sie schäumte vor Wut, unter der Haut hatte sie das Gefühl von sengender Hitze. Sie hatte dem Mädchen einen Festschmaus angeboten, doch Deanna begnügte sich mit Krümeln. Wo war ihre Dankbarkeit? Wo war ihre verdammte Loyalität? »Es ist deine Entscheidung«, fügte sie beherrscht hinzu, als sie sich hinter ihren Schreibtisch setzte. »Warum nimmst du dir nicht einfach noch ein paar Tage Zeit, beispielsweise das Wochenende, an dem ich nicht da bin? Vielleicht überlegst du es dir ja doch noch.« Sie schüttelte den Kopf, um jede weitere Bemerkung Deannas zu unterbinden. »Wir sprechen am Montag wieder darüber«, meinte Angela, und damit war Deanna entlassen. »Zwischen den Aufnahmen ... Schreib dir den Termin auf für ...« Ihre Gedanken rasten, als sie in ihrem Terminkalender blätterte. »... Viertel nach elf.« Als Angela wieder hochschaute, zeigte sie Deanna ein warmes, freundliches Lächeln. »Wenn du dann bei deiner Meinung geblieben bist, werde ich kein Wort mehr darüber verlieren. Ist das ein faires Angebot?«

»Einverstanden.« Das klang jetzt wieder wohlwollender. Bestimmt würde es dann auch einfacher sein, sich zu einigen. »Dann sehe ich dich am Montag. Gute Reise!«

»Die werde ich haben.« Bewusst wartete Angela, bis Deanna an der Tür war. »Ach, Dee!« Lächelnd hielt sie einen Umschlag aus Manilapapier in die Höhe. »Meine Rede?«

»Richtig.« Deanna ging noch einmal zurück, um den Umschlag entgegenzunehmen.

»Versuche ihn bis neun Uhr zu mir zurückkommen zu lassen. Ich brauche meinen Schönheitsschlaf.«

Angela wartete, bis die Tür ins Schloss fiel, dann faltete sie die Hände auf dem Schreibtisch. Der Druck auf ihre Finger war so stark, dass diese bald ganz weiß waren. Eine Weile starrte sie so auf die geschlossene Tür, ihr Atem ging ganz flach. Dieses Mal ist es zwecklos herumzuwüten, sagte sie sich. Bei Deanna musste sie sich kühl, ruhig und präzise die Fakten anschauen.

Sie hatte dem Mädchen eine Machtposition, ihre uneingeschränkte Freundschaft und ihr Vertrauen angeboten. Und Deanna zog es vor, die Mittagsnachrichten abzulesen, weil sie einen Arbeitsvertrag, eine Mietwohnung und einen Mann hatte.

War sie wirklich so naiv und arglos? fragte sich Angela. So dumm?

Sie entspannte ihre Hände und zwang sich dazu, sich im Sessel zurückzulehnen und ihre Atmung wieder gleichmäßiger werden zu lassen. Was immer auch die Antwort sein mochte, Deanna würde lernen, dass niemand Angela einen Korb gab.

Etwas ruhiger geworden, öffnete Angela eine Schublade und nahm Marshalls Akte heraus. Ihr Gesicht war weder besonders hart noch funkelte es vor Wut. Wie bei einem Kind, dem eine Bitte abgeschlagen worden war, verzogen sich ihre bebenden Lippen zu einem Flunsch. Deanna wollte also nicht mit ihr nach New York gehen, grübelte sie. Nun, das würde ihr noch sehr, sehr leidtun.

Deanna war gerade in das Vorzimmer getreten, als sich ihre Schuldgefühle mit einem Schlag in einem Schwall überraschter Freude auflösten.

»Kate! Kate Lowell!«

Die langbeinige, rehäugige Frau drehte sich um und schob ihre prächtige Mähne aus feuerroten Haaren zur Seite. Ihr Gesicht – die an Elfenbein erinnernde Gesichtsfarbe, die zarten Knochen, die schmachtenden Augen und die vollen Lippen – war einfach überwältigend und genauso berühmt. Das schnelle, strahlende Lächeln kam ganz automatisch. Kate Lowell war durch und durch Schauspielerin.

»Hallo.«

»Die Zahnspange hat ja wirklich gehalten, was sie versprach.« Deanna musste lachen. »Kate, ich bin's, Dee. Deanna Reynolds.«

»Deanna.« Die heftige, unsichere Spannung in Kates Lächeln löste sich auf. »O Gott, Deanna!« Sie gab ihr ansteckendes Kichern von sich, das Männer immer zu Wachs werden ließ. »Das ist doch nicht möglich!«

»Stell dir nur einmal vor, wie ich mich fühle. Das muss doch vierzehn, fünfzehn Jahre her sein.«

Einen wunderschönen Moment lang kam es Kate so vor, als wäre es gestern gewesen. All die langen Gespräche und die Unschuld ihrer mädchenhaften Geheimnisse fielen ihr wieder ein.

Fasziniert verfolgte Cassie, wie die beiden Frauen aufeinander zugingen und sich umarmten. Einen Augenblick lang hielten sie sich fest umschlungen.

»Du siehst ja toll aus«, meinten sie dann fast gleichzeitig und mussten darüber lachen.

»Es stimmt.« Kate trat einen Schritt zurück, hielt Deanna weiter an den Händen. »Wir sehen wirklich toll aus. Da haben wir aber von Topeka aus einen weiten Weg zurückgelegt.«

»Für dich war der Weg ja noch ein wenig weiter. Und was macht der neueste Star Hollywoods hier in Chicago?«

»Eine unbedeutende Sache.« Kates Lächeln verlor etwas an Kraft. »Ein bisschen Werbung. Und du?«

»Ich arbeite hier.«

»Hier?« Der Rest ihres warmen Lächelns verschwand nun ebenfalls. »Für Angela?«

»Nein, unten in der Nachrichtenredaktion für das *Mittagsmagazin* mit Roger Crowell und Deanna Reynolds.«

»Jetzt erzählt mir bloß nicht, dass sich zwei der mir liebsten Leute kennen.« Angela trat aus der Tür und war ganz die wohlwollende Gastgeberin. »Kate, meine Liebe, tut mir leid, dass du warten musstest. Cassie hat mir gar nicht gesagt, dass du hier bist.«

»Ich bin auch gerade erst gekommen.« Die Finger, die immer noch Deannas Hand festhielten, versteiften sich kurz, dann entspannten sie sich wieder. »Mein Flug heute Morgen hatte Verspätung, und daher laufe ich den ganzen Tag schon hinter allem her.«

»Das ist schrecklich, nicht wahr? Sogar eine Frau mit deinen Talenten ist den Launen der Technik ausgeliefert. Aber jetzt sag mir doch ...« Sie schlenderte zu den beiden Frauen hinüber und legte Deanna eine besitzergreifende Hand auf die Schulter. »Woher kennst du denn unsere Dee?«

»Meine Tante wohnte in der gleichen Straße wie Deannas Eltern, die Häuser standen sich gegenüber, und als Kind habe ich einige Sommer in Kansas verbracht.«

»Und ihr wart Spielgefährten.« Angela gab ein entzücktes Lachen von sich. »Das ist ja zauberhaft. Deanna hat das ganz für sich behalten, dass sie schon mit einer solchen Berühmtheit zusammengetroffen ist. Schäm dich.«

Mit einer kaum wahrnehmbaren, aber trotz ihrer Unauffälligkeit ausgesprochen wirkungsvollen Bewegung veränderte Kate ihre Position und manövrierte Angela so aus dem Kreis hinaus. »Wie geht es deiner Familie?«

»Gut.« Verblüfft über die plötzlich in der Luft liegende Spannung versuchte Deanna, in Kates Augen nach dem Grund dafür zu suchen. Doch außer dem weichen gelbbraunen Goldton sah sie nichts – oder durfte nichts sehen. »Sie haben noch nie einen deiner Filme verpasst. Ich übrigens ebenfalls nicht. Weißt du noch, wie du im Hof deiner Tante immer diese Theaterstücke aufgeführt hast?«

»Du hattest sie geschrieben. Und jetzt schreibst du Berichte für die Nachrichten.«

»Zum Beispiel über dich. In dem Film *Die Täuschung* warst du einfach unglaublich, Kate. Ich habe geheult wie ein Schlosshund.«

»Es ist sogar von einem Oscar die Rede.« Mit einer geschmeidigen Bewegung trat Angela einen Schritt nach vorne und legte Kate einen Arm um die Schultern. »Wie könnte es auch anders sein? Kate spielte die heroische junge Mutter, die darum kämpft, ihr Kind behalten zu dürfen, doch wirklich ungeheuer eindrucksvoll.« Ein scharfer Blick flog zwischen den beiden hin und her. »Ich war auf der Premiere. Im ganzen Saal blieb keiner ungerührt.«

»Ach, einer bestimmt«, meinte Kate mit einem strahlenden, aber eigenartig falschen Lächeln.

»Ich würde euch beiden wirklich gerne ein wenig Zeit zum Austausch geben, aber es ist schon spät.« Warnend drückte Angela kurz mit den Fingern auf Kates Schulter.

Deanna steckte sich Angelas Rede unter den Arm und zog sich ein wenig von den beiden zurück. »Ich werde jetzt gehen. Wie lange bist du noch in Chicago?«

»Ich reise morgen ab.« Auch Kate trat einen Schritt zurück. »Schön, dass wir uns getroffen haben.«

»Das kann ich nur bestätigen.« Auf merkwürdige Weise gekränkt, drehte Deanna sich um und ging davon.

»Ist das nicht entzückend?« Angela wies Kate in ihr Büro und schloss die Tür. »Hier in meinem Büro triffst du zufällig eine Freundin aus Kindertagen, die dazu auch noch mein besonderer Schützling ist. Sag mal, Kate, hast du denn die ganze Zeit Kontakt mit Dee gehabt und weiter deine intimsten Geheimnisse mit ihr geteilt?«

»Nur ein Narr gibt freiwillig seine Geheimnisse preis. Jetzt sollten wir aber nicht noch mehr Zeit mit nettem Geplauder vergeuden. Kommen wir zur Sache.«

Zufrieden setzte sich Angela hinter ihren Schreibtisch. »Ja, kommen wir zur Sache.«

Für Finn Riley war New York wie eine Frau: eine langbeinige Sirene mit glänzender Haut, die sich in ihrem Viertel auskannte. Sie war sexy, manchmal unmodern und manchmal chic. Und weiß Gott gefährlich.

Vielleicht war ihm deswegen Chicago sympathischer. Finn liebte die Frauen und hatte eine Schwäche für den langbeinigen, gefährlichen Typ. Chicago hingegen war wie ein kräftig gebauter, stämmiger Mann mit verschwitztem Hemd und einem kalten Bier in der Hand. Chicago war wie ein Raufbold.

Einem anständigen Kampf vertraute Finn viel mehr als einer verführerischen Situation.

In Manhattan kannte er sich aus. Er hatte dort für kurze Zeit bei seiner Mutter gelebt, als seine Eltern probeweise versuchten, ihre Beziehung in getrennten Wohnungen aufrechtzuerhalten. Wie oft sie das versucht hatten, bevor sie schließlich die unvermeidliche Scheidung einreichten, wusste er nicht mehr.

Er erinnerte sich, wie vernünftig, wie gefühllos und wie höflich die beiden immer gewesen waren. Ihn hatten sie zu Haushälterinnen und Sekretärinnen und in verschiedene Vorschulen abgeschoben, vermutlich, um ihm diesen meisterhaft choreographierten Streit zu ersparen. In Wirklichkeit konnten weder seine Mutter noch sein Vater viel mit einem kleinen Jungen anfangen, der direkte Fragen stellte und sich nicht mit zwar logischen, aber keineswegs zufriedenstellenden Antworten abspeisen ließ, das war Finn klar.

So hatte er in Manhattan, auf Long Island, in Connecticut und in Vermont gelebt. Die Sommer hatte er in Bar Harbor und

Martha's Vineyard verbracht, und in den ehrwürdigen Hallen von drei der angesehensten Privatschulen Englands hatte er seine Zeit abgesessen.

Vielleicht war das auch der Grund dafür, warum er es so schlecht an einem Platz aushielt. Sobald er begann, irgendwo Wurzeln zu schlagen, fühlte er sich moralisch verpflichtet, diese Wurzeln zu kappen und weiterzuziehen.

Jetzt hielt er sich – vorübergehend – wieder in New York auf, und er kannte die Kehrseite dieser Stadt genauso gut wie das vornehme Penthouse seiner Mutter am Central Park West.

Eigentlich konnte er nicht einmal sagen, ob er das eine dem anderen vorzog. Genauso wenig hätte er klar sagen können, dass es ihn störte, ein paar Tage bei *Der fröhliche Wecker* einzuschieben.

Im Augenblick jedoch schob er alle Gedanken an New York beiseite und konzentrierte sich auf den Ball, der genau auf seine Nase zuschoss. Beim Squash genoss er nicht so sehr das Element der Selbstverteidigung als vielmehr das Kräftemessen, und die Strapazen in der Halle waren ihm nach den vielen Stunden, die er in den letzten Tagen auf einem Sofa im Studio verbracht hatte, als Abwechslung weiß Gott willkommen.

Er schlug einen Slice, die Anstrengung entlockte ihm ein Grunzen, das vom Geräusch des von der Wand abprallenden Balles übertönt wurde. Sein Arm schwirrte von der Wucht des Schlages, dessen Echo in seinem Kopf nachhallte. Ein Adrenalinstoß schoss durch seinen Körper, als sein Gegner den Ball zurückschlug.

Finn nahm ihn mit einer soliden Rückhand. Der Schweiß rann ihm den Rücken hinab und sorgte für dunkle Flecken auf seinem abgewetzten T-Shirt. Die nächsten fünf Minuten bestand die Welt nur aus dem Schlagen der Bälle und deren Echo, den Geräuschen angestrengten Atmens und Schweißgeruch.

»Mistkerl!« Barlow James ließ sich gegen die Wand sinken, als Finn einen Ball an ihm vorbeizischen ließ. »Du machst mich fertig.«

»Blödsinn.« Finn gab sich nicht lange mit der Wand ab, sondern glitt einfach auf den Boden des Vertical Club. Jeder Muskel in seinem Körper schmerzte. »Das nächste Mal bringe ich eine Pistole mit. Das macht es für uns beide einfacher.« Er griff nach einem Handtuch und wischte sich das schweißnasse Gesicht ab. »Wann zum Teufel wirst du eigentlich endlich alt?«

Barlows Lachen bellte von den Wänden der Halle zurück. Er war ein muskulöser Mann, einen Meter fünfundachtzig groß, mit flachem Bauch, breiter Brust und Schultern wie Betonblöcken. Mit dreiundsechzig zeigte er noch keine Tendenz, langsamer zu werden. Als er zu Finn hinüberging, zog er sich ein stechend orange gefärbtes Schweißband von seinem silbergrauen Haarschopf. Finn hatte häufig an Mount Rushmore denken müssen, wenn er Barlows Gesicht sah; es war zerfurcht, riesig und kraftvoll.

»Du wirst allmählich weich, Junge.« Barlow holte eine Flasche Mineralwasser aus seiner Sporttasche und warf sie Finn zu. Eine zweite Flasche behielt er bei sich und trank in großen, gierigen Schlucken daraus. »Dieses Mal hätte ich dich beinahe besiegt.«

»Ich habe zuletzt mit Briten gespielt.« Da Finn fast wieder zu Atem gekommen war, grinste er zu Barlow hoch. »Die sind nicht so gemein wie du.«

»Nun, willkommen in den Vereinigten Staaten.« Barlow reichte ihm eine Hand und zog Finn hoch. Der Griff ähnelte dem eines freundlichen Grizzlybären. »Weißt du, die meisten Leute würden die Stelle in London als Beförderung, ja sogar als Volltreffer ansehen.«

»Die Stadt ist ganz nett.«

Barlow seufzte. »Komm, gehen wir in die Dusche.«

Zwanzig Minuten später lagen sie lang ausgestreckt auf den Massagetischen und ließen sich durchwalken.

»Das war eine verdammt gute Sendung heute Morgen«, meinte Barlow.

»Du hast auch einfach ein gutes Team von versierten Journalisten. Gib ihnen noch ein wenig Zeit, und du kannst es mit allen anderen aufnehmen.«

»Zeit ist in dieser Branche immer stärker Mangelware. Früher konnte ich keine Erbsenzähler ausstehen.« Er machte eine Grimasse. »Jetzt bin ich selber einer dieser verdammten Erbsenzähler.«

»Aber immerhin ein Erbsenzähler mit viel Phantasie.«

Barlow sagte nichts dazu. Finn schwieg ebenfalls. Er wusste, dass es einen Anlass für dieses informelle Treffen gab.

»Wie schätzt du unsere Abteilung in Chicago ein?«

»Sie steht unter Druck«, antwortete Finn vorsichtig. »Verdammt, du hast diese Abteilung doch mehr als zehn Jahre lang selbst geleitet und kennst unsere Leute. Es ist eine gute Mischung aus Erfahrung und frischem Blut, und auch das Arbeitsklima ist hervorragend.«

»Die Einschaltquoten für die Lokalnachrichten am Abend sind ziemlich schlecht. Wir brauchen unbedingt vorher eine stärkere Sendung. Ich würde es begrüßen, wenn sie Angela auf vier Uhr legen würden und damit ihre Zuschauer auf diese Zeit ziehen.«

Finn zuckte mit den Achseln. Er achtete zwar ebenfalls auf die Einschaltquoten, maß ihnen aber nur ungern eine besondere Bedeutung bei. »In Chicago und in den meisten Gebieten des Mittelwestens läuft die Talkshow seit Jahren um neun. Wenn wir sie von diesem Sendetermin abziehen, steht uns möglicherweise eine harte Übergangszeit bevor.«

»Wahrscheinlich wird sie härter, als du denkst«, murmelte

Barlow. »Du und Angela … läuft da eigentlich noch etwas zwischen euch?«

Finn öffnete die Augen und hob fragend eine Braue. »Wird das ein Gespräch zwischen Vater und Sohn, Papa?«

»Klugscheißer.« Barlow lachte in sich hinein, doch sein durchdringender Blick veränderte sich nicht. Finn kannte diesen Blick. »Ich frage mich nur, ob ihr beide wieder da weitermacht, wo ihr aufgehört habt.«

»Wir hatten in der Toilette Schluss gemacht«, meinte Finn trocken. »Die Antwort lautet: Nein.«

»Hmmmm. Und ist eure Beziehung eher freundlich oder angespannt?«

»Nach außen hin ist sie freundlich, aber in Wirklichkeit hasst sie mich wie die Pest.«

Barlow gab erneut ein Grunzen von sich. Erfreulich, dachte er, denn er mochte den Jungen. Doch gleichzeitig waren es auch schlechte Nachrichten, denn es bedeutete, dass er Finn jetzt wahrscheinlich nicht mehr so gut für seine Zwecke nutzen konnte. Er fasste einen Entschluss, drehte sich auf dem Tisch herum, wickelte sich in das Badelaken und entließ die beiden Masseure.

»Ich habe ein Problem, Finn. Vor einigen Tagen kam mir ein übles Gerücht zu Ohren.«

Finn schob sich hoch. Zu jeder anderen Zeit hätte er einen Witz über zwei erwachsene, in ein intensives Gespräch vertiefte Männer gemacht, die dabei halb nackt waren und nach Ginseng rochen. »Willst du, dass es auch bis zu meinen Ohren dringt?«

»Ja, und dass es dort bleibt.«

»In Ordnung.«

»Man munkelt, dass Angela Perkins in Chicago, bei der CBC und bei Delacort ihre Zelte abbricht.«

»Davon weiß ich wirklich nichts.« Finn dachte nach, schob

sich die Haare aus dem Gesicht. Wie jeder Reporter hasste er es, Nachrichten aus zweiter Hand zu erfahren, auch wenn es sich dabei nur um Gerüchte handelte. »Nun, es ist gerade die Zeit, in der Verträge abgeschlossen werden, nicht wahr? Wahrscheinlich hat sie diesen Unsinn selbst in Umlauf gebracht, um die Leute aus der Chefetage dazu zu bewegen, ihr noch zusätzlich einen dicken Batzen Geld zu bieten.«

»Nein. Sie selbst hält sich in dieser Hinsicht völlig bedeckt. Wie ich hörte, macht ihr Agent mit Verhandlungen von sich reden, aber was der von sich gibt, klingt nicht echt. Die undichte Stelle war bei Starmedia. Wenn sie geht, Finn, hinterlässt sie ein dickes Loch.«

»Das ist doch das Problem der Unterhaltungsabteilung.«

»Deren Problem ist auch unser Problem. Das weißt du.«

»Scheiße.«

»Gut ausgedrückt. Ich erwähnte das auch nur, weil ich dachte, wenn du und Angela immer noch ...«

»Das ist aber nicht der Fall.« Finn runzelte die Stirn. »Ich werde sehen, was ich herausfinden kann, wenn ich zurück bin.«

»Dafür wäre ich dir sehr dankbar. Lass uns jetzt etwas zu Mittag essen. Wir müssen uns noch über das Thema Nachrichtenmagazine unterhalten.«

»Ich bin aber nicht bereit, ein Nachrichtenmagazin auf die Beine zu stellen.« Der Streit war alt und wurde mit vollendeter Liebenswürdigkeit fortgesetzt, als sie sich mit wehenden Badelaken in den Umkleideraum begaben.

»Hawaii hört sich toll an«, flötete Deanna ins Telefon.

»Ich bin froh, dass du so denkst. Wie wäre es mit der zweiten Juniwoche?«

Erfreut über diese Idee, goss sich Deanna einen Becher Kaffee ein. Zusammen mit ihrem schnurlosen Telefon trug sie ihn zu dem Tisch, auf dem ihr Laptop stand. »Ich werde für diese Zeit Urlaub beantragen. Seit ich hier beim Sender bin, habe ich mir kein einziges Mal freigenommen, sodass ich nicht glaube, dass es damit irgendwelche Probleme gibt.«

»Soll ich nicht kurz vorbeikommen? Dann können wir über die ganze Sache reden und uns einige Prospekte anschauen.«

Sie schloss die Augen und wusste, dass sie das hartnäckige Klicken auf ihrem Computerbildschirm nicht länger ignorieren konnte. »Ich wünschte mir, wir könnten das, aber ich muss leider arbeiten. Mir ist in letzter Minute noch etwas hereingekommen, das mich aufgehalten hat.« Die Stunde, die sie damit verbracht hatte, Angelas Rede den letzten Schliff zu geben, erwähnte sie nicht. »An diesem Wochenende die Nachrichten zu moderieren, hat alles andere blockiert. Wie wäre es aber mit Sonntag zum Brunch?«

»Sagen wir gegen zehn? Ich könnte dich im Drake treffen. Dann schauen wir uns die Prospekte an und finden heraus, wonach uns am meisten der Sinn steht.«

»Bestens. Ich freue mich.«

»Ich auch.«

»Tut mir leid mit heute Abend.«

»Das ist nicht so schlimm. Ich muss selbst noch arbeiten. Gute Nacht, Deanna.«

»Gute Nacht.«

Marshall legte auf. Zu den Klängen Mozarts brannte im Kamin ein ruhiges Feuer, der Duft von Zitronenöl und wohlriechender Rauch hingen in der Luft.

Nachdem er seinen Brandy geleert hatte, ging er die Treppe hoch in sein Schlafzimmer. Bei den Klängen der in einem flotten Rhythmus spielenden Geigen aus den verborgenen Lautsprechern zog er seinen maßgeschneiderten Anzug aus. Darunter trug er Seide.

Das war eine kleine Vorliebe von ihm. Er mochte zarte teure Dinge. Und er gab ohne Scham zu, dass er auch Frauen mochte. Er erinnerte sich, dass seine Ehefrau oft Witze darüber gemacht hatte und seine Bewunderung für das andere Geschlecht sogar geschätzt hatte. Natürlich nur, bis sie merkte, wie er die junge Annie Gilby derart bewunderte, dass er mit ihr intim wurde.

Die Erinnerung an den Moment, als seine Frau einen ganzen Tag zu früh von einer Geschäftsreise zurückkam, ließ ihn zusammenzucken. Er hatte noch genau den Ausdruck ihres Gesichts vor Augen, als sie ins Schlafzimmer kam und feststellte, dass er Annie gerade laut und wild liebte. Es war ein schrecklicher Fehler gewesen, ein tragischer Fehler. Sein völlig berechtigtes Argument, seine Frau habe sich doch fast nur noch mit ihrer Karriere beschäftigt und in ihrem Schlafzimmer überhaupt nicht mehr betätigt, was ihn zur leichten Beute hatte werden lassen, war auf taube Ohren gestoßen.

Es war ihr egal gewesen, dass das Mädchen ihn bewusst und ausgesprochen zielstrebig verführt und seine Schwächen und Frustrationen geschickt ausgenutzt hatte. Gut, es hatte auch andere Frauen gegeben. Aber das waren nur flüchtige Ablenkungen gewesen, diskrete sexuelle Befreiungsakte, während seine Frau nicht da war oder völlig von ihrer Arbeit als Dekorateurin in Anspruch genommen wurde, und alle nicht der Rede wert.

Nie hatte er Patricia wehtun wollen, versicherte er sich, als er eine dunkle Freizeithose und ein Hemd auswählte. Er hatte sie aus vollem Herzen geliebt, und jetzt vermisste er sie fürchterlich.

Marshall war ein Mann, dem es ein Bedürfnis war, verheiratet zu sein, der eine Frau brauchte, mit der er sprechen, sein Leben und sein Zuhause teilen konnte – eine kluge und intelligente Frau wie Patricia. Zwar brauchte er den Reiz der Schönheit, aber das war ja nun kein Makel. Patricia war schön und ehrgeizig gewesen, sie hatte ein vollendetes Stilempfinden und einen vollendeten Geschmack.

Kurzum, für ihn war sie einfach perfekt gewesen. Mit der einzigen Ausnahme, dass sie für einige doch sehr menschliche Schwächen kein Verständnis aufbringen konnte.

Als sie diese entdeckt hatte, war sie unversöhnlich gewesen wie ein Stein, und er hatte sie verloren.

Und obwohl er sie immer noch vermisste, begriff er, dass das Leben weiterging.

Und jetzt hatte er eine andere gefunden. Deanna war schön, ehrgeizig, intelligent. Sie war eine Begleiterin, wie er sie sich nicht besser wünschen konnte. Und er wollte sie – und hatte sie gewollt, seit er ihr Gesicht das erste Mal auf dem Fernsehbild-schirm gesehen hatte. Jetzt war sie nicht nur Wunschbild, son-dern Wirklichkeit. Er würde sehr behutsam mit ihr umgehen.

Sexuell war sie ein wenig gehemmt, aber er konnte geduldig sein. Die Idee, sie aus Chicago zu entführen und damit von al-lem Druck und allen Ablenkungen wegzubringen, war hervor-ragend gewesen. Sobald sie sich erst einmal entspannt hatte und sicher fühlte, würde sie ihm gehören. Und bis dahin würde er seine Bedürfnisse und Frustrationen zurückstellen.

Hoffentlich nicht mehr allzu lange.

8

Ein Wochenende in Maui zu verbringen klingt ja ganz und gar nicht nach Deanna«, meinte Fran mit einem Bissen Cheeseburger im Mund.

»Nein?« Deanna hielt kurz beim Essen inne und dachte nach. »Vielleicht hast du ja recht. Dann werde ich aber jede Minute genießen. Wir wohnen in einer Suite in einem Hotel direkt am Strand, von wo aus man laut Prospekt sogar Wale sehen kann. Ich brauche also unbedingt ein Fernglas.« Deanna kramte in ihrer Handtasche nach einem Notizbuch.

Fran machte einen langen Hals und sah sich die Liste an, die Deanna gerade begonnen hatte. »Na, das ist jetzt wieder die Deanna, wie ich sie kenne. Isst du deine Fritten alle auf?«

»Nein, bedien dich.« Bereits völlig in ihre Liste vertieft, schob Deanna ihren Teller zu Fran hinüber.

»Ein Wochenende in Hawaii hört sich ja an, als ob ihr es ernst meint«, meinte Fran, während sie sich Ketchup über die Fritten kippte. »Ist das auch so?«

»Das könnte sich durchaus dahin entwickeln.« Deanna blickte hoch. Ihre geröteten Wangen sprachen Bände. »Ich glaube wirklich, dass daraus etwas werden könnte. Ich fühle mich bei Marshall sehr wohl.«

Fran verzog das Gesicht. »In schönen, alten Pantoffeln fühlt man sich halt wohl, meine Liebe.«

»Na ja, diese Art von Wohlfühlen meine ich natürlich nicht.

Bei ihm kann ich mich entspannen. Ich weiß, dass er mich nicht bedrängt, sodass ich … den Dingen einfach freien Lauf lassen kann, wenn es sich richtig anfühlt. Außerdem kann ich mich mit ihm über alles unterhalten.«

Die Worte kamen Deanna viel zu schnell über die Lippen, dachte Fran. Sie kannte Deanna und hätte ein Monatsgehalt darauf gewettet, dass ihre Freundin sich gerade nach besten Kräften bemühte, sich selbst vom Gesagten zu überzeugen.

»Er ist wirklich unglaublich anständig«, fuhr Deanna fort, »und wir haben so viele gemeinsame Interessen. Außerdem ist er romantisch. Mir war gar nicht klar, wie wundervoll es ist, wenn jemand einem Blumen schickt und ein Festessen mit Kerzenlicht arrangiert.«

»Du vermutest ja sonst auch überall Falltüren.«

»Ja.« Mit einem leisen Seufzer klappte Deanna das Notizbuch wieder zu. »Ich werde ihm von Jamie Thomas erzählen.«

Automatisch signalisierte Fran ihre Unterstützung, indem sie ihre Hand ausstreckte und auf Deannas Hand legte. »Gut. Das bedeutet, dass du ihm vertraust.«

»Das tue ich auch.« Deannas entschlossener Blick trübte sich ein wenig. »Ich will eigentlich nur eine normale, gesunde Beziehung zu einem Mann, und die werde ich auch haben. Allerdings wird das erst möglich sein, wenn ich ihm erzähle, was ich erlebt habe. Morgen kommt er zum Abendessen vorbei.«

Fran ließ ihre Fritten fallen und lehnte sich mit verschränkten Armen auf den Tisch. »Wenn du moralische Unterstützung brauchst, ruf mich an.«

»Es wird schon alles gut gehen. Ich muss jetzt wieder zurück«, meinte Deanna nach einem Blick auf die Uhr. »Um halb neun muss ich die Kurznachrichten bringen.«

»Du moderierst heute Abend auch die Zehn-Uhr-Nachrichten, nicht wahr?« Fran stopfte sich eine letzte Fritte in den

Mund. »Richard und ich werden dir zuschauen, während wir uns im Bett aneinanderkuscheln. Und ich werde dafür sorgen, dass er nackt ist.«

»Danke.« Deanna zählte langsam das Geld für die Rechnung ab. »Dann kann ich mir ja ein paar nette Sachen vorstellen, während ich die Nachrichten lese.«

Es war fast Mitternacht, als Deanna sich in ihr Bett fallen ließ. Wie immer überprüfte sie den Wecker und vergewisserte sich, dass auf dem Nachtschränkchen neben dem Telefon Stift und Notizblock bereitlagen. Als sie gerade das Licht ausschalten wollte, klingelte das Telefon. Unwillkürlich griff sie mit einer Hand nach dem Hörer und gleichzeitig mit der anderen nach dem Stift.

»Reynolds.«

»Du warst heute Abend wieder wunderbar.«

Plötzliche Freude ließ sie lächeln, während sie sich vorsichtig in die Kissen sinken ließ. »Marshall. Danke.«

»Ich wollte dich nur wissen lassen, dass ich zugeschaut habe. Wenn ich nicht mit dir zusammen sein kann, ist das das Beste, was ich machen kann.«

»Schön zu wissen.« Es war ein herrliches Gefühl, sich ins Bett zu kuscheln, sich angenehm schläfrig zu fühlen und dabei die Stimme des Mannes am Ohr zu haben, den sie lieben zu können glaubte. »Ich denke den ganzen Tag an Hawaii.«

»Ich auch. Und an dich.« Er hatte ihre Sendung aufgenommen und auf dem Bildschirm ein Standbild von ihr erzeugt, was ihn zusammen mit ihrer Stimme sanft erregte. »Ich bin Angela Perkins zu großem Dank verpflichtet, dass sie uns beide zusammengeführt hat.«

»Ich auch. Schlaf gut, Marshall.«

»Das werde ich. Gute Nacht, Deanna.«

Mit einem warmen und zufriedenen Gefühl legte Deanna auf. Sich selbst beglückwünschend, lachte sie und stellte sich vor, wie sie und Marshall am Strand entlangspazierten, während die Sonne das Meer in alle möglichen Farben tauchte. Ein leichter Wind und leise Worte. Das sanfte Ziehen tief unten im Bauch gefiel ihr. Das ist ganz normal, sagte sie sich, ein Beweis dafür, dass ich eine ganz normale Frau mit ganz normalen Bedürfnissen bin. Sie war bereit, den nächsten Schritt zu gehen und diese Bedürfnisse zu befriedigen, und sie war sogar schon ganz erpicht darauf.

Nur wenige Sekunden, nachdem sie das Licht ausgeschaltet und sich in ihr Bett gekuschelt hatte, klingelte das Telefon erneut. Leise in sich hineinlachend, hob sie im Dunklen den Hörer ab.

»Hallo«, murmelte sie. »Hast du noch etwas vergessen?«

Doch als Antwort kam ihr nur die Stille im Hörer entgegen.

»Marshall?« Ihre schläfrige Stimme veränderte sich, klang jetzt verwirrt. »Hallo? Wer ist denn da?« In die anhaltende dumpfe Stille hinein fragte sie: »Hallo? Ist da jemand?« Mittlerweile verriet ihr Tonfall, dass sie beunruhigt war. Das leise Klicken ließ sie kurz erschauern.

Da hat jemand die falsche Nummer gewählt, beruhigte sie sich, als sie wieder auflegte. Doch ihr war kalt geworden. Und es dauerte lange, bis ihr wieder warm war und sie einschlafen konnte.

In der Dunkelheit lag noch jemand wach. Nur das geisterhafte Licht des Fernsehbildschirmes erhellte das Zimmer. Deanna lächelte dort, blickte in den Raum hinein und dem einzigen Zuschauer direkt in die Augen. Ihre so sanfte, so süße, so verführerische Stimme wiederholte sich immer wieder, denn das Band mit der Aufnahme wurde dauernd zurückgespult.

»Ich heiße Deanna Reynolds. Gute Nacht. Ich heiße Deanna Reynolds. Gute Nacht. Ich heiße Deanna Reynolds. Gute Nacht.«

»Gute Nacht.« Die geflüsterte Antwort war nicht viel lauter als das wohlige Schnurren eines Katers.

Angela hatte jedes Detail genau durchgeplant. In der Mitte ihres Büros stehend, drehte sie sich langsam um. Alles war bereit. Schwacher Jasminduft von der Blumenvase auf dem Tisch neben dem kleinen Zweiersofa hing in der Luft. Der Fernseher war diesmal ausnahmsweise abgeschaltet. Aus den Lautsprechern der Stereoanlage kamen die ruhigen Klänge der Musik Chopins. Beeker hatte einen sehr umfassenden Bericht verfasst, und so wusste Angela, dass Marshall Pike am liebsten klassische Musik hörte, einen romantischen Rahmen und eine Frau mit Stil bevorzugte. Angela trug das gleiche schmucke Designerkostüm, das sie auch bei der Aufzeichnung am Morgen getragen hatte, hatte jedoch die Bluse ausgezogen. Die eng anliegende Jacke besaß einen hübschen V-Ausschnitt, in dem ein kleines Stück schwarzer Spitze zu erahnen war, das neckisch ihren Brustansatz umspielte.

Um Punkt elf Uhr ertönte der Summer auf ihrem Schreibtisch. »Ja, Cassie?«, meldete sie sich.

»Dr. Pike ist da, Miss Perkins.«

»Ah, gut.« Ein falsches Lächeln flog über ihr Gesicht, als sie auf die Bürotür zuging. Sie mochte es, wenn ein Mann pünktlich war. »Marshall.« Sie streckte ihm beide Hände entgegen und neigte den Kopf, um ihm eine Wange anzubieten – und ihm einen flüchtigen Blick auf die schwarze Spitze zu gewähren. »Ich weiß es sehr zu schätzen, dass du heute für mich Zeit erübrigt hast.«

»Du sagtest, es sei wichtig.«

»Oh, das ist es auch. Cassie, könntest du wohl eben diese Briefe zur Post bringen? Danach kannst du direkt zum Mittagessen gehen. Vor eins brauche ich dich hier nicht mehr.« Angela drehte sich um, führte Marshall in ihr Büro und achtete dabei darauf, dass die Tür einen Spaltbreit offen blieb. »Was kann ich dir bringen, Marshall? Etwas Kaltes?« Sie ließ ihre Fingerspitze auf der Jacke nach unten wandern. »Oder etwas Heißes?«

»Ich bin bestens versorgt.«

»Nun, dann lass uns Platz nehmen.« Sie nahm seine Hand und führte ihn zu dem kleinen Zweiersofa. »Wie schön, dich wiederzusehen.«

»Wie schön, auch dich wiederzusehen.« Verwirrt beobachtete er, wie sie sich gemütlich zurücklehnte. Als sie die Beine übereinanderschlug, rutschte der Rock auf ihrem Schenkel ein gutes Stück nach oben.

»Du weißt, wie sehr ich mich über die Unterstützung freue, die ich bei der Sendung von dir bekomme. Heute habe ich dich jedoch hierhergebeten, um eine etwas persönlichere Sache mit dir zu besprechen.«

»Ach ja?«

»Du hast dich in letzter Zeit häufig mit Deanna getroffen, nicht wahr?«

Er entspannte sich und bemühte sich, seinen Blick nicht dauernd von ihrem Gesicht nach unten wandern zu lassen. »Ja, das stimmt. Ich hatte sogar vor, dich anzurufen und dir zu danken, denn indirekt bist du dafür verantwortlich, dass Deanna und ich zusammengetroffen sind.«

»Ich mag das Mädchen sehr und ich bin mir sicher, dir geht es genauso«, fuhr sie fort und legte sanft eine Hand auf seinen Oberschenkel. »Diese Energie und diese jugendliche Begeisterung! Sie ist ein schönes Mädchen.«

»Ja.«

»Eine wirklich reizende Person. Und so natürlich.« Angelas Finger strichen zart an seinem Bein entlang. »Eigentlich ist das doch gar nicht dein Typ.«

»Ich weiß nicht, was du meinst.«

»Du bist doch ein Mann, der sich eher von einer erfahrenen Frau mit einer gewissen Kultiviertheit angezogen fühlt – wenn wir von einer schillernden Ausnahme einmal absehen wollen.«

Er erstarrte, wich zurück. »Ich habe keine Ahnung, wovon du redest.«

»Doch, das hast du.« Ihre Stimme blieb freundlich und unbeschwert. Ihre Augen hatten sich jedoch in zwei scharfe blaue Klingen verwandelt. »Wie du siehst, weiß ich alles über dich, Marshall. So weiß ich auch über deinen dummen Ausrutscher mit dieser sechzehnjährigen Annie Gilby Bescheid und natürlich auch alles über deine vorherige oder besser in der Zeit vor Deanna getroffene Vereinbarung mit einer gewissen Frau, die am Lake Shore lebt. Tatsächlich habe ich mir es zur Aufgabe gemacht, alles über dich in Erfahrung zu bringen, was es über dich zu wissen gibt.«

»Du hast mich ausspioniert?« Er bemühte sich, empört zu wirken, doch Panik hatte bereits alles andere verdrängt. Mit einer einzigen beiläufigen Bemerkung in ihrer Talkshow konnte sie ihn ruinieren. »Welches Recht hast du, in meinem Privatleben herumzuschnüffeln?«

»Gar keins. Das macht es ja so aufregend. Und es ist aufregend.« Sie spielte mit dem obersten Knopf ihrer Jacke. Als sein Blick auf die Bewegung fiel, schaute sie schnell auf die alte Uhr hinter ihm. Zehn nach elf, dachte sie kaltblütig und mit kühlem Kopf. Perfekt.

»Wenn du denkst, du könntest mich damit erpressen, meine Beziehung zu Deanna zu ruinieren, dann wird dir das nicht gelingen.« Seine Handflächen waren ganz feucht vor Angst – und vor Erregung. Er würde ihr widerstehen. Er musste ihr widerstehen. »Sie ist kein Kind. Sie wird das begreifen.«

»Vielleicht, vielleicht auch nicht. Ich jedoch verstehe das.« Ohne ihren Blick von seinen Augen abzuwenden, öffnete Angela mit einem Ruck den obersten Knopf an ihrer Jacke. »Ich verstehe das sogar sehr gut. Übrigens habe ich meine Sekretärin weggeschickt, Marshall.« Ihre Stimme senkte sich und wurde undeutlicher. »Damit ich mit dir allein bin. Was meinst du? Warum habe ich mir wohl diese ganze Mühe gemacht, das alles über dich herauszufinden?« Sie löste den zweiten Knopf, spielte mit dem dritten und letzten.

Er war sich nicht mehr sicher, noch sprechen zu können. Als er sich dazu zwang, fühlten sich die Worte in seiner Kehle an wie Sandkörner. »Was wird hier gespielt, Angela?«

»Alles, wonach es dich verlangt.« Mit der Schnelligkeit einer Schlange sauste sie auf ihn zu und nahm seine Unterlippe zwischen die Zähne. »Ich will dich«, wisperte sie. »Und ich habe es schon lange auf dich abgesehen.« Sich rittlings auf ihn setzend, presste sie sein Gesicht an ihre Brüste, die sich ihm aus der spärlich vorhandenen schwarzen Spitze unter der Jacke entgegendrängten. »Du willst mich doch, nicht wahr?« Sie spürte, wie sich sein Mund öffnete und blind nach ihrem Fleisch tastete. Wie ein rasiermesserscharfer Blitz durchfuhr sie das heiße Gefühl der Macht. Sie hatte gewonnen. »Oder nicht?«, wollte sie wissen und packte seinen Kopf mit beiden Händen.

»Doch.« Er hatte ihr den Rock bereits bis zur Hüfte hochgezogen.

Deanna wartete ungeduldig darauf, dass der Fahrstuhl endlich zum sechzehnten Stockwerk hochgeklettert war. Eigentlich hatte sie überhaupt keine Zeit für diese Verabredung mit Angela, fühlte sich jedoch durch diese unerschütterliche Kombination aus guten Manieren und Zuneigung Angela gegenüber dazu verpflichtet. Als im siebten Stock das Kommen und Gehen an der Fahrstuhltür begann, blickte sie auf die Uhr.

Angela würde bestimmt wieder verärgert sein, und es gab keine Möglichkeit, das zu verhindern. Deanna hoffte, dass das Dutzend Rosen, das sie mitgebracht hatte, es Angela leichter machte, die Ablehnung ihres Angebotes zu akzeptieren.

Eigentlich schuldete sie Angela viel mehr als ein paar Blumen, grübelte sie. Viele Leute sahen gar nicht, was für ein großzügiger und freigebiger, aber auch verwundbarer Mensch Angela war. Sie sahen nur ihre Macht, ihren Ehrgeiz, ihren Perfektionismus. Wäre Angela ein Mann, würde man ihr diese Eigenschaften hoch anrechnen, doch da sie eine Frau war, wurden sie als Fehler betrachtet.

Als Deanna schließlich im sechzehnten Stock aus dem Fahrstuhl trat, versprach sie sich, Angelas Beispiel zu folgen und alle Kritiker zum Teufel zu jagen.

»Hallo, Simon!«

»Dee.« Er ging im Eiltempo an ihr vorbei, blieb dann jedoch plötzlich stehen und rannte zurück. »Sie hat doch nicht heute Geburtstag? Bitte, sag mir, dass sie heute keinen Geburtstag hat!«

»Was? Oh!« Angesichts des entsetzten Gesichtsausdrucks, mit dem er auf den Arm voller Blumen starrte, musste sie lachen. »Nein. Das ist nur ein Dankesgeschenk.«

Er stieß einen Seufzer aus und presste die Finger an seine Schläfen. »Gott sei Dank! Sie hätte mich umgebracht, wenn ich das vergessen hätte. Wegen der Verspätung ihres Fluges gestern Abend hätte sie heute Morgen ohnehin am liebsten allen den Kopf abgerissen.«

Deannas freundliches Lächeln verschwand. »Ich bin mir sicher, dass sie nur müde war.«

Simon verdrehte die Augen. »Okay, okay. Wer wäre das nach so einer Reise auch nicht.« Um sein Mitgefühl für die Stimmungswechsel seiner Chefin unter Beweis zu stellen, sog er tief den Duft der Blumen ein. »Nun, die Rosen müssten ihre Laune eigentlich wieder aufbessern.«

»Hoffentlich.« Deanna ging den Flur entlang und fragte sich, ob Angela wohl Simon nach New York mitnehmen würde. Wenn schon Lew nicht mitkam ... wie viele Mitarbeiter ihres Stabes würden ihre Arbeit eigentlich verlieren? Simon, der pedantische ewige Junggeselle, war ja vielleicht ein wenig nervös, aber doch eine treue Seele.

Das Wissen, dass seine Karriere gefährdet war, und sie davon Bescheid wusste, er aber nicht, ließ sie schuldbewusst zusammenzucken.

Das Vorzimmer war leer. Verwirrt blickte sie ein weiteres Mal auf ihre Uhr. Cassie hatte heute wohl eine frühe Besorgung machen müssen. Mit einem Achselzucken ging Deanna auf die Tür zu Angelas Büro zu.

Als Erstes hörte sie die ruhige und schöne Musik. Es war selten, dass die Tür einen Spalt offen stand. Deanna wusste, dass Angela fast zwanghaft darauf achtete, ihre Bürotür immer geschlossen zu halten, ganz egal, ob sie sich darin aufhielt oder unterwegs war. Wieder zuckte sie mit den Achseln, ging zur Tür, klopfte vorsichtig dagegen.

Jetzt hörte sie noch andere Geräusche. Sie waren nicht so ruhig und nicht so schön wie die Musik. Sie klopfte ein weiteres Mal, dann schob sie die Tür vorsichtig weiter auf.

»Angela?«

Der Name blieb ihr im Halse stecken, als sie die zwei Gestalten sah, die auf dem kleinen Zweiersofa miteinander rangen. Hätte sie den Mann nicht erkannt, hätte sie sich peinlich berührt mit geröteten Wangen sofort wieder zurückgezogen.

So jedoch wich ihr vor kaltem Entsetzen alles Blut aus dem Gesicht.

Marshalls Hände lagen auf Angelas Brüsten, sein Gesicht hatte er in dem Tal dazwischen vergraben. Als ihr Blick auf ihn fiel, glitten diese Hände, die sie einmal bewundert hatte, weil sie so elegant und gepflegt waren, gerade nach unten und zerrten an dem modischen Leinenrock.

Und während er das tat, drehte Angela ganz langsam ihren Kopf, während sich ihr Körper nach vorne bog, und erwiderte Deannas Blick.

Sogar durch die Nebelschleier ihres Schocks sah Deanna ihr kurzes Lächeln, die verhohlene Freude, bevor der gequälte Gesichtsausdruck einrastete. »O mein Gott!« Angela versetzte Marshalls Schulter einen Stoß. »Deanna.« In ihrer Stimme schwang der Schrecken mit, den sie nicht ganz in ihren Blick bringen konnte.

Er drehte den Kopf. Seine dunklen, glasigen Augen richteten sich auf Deanna. Alle Bewegungen erstarben, als hätte ein Schalter die beiden in ein abscheuliches Standbild verwandelt. Deanna durchbrach diese Szene mit einem erstickten Aufschrei. Sie fuhr herum und rannte davon, zertrampelte dabei die Rosen, die sie fallen gelassen hatte.

Heftig atmend erreichte sie den Fahrstuhl. Ein fürchterlicher Schmerz ging von ihrer Brust aus. Immer wieder hieb sie auf den Abwärtsknopf am Fahrstuhl ein. Wie von Furien gehetzt wirbelte sie dann herum, raste in Richtung Treppe. Sie konnte nicht stillstehen, konnte nicht denken. Sie stolperte die Stufen nach unten und bewahrte sich eher instinktiv als mit einer bewussten Anstrengung vor einem Sturz. Sie wusste nur noch, dass sie weg musste, stürmte Stockwerk um Stockwerk die Treppen hinab, verfolgt von den Echos ihres schluchzenden Atems.

Im Erdgeschoss rannte sie wie blind gegen die Tür, hämmerte weinend mit den Fäusten dagegen, bis sie sich wieder so weit unter Kontrolle hatte, dass sie die Klinke herunterdrücken konnte. Sie schob sich durch die Öffnung und stieß gegen Finn.

»He!« Belustigung flammte in ihm auf, war aber im nächsten Moment wieder verflogen. Als er ihr Gesicht sah, verging ihm das Lachen; sie war kreidebleich. »Bist du verletzt?« Er packte sie an den Schultern, zog sie nach draußen in die Sonne. »Was ist passiert?«

»Lass mich los.« Sie wand sich hin und her, stieß ihn von sich weg. »Verdammt noch mal, lass mich in Ruhe!«

»Das werde ich nicht tun.« Instinktiv nahm er sie in seine Arme. »Okay, ich halte dich, und du kannst einfach loslassen.«

Er wiegte sie hin und her, strich ihr über die Haare, während sie an seiner Schulter weinte. Sie hielt nichts zurück, ließ den Schock und die ganze Verletzung mit den Tränen aus sich herausfließen. Der wogende Druck in ihrer Brust nahm ab wie eine Schwellung in kühlem Wasser. Als Finn spürte, dass sie ruhiger geworden war, führte er sie über den Parkplatz zu einer niedrigen Steinmauer.

»Komm, setzen wir uns hin.« Er zog ein Taschentuch aus seiner Tasche und drückte es ihr in die Hände. Obwohl er die Tränen einer Frau nicht ausstehen konnte, hätte er sich als Feigling von der schlimmsten Sorte offenbart, wenn er jetzt vor Deannas Tränen davongelaufen wäre. »Jetzt reiß dich ein wenig zusammen und erzähl Onkel Finn, was passiert ist.«

»Geh zum Teufel«, murmelte sie und putzte sich die Nase.

»Na, das ist doch schon mal ein guter Anfang.« Sanft strich er ihr die Haare von den feuchten Wangen. »Was ist geschehen, Deanna?«

Sie wich seinem Blick aus. In seinen Augen war viel zu viel Sorge, viel zu viel Bereitschaft, sie zu verstehen. »Ich habe gerade herausgefunden, dass ich ein Idiot bin, dass ich keinerlei Menschenkenntnis besitze und keinem trauen kann.«

»Das klingt ja wie das Resümee einer Nachrichtensprecherin im Fernsehen.« Als sie nicht lächelte, nahm er ihre Hand. »Ich habe keinen Whiskey bei mir und letztes Jahr das Rauchen aufgegeben. Das Beste, was ich dir anbieten kann, ist eine Schulter.«

»Von der scheine ich doch schon Gebrauch gemacht zu haben.«

»Ich habe noch eine zweite.«

Anstatt sich jedoch an ihn zu lehnen, richtete sich Deanna wieder auf und verkniff sich alle weiteren Tränen. Vielleicht war sie ja ein Idiot, aber sie hatte immer noch ihren Stolz. »Ich bin gerade bei einer Frau hereingeplatzt, die ich eigentlich für eine Freundin hielt, und habe dort einen Mann überrascht, den ich für einen Geliebten hielt.«

»Na, das ist ja wirklich eine ganze Menge.« Ihm fielen keine klugen Worte ein, mit denen sich irgendetwas bemänteln ließe. »Der Psychologe?«

»Marshall, ja.« Ihre Lippen zitterten, mit einer bewussten Anstrengung konnte sie es unterbinden. Sie schämte sich nicht der Tränen, die sie vergossen hatte, aber jetzt waren sie versiegt, und sie wollte, dass das auch so blieb. »Und Angela. In ihrem Büro.«

Einen Fluch murmelnd, blickte er zum sechzehnten Stock hoch. »Und ich vermute, die Situation war eindeutig.«

Ihr Lachen war staubtrocken. »Ich bin eine geübte Beobachterin. Wenn ich zwei Menschen sehe, die sich gegenseitig befummeln und von denen einer halb nackt ist, dann weiß ich, worauf die aus sind. Dann brauche ich auch keine weitere Bestätigung.«

»Vermutlich nicht.« Für einen Moment verstummte er. Der Wind flüsterte auf der kleinen Grasfläche hinter ihnen und ließ die Tulpen auf der Böschung schwanken, die so angeordnet waren, dass sie in sonnigem Gelb die Buchstaben CBC bildeten. »Ich könnte ja ein Team zusammentrommeln, mit Kamera, Lampen und Mikrofon bewaffnet in den sechzehnten Stock hochgehen und ihm das Leben zur Hölle machen«, überlegte Finn.

Dieses Mal klang ihr Lachen nicht mehr ganz so gezwungen. »Du willst ihn am Tatort interviewen? Das ist ein nettes Angebot.«

»Das würde mir tatsächlich Spaß machen.« Je mehr er darüber nachdachte, desto mehr hielt er es für die perfekte Lösung. »Dr. Pike, welche Erklärung geben Sie uns als angesehener Familienberater dafür, dass Sie am Vormittag mit heruntergelassener Hose in einem Büro erwischt wurden? War das ein dienstlicher Besuch? Eine neue Form der Therapie, die Sie vielleicht dem Publikum vorstellen wollen?«

»Die Hose war noch nicht ganz heruntergelassen«, meinte sie mit einem Seufzer. »Ich habe die beiden unterbrochen. Und obwohl dein Angebot recht verführerisch ist, kann ich mich jetzt auch genauso gut wieder selbst um alles kümmern.« Sie drückte ihm das benutzte Taschentuch in die Hand. »Verdammt noch mal, die haben mich wirklich zum Narren gehalten.« Deanna sprang von der Mauer weg und schlang sich die Arme um den Körper. »Das hat alles Angela eingefädelt. Ich weiß zwar nicht warum, ich weiß nicht einmal wie, aber sie hat das geplant. Ihr Blick hat es mir verraten.«

Diese Nachricht überraschte ihn nicht. Bezüglich Angela überraschte ihn sowieso nichts mehr. »Hast du sie vielleicht in letzter Zeit mit irgendetwas wütend gemacht?«

»Nein.« Sie hob die Hand, um ihr Haar nach hinten zu schieben, hielt dann aber plötzlich inne. New York, dachte sie und hätte fast gelacht. »Vielleicht doch«, meinte sie leise. »Und vielleicht will sie mir auf diese verdrehte Weise heimzahlen, dass ich mich ihr gegenüber in ihren Augen undankbar verhalten habe.« Wut flammte erneut in ihr auf, als sie sich wieder zu Finn umdrehte. »Sie wusste, was ich für ihn empfinde, und hat das ausgenutzt. Und der Zeitpunkt war bestens gewählt: Weniger als eine Stunde später geht es für mich schon wieder im Studio weiter.« Sie blickte auf die Uhr und schlug die Hände vors Gesicht. »O Gott, das ist ja in zwanzig Minuten.«

»Immer mit der Ruhe! Ich kann hinuntergehen und dich bei Benny krankmelden. Sie werden schon einen Ersatz finden.«

Für einen kurzen Augenblick zog sie es in Erwägung, dem nachzugeben. Doch dann sah sie wieder Angelas verschlagenes zufriedenes Lächeln vor sich. »Nein, darüber würde sie sich viel zu sehr freuen. Ich bin in der Lage, meine Arbeit zu tun.«

Finn sah sie prüfend an. Die Tränen hatten auf ihrem Gesicht deutliche Spuren hinterlassen, ihre Augen hatten rote Ränder und waren geschwollen, aber Deanna stand zu ihrem Entschluss. »Leute aus Kansas sind ja ganz schön zäh«, meinte er anerkennend.

Ihr Kinn fuhr noch ein bisschen weiter in die Höhe. »Und das ist auch verdammt gut so.«

»Dann sollten wir uns schleunigst um dein Make-up kümmern.«

Erst nachdem sie den Parkplatz überquert hatten und durch die Tür gegangen waren, sagte sie wieder etwas: »Danke.«

»Nichts zu danken.«

Sie begann die Treppe hochzugehen. »Sieht es eigentlich sehr schlimm aus?«

»Ach, es könnte schlimmer sein.«

Während er ihr beim Make-up behilflich war, hielt er das Gespräch in unverfänglichen Bahnen. Er brachte ihr Eis für die

Augen und Wasser für die Kehle und blieb bei ihr, um mit ihr zu plaudern, während sie die schlimmsten Stellen mit kosmetischen Mitteln kaschierte. Seine Gedanken jedoch arbeiteten dabei auf Hochtouren, und sie waren alles andere als unbeschwert und freundlich.

»Das ist gar nicht übel«, meinte er. »Versuch es mal mit ein bisschen mehr Rouge.«

Er behielt recht. Deanna strich sich mit dem Pinsel über die Wange. Und entdeckte im Spiegel Marshall. Ihre Hand zitterte kurz, dann legte sie den Pinsel beiseite.

»Deanna. Ich habe die ganze Zeit nach dir gesucht.«

»Ach ja?« Sie spürte, wie sich Finn neben ihr anspannte wie eine große Katze, die im Begriff war loszuspringen, und legte ihm die Hand auf den Arm. Jäh wurde ihr bewusst, dass das kleinste Signal ihrerseits dazu führen würde, dass Finn über Marshall herfiel. Die Vorstellung war gar nicht so reizlos, wie sie hatte glauben wollen. »Ich war die ganze Zeit hier«, meinte sie kühl, »und ich bin gleich auf Sendung.«

»Ich weiß. Ich …« Der zarte, flehende Blick seiner braunen Augen heftete sich auf sie. »Ich warte.«

»Dafür gibt es keinen Grund.« Merkwürdig, dachte sie. Jetzt fühlte sie sich voller Kraft und unüberwindbar. Die Frau, die sie in diesem Moment war, schien mit der Frau, die schluchzend aus Angelas Büro stürmte, nicht viel gemeinsam zu haben. »Ein paar Minuten habe ich noch.« Ruhig lehnte sie sich an den kleinen Tisch und lächelte Finn an. Sie hatte einen Glanz in den Augen, der nichts mehr mit ihren Tränen zu tun hatte. »Könntest du uns allein lassen?«

»Sicher.« Finn streckte die Hand aus und hob ihr Kinn mit der Fingerspitze noch ein kleines bisschen an. »So siehst du hervorragend aus, Kansas.« Mit einem letzten eisigen Blick auf Marshall schlenderte er hinaus.

»War es nötig, ihn in unsere Privatangelegenheit einzuschalten?«

Deannas Blick ließ ihn verstummen. »Du besitzt wirklich die Frechheit, mich in einem Augenblick wie diesem zu kritisieren?«

»Nein.« Marshall ließ die Schultern hängen. »Natürlich nicht. Du hast ja recht. Ich finde das Ganze nur sowieso schon schwierig und peinlich genug, auch ohne dass das entsprechende Gerede in der ganzen Nachrichtenredaktion seine Runde macht.«

»Für Finn gibt es wirklich interessantere Gesprächsthemen als dein Sexualleben, Marshall, da kannst du sicher sein. Wenn du jetzt etwas zu sagen hast, dann solltest du das besser tun. Ich habe nur noch ein paar Minuten Zeit.«

»Deanna.« Er kam einen Schritt auf sie zu und hätte die Hand nach ihr ausgestreckt, wenn ihn das wütende Aufblitzen ihrer Augen nicht davor gewarnt hätte. »Für das, was geschehen ist – oder fast geschehen ist –, kann ich keine Entschuldigung finden. Du sollst aber wissen, dass zwischen Angela und mir nichts ist. Es kam einfach über uns.« Als Deanna schwieg, sprach er schnell weiter. »Es war etwas rein Physisches, ohne jede Bedeutung. Mit meinen Gedanken für dich hatte das absolut nichts zu tun.«

»Da bin ich mir sicher«, erwiderte sie nach einer Weile, »und das glaube ich dir auch. Ich glaube tatsächlich, es war triebhafter, bedeutungsloser Sex.«

Ein Gefühl der Erleichterung durchströmte ihn. Er hatte Deanna nicht verloren. Sein Blick hellte sich auf, er legte seine Hände auf ihre Schultern. »Ich wusste, dass du das verstehen würdest. Seit ich dich das erste Mal gesehen habe, wusste ich, dass du eine Frau bist, die ein so großes Herz hat, dass sie mich akzeptiert, wie ich bin, und mich versteht. Darum wusste ich auch, dass wir füreinander bestimmt sind.«

Unbewegt wie ein Stein starrte sie zu ihm hoch. »Nimm deine Hände weg«, sagte sie ruhig. »Und zwar sofort.«

»Deanna.« Als er noch fester zupackte, kämpfte sie gegen die Panik an, die plötzlich in ihr hochstieg. Gleichzeitig blitzte eine widerliche Erinnerung in ihr auf. Sie stieß Marshall von sich weg.

»Ich sagte, sofort.« Sie war wieder frei, trat einen Schritt zurück und machte einen tiefen Atemzug, der ihr half, die Fassung wiederzugewinnen. »Ich sagte dir, dass ich dir glaube, Marshall, und das ist auch so. Was du mit Angela getrieben hast, hatte mit deinen Gefühlen zu mir nichts zu tun. Allerdings hat es bei mir an meinen Gefühlen für dich alles verändert. Ich habe dir vertraut, und du hast dieses Vertrauen missbraucht, wodurch wir unmöglich als Freunde auseinandergehen können. Also werden wir einfach so auseinandergehen.«

»Du bist jetzt verletzt.« In seiner Wange zuckte ein Muskel. »Deswegen kann man mit dir im Moment auch nicht vernünftig reden.« Das ist wie bei Patricia, dachte er. Genau wie bei Patricia.

»Ja, ich bin verletzt«, stimmte sie ihm zu. »Aber man kann sehr vernünftig mit mir reden.« Der Anflug eines Lächelns umspielte ihren Mund, es verletzte genauso wie eine Ohrfeige. »Ich habe es mir zur Gewohnheit gemacht, vernünftig zu sein, daher werfe ich dir jetzt auch nicht die ganzen Schimpfwörter an den Kopf, die mir dauernd in den Sinn kommen.«

»Du siehst das nur als meinen Fehler an, als eine Schwäche.« Ganz von seinem Geschick als Vermittler überzeugt, wechselte er die Gangart. »Was du noch gar nicht sehen konntest, ist dein Anteil daran und deine Verantwortung. Ich bin mir sicher, dass du mit mir übereinstimmst, wenn ich sage, dass eine erfolgreiche Beziehung nie das Ergebnis der Bemühungen nur einer Person ist. Die ganzen Wochen über, in denen wir zusammen waren, bin ich sehr geduldig gewesen und habe darauf gewartet, dass du unserer Beziehung gestattest, auch den ganz natürlichen und überaus menschlichen Aspekt der Sinnenlust zu umfassen.«

Sie hatte nicht geglaubt, dass er sie noch ein weiteres Mal schockieren konnte, doch sie hatte sich geirrt. »Du meinst, weil ich nicht mit dir ins Bett gehen wollte, zwang ich dich dazu, dich Angela zuzuwenden?«

»Du siehst die Grautöne nicht, Deanna«, meinte er geduldig. »Ich habe deinen Wunsch und dein Bedürfnis, ganz langsam voranzuschreiten, respektiert, andererseits muss aber auch ich mich um die Befriedigung meiner Bedürfnisse kümmern. Die Sache mit Angela war bestimmt ein Fehler ...«

Sie nickte langsam. »Verstehe. Ich bin froh, dass wir das noch klären konnten, Marshall, bevor es mit uns weiterging. Und jetzt werde ich ganz vernünftig mit dir reden und dir sagen, dass du dich gefälligst zum Teufel scheren kannst!«

Deanna ging zur Tür. Ihre Augen funkelten, als Marshall ihr den Weg verstellte. »Wir haben noch nicht Schluss gemacht, Deanna.«

»Ich habe mit dir Schluss gemacht, und das ist alles, was zählt. Wir haben beide einen Fehler begangen, Marshall, und zwar einen großen Fehler. Und jetzt geh mir aus dem Weg und komm mir bitte nicht weiter in die Quere, sonst mache ich den nächsten Fehler und bringe uns beide in eine peinliche Situation, indem ich dir die Haut vom Gesicht kratze.«

Steifbeinig trat er beiseite. »Ich bin bereit, mich mit dir darüber zu unterhalten, wenn du dich wieder ein wenig beruhigt hast.«

»Oh, ich bin ruhig«, murmelte sie auf dem Weg zum Studio. »Ich bin völlig ruhig, du Scheißkerl.«

Sie schob sich durch die Studiotüren, lief mit energischen

Schritten zu ihrem Platz hinter dem Tisch für die Moderatoren und setzte sich.

Während des ganzen ersten Teils der Sendung ließ Finn sie nicht aus den Augen. Dann hatte er sich davon überzeugt, dass sie sich im Griff hatte, und schlich sich zum Fahrstuhl.

Bei einem feierlichen Glas Champagner verfolgte Angela in ihrem Büro das *Mittagsmagazin*. Die Worte oder die Bilder interessierten sie nicht weiter, ihr Interesse galt Deanna, und sie war von ihr völlig fasziniert. Das Mädchen wirkt so kühl und süß wie ein Eisbecher mit Sirup und Sodawasser, dachte Angela, von den Augen einmal abgesehen. Allerdings wäre Angela auch bitter enttäuscht gewesen, wenn sie die geballte Wut in Deannas Blick nicht hätte wahrnehmen können.

»Das hat gesessen«, murmelte sie erfreut.

Ich gewinne, dachte sie, konnte sich aber nicht des schmerzhaften Stichs der Bewunderung erwehren.

Im Ledersessel neben ihrem Schreibtisch zusammengerollt, nippte sie am Champagner und lächelte. Am Schluss hob sie das Glas, um Deanna schweigend zuzuprosten.

»Sie hat Stil, nicht wahr?«, meinte Finn von der Tür aus.

Man musste anerkennen, dass Angela nicht in die Höhe fuhr. Sie nippte weiter ungerührt an ihrem Glas und schaute auf den Bildschirm. »Unbedingt. Mit dem richtigen Lehrer könnte sie noch weit kommen.«

»Ist das die Rolle, die du dir selbst zugedacht hast?« Finn durchquerte das Zimmer, umrundete den Schreibtisch und stellte sich hinter Angelas Sessel. »Willst du ihr vielleicht deine Art vorwärtszukommen beibringen?«

»Meine Art vorwärtszukommen funktioniert. Dee wäre die Erste, die dir erzählen würde, wie großzügig ich mich ihr gegenüber gezeigt habe.«

»Sie macht dir Angst, nicht wahr?« Finn ließ seine Hände auf Angelas Schultern sinken und hielt sie fest, sodass sie jetzt beide Deannas Bild vor Augen hatten.

»Warum sollte sie?«

»Weil sie mehr als nur Stil hat. Stil hast du selbst genug. Sie ist intelligent, aber das bist du auch. Und sie hat Kraft und Elan, wie du. Doch dann übertrifft sie dich, Angela, denn sie hat Klasse, sie hat Format, und zwar von Haus aus.« Als sie begann, sich unruhig auf ihrem Sessel hin und her zu bewegen, gruben sich seine Finger tief in ihre Schultern. Er konnte nicht ahnen, wie sehr er ins Schwarze getroffen hatte. »Und das ist etwas, was du niemals haben wirst. Du kannst noch so viele Perlen und Tausend-Dollar-Kostüme tragen, es wird nichts nutzen. Denn das kannst du dir nicht einfach anziehen. Du kannst das auch nicht einfach irgendwo kaufen und auch nicht so tun, als hättest du es.« Er drehte den Sessel herum und beugte sich über sie, sodass ihre Gesichter dicht voreinander waren. »Und so wirst du dir das niemals aneignen können. Deshalb jagt dir diese Frau panische Angst ein, und du hast jetzt einen Weg gefunden, ihr zu zeigen, wer hier – vermeintlich, wohlgemerkt – die Größte ist.«

»Ist sie zu dir gerannt, Finn?« Ihre Erschütterung war größer, als sie sich einzugestehen wagte, doch sie hob das Glas und nippte zart daran, auch wenn der Drink ihr jetzt eher wie eine Krücke vorkam. »War sie schockiert und am Boden zerstört und schrie sie danach, getröstet zu werden?«

»Du bist ein solches Miststück, Angela.«

»Das hat dir doch immer an mir gefallen.« Ihre Augen lachten über den Rand ihres Glases hinweg. Mit einem Achselzucken meinte sie: »Ehrlich gesagt, es tut mir leid, dass sie auf diese Weise verletzt wurde. Es lässt sich zwar nicht abstreiten, dass Marshall nicht der Richtige für sie war, aber ich weiß, dass sie ihn mochte. Doch es war einfach eine Tatsache, dass ich eine große Anziehungskraft auf ihn ausübte und er auf mich ebenfalls.« Und weil Angela diese Entschuldigung nur allzu gern glauben wollte, tat sie das auch, und sie klang ganz aufrichtig dabei. »Dann sind uns die Dinge allerdings ein wenig entglitten, und ich gebe allein mir die Schuld daran. Es war einfach gedankenlos.«

»Verdammt, das war alles andere als gedankenlos! Du holst doch nicht einmal Luft, ohne dir vorher deine Gedanken darüber zu machen.«

Sie lächelte wieder und blickte durch ihre Wimpern zu ihm hoch. »Jetzt sei doch nicht so eifersüchtig, Finn.«

»Du bist wirklich zu bemitleiden. Denkst du etwa, wegen dieser kleinen Vorführung von dir würde Deanna zusammenbrechen?«

»Wenn sie ihn geliebt hätte, bestimmt.« Sie verzog die Lippen und musterte ihre Fingernägel. »Also habe ich ihr vielleicht sogar noch einen Gefallen getan.«

Er lachte. »Stimmt vielleicht, wer weiß. Mir jedenfalls hast du einen Gefallen getan, so viel steht fest.« Er drehte sich wieder zu ihr um und grinste. »Ich will sie, und du hast mir den Weg zu ihr freigemacht.« Dem Glas, das sie auf ihn schleuderte, musste er nicht einmal ausweichen. Mehr als zwanzig Zentimeter von seinem Kopf entfernt zerplatzte es am Fenster. Erfreut steckte Finn die Hände in die Taschen.

»Du kannst ja immer noch nicht zielen.«

Kein Lachen war von ihr zu hören, auch von dem Bedauern war nichts mehr zu spüren, das sie sich eingeredet hatte. Jetzt gab es für sie nur noch Wut. »Meinst du etwa, sie will noch etwas von dir wissen, wenn sie gehört hat, was ich ihr über dich erzählen kann?«

»Meinst du, sie würde dir nach deinem Auftritt hier überhaupt noch zuhören?« Seine Augen brachten deutlich zum Ausdruck, dass er nicht die geringsten Befürchtungen hegte. »Dieses Mal bist du über dein Ziel hinausgeschossen. Sie wird nicht bei dir angewinselt kommen, sondern die Sache durchstehen. Sie wird sogar noch besser werden, und du wirst ganz schön auf der Hut sein müssen.«

»Glaubst du, irgendeine kleine, anspruchslose Nachrichtensprecherin könnte mich beunruhigen?«, fragte sie. »Ein Telefonat von mir, und sie ist weg vom Fenster. Einfach so.« Sie schnippte mit den Fingern. »Wer hat denn diesen Sender die letzten beiden Jahre über Wasser gehalten? Und wie wird es wohl mit ihm weitergehen, wenn ich hier meine Zelte abbreche?«

»Dann gehst du also doch.« Finn nickte und schaukelte auf seinen Fersen nach hinten. »Nun, herzlichen Glückwunsch und gute Reise.«

»Genau. Mit Beginn der neuen Saison bin ich nämlich in New York, und dort wird *Angela* von mir selbst produziert. Dann werden die Zweigsender von CBC angekrochen kommen und mir den Preis zahlen, den ich verlange, um die Show senden zu dürfen. In zwei Jahren bin ich die mächtigste Frau in der Branche.«

»Das könntest du sogar schaffen«, gab er zu. »Zumindest für eine gewisse Zeit.«

»Ich werde immer noch an der Spitze stehen, wenn du dir für einen Zwei-Minuten-Bericht für die Spätnachrichten die Hacken abläufst.« Sie zitterte jetzt, immer wieder wurde ihre Wut von ihrer Unsicherheit wie mit Nadeln durchstochen. »Die Menschen wollen mich, sie bewundern mich, sie schätzen mich sehr.«

»Auf mich traf das auch alles einmal zu.«

Finn und Angela drehten sich zur Tür. Eine durch das Make-up für die Kamera ganz bleich wirkende Deanna stand dort.

Ohne große Überraschung bemerkte sie, dass Angela die meisten Rosen gerettet und in augenfälliger Weise auf ihren Schreibtisch gestellt hatte.

»Deanna.« Mit Tränen in den Augen flog Angela durch das Büro. »Ich weiß gar nicht, wie ich mich bei dir dafür entschuldigen soll.«

»Am besten gar nicht. Da nur wir drei hier zugegen sind, können wir ja offen miteinander sprechen. Ich weiß, dass du diese ganze Episode von Anfang bis Ende geplant hast. Alles war so arrangiert, dass ich genau zum fraglichen Zeitpunkt in dein Büro kommen musste.«

»Wie kannst du so etwas sagen?«

»Ich sah dein Gesicht.« Ihre Stimme versagte ihr, doch sie fasste sich wieder. Auf keinen Fall wollte Deanna die Beherrschung verlieren. »Ich sah dein Gesicht«, wiederholte sie. »Ich bin mir nicht sicher, ob du mir damit beweisen wolltest, dass ich mich in Marshall geirrt habe, oder ob du es getan hast, weil ich dein Angebot nicht annehmen konnte. Vielleicht war es ja auch beides.«

Angelas Stimme bebte. Jetzt war die Verletzung, die darin zu hören war, genauso echt wie die Perlen an ihrem Hals. »Du solltest mich eigentlich besser kennen.«

»Ja, eigentlich hätte ich dich besser kennen sollen. Aber ich wollte an dich glauben, wollte mir damit schmeicheln lassen, dass du mir behilflich sein und etwas in mir sehen würdest. Daher habe ich nie hinter die Oberfläche geblickt.«

»Nur wegen eines Mannes wirfst du also unsere Freundschaft weg.« Ihre Tränen wegblinzelnd, wandte Angela sich ab.

»Nein. Mir bin ich das schuldig. Und ich wollte, dass du das weißt.«

»Ich habe meine Zeit auf dich verwandt, dir meine Unterstützung gegeben und meine Zuneigung geschenkt.« Angela wirbelte herum. Urplötzlich tobte sie los: »Mir gibt keiner einen Korb!«

»Ich schätze, dann bin ich wohl die Erste. Viel Glück in New York.« Besser hätte ich es wirklich nicht sagen können, dachte Deanna, als sie hinausgingen.

»Sei bloß auf der Hut«, murmelte Finn, als er behutsam die Tür hinter ihnen schloss.

9

ANGELA TAUSCHT NEW YORK GEGEN CHICAGO
TALKSHOW-KÖNIGIN REGIERT JETZT IN NEW YORK
MILLIONEN-DOLLAR-VERTRAG FÜR CHICAGOS
BLONDEN LIEBLING

Hämische Schlagzeilen begleiteten Angelas Schritt. Sogar so seriöse Blätter wie die *Chicago Times, The New York Times* oder *The Washington Post* widmeten ihren Aufmacher diesem Thema; einen sonnigen Junitag lang drängte ihre rekordverdächtige Vereinbarung die schwierige Lage der Wirtschaft und die Unruhen im Nahen Osten in den Hintergrund.

Sie war in ihrem Element.

Mit königlicher Großzügigkeit gewährte sie Interviews, empfing in ihrem Haus ein Team von *People,* schwatzte am Telefon mit Liz Smith. Sie wurde in Variety zitiert und genehmigte ein Layout im *McCall's.*

Durch harte Arbeit, blinden Ehrgeiz und rücksichtsloses Draufgängertum hatte sie endlich das erlangt, wonach sie sich immer gesehnt hatte: ungeteilte Aufmerksamkeit.

Sie war klug genug, für die CBC, Delacort und Chicago nur Lob übrigzuhaben. In der Sendung *Entertainment Tonight* fabrizierte sie sogar ein paar Tränen.

Und das Personal, das für sie die Zeitungsausschnitte sammelte, sicherte jedes Wort und jeden Zentimeter bedrucktes Zeitungspapier, das sich um sie drehte.

Mitten in diesem ganzen Aufruhr versetzte sie dem Sender den Todesstoß: In den letzten sechs Wochen ihres Vertrages nahm sie ihren Urlaub.

»Sie weiß, wie sie jemandem die Daumenschrauben ansetzen kann, nicht wahr?« Fran rollte ein Paar ungleicher Socken zusammen und warf sie in einen Wäschekorb.

»Und das war noch nicht einmal das Schlimmste.« Deanna durchquerte das winzige Wohnzimmer in Frans Innenstadtwohnung. »Der Hälfte ihrer Mitarbeiter wurde gekündigt. Die anderen wurden vor die Wahl gestellt, entweder ihre Zelte in Chicago abzubrechen und nach New York zu ziehen oder sich nach einem neuen Job umzusehen.« Sie zischte durch die zusammengebissenen Zähne. »Diese verdammten Jobs gibt es nur nicht.«

»Offensichtlich liest du keine Zeitungen. Die Regierung sagt, wir befinden uns gar nicht in einer Rezession. Die würde nur in unseren Köpfen stattfinden.«

Deanna konnte nicht darüber lachen. Sie nahm ein Buch mit Kindernamen in die Hand und schlug damit auf ihrer Wanderung durch das Zimmer gegen die Handfläche. »Ich habe gesehen, was Lew McNeil für ein Gesicht machte, als er gestern aus dem Gebäude kam. Mein Gott, Fran, er war jetzt fast sechs Jahre bei ihr, und sie trennt sich von ihm, ohne mit der Wimper zu zucken.«

Fran wählte ein anderes Paar Socken aus, einer war marineblau, der andere schwarz. Ihr purpurfarbenes Top klebte ihr am Leib, so heiß war es im Zimmer. »Die können einem wirklich leidtun, Dee, obwohl beim Fernsehen jeder weiß, dass man in dieser Branche nicht auf Fairness setzen kann. Doch eigentlich mache ich mir eher Sorgen um dich. Ruft Marshall immer noch an?«

»Er hat aufgehört, mir Nachrichten auf den Anrufbeantworter zu sprechen.« Sie zuckte mit den Achseln. »Ich glaube, er hat endlich gemerkt, dass ich nicht zurückrufen werde. Aber er schickt mir immer noch Blumen.« Mit einem bitteren Lachen warf Deanna das Buch mit den Namen wieder auf den Couchtisch. »Kannst du dir das vorstellen? Er denkt wirklich, dass ich alles vergessen würde, wenn er mich nur mit genug Sträußchen eindeckt.«

»Wie wär's mit einer kleinen Runde ›Männer sind das Letzte‹? Richard ist gerade beim Golf, ihn können wir also nicht damit beleidigen.«

»Nein danke.« Zum ersten Mal richtete Deanna ihre ganze Aufmerksamkeit auf ihre Freundin. »Fran, du hast gerade einen grauen Socken mit einem blauen zusammengesteckt.«

»Ich weiß. Dadurch werden die Tage morgens ein wenig aufregender. Weißt du, Dee, Richard ist allmählich ziemlich ruhig geworden. Sonntags zum Golfclub, Dreiteiler, das Haus am Stadtrand, das wir kaufen wollen. Herrgott, wir waren doch einmal Rebellen. Und jetzt gehören wir ...«, sie schauderte und senkte ihre Stimme, »... zum Mainstream.«

Lachend setzte sich Deanna mit gekreuzten Beinen auf den Fußboden. »Das glaube ich dir erst, wenn du dir einen Volvo und eine Espressomaschine kaufst.«

»Ich hätte mir neulich beinahe einen ›Baby an Bord‹-Aufkleber geholt, kam aber gerade noch zur Vernunft.«

»Dann ist doch mit dir alles in Ordnung. Ich habe ja noch gar nicht gefragt, wie du dich eigentlich fühlst.«

»Richtig toll, wirklich.« Fran stieß eine Nadel in das Durcheinander ihres Haarknotens. »Die Frauen auf der Arbeit, die selber Kinder haben, betrachten mich mit einer Mischung aus Verachtung und Neid. Sie erzählen mir dauernd diese ganzen Horrorgeschichten über die Schwangerschaft – morgendliches

Erbrechen, in Ohnmacht fallen, Schwierigkeiten beim Wasserlassen. Ich fühle mich jedoch einfach super.« Sie hob einen Arm, spannte die Muskeln an und brachte so tatsächlich ein paar Sommersprossen in leichte Bewegung. »Ich habe nicht einmal Schweißausbrüche.« Mit geschürzten Lippen hielt sie einen karierten Socken und einen weißen Tennissocken in die Höhe. »Was meinst du?«

»Warum dieses Feingefühl?« Die nächsten Minuten waren sie schweigend damit beschäftigt, die Wäsche zusammenzufalten. »Fran, ich habe mir etwas einfallen lassen.«

»Ich fragte mich schon, wann du endlich darauf zu sprechen kommen würdest. Ich konnte es dir doch ansehen, dass dir die ganze Zeit irgendetwas im Kopf herumging.«

»Es könnte sich aber als ziemlich undurchführbar erweisen«, meinte Deanna nachdenklich. »Verdammt, es könnte sogar unmöglich sein. Wenn ich dir mitteile, welche Idee mir gekommen ist, will ich, dass du ganz ehrlich sagst, was du davon hältst.«

»Einverstanden.« Fran schob mit dem nackten Fuß den Wäschekorb weg. »Schieß los.«

»Delacort, Angelas altes Syndikat, wird in seinem Programm und bei seinen Einnahmen ein Riesenloch haben. Ich bin zwar sicher, dass sie einen gleichwertigen Ersatz finden können, aber ... Wusstest du eigentlich, dass der Programmdirektor von Delacort Angelas zweiter Mann war?«

»Klar, Loren Bach.« Vom gelegentlichen schauerlichen Kriminalroman einmal abgesehen, las Fran nichts lieber als die Klatschspalten irgendwelcher Käseblätter, wofür sie sich auch gar nicht schämte. Wer wissen wollte, welche prominente Persönlichkeit was mit wem wo machte, musste nur Fran Myers fragen. »Sie heirateten, direkt nachdem sie ihrem ersten Ehemann, diesem Grundstückstycoon, den Laufpass gegeben hatte. Auf jeden Fall hat Loren Bach eine Menge Geld in unser Mädchen gesteckt und seinen ganzen Einfluss geltend gemacht, um sie zum Star hochzupushen.«

»Und obwohl es ein paar anderslautende Gerüchte und Meldungen in den Klatschspalten gab, sind sie angeblich im guten auseinandergegangen.« Das hatte Deanna zumindest gelesen. »So wie ich Angela jetzt jedoch kennengelernt habe, bezweifle ich das stark.«

Frans Brauen begannen zu zucken. Sie liebte es zu tratschen, und am besten gefiel es ihr, dabei schmutzige Wäsche zu waschen. »Man erzählt sich, dass ihn die Abfindung glatte zwei Millionen plus Haus und Mobiliar gekostet hat, also insgesamt bestimmt vier Millionen. Daher glaube ich nicht, dass Bach noch viel Zuneigung für unsere Heldin empfinden dürfte.«

»Ganz genau. Und Bach hat seit langer Zeit eine gute Beziehung zu Barlow James, dem Leiter der Nachrichtenabteilung bei der CBC.« Deanna rieb sich die Knie mit ihren unruhigen Händen. »Mr. James gefällt meine Arbeit.«

Fran neigte den Kopf. Ihre strahlenden Augen erinnerten an die eines Vogels. »Und?«

»Ich habe ein paar Ersparnisse und verfüge über einiges an Verbindungen.« Die Idee ließ sie so nervös werden, dass sie den Handballen gegen ihr rasendes Herz presste, als könnte sie so den Herzschlag ein wenig verlangsamen. Sie wünschte es sich so sehr, vielleicht sogar zu sehr. Jedenfalls stark genug, um etliche Stufen ihres sorgfältig ausgearbeiteten Karriereplans zu überspringen. »Ich habe vor, ein Studio zu mieten und ein Band zusammenzustellen, das ich Loren Bach zukommen lasse.«

»Du lieber Himmel!« Fran lehnte sich in die Kissen auf der Couch zurück und starrte Deanna an. »Und das aus deinem Munde?«

»Ich weiß, wie das klingt, aber ich habe es gut durchdacht. Bach hat Angelas Talkshow von einer kleinen, lokalen Sendung zu einem landesweiten Hit gemacht, und so etwas könnte er noch einmal fertigbringen. Ich hoffe nur, dass er das auch will, und zwar nicht nur für seinen Sender, sondern auch aus persönlichen Gründen. Ich kann eine Reihe von Ausschnitten aus *Deannas Viertelstunde* und meinen Reportagen zusammenstellen und denke auch, dass ich Barlow James dazu bringen kann, für mich einzutreten. Und wenn ich eine einfache und gekonnte Probesendung auf die Beine stelle, könnte ich eine Chance haben.« Viel zu aufgeregt, um weiter auf dem Boden sitzen zu können, stand sie wieder auf. »Es könnte keinen besseren Zeitpunkt geben. Das Syndikat hat sich noch nicht von Angelas plötzlichem Weggang erholt, außerdem haben sie noch keinen Nachfolger aufgebaut. Wenn ich sie davon überzeugen könnte, mir regional und vielleicht noch für ein paar Märkte im Mittleren Westen eine Chance zu geben, weiß ich, dass ich das schaffen könnte.«

Fran atmete geräuschvoll aus und klopfte mit den Fingern auf ihren Bauch. »Das ist ziemlich unkonventionell, aber ich bin begeistert.« Sie ließ den Kopf nach hinten fallen und lachte gegen die Decke. »Das ist gerade verrückt genug, um zu klappen.«

»Ich sorge schon dafür, dass es klappt.« Deanna kam zurück, kauerte sich vor Fran hin und ergriff ihre Hände. »Besonders, wenn ich eine erfahrene Produzentin an meiner Seite weiß.«

»Da kannst du auf mich zählen. Aber die Kosten für das Studio, die Techniker und selbst einen minimal besetzten Produktionsstab ... es ist ein großes Risiko.«

»Ich bin gewillt, dieses Risiko einzugehen.«

»Richard und ich haben noch etwas auf der hohen Kante liegen.«

»Nein.« Ganz gerührt und dankbar schüttelte Deanna den Kopf. »Auf gar keinen Fall. Nicht jetzt, wo mein Patenkind unterwegs ist. Eure Einfälle, eure Rückenstärkung und eure Zeit nehme ich gerne an, aber nicht euer Geld.« Nachdem sie Frans Bauch getätschelt hatte, stand sie wieder auf. »Glaub mir, die drei erstgenannten Dinge sind wichtiger.«

»Okay. Wie willst du das Ganze gestalten, was ist dein Thema, woher kommt dein Publikum?«

»Ich möchte etwas Einfaches, Gemütliches auf die Beine stellen, nichts Kontroverses. Ich will das tun, was ich am besten kann, Fran: mit Menschen ins Gespräch kommen und sie dazu bringen, mit mir zu sprechen. Wir holen uns ein paar gemütliche, tiefe Sessel. Ich brauche weiß Gott ohnehin neue Möbel. Es soll intim und vertraulich wirken.«

»Und lustig sein«, meinte Fran. »Wenn du nicht auf die Tränendrüsen drücken und keine Angst erzeugen willst, dann sollte es dem Zuschauer Spaß machen. Wähle etwas, von dem die Menschen persönlich betroffen sind und in das sie sich einbringen können.«

Deanna zupfte am Ohrläppchen. »Ich dachte, wir könnten vielleicht auf einige Gäste zurückgreifen, die ich in *Deannas Viertelstunde* bei mir gehabt habe, etwa zum Thema ›Frauen in der Kunst‹.«

»Das ist nicht schlecht, aber ein bisschen farblos. Und hochtrabend. Ich glaube nicht, dass du für einen Demonstrationsfilm nur sprechende Köpfe mit künstlerischen Ambitionen auf den Bildschirm bringen willst.« Fran dachte über andere Möglichkeiten nach. »Wir hatten doch letztes Jahr im *Frauengespräch* diese Sendung ›Machen Sie das Beste aus Ihrem Typ‹. Die kam doch sehr gut an.«

»Du meinst, so etwas mit vorher und nachher?«

»Ja. Make-up, Frisuren. Das macht Spaß und stellt die Leute zufrieden. Aber weißt du, was ich am liebsten machen würde?« Sie schlug die Beine übereinander und beugte sich vor. »So eine Art Modenschau. Was gibt es Neues für den Sommer? Was ist gerade toll und aktuell? Du könntest beispielsweise Marshall Fields dafür gewinnen, ein paar Sachen aus der Sommerkollektion zu präsentieren: Berufsbekleidung, Abendkleider, Freizeitkleidung.«

Mit halb geschlossenen Augen versuchte Deanna, sich das vorzustellen. »Einschließlich Schuhe und Accessoires und mit jemandem, der alles aufeinander abstimmt. Dann wählen wir Frauen aus dem Publikum aus.«

»Genau. Reale Frauen aus dem Leben, keine perfekten Körper.«

Allmählich freundete sich Deanna immer weiter mit der Idee an, griff nach ihrer Handtasche und holte das Notizbuch hervor. »Die müssen wir allerdings schon vorher auswählen. Dann haben wir Zeit herauszufinden, wie jemand aussehen und wie er ausgestattet werden soll.«

»Sie bekommen von einem Kaufhaus einen Geschenkgutschein über, sagen wir mal, einhundert Dollar.«

»Wie wirkt ein Kleid für einhundert Dollar oder weniger, als wäre es unbezahlbar?«

»Oh, das gefällt mir.« Fran schaukelte nach hinten. »Das gefällt mir wirklich.«

»Ich muss jetzt wieder nach Hause, ein paar Anrufe machen«, meinte Deanna und kam mühsam wieder hoch. »Wir müssen schnell sein.«

»Meine Liebe, ein anderes Tempo habe ich bei dir noch nie erlebt.«

Etliche Achtzehnstundentage, der größte Teil von Deannas Ersparnissen und ein nicht unerhebliches Maß an Frustration waren zur Verwirklichung ihres Vorhabens nötig. Weil Deanna sich nur eine einzige Woche von ihren Verpflichtungen bei der CBC freimachen konnte, verzichtete sie auf ihren Schlaf. Von

Kaffee und ihrem Ehrgeiz angetrieben, brachte sie das Projekt energisch voran. Sie traf sich mit den Werbeleuten von Marshall Fields, telefonierte mit Vertretern der verschiedensten Verbände, war stundenlang auf der Suche nach den richtigen Accessoires für die Sendung unterwegs.

Die erste Ausgabe von *Deannas Stunde* musste ja vielleicht mit einem Minimalbudget produziert werden, aber sie wollte auf keinen Fall, dass man das sah. Deanna überwachte jeden Schritt und jede Phase des Projekts. Ganz gleich, ob es ein Fehlschlag oder ein Erfolg wurde, sie wollte, dass es ihre Handschrift trug.

Sie verhandelte und feilschte, bekam ein paar Sessel dafür, dass sie werbewirksam im Fernsehen präsentiert wurden. Sie machte Versprechungen – und bekam ein paar Stunden Arbeit für die Aussicht auf eine Vollzeitstelle, falls der Demonstrationsfilm Anklang fand. Sie erbettelte sich alle möglichen Dinge, lieh sich anderes zusammen. Auf diese Weise bekam sie Blumenarrangements, technische Ausrüstungsgegenstände, Helfer und von einer Frauengruppe fünfzig Klappstühle.

Am Morgen der Aufzeichnung herrschte in dem kleinen Studio, das sie gemietet hatte, ein fürchterliches Durcheinander. Die Beleuchtungstechniker riefen sich ihre Kommandos zu und führten die letzten Einstellungen durch. Die Mannequins drängten sich in einer winzigen Garderobe zusammen und versuchten, sich genug Platz zu verschaffen, um sich umziehen zu können. Deannas Mikrofon hatte einen Kurzschluss, und der Florist lieferte anstelle der Körbe mit den Sommerblumen einen Kranz für Beerdigungen.

»In liebevollem Andenken an Milo«, las Deanna auf der Karte und gab ein kurzes, hysterisches Lachen von sich. »Herrje, sonst noch etwas?«

»Wir bringen das schon in Ordnung.« Mit einer gewissen Verzweiflung um Beherrschung ringend, gab Fran ihrer Freundin einen energischen Stoß. »Ich habe bereits Richards Neffen Vinnie losgeschickt, um Körbe zu holen. Dann müssen wir nur noch die Blumen aus dem Kranz ziehen und in die Körbe befördern. Das wird toll aussehen und es wird auch keiner merken«, meinte sie.

»Aber in weniger als einer Stunde geht es doch los!« Das Krachen eines Klappstuhls ließ sie zusammenfahren. »Wenn tatsächlich jemand von Publikum aufkreuzt, wirken wir wie die letzten Idioten.«

»Die werden schon noch kommen.« Fran fiel über die Gladiolen her. Ihre Haare standen ihr vom Kopf ab wie kleine, korkenzieherförmige Stacheln und wirkten wie ein elektrischer Heiligenschein. »Es wird schon alles klappen. Wir haben doch wirklich mit jeder Frauenvereinigung in Cook County Kontakt aufgenommen. Alle fünfzig Eintrittskarten sind weggegangen, und hätten wir ein größeres Studio gehabt, wären wir die doppelte Menge losgeworden. Mach dir also keine Sorgen.«

»Du machst dir doch ebenfalls Sorgen.«

»Zur Arbeit einer Produzentin gehört das ja auch dazu. Zieh dich jetzt um und bring deine Frisur in Ordnung. Tu so, als seist du ein Star.«

»Oh, Miss Reynolds? Deanna?« Die Modeberaterin, eine ewig lächelnde, zierliche Frau mit forschem Auftreten, winkte ihnen hinter der Bühne zu.

»Die habe ich wirklich gefressen«, meinte Deanna im Flüsterton. »Ich könnte sie umbringen.«

»Lass mir den Vortritt«, empfahl Fran. »Wenn sie jetzt noch etwas an der Reihenfolge ändern will, blase ich ihr persönlich den Marsch.«

»Oh, Deanna?«

»Ja, Karyn?« Mit einem aufgesetzten Lächeln drehte sich Deanna zu ihr um. »Was kann ich für Sie tun?«

»Ich habe da noch ein winzigkleines Problem? Die kürbisgelben Freizeitshorts?«

»Was ist damit?« Deanna knirschte mit den Zähnen. Warum musste diese Frau nur aus jedem Satz eine Frage machen?

»Monica ist einfach nicht der Typ dafür. Mir ist unklar, was ich mir überhaupt dabei gedacht habe. Meinen Sie, wir könnten noch rasch jemanden ins Lager schicken und das Gleiche in Aubergine holen lassen?«

Bevor Deanna ihren Mund öffnen konnte, schob sich Fran nach vorne. »Wissen Sie was, Karyn? Warum rufen Sie nicht selber im Lager an und lassen noch jemand mit dem Gewünschten herüberflitzen?«

»Oh, das könnte ich ja vermutlich tun, nicht wahr?«, meinte Karyn mit erstauntem Blick. »Du liebe Güte, dann muss ich mich aber beeilen. Die Sendung beginnt ja jeden Moment.«

»Wessen Idee war das eigentlich, als Thema eine Modenschau zu nehmen?«

Fran fuhr fort, den Kranz auseinanderzunehmen. »Das muss deine Idee gewesen sein. Ich hätte mir niemals etwas derart Kompliziertes ausdenken können. Jetzt mach dich fertig. Verschwitzt und mit Lockenwicklern im Haar wirst du dich nicht gerade überzeugend zu Mode äußern können.«

»Da hast du recht. Wenn ich die Sache in den Sand setze, will ich dabei doch versuchen, mich in das vorteilhafteste Licht zu bringen.«

Deannas Garderobe war nicht viel größer als ein Wandschrank, verfügte aber über Waschbecken, Toilette und Spiegel. Sie grinste, als sie den großen goldenen Stern sah, den Fran an die Tür geklebt hatte.

Er mag ja nur ein Symbol sein, aber er ist ein Symbol für mich, dachte Deanna und fuhr mit der Fingerspitze über die Folie. Jetzt würde sie sich diesen Stern verdienen müssen.

Selbst wenn alles zusammenbrach, würde sie aus den letzten drei Wochen unglaubliche Erinnerungen mitnehmen. Das Programm auf die Beine zu stellen, bedeutete die ganze Zeit Hochbetrieb und freudige Erregung; sich um die vielen Einzelheiten zu kümmern, war faszinierend und ungeheuer anstrengend zugleich. Und alles erfolgte in dem Wissen, ja in der absoluten Gewissheit, dass sie in ihrem Leben genau das und nichts anderes machen wollte. Erstaunlicherweise kam noch hinzu, dass so viele Menschen daran glaubten, sie sei dazu fähig.

Der Aufnahmeleiter von der CBC hatte ihr Tipps gegeben, Benny und etliche andere von der Produktionsleitung wertvolle Ratschläge. Joe hatte sich damit einverstanden erklärt, die Leitung des Kamerateams zu übernehmen, und hatte einige seiner Kumpel dazu überredet, ihr bei der Tontechnik und bei der Beleuchtung zu helfen. Jeff Hyatt hatte ihr angeboten, den Filmschnitt und alle graphischen Arbeiten zu machen.

Jetzt würde es sich erweisen, ob sie das in sie gesetzte Vertrauen dieser Menschen verdiente oder alles verpfuschte.

Sich innerlich mit aufmunternden Worten anfeuernd, wollte sie gerade einen Ohrring festmachen, als es an der Tür klopfte.

»Sagen Sie mir jetzt bloß nicht, dass es das Modell in Aubergine auch nicht tut und wir noch auf die Schnelle ein tomatenrotes besorgen müssen«, rief sie.

»Tut mir leid«, meinte Finn und schob die Tür auf, »aber ich bringe nichts zu essen.«

»Oh!« Begleitet von einem Fluchen, entfiel ihr der Ohrring. »Ich dachte, du bist in Moskau.«

»War ich auch.« Er lehnte sich gegen den Türpfosten, während sie den kleinen goldenen Ohrring wiederfand. »Da kann man mal sehen, was passiert, wenn ich ein paar Wochen weg bin. In der Gerüchteküche des Nachrichtenraumes kreist momentan alles nur um dich.«

»Großartig.« Während sie damit kämpfte, den Ohrring an der richtigen Stelle anzubringen, wurde ihr ganz flau. »Als ich mit dieser Sache anfing, muss ich nicht mehr ganz bei Sinnen gewesen sein.«

»Ich denke, du hattest da einen völlig klaren Kopf.« Sie sah einfach fabelhaft aus, stellte er fest. Nervös, aber gut in Schwung und bereit. »Du hast eine offene Tür gesehen und beschlossen, dort als Erste hindurchzugehen.«

»Im Moment fühlt sich die Tür eher an wie ein offenes Fenster im obersten Stockwerk.«

»Lande einfach sicher auf deinen Füßen. Worum geht es?«

»Es wird eine Modenschau mit Beteiligung des Publikums.«

Finn musste grinsen, seine Grübchen zwinkerten. »Eine Modenschau? Mit deinem Hintergrund bei den Nachrichten servierst du so seichte Kost?«

»Hierbei geht es nicht um Nachrichten.« Sie drängte sich an ihm vorbei. »Das ist Unterhaltung. So hoffe ich zumindest. Musst du nicht gerade über irgendeinen Krieg berichten?«

»Im Augenblick nicht. Ich dachte, ich bleibe einfach noch ein Weilchen hier. Dann könnte ich mit neuesten Informationen aus erster Hand wieder zurück in den Nachrichtenraum gehen. Sag mal ...« Er legte ihr eine Hand auf die Schulter, um sie ein wenig zu bremsen. »... tust du das für dich oder willst du Angela ärgern?«

»Beides.« Sie presste eine Faust auf ihren Magen und versuchte so, ihn zu beruhigen. »Aber in erster Linie geht es um mich.«

»Gut.« Er konnte die Kraft und die pulsierende Nervosität an ihrer Handfläche spüren und fragte sich, wie es wohl sein mochte, sich diese Kraft zu erschließen, wenn sie beide allein waren. »Und was ist der nächste Schritt?«

Sie sah ihn von der Seite an und zögerte. »Bleibt das unter uns?«

»Natürlich«, versicherte er ihr.

»Ein Treffen mit Barlow James. Und wenn er meine Idee gutheißt, gehe ich zu Bach.«

»Dann hast du also nicht vor, länger in der untersten Liga zu spielen.«

»Nicht mehr lange.« Sie stieß einen tiefen Seufzer aus. »Vor einer Minute war ich mir noch sicher, dass mir schlecht werden würde.« Sie warf ihre Haare zurück. »Jetzt geht es mir richtig gut!«

»Dee!« Ihren Kopfhörer festhaltend, rannte Fran den engen Flur entlang. »Der Zuschauerraum ist bis auf den letzten Platz besetzt!« Sie schnappte sich Deannas Hand und drückte sie. »Die drei Frauen, die wir aus der Historischen Gesellschaft Cook County auswählten, sind ganz aufgedreht. Sie können es gar nicht erwarten loszulegen.«

»Dann sollten wir das auch tun.«

»Okay.« Fran sah ganz elend aus. »Okay«, wiederholte sie. »Sobald du fertig bist, können wir anfangen.«

Die Einstimmung des Publikums überließ Deanna Fran, und während diese für das erste Lachen und den Applaus sorgte, stand sie direkt hinter der Bühne und lauschte. Ihre Nervosität war wie weggeblasen. Stattdessen fühlte Deanna einen Kraftausbruch in einer Stärke, dass es ihr fast unmöglich war, noch länger stillzuhalten. Getrieben von dieser Kraft, trat sie schließlich auf die Bühne und machte es sich in ihrem Sessel unter den Lampen und vor der Kamera bequem.

Die Titelmusik und die Komplimente von Richards Neffen Vinnie und einem strebsamen Musiker verklangen. Außerhalb des Bildfelds der Kamera gab Fran das Zeichen zum Applaus. Das rote Licht glomm jetzt stetig.

»Guten Morgen. Ich bin Deanna Reynolds.«

Sie wusste, dass jetzt hinter der Bühne Chaos herrschte – das hektische Umziehen, die barschen Anordnungen, die unvermeidlichen Pannen. Doch Deanna hatte das Gefühl, alles vollständig im Griff zu haben, unterhielt sich freundlich mit der forschen Karyn, die sie insgeheim verabscheute, und wanderte dann durch das Publikum, um Kommentare einzufangen, während die Mannequins über die Bühne stolzierten und die verschiedenen Modelle zur Schau stellten.

Als sie in das Kichern einer Zuschauerin über gepunktete Shorts einstimmte, hätte Deanna beinahe vergessen, dass es sich bei dem Ganzen nicht um einen Ulk, sondern einen wichtigen Schritt ihrer Karriere handelte.

Sie wirkt wie eine Frau, die ihre Freundinnen bei sich zu Gast hat, dachte Finn, während er sich hinten im Studio die Zeit vertrieb. Er verfolgte das Ganze aus einem interessanten Blickwinkel heraus, weil er eigentlich zu dem, was gerade ablief, überhaupt keinen Standpunkt hatte. Als tüchtiger Journalist betrachtete er diese Art von leichter Kost mit einem natürlichen Gefühl der Verachtung und konnte auch nicht behaupten, an dem Thema sonderlich interessiert zu sein. Doch unabhängig von Finns Vorlieben war das Publikum entzückt. Die Frauen jubelten und applaudierten, gaben ein gelegentliches »Oh!« und »Ah!« von sich und glichen dieses mit munteren Unmutsbekundungen aus, wenn eine Kombination nicht besonders gelungen war.

Vor allem aber hatten sie eine sehr gute Verbindung zu Deanna. Und auch Deanna hatte keine Schwierigkeiten, mit dem Publikum in Kontakt zu kommen, wenn sie einer Zuschauerin den Arm um die Schulter legte, Blickkontakt aufnahm oder in den Hintergrund trat, sobald sich alle Aufmerksamkeit auf die Gäste konzentrieren sollte.

Sie ist durch die Tür gegangen, stellte Finn fest und lächelte in sich hinein. Als er sich davonschlich, dachte er, es könne nicht schaden, Barlow James anzurufen und diese Tür noch ein bisschen weiter aufzuhalten.

Angela stürmte durch das hohe Wohnzimmer ihrer neuen Penthousewohnung. Ihre Absätze klickten über den Parkettboden, wurden auf dem Teppich abgedämpft und auf den Steinfliesen wieder lauter, während sie sich vom Sessel an dem in luftiger Höhe gelegenen Fenster entfernte. Sie rauchte mit schnellen, ruckartigen Bewegungen, versuchte ihre Wut zu zügeln, hatte Mühe, nicht die Beherrschung zu verlieren.

»Okay, Lew.« Etwas ruhiger geworden, blieb sie neben einem Tisch mit Säulenfuß stehen, drückte die Zigarette in einem Aschenbecher aus Kristallglas aus und verpestete den Duft der Rosen mit Rauch. »Wieso kommst du auf die Idee, ich könnte an einem kleinen selbst gemachten Demonstrationsband einer zweitklassigen Nachrichtensprecherin interessiert sein?«

Lew rutschte unbehaglich auf dem mit Samt bezogenen kleinen Sofa hin und her. »Ich dachte, du wolltest das vielleicht wissen.« Er nahm den weinerlichen Ton seiner Stimme wahr und senkte den Blick, denn er verabscheute es, unterwürfig und kriecherisch zu sein, damit für ihn noch etwas abfiel. Doch zwei Kinder, die das College besuchten, eine hohe Hypothek und die drohende Arbeitslosigkeit trieben ihn weiter. »Sie mietete ein Studio, stellte Techniker an, bat alle möglichen Leute um Gefälligkeiten. In der Nachrichtenredaktion konnte sie sich freinehmen, und so stellte sie ein fünfzig Minuten langes Programm auf die Beine, plus ein Probeband mit Ausschnitten aus früheren Sendungen.« Lew versuchte, das durch sein Magengeschwür hervorgerufene Brennen zu ignorieren. »Wie ich hörte, ist es recht gut geworden.«

»Recht gut?« Angelas höhnischer Tonfall hatte die Schärfe eines Skalpells. »Warum sollte ich mich für irgendetwas interessieren, was ›recht gut‹ ist? Warum sollte das sonst jemand tun? Immer versuchen irgendwelche Amateure, sich in den Markt zu drängen. Sie beunruhigen mich nicht.«

»Ich weiß ... ich meine, in der Redaktion erzählt man sich, dass ihr beide Streit hattet.«

»Ach ja?« Sie lächelte frostig. »Bist du den ganzen Weg von Chicago bis hierher geflogen, um mir die letzten Neuigkeiten aus der Gerüchteküche der CBC zu erzählen, Lew? Ich weiß das zwar durchaus zu schätzen, aber es kommt mir doch ein wenig extrem vor.«

»Ich dachte ...« Er holte tief Luft, um ein wenig ruhiger zu werden, fuhr sich mit der Hand durch die lichten Haare. »Ich weiß, dass du Deanna meine Stelle angeboten hast, Angela.«

»Wirklich? Hat sie dir das erzählt?«

»Nein.« Was immer an Stolz noch vorhanden war, trat jetzt an die Oberfläche, und er erwiderte ihren Blick. »Aber es ist genauso durchgesickert wie die Tatsache, dass sie dein Angebot abgelehnt hat.« Er sah das vertraute Aufblitzen in ihren Augen. »Und ich weiß nach den vielen Jahren unserer Zusammenarbeit«, sprach er hastig weiter, »dass du es bestimmt nicht gerne sehen würdest, wenn sie auch noch von deiner Großzügigkeit profitiert.«

»Wie sollte ihr das möglich sein?«

»Indem sie ihr Projekt zu einer Frage der Loyalität gegenüber dem Sender werden lässt und Barlow James anspricht.«

Jetzt hatte er ihr Interesse geweckt. Um das zu verbergen, drehte sie sich um, klappte eine emaillierte Dose auf und entnahm ihr eine Zigarette. Ihre Augen schnellten hinüber zur Bar, wo immer Champagner kühl stand. Erschreckt von der Stärke ihres Verlangens nach einem kleinen Schluck, befeuchtete sie ihre Lippen und blickte wieder weg.

»Warum sollte denn Barlow sich dafür interessieren?«

»Deannas Arbeit gefällt ihm. Das hat er bei einigen Anrufen im Sender deutlich betont. Und als er letzte Woche das Büro in Chicago aufsuchte, hat er sich sogar die Zeit genommen, sie zu treffen.«

Angela betätigte ihr Feuerzeug.

»Wie es hieß, hat er sich sogar ihr Band angesehen, und es gefiel ihm ebenfalls.«

»Dann will er also einer seiner jungen Reporterinnen wohl ein wenig schmeicheln, wie?« Angela warf den Kopf zurück, aber ihre Kehle war wie zugeschnürt, sodass der Rauch kaum hindurchdrang. Nur ein einziger Schluck, dachte sie, ein einziger, kühler, schäumender kleiner Schluck.

»Sie hat das Band an Loren Bach geschickt.«

Ganz langsam ließ Angela die Zigarette sinken, legte sie im Aschenbecher ab und ließ sie dort vor sich hinglimmen. »So ein Miststück!«, sagte sie leise. »Meint sie wirklich, sie kann mit mir konkurrieren?«

»Ich weiß nicht, ob sie sich jetzt schon so viel vorgenommen hat.« Er ließ den Gedanken ein wenig schmoren. »Ich weiß jedoch, dass einigen Zweigsendern im Mittleren Westen die Kosten deiner neuen Talkshow Kopfzerbrechen bereiten. Sie könnten gewillt sein, etwas Billigeres zu übernehmen, zumal, wenn es auch noch mehr in ihrer Nähe produziert wird.«

»Dann lass sie doch. Was immer sie gegen mich aushecken, ich werde es überleben.« Mit einem bellenden Lachen durchquerte sie das Zimmer und genoss ihre Aussicht auf New York. Sie hatte alles, was sie wollte und brauchte. Endlich, nach langem Warten, war sie jetzt die Königin, die aus ihrem hohen, uneinnehmbaren Turm auf ihre Untertanen hinabschaute. Jetzt konnte ihr keiner mehr etwas anhaben, am allerwenigsten Deanna. »Ich bin jetzt ganz oben, Lew, und da werde ich bleiben, was immer das mir auch abverlangen mag.«

»Ich kann meine Verbindungen nutzen, um herauszufinden, was Loren Bach entscheidet.«

»Schön, Lew«, murmelte sie und starrte über die Wipfel der Bäume im Central Park hinweg. »Mach das.«

»Aber ich möchte meine Stelle wieder zurückbekommen.« Seine Stimme zitterte, so viel Abscheu empfand er vor sich selbst. »Ich bin jetzt vierundfünfzig Jahre alt, Angela. In meinem Alter und so, wie die Verhältnisse momentan draußen sind, kann ich es mir einfach nicht leisten, Lebensläufe zu verschicken. Ich will einen festen Vertrag über zwei Jahre. Dann sind meine beiden Kinder mit dem College fertig, ich kann das Haus in Chicago abstoßen und mit Barbara ein kleineres Haus weiter draußen kaufen. Wir brauchen den Platz jetzt nicht mehr. Doch ich bin noch auf ein paar Jahre feste Anstellung angewiesen, um sicherzugehen, dass ich noch eine gewisse Reserve habe. Das ist doch nicht zu viel verlangt.«

»Offensichtlich hast du dir das gut durchdacht.« Angela setzte sich in den Sessel am Fenster, hob die Arme und legte sie auf die geblümten Kissen. Ganz von selbst konnte sie jetzt wieder freier atmen, und das freute sie. Der Geschmack der Macht vertrieb jedes Bedürfnis nach einem Drink.

»Ich habe für dich gute Arbeit geleistet«, erinnerte er sie.

»Und dazu bin ich auch immer noch fähig. Darüber hinaus verfüge ich in Chicago über eine Menge Kontakte zu Menschen, die im Bedarfsfall interne Informationen an mich weitergeben.«

»Einen solchen Bedarf sehe ich zwar auch zukünftig nicht, aber ...« Sie lächelte in sich hinein und dachte nach. »Ich möchte keine Möglichkeit außer Acht lassen. Und außerdem belohne ich loyales Verhalten.« Sie sah ihn prüfend an. Eine Drohne, entschied sie. Jemand, der unermüdlich für sie arbeiten würde und der genug Angst hat, um seine ethischen Grundsätze den Erfordernissen unterzuordnen. »Lew, die Stelle als Produktionsleiter kann ich dir leider nicht mehr anbieten, die ist schon weg.« Sie beobachtete, wie er blass wurde. »Doch als Regieassistent ließe sich etwas machen. Ich weiß zwar, dass das rein formal einer Zurückversetzung entspricht, aber so müssen wir das ja nicht unbedingt sehen.«

Ihr bestärkendes Lachen zeigte, dass es ihr nicht die geringste Mühe machte, ihren Abscheu vor ihm und ihren achtlosen Verrat zu vergessen. Schließlich arbeiteten sie jetzt wieder im gleichen Team zusammen.

»Ich habe mich immer auf dich verlassen können und bin froh, dass ich das auch weiterhin kann. Die Stelle ist zwar mit einer vernachlässigbaren Kürzung des Gehalts verbunden, aber dafür ist es auch New York, und das macht ja vieles wieder wett, nicht wahr?« Sie strahlte ihn an, erfreut von ihrer eigenen Großzügigkeit. »Und um dir zu zeigen, wie sehr ich dich schätze, will ich dich für meine erste Sondersendung engagieren. Wir werden einen Vertrag ausarbeiten lassen und die Sache offiziell machen. Und in der Zwischenzeit ...«, sie erhob sich, ging zu ihm und nahm mit der herzlichen, liebevollen Geste alter Freunde seine Hand in ihre Hände, »... gehst du zurück nach Chicago und regelst dort deine Angelegenheiten. Ich werde meinen Grundstücksmakler nach einem gemütlichen Platz für Barbara und dich suchen lassen. Brooklyn Heights vielleicht.« Sie stellte sich auf die Zehenspitzen und gab ihm einen Kuss. »Und du hältst die Ohren offen, mein Lieber, ja?«

»Selbstverständlich, Angela«, erwiderte er matt. »Wie du meinst.«

10

Loren Bachs Büro lag ganz oben im hochaufragenden silbernen Turm, der Delacorts Stützpunkt in Chicago beherbergte. Die Glaswände boten eine Aussicht, die weit über die wie ein Monopoly-Spielbrett wirkende Innenstadt hinausreichte. An einem klaren Tag konnte er bis in die im Dunst liegenden Ebenen Michigans sehen. Loren betonte oft und gerne, er könne über Hunderte der Sender wachen, die das Programm von Delacort verbreiteten, und über Tausende von Häusern, in denen das Programm verfolgt wurde.

Die Bürosuite war ein Spiegel seiner Persönlichkeit. Der Hauptbereich war schnittig und elegant gestaltet, ein maskuliner Raum, vorgesehen für ernsthaftes Arbeiten. Die tiefgrünen Wände und die Zierleisten aus dunklem Walnussholz erfreuten das Auge und waren der klare, ruhige Hintergrund für die glatten, modernen Möbel und die in Nischen eingelassenen Fernsehbildschirme. Er wusste, dass es manchmal nötig war, in einem Büro nicht nur Geschäfte zu machen, sondern auch Gäste zu empfangen. Als diesbezügliches Zugeständnis und um ein wenig Bequemlichkeit zu bieten, befand sich ein halbkreisförmiges weinrotes Ledersofa darin, ferner zwei gepolsterte Chromsessel und ein breiter Rauchglastisch. Der Inhalt seines bis oben gefüllten Kühlschranks sorgte dafür, dass er seinem ständigen Drang, Cola zu trinken, nachgeben konnte.

An einer der Wände hing eine ganze Reihe Fotos, die Loren

mit prominenten Persönlichkeiten zeigten, mit Stars, deren Sitcoms und Spielfilme von Delacort vertrieben wurden, mit hohen Tieren aus den Chefetagen der verschiedenen Sendernetze und Politikern. Bezeichnenderweise fehlte in dieser Zusammenstellung nur Angela Perkins.

An das Büro schloss sich ein in dramatischen Schwarzweißkontrasten gehaltener Waschraum an, den ein Whirlpool und eine Sauna vervollständigten. Dahinter lag ein kleineres Zimmer, in dem sich ein Bett, ein Fernseher mit Großbildschirm und ein Wandschrank befanden. Loren hatte nie von seiner Gewohnheit aus mageren Jahren abgelassen, lange Stunden zu arbeiten, häufig nur wenige Stunden zu schlafen und sich direkt am Arbeitsplatz umzuziehen.

Sein Refugium war jedoch ein ehemaliger Büroraum, den er mit bunten Spielautomaten vollgestopft hatte. Dort konnte er Videoschönheiten und ganze Welten retten. Elektronische Flipperautomaten mit wirbelnden Lichtern und verwirrenden Klängen sowie ein sprechender Cola-Automat machten die private Spielhalle komplett.

Jeden Morgen gewährte er sich eine Stunde, um in dem Geklingel und Gepfeife zu schwelgen, und häufig forderte er seine Mitarbeiter dazu auf, seine besten Punktergebnisse zu überbieten, was jedoch keinem gelang.

Loren Bach war auf dem Gebiet der Videospiele ein richtiger Zauberer; die Liebe zu diesen Maschinen war bereits in der Kindheit durch die Bowlingbahnen, die seinem Vater gehörten, entstanden. Am Bowling hatte Loren nie Interesse entwickelt, doch Geschäfte und das Aufblitzen der silbernen Kugel hatten ihn schon immer fasziniert.

Kaum hatte er seinen Abschluss am Massachusetts Institute of Technology in der Tasche gehabt, erweiterte er das Geschäft seines Vaters mit Spielhallen. Nebenbei machte er seine ersten spielerischen Gehversuche beim König des Videos: dem Fernsehen.

Heute, dreißig Jahre später, waren Arbeit und Spiel bei ihm nicht mehr zu trennen.

Obwohl er es zuließ, dass im Bürobereich auch ein paar dekorative Elemente zur Geltung kamen – eine Skulptur von Zorach, eine Collage von Gris –, bildete der Schreibtisch das Zentrum. Und dieser erinnerte eher an ein Steuerpult als an einen herkömmlichen Schreibtisch. Loren hatte ihn selber entworfen. Er genoss die Vorstellung, in einem Cockpit zu sitzen und über Schicksale zu entscheiden.

Der untere Teil dieses Schreibtisches enthielt keine Schubladen, sondern war mit Dutzenden von kleinen Fächern ausgestattet, ebenso einfach wie praktisch. Die Arbeitsfläche war breit und geschwungen, sodass Loren von Telefonen, Computertastaturen und Monitoren umgeben war, sobald er hinter dem Schreibtisch Platz nahm.

Mit zweiundfünfzig hatte er das unaufdringliche, ästhetische Äußere eines Mönchs mit einem langen, hageren Gesicht und schmaler Statur. Sein Verstand besaß die Schärfe eines Skalpells.

Hinter seinem Schreibtisch sitzend, betätigte er gerade einen Knopf an seiner Fernbedienung. Einer der vier Fernsehbildschirme leuchtete auf. Mit sanftem und nachdenklichem Blick nahm er einen kleinen Schluck von seiner Cola und schaute Deanna Reynolds zu.

Er hätte sich das Band auch ohne den Anruf von Barlow James angesehen, denn Loren warf zumindest einen flüchtigen Blick auf alles, was über seinen Schreibtisch wanderte. Ob er sich aber auch ohne Barlows zusätzliche Empfehlung so schnell Zeit dafür genommen hätte, war zweifelhaft.

»Attraktiv«, sprach er mit einer Stimme von der Weichheit und Kühle morgendlichen Schnees in sein Miniaturdiktiergerät. »Gute, kehlige Stimme. Auftreten vor der Kamera exzellent. Kraftvoll und begeistert. Sexy, aber nicht bedrohlich. Hat guten Kontakt zum Publikum. Fragen aus dem Drehbuch wirken nicht wie vorher festgelegt. Wer schreibt für sie? Das sollte ich herausfinden. Bei der Produktion selbst lässt sich noch einiges verbessern, insbesondere hinsichtlich der Beleuchtung.«

Er schaute sich die ganzen fünfzig Minuten an, spulte das Band gelegentlich zurück, studierte Standbilder und sprach die ganze Zeit seine kurzen Kommentare in das Diktiergerät.

Nach einem weiteren tiefen Schluck aus der Cola-Flasche lächelte er. Er hatte Angela von einer unbedeutenden lokalen Berühmtheit zu einem landesweit beachteten Phänomen aufsteigen lassen.

Und so etwas konnte er noch einmal tun!

Mit einer Hand stellte er ein Standbild von Deannas Gesicht auf dem Bildschirm ein, mit der anderen betätigte er die Sprechanlage. »Shelly, nehmen Sie bei der CBC mit Deanna Reynolds von der Nachrichtenabteilung in Chicago Kontakt auf und machen Sie einen Termin. Ich würde sie gerne so früh wie möglich hierherbitten.«

Deanna war es gewohnt, sich bezüglich ihrer äußeren Erscheinung Sorgen zu machen. Vor der Kamera zu stehen bedeutete, dass ein Teil der Arbeit sich darum drehte, gut auszusehen. Häufig legte sie ein wunderschönes Kostüm, das ihr gefiel, nur deswegen wieder weg, weil der Schnitt oder die Farbe sich nicht für das Fernsehen eigneten.

Doch sie konnte sich nicht erinnern, jemals größere Qualen bezüglich des Eindrucks, den sie machte, durchgestanden zu haben als bei der Vorbereitung auf ihr Treffen mit Loren Bach.

Sogar als sie bereits im Empfangsbereich vor seinem Büro saß, kritisierte sie sich noch im Nachhinein für ihre Entscheidungen.

Das marineblaue Kostüm, das sie gewählt hatte, war viel zu streng. Ihr Haar offen zu tragen, wirkte zu leichtfertig. Sie hätte ausgefalleneren Schmuck tragen sollen. Oder gar keinen.

Sich auf Kleidung und Frisur zu konzentrieren, war eine gewisse Hilfe. Sie wusste, dass sie in dieser Hinsicht gewöhnlich recht zimperlich war. Aber das bedeutete auch, dass sie nicht zwanghaft daran denken musste, was dieses Treffen für ihre Zukunft bedeutete.

Alles oder nichts, dachte sie, als ihr Magen sich verkrampfte.

»Mr. Bach möchte Sie jetzt sehen.«

Deanna nickte nur. Ihr schnürte sich die Kehle zu, als wäre sie in einen Schraubstock eingeklemmt. Sie hatte Angst, dass jedes Wort, das sich ihr entrang, nur noch ein Piepsen war.

Die Dame, bei der sie sich angemeldet hatte, öffnete die Türen, und Deanna trat in Lorens Büro.

Er saß hinter seinem Schreibtisch, ein dünner Mann mit schrägen Schultern und einem Gesicht, das Deanna an einen Apostel denken ließ. Sie kannte Fotos und Fernsehausschnitte von ihm und hatte ihn sich viel größer vorgestellt. Wie dumm von mir, dachte sie. Ich müsste doch nun wirklich wissen, wie sehr sich das von den Medien erzeugte Bild von der Wirklichkeit unterscheidet.

»Miss Reynolds.« Er stand auf und streckte ihr über den geschwungenen Schreibtisch hinweg seine Hand entgegen. »Schön, Sie zu sehen.«

»Danke.« Sein Händedruck war fest, freundlich und kurz. »Ich schätze es sehr, dass Sie sich die Zeit genommen haben.«

»Zeit ist mein Geschäft. Möchten Sie eine Cola?«

»Ich ...« Doch er war bereits aufgestanden und ging mit energischen Schritten zu einem großen Einbaukühlschrank hinüber. »Gern, danke.«

»Ihr Band war interessant.« Mit dem Rücken zu ihr gewandt,

öffnete er zwei Flaschen. »Ein paar Aspekte der Produktion sind noch ein wenig holprig, aber es war interessant.«

Interessant? Was bedeutete das? Mit einem steifen Lächeln nahm Deanna die Flasche entgegen. »Ich bin froh, dass Sie das meinen. Wir hatten für die Produktion nicht viel Zeit.«

»Sie hielten es nicht für nötig, sich die Zeit zu nehmen?«

»Nein. Ich war der Meinung, dass mir diese Zeit einfach nicht zur Verfügung stand.«

»Verstehe.« Loren setzte sich wieder hinter seinen Schreibtisch und nahm einen kräftigen Schluck aus der Flasche. Seine Hände waren weiß und spinnenartig, die langen, dünnen Finger ruhten nur selten. »Warum nicht?«

Deanna folgte seinem Beispiel und trank ebenfalls. »Weil auch noch viele andere zumindest auf lokaler Ebene gerne die Lücke füllen würden, die der Wegfall von Angela hinterlassen hat. Außerdem hatte ich das Gefühl, es sei wichtig, die entstandene unglückliche Situation nicht allzu lang bestehen zu lassen.«

Er war eigentlich mehr daran interessiert zu erfahren, wie ihr bisheriger Weg ausgesehen hatte. »Was würden Sie denn gerne mit einer Sendung wie *Deannas Stunde* erreichen wollen?«

»Unterhalten und informieren.« Das war jetzt viel zu schnell gewesen, dachte sie sofort. Werd etwas langsamer, Dee, warnte sie sich. Ehrlichkeit ist ja ganz nett, aber denk ein bisschen nach. »Mr. Bach, ich wollte schon seit meiner Kindheit beim Fernsehen arbeiten. Da ich keine Schauspielerin bin, konzentrierte ich mich auf die journalistische Seite. Ich bin eine gute Reporterin. Doch in den letzten paar Jahren merkte ich, dass die Arbeit für die Nachrichtenredaktion meinen Ambitionen noch nicht ganz entspricht. Ich unterhalte mich gerne mit Menschen und höre ihnen auch gerne zu – beides sind Stärken von mir.«

»Es erfordert mehr als die Fähigkeit, gut mit Menschen ins Gespräch zu kommen, um eine Sendung von einer Stunde Länge zu bestreiten.«

»Es erfordert Kenntnisse darüber, wie Fernsehen funktioniert, wie Fernsehen die Zuschauer erreicht und wie intim und mächtig dieses Medium sein kann. Und es verlangt die Fähigkeit, das Gegenüber während der Sendung vergessen zu lassen, dass er oder sie nicht nur zu mir spricht. Auch das ist eine meiner Stärken.« Sie rutschte in ihrem Sessel ein wenig nach vorne. »Als ich in der Highschool war, habe ich im Sommer bei einem örtlichen Sender in Topeka gearbeitet und während des Colleges vier Jahre lang bei einem Sender in New Haven. Bevor ich dann das erste Mal vor der Kamera stand, habe ich in Kansas City Texte für die Nachrichten geschrieben. Theoretisch arbeite ich also jetzt seit zehn Jahren beim Fernsehen.«

»Dessen bin ich mir bewusst.« Er kannte jedes Detail ihrer beruflichen Laufbahn, wollte aber seinen eigenen, direkten Eindruck von ihr gewinnen. Er schätzte es, dass sie ihren Blick und ihre Stimme ruhig hielt. Seine erste Begegnung mit Angela fiel ihm wieder ein, die ganzen sexuellen Spitzen, diese manische Energie, diese überwältigende Weiblichkeit. Deanna Reynolds war da völlig anders gestrickt.

Sie ist nicht schwächer, grübelte er, und bestimmt nicht weniger überzeugend. Einfach … anders.

»Was planen Sie denn neben Modenschauen noch für Themen zu nehmen?«

»Ich würde mich gerne auf Themen konzentrieren, die viele Zuschauer persönlich betreffen, dabei aber reißerische Themen und Schocker vermeiden.«

»Also keine rothaarigen Lesben und die Männer, die sie lieben?«

Sie entspannte sich so weit, dass sie ein Lächeln zustande

brachte. »Nein, die überlasse ich anderen. Ich stelle mir das so vor, dass sich Sendungen wie die auf dem Probeband und solche mit ernsteren Themen etwas die Waage halten, möchte das Ganze jedoch immer sehr persönlich halten und das Publikum mit einbeziehen, und zwar sowohl das im Studio als auch das zu Hause vor dem Fernseher. Mit den Schwiegereltern unter einem Dach, sexuelle Belästigungen am Arbeitsplatz, Partnerwahl im mittleren Alter wären Themen, wie sie mir vorschweben – Themen also, die sich auf die Erlebnisse und Erfahrungen des Durchschnittszuschauers beziehen.«

»Und Sie sehen sich selbst als Wortführerin dieses Durchschnittszuschauers?«

Sie lächelte wieder. An dieser Stelle konnte sie sich ganz sicher sein. »Ich *bin* die Durchschnittszuschauerin. Wenn mich eine Sondersendung im Kulturprogramm des PBS interessiert, sehe ich sie mir an. Allerdings werde ich auch überglücklich sein, mir einen Barhocker zurechtzurücken und *Ein himmlisches Vergnügen* zu verfolgen. Meine erste Tasse Kaffee am Morgen verbringe ich mit der *Chicago Times* und Kirk Brooks bei *Der fröhliche Wecker*. Und wenn ich keinen frühen Termin habe, gehe ich mit *Die Abend-Show* ins Bett, es sei denn, an jenem Abend spricht mich Arsenio mehr an.« Jetzt grinste sie und nahm einen kleinen Schluck. »Und dessen schäme ich mich nicht.«

Loren lachte und leerte seine Cola. Sie hatte ein ziemlich genaues Bild seiner eigenen Fernsehgewohnheiten gezeichnet. »Ich habe gehört, Sie hätten schwarz für Angela gearbeitet?«

»Das stimmt nicht ganz, denn meine Arbeit für Angela hatte weder die Form noch die Struktur dafür. Und ich habe von ihr dafür auch nie Geld bekommen. Es war eher eine Art Zusatzausbildung.« Deanna versuchte, sich ihre Gefühle nicht an ihrer Stimme anmerken zu lassen. »Und ich lernte eine ganze Menge von ihr.«

»Das kann ich mir vorstellen.« Loren schwieg eine Weile, dann legte er die Handflächen aneinander und fuhr fort: »Es ist kein Geheimnis, dass Delacort nicht gerade glücklich darüber ist, *Angela* verloren zu haben. Und alle, die etwas mit dieser Sache zu tun haben, werden auch wissen, dass wir ihr gegenüber nicht unbedingt Wohlwollen empfinden.« Seine Augen wirkten im Kontrast zu seiner blassen Haut dunkel wie Onyx. Ja, ein Apostel, dachte Deanna wieder, allerdings nicht einer, der fröhlich zu den römischen Löwen gegangen wäre. »Mit ihren Kenntnissen und Leistungen wird sie jedoch den Markt weiter beherrschen. Und wir sind nicht so weit, ihr mit einer anders aufgemachten Talkshow diese Spitzenposition bei den landesweit ausgestrahlten Sendungen streitig machen zu können.«

»Aber Sie können doch andere Sendungen dagegensetzen«, meinte Deanna. Loren hielt inne und runzelte die Stirn. »Treten Sie doch mit Quizsendungen, Familienserien und Wiederholungen, die hohe Einschaltquoten garantieren, gegen sie an, je nach der demographischen Struktur der jeweiligen Zuschauer.«

»Das wäre tatsächlich eine Idee. Ich hatte schon erwogen, bei ein paar Zweigsendern der CBC auszuprobieren, wie eine andere Talkshow laufen würde.«

»Mehr brauche ich auch nicht«, meinte sie ruhig, nahm dabei jedoch die Colaflasche in beide Hände, damit sie nicht wackelte. Jetzt will ich es wissen, beschloss sie. »Um anzufangen.«

Vielleicht waren es ja persönliche Gründe, grübelte Loren. Aber was macht das schon? Wenn er Deanna Reynolds dazu nutzen konnte, Angela einen kleinen Teil ihrer Zuschauer abspenstig zu machen, würde er sich auch die Unkosten leisten können. Schlug das Projekt fehl, würde er es als Erfahrung verbuchen. Aber wenn seine Rechnung aufging, wenn er Deanna so weit bringen konnte, dass die Sendung ein Erfolg wurde, würde die Befriedigung darüber die Werbeeinnahmen um ein Vielfaches an Wert übertreffen.

»Haben Sie einen Agenten, Miss Reynolds?«

»Nein.«

»Dann besorgen Sie sich einen.« Der Blick seiner dunklen milden Augen wurde durchdringender. »Es ist mir eine Freude, Sie bei Delacort willkommen heißen zu dürfen.«

»Sag es noch einmal«, verlangte Fran.

»Ein Vertrag über sechs Monate.« Ganz gleich, wie viele Male sie das laut aussprach, die Worte hatten für Deanna immer noch einen ausgesprochen fröhlichen Klang. »Wir machen die Aufnahmen hier bei der CBC, eine Sendung am Tag, fünf Tage die Woche.«

Auch nach zwei mit Verhandlungen gefüllten Wochen fühlte sich Deanna immer noch ganz benommen, als sie durch Angelas ehemaliges Büro wanderte. Außer den pastellfarbenen Wänden, dem Teppich und der Aussicht auf Chicago war dort nichts mehr geblieben, was an ihre Vorgängerin erinnerte. »Gemäß der Vereinbarung mit der CBC werde ich während der Probezeit dieses Büro und zwei andere nutzen können. Wir werden von zehn Zweigsendern im Mittelwesten übernommen und laufen live in Chicago, Dayton und Indianapolis. Bis zur Premiere im August haben wir sechs Wochen Zeit, um alles auf die Beine zu stellen.«

»Du hast es wirklich geschafft!«

Mit einem halbherzigen Lachen drehte sich Deanna wieder zu ihr um. Im Gegensatz zu Fran lächelte sie nicht, ihre Augen jedoch leuchteten. »Ich habe es wirklich geschafft!« Sie holte tief Luft und war dankbar darüber, dass von dem für Angela so typischen Duft nichts mehr in der Luft hing. »Mein Agent meinte, das Geld, das sie mir zahlen, sei ein Schlag ins Gesicht.«

Jetzt grinste sie. »Ich sagte ihm, er solle auch die andere Wange hinhalten.«

»Ein Agent.« Fran schüttelte den Kopf, wodurch ihre kleinen, wie Kuhglocken geformten Ohrringe hin und her tanzten. »Du hast einen Agenten!«

Deanna wandte sich wieder dem Fenster zu und grinste auf Chicago hinab. Sie hatte eine kleine, vor Ort sitzende Firma genommen, die sich ganz auf ihre Bedürfnisse und ihre Ziele konzentrieren konnte.

»Ich habe einen Agenten«, stimmte sie ihr zu. »Und ein Syndikat – zumindest für die nächsten sechs Monate. Ich hoffe, ich werde auch jemanden für die Produktionsleitung bekommen.«

»Meine Liebe, du weißt doch ...«

»Bevor du noch irgendetwas sagst, lass mich erst zu Ende reden.« Deanna drehte sich wieder zu ihrer Freundin um. Hinter ihr ragten die Spieße und Türme der Stadt in einen matten grauen Himmel. »Das Ganze ist ein Risiko, Fran, ein großes Risiko. Wenn es schiefgeht, sitzen wir in wenigen Monaten auf der Straße. Du hast eine feste Stelle beim *Frauengespräch* und erwartest ein Baby. Ich will nicht, dass du das aus Freundschaft gefährdest.«

»Gut, dann werde ich es nicht tun.« Fran zuckte mit den Schultern und setzte sich mangels eines anderen Sitzplatzes auf den Boden. Sie war dankbar, dass der Gummizug über ihrer sich ausdehnenden Taille so dehnbar war. »Stattdessen mache ich es aus reiner Selbstgefälligkeit. Fran Myers, Produktionsleitung. Klingt doch toll.« Sie legte die Arme um die Knie. »Wann fangen wir an?«

»Gestern.« Mit einem Lachen setzte sich Deanna neben sie und legte ihr einen Arm über die Schulter. »Wir brauchen Personal, Fran. Vielleicht kann ich ja einige von Angelas Mitarbeitern, denen gekündigt wurde oder die nicht umziehen wollten, zu uns locken. Wir brauchen Ideen für Geschichten und Leute für die entsprechenden Recherchen. Das Budget, mit dem ich arbeiten muss, ist bescheiden, daher müssen wir alles so einfach wie möglich halten.« Sie starrte auf die kahlen, pastellfarbenen Wände. »Beim nächsten Vertrag wird das Budget auf jeden Fall um einiges größer sein.«

»Zunächst brauchst du ein paar Sessel, einen Schreibtisch und ein Telefon. Als Produktionsleiterin werde ich sehen, was ich erbetteln, leihen oder stehlen kann.« Sie kam wieder hoch. »Doch als Erstes muss ich noch offiziell kündigen.«

Deanna schnappte sich ihre Hand. »Du bist dir sicher?«

»Ganz sicher. Ich habe sogar bereits mit Richard über diese Möglichkeit gesprochen, und wir sehen das so: Sollte das Projekt in sechs Monaten scheitern, stünde ich ja ohnehin kurz vor dem Mutterschaftsurlaub.« Sie tätschelte ihren Bauch und grinste. »Ich rufe dich an.« An der Tür blieb sie noch einmal kurz stehen und fügte hinzu: »Oh, und noch eines. Lass diese verdammten Wände streichen, ja?«

Dann war Deanna allein. Sie zog die Knie an und senkte den Kopf. Alles geschah viel zu schnell. Die Treffen, die Verhandlungen, die Schreibarbeiten. Sie hatte nichts dagegen, lange Stunden auf ihre Arbeit zu verwenden, dadurch blühte sie nur auf. Und dass ihre ehrgeizigen Bestrebungen Wirklichkeit wurden, führte zu einem Kraftausbruch, der an Manie grenzte. Doch hinter dieser ganzen Aufregung lauerte ein kleines und sehr kaltes Ding aus schrecklicher Angst.

Alles entwickelte sich in die richtige Richtung, und sobald sie sich erst einmal an diese neue Geschwindigkeit angepasst hatte, würde sie sich schon zurechtfinden. Und wenn sie scheiterte, würde sie einfach wieder ein paar Schritte zurückgehen und von Neuem beginnen.

Aber sie würde es nicht bereuen.

»Miss Reynolds?«

Zerstreut schaute Deanna hoch und sah Angelas Sekretärin an der Tür. »Cassie.« Mit einem wehmütigen Lächeln sah sie sich um. »Hier hat sich einiges verändert, nicht wahr?«

»Ja.« Ein kurzes Lächeln flog über Cassies Gesicht. »Ich wollte noch ein paar Sachen aus dem Vorzimmer abholen, und dachte mir, ich sage Ihnen besser Bescheid.«

»In Ordnung. Offiziell ist das hier auch erst ab nächster Woche mein Bereich.« Deanna stand auf und strich sich den Rock glatt. »Wie ich hörte, haben Sie beschlossen, nicht nach New York zu gehen.«

»Meine Familie lebt hier in Chicago. Und ich schätze, ich bin einfach durch und durch eine Frau des Mittelwestens.«

»Es ist eine raue Gegend.« Deanna bedachte sie mit einem prüfenden Blick, musterte die hübschen, kurzen Locken, die traurigen Augen. »Haben Sie schon etwas anderes gefunden?«

»Noch nicht. Allerdings habe ich schon ein paar Vorstellungsgespräche arrangiert. Eine Woche, nachdem Miss Perkins den Wechsel ankündigte, war sie schon weg. Ich habe mich noch gar nicht daran gewöhnen können.«

»Da sind Sie bestimmt nicht die Einzige.«

»Jetzt will ich Sie aber nicht länger belästigen. Ich muss auch nur ein paar Pflanzen mit nach Hause nehmen. Viel Glück mit Ihrer neuen Sendung.«

»Danke, Cassie.« Zögernd trat Deanna einen Schritt vor. »Dürfte ich Sie etwas fragen?«

»Aber natürlich.«

»Sie haben doch jetzt vier Jahre für Angela gearbeitet, nicht wahr?«

»Im September wären es vier Jahre gewesen, ja. Direkt nach meinem Abschluss an der Wirtschaftsschule begann ich als Schreibkraft bei ihr.«

»Gelegentlich ist es sogar bis zu uns in die Nachrichtenredaktion gedrungen, dass Angelas Personal nicht immer zufrieden war. Ich kann mich nicht erinnern, in dieser Hinsicht jemals etwas von Ihnen gehört zu haben. Ich fragte mich manchmal, warum das so war.«

»Ich habe für sie gearbeitet«, war Cassies einfache Antwort. »Und ich verbreite keinen Tratsch über die Menschen, für die ich arbeite.«

Deanna hob eine Augenbraue, sah Cassie mit festem Blick an. »Jetzt arbeiten Sie doch nicht mehr für sie.«

»Nein.« Cassies Tonfall wurde kühler. »Miss Reynolds, ich weiß, dass Sie beide kurz vor ihrem Weggang eine ... Auseinandersetzung hatten. Und ich verstehe, dass Sie ihr gegenüber eine gewisse Feindseligkeit empfinden. Mir wäre jedoch lieber, Sie würden mich nicht in ein Gespräch über Miss Perkins verwickeln, ganz gleich, ob es dabei um berufliche oder private Dinge geht.«

»Sind Sie jetzt loyal oder diskret?«

»Ich würde sagen, beides«, antwortete Cassie steif.

»Gut. Wie Sie wissen, will ich ein ganz ähnliches Programm auf die Beine stellen. Sie mögen sich ja von Tratsch fernhalten, aber es wird Ihnen bestimmt nicht entgangen sein, dass mein Vertrag auf eine kurze Zeit begrenzt ist. Vielleicht beschränkt er sich nur auf die ersten sechs Monate oder zehn Zweigsender.«

Cassie taute wieder ein bisschen auf. »Einige Freunde von mir arbeiten unten in der Nachrichtenredaktion. Die Belegschaft ist zu drei Vierteln der Überzeugung, dass Ihr Projekt ein Erfolg wird.«

»Schön zu wissen, aber ich denke, auch das ist eher ein Zeichen von Loyalität. Cassie, ich brauche eine Sekretärin, und würde gerne jemanden anstellen, der sich auf diese Art von Loyalität versteht und diskret und effizient zugleich sein kann.«

Das höfliche Interesse in Cassies Gesicht verwandelte sich in Überraschung. »Sie bieten mir eine Stelle an?«

»Ich werde Ihnen sicher nicht das Gleiche zahlen können wie Angela, solange … nein, *bis* die Sache läuft, und zu Beginn werden Sie wahrscheinlich viele Stunden langweiliger Arbeit investieren müssen, aber wenn Sie wollen, gehört die Stelle Ihnen. Ich hoffe, Sie überlegen es sich.«

»Miss Reynolds, Sie wissen doch gar nicht, ob ich nicht an dem beteiligt war, was Angela Ihnen angetan hat, und ihr dabei half, die ganze Sache einzufädeln.«

»Das weiß ich natürlich nicht«, erwiderte Deanna ruhig. »Aber das muss ich auch gar nicht wissen. Und ich glaube, Sie sollten mich Deanna nennen, ganz gleich, ob wir zusammenarbeiten werden oder nicht. Ich habe nicht vor, weniger effizient und organisiert zu arbeiten als Angela, doch ich hoffe, das in einem persönlicheren Rahmen zu tun.«

»Da muss ich nicht lange überlegen. Ich nehme die Stelle.«

»Gut.« Deanna reichte ihr die Hand. »Wir beginnen Montagmorgen. Ich hoffe, ich kann Ihnen bis dahin einen Schreibtisch besorgen. Ihr erster Auftrag wird darin bestehen, mir eine Liste der Personen zu machen, die Angela entlassen hat, und zu vermerken, wen wir davon brauchen könnten.«

»Simon Grimsley würde da ganz oben stehen. Und Margaret Wilson von der Zuschauerforschung, ferner Denny Sprite für die Regieassistenz.«

»Simons Telefonnummer habe ich«, murmelte Deanna und zog ihr Adressbuch hervor, um sich die anderen Nummern aufzuschreiben.

»Die anderen kann ich Ihnen auch geben.«

Als Deanna sah, wie Cassie ein dickes Buch zum Vorschein brachte und aufklappte, lachte sie. »Wir werden gut miteinander auskommen, Cassie, dessen bin ich mir sicher.«

Es fiel Deanna schwer zu glauben, dass die Nachrichtenredaktion tatsächlich hinter ihr lag, insbesondere jetzt, wo sie sich in den Schneideraum gezwängt hatte und sich eine Aufzeichnung ansah.

»Wie lang ist der Beitrag jetzt?«, fragte sie.

Jeff Hyatt, der für den Filmschnitt zuständig war, blickte auf die Digitaluhr auf der Konsole. »Eine Minute fünfundfünfzig Sekunden.«

»Verdammt, das ist immer noch zu lang. Wir müssen wohl weitere zehn Sekunden herausschneiden. Lass es noch einmal zurücklaufen, Jeff.«

Sie beugte sich in ihrem Drehsessel vor wie eine Läuferin an der Startlinie und wartete, bis er den Film wieder abfahren ließ. Der Bericht über einen vermissten Teenager, der wieder zu seinen Eltern zurückgekehrt war, musste in den vorgegebenen Zeitrahmen hineinpassen. Vom Verstand her war Deanna das klar; rein gefühlsmäßig wollte sie jedoch auf keine einzige Sekunde verzichten.

»Hier.« Jeff klopfte mit einem kompetenten Finger gegen den Bildschirm. »Diese Stelle, wo sie im Hof auf und ab gehen, könnte wegfallen.«

»Wie die Eltern sie zwischen sich genommen haben und sich an den Armen fassen, zeigt doch gerade ihre Gefühle bei diesem Wiedersehen.«

»Das gehört aber nicht zu den Nachrichten.« Er schob seine Brille hoch und lächelte entschuldigend. »Obwohl es eine schöne Szene ist.«

»Schön«, murmelte sie flüsternd.

»Außerdem wird dieses Gefühl, endlich wieder zusammen zu sein, auch in dem Teil mit dem Interview deutlich, bei dem sie alle auf der Couch sitzen.«

»Es ist einfach eine gute Szene.«

»Fehlt nur noch ein Regenbogen über ihnen.«

Deanna drehte sich um, als sie Finns Stimme hörte, und warf ihm einen finsteren Blick zu. »Ich hatte gerade keinen zur Hand.«

Trotz ihrer offensichtlichen Verärgerung kam er auf sie zu, ließ die Hände auf ihre Schultern sinken und sah sich mit den beiden die Aufzeichnung bis zum Ende an. »Ohne diese Szene ist der Beitrag eindrucksvoller, Deanna«, meinte er. »Wenn du sie diesen gemeinsamen Spaziergang machen lässt, schwächst du das Interview und die Gefühle, die du eigentlich einfangen willst, ab. Außerdem ist es ein Bericht für die Nachrichten, und nicht der Film der Woche.«

Er hatte recht, aber dadurch wurde es nur noch schwerer, es zu akzeptieren. »Nimm es raus, Jeff.«

Während Jeff das Band hin und her spulte, Schnitte machte und die Zeiten festsetzte, saß sie mit verschränkten Armen da. Das war einer ihrer letzten Beiträge für die CBC-Nachrichten, und ihr Selbstwertgefühl und ihr Stolz wollten, dass es an ihm nichts auszusetzen gab.

»Ich muss noch den Sprechertext lesen«, sagte sie und warf Finn einen vielsagenden Blick zu.

»Tu einfach so, als wäre ich nicht hier«, schlug er vor.

Als Jeff fertig war, nahm sie sich einen Augenblick Zeit, ihren Text zu studieren. Die Stoppuhr in der Hand nickte sie und begann zu lesen.

»Der schlimmste Albtraum aller Eltern fand heute Morgen sein glückliches Ende, als die sechzehnjährige Ruthanne Thompson, die seit acht Tagen vermisst wurde, wieder zu ihrer Familie in Dayton zurückkehrte …«

Die nächsten Minuten hatte sie Finn tatsächlich vergessen und arbeitete mit Jeff daran, den Beitrag zu vervollkommnen. Irgendwann bedankte sie sich bei dem Cutter und stand zufrieden auf.

»Gute Arbeit«, bemerkte Finn, als er mit ihr den Schneideraum verließ. »Der Beitrag ist solide gemacht, beschränkt sich auf das Wesentliche und spricht die Gefühle an.«

»Spricht die Gefühle an?« Sie blieb stehen und versuchte, seinen Blick aufzufangen. »Ich hätte nicht gedacht, dass das für dich überhaupt zählt.«

»Wenn es zu den Nachrichten gehört, zählt das. Wie ich hörte, beziehst du nächste Woche ein Büro weiter oben.«

»Da hast du richtig gehört.« Sie bog in den Nachrichtenraum ab.

»Gratuliere.«

»Danke, aber vielleicht wäre es besser, sich die Glückwünsche bis nach der ersten Sendung aufzusparen.«

»Ich habe das Gefühl, dass du das mit Bravour schaffen wirst.«

»Komisch, ich auch. Hier zumindest.« Sie tippte gegen den Kopf. »Mein Bauch hat allerdings seine Zweifel.«

»Vielleicht bist du ja nur hungrig.« Beiläufig wickelte er sich eine ihrer Locken um den Finger. »Wie wäre es, wenn wir essen gehen?«

»Essen gehen?«

»Ab sechs hast du doch frei. Ich habe auf deinem Plan nachgeschaut. Mein nächster Termin ist morgen früh um acht. Dann muss ich ein Flugzeug nach Kuwait erwischen.«

»Kuwait? Was ist denn da los?«

»Es grollt.« Mit einem leichten Ruck zog er an ihren Haaren. »Irgendwo grollt es immer. Was ist? Verabreden wir uns, Kansas? Ein paar Spaghetti, ein wenig Rotwein, ein nettes Gespräch.«

»Ich habe mich jetzt schon eine ganze Weile mit niemandem mehr verabredet.«

»Willst du denn immer noch, dass dieser Psychologe dein Leben kontrolliert?«

»Mit Marshall hat das nichts zu tun«, erwiderte sie kühl. Die Wahrheit sah natürlich anders aus. Und weil das so war, machte sie ein entschlossenes Gesicht und traf eine rasche Entscheidung. »Hör zu, ich esse gerne und auch gerne italienisch. Warum belassen wir es dann nicht dabei und gehen einfach essen?«

»Ich will nicht über die Bedeutung von Worten mit dir streiten. Soll ich dich um sieben abholen? Dann hast du noch Zeit genug, nach Hause zu gehen und dich umzuziehen. In dem Lokal, das ich im Kopf habe, geht es übrigens zwanglos zu.«

Sie war froh, dass sie ihn beim Wort genommen hatte. Zunächst konnte sie der Versuchung nicht widerstehen, doch ein wenig mehr Aufhebens um ihre Kleidung zu machen, aber dann hatte sie sich für eine weite Bluse und eine Freizeithose entschieden, die zum schwülen Sommerwetter passte. Der Akzent des Abends schien darauf zu liegen, sich wohlzufühlen.

Das Lokal, das er ausgesucht hatte, war ein kleines, verrauchtes Café, in dem es nach Knoblauch und Toastbrot roch. Die karierte Tischdecke hatte Brandlöcher, und die Kerben in der Holzbank wären der Tod jeder Strumpfhose gewesen.

Aus dem Hals der obligatorischen Chiantiflasche ragte ein Kerzenstummel. Finn schob die Flasche zur Seite, als sie auf ihre Sitze rutschten. »Vertrau mir. Das Lokal ist besser, als es auf den ersten Blick aussieht.«

»Es sieht doch gar nicht schlecht aus.« In der Tat empfand sie das Lokal als Wohltat. In einem Restaurant, in dem es eher wie in einer Familienküche aussah, musste eine Frau sich nicht so sehr in Acht nehmen.

Er registrierte, wie sie sich ganz allmählich entspannte. Vielleicht war das der Grund gewesen, warum er sie hierhergebracht hatte, dachte er. An diesem Ort gab es keine Oberkellnerin, die dauernd um den Tisch herumstrich, und keine ledergebundene Weinkarte.

»Bist du mit Lambrusco einverstanden?«, fragte er sie, als die mit einem T-Shirt bekleidete Kellnerin zu ihrer Sitzgruppe kam.

»Ist mir recht.«

»Bring uns eine Flasche, Janey, und einen Vorspeisenteller.«

»Gerne, Finn.«

Amüsiert stützte Deanna ihr Kinn auf die gewölbte Hand. »Kommst du oft hierher?«

»Wenn ich in der Stadt bin, vielleicht einmal in der Woche. Die Lasagne hier ist fast so gut wie meine.«

»Du kochst?«

»Wer das Essen im Restaurant satt hat, bringt sich das Kochen bei.« Seine Lippen wölbten sich kaum merklich, als er über den Tisch griff, um mit ihren Fingern zu spielen. »Ich dachte sogar zuerst daran, heute Abend für dich zu kochen, hielt es aber für unwahrscheinlich, dass du dich darauf einlassen würdest.«

»Warum?«, fragte sie und zog ihre Hände weg.

»Wenn man es richtig anfängt, kommt es beim Kochen für eine Frau mit Sicherheit zu einer sehr verführerischen Situation, und du bevorzugst es eindeutig, immer nur einen vorsichtigen, behutsamen Schritt auf einmal zu tun.« Er neigte den Kopf, als die Kellnerin mit der Flasche zurückkehrte und ihre Gläser füllte. »Habe ich damit recht?«

»Ich glaube schon.«

Er beugte sich vor und hob sein Glas. »Also, auf den ersten Schritt!«

»Ich bin mir eigentlich nicht sicher, worauf ich anstoßen soll.«

Seine dunklen und aufmerksamen Augen beobachteten sie, dann streckte er die Hand aus und strich mit dem Daumen über ihren Wangenknochen. »Doch, das bist du.«

Ihr Herzschlag geriet ins Stottern. Über sich verärgert, atmete sie langsam aus. »Finn, ich sollte vielleicht deutlich sagen, dass ich nicht daran interessiert bin, mich mit irgendjemandem einzulassen. Ich muss meine ganze Energie und sämtliche Gefühle darauf konzentrieren, dass meine Talkshow läuft.«

»Du wirkst wie eine Frau, die gefühlvoll genug ist, um auch für mich noch etwas übrigzuhaben.« Er nahm einen kleinen Schluck und warf ihr über den Rand des Glases einen forschenden Blick zu. »Warum warten wir nicht einfach ab, was sich entwickelt?«

Die Kellnerin stellte den Vorspeisenteller auf den Tisch. »Habt ihr gewählt?«

»Ich schon.« Finn lächelte wieder. »Und wie weit bist du?«

Verwirrt nahm Deanna die in Plastik gebundene Speisekarte in die Hand. Komisch, dachte sie, ich scheine nichts von dem zu verstehen, was hier steht. Das könnte genauso gut Griechisch sein. »Ich nehme Spaghetti.«

»Für mich auch.«

»Habe ich notiert.« Mit einem Zwinkern meinte die Kellnerin zu Finn: »Die White Sox haben im dritten Durchgang zwei Punkte zugelegt.«

»Die White Sox?« Fragend wölbte Deanna die Brauen, als sich die Kellnerin mit staksigem Gang entfernt hatte. »Du bist ein Fan der White Sox?«

»Ja. Interessierst du dich für Baseball?«

»Ich habe in der Little League als Spieler am 1. Mal gespielt und in meiner besten Saison ein Ergebnis von drei neununddreißig erzielt.«

»Das ist ja ein Ding.« Beeindruckt und erfreut klopfte er mit dem Daumen an seine Brust. »Ich war Spieler zwischen dem 2. und 3. Mal. In der Highschool bin ich mit der Mannschaft im ganzen Bundesstaat unterwegs gewesen, und in meiner besten Saison kam ich auf drei fünfzig.«

Bedächtig wählte sie eine Olive. »Und du bist ein Fan der Sox. Wie schade.«

»Warum?«

»Da du ein Berufskollege bist, will ich noch einmal darüber hinwegsehen. Aber wenn wir noch mal miteinander ausgehen, trage ich meine Kappe mit dem Emblem der Cubs.«

»Die Cubs.« Er schloss die Augen und stöhnte. »Und in dich hätte ich mich beinahe verliebt! Deanna, ich hielt dich eigentlich bisher für eine praktisch veranlagte Person.«

»Die Cubs werden noch ganz groß herauskommen.«

»Ja, im nächsten Jahrtausend vielleicht. Weißt du was, wenn ich wieder in Chicago bin, sehen wir uns ein Spiel an.«

Ihre Augen verengten sich. »In Corniskey oder in Wrigley?«

»Wir werfen eine Münze.«

Sie knabberte an einer kleinen Peperoni herum und genoss den Bissen. Plötzlich erstarrte ihr Lächeln. »Vielleicht könnte ich die Frauen von Baseballspielern in die Talkshow einladen – von den Cubs und von den Sox. Das Interesse des Zuschauers wäre sofort da, und alle würden Partei ergreifen. Wenn man in dieser Stadt auch nur ein Wort über Sport oder Politik verliert, kommen die Leute doch direkt in Fahrt. Und wir könnten darüber sprechen, wie es ist, mit jemandem verheiratet zu sein, der in der Saison wochenlang unterwegs ist. Wie gehen diese Frauen mit Schwächeperioden, Verletzungen und den jungen Verehrerinnen um, die die Hotels ihrer Männer umlagern?«

»He.« Finn schnippte mit den Fingern vor ihrem Gesicht, was ihr einen verwunderten Blick entlockte.

»Oh, pardon.«

»Macht nichts. Es ist richtig lehrreich, dir beim Denken zuzuschauen.« Überrascht stellte er fest, dass es ihn auch erregte. Einem Mann wie ihm kam dabei nämlich unwillkürlich die Frage, ob sie sich wohl mit der gleichen Intensität auf Sex konzentrieren würde, und natürlich auch die Hoffnung, dass das so war. »Die Idee ist gut.«

Ihr Lächeln wurde langsam immer breiter, bis es schließlich

das ganze Gesicht erstrahlen ließ. »Das wäre doch ein toller Start, oder nicht?«

Mit dem Wein in der Hand lehnte sie sich zurück. »Eine Talkshow zu machen, wird mir sehr gut gefallen. Der ganze Prozess ist ungeheuer faszinierend.«

»Und die Nachrichtensendungen waren das nicht?«

»Doch, aber das ist jetzt einfach … persönlicher und aufregender. Es ist ein richtiges Abenteuer. Hast du eigentlich so ein Gefühl, wenn du von einem Land ins andere fliegst?«

»Meistens. Ein anderer Ort, andere Leute, andere Geschichten. Es ist schwer, dabei in einen Trott zu verfallen.«

»Ich kann mir gar nicht vorstellen, dass du dir darüber Sorgen machst.«

»Manchmal passiert das auch mir. Man macht es sich gemütlich, stumpft ab.«

Gemütlich? In Kriegsgebieten, Katastrophenregionen, auf internationalen Gipfeln? Sie begriff nicht, wie das gehen sollte. »Ist das der Grund, warum du nicht in London geblieben bist?«

»Zum Teil. Wenn ich mir irgendwo nicht mehr wie ein Fremder vorkomme, weiß ich, dass es an der Zeit ist, wieder nach Hause zu fahren. Bist du schon einmal in London gewesen?«

»Nein. Wie ist diese Stadt denn?«

Es fiel ihm leicht, ihr davon zu berichten, und ihr fiel es leicht zuzuhören. Sie plauderten bei Pasta und Rotwein, bei Cappuccino und Cannoli, bis die Kerze in der Flasche neben ihnen zu tropfen begann und die Musik verstummt war. Die fehlenden Geräusche veranlassten Deanna, sich umzuschauen. Das Restaurant war fast leer.

»Es ist spät«, meinte sie überrascht nach einem Blick auf die Uhr. »Du musst in weniger als acht Stunden dein Flugzeug erwischen.«

»Das schaffe ich schon.« Dann standen sie auf und verließen

das Lokal. Draußen schwärmte Deanna: »Mit dem Essen hattest du recht. Es war einfach toll.« Doch ihr Lächeln verflog, als er die Arme ausstreckte und die Hand auf ihren Nacken legte. Dort ließ er sie liegen, versenkte seinen Blick in ihre Augen und überwand die Distanz zwischen ihnen.

Der Kuss war bedächtig, versonnen und brachte sie völlig aus dem Gleichgewicht. Von einem Mann, der mit seinen Augen ein Loch in ihren Schädel bohren konnte, hätte sie eher einen plötzlichen und heftigen Kuss erwartet. Vielleicht war das der Grund dafür, dass die zarte, träge Romantik dieses Kusses sie völlig entwaffnete.

Sie hob eine Hand an seine Schulter, aber anstatt ihn vorsichtig von sich wegzuschieben, wie sie beabsichtigt hatte, krallten ihre Finger sich fest. Ihr Herz schien einen langen, aus einer einzigen nahtlosen Bewegung bestehenden Purzelbaum zu schlagen, bevor es gegen ihre Rippen schlug.

Als ihr Mund unter seinen Lippen nachgab, intensivierte er seinen Kuss. Immer noch bedächtig, reizte er sie dazu, ihm zu antworten, bis ihre Hand von seiner Schulter hinabglitt und seine Taille umfasste.

Dutzende von Gedanken versuchten in ihrem Kopf eine klare Form anzunehmen und entglitten ihr wieder, denn da waren Hitze und Vergnügen und die unleugbare und durchaus auch bedrohliche Verheißung auf viel mehr.

Und sie wollte mehr, heftiger, als sie es bisher geahnt hatte. Wie schlicht sein Kuss auch immer beabsichtigt gewesen sein mochte, jetzt war es auch um ihn geschehen. Behutsam schob er Deanna von sich weg. Der leise, verblüffte Ton, den sie von sich gab, als sie die Augen aufschlug und verwundert dreinblickte, ließ ihn mit den Zähnen knirschen, so schnell und heftig überkam ihn ein fast schmerzhaftes Verlangen.

Für Deanna war es wichtig, standhaft zu bleiben – obwohl

sie im Augenblick dafür keinen Grund hätte nennen können. Instinktiv wich sie ein wenig zurück.

»Was sollte das denn?«

»Du meinst, wenn wir vom Offensichtlichen einmal absehen?« Die Frage hätte ihn amüsieren sollen. »Ich dachte, wenn wir das hier hinter uns gebracht haben, würdest du nicht mehr dauernd darüber nachdenken, was geschehen könnte, sollte oder würde, wenn ich dich zu mir nach Hause mitnehme.«

»Verstehe.« Sie merkte, dass ihre Handtasche auf den Boden gefallen war und bückte sich, um sie wieder aufzuheben. »Aber nicht jeder Aspekt meines Lebens wird von mir durchgeplant wie ein Hintergrundbericht für die Nachrichten.«

»Doch, das wird er.« Er strich mit einem Finger über ihre glühenden Wangen. Das Verlangen, mehr von ihr zu kosten, stieg in ihm hoch. »Aber das macht mir nichts. Betrachte es einfach als Vorspann. Mit dem eigentlichen Artikel beschäftigen wir uns, wenn ich wieder zurück bin.«

II

Ende Juli hatte Deanna einen lockeren Stab von Mitarbeitern zusammen. Neben Fran und Simon waren das Margaret für die Zuschauerforschung und jemand, der sich um Engagements und Sendetermine kümmerte und unter der Aufsicht von Cassie stand. Immer noch bestand dringender Bedarf an Helfern, die mit anpacken oder Ideen beisteuern konnten – und an einem Budget, das es erlaubte, diese zu bezahlen.

Die technische Seite der Produktion stand und war erstklassig. Auf einem der endlosen Treffen, denen Deanna beiwohnte, war man übereingekommen, Studio B mit vollem Personal zu besetzen und für eine aufwendige Beleuchtung zu sorgen.

Deanna musste ihnen jetzt nur noch etwas für die Produktion liefern.

Vorübergehend hatte sie zwei Schreibtische in Angelas früheres Büro gestellt, einen für sich und den anderen für Fran. Die beiden teilten die Arbeit unter sich auf und sammelten Ideen.

»Die ersten acht Folgen haben bereits feste Sendetermine.« Mit einer Schreibunterlage in der Hand lief Fran durch das Büro. »Cassie kümmert sich um den Transport und die Unterbringung der Gäste und leistet wirklich gute Arbeit, Dee. Allerdings hat sie viel zu viel zu tun.«

»Ich weiß.« Deanna rieb sich die trockenen, brennenden Augen und kämpfte darum, einen klaren Kopf zu bekommen. »Wir brauchen einen Regieassistenten und noch einen weiteren

Mitarbeiter für die Zuschauerbefragung, ferner jemanden, der für alle anfallenden einfacheren Arbeiten zuständig ist. Wenn wir das erste Dutzend Folgen im Kasten haben, sind wir vielleicht über den Berg.«

»In der Zwischenzeit wirst du bestimmt nicht genug Schlaf bekommen.«

»Auch wenn ich die Zeit dazu hätte, wäre ich gar nicht in der Lage dazu.« Deanna griff nach dem klingelnden Telefon. »Mein Magen ist ständig in Aufruhr, mein Verstand kommt gar nicht mehr zur Ruhe. Reynolds«, sagte sie in den Hörer. »Nein, das habe ich nicht vergessen.« Sie blinzelte auf die Uhr. »In einer Stunde. Ja.« Leise seufzend lauschte sie weiter. »In Ordnung, sag ihnen, sie sollen die Garderobe hochschicken. Ich wähle mir dann die passenden Sachen aus und bin in dreißig Minuten unten und mache mich zurecht. Danke.«

»Ein Fototermin?«, erinnerte sich Fran.

»Und die Aufnahmen für die Programmankündigungen. Ich kann Delacort wahrlich nicht beschuldigen, bei der Werbung zu knausern und auf billige Effekte zu setzen, aber eigentlich habe ich gar nicht die Zeit für diese Dinge. Wir müssen eine Versammlung des Produktionsstabs einberufen und die telefonischen und schriftlichen Reaktionen auf unser Projekt durchgehen.«

»Das setze ich auf vier Uhr.« Fran grinste. »Warte nur, bis du einige der Zuschriften gelesen hast. Margarets Idee, man sollte frühere Ehemänner einfach abknallen wie einen räudigen Hund, ist zum Schreien.«

Deannas Lächeln wirkte etwas gezwungen. »Dieses Thema haben wir doch etwas abgemildert, oder nicht?«

»Ja. Es lautete hinterher ›Warum Ihr Ex-Ehemann ihr Ex ist‹. Das klingt harmlos genug, einige der Zuschriften zu diesem Thema waren es jedoch nicht. Von ernsten Missbrauchsfällen bis zu Männern, die im Spülbecken in der Küche Maschinenteile waschen, war alles dabei. Für diese Folge brauchen wir einen Experten. Mir schwebt dabei aber eher ein Rechtsanwalt denn ein Eheberater vor. Scheidungsanwälte haben wunderbare Geschichten zu diesem Thema auf Lager, und Richard verfügt über jede Menge entsprechender Kontakte.«

»Okay, aber ...« Deanna unterbrach sich, als ein Gestell mit Kleidern durch die Tür gerollt wurde. »Komm, Fran, hilf mir beim Aussuchen.« Hinter den Kostümen und Kleidern lugte ein Kopf hervor. »Oh, hallo, Jeff! Haben sie dich jetzt dazu verdonnert, Botengänge durchzuführen?«

»Ich wollte ohnehin einmal eine Gelegenheit haben, hochzukommen und mir den Betrieb hier anzusehen.« Mit einem scheuen Lächeln blickte sich Jeff um. »Wir unterstützen dich unten nach besten Kräften.«

»Danke. Wie geht es denn der Belegschaft in der Nachrichtenredaktion? Ich hatte jetzt seit Tagen keine Möglichkeit, mich dort einmal blicken zu lassen.«

»Ganz gut. Die Hitze treibt die Verrückten auf die Straße und es gibt jede Menge heißer Stories.« Er schaukelte am Gestell und traf keine Anstalten zu gehen, während Deanna begann, den Kleiderbestand zu begutachten. »Deanna, weißt du, ich fragte mich, ob du vielleicht hier oben eine freie Stelle hast für jemanden, der alles übernimmt, was so ansteht, ans Telefon geht ... na, du weißt schon.«

Deanna hielt inne und legte die Hand auf einen karmesinroten Blazer. »Meinst du das ernst?«

»Ich weiß, dass du Leute hast, die schon solche Arbeiten gemacht haben. Aber eigentlich habe ich immer schon bei dieser Art von Programm mitmischen wollen, und so dachte ich ... na ja, du weißt schon.«

»Wann kannst du anfangen?«

Er wirkte verwirrt. »Ich ...«

»Es ist mir ernst damit. Wir suchen tatsächlich dringend jemanden, der ein wenig von allem kann. Von deiner Arbeit unten weiß ich, dass das bei dir der Fall ist. Und deine Fähigkeiten als Cutter sind für uns von unschätzbarem Wert. Die Bezahlung ist zwar lausig und die Stunden werden zunächst kein Ende nehmen, aber wenn du es bei uns als Regieassistent versuchen willst – mit der damit verbundenen Anerkennung und so viel Kaffee wie du trinken kannst –, bist du engagiert.«

»Ich werde unten sofort kündigen«, meinte Jeff mit einem mehr als breiten Grinsen. »Vielleicht muss ich noch ein oder zwei Wochen arbeiten, aber meine ganze übrige Zeit kann ich dir zur Verfügung stellen.«

»Herrgott, Fran, wir haben wirklich einen Helden gefunden.« Deanna nahm ihn an den Schultern und gab ihm einen Kuss auf die Wange. »Willkommen im Tollhaus, Jeff. Sag Cassie, sie soll dich schon mal für eine Zwangsjacke vorbereiten.«

»Okay.« Errötend und lachend zog sich Jeff aus dem Büro zurück. »Toll.«

Fran zog ein pflaumenfarbenes Kostüm hervor und hielt es Deanna hin. »Ein Mann für alles, was anfällt?«

»Einer der besten. Jeff schafft dir einen Riesenberg Schreibarbeiten schneller weg, als der Biber einen Baum fällt. Und er behält wirklich alles im Kopf. Frag ihn, welcher Film 1956 preisgekrönt wurde, und er weiß es. Was war der Aufmacher der Zehn-Uhr-Nachrichten von Dienstag letzter Woche? Er nennt ihn dir. Das rote hier gefällt mir.«

»Für die Programmankündigungen ist das okay«, stimmte ihr Fran zu, »für die Einzelaufnahmen aber nicht. Was macht Jeff eigentlich unten?«

»Er ist Assistent des Cutters und verfasst Texte.« Deanna zog ein sonnengelbes Kleid mit runden, fuchsienfarbigen Knöpfen hervor. »Er ist einfach gut, verlässlich wie der Sonnenaufgang.«

»Solange er lange arbeitet und nicht viel kostet.«

»Das wird sich ändern.« Ihr Blick trübte sich, als sie das Modell, das Fran als Nächstes für sie ausgewählt hatte, vor sich hochhielt. »Ich weiß, wie viel hier jeder investiert. Nicht nur an Zeit. Und ich werde zusehen, dass die Talkshow ein Erfolg wird.«

Um ihre Chancen dafür zu erhöhen, gab Deanna Interviews – für Zeitungen und Zeitschriften, in Radio und Fernsehen. Sie erschien im *Mittagsmagazin* und ließ sich von Roger interviewen. Sie nahm sich zwei Tage Zeit und besuchte alle Zweigsender, die sie mit dem Auto erreichen konnte; mit allen anderen sprach sie persönlich am Telefon.

Sie überwachte jedes Detail bei der Gestaltung des Bühnenaufbaus, vertiefte sich in Zeitungsausschnitte, um Ideen für die Sendungen zu bekommen, und verbrachte Stunden damit, sich einen Überblick über die Reaktionen der eingeladenen Studiogäste auf ihre Angebote zu verschaffen.

Für Geselligkeit blieb dabei nur wenig Zeit, was sicherlich einen guten Vorwand bot, Finn aus dem Weg zu gehen. Sie hatte es ernst gemeint, als sie ihm gesagt hatte, sie wolle sich nicht mit ihm einlassen. Weder emotional noch beruflich konnte sie sich das leisten, fand sie. Wie hätte sie auch noch ihrem Urteilsvermögen trauen können, wenn sie so bereitwillig Marshall ihr Vertrauen geschenkt hatte?

Doch Finn Riley konnte man nicht so leicht aus dem Weg gehen. Er kam in ihrem Büro vorbei, besuchte sie in ihrer Wohnung. Häufig hatte er eine Pizza zum Mittagessen oder weiße Kartons mit chinesischem Essen bei sich. Es war schwer, etwas gegen seine beiläufige Bemerkung einzuwenden, sie müsse ja schließlich irgendwann essen. In einem schwachen Moment willigte sie ein, mit ihm ins Kino zu gehen. Und sie merkte, dass sie genauso entzückt war und sich genauso unbehaglich fühlte wie zuvor.

»Loren Bach auf Apparat eins«, teilte Cassie ihr mit.

Es war noch keine neun Uhr, aber Deanna saß bereits an ihrem Schreibtisch. »Guten Morgen, Loren.«

»Noch fünf Tage«, meinte er fröhlich. »Wie läuft es denn so?«

»Auf Hochtouren. Die ganze Publicity hat hier in der Stadt ein starkes Interesse hervorgerufen. Ich glaube nicht, dass wir Probleme haben werden, das Studio zu füllen.«

»Sie stoßen auch an der Ostküste auf Interesse. Im *National Enquirer* gibt es einen netten, pikanten Artikel nach dem Motto ›Was Sie immer schon über Talkshows wissen wollten‹. Raten Sie mal, wer dabei die große Aufklärerin spielt?«

»Verdammt. Wie schlimm ist er?«

»Ich faxe Ihnen den Artikel zu. Immerhin haben sie Ihren Namen richtig geschrieben. Da ich unsere Heldin recht gut kenne, kann ich sagen, dass sie es war, die diesen kleinen Leckerbissen vom Stapel gelassen hat. Das Ganze hört sich an, als ob sie Sie von der Straße aufgelesen hätte, die große Schwester und Mentorin spielte und man ihr jetzt als Lohn für ihre ganze Großzügigkeit in den Rücken fällt.«

»Immerhin wird nicht behauptet, ich wäre von einem Raumschiff aus in ihren Vorgarten gefallen.«

»Das kommt vielleicht das nächste Mal. In der Zwischenzeit wird landesweit immer wieder über Sie geschrieben werden. Und ob Angela es weiß oder nicht, Ihr Name wird auf eine Weise mit ihrem eigenen in Verbindung gebracht, dass die Leute neugierig werden. Ich denke, dass man uns dadurch noch mehr Beachtung schenken wird, vielleicht mit einem Schlusswort im *Entertainment Weekly* oder einem satirischen Artikel im *Variety*.«

»Na, großartig.«

»Deanna, Sie werden erst dann gegen die Boulevardpresse angehen können, wenn Sie über den entsprechenden Einfluss verfügen. Im Augenblick sollten Sie diese Artikel einfach als freie Meinungsäußerungen ansehen.«

»Für die ich mich bei Angela bedanken kann.«

»Wie mir zu Ohren gekommen ist, trifft sie gerade vertragliche Vereinbarungen über eine Autobiographie, die sie schreiben will. Auch dort könnten Sie ihr ein Kapitel wert sein.«

»Na, das wird ja noch aufregend.« Als sich Deanna zurücklehnte, quietschte ihr Sessel, was sie daran erinnerte, dass sie vergessen hatte, die Federn zu ölen. Sie beugte sich wieder vor und fügte das der immer länger werdenden Liste mit Erledigungen, die auf einer Ecke ihres Schreibtisches lag, hinzu. »Ich hoffe, Sie sind damit einverstanden, dass ich mich jetzt einfach darauf konzentriere, die erste Sendung auf die Beine zu stellen. Gedanken darüber, wie ich mich bei Angela für ihre Großzügigkeit erkenntlich zeigen kann, mache ich mir später.«

»Deanna, sehen Sie einfach nur zu, dass Ihre Sendung ein Erfolg wird. Das reicht. Und jetzt sollten wir zur Sache kommen.«

Zwanzig Minuten später legte sie auf. Hinter ihren Augen brauten sich gerade Kopfschmerzen zusammen. Was hatte sie nur jemals veranlasst zu glauben, sie hätte einen besonders guten Blick für Details? fragte sich Deanna. Und was hatte sie jemals veranlasst zu glauben, sie wollte die Verantwortung auf sich nehmen, eine Talkshow zu leiten?

»Deanna?« Cassie kam mit einem Tablett herein. »Ich dachte mir, Sie möchten vielleicht einen Kaffee.«

»Na, Sie können ja wirklich Gedanken lesen.« Deanna schob die Papiere beiseite, um Platz für die Kanne zu machen. »Haben Sie auch Zeit für einen Kaffee? Vielleicht sollten wir kurz auftanken, bevor der Rest der Termine für heute auf uns einstürmt.«

»Ich habe schon zwei Tassen mitgebracht.« Sie goss beide ein, bevor sie in einem Sessel Platz nahm. »Wollen Sie sich noch einmal durchlesen, was heute alles für Sie auf der Tagesordnung steht?«

»Lieber nicht.« Der erste Schluck des heißen schwarzen Kaffees entfaltete seine Wirkung und brachte ihren Kreislauf auf Trab. »Die ist schon auf meiner Stirn eingraviert. Haben wir für die Frauen der Baseballspieler nach der Sendung ein Mittagessen organisiert?«

»Simon und Fran werden als Gastgeber fungieren. Die Reservierungen wurden bestätigt. Und Jeff hatte die nette Idee, die Frauen im Künstlerzimmer mit ein paar Rosen zu empfangen. Das wollte ich aber Ihnen überlassen.«

»Der gute alte Jeff. Das ist eine hervorragende Idee. Lassen Sie uns doch noch in jeden Strauß Karten mit einem persönlichen Dankeschön vom Stab stecken.« Nach einem weiteren Schluck presste Deanna die Hand auf ihren nervösen Magen. »Herrje, Cassie, ich habe wirklich eine panische Angst.« Sie stellte die Tasse beiseite, holte tief Luft, wurde wieder ein wenig ruhiger, beugte sich vor. »Ich will Ihnen eine Frage stellen und möchte wirklich, dass Sie mir die bittere Wahrheit sagen, ja? Nehmen Sie keine Rücksicht auf meine Gefühle und versuchen Sie nicht, mir unbegründeterweise Mut zu machen.«

»In Ordnung.« Cassie legte ihren Stenoblock auf den Schoß. »Schießen Sie los.«

»Sie haben doch lange Zeit für Angela gearbeitet und kennen sich wahrscheinlich mit dem, worauf es bei einer Talkshow ankommt, genauso gut aus wie jeder Produzent oder Regisseur. Sie könnten auch bestimmt etwas darüber sagen, warum Ihrer Meinung nach *Angela* so gut läuft. Ich würde von Ihnen gerne erfahren, ob Sie aufrichtig glauben, dass wir mit unserer Sendung ebenfalls Aussicht auf Erfolg haben.«

»Sie wollen wissen, ob wir *Deannas Stunde* zu einer Sendung machen können, die sich mit anderen Sendungen messen kann?«

»Nicht einmal das«, meinte Deanna und schüttelte den Kopf. »Können wir das erste halbe Dutzend Sendungen hinter uns bringen, ohne derart ausgelacht zu werden, dass wir die Sache aufgeben müssen?«

»Die Antwort fällt nicht schwer. Übernächste Woche wird überall über *Deannas Stunde* geredet werden, was noch mehr Menschen veranlassen wird, die Sendung einzuschalten, um zu sehen, was davon zu halten ist. Und die Talkshow wird ihnen gefallen, weil Sie ihnen gefallen.« Cassie lachte leise in sich hinein, als sie Deannas Gesichtsausdruck sah. »Und das sage ich jetzt nicht, weil ich denke, dass Sie das hören wollen. Tatsache ist, dass der Durchschnittszuschauer die Arbeit, die hinter einer solchen Show steckt und bewirkt, dass alles gut aussieht und glattläuft, weder sieht noch zu würdigen weiß. Die Zuschauer wissen nicht, wie viele Stunden oder wie viel Schweiß das alles gekostet hat. Sie jedoch wissen das und arbeiten daher umso härter. Je härter Sie selbst arbeiten, umso härter arbeiten auch alle anderen. Denn Sie machen etwas, das Angela nie tat und vermutlich auch nie tun könnte: Sie geben uns das Gefühl, wichtig zu sein. Und das macht einen Riesenunterschied. Vielleicht führt das nicht direkt zu Spitzenwerten bei den Einschaltquoten, aber bei uns haben Sie dadurch einen Stein im Brett. Und darauf kommt es letztlich an.«

»Darauf kommt es tatsächlich an«, meinte Deanna nach einer Weile. »Danke.«

»Wenn die Show in einigen Monaten gut läuft und das Budget aufgestockt wird, komme ich wieder und werde Ihnen ein wenig nach dem Munde reden.« Sie grinste. »Und Sie auf eine Gehaltserhöhung ansprechen.«

»Sollte das Budget jemals aufgestockt werden, bekommen alle

eine Gehaltserhöhung.« Deanna pustete gegen ihren Pony. »In der Zwischenzeit muss ich mich eben auch um die Aufnahmen für die Programmankündigungen in den Zweigsendern kümmern.«

»Sie brauchen einen Werbeleiter.«

»Und noch einen Aufnahmeleiter und ein paar Regieassistenten. Aber bis zu diesem glücklichen Tag werde ich selbst deren Aufgaben übernehmen. Sind die Zeitungen schon gekommen?«

»Ich habe sie an Margaret weitergegeben. Sie wird sie nach Ideen durchsehen und alles Brauchbare ausschneiden.«

»Schön. Versuchen Sie, mir die Zeitungsausschnitte bis zum Mittagessen hereinzubringen. Für die zweite Septemberwoche sollten wir uns ein richtig heißes Thema vornehmen. Bach sagte mir gerade, dass wir dann in drei Städten gegen die Herbstpremiere einer neuen Quizsendung antreten müssen.«

»Das wird schon klappen. Ach, Ihr Termin um drei mit Captain Queeg ist übrigens auf halb vier gelegt worden.«

»Captain ... oh, Ryce.« Ohne sich die Mühe zu machen, ihr Lächeln zu verbergen, schrieb sich Deanna die Änderung in ihren Terminkalender. »Ich weiß, er ist ein wenig exzentrisch.«

»Und ziemlich arrogant.«

»Stimmt«, pflichtete ihr Deanna bei. »Aber er ist ein guter Regisseur, und wir können von Glück sagen, ihn in diesen ersten Wochen bei uns zu haben.«

»Wenn Sie meinen.« Cassie brach auf, zögerte dann jedoch und drehte sich noch einmal um. »Deanna, ich wusste nicht recht, ob ich es ansprechen sollte, aber dann hielt ich es doch nicht für korrekt, damit anzufangen, Ihre Anrufe zu zensieren.«

»Worum geht es denn?«

»Um Dr. Pike. Er rief an, als Sie mit Mr. Bach sprachen.«

Nachdenklich legte Deanna ihren Stift beiseite. »Wenn er zurückruft, stellen Sie ihn durch. Ich kümmere mich schon darum.«

»Okay. Huch!« Um nicht mit Finn zusammenzustoßen, trat Cassie einen Schritt zurück. »Guten Morgen, Mr. Riley.«

»Hallo, Cassie! Ich brauche einen kurzen Termin bei dem Boss.«

»Sie steht Ihnen zur Verfügung.« Mit diesen Worten schloss Cassie die Tür hinter sich.

»Finn, tut mir leid, aber ich versinke in Arbeit.« Sie war jedoch nicht schnell genug, seinem Kuss auszuweichen, als er den Schreibtisch umrundet hatte. Eigentlich war sie sich auch gar nicht so sicher, ob sie das wirklich wollte.

»Ich weiß. Aber ich habe selbst nicht lange Zeit.«

»Was ist denn?« Die Aufregung in seinen Augen war ihr nicht entgangen, auch um ihn herum schien es förmlich Funken zu sprühen. »Eine ziemlich dicke Sache, stimmt's?«

»Ich bin auf meinem Weg zum Flughafen. Der Irak ist gerade in Kuwait einmarschiert.«

»Was?« Der Adrenalinstoß einer Reporterin ließ sie hochfahren. »Mein Gott.«

»Ein blitzartiger, massiver Überfall mit Panzern, unterstützt von Hubschraubern. Ich stehe in Kontakt mit ein paar Leuten auf einem Militärstützpunkt in North Carolina, die ich vor einigen Monaten während der Kämpfe um den Flughafen Tocumen in Panama kennengelernt habe. So wie es aussieht, wird zunächst diplomatischer und wirtschaftlicher Druck ausgeübt, aber dann werden mit ziemlicher Wahrscheinlichkeit Truppen eingesetzt. Wenn mein Instinkt mich nicht trügt, wird das eine ganze große Sache.«

»In dieser Region kommt es wirklich dauernd zu bewaffneten Auseinandersetzungen.« Ermattet setzte sie sich auf die Armlehne ihres Sessels.

»Es geht um Land, Kansas, um Öl und um die Ehre.« Er zog sie hoch, nahm ihre Haare in die Hand, schob sie aus ihrem Gesicht. Er wollte sie jetzt einmal richtig lange anschauen – und musste sich eingestehen, dass er gar nicht anders konnte. »Wenn wir tatsächlich Truppen schicken, bin ich vielleicht eine ganze Weile fort.«

Blass bemühte sie sich, wieder ruhig zu werden. »Man nimmt an, dass er über Atomwaffen verfügt, nicht wahr? Und mit Sicherheit hat er Zugang zu chemischen Waffen.«

Unbekümmert ließ er seine Grübchen aufblitzen. »Hast du Angst um mich?«

»Ich fragte mich nur gerade, ob du neben dem Kamerateam auch eine Gasmaske mitnimmst.« Sich ein wenig albern vorkommend, wich sie einen Schritt von ihm zurück. »Ich werde auf deine Berichte achten.«

»Mach das. Schade, dass ich deine Premiere verpasse.«

»Das ist nicht so schlimm.« Sie brachte ein Lächeln zustande. »Ich schicke dir ein Band mit der Aufzeichnung.«

Er spielte mit einer ihrer Haarsträhnen. »Du weißt ja, eigentlich ziehe ich jetzt in den Krieg, ganz wie in den alten Filmen: ›Mein Schiff läuft jetzt aus, mein Schatz, und wer weiß, was die Zukunft bringen wird‹.« Er lächelte sie hoffnungsvoll an. »Vermutlich kann ich dich jedoch nicht davon überzeugen, die Tür dort abzuschließen und mir einen denkwürdigen Abschied zu bereiten.«

Sie befürchtete, dass er das sehr wohl konnte. »Mit ein paar alten, müden Zeilen kriegst du mich jedenfalls nicht rum. Außerdem weiß doch jeder, dass Finn Riley mit seiner Story aus allem heil herauskommt.«

»Einen Versuch war es jedenfalls wert.« Ungeachtet seiner Worte schlang er ihr seine Arme um die Hüften. »Dann gib mir zumindest etwas, das ich in die Wüste mitnehmen kann. Wie ich hörte, wird es dort nachts recht kalt.«

Ein Teil von ihr hatte Angst, ein anderer Teil sehnte es sich herbei. Auf beides hörend, nahm sie ihn in die Arme. »Okay, Riley, dann erinnere dich an das hier.«

Das erste Mal presste sie ohne zu zögern ihre Lippen auf seinen Mund, und als sich ihr Mund für ihn öffnete, war mehr da als dieses rasche, vertraute Beben, mehr als dieser schleichende, zermürbende Schmerz, den sie so sehr zu leugnen versuchte. Ja, sie hatte das Bedürfnis, es auszukosten, in sich aufzunehmen und seltsamerweise auch das Bedürfnis, Freude zu bereiten.

Als der Kuss heftiger wurde, ließ sie es zu, dass sie alles andere vergaß und nur noch fühlte.

Sie nahm seinen Geruch wahr. Er roch nach Seife und ganz schwach nach sauberem Schweiß. Seine Haare waren weich und voll und schienen ihre Finger dazu aufzufordern, durch sie hindurchzufahren und sich an ihnen festzuhalten. Als sein Mund ungestümer wurde und sie sein leises vergnügtes Aufstöhnen hörte, reagierte sie darauf, ohne noch auf irgendetwas anderes zu achten, gesellte ihre Zunge zu seiner, biss in seine Lippe, um dem Vergnügen den dunklen, erregenden Reiz des Schmerzes hinzuzufügen.

Sie hatte den Eindruck, dass er zitterte, hatte aber nicht länger den Willen, ihn zu besänftigen.

»Deanna.« Rücksichtslos ließ er seinen Mund über ihr Gesicht wandern, ihren Hals entlang, wo ihre Ader wie heftiger Flügelschlag pulsierte. »Mach das noch mal.«

Seine Lippen pressten sich wieder auf ihren Mund, nahmen den Geschmack, die Wärme in sich auf. Schwankend wich er so weit von ihr zurück, dass er seine Stirn gegen ihre lehnen konnte, und hielt sie noch einen kurzen Augenblick fest. Selten war er sich bei einer Frau so sicher gewesen.

»Verdammt«, flüsterte er. »Ich werde dich vermissen.«

»Das war eigentlich nicht der Sinn der Sache.«

»Zu spät.« Er hob den Kopf, strich mit den Lippen über ihre Stirn. »Sobald wie möglich rufe ich an.« Kaum hatte er das gesagt, wurde er sich bewusst, dass er das noch nie zuvor jemandem versprochen hatte. Die Verpflichtung, die er damit stillschweigend eingegangen war, ließ ihn noch weiter zurückweichen und veranlasste ihn, die Hände in seinen Hosentaschen in Sicherheit zu bringen. »Viel Glück für nächste Woche.«

»Danke.« Auch sie trat jetzt einen Schritt zurück, sodass sie sich gegenseitig maßen wie zwei Boxer nach einer Runde im Ring, die das Blut in Wallung gebracht hatte. »Ich weiß, dass es sinnlos ist, das zu sagen, aber sei vorsichtig.«

»Mir wird schon nichts passieren«, meinte er mit einem schnellen und verwegenen Grinsen. »Und das ist noch wichtiger.« Er ging zur Tür. Die Hand am Türgriff, blieb er noch einmal stehen. »Hör zu, Deanna, wenn zufälligerweise dieses Arschloch von Psychologe bei dir zurückrufen sollte ...«

»Du hast mich belauscht.«

»Natürlich habe ich das. Immerhin bin ich Reporter. Doch wie dem auch sei, wenn er zurückruft, erteile ihm eine Abfuhr, ja? Ich will nicht gezwungen sein, ihn umzubringen.«

Sie lächelte, doch dann verflog ihr Lächeln. Irgendetwas in Finns Blick sagte ihr, dass er es ernst meinte. »Es ist albern, so etwas zu sagen. Zufälligerweise bin ich nicht an Marshall interessiert, aber ...«

»Sein Glück.« Er tippte mit dem Finger an seine Stirn, um sich zu verabschieden. »Bleib bei Laune, Kansas. Ich komme wieder.«

»Arroganter Idiot«, murmelte Deanna. Als ihre Augen zu brennen begannen, drehte sie sich um und starrte hinaus auf Chicago. Auf der anderen Seite der Welt gab es jetzt vielleicht Krieg, dachte sie, als ihr die ersten Tränen kamen. Und hier galt es, eine Talkshow zu produzieren.

Wieso in aller Welt verliebte sie sich da?

»Okay, Dee, wir sind jetzt ungefähr so weit für deinen Auftritt.« Fran flitzte zurück in die Garderobe. »Vom Publikum sind alle da.«

»Toll.« Ohne etwas zu sehen, starrte Deanna weiter in den Spiegel, während Marcie ihrer Frisur den letzten Schliff gab. »Einfach toll.«

»Sie tragen Kappen von den Cubs und T-Shirts von den White Sox. Einige haben sogar Fahnen mitgebracht, die sie herumschwenken. Ich kann dir versichern, die sind richtig in Fahrt.«

»Bestens.«

In sich hineinlächelnd, blickte Fran auf ihre Schreibunterlage. »Die sechs Ehefrauen sind im Künstlerzimmer. Sie kommen bestens miteinander klar. Simon ist gerade bei ihnen und geht noch einmal die Sendung durch.«

»Ich habe mich vorhin schon bei ihnen vorgestellt«, meinte Deanna mit monotoner Stimme. Sie konnte spüren, dass die Übelkeit wie eine Flutwelle immer näher kam. »O Gott, Fran, ich glaube wirklich, mir wird schlecht.«

»Nein, dazu hast du jetzt keine Zeit mehr. Marcie, Deannas Frisur ist sagenhaft. Vielleicht kannst du mir ja später noch ein paar Tipps zu meinen Haaren geben. Und jetzt komm, Champion!« Mit einem Ruck zog Fran ihre Freundin vom Stuhl hoch. »Du musst jetzt hinausgehen, das Publikum anfeuern und für dich gewinnen.«

»Ich hätte das marineblaue Kostüm anziehen sollen«, meinte Deanna, als Fran sie mit sich zerrte. »Dieses orange-kiwifarbene ist einfach zu viel des Guten.«

»Es ist wunderbar – strahlend und jung. Genau die richtige Mischung. Du wirkst hip, aber nicht so, als ob du jeden Trend mitmachst, freundlich, aber nicht schlicht. Und jetzt pass mal gut auf!« Mitten im Durcheinander hinter der Bühne fasste

Fran Deanna vertraulich an den Schultern. »Nur für diesen Augenblick haben wir doch alle die letzten Monate geschuftet – und du hast über Jahre hinweg darauf hingearbeitet. Jetzt geh hinaus und lass sie dich in ihr Herz schließen.«

»Ich denke sowieso die ganze Zeit an nichts anderes. Aber was soll ich nur tun, wenn es zu einer Schlägerei kommt? Du weißt doch, wie fanatisch die Fans der Sox und der Cubs sein können. Was ist, wenn mir keine Fragen mehr einfallen oder ich die vielen Menschen nicht in den Griff kriege? Wenn mich jemand fragt, warum ich eine dumme Talkshow über Baseball mache, während wir Truppen in den Nahen Osten schicken?«

»Erstens wird keiner eine Schlägerei anfangen, weil sie alle viel zu viel Spaß an der Sache haben. Zweitens bist du nie um Fragen verlegen und hast bisher noch jeden Haufen unter Kontrolle bekommen. Und schließlich machst du diese Talkshow über Baseball, weil die Menschen unterhalten werden wollen, und zwar ganz besonders in Zeiten wie dieser. Und jetzt reiß dich zusammen, Reynolds, und geh an deine Arbeit.«

»In Ordnung.« Sie holte tief Luft. »Bist du sicher, dass mit meinem Äußeren alles okay ist?«

»Geh jetzt!«

»Ich gehe ja schon.«

»Deanna.«

Überrascht drehte sie sich um. Erbost sah sie, dass direkt hinter ihr Marshall stand. Frans wütendes Fauchen ließ sie einen Schritt nach vorne treten. »Was machst du denn hier?«

Sein Lächeln wirkte unbeschwert, doch sein Blick zeigte sein Bedauern. »Ich wollte dir Glück wünschen, und zwar persönlich.« Er hielt ihr einen Strauß rosa Rosen hin. »Ich bin sehr stolz auf dich.«

Sie machte keine Anstalten, nach den Blumen zu greifen, sondern hielt ihre Augen auf der gleichen Höhe wie seine. »Dass du mir Glück wünschst, kann ich akzeptieren. Dass du stolz bist, ist deine Sache. Doch leider ist hier hinten nur für Personal Zutritt.«

Ganz langsam ließ er die Blumen sinken. »Ich wusste nicht, dass du so hart sein kannst.«

»Wie es scheint, haben wir uns getäuscht. Ich muss jetzt eine Sendung machen, Marshall, doch ich nehme mir einen Moment Zeit, um dir noch einmal zu sagen, dass ich nicht wünsche, irgendeine Form von Beziehung zu dir wiederaufzunehmen. Simon?«, rief sie, ohne ihren Blick von Marshall abzuwenden. »Zeig Dr. Pike den Weg zum Ausgang, ja? Er scheint sich hier verlaufen zu haben.«

»Ich kenne den Weg«, meinte er mit zusammengebissenen Zähnen und ließ die Rosen auf den Boden fallen. Es erinnerte sie daran, dass sie vor einiger Zeit einen ganz ähnlichen Strauß hatte fallen lassen. Bei dem Duft der Rosen drehte sich ihr der Magen um. »So leicht lasse ich mich nicht immer wegschicken.«

Mit diesen Worten stolzierte er davon; ein nervöser Simon wich ihm nicht von den Fersen. Deanna erlaubt sich einen langen, beruhigenden Atemzug.

»Dieser Kriecher«, murmelte Fran und legte Deanna unwillkürlich eine Hand auf die Schulter, um dort die Spannung zu verringern. »So ein Scheißkerl! Kreuzt hier direkt vor einer Livesendung auf! Ist mit dir alles in Ordnung?«

»Ja.« Deanna schüttelte die Wut von sich ab. In der nächsten Stunde stand für sie viel zu viel auf dem Spiel, als dass sie sich hätte gehen lassen können. »Mir geht es gut.« Sie ging los, nahm unterwegs das Handmikrofon von Jeff entgegen.

Jeff lächelte breit, als er Deanna beobachtete. »Hals- und Beinbruch, Deanna!«

Sie straffte die Schultern. »Wahrscheinlich breche ich mir beide Beine.« Dann trat sie auf die Bühne und lächelte ein Meer von Gesichtern an. »Hallo! Danke, dass Sie alle gekommen sind. Ich bin Deanna. In etwa fünf Minuten werden wir mit dieser Sendung loslegen. Ich hoffe, Sie werden mir dabei ein wenig helfen, denn ich mache das hier jetzt zum ersten Mal.«

»Leg schon das verdammte Band ein.« Angela saß in ihrem pompösen Büro in New York, drückte ihre Zigarette aus, zündete sich aber sofort die nächste an.

»Ich bin ein ziemliches Risiko eingegangen, um an eine Kopie der Aufzeichnung heranzukommen«, meinte Lew zu ihr, als er die Kassette in den Videorecorder schob.

»Das sagtest du bereits.« Und sie konnte es nicht mehr hören. Außerdem war ihr aus Angst vor dem, was sie vielleicht in den nächsten paar Minuten auf dem Bildschirm zu sehen bekam, sowieso schon ganz schlecht. »Jetzt spiel es endlich ab, verdammt noch mal!«

Er drückte auf die Play-Taste und trat zurück. Mit zusammengekniffenen Augen lauschte Angela auf die Titelmusik. Klingt viel zu sehr nach Rockmusik, stellte sie mit einem affektierten Lächeln fest. Dem Durchschnittszuschauer würde das nicht gefallen. Jetzt kam der Schwenk über das Studiopublikum – Menschen mit Baseballkappen, die applaudierten und Fahnen schwenkten. Konservative Mittelschicht, fand sie, und lehnte sich gemütlich zurück.

Sie würde schon nichts zu befürchten haben, beruhigte sie sich.

»Willkommen bei *Deannas Stunde.*« Die Kamera zeigte eine Nahaufnahme von Deannas Gesicht, das bedächtige, warme Lächeln, den Anflug von Nervosität im Blick. »Heute bei uns zu Gast hier in Chicago sind sechs Frauen, die alles wissen, was es über Baseball zu wissen gibt.«

Sie hat eine Heidenangst, dachte Angela erfreut. Wenn sie es bis zum ersten Werbeblock schafft, wird sie sich glücklich schätzen können. In Erwartung dieser Demütigung erlaubte sich Angela, Deanna zu bedauern. Wer wusste besser als sie, was es bedeutete, diesem erbarmungslosen Glasauge gegenüberzustehen? dachte sie mit einem leisen, mitfühlenden Seufzer.

Sie hatte sich viel zu viel vorgenommen und wollte es viel zu schnell durchziehen, merkte Angela. Das würde eine harte Lektion für sie werden, aber auch eine gesunde. Und wenn Deanna versagte – was sicher der Fall sein würde – und auf der Suche nach Hilfe an ihre Tür klopfte, würde sie genug Güte und Versöhnlichkeit aufbringen, um ihr eine zweite Chance zu geben, beschloss Angela.

Doch Deanna schaffte es bis zum Werbeblock und leitete unter Applaus in die Unterbrechung über. Nach den ersten fünfzehn Minuten war der angenehme Geschmack hämischen Mitgefühls in Angelas Hals bitter geworden.

Wortlos verfolgte sie die Sendung bis zum Abspann.

»Schalte es ab«, befahl sie Lew in barschem Ton, stand auf und ging zur Bar hinüber. Doch anstatt sich wie sonst ein Mineralwasser zu holen, griff sie nach einer halb gefüllten Flasche Champagner und füllte ein Glas. »Das ist ohne jede Bedeutung«, meinte sie halb zu sich selbst. »Es war eine mittelmäßige Talkshow, die nur minimalen Anklang finden wird.«

»Die Reaktion der Zweigsender war positiv.« Den Rücken ihr zugewandt, entnahm Lew dem Recorder die Videokassette.

»Eine Handvoll Sender im staubigen Mittelwesten?« Sie trank in schnellen Schlucken, ihre Lippen verhärteten sich. »Meinst du denn, das würde mich beunruhigen? Glaubst du, so etwas liefe in New York? Und entscheidend ist, was hier ankommt. Weißt du, wie viel Prozent der Zuschauer letzte Woche meine Sendung gesehen haben?«

»Ja.« Lew legte das Band beiseite und ließ sich auf das Spiel ein. »Du brauchst dir keine Sorgen zu machen, Angela. Du bist die Beste, und jeder weiß das.«

»Da hast du verdammt recht, ich bin tatsächlich die Beste. Und wenn erst einmal während der im November stattfindenden Marktanalysen meine Sondersendung zur Hauptsendezeit läuft, wird man mir allmählich den Respekt entgegenbringen, den ich verdient habe.« Mit einer Grimasse leerte sie ihr Glas. Mittlerweile war dies nicht mehr der Geschmack, bei dem sie feierte, sondern der, der die vielen kleinen Eisbeutel ihrer Angst zum Schmelzen brachte. »Das Geld habe ich immerhin schon bekommen.« Wieder gefestigter drehte sie sich um. Sie konnte es sich doch leisten, großzügig zu sein. »Wir werden Deanna ihren großen Moment nicht streitig machen. Warum auch? Sie wird nicht bestehen. Lass mir das Band hier, Lew.« Angela ging zu ihrem Schreibtisch zurück, setzte sich hin und lächelte. »Und bitte meine Sekretärin hereinzukommen. Ich habe Arbeit für sie.«

Als Angela allein war, drehte sie ihren Sessel herum und begutachtete die Aussicht von ihrem neuen Zuhause. New York würde mehr als nur einen Star aus ihr machen, dachte sie. Diese Stadt würde ihr zu einem eigenen kleinen Imperium verhelfen.

»Ja, Miss Perkins.«

»Cassie ... verdammt noch mal, Lorraine.« Angela wirbelte herum und warf ihrer neuen Sekretärin einen wütenden Blick zu. Sie hasste es, neue Angestellte einzuarbeiten, konnte es nicht ausstehen, dass von ihr erwartet wurde, sich ihre Namen und ihre Gesichter zu merken. Alle erwarteten immer viel zu viel von ihr. »Holen Sie mir Beeker ans Telefon. Wenn Sie ihn nicht erreichen, hinterlassen Sie ihm auf seinem Anrufbeantworter eine Nachricht. Ich will, dass er mich zurückruft, und zwar so bald wie möglich.«

»Ja. Ma'am.«

»Das ist alles.« Angela warf einen Blick auf den Champagner und schüttelte den Kopf. O nein, in diese Falle würde sie nicht tappen. Sie war nicht ihre Mutter. Sie brauchte keinen Alkohol, um durch den Tag zu kommen, und hatte das noch nie gebraucht. Aktiv zu werden, war das Gebot der Stunde. Sobald sie Beeker Dampf gemacht und ihn dazu gebracht hatte, tiefer und intensiver nach irgendetwas zu graben, mit dem man Deanna Reynolds schaden konnte, würde sie alle Hände voll zu tun haben.

Teil zwei

»Jeder Ruhm ist gefährlich.«

Thomas Fuller

12

Unter einer glühenden Sonne, die jedem Regen, dem Pflanzenleben und dem Menschen zum Feind wird, kocht der Treibsand in der Wüste Saudi-Arabiens.« Finn tat sein Bestes, um nicht in die Kamera zu blinzeln, während diese Sonne erbarmungslos auf ihn herunterbrannte. Er trug ein oliv-sandfarbenes T-Shirt, eine Khakihose und einen ausgeblichenen Tropenhut. »Sandstürme, unerbittliche Hitze und Luftspiegelungen gehören in dieser lebensfeindlichen Umwelt zum Alltag. In diese Welt sind nun die Truppen der Vereinigten Staaten vorgedrungen, um im Sand eine Grenze zu ziehen.

Drei Monate ist es jetzt her, seit die ersten Männer und Frauen der Streitkräfte im Rahmen der Operation Wüstenschild hier stationiert wurden. Mit der für Amerikaner typischen Effizienz und Findigkeit passen sich diese Soldaten an ihre neue Umgebung an oder passen in manchen Fällen auch ihre neue Umgebung ihren Bedürfnissen an. Eine Holzkiste, ein Styroporeinsatz und das Gebläse einer Klimaanlage ...«, Finn legte seine Hand auf eine große Lattenkiste, »... und schon haben ein paar fleißige GIs einen improvisierten Kühlschrank geschaffen, der sie beim Kampf mit Temperaturen von über fünfzig Grad im Schatten unterstützt. Und da die Langeweile hier ein genauso tückischer Feind wie das Klima ist, verbringen die Soldaten ihre Freizeit mit dem Lesen der Post aus der Heimat, tauschen die wenigen kostbaren

Zeitungen, die durch die Zensur gelangt sind, untereinander aus und veranstalten Eidechsenrennen. Doch die Post ist lange unterwegs, und die Tage wollen kein Ende nehmen. Während in der Heimat mit Paraden und Picknicks gerade der Jahrestag des Waffenstillstands gefeiert wird, gehen die Männer und Frauen der Operation Wüstenschild ihrer Arbeit nach und warten ab.

Finn Riley aus Saudi-Arabien für die CBC.«

Als das rote Licht verlosch, nahm Finn die Sonnenbrille von seinem Gürtel und setzte sie wieder auf. Hinter ihm standen eine F-15C sowie Männer und Frauen in Wüstenanzügen. »Von ein wenig Kartoffelsalat und einer Blaskapelle wäre ich jetzt hellauf begeistert, Curt. Was ist mit dir?«

Sein Kameramann, dessen schwarze Haut durch eine Schicht aus Schweiß und Sonnenschutz wie polierter Marmor glänzte, verdrehte die Augen. »Die selbst gemachte Limonade meiner Mutter, und zwar ein Fünfliterbehälter, das wäre es!«

»Ein kaltes Bier.«

»Pfirsicheis und ein langer, träger Kuss von Whitney Houston.«

»Hör auf, du bringst mich noch um.« Finn nahm einen großen Schluck aus der Wasserflasche. Das Wasser hatte einen metallischen Geschmack und war viel zu warm, aber immerhin spülte es den Sand aus der Kehle. »Schauen wir mal, wovon wir noch Aufnahmen machen dürfen, und dann versuchen wir ein paar Interviews zu kriegen.«

»Sie werden uns nicht allzu viele geben«, murrte Curt.

»Wir nehmen, was wir kriegen können.«

Stunden später zog sich Finn in der vergleichsweise komfortablen Unterkunft eines saudiarabischen Hotels splitternackt aus. Die Dusche wusch die Schichten aus Sand und Schweiß ab, die sich jetzt in zwei Tagen und Nächten in der Wüste gebildet hatten. Er hatte eine süße, fast romantische Sehnsucht nach dem heftigen Geruch und Geschmack eines amerikanischen Bieres, gab sich aber mit einem Orangensaft zufrieden und streckte sich auf dem Bett aus. Kühl, nackt, still und erschöpft lag er mit geschlossenen Augen da, tastete nach dem Telefon und begann mit dem komplizierten und oft frustrierenden Prozess eines Anrufs in den Vereinigten Staaten.

Das Klingeln des Telefons riss Deanna aus dem Tiefschlaf. Mit ihren ersten wirren Gedanken vermutete sie, irgendjemand habe sich wieder verwählt, wahrscheinlich derselbe Idiot, der sie am Abend aus einem beruhigenden Bad gerissen hatte, nur um ohne Entschuldigung wieder aufzulegen. Ziemlich schlecht gelaunt fischte sie nach dem Telefon.

»Reynolds.«

»Das muss jetzt bei dir halb sechs morgens sein.« Finn hielt die Augen weiter geschlossen und lächelte über den rauen Klang ihrer Stimme. »Entschuldige.«

»Finn?« Den Schlaf abschüttelnd, schob sich Deanna im Bett hoch und tastete nach dem Lichtschalter. »Wo bist du?«

»Ich erfreue mich der Gastfreundschaft unserer saudiarabischen Gastgeber. Hast du heute Wassermelonen gegessen?«

»Wie bitte?«

»Wassermelonen. Die Sonne hier ist ganz schön heftig, besonders um zehn Uhr morgens. Und da habe ich begonnen, über Wassermelonen zu phantasieren. Curt spornte mich noch an, und dann begann das ganze Team, sich selbst zu quälen. Eis im Hörnchen, Minzjuleps, kalte Brathähnchen.«

»Finn«, fragte Deanna langsam, »geht es dir gut?«

»Ich bin ziemlich erschöpft.« Er rieb sich mit der Hand über das Gesicht, um sich wachzuhalten. »Wir waren ein paar Tage draußen in der Wüste. Das Essen ist beschissen, die Hitze noch schlimmer und erst die verdammten Fliegen ... an die will ich besser gar nicht denken. Ich bin jetzt seit dreißig Stunden auf den Beinen, Kansas, und ein wenig durcheinander.«

»Du solltest ein bisschen schlafen.«

»Erzähl mir was.«

»Ich habe einige deiner Berichte gesehen«, begann sie. »Der eine über die Geiseln, die Hussein ›Gäste‹ nannte, hat mich sehr beeindruckt. Und der aus dem Luftwaffenstützpunkt in Saudi-Arabien ebenfalls.«

»Nein, erzähl mir, was du gemacht hast.«

»Heute hatten wir eine Sendung zum Thema Einkaufszwang. Einer der Gäste bleibt jede Nacht wach, schaut sich im Fernsehen das Programm eines der Einkaufskanäle an und bestellt alles, was ihm auf dem Bildschirm angeboten wird. Nachdem er ein Dutzend elektronischer Flohhalsbänder bestellt hatte, schnitt seine Frau das Antennenkabel durch. Die beiden haben nämlich gar keinen Hund.«

Finn musste lachen, und das hatte sie gehofft. »Das Band von dir habe ich bekommen. Es ist eine Weile hin und her geschickt worden, daher hat es eine Weile gedauert. Das Team und ich haben es uns angeschaut. Du sahst gut aus.«

»Ich fühlte mich auch gut. Ein paar Sender in Indiana haben uns ebenfalls übernommen und am Spätnachmittag ins Programm gesetzt. Wir treten gegen irgendeine Familienserie an. Mal schauen, wie es wird.«

»Jetzt sag mir, dass du mich vermisst.«

Sie antwortete nicht direkt darauf und ertappte sich dabei, dass sie das Telefonkabel um ihre Hand wickelte. »Ich glaube, hin und wieder vermisse ich dich.«

»Und jetzt in diesem Augenblick?«

»Ja.«

»Wenn ich wiederkomme, möchte ich, dass du mit mir in mein Blockhaus fährst.«

»Finn ...«

»Ich will dir das Angeln beibringen.«

»Ach ja?« Sie konnte sich eines Lächelns nicht erwehren. »Wirklich?«

»Ich glaube, mit einer Frau, die nicht weiß, wie herum sie die Angelrute halten muss, sollte ich mir nichts Ernsthaftes vornehmen. Behalt das im Kopf. Wir bleiben in Verbindung.«

»Okay. Finn?«

»Hmmmm?«

Sie merkte, dass er fast eingeschlafen war. »Ich, ach, ich schicke dir noch ein Band.«

»Okay. Bis dann.«

Bevor er zu schnarchen begann, schaffte er es gerade noch aufzulegen.

Immer wieder hörte man Neues über die Entwicklungen am Golf: Eskalation der Feindseligkeiten, Verhandlungen über die Freilassung der Geiseln, die nach den Befürchtungen vieler als menschliche Schutzschilde dienen sollten, der Pariser Gipfel und der Besuch der US-Truppen durch den Präsidenten am Erntedankfest. Ende November wurde über die UN-Resolution 678 abgestimmt. Ein Militäreinsatz zur Vertreibung der Iraker aus Kuwait wurde gebilligt, und Saddam wurde ein Ultimatum gestellt, das am 15. Januar ablaufen sollte.

An der Heimatfront flatterten gelbe Bänder an Autoantennen und Verandageländern, zwischen denen Stechpalmen- und Efeuzweige steckten. Amerika traf Vorbereitungen für das Weihnachtsfest – und auf den Krieg.

»Dieses Spielzeug soll Ihnen nicht nur zeigen, was dieses Jahr zu Weihnachten bei den Kindern besonders gefragt ist, sondern auch demonstrieren, was als besonders sicher gelten darf.«

Deanna blickte von ihren Notizen hoch und kniff die Augen zusammen, als sie zu Fran hinüberschaute. »Ist mit dir alles in Ordnung?«

»Aber sicher.« Fran verzog das Gesicht und verlagerte ihren mittlerweile recht beträchtlichen Bauch. »Für jemanden, der dauernd das Gefühl hat, ihm sitzt ein kleiner Lieferwagen auf der Blase, geht es mir hervorragend.«

»Du solltest nach Hause gehen und die Beine hochlegen. In weniger als zwei Monaten ist es doch so weit.«

»Zu Hause würde ich durchdrehen. Außerdem bist du doch diejenige, die erschöpft sein müsste, wo du doch die halbe Nacht lang auf dem Wohltätigkeitsball angeregte Gespräche geführt hast.«

»Das gehört zu meinem Job«, meinte Deanna geistesabwesend. »Und wie Loren bereits ausführte, habe ich etliche Kontakte geknüpft und auch eine recht gute Presse bekommen.«

»Mmmm. Und ungefähr fünf Stunden lang geschlafen.« Fran fummelte an einem Spielzeugkaninchen herum, das mit den Ohren wackelte und ein quietschendes Geräusch von sich gab, wenn sie es auf den Bauch drückte. »Meinst du, Big Ed würde das hier gefallen?«

Deanna zog die Brauen hoch und musterte Frans Bauch, in dem ›Big Ed‹, wie das Baby genannt wurde, sprunghaft an Größe zu gewinnen schien. »Du hast doch bereits zwei Dutzend Stofftiere im Kinderzimmer.«

»Mit deinem über einen halben Meter großen Teddybär hast du den Grundstock dazu gelegt.« Das Kaninchen beiseitelegend, wühlte Fran in dem auf dem Fußboden des Büros verstreuten Spielzeug herum und entschied sich schließlich für eine kampfesmüde GI-Figur. »Warum zum Teufel wollen sie nur immer Soldat spielen?«

»Das ist eine der Fragen, die wir unserem Experten stellen werden. Hast du irgendetwas von Dave gehört?«

Fran versuchte, sich möglichst wenig Sorgen wegen ihres Stiefbruders zu machen, der als Mitglied der Nationalgarde gerade am Persischen Golf weilte. »Ja. Er hat die Kiste, die wir ihm geschickt haben, erhalten. Die Comics waren ein Volltreffer. Huch!« Mit einem Geräusch zwischen Lachen und Keuchen drückte sie eine Hand gegen den Bauch. »Big Ed hat gerade mit seinen Füßen einen Treffer gelandet.«

»Will Richard dem Baby wirklich einen Helm der Bears kaufen?«

»Das hat er bereits getan. Was mich daran erinnert, dass wir in diese Sendung unbedingt die Frage nach der Prägung der Geschlechter hineinnehmen sollten: Wie halten Eltern und die Gesellschaft als Ganzes Stereotypen aufrecht, indem sie bestimmte Dinge nur für Jungen ...« Sie schwenkte die GI-Figur. »... und andere Dinge nur für Mädchen kaufen.« Sie stieß mit dem Fuß gegen eine Barbiepuppe.

»Ballettschuhe für Mädchen, Footballschuhe für Jungen.«

»Was dazu führt, dass irgendwann die Mädchen am Spielfeldrand Pompons schütteln und die Jungen sich auf dem Platz ins Getümmel stürzen.«

»Was dann wiederum zur Folge hat, dass Männer in der Firma die Entscheidungen treffen und Frauen den Kaffee servieren«, ergänzte Deanna.

»Herrgott, bin ich schon auf dem besten Wege, bei diesem Kind alles falsch zu machen?« Fran stemmte sich aus ihrem Sessel hoch und lief nervös im Büro hin und her, was durch ihren Watschelgang ziemlich drollig aussah. »Ich hätte mich nicht darauf einlassen sollen. Am besten wäre es gewesen, wir hätten das zunächst bei einem jungen Hund geübt. Jetzt bin ich bald für einen anderen Menschen verantwortlich und habe bisher noch nicht einmal einen Sparfonds für das College eingerichtet.«

In den letzten Wochen hatte sich Deanna an Frans Gefühlsausbrüche gewöhnt. Sie lehnte sich zurück und lächelte. »Spielen die Hormone wieder verrückt?«

»Und ob! Ich werde jetzt einmal nach Simon suchen und die Einschaltquoten von letzter Woche überprüfen – und dabei so tun, als sei ich ein ganz normaler, gesunder Mensch.«

»Danach gehst du aber nach Hause«, drängte Deanna. »Iss eine Tüte Kekse und schau dir im Kabelfernsehen einen alten Film an.«

»Okay. Ich schicke dir Jeff, damit er die Spielsachen abholt und nach unten ins Studio bringt.«

Dann war Deanna allein. Sie lehnte sich zurück und schloss die Augen. Nicht nur Fran war in diesen Tagen gereizt, beim gesamten Stab lagen die Nerven bloß. Entweder wurde in sechs Wochen der Vertrag mit Delacort über *Deannas Stunde* verlängert oder sie waren alle arbeitslos.

Die Einschaltquoten waren zwar ganz langsam gestiegen, aber genügte das? Sie wusste, dass sie alles in die Show steckte, was sie zu geben hatte, und dazu das, was sich sonst noch an Zeit herausschinden ließ, in Public Relations und Presseveranstaltungen investierte, auf denen Loren bestand. Doch war auch das genug?

Die Testphase war jetzt fast vorüber, und wenn Delacort beschloss, die Show abzusetzen …

Voller Unruhe stand sie wieder auf und drehte sich zum Fenster um. Sie fragte sich, ob auch Angela wohl jemals hier oben gestanden und sich mit Sorgen um etwas so Grundlegendes wie einem einzigen Prozentpunkt bei den Einschaltquoten abgequält haben mochte. Hatte auch sie gespürt, wie das Gewicht der Verantwortung schwer auf den Schultern lastete – Verantwortung für die Sendung, den Mitarbeiterstab, die Werbetreibenden? War sie deswegen so hart geworden?

Deanna rollte ihre verspannten Schultern. Nicht nur ihre Karriere würde zusammenbrechen, wenn die Talkshow wieder aus dem Programm gestrichen wurde, dachte sie. Sechs andere Menschen hatten ebenfalls ihre Zeit, ihre Kraft und, ja, ihr Selbstwertgefühl in dieses Produkt investiert – sechs andere Menschen, die Familie hatten und ihre Hypotheken, Raten für die Autos und Zahnarztrechnungen bezahlen mussten.

»Deanna?«

»Ja, Jeff. Wir müssen diese ganzen Spielsachen nach unten …« Der Satz verlor sich, als sie sich umdrehte und ihr Blick auf eine über zwei Meter große Plastikfichte fiel. »Wo in aller Welt hast du denn die her?«

»Oh, die habe ich aus einem Lagerraum mitgenommen.« Jeff trat hinter dem Baum hervor, seine Wangen glühten vor Nervosität und körperlicher Anstrengung. Ganz langsam glitt seine Brille über den Nasenrücken nach unten. Seine Jungenhaftigkeit hatte etwas Liebenswertes. »Ich dachte, die gefällt dir vielleicht.«

Lachend begutachtete Deanna den Baum. Mit seinen nach unten hängenden Plastikzweigen und der giftgrünen Farbe, die unmöglich jemand für natürlich halten konnte, war er eher ein Bild des Jammers. Sie sah Jeffs Grinsen und lachte erneut. »Dieser Baum ist genau das, was ich brauche. Komm, wir stellen ihn vor das Fenster.«

»Da unten kam er mir ein wenig einsam vor.« Jeff stellte ihn genau vor die Mitte der Fensterscheibe. »Ich dachte, mit ein bisschen Schmuck …«

»Mitgenommen hast du ihn also.«

Er zuckte mit den Achseln. »In diesem Gebäude gibt es eine Menge Sachen, die seit Jahren kein Mensch mehr benutzt – oder gesehen hat. Ein paar elektrische Kerzen und ein paar Kugeln, und er wird großartig aussehen.«

»Und viele gelbe Bänder«, meinte sie und dachte an Finn. »Danke, Jeff.«

»Alles wird gut werden, Deanna.« Er legte ihr eine Hand auf die Schulter, drückte sie kurz und scheu. »Mach dir nicht so viele Sorgen.«

»Du hast recht.« Sie legte ihre Hand auf seine. »Du hast völlig recht. Wir sollten den Rest des Teams hochholen und dieses Schätzchen hier schmücken.«

Die Weihnachtsferien hindurch arbeitete Deanna mit dem hell erleuchteten Plastikbaum im Rücken. Indem sie mit ihren Terminen wahre Jongleurakte zustande brachte und drei Achtzehnstundentage einlegte, verschaffte sie sich während der Feiertage die Zeit für eine hektische vierundzwanzigstündige Reise zu ihren Eltern. Mit dem letzten Flugzeug des zweiten Weihnachtsfeiertages kehrte sie in das bitterkalte Chicago zurück.

Schwer beladen mit Gepäck, Geschenken und Keksen aus Topeka schloss sie die Wohnungstür auf. Ihr Blick fiel als Erstes auf den schlichten weißen Briefumschlag, der direkt hinter der Tür auf dem kleinen Teppich lag. Beklommen stellte sie die Taschen beiseite. Es überraschte sie nicht, im Umschlag ein Blatt Papier zu finden oder die mit dunkelroter Farbe getippten Sätze zu sehen.

Frohe Weihnachten, Deanna.
Ich liebe es, dir jeden Tag zuzusehen.
Ich liebe es, dir zuzusehen.
Ich liebe dich.

Sonderbar, dachte sie, doch wenn sie sich an einige der bizarren Briefe erinnerte, die ihr seit August unter die Augen gekommen waren, kam ihr dieser ziemlich harmlos vor. Sie stopfte das Blatt Papier in die Tasche und hatte gerade das Innenschloss zuklappen lassen, als auf der anderen Seite der Tür ein Klopfen zu hören war. Mit einer Hand zog sie sich ihre Wollkappe vom Kopf, mit der anderen öffnete sie die Tür.

»Marshall.«

Sein Mantel hing ordentlich zusammengefaltet über seinem Arm. »Deanna, reicht es nicht jetzt allmählich? Du hast auf keinen meiner Anrufe geantwortet.«

»Da gibt es auch nichts mehr zu antworten. Marshall, ich bin gerade erst nach Chicago zurückgekehrt, müde, hungrig und überhaupt nicht in der Stimmung für ein höfliches Gespräch.«

»Wenn ich meinen Stolz so weit zurückstecken kann, dass ich hierherkomme, kannst du mich ja wohl zumindest hereinbitten.«

»Dein Stolz?« Sie spürte, wie sie wütend wurde. Nach so wenigen Worten war das ein schlechtes Zeichen, das war ihr bewusst. »Na gut, komm rein.«

Er blickte auf ihre Taschen, als er durch die Tür trat. »Du warst über Weihnachten bei deinen Eltern?«

»Ja.«

Marshall legte seinen Mantel über eine Stuhllehne. »Und geht es ihnen gut?«

»Sie sind gesund und munter, Marshall. Ich bin allerdings nicht gerade in der Stimmung für dieses nette Geplauder. Wenn du etwas zu sagen hast, dann sag es jetzt.«

»Ich glaube nicht, dass wir die Sache, um die es geht, auflösen können, solange wir uns nicht hinsetzen und darüber sprechen.« Er deutete auf das Sofa. »Bitte.«

Deanna streifte sich den Mantel von den Schultern und nahm stattdessen auf einem Stuhl Platz. Sie verschränkte die Hände auf dem Schoß und wartete.

»Die Tatsache, dass du immer noch wütend auf mich bist, beweist, dass zwischen uns noch Gefühle da sind.« Er setzte sich hin, ließ die Hände auf seinen Knien ruhen. »Ich habe erkannt,

dass der Versuch, direkt nach dem Vorfall die Situation aufzulösen, ein Fehler war.«

»Der Vorfall? Sollen wir das mit diesem Wort benennen?«

»Auf beiden Seiten sind zu viele Emotionen an die Oberfläche
gespült worden«, fuhr er ruhig fort, »die es schwierig machten,
Entgegenkommen zu zeigen und uns auf konstruktive Weise
abzureagieren.«

»Ich reagiere mich nur selten auf konstruktive Weise ab.« Sie
musste lächeln, aber die Wut in ihren Augen blieb. »Vermutlich hätten wir uns besser kennen müssen, damit du merkst,
dass unter bestimmten Umständen mit mir überhaupt nicht
gut Kirschen essen ist.«

»Das verstehe ich.« Er war überaus erfreut darüber, dass sie
sich wieder miteinander verständigen konnten. »Weißt du, Deanna, ich glaube, dass ein Teil unserer Schwierigkeiten darauf
beruht, dass wir uns nicht so gut kannten, wie wir es hätten tun
sollen. Daran trifft uns beide die Schuld, aber es ist auch eine
sehr menschliche und ganz natürliche Tendenz, nur die besten
Seiten von sich zu zeigen, wenn sich eine Beziehung entwickelt.«

Sie musste tief Luft holen und sich mächtig am Riemen reißen, um sitzen zu bleiben, als der Drang, aufzuspringen und
ihm eine Ohrfeige zu verpassen, in ihr aufstieg. »Wenn du uns
in diesem Punkt beiden die Schuld geben willst, habe ich nichts
dagegen – insbesondere, seitdem ich nicht mehr die Absicht
habe, mit dir jemals über dieses Stadium hinauszugehen.«

»Deanna, wenn du ehrlich bist, wirst du zugeben, dass wir
dabei waren, etwas ganz Besonderes zwischen uns entstehen zu
lassen.« Als guter Therapeut hielt er seinen Blick fest auf sie gerichtet und sprach mit sanfter und beruhigender Stimme. »Unser Intellekt, unsere Vorlieben haben sich getroffen.«

»Ich glaube, der Begegnung unseres Intellekts und unserer
Vorlieben wurde ein jähes Ende bereitet, als ich in Angelas Büro

kam und feststellen musste, dass ihr beiden euch befummelt habt. Da tat sich auf einmal eine ganz schöne Kluft auf. Sag mal, Marshall, hattest du eigentlich die Prospekte für unsere geplante Reise nach Hawaii dabei die ganze Zeit in deiner Jackentasche?«

Die Röte seines Gesichtes intensivierte sich. »Für diesen Ausrutscher habe ich mich doch nun wiederholt entschuldigt.«

»Jetzt ist es also ein Ausrutscher. Vorhin war es ein Vorfall. Meinen Begriff dafür will ich dir nicht vorenthalten, Marshall: Ich nenne das Verrat, und zwar einen Verrat, der an mir von zwei Leuten begangen wurde, die ich bewunderte und an denen mir etwas lag. Angela hat es bewusst getan, du bist eher zu bemitleiden.«

Sein Kinn begann zu zucken. »Du und ich, wir hatten uns doch noch gar nicht richtig aufeinander eingelassen, weder sexuell noch gefühlsmäßig.«

»Willst du damit etwa sagen, das wäre nicht passiert, wenn ich mit dir geschlafen hätte? Das kaufe ich dir nicht ab.« Sie sprang auf. »Und in diesem Punkt trifft uns nicht beide die Schuld, mein Lieber. Du bist derjenige, dessen Verstand in die Hormondrüsen gerutscht ist. Folge daher meinem Rat und mach, dass du hier rauskommst! Ich will, dass du dich von mir fernhältst. Ich will nicht, dass du an meine Tür klopfst. Und ich will auch keine Anrufe mitten in der Nacht von dir, bei denen du nicht einmal den Mumm aufbringst, etwas zu sagen.«

Er erhob sich ebenfalls, stand steif da. »Ich weiß nicht, wovon du redest.«

»Nein?« Ihre Wangen glühten.

»Ich weiß nur, dass ich alles wieder in Ordnung bringen will. In diesen Monaten, in denen du mich aus deinem Leben gestrichen hast, wurden mir die Augen geöffnet, Deanna. Ich weiß jetzt, dass du die einzige Frau bist, die mich glücklich machen kann.«

»Dann steht dir ein trauriges Leben bevor. Ich stehe nicht zur Verfügung und bin auch nicht interessiert.«

»Es gibt einen anderen!« Er trat vor und hielt sie an den Armen fest, bevor sie ausweichen konnte. »Du hast kein Recht, von Verrat zu sprechen, wenn du so leicht und locker von mir zu einem anderen gehen kannst.«

»Ja, es gibt einen anderen, Marshall. Mich nämlich. Und jetzt nimm deine Hände von mir weg.«

»Lass mich dich an das erinnern, was einmal zwischen uns gewesen ist«, murmelte er und zog sie an sich. »Lass mich dir zeigen, wie es werden könnte.«

Die alte Angst war wieder da und ließ sie zittern, als sie sich aus seinem Griff befreite. Nach Luft schnappend, klammerte sie sich an den Sessel. Sie fühlte sich in die Enge getrieben, und das machte sie grausam. »Weißt du, was ein interessantes Thema für meine Talkshow wäre, Marshall? Probier es mal hiermit: Angesehene Eheberater, die Frauen belästigen, mit denen sie ausgegangen sind, und minderjährige Mädchen verführen.« Sie schlang sich die Arme eng um den Körper, ihm war alles Blut aus dem Gesicht gewichen. »Ja, ich weiß darüber Bescheid, Marshall. Ein Kind! Kannst du dir vorstellen, wie sehr mich das empört? Die Frau, mit der du dich getroffen hast, während du angeblich am Aufbau unserer Beziehung gearbeitet hast, ist dagegen vergleichsweise harmlos. Bevor Angela nach New York ging, hat sie mir noch ein kleines Päckchen geschickt.«

Kalter Schweiß perlte auf seiner Stirn. »Du hast kein Recht, mein Privatleben an die Öffentlichkeit zu bringen.«

»Und habe das auch nicht vor, solange du mich nicht weiterhin belästigst. Solltest du das jedoch tun …« Den Rest des Satzes ließ sie in der Luft hängen.

»Ich habe von dir Besseres erwartet als Drohungen, Deanna.«

»Nun, es sieht ganz danach aus, als hättest du dich schon wieder getäuscht.« Sie ging zur Tür hinüber und riss sie auf. »Und jetzt raus mit dir!«

Schwankend nahm er seinen Mantel. »Zumindest bist du mir den Anstand schuldig, mir die Informationen zu geben, die sich in deinem Besitz befinden«, meinte er.

»Ich bin dir gar nichts schuldig. Und wenn du nicht in fünf Sekunden durch diese Tür gegangen bist, werde ich einen Schrei loslassen und derart Krach schlagen, dass von überallher die Nachbarn herbeigerannt kommen.«

»Du machst einen Fehler«, sagte er, als er zur Tür ging. »Einen ganz großen Fehler.«

»Schöne Ferien«, rief sie ihm hinterher, knallte die Tür zu und schob den Riegel vor.

»Das war eine tolle Sendung, Deanna.« Marcie wischte sich über die Augen, als Deanna zurück in die Garderobe kam. »Die Familien der Soldaten, die gerade am Persischen Golf sind, hier alle im Studio zu haben, und dann die Bänder von da unten zu sehen.«

»Danke, Marcie.« Deanna ging zu dem hell erleuchteten Schminkspiegel hinüber und zog sich die Ohrringe aus. »Heute ist Silvesterabend, nicht wahr?«

»Das ist mir auch zu Ohren gekommen.«

»Und da geht es doch darum, das Alte zu verabschieden und das Neue zu begrüßen, oder nicht?« Deanna fuhr sich mit der Hand durch die Haare, drehte sich vor dem Spiegel hin und her und musterte kritisch ihr linkes Profil, das rechte und schließlich die Vorderansicht ihres Gesichtes. »Marcie, meine Gute, ich fühle mich heute richtig unbekümmert und könnte irgendetwas anstellen.«

»Ach ja?« Marcie hielt inne. Sie brachte gerade ihren Schminkkoffer in Ordnung und bereitete alles für Bobby Marks vor.

»Was könnten Sie denn anstellen? Ausgehen und fremde Männer in billigen Bars ansprechen?«

»Ich habe nicht gesagt, ich sei verrückt geworden, ich sagte nur, ich könnte irgendetwas anstellen. Wie viel Zeit haben Sie noch, bis Bobby Marks kommt?«

»Ungefähr zwanzig Minuten.«

»Okay, das sollte reichen.« Deanna schob sich in den Drehstuhl und drehte ihn vom Spiegel weg. »Verwandeln Sie mich.«

Marcie hätte sich fast die Hände gerieben. »Ist das Ihr Ernst?«

»Das ist mein voller Ernst. Vor einigen Tagen habe ich eine hässliche Szene mit einer früheren Beziehung erlebt. Ich weiß nicht, ob ich nächsten Monat um diese Zeit noch Arbeit habe, geschweige Aussicht auf eine Karriere. Es kann sein, dass ich mich gerade in einen Mann verliebe, der häufiger im Ausland ist als hier, und in zwei Wochen führen wir vielleicht Krieg. Heute am Silvesterabend werde ich nicht mit diesem Mann zusammen sein, sondern gehe auf eine Party, stürze mich in die Menge und komme mit Menschen ins Gespräch, die ich nicht kenne, was mittlerweile fester Bestandteil meiner Arbeit geworden ist. Und daher fühle ich mich wagemutig genug, Marcie, um eine drastische Veränderung an mir vorzunehmen.«

Marcie legte Deanna den knielangen Umhang über die Schulter und knöpfte ihn zu. »Könnten Sie mir ›drastisch‹ noch ein wenig genauer erklären, bevor ich ans Werk gehe?«

»Nein.« Deanna holte tief Luft und atmete langsam wieder aus. »Ich will gar nicht wissen, was dabei herauskommt. Überraschen Sie mich.«

»Wie Sie meinen.« Marcie nahm die Sprühflasche und befeuchtete Deannas Haare. »Wissen Sie, darauf habe ich schon seit Wochen gewartet.«

»Na, dann haben Sie jetzt Gelegenheit dazu. Machen Sie mich zu einer neuen Frau.«

Als Marcie begann, ihr die Haare zu schneiden, bildeten sich kleine Knoten in Deannas nervösem Magen. Die Friseuse hörte gar nicht mehr auf, an ihr herumzuschnippeln. Deanna stockte das Herz, als sie sah, wie schwarze Locken auf die Kacheln zu ihren Füßen fielen.

»Sie wissen, was Sie tun?«

»Vertrauen Sie mir«, meinte Marcie und schnitt noch ein bisschen mehr weg. »Sie werden toll aussehen, unverwechselbar.«

»Unverwechselbar?« Argwöhnisch versuchte Deanna, sich zum Spiegel zu drehen.

»Nicht gucken.« Marcie legte ihr eine feste Hand auf die Schulter. »Das ist wie bei einem Becken mit kaltem Wasser«, erklärte sie. »Wenn man versucht, ganz langsam Stück für Stück hineinzugehen, ist das ein schwieriges und elendes Unterfangen. Manchmal kneift man dann sogar und geht wieder hinaus, bevor man richtig untergetaucht ist. Wenn man jedoch hineinspringt, kommt es einmal zu einem heftigen Schreck und danach liebt man es einfach.« Die Schere schwingend, kräuselte sie die Lippen. »Vielleicht ist es aber auch eher wie der Verlust der Jungfräulichkeit.«

»Du liebe Güte!«

Marcie blickte hoch und grinste den Küchenchef der CBC an. »Hallo, Bobby. Ich bin hier fast fertig.«

»Du liebe Güte!«, wiederholte er, trat in die Garderobe und starrte Deanna an. »Was ist denn in dich gefahren, Dee?«

»Ich wollte eine Veränderung«, meinte Deanna mit kläglicher Stimme und hob eine Hand zu ihren Haaren. Marcie schob sie weg.

»Kaltes Wasser«, sagte sie bedeutungsvoll.

»Nun, eine Veränderung ist das tatsächlich.« Bobby trat einen Schritt zurück und schüttelte den Kopf. »He, kann ich etwas von diesen Haaren haben?« Er bückte sich und hob eine Handvoll auf. »Daraus werde ich mir ein Toupet machen lassen. Ein halbes Dutzend Toupets!«

»O Gott, was habe ich nur getan!« Deanna kniff die Augen zusammen.

»Dee? Wo bleibst du denn? Wir müssen doch noch … Ach je!« Fran blieb wie angewurzelt in der Tür stehen, schlug eine Hand vor den Mund und drückte mit der anderen auf ihren Bauch.

»Fran.« Verzweifelt streckte Deanna die Hände nach ihr aus. »Fran. Fran, ich glaube, ich hatte einen kleinen Nervenzusammenbruch. Es ist doch Silvesterabend, und Bobby will sich Toupets machen lassen«, schwatzte sie los.

»Du hast sie ihr ganz schön kurz geschnitten«, brachte Fran nach einer Weile hervor.

»Aber sie wachsen doch wieder nach, oder?« Deanna schnappte sich eine Locke von ihrem Umhang.

»In fünf oder zehn Jahren«, prophezeite Bobby fröhlich und ordnete einige der geschorenen Locken von Deanna auf seiner Glatze an. »Nur nicht rasch genug, um die Klausel zu erfüllen, die vermutlich auch in deinem Vertrag steht und Veränderungen im äußeren Erscheinungsbild einschränkt.«

»O Gott.« Deannas ohnehin schon blasse Wangen wurden kreidebleich. »Das habe ich ja ganz vergessen. Ich habe einfach nicht weiter nachgedacht, war nicht ganz bei Verstand.«

»Das würde ich auf alle Fälle deinem Rechtsanwalt sagen, wenn er sich mit Delacort auseinandersetzt«, schlug Bobby vor.

»Delacort wird das schon gefallen«, meinte Marcie grimmig. »Gleich kann sie aber selbst nachsehen.« Marcie lockerte die Haare und kämmte sie. Noch nicht ganz zufrieden, fügte sie ein bisschen Gel hinzu, arbeitete es ein, und gab der Frisur mit der Konzentration einer Frau beim Schneiden von Diamanten den letzten Schliff. »Jetzt atmen Sie bitte tief ein und halten die Luft an«, riet ihr Marcie und knöpfte den Umhang auf. »Und sagen Sie nichts, bevor Sie es sich nicht genau angeschaut haben.«

Alle wurden still, als Marcie Deanna langsam zum Spiegel drehte. Deanna starrte auf ihr Spiegelbild, die Lippen waren vor Schreck ein wenig geöffnet, die Augen geweitet. Die lange Mähne ihrer Haare war verschwunden und durch eine kurze glatte Haarkappe mit einem feschen, fransigen Pony ersetzt worden. Ganz benommen sah sie, wie die Frau im Spiegel die Hand hob und in ihren Nacken fasste, wo die Haare aufhörten.

»Die Frisur folgt der Form Ihres Gesichtes«, sagte Marcie nervös, als Deanna einfach nur weiter in den Spiegel starrte. »Und sie bringt Ihre Augen und Augenbrauen vorteilhaft zur Geltung. Sie haben diese tollen dunklen Augenbrauen mit dieser herrlichen natürlichen Wölbung, Ihre Augen sind ein wenig mandelförmig und ebenfalls sehr auffällig. Beides ging aber vorher durch die vielen Haare etwas verloren.«

»Ich …« Deanna atmete tief aus und holte erneut Luft. »Ich finde den Schnitt großartig.«

»Tatsächlich?« Vor Erleichterung drohten Marcies Knie weich zu werden, und sie ließ sich in einen Stuhl fallen. »Wirklich?«

Deanna beobachtete, wir ihr Lächeln immer strahlender wurde. »Es gefällt mir ausgezeichnet. Können Sie sich vorstellen, wie viele Stunden in der Woche ich immer meinen Haaren widmen musste? Warum bin ich nicht schon vorher auf diese Idee gekommen?« Sie griff nach einem Handspiegel, um auch die Rückseite ihres Kopfes sehen zu können. »Dadurch spare ich fast acht Stunden in der Woche ein – einen ganzen Arbeitstag.« Sie nahm sich die Ohrringe, die sie abgelegt hatte, und machte sie wieder fest. »Was meinst du dazu?«, fragte sie Fran.

»Ich will den Wert dieser Zeitersparnis nicht herabwürdigen, aber ich finde vor allem, du siehst einfach unglaublich gut damit aus. Ganz das Mädchen von nebenan, aber mit Pfiff.«

»Bobby?«

»Es ist sexy. So ein Mittelding zwischen Amazone und Elfe. Und ich bin mir sicher, dass Delacort nichts dagegen hat, alle Programmankündigungen neu zu drehen.«

»Mein Gott.« Als ihr dieser Aspekt so richtig klar wurde, wandte sich Deanna an Fran. »O mein Gott!«, wiederholte sie.

»Mach dir keine Sorgen, Loren wird heute Abend völlig begeistert von dir sein. Und dann arbeiten wir das Thema in die nächste Sendung ein.«

»Die Melancholie nach Ferienende.«

»Genau.« Fran nagte an ihrer Lippe, während sich ihre Gedanken überschlugen. »Wie etwas so Einfaches und Triviales wie eine neue Frisur Ihnen nach dem Ende der schönen Tage schnell wieder Auftrieb verleiht.«

»Akzeptiert«, meinte Bobby. »Wenn es euch jungen Damen nichts ausmacht, muss ich mich jetzt zurechtmachen lassen. Heute gibt es Forellensauté.«

Im Morgengrauen des ersten Tages im neuen Jahr lief eine einzelne, einsame Gestalt durch ein kleines, dunkles Zimmer. Im Fernsehen lief ein Video mit *Deannas Stunde*. Auf dem Tisch, auf dem ihr Gesicht aus gerahmten Bildern in das Halbdunkel hineinstrahlte, lag ein neuer Schatz: eine dicke Locke ihres schwarzen Haares, umwickelt mit einer goldenen Schnur.

Das Haar fühlte sich ganz weich an, weich wie Seide. Nach einer letzten Liebkosung wanderten die Finger auf das Telefon zu. Sie wählten ganz langsam, um so die Freude noch ein wenig in die Länge zu ziehen. Wenige Augenblicke später drang Deannas ein wenig verunsicherte, schläfrige Stimme aus dem Hörer und ließ einen silbernen Speer des Vergnügens entstehen, der noch zu spüren war, lange nachdem der Hörer wieder aufgelegt wurde.

13

Nacht in Bagdad: Es war bereits zwei Uhr, als Finn noch einmal seine Aufzeichnungen für die Livesendung in den *Abendnachrichten* der CBC durchging. Er setzte sich auf den einzigen Stuhl, auf dem keine Bänder oder Kabel lagen, zog sich ein frisches Hemd an und fügte dabei in Gedanken seine Ideen und Beobachtungen zu einem Bericht zusammen.

Seine Umgebung, den Lärm der Vorbereitungsarbeiten, den Geruch nach kaltem Essen und das Stimmengewirr blendete er dabei aus.

Sein Team hatte sich über die ganze Suite verteilt, überprüfte die Geräte und machte Witze. Die Scherze und insbesondere Galgenhumor halfen dabei, die Anspannung zu verringern. In den letzten beiden Tagen hatten sie begonnen, sich Lebensmittelvorräte anzulegen und Flaschen mit Wasser zu horten.

Es war der sechzehnte Januar.

»Vielleicht sollten wir ein paar Laken zusammenbinden«, schlug Curt vor, »und sie wie eine große weiße Fahne aus dem Fenster hängen.«

»Nein, wir bringen meine Kappe von den Bears ganz oben an.« Der Techniker tippte mit einem Finger an den Rand der Kappe. »Wer von unseren Jungs wird schon einen Football-Fan bombardieren.«

»Wie ich hörte, hat das Pentagon ihnen gesagt, sie sollten als Erstes die Hotels treffen.« Finn blickte von seinen Notizen hoch und grinste. »Ihr wisst doch, wie schlecht Cheney auf die Presse zu sprechen ist.« Dann nahm er sich das Telefon, das ihn mit Chicago verband, und erwischte die Moderatoren am anderen Ende beim beiläufigen Geplauder während des Werbeblocks. »He, Martin, wie haben denn letzte Nacht die Bulls gespielt?« Während er sprach, bewegte er sich vor das Fenster, damit Curt die Einstellung für die Aufzeichnung mit ihm vor dem Nachthimmel überprüfen konnte. »Ja, es ist ruhig hier. Allerdings sind alle sehr nervös – und die antiamerikanische Stimmung ist auf dem Höhepunkt.«

Als sich die Regie dazuschaltete, nickte Finn. »Habe ich. Sie senden gerade den Fremdbeitrag«, meinte er zu Curt, als sie sich nach draußen auf den Balkon bewegten. »Im nächsten Teil machen wir dann weiter. Noch vier Minuten.«

»Fahrt die Lampen hoch«, verlangte Curt. »Ich habe hier noch einen sehr störenden Schatten.«

Bevor sich jedoch irgendjemand in Bewegung setzen konnte, hörten sie in der Ferne einen ratternden Donner.

»Was zum Teufel war das denn?« Der Techniker wurde blass und verschluckte seinen Kaugummi. »Donner? War das Donner?«

»Mein Gott!« Finn hatte sich gerade rechtzeitig umgedreht, um zu sehen, wie das blendend helle Strahlen einer Salve Leuchtspurgeschosse den Nachthimmel zerriss. »Martin, bist du noch da? Haversham?« Während Curt die Kamera gen Himmel richtete, rief Finn die Regie. »Wir haben Explosionen gehört. Die Luftangriffe haben begonnen. Ja, ich bin mir sicher. Bringt mich doch auf Sendung, verdammt noch mal!«

Er hörte die Flüche und die lauten Rufe aus dem Regieraum in Chicago, dann nur noch statische Störungen.

»Scheiße, der Kontakt ist abgebrochen.« Gelassen verfolgte er die grelle Light-Show. In diesem Augenblick dachte er mit keinem Gedanken daran, dass eines dieser tödlichen Lichter das Gebäude treffen könnte. Sein ganzes Denken war jetzt darauf ausgerichtet, seinen Bericht zu senden. »Nimm das weiter auf!«

»Das musst du mir nicht zweimal sagen.« Curt hing bereits am Balkongeländer. »Schau dir das an!«, rief er mit einer Stimme, die vor Nervosität und Aufregung ganz angespannt war. Luftschutzsirenen heulten auf und übertönten das Krachen explodierender Geschosse. »Wir sitzen wirklich in der ersten Reihe.«

Frustriert hielt Finn das Mikrofon nach draußen, um den Gefechtslärm aufzunehmen. »Stellt die Leitung nach Chicago wieder her.«

»Versuche ich ja.« Mit zitternden Händen bediente der Techniker seine Instrumente. »Ich versuche es, verdammt noch mal.«

Mit zusammengekniffenen Augen ging Finn steifbeinig zum Balkongeländer und drehte sich zur Kamera. Wenn sie schon nicht live auf Sendung gehen konnten, konnten sie ihren Beitrag zumindest aufzeichnen. »Der Nachthimmel über Bagdad ist diesen Morgen um schätzungsweise zwei Uhr fünfunddreißig von schweren Explosionen erschüttert worden. Blitze sind zu sehen, und die Lichtspeere der Luftabwehr. Gelegentlich schießen am Horizont Flammen in die Höhe.« Als er sich umdrehte, sah er ungläubig und mit ehrfürchtigem Staunen auf Augenhöhe den gleißenden Kometenschweif eines Leuchtspurgeschosses. Seine todbringende, schaurige Schönheit ließ das Blut heftig in seinen Adern pulsieren. Was für ein Bild! »Mein Gott, hast du das reinbekommen? Hast du das erwischt?«

Er hörte den Techniker leise fluchen, als das Gebäude erzitterte. Finn schob sich das Haar aus dem Gesicht und rief ins Mikrofon: »Die Stadt wird von den Luftangriffen durchgeschüttelt. Das Warten ist vorbei. Der Kampf hat begonnen.«

Finn drehte sich wieder zum Techniker um. »Klappt es jetzt?«

»Nein.« Obwohl sein Gesicht noch immer kreidebleich war, brachte er ein unsicheres Grinsen zustande. »Ich glaube, unsere freundlichen Gastgeber werden sich recht bald blicken lassen und uns gewaltsam von hier vertreiben.«

Ein schnelles, verwegenes Grinsen huschte über Finns Gesicht, tödlich wie Gewehrfeuer. »Dazu müssen sie uns aber erst einmal finden.«

Während Finn den Kriegsbericht aufzeichnete, saß Deanna vor Langeweile wie erstarrt bei einem weiteren jener endlosen Diners ihre Zeit ab. Die Klänge eintöniger Klaviermusik wehten durch den Ballsaal des Hotels in Indianapolis. Angesichts endlos langer Tischreden, mittelmäßigem Wein und zähen Hähnchen blieb lediglich die lange Rückreise nach Chicago, auf die sie sich freuen konnte.

Wenigstens war sie nicht die Einzige, die litt, dachte sie egoistisch. Sie hatte Jeff Hyatt mitgeschleppt.

»Wenn man es genügend salzt, ist es gar nicht so schlecht«, murmelte Jeff und schluckte einen Bissen herunter.

Sie warf ihm einen Blick zu, der dem faden Essen nicht viel nachstand. »Das liebe ich einfach an dir, Jeff: Du bist immer optimistisch. Wollen wir doch mal sehen, ob du immer noch lächelst, wenn du erfährst, dass auch die Sendeleiter, der Verkaufsleiter und zwei unserer Werbefachleute im Anschluss ihre Reden halten werden.«

Er dachte einen Augenblick nach und wählte Wein statt Wasser. »Na ja, könnte schlimmer sein.«

»Zum Beispiel?«

»Wir könnten eingeschneit sein.«

Sie schauderte. »Bitte, das sollten wir nicht einmal im Scherz erwähnen.«

»Eigentlich gefallen mir diese Reisen.« Den Kopf einziehend, blickte er zu ihr hinüber und dann wieder auf seinen Teller. »Wir laufen hier durch den Sender, treffen alle möglichen Leute und schauen zu, wie sie den roten Teppich für dich ausrollen.«

»Das gefällt auch mir. Wir verbringen unsere Zeit bei einem der Zweigsender und können erleben, welche Begeisterung unsere Talkshow hervorruft. Und die meisten Leute hier gefallen mir.« Sie seufzte und spielte mit dem neben ihrem Hähnchen liegenden Reisklumpen. Ich bin einfach erschöpft, dachte sie. Ihr ganzes Leben lang hatte sie immer mehr Kraft zur Verfügung gehabt, als sie tatsächlich brauchte, jetzt jedoch kam es ihr vor, als würde sie immer weiterlaufen, obwohl ihre Kraftreserven aufgezehrt waren. Ihre neue Arbeit nahm sehr viel Zeit in Anspruch, verlangte ihrem Körper viel ab, forderte ihre ganze Intelligenz.

Prominent zu sein bedeutete nicht nur Glanz und Limousinen. Für jeden selbstbewussten Auftritt zahlte sie ihren Preis. Für jede reiche und berühmte Person, die sie gut zu nehmen wusste, musste sie ein halbes Dutzend Firmenessen oder auf den späten Abend gelegte Versammlungen hinter sich bringen. Für jedes Bild auf der Titelseite einer Zeitschrift musste sie etwas anderes rückgängig machen. Eine jeden Tag gesendete Talkshow zu leiten bedeutete mehr, als nur vor der Kamera ein gutes Bild abzugeben und geschickt Interviews führen zu können; es bedeutete auch, vierundzwanzig Stunden am Tag auf Abruf bereitzustehen.

Du hast doch genau das bekommen, was du immer haben wolltest, rief sich Deanna ins Gedächtnis zurück. Also hör endlich auf, darüber zu jammern, und geh an deine Arbeit. Mit einem entschlossenen Lächeln wandte sie sich an den Mann neben sich. Fred Banks gehörte dieser Sender, erinnerte sie sich. Er spielte leidenschaftlich gerne Golf und war stolz auf seine Heimatstadt.

»Ich kann gar nicht sagen, wie viel Freude es mir heute gemacht hat, einen kleinen Eindruck von Ihrem Sender zu bekommen«, begann sie. »Sie haben ein wundervolles Team.«

Stolzgeschwellt meinte er: »Der Meinung bin ich auch. Momentan sind wir die Nummer zwei, aber wir haben vor, noch innerhalb dieses Jahres die Nummer eins zu sein, und Ihre Talkshow wird uns dabei helfen, dieses Ziel zu erreichen.«

»Das hoffe ich auch.« Sie ignorierte den kleinen Klumpen in der Magengegend, der verriet, wie angespannt sie war. Ihre sechs Monate waren fast vorbei. »Man sagte mir, Sie seien hier in Indianapolis geboren.«

»Das ist richtig. Ich bin hier geboren und aufgewachsen.«

Während er sich über die Freuden seiner Heimatstadt ausließ, machte Deanna die dazu passenden Bemerkungen, suchte aber dabei mit den Augen den Raum ab. Jeder Tisch war umringt von Menschen, die auf irgendeine Weise davon abhängig waren, dass sie es schaffte. Und einfach nur eine gute Talkshow zu machen, genügte dazu nicht. Das hatte sie an diesem Morgen wieder getan, dachte sie. Ungefähr zehn Stunden war das jetzt her, die Zeit für das Make-up, das Frisieren, die Ausstattung mit der richtigen Garderobe und die Vorproduktion nicht eingerechnet. Danach hatte sie ein Interview gegeben, war auf einer Versammlung des Mitarbeiterstabes gewesen, hatte Anrufe entgegengenommen und war ihre Post durchgegangen.

Und wieder hatte in der Post einer dieser merkwürdigen Briefe von jemandem gelegen, den sie allmählich für ihren hartnäckigsten Fan hielt.

Mit deinen kurzen Haaren siehst du aus
wie ein knackiger Engel.
Mir gefällt es, wie du aussiehst.
Ich liebe dich.

Sie hatte den Brief weggesteckt und drei Dutzend andere Zuschriften beantwortet, bevor sie mit Jeff in das Flugzeug nach Indianapolis gestiegen war, den Zweigsender und die entsprechenden Versammlungen besucht und dem lokalen Mitarbeiterstab die Hände geschüttelt hatte. Dann hatte sie ein Geschäftsessen und ihren kurzen Auftritt während der Nachrichtensendung hinter sich gebracht, und jetzt absolvierte sie dieses nicht enden wollende Bankett.

Nein, eine gute Talkshow genügte nicht. Sie musste Diplomatin, Botschafterin, Chefin, Geschäftspartnerin und prominente Persönlichkeit in einer Person sein. Und sie musste jede einzelne dieser vielen verschiedenen Rollen ausfüllen – und dabei die ganze Zeit so tun, als ob sie sich nicht einsam fühlen oder über Finn besorgt sein oder diese ruhigen Stunden vermissen würde, in denen sie sich einfach zum Vergnügen und nicht, weil sie den Autor interviewte, mit einem Buch in der Hand zusammenrollen konnte.

Genau das hatte sie doch gewollt, sagte sich Deanna und strahlte den Kellner an, der gerade Pfirsich Melba servierte.

»Du kannst doch auf dem Rückflug im Flugzeug schlafen«, flüsterte ihr Jeff ein wenig vorwurfsvoll ins Ohr.

»Merkt man mir die Müdigkeit an?«

»Ein bisschen.«

Sie entschuldigte sich und schob ihren Stuhl vom Tisch zurück. Wenn sie schon nichts gegen die Ermüdung selbst tun konnte, konnte sie zumindest gegen deren Symptome angehen.

Kurz vor dem Ausgang hörte sie, wie jemand auf dem Podium an das Mikrofon klopfte. Unwillkürlich blickte sie sich um und sah Fred Banks unter den Lampen stehen. »Wenn ich kurz um Ihre Aufmerksamkeit bitten dürfte. Wie ich gerade erfahren habe, haben die US-Truppen begonnen, Angriffe gegen Bagdad zu fliegen.«

Deannas Ohren begannen zu summen. Undeutlich hörte sie, wie der Geräuschpegel im Ballsaal sich wie das Meer bei Flut verstärkte. Irgendwo ganz in der Nähe hob ein Kellner triumphierend eine Faust.

»Ich hoffe, sie geben diesem Scheißkerl eins auf den Arsch!«

Alle Müdigkeit war auf einmal wie weggeblasen. Langsam ging Deanna wieder zum Tisch zurück. Sie musste ihre Arbeit zu Ende bringen.

Finn saß mit einem Laptop auf den Knien auf dem Fußboden des Hotelschlafzimmers. So schnell wie möglich brachte er seinen Text aus dem Kopf in die Tasten. Die Morgendämmerung nahte, und obwohl seine trockenen Augen brannten, spürte er keine Müdigkeit. Außerhalb des Hotels setzten sich die Angriffe fort, im Inneren war ein Katz-und-Maus-Spiel im Gange.

In den letzten drei Stunden waren sie zweimal umgezogen und hatten dabei ihre ganze Ausrüstung und ihre Vorräte mitgeschleppt. Irakische Soldaten durchkämmten währenddessen das Gebäude und brachten die Gäste und die internationalen Nachrichtenteams in den Keller des Hotels. Finn und sein Team hatten sich von Zimmer zu Zimmer geschlichen, und das erfolgreiche Versteckspiel hatte seinen Puls in die Höhe getrieben.

Er hatte gerade Wachdienst, seine beiden Gefährten hatten sich auf dem Bett ausgestreckt und versuchten, ein wenig zu schlafen.

Ganz zufrieden mit dem Text, den er bis jetzt fertiggestellt hatte, schaltete Finn den Computer ab, stand auf, lockerte seinen steifen Rücken und Hals ein wenig und dachte sehnsüchtig an ein Frühstück mit Blaubeerpfannkuchen und Unmengen an heißem Kaffee. Er behalf sich mit einer Handvoll Nüsse und Rosinen, dann hob er die Kamera hoch.

Am Fenster nahm er die letzten Bilder dieses ersten Kriegstages auf, das zuckende Aufblitzen der Marschflugkörper und lasergesteuerten Bomben, die strahlendhellen Bahnen der Leucht-spurgeschosse. Welches Ausmaß an Verwüstungen würden sie wohl bei Tagesanbruch zu Gesicht bekommen? Wie viel davon konnten sie aufzeichnen?

»Ich werde dich der Gewerkschaft melden müssen, mein Lie-ber.«

Finn senkte die Kamera und blickte sich nach Curt um. Der Kameramann stand neben dem Bett und rieb sich die müden Augen.

»Du bist doch nur sauer, weil ich mit diesem Schätzchen ge-nauso gut umgehen kann wie du.«

»Unsinn.« Curt fühlte sich herausgefordert und kam herüber, um ihm die Kamera aus der Hand zu nehmen. »Du kannst doch nichts anderes als auf dem Band einen netten Eindruck machen.«

»Dann bereite dich darauf vor, das zu beweisen. Ich habe hier einen Text, den würde ich gerne vorlesen.«

»Du bist der Boss.« Schweigend nahm Curt auf, wie die Bom-ben explodierten. »Ich denke, wir müssen eine Möglichkeit fin-den, um hier rauszukommen.«

»Ich verfüge in Bagdad über einige gute Kontakte.« Finn be-obachtete die am Horizont hochschießenden Flammen. »Viel-leicht.«

Nachdem die letzte Tischrede beendet war, sie die letzte Hand geschüttelt und die letzte Wange geküsst hatte, steuerte Dean-na das nächste Telefon an, um Fran und Richard anzurufen. Jeff benutzte das Telefon daneben, um mit der Nachrichtenredakti-on in Chicago Kontakt aufzunehmen.

»Was ist?«, fauchte Richard wütend aus dem Hörer. »Was ist los?«

»Richard? Richard, ich bin's, Deanna! Ich bin auf dem Weg

zum Flughafen in Indianapolis, habe gerade von dem Luftangriff gehört und ...«

»Ja, das haben wir auch gehört. Aber wir haben gerade unsere eigene kleine Krise hier. Fran liegt in den Wehen und wir brechen gleich zum Krankenhaus auf.«

»Jetzt?« Deanna hatte das Gefühl, ihre überlasteten Nerven könnten jeden Moment durchschmoren, und presste die Finger gegen die Schläfe. »Ich dachte, wir hätten noch zehn Tage Zeit.«

»Erzähl das Big Ed. Atmen, Fran! Vergiss nicht zu atmen.«

»Hör zu, ich will euch nicht aufhalten. Sag mir nur, ob mit ihr alles in Ordnung ist.«

»Sie hat gerade eine halbe Pizza verdrückt – darum hatte sie mir auch nicht gesagt, dass sie Wehen hat. Mit Loren Bach hat sie bereits gesprochen. Sieht so aus, als würde deine Sendung morgen verschoben. Nein, verdammt, du wirst jetzt nicht mit Deanna sprechen, Fran, sondern gefälligst tief atmen.«

»Ich bin da, sobald ich kann. Sag ihr ... Ach herrje! Sag ihr einfach, ich bin gleich da.«

»Ich rechne mit dir. Hey, wir kriegen ein Kind! Bis dann!«

Das Summen des Freizeichens im Ohr, ließ Deanna die Stirn gegen die Wand sinken. »Was für ein Tag.«

»Finn Riley hat vom Luftangriff berichtet.«

»Was?« Sofort wieder hellwach, wirbelte sie zu Jeff herum. »Finn? Dann ist ihm also nichts passiert?«

»Er rief gerade im Studio an, als es losging, und schaffte es für ungefähr fünf Sekunden, Bilder rüberzubringen. Dann war die Verbindung weg.«

»Wir wissen es also nicht«, meinte sie langsam.

»He, er ist doch schon öfter aus solchen Situationen wieder heil herausgekommen, oder?« Zögernd legte er ihr den Arm um die Schulter und führte sie zum wartenden Wagen.

»Ja, das stimmt natürlich.«

»Und sieh das doch mal von dieser Seite: Wir sind hier eine Stunde früher herausgekommen, weil alle nach Hause fuhren, um den Fernseher einzuschalten.«

Sie hätte beinahe lachen müssen. »Du tust mir gut, Jeff.«

Er strahlte sie an. »Ist umgekehrt genauso.«

Um sechs Uhr früh schloss Deanna endlich die Tür zu ihrer Wohnung auf und taumelte hinein. Seit vierundzwanzig Stunden war sie jetzt auf den Beinen und schon lange jenseits aller Müdigkeit. Sie rief sich jedoch ins Gedächtnis zurück, dass sie ihren beruflichen Verpflichtungen nachgekommen war und ihr neugeborenes Patenkind gesehen hatte.

Aubrey Deanna Myers, dachte sie, und lächelte erschöpft, als sie ins Schlafzimmer ging. Ein acht Pfund schweres Wunder mit roten Haaren. Nachdem sie gesehen hatte, wie dieses unglaublich schöne Leben auf die Welt gekommen war, fiel es ihr schwer zu glauben, dass draußen auf der anderen Seite der Welt ein Krieg wütete.

Unendlich dankbar darüber, dass ihre Talkshow an diesem Morgen verschoben worden war, zog sie sich aus, schaltete den Fernseher ein und ließ den Krieg in ihr Wohnzimmer kommen.

Wie spät mochte es jetzt in Bagdad sein? fragte sie sich, doch ihr Verstand war einfach nicht mehr in der Lage, Rechenaufgaben durchzuführen. Erschöpft setzte sie sich in der Unterwäsche auf die Bettkante und versuchte, sich auf die Bilder und Berichte zu konzentrieren.

»Sei bloß vorsichtig!«, murmelte sie.

Das war ihr letzter Gedanke, bevor sie auf der Tagesdecke zusammensackte und augenblicklich in einen tiefen Schlaf fiel.

In der zweiten Nacht des Golfkrieges richtete sich Finn in einem saudiarabischen Militärstützpunkt ein. Es war schon spät, er war müde und hungrig und sehnte sich nach einem Bad. Er konnte das Getöse der Düsenflugzeuge hören, die vom Flughafen starteten und in den Irak flogen. Es war ihm klar, dass auch andere Nachrichtenteams Berichte senden würden, entsprechend miserabel war seine Laune.

Als Resultat der vom Pentagon verfügten Einschränkungen für die Presse musste er warten, bis er an die Reihe kam und an die Front reisen durfte – und auch dann konnte er sich nur dorthin begeben, wohin ihn die Militärs schickten. Seit dem Zweiten Weltkrieg war es das erste Mal, dass jegliche Berichterstattung zensiert wurde.

Und ›Zensur‹ war eines der wenigen Worte, die Finn wirklich verabscheute.

»Willst du die Zeit nicht nutzen, um dein hübsches Gesicht zu rasieren?«

»Vergiss es, Curt. Wir sind in zehn Sekunden auf Sendung.« Er horchte auf den Countdown im Kopfhörer. »In den Stunden vor Sonnenaufgang des zweiten Tages der Operation Wüstensturm …«, begann er.

Auf ihrer Couch in Chicago beugte sich Deanna nach vorne und studierte Finns Gesicht auf dem Bildschirm. Er sieht müde aus, dachte sie, schrecklich müde. Aber auch zäh und zu allem bereit. Und er lebt.

Sie prostete ihm mit ihrem Mineralwasser zu und verspeiste das Sandwich mit Erdnussbutter, das sie sich zum Abendessen gemacht hatte.

Was mochte er wohl denken und fühlen, während er von Einsätzen und Statistiken sprach oder die vorher festgelegten Fragen des Moderators beantwortete? Hinter ihm spannte sich der arabische Himmel, und gelegentlich musste er seine Stimme anheben, um das laute Getöse der Düsen zu übertönen.

»Wir sind froh, dass Sie sicher aus Bagdad herausgekommen sind, Finn. Und wir stellen uns auf weitere Berichte ein.«

»Danke, Martin. Sie hörten Finn Riley für die CBC aus Saudi-Arabien.«

»Schön, dich zu sehen, Finn«, murmelte Deanna, seufzte und stand auf, um ihr Geschirr in die Küche zu bringen. Erst als sie am Anrufbeantworter vorbeilief, bemerkte sie das schnelle Blinken, das anzeigte, dass Nachrichten für sie gespeichert waren.

»Verdammt, wie habe ich das nur vergessen können?«

Sie stellte das Geschirr ab und spulte zurück. Selige sechs Stunden hatte sie geschlafen, dann war sie wieder nach draußen gerast. Ein kurzer Besuch im Krankenhaus, ein paar Stunden im Büro, wo Chaos herrschte. Dieses Chaos und die Gespräche über den Krieg hatten sie veranlasst, mit einer dicken Mappe mit Zeitungsausschnitten und einer Tasche mit Post wieder das Weite zu suchen. Den Rest des Abends hatte sie gearbeitet und das Telefon ignoriert, ohne die Nachrichten auf dem Anrufbeantworter abzuhören.

Ein Baby und ein Krieg lenkten wirklich von vielem ab, dachte sie, als sie den Knopf zum Abspielen drückte.

Ihre Mutter hatte angerufen, ferner Simon. Pflichtbewusst schrieb sie sich alles auf. Zweimal hatte jemand wieder aufgelegt, beide Male mit einer langen Pause vor dem Klicken im Hörer.

»Kansas?« Deanna ließ den Stift fallen, als Finns Stimme das Zimmer erfüllte. »Wo zum Teufel steckst du? Es muss jetzt bei dir fünf Uhr morgens sein. Diese Leitung steht mir nur eine Minute zur Verfügung. Wir sind aus Bagdad herausgekommen, und die Stadt sieht schlimm aus. Ich weiß nicht, wann ich wieder durchkomme; du musst mich also in den Nachrichten erwischen. Ich denke an dich, Deanna. Herrgott, es ist schwer, an irgendetwas anderes zu denken. Kauf dir ein paar Flanellhemden, ja? Und Gummistiefel. Im Blockhaus kann es ziemlich kalt werden. Schreib mir, ja? Schick mir eine Videokassette, ein Rauchzeichen. Und lass mich wissen, warum zum Teufel du nicht ans Telefon gehst. Bis später.«

Und dann war er wieder weg.

Deanna wollte das Band gerade wieder zurückspulen, als Loren Bachs Stimme aus dem Gerät strömte. »Herrgott, Sie sind ja wirklich schwer zu erreichen. Ich habe in Ihrem Büro angerufen, und Ihre Sekretärin sagte mir, Sie seien im Krankenhaus. Das hat mir einen Riesenschreck eingejagt, bis sie erklärte, dass Fran ihr Baby bekommen hat. Wie ich hörte, ist es ein Mädchen. Ich weiß nicht, warum Sie noch nicht wieder zu Hause sind, aber es geht um Folgendes: Delacort möchte Ihren Vertrag um zwei Jahre verlängern. Unsere Leute werden mit Ihrem Agenten in Verbindung treten, doch ich wollte es zuerst Ihnen selbst sagen. Meinen herzlichen Glückwunsch, Deanna!«

Sie hätte keinen Grund dafür nennen können, aber sie setzte sich einfach auf den Boden, schlug die Hände vor das Gesicht und weinte.

In den nächsten fünf Wochen entwickelten sich die Dinge überall sehr schnell. Seit der neue Vertrag mit Delacort unter Dach und Fach war, merkte Deanna, dass sich sowohl ihre Hoffnungen als auch ihr Budget vergrößerten. Sie konnte zusätzliche Mitarbeiter einstellen und Fran ein eigenes Büro einrichten, das sie beziehen würde, wenn sie aus dem Mutterschaftsurlaub zurückkam.

Am erfreulichsten war, dass die Einschaltquoten in den ersten Wochen des neuen Jahres langsam, aber beständig stiegen.

Zehn Städte hatten ihre Sendung jetzt übernommen, und auch wenn sie immer noch hinter *Angela* zurückblieb, wurde der Abstand zwischen beiden Talkshows bei ähnlichen Sende-terminen immer geringer.

Um den Erfolg zu feiern, kaufte Deanna einen Aubusson, der den kleinen Teppich vom Flohmarkt in ihrem Wohnzimmer ersetzen sollte und ihrer Meinung nach bestens zum Schreib-tisch passte.

In der Aprilausgabe des *Woman's Day* sollte sie auf die Titel-seite kommen, im *People* erschien ein ausführlicher Artikel über sie und um der alten Zeiten willen hatte sie eingewilligt, zu ei-nem Beitrag im *Frauengespräch* zu erscheinen. In der Sonntags-ausgabe der *Chicago Times* füllte der Artikel über sie eine ganze Doppelseite und bezeichnete sie als aufstrebenden Star.

Mit einer Mischung aus Belustigung und Entsetzen lehnte sie das Angebot ab, für den *Playboy* Modell zu stehen.

Als das rote Licht aufleuchtete, hatte Deanna Platz genom-men. Sie lächelte und fand mühelos Zugang zu Tausenden von Wohnzimmern.

»Erinnern Sie sich noch an Ihre erste Liebe? An den ersten Kuss, der Ihren Puls in die Höhe jagte? An die langen Gespräche und die heimlichen Blicke?« Sie seufzte und ließ das Publikum mitseufzen. »Heute führen wir drei Paare wieder zusammen, die sich noch gut daran erinnern können. Janet Hornesby war süße sechzehn, als sie ihre erste Romanze hatte. Das ist jetzt fünfzig Jahre her, doch den Jungen, der ihr in jenem Frühling das Herz gestohlen hatte, hat sie nie vergessen.«

Die Kamera schwenkte über die Studiogäste, zeigte deren un-sicheres, nervöses Lächeln, während Deanna fortfuhr.

»Robert Seinfield war gerade achtzehn, als er seine Liebste aus der Highschool verließ und mit seiner Familie in einen zweitau-send Meilen entfernten Ort zog. Obwohl seitdem ein Jahrzehnt vergangen ist, denkt er immer noch an Rose, das Mädchen, das ihm seinen ersten Liebesbrief geschrieben hat. Und vor dreiundzwanzig Jahren trennten Collegepläne und der Druck der Familie Theresa Jamison von dem Mann, den sie eigentlich heiraten wollte. Ich glaube, unsere heutigen Studiogäste werden sich alle die Frage stellen: Was wäre gewesen, wenn? Ich zumindest frage mich das. Nun, am Ende dieser Sendung werden wir es herausgefunden haben.«

»Das war eine tolle Show«, meinte Fran, als sie auf die Bühne spaziert kam. Aubrey kuschelte sich in ihrem Tragesack an die Mutter. »Ich glaube, Mrs. Hornesby und ihr Freund könnten eine zweite Chance haben.«

»Was machst du denn hier?«

»Ich wollte, dass Aubrey sieht, wo ihre Mutter arbeitet«, meinte Fran, schmiegte das Baby an sich und ließ einen sehnsüchtigen Blick über den Bühnenaufbau schweifen. »Diesen Ort habe ich vermisst.«

»Fran, du hast doch gerade erst ein Baby bekommen.«

»Ja, das ist mir auch zu Ohren gekommen. Weißt du, Dee, du solltest mal über eine Fortsetzung dieses Themas nachdenken. Die Leute mögen gefühlvolle Dinge dieser Art. Wenn eines dieser drei Paare tatsächlich wieder zusammenfindet, könntest du irgendein Jubiläum als Aufhänger nehmen.«

»Daran habe ich auch schon gedacht.« Die Hände in die Hüften gestemmt, trat Deanna einen Schritt zurück. »Hmm«, meinte sie nach einer Weile, »du siehst ja richtig gut aus.«

»So fühle ich mich auch. Doch so sehr mir auch das Leben als Mutter gefällt, hasse ich die Häuslichkeiten. Ich brauche Arbeit, andernfalls laufe ich Gefahr, irgendwelche drastischen Schritte zu tun, beispielsweise mit Petit point anzufangen.«

»Das können wir natürlich nicht zulassen. Lass uns hochgehen und darüber reden.«

»Ich will aber zuerst noch dem Team hallo sagen.«

»Ich bin oben im Büro.« Mit einem selbstgefälligen Lächeln ging Deanna zum Fahrstuhl. Sie hatte die fünfzig Dollar gewonnen, die Richard darauf gesetzt hatte, dass Fran es ganze zwei Monate zu Hause aushalten würde. Auf der Fahrt in den sechzehnten Stock blickte sie auf die Uhr und ging in Gedanken ihre Termine durch. »Cassie«, meinte sie, sobald sie das Vorzimmer betrat, »können Sie versuchen, meinen Termin beim Mittagessen auf halb zwei zu verlegen?«

»Kein Problem. Die Sendung heute war übrigens großartig. Wie ich hörte, stehen die Telefone nicht mehr still.«

»Wir wollen ja auch bei den Zuschauern ankommen.« An die anstehenden Termine denkend, ließ sie sich hinter den Schreibtisch fallen, um die Post durchzugehen, die Cassie dort für sie auf einen Stapel gelegt hatte. »Fran hat unten auf einen kurzen Besuch vorbeigeschaut. Sie wird in wenigen Minuten hochkommen – mit dem Baby.«

»Sie hat das Baby dabei? Oh, ich kann es gar nicht erwarten, sie zu sehen.« Irritiert von Deannas Gesichtsausdruck hielt Cassie inne. »Ist etwas nicht in Ordnung?«

»Nicht in Ordnung?« Verwirrt schüttelte Deanna den Kopf. »Ich weiß nicht. Cassie, haben Sie eine Ahnung, wie dieser Brief hierhergekommen ist?« Sie hielt einen einfachen weißen Briefumschlag in die Höhe, auf dem nur ihr Name stand.

»Als ich die andere Post hereinbrachte, lag der schon auf Ihrem Schreibtisch. Warum?«

»Es ist einfach sehr merkwürdig. Seit letztem Frühjahr bekomme ich immer wieder diese Briefe.« Sie drehte das Blatt Papier um, sodass Cassie es lesen konnte.

»»Deanna, du bist so wunderschön. Deine Augen schauen in meine Seele hinein. Ich werde dich immer lieben.«« Cassie verzog den Mund. »Das ist doch ganz schmeichelhaft. Und verglichen mit einigen anderen Briefen, die Sie bekommen, klingt das doch vergleichsweise harmlos. Beunruhigt Sie der Brief?«

»Eigentlich nicht. Aber mir ist nicht ganz wohl dabei. Es kann doch nicht besonders gesund sein, wenn jemand das so lange aufrechterhält.«

»Sind Sie sicher, dass die Briefe alle von derselben Person stammen?«

»Der Umschlag sieht immer gleich aus, die Sätze sind immer mit dunkelroter Farbe getippt und sagen immer das Gleiche.« Das ungute Gefühl erzeugte ein leichtes Kribbeln in ihrem Magen. »Vielleicht ist es ja jemand, der hier im Gebäude arbeitet.«

Jemand, den sie vielleicht jeden Tag sah, mit dem sie jeden Tag sprach, mit dem sie zusammenarbeitete.

»Wollte denn jemand mit Ihnen ausgehen? Oder hat jemand Annäherungsversuche gemacht?«

»Was? Nein.« Mit einer gewissen Anstrengung schüttelte Deanna die unheimliche Stimmung von sich ab und zuckte mit den Achseln. »Ich denke, das Ganze ist harmlos«, meinte sie, als wollte sie sich selbst davon überzeugen. Mit Bedacht riss sie dann das Blatt Papier in der Mitte durch und warf es in den Papierkorb. »Sehen wir lieber zu, was wir heute Vormittag noch an Arbeit erledigen können, Cassie.«

»Okay. Haben Sie gestern Abend die Sondersendung mit Angela gesehen?«

»Natürlich.« Deanna grinste. »Meinen Sie denn, ich hätte den Auftakt zur Sendung meiner stärksten Konkurrentin in der Haupteinschaltzeit verpasst? Sie hat ihre Sache ganz gut gemacht.«

»Dieser Meinung waren aber nicht alle Kritiker.« Cassie tippte mit dem Finger gegen die Zeitungsausschnitte auf Deannas Schreibtisch. »Der von der *Times* hat kein gutes Haar an ihr gelassen.«

Unwillkürlich griff Deanna in den Stapel und las die erste Kritik.

»»Aufgeblasen und seicht‹.« Sie zuckte zusammen. »»Affektiertes Getue wechselte sich mit hinterhältigen Ausfällen ab‹.«

»Auch die Einschaltquoten entsprachen nicht den Erwartungen«, berichtete Cassie. »Sie waren zwar nicht gerade peinlich, aber auch keineswegs überwältigend. In der Post stand etwas von Selbstbeweihräucherung.«

»Das ist aber doch ihr Stil.«

»Die Runde in ihrem Penthouse für die Kamera und ihr Gesäusel über New York waren schon ein bisschen dick aufgetragen. Außerdem war sie selbst häufiger im Bild als ihre Gäste.« Cassie zuckte mit den Achseln und grinste. »Ich habe mitgezählt.«

»Das wird sie nicht leicht hinnehmen können.« Deanna legte die Kritiken beiseite. »Aber sie wird sich rasch wieder fangen.« Mit einem warnenden Blick auf Cassie fuhr sie fort: »Ich hatte meine Probleme mit ihr, aber trotzdem wünsche ich keinem einen solchen Verriss.«

»Ich ebenfalls nicht. Aber ich möchte auch nicht, dass sie Ihnen Schaden zufügt.«

»Kugeln prallen von mir ab«, meinte Deanna trocken. »Aber jetzt sollten wir Angela vergessen. An mich wird sie heute Morgen bestimmt als allerletztes denken.«

Angelas erster Wutanfall angesichts der Kritiken hatte einen Schneesturm aus zerrissenem Zeitungspapier zur Folge. Der Boden ihres Büros war mit Papierfetzen bedeckt. Während sie auf und ab lief, schob sie das Zeitungspapier mit den Füßen vor sich her.

»Diese Scheißkerle werden mit diesen Angriffen gegen mich nicht ungestraft davonkommen.«

Dan Gardner, der neue Produktionsleiter für *Angela,* besaß die Klugheit zu warten, bis sich bei ihr der schlimmste Sturm verzogen hatte. Er war dreißig Jahre alt und mit seinem gedrungenen, muskulösen Körper wie ein Mittelgewicht gebaut. Seine konservative Frisur passte zu seinem jungenhaften Gesicht, dem die blauen Augen und das sanft gefurchte Kinn eine besondere Note gaben.

Er hatte einen scharfen Verstand und ein einfaches Ziel: auf dem schnellstmöglichen Weg bis nach ganz oben zu kommen.

»Angela, jeder weiß doch, dass man auf diese Kritiken nichts geben kann.« Er goss ihr eine beruhigende Tasse Tee ein. Wie schade, dass die Strategie, keine Vorschau auf die erste Sendung ihrer Talkshow zu erlauben, nicht aufgegangen war, dachte er. »Diese Trottel zielen mit ihren schäbigen Angriffen immer auf die, die an der Spitze stehen. Und genau dort stehst du auch.« Er reichte ihr die Tasse aus feinem Porzellan. »An der Spitze.«

»Und da gehöre ich verdammt noch mal auch hin.« Tee schwappte in die Untertasse, was machte das schon? Wut war besser als Tränen, das wusste sie. Niemand, absolut niemand würde die Genugtuung haben zu sehen, wie verletzt sie war. Sie war so stolz gewesen, hatte mit ihrem neuen Zuhause geprotzt, ihr Leben mit dem Publikum geteilt.

»Affektiertes Getue«, hatten sie es genannt.

»Und wäre nicht dieser verdammte Krieg, hätten die Einschaltquoten das auch gezeigt«, fauchte sie weiter. »Die blöden Zuschauer kriegen einfach nicht genug von diesem Scheiß. Tagein, tagaus werden wir mit diesen Nachrichten bombardiert. Warum fegen wir dieses verdammte Land nicht einfach von der Landkarte und sind es ein für alle Mal los?«

Angela war den Tränen gefährlich nahe, schaffte es aber, sie zu bezwingen, und nippte am Tee wie an einer Medizin.

Sie hatte das Verlangen nach einem Drink.

»Das tut uns nicht weh. Deine Sendung hat in fünf Märkten direkt vor den Sechs-Uhr-Nachrichten ihre Position verstärken können. Und letzte Woche waren die Zuschauer von deiner Außenübertragung vom Luftwaffenstützpunkt Andrews hellauf begeistert.«

»Ich habe es satt!« Sie schleuderte die Teetasse gegen die Wand, Scherben flogen durch die Luft, Tropfen spritzten über die Seidentapete. »Und von diesem dreckigen Miststück in Chicago, das versucht, meine Einschaltquoten in den Keller zu drücken, habe ich auch allmählich die Nase voll.«

»Die ist doch nur eine Eintagsfliege.« Der Wutausbruch hatte ihn nicht einmal zusammenzucken lassen. Er hatte ihn kommen sehen, und jetzt, wo er vorbei war, konnte er sicher sein, dass sie sich wieder beruhigen würde. Und sobald sie sich wieder beruhigt hatte, würde sie sehr bedürftig sein.

Seit etlichen Monaten kümmerte er sich jetzt um Angelas Bedürfnisse.

»In einem Jahr kräht kein Hahn mehr nach ihr, du hingegen bist dann immer noch die Nummer eins.«

Sie setzte sich hinter den Schreibtisch, lehnte sich mit geschlossenen Augen zurück. Sie ließ nach. Nichts schien so zu laufen, wie sie es geplant hatte, als sie ihre Produktionsgesellschaft gründete. Gut, sie hatte jetzt das Sagen, aber es gab so viel zu tun, so viele Anforderungen, so viele, viele Möglichkeiten zu scheitern.

Doch ein Scheitern war völlig undenkbar, mit einem Scheitern könnte sie sich nie abfinden. Sie atmete langsam und tief ein und aus, um sich zu beruhigen. Das tat sie auch bei Lampenfieber immer. Doch sie erinnerte sich daran, dass es viel ergiebiger war, sich auf das Scheitern einer anderen Person zu konzentrieren.

»Du hast recht. Und wenn Deanna ihren Tiefpunkt erreicht

hat, wird sie froh sein, überhaupt noch irgendwo öffentlich auftreten zu können.« Außerdem hatte sie ja noch etwas in der Hinterhand, das diesen schönen Tag ein wenig früher herbeiführen konnte.

Als sich Angelas Lippen zu einem Lächeln verzogen, ging Dan hinter ihren Sessel und massierte ihr die verspannten Schultern. »Entspann dich einfach und überlass es mir, sich Sorgen zu machen.«

Sie mochte es, wie sich seine Hände anfühlten – sanft, kompetent, sicher. In ihnen fühlte sie sich beschützt und geborgen. Und gerade jetzt hatte sie das bitter nötig.

»Sie lieben mich alle, nicht wahr, Dan?«

»Selbstverständlich.« Seine Hände wanderten zu ihrem Nacken hoch, strichen über ihre weichen und schweren Brüste, die ihn immer wieder erregten. Seine Stimme wurde undeutlich, als er spürte, wie sich ihre Brustwarzen unter dem leichten Druck zwischen seinem Daumen und Zeigefinger verhärteten. »Alle lieben Angela.«

»Und sie werden weiter zuschauen.« Sie seufzte und entspannte sich, als seine Hände ihre Brüste kneteten.

»Jeden Tag. Von Küste zu Küste.«

»Jeden Tag«, murmelte sie und ihr Lächeln wurde breiter. »Schließ die Tür ab, Dan, und sag Lorraine, sie soll jetzt keine Anrufe für mich durchstellen.«

»Nichts, was ich lieber täte.«

14

In den frostigen Wüstennächten fiel es schwer, sich an die sengende Hitze des Tages zu erinnern. Nach der Explosion der ersten Bomben fiel es genauso schwer, sich an die vorangegangenen fürchterlich langweiligen Wochen der Operation Wüstenschild zu erinnern.

Finn hatte schon andere Kriege durchgestanden, obwohl er nie zuvor durch Vorschriften des Militärs so sehr in seinem Handlungsspielraum eingeschränkt worden war. Doch für einen wagemutigen Reporter gab es immer Mittel und Wege, diese Vorschriften zu umgehen. Natürlich hätte auch er niemals bestritten, dass es bestimmte sensible Informationen gab, deren Verbreitung über den Sender die Truppen gefährdete. Aber er war kein von blindem Ehrgeiz beseelter Idiot, sondern sah es als seine Arbeit und als seine Pflicht an, herauszufinden, was gerade tatsächlich geschah und nicht nur was die offiziellen Berichte an Geschehnissen meldeten.

Zweimal waren er und Curt mit der tragbaren Satellitenschüssel in seinen gemieteten Lastwagen gestiegen und über die schlecht markierten Straßen und den dahintreibenden Sand gefahren. Irgendwann hatten sie es geschafft, mit den US-Truppen in Kontakt zu treten, und Finn lauschte den Klagen und Hoffnungen der Soldaten, bevor er zu seiner Basis zurückkehrte, um über beides zu berichten.

Er beobachtete, wie die Scud-Raketen flogen und die Patriot-

Raketen sie abfingen. Wenn sich ihm eine Gelegenheit zum Schlafen bot, nutzte er sie. Und die ganze Zeit lebte er mit der Möglichkeit eines Angriffs mit Chemiewaffen.

Als die Bodentruppen in die Kämpfe einzugreifen begannen, brannte er darauf, ihnen nach Kuwait City zu folgen.

»Mutter aller Schlachten« sollten diese einhundert Stunden erbitterte Gefechte zur Befreiung Kuwaits einmal genannt werden. Während die alliierten Truppen ihre Positionen am Euphrat bezogen, flohen die irakischen Soldaten überstürzt und ungeordnet über die Autobahnen, die Kuwait mit anderen Städten verbanden.

Für Fahrzeuge gab es bald kaum noch ein Durchkommen, Panzer waren zwischen ihnen eingeschlossen, überall lag herum, was die Flüchtenden zurückgelassen hatten. Von einem staubigen Lastwagen aus, der auf die Stadt zufuhr, betrachtete Finn die Trümmerlandschaft. Kilometerweit säumten verwüstete Fahrzeuge oder auf die Seite gekippte und diverser Teile beraubte Autos die Straße. Die Fahrbahn war übersät mit den verschiedensten Gegenständen: Matratzen, Decken, Bratpfannen, Patronenhülsen. Wie auf den Boden gestreute Juwelen lag ein Kronleuchter im Sand, dessen Kristalle in der Sonne funkelten. Schlimm waren die Leichen, die vereinzelt dazwischenlagen.

»Lass uns ein paar Aufnahmen machen.« Finn stieg aus dem Lastwagen; seine Stiefel knirschten auf einer Musikkassette, die über die Straße geweht wurde.

»Das sieht ja aus, als wollte hier jemand gebrauchte Gegenstände aus der Hölle zum Verkauf anbieten«, bemerkte Curt. »Diese Mistkerle müssen ja auf ihrem Weg aus der Stadt heraus überall geplündert haben.«

»Letztlich läuft doch wirklich alles nur darauf hinaus, sich irgendetwas für sich selbst zu sichern, nicht wahr?« Finn deutete auf ein großes Stück grell rosarot gefärbten Stoff, das unter einem umgestürzten Lastwagen hervorlugte und im Wind flatterte. Ziermünzen schimmerten an dem Abendkleid. »Wo zum Teufel hat jemand geglaubt, das tragen zu können?«

Während Curt seine Ausrüstung aufstellte, bereitete sich Finn auf die nächste Aufnahme vor. Eigentlich hatte er nicht gedacht, dass ihn noch irgendetwas überraschen konnte, nachdem er gesehen hatte, wie sich die ein Bild des Jammers bietenden ausgemergelten irakischen Soldaten erschöpft den alliierten Truppen ergeben hatten. Furcht und Erleichterung hatte ihnen in ihren ausgezehrten Gesichtern gestanden, als sie aus ihren Schützenlöchern in der Wüste herausgekrochen waren. Finn hatte es auch nicht für möglich gehalten, dass ihn noch irgendetwas am Krieg sonderlich betroffen machen konnte, weder die in Stücke gerissenen Leichen, die abscheulichen Spuren der Aasfresser oder der Verwesungsgeruch, der unter der erbarmungslosen Sonne förmlich zu kochen schien.

Doch beim Anblick dieser im Wind flatternden rosaroten Seide, die so verführerisch im Wüstenwind raschelte, drehte sich ihm der Magen um.

In der Stadt selbst war es noch schlimmer. Bei allen lagen die Nerven bloß, die allgemeine Wut war deutlich spürbar. Die Verwüstungen wurden von einer öligen Rußschicht bedeckt, die von den riesigen Bränden stammte, welche Kuwaits Lebensnerv, das Öl, dezimierten.

Wenn der Wind in die Stadt hineinwehte, verdunkelte der Rauch den Himmel, und Mittag wurde zu Mitternacht. Die Küste war mit Minen übersät, und etliche Male am Tag erschütterten Explosionen die Stadt. Schüsse waren auch weiterhin zu hören, und es handelte sich keineswegs nur um Freudensalven, sondern auch um brutale Feuerüberfälle auf kuwaitische Soldaten aus vorüberfahrenden Autos heraus. Überlebende suchten auf dem Friedhof nach den sterblichen Überresten ihrer

Angehörigen, von denen viele Folter oder Schlimmeres erlitten hatten.

Doch während dieser ganzen Beobachtungen und seiner vielen Berichte musste Finn immer wieder an dieses mit Ziermünzen geschmückte Abendkleid denken, das im Sand steckte und sich im Wind blähte.

Wie die ganze übrige Welt verfolgte auch Deanna das Ende des Krieges am Fernsehbildschirm. Sie lauschte den Berichten über die Befreiung Kuwaits und den offiziellen Waffenstillstand, den Zahlenspielereien des Sieges. Sie hatte sich angewöhnt, vor Verlassen des CBC-Gebäudes kurz im Nachrichtenraum vorbeizuschauen, und hoffte immer, dort ein paar Informationen zu ergattern, die nicht über den Sender gingen.

Ihre alltäglichen Verantwortlichkeiten gaben ihr Halt. Wann immer sie einen Abend frei hatte, schaute sie sich die Spätnachrichten an. Danach legte sie ein Band mit ihrer Show vom Morgen ein, begutachtete in der ungestörten Ruhe ihrer Wohnung den Auftritt und suchte nach Wegen, ihre Arbeit vor der Kamera zu verbessern oder die Gesamtgestaltung ihres Programms zu straffen.

In Pullover und Jeans hatte sie es sich mit gekreuzten Beinen auf dem Fußboden bequem gemacht, das aufgeschlagene Notizbuch auf den Knien. Sie trug die falschen Ohrringe, stellte sie fest. Jedes Mal, wenn sie den Kopf bewegte, schwangen sie hin und her und lenkten die Zuschauer ab. Sie machte sich eine entsprechende Notiz: keine baumelnden Ohrringe.

Außerdem machte sie zu ausladende Gesten mit den Händen. Wenn sie nicht aufpasste, würde man sie bald in der Satiresendung *Saturday Night Live* parodieren. Das könnte ihr tatsächlich einmal blühen, dachte sie grinsend und kritzelte weiter ihre Anmerkungen in den Block.

Berührte sie die Leute zu sehr? Auf den Lippen kauend,

schaute sich Deanna ihren Auftritt auf diesen Aspekt hin an. Sie hatte tatsächlich fast immer eine Hand am Arm eines Gastes oder legte jemandem aus dem Publikum den Arm um die Schulter. Vielleicht sollte sie …

Das Klopfen an der Tür entlockte ihr einen Fluch. In ihrem Terminplan hatten unerwartete Besucher nach zehn einfach keinen Platz. Widerwillig schaltete sie den Videorecorder aus und spähte durch den Türspion nach draußen. Im nächsten Moment riss sie die Schlösser auf und zerrte an der Kette.

»Finn! Ich wusste ja gar nicht, dass du wieder da bist!«

Sie nahm nicht wahr, wer den ersten Schritt tat, aber ohne zu zögern lagen sie sich in den Armen. Sein Mund presste sich auf ihre Lippen, ihre Hände ballten sich in seinen Haaren zu Fäusten. Diese Explosion des Verlangens, dieser Hitzeschwall, dieser Kraftstoß durchfuhr sie beide. In ihr detonierte eine Bombe, bebende Gefühle und ein unverstelltes Verlangen blieben zurück. Er schob die Tür mit dem Fuß zu, im nächsten Augenblick purzelten sie auf den Boden.

Ohne zu denken – ohne überhaupt denken zu können – spürte sie, wie sein Mund auf ihrem brannte und seine drängenden Hände bereits von ihr Besitz ergriffen. Wie zwei miteinander raufende Kinder wälzten sie sich auf dem kleinen Teppich hin und her und gaben nur unzusammenhängende, gemurmelte Laute und die Geräusche heftigen Atmens von sich.

Und das war kein Traum, sondern Wirklichkeit, und zwar die einzige Wirklichkeit, auf die es ankam. Seine groben Hände fuhren unter ihr Hemd, ergriffen sie, gruben sich in ihre Hüften, um sie heftig an ihn zu pressen.

Mit kurzen, sich immer wieder entladenden Kraftstößen verwandelte sie sich unter ihm in einen Vulkan. Ihre Haut war heiß, glatt und unerträglich zart. Er wollte sie schmecken, sie mit Haut und Haaren verschlingen, ihren Geschmack in sich aufnehmen. Ihr Mund genügte nicht mehr, jetzt war es ihr Hals, ihre Schulter, von der er das Hemd herunterzog. Er fühlte sich wie ein rasendes, ausgehungertes Tier und wollte in diesem Gefühl schwelgen. Und doch wusste er, dass er sie verletzen konnte und auch verletzen würde, wenn er sich bei dem, wonach es ihm am heftigsten verlangte, nicht zügelte.

»Deanna.« Er wünschte sich, in dem glühenden Feuerofen, den er in sich spürte, irgendeinen Funken von Zartheit zu finden. »Lass mich ...« Er hob den Kopf und versuchte verzweifelt, seinen Blick zu klären. Wie er feststellte, hatte er sie bisher kaum angeschaut. Sobald sie die Tür geöffnet und seinen Namen gesagt hatte, war es um seine Kontrolle geschehen gewesen.

Jetzt vibrierte sie mit riesengroßen, dunklen Augen und einem angeschwollenen Mund wie eine gezupfte Saite unter ihm. Und ihre Haut ... Er führte seine Fingerspitzen an ihre Wangen, streichelte das gerötete, feuchte Fleisch.

Tränen. Immer hatte er sie als die stärkste Waffe der Frauen angesehen. Bebend wischte er sie weg und räusperte sich. »Habe ich dich umgestoßen?«

»Ich weiß nicht.« Sie fühlte sich wie ein wilder Haufen aus bloßgelegten Nervenenden und prasselnden Funken. »Ist mir auch egal.« Langsam und wunderschön erstrahlte ihr Lächeln. Sie nahm sein Gesicht in ihre Hände. »Willkommen daheim.« Und mit einem bedächtigen, ruhigen Kuss linderte sie ihre und seine Erregung.

»In Bezug auf Frauen sagt man mir eigentlich eine gewisse Raffinesse nach.« Er nahm ihre Hand, schloss sie zu einer lockeren Faust und drückte sie an seine Lippen. »Im Augenblick wirst du das wahrscheinlich nur schwerlich glauben können.«

»Ich glaube, ich prüfe das besser nicht nach.«

Ein Grinsen huschte über sein Gesicht. »Schau mal, warum können wir nicht ...« Das Ende des Satzes verlor sich, denn er hatte mit der Hand über ihre Haare gestrichen. Verwirrt wich er zurück und musterte sie mit zusammengekniffenen Augen. »Was zum Teufel hast du denn mit deinen Haaren gemacht?«

Unwillkürlich vermeinte sie, ihren Schritt verteidigen zu müssen und strich sich mit den Fingern über ihren Kopf. »Ich habe sie abgeschnitten. Am Silvesterabend.« Ihr Lächeln wirkte unsicher. »Den Zuschauern gefällt es – drei Viertel begrüßen die neue Frisur. Wir haben eine Umfrage gemacht.«

»Die sind ja jetzt kürzer als meine.« Mit einem wenig überzeugenden Lachen trat er ein paar Schritte zurück und setzte sich hin. »Komm her und lass mich dich einmal ganz genau betrachten.« Ohne auf ihre Zustimmung zu warten, zog er sie vom Boden hoch.

Sie setzte sich ebenfalls hin, schmollte ein bisschen, sah ihn herausfordernd an. Das Licht der Lampe fiel vorteilhaft auf ihr glänzendes schwarzes Haar. »Ich war es einfach leid, mich dauernd darum kümmern zu müssen«, murmelte sie, als er einfach still dasaß und sie mit prüfendem Blick ansah. »Das erspart mir etliche Stunden Zeit in der Woche, außerdem passt es zur Form meines Gesichts. Vor der Kamera sieht es sehr gut aus.«

»Mmm-hmmm.« Fasziniert streckte er die Hand aus und spielte mit ihrem Ohrläppchen. Dann glitt er mit den Fingern über die Seite ihres Halses nach unten. »Entweder treiben etliche Monate im Zölibat Schindluder mit meiner Libido, oder du bist tatsächlich die schärfste Frau der Welt.«

Erfreut und ein wenig verwirrt umfasste sie ihre Knie. »Du siehst selber recht gut aus. Sie nennen dich übrigens den Wüstencasanova.«

Er zuckte zusammen. Nach den ganzen Hänseleien seiner Mitarbeiter hatte er seine Mühe damit, so etwas lustig zu finden. »Das wird schon wieder aufhören.«

»Ich weiß nicht. Immerhin gibt es hier in Chicago bereits einen Fan-Club von dir.« Dass ihn das verlegen machte, belustigte sie nur noch mehr. »Mit den Scud-Raketen am Himmel hinter dir oder den hinter deinem Rücken durch die Wüste rollenden Panzern wirktest du schon ziemlich sexy, besonders wenn du dich tagelang nicht rasiert hattest.«

»Als die Kämpfe am Boden begannen, war Wasser sehr kostbar.«

Ihr amüsiertes Lächeln verflog. »War es schlimm?«

»Mir reichte es.« Er nahm ihre Hand. Diesmal war er ganz sanft und erinnerte sich daran, dass er eine gewisse Kultiviertheit schätzte. Und die warme Wirklichkeit ihrer Gegenwart war genau das, was er brauchte. Vielleicht würde dann in ein paar Tagen das, was er am Golf gesehen und gehört hatte, ein wenig verblasst sein.

»Möchtest du darüber sprechen?«

»Nein.«

»Du siehst erschöpft aus.« Erst jetzt fiel ihr auf, wie abgespannt er trotz seiner Bräune war. »Wann bist du denn zurückgekommen?«

»Vor ungefähr einer Stunde. Ich kam direkt hierher.«

Allmählich schlug ihr Herz wieder im normalen Rhythmus. »Ich könnte dir etwas zum Essen machen. Dann hast du ein wenig Zeit, dich hier wieder einzufinden.«

Er hielt ihre Hand fest und wünschte, ihr und sich erklären zu können, wie viel stabiler er sich hier in ihrer Gegenwart, in ihrer Nähe fühlte. »Gegen ein Sandwich hätte ich tatsächlich nichts, insbesondere, wenn es noch ein Bier dazu gibt.«

»Das bringe ich wahrscheinlich zustande.« Sie stand auf und zog an seiner Hand. »Na, komm schon, mach es dir auf der Couch bequem und entspann dich bei Johnny Carsons *Tonight Show.* Während du isst, berichte ich dir, was es bei der CBC an Neuigkeiten und Tratsch gibt.«

Er erhob sich ebenfalls und wartete, bis sie die Fernbedienung betätigt hatte. »Lässt du mich heute bei dir übernachten, Deanna?«

Mit großen Augen blickte sie sich zu ihm um, dann sagte sie fest: »Ja.«

Rasch wandte sie sich ab und ging in die Küche. Ihre Hände zitterten, stellte sie fest. Und es war wunderbar. Ihr ganzer Körper bebte als Reaktion auf diesen bedeutungsvollen letzten Blick, mit dem er sie angeschaut hatte, bevor sie davoneilte. Sie wusste überhaupt nicht, wie es werden würde, aber sie wusste, dass sie noch nie einen Mann mehr gewollt hatte als ihn. Die Monate der Trennung hatten die Gefühle, die in ihr entstanden waren, nicht abgeschwächt.

Und dieser erste gierige Kuss, als sie alles um sich herum vergessen hatten und auf den Boden gesunken waren, war erstaunlicher und erotischer gewesen als jede ihrer Phantasien in der Zeit des Wartens auf seine Rückkehr.

Er war zu ihr gekommen. Sie drückte eine Hand auf ihren Bauch. Ich bin schrecklich nervös, dachte sie. Doch ihre Nervosität fühlte sich gut an, ihr war nicht kalt und ängstlich zumute, sie verspürte dabei ein brennendes Verlangen und eine große Kraft.

Heute Nacht würde sie es tun. Sie würde sich dieses ureigene Terrain zurückerobern, weil sie das wollte und sich dafür entschieden hatte, dachte sie.

Sie legte ein Sandwich mit Schinken und Käse auf ein Tablett, stellte ein Pils daneben und lächelte in sich hinein. Sexuelles Verlangen war eine genauso grundsätzliche und menschliche Eigenschaft wie Hunger. Sobald sie den Hunger gestillt hatten, würde sie ihn mit in ihr Bett nehmen.

»Ich könnte dir auch noch etwas Warmes machen«, meinte sie, als sie das Tablett ins Wohnzimmer trug. »Im Kühlschrank ist noch eine Dose ...« Dann verstummte sie und starrte auf das Bild, das sich ihr bot.

Finn Riley, der Wüstencasanova, schlief vor dem Fernseher wie ein Baby. Seine abgestoßenen Schuhe hatte er ausgezogen, sich aber nicht die Mühe gemacht, auch die Jacke abzulegen. Harte Arbeit, die Reise und die Zeitverschiebung durch den Flug hatten schließlich ihren Tribut gefordert. Er lag flach auf dem Bauch, das Gesicht in eines ihrer Seidenkissen gedrückt, der Arm hing schlaff von der Couch herab.

»Finn?« Deanna stellte das Tablett ab und legte ihm eine Hand auf die Schulter. Als sie ihn schüttelte, rührte er sich nicht. Achtzig Kilo völlig erschöpfter Mann lagen auf ihrer Couch.

Resigniert holte sie eine Decke, legte sie über ihn und steckte sie fest. Dann schloss sie die Wohnungstür ab, schob die Kette vor, drehte das Licht herunter und setzte sich vor Finn auf den Fußboden. »Unser Timing ist immer noch für den Arsch«, sagte sie leise und gab ihm einen Kuss auf die Wange. Seufzend nahm sie das Sandwich wieder mit und versuchte, das Gefühl der Leere und der sexuellen Frustration mit Essen und Fernsehen zu überdecken.

Schweißgebadet wachte Finn auf. Er hatte geträumt, und das schnell verblassende Bild vor seinem inneren Auge war schrecklich. Zu seinen Füßen lag ein von Kugeln durchlöcherter Körper, die rosarote Seide und die Ziermünzen des zerfetzten Abendkleides waren voller Blut. Im stillen Licht des frühen Morgens setzte Finn sich mühsam auf und rieb sich mit den Händen das Gesicht.

Desorientiert versuchte er, sich zurechtzufinden. War das ein Hotelzimmer? In welcher Stadt? In welchem Land? Ein Flugzeug? Ein Taxi?

Deanna. Finn erinnerte sich, ließ den Kopf wieder in die Kissen sinken und stöhnte leise. Zuerst hatte er sie auf den Boden geworfen, dann war er vor Müdigkeit umgekippt. Ein wahrlich mitreißender Teil im frustrierenden Protokoll ihrer Romanze.

Er war überrascht, dass sie ihn nicht an den Füßen aus der

Wohnung geschleift und im Flur hatte schnarchen lassen, kämpfte sich aus Decke und kam taumelnd hoch. Einen Augenblick lang schwankte er hin und her, war vor Erschöpfung noch ganz wackelig auf den Beinen. Ein Himmelreich für einen Kaffee, dachte er. Vermutlich wegen dieser Gedanken vermeinte er, frisch aufgebrühten Kaffee zu riechen. Nach Monaten in der Wüste wusste er, dass nicht nur Hitze, sondern auch starke Wünsche Sinnestäuschungen hervorrufen konnten.

Fluchend rollte er seine steifen Schultern. Herrgott, er wollte jetzt nicht an seine Wünsche denken.

Doch vielleicht war es ja noch nicht zu spät. Ein paar Schlucke schnell zubereiteter löslicher Kaffee, und er konnte neben Deanna ins Bett schlüpfen und sein Versäumnis von letzter Nacht wiedergutmachen.

Verschlafen stolperte er Richtung Küche.

Sie war keine Sinnestäuschung, stand in der strahlenden Sonne und sah in Freizeithose und Pullover einfach blendend aus. Dazu goss sie gerade herrlich duftenden Kaffee in einen roten Keramikbecher.

»Deanna.«

»Huch!« Sie fuhr zusammen und hätte beinahe den Becher umgestoßen. »Hast du mich erschreckt! Ich konzentrierte mich gerade darauf, mir noch einmal ein paar Sachen für die Talkshow ins Gedächtnis zurückzurufen.« Sie stellte den Becher ab und strich sich mit den plötzlich feuchten Handflächen über die Hüften. »Wie hast du geschlafen?«

»Wie ein Stein. Ich weiß gar nicht, ob mir das peinlich sein oder ich mich entschuldigen soll, aber wenn du diesen Kaffee mit mir teilst, bin ich genau so, wie du es haben möchtest.«

»Dir braucht nichts peinlich zu sein und du musst dich auch nicht entschuldigen.« Als sie nach dem Becher griff, konnte sie seinen Blick jedoch nicht erwidern. »Du warst völlig erschöpft.«

Sanft strich er ihr mit der Hand über die Haare. »Bist du sehr wütend darüber?«

»Ich bin gar nicht wütend.« Doch als sie ihm den Becher in die Hand schob, wich ihr Blick ihm weiterhin aus. »Willst du Milch oder Zucker?«

»Nichts. Wenn du nicht wütend bist, was bist du dann?«

»Das ist schwer zu sagen.« In der Küche war es einfach viel zu eng, stellte sie fest. Und außerdem versperrte er ihr den Weg nach draußen. »Ich muss jetzt wirklich gehen, Finn. In wenigen Minuten kommt mein Fahrer.«

Er rührte sich nicht vom Fleck. »Versuch es mir zu erklären.«

»Das ist nicht leicht für mich«, fuhr sie ihn entnervt und aufbrausend an und drehte sich weg. »Ich habe nicht viele Erfahrungen mit Gesprächen am Morgen danach.«

»Es ist doch nichts passiert.«

»Darum geht es auch eigentlich gar nicht. Ich habe gestern Abend überhaupt nichts gedacht, weil ich gar nicht denken konnte. Als ich dich sah, war ich einfach überwältigt von dem, was geschah und was ich fühlte. Niemand hat mich jemals so begehrt wie du gestern Abend.«

»Und dann habe ich alles vermasselt.« Nicht länger am Kaffee interessiert, stellte er den Becher behutsam auf die Anrichte. »Tut mir leid. Vielleicht hätte ich diesen ersten wilden Ansturm der Gefühle gar nicht unterbrechen sollen, aber ich hatte Angst, dir wehzutun.«

Langsam drehte sie sich um. Ihr Blick verriet ihre Verwirrung. »Du hast mir nicht wehgetan.«

»Aber das hätte ich bestimmt getan. Deanna, ich hätte dich bei lebendigem Leib verschlingen können. Und auf dem Boden über dich herfallen, war einfach ...« Voller Verbitterung dachte er an Angela. »Das war einfach zu unüberlegt.«

»Und das ist genau der Punkt, auf den ich hinauswill. Aber

nicht bei dir, Finn, sondern bei mir. Ich habe ebenfalls völlig unüberlegt gehandelt, und das sieht mir eigentlich gar nicht ähnlich.« Sie schien mit ihren Händen nichts anfangen zu können, hob sie in die Höhe und ließ sie wieder fallen, während er dastand und sie prüfend ansah. »Die Gefühle, die du bei mir ausgelöst hast, kenne ich gar nicht von mir. Und wie die Dinge hinterher liefen ...« Sie zupfte an ihrem Ohrläppchen. »... hatte ich Zeit zum Nachdenken.«

»Na, großartig.« Er schnappte sich den Becher wieder und nahm einen großen Schluck. »Wunderbar.«

»Ich habe mich nicht plötzlich anders besonnen«, fuhr sie fort, als sie beobachtete, wie sich sein Blick verdunkelte. »Doch wir müssen miteinander sprechen, bevor es weitergeht. Und sobald ich alles erklärt habe und du mich verstehst, können wir hoffentlich auch immer noch weitergehen.«

Der flehende Ausdruck in ihren Augen verriet ihm, dass sie etwas von ihm brauchte. Um das Richtige zu tun, musste er nicht wissen, was das war. Er ging einfach zu ihr hinüber, nahm ihr Kinn in seine gewölbten Handflächen und gab ihr einen sanften Kuss. »Okay. Dann reden wir darüber. Heute Abend?«

Ihre Nervosität wich einem Gefühl der Erleichterung. »Ja, heute Abend. Das Schicksal meint es scheinbar gut mit mir, denn das ist seit zwei Monaten das erste freie Wochenende.«

»Dann komm zu mir.« Als ihr Körper sich wunderschön weich an ihn schmiegte, küsste er sie wieder. Diesmal war sein Kuss voller Sehnsucht, lockend. »Da gibt es etwas, das ich unheimlich gerne tun würde.« Er biss in ihre Lippe, bis sich zitternd ihre Augen schlossen.

»Ja?«

»Ich, mmm, ich würde sehr gerne ...«, er fuhr mit seiner Zunge über ihre Lippen, »... für dich kochen.«

»Und was kocht er für dich?«

»Ich habe nicht gefragt.« Rasch überflog Deanna die Liste, auf der einer ihrer Regieassistenten genau eingetragen hatte, wann sie bestimmte Röcke, Blazer, Blusen und Accessoires trug und in welcher Kombination.

»Wenn ein Mann für dich kocht, und das noch an einem Freitagabend, muss er es schon ziemlich ernst meinen.« Fran behielt die ganze Zeit Aubrey im Auge, die friedlich in ihrer Babywippe schlief. »Dann macht er dir ja schon richtig den Hof.«

»Vielleicht.« Deanna lächelte bei dem Gedanken. Mit akribischer Genauigkeit begann sie, die letzten Arrangements für die Talkshows der folgenden Woche zu treffen. »Ich habe jedenfalls vor, es zu genießen.«

»Mein Instinkt sagt mir, dass er dir gut tut. Ich hätte zwar lieber mehr Zeit gehabt, um ihn mir persönlich etwas genauer anzuschauen, aber der Ausdruck auf deinem Gesicht, als du heute Morgen hereinkamst, war schon fast genug.«

»Wie wirkte ich denn?«

»Du warst glücklich, und zwar als Frau. Das ist etwas anderes als das Leuchten, das du in den Augen gehabt hast, als Delacort den Vertrag mit uns verlängerte oder sechs neue Sender unser Programm übernahmen.«

»Vielleicht so ähnlich wie bei dem Umzug in unsere erste Wohnung in Columbus?«

»Nein, noch einmal anders. Da fällt mir übrigens gerade ein, dass ich mich schon die ganze Zeit dafür bedanken wollte, dass du alles Mögliche umgestellt hast, damit ich die kleine Aubrey mit zur Arbeit bringen kann.«

»Ich möchte ja auch, dass sie hier ist«, rief Deanna ihrer Freundin ins Gedächtnis zurück. »Keine von unseren Mitarbeiterinnen soll sich zwischen ihrer Karriere und der Elternschaft entscheiden müssen, was mich auf eine weitere Idee für das Thema einer Sendung bringt, die mir neulich schon gekommen ist.«

Fran schnappte sich ihre Schreibunterlage. »Schieß los.«

»Möglichkeiten, die Kinderbetreuung über Tag an seinen Arbeitsplatz in der Fabrik oder im Büro zu integrieren. Kürzlich habe ich etwas über ein Familienrestaurant gelesen, das direkt neben der Küche eine Art Vorschule eingerichtet hat. Den Zeitungsausschnitt habe ich bereits Margaret gegeben.«

»Ich werde dem nachgehen.«

»Gut. Mir ist übrigens auch noch etwas zu Jeff eingefallen.«

»Jeff? Was ist mit ihm?«

»Er leistet gute Arbeit, findest du nicht auch?«

»Er leistet hervorragende Arbeit.« Fran blickte zu Aubrey hinüber, die gerade im Schlaf seufzte. »Er tut wirklich alles für dich und die Show und ist ein absoluter Zauberer, wenn es darum geht, richtig viel Arbeit wegzuschaffen.«

»Jeff möchte gerne in die Regie.« Erfreut darüber, dass es ihr gelungen war, Fran zu überraschen, lehnte sich Deanna zurück. »Er hat zwar mir gegenüber kein Wort darüber verloren und auch sonst keinem etwas dazu gesagt und würde das auch nie tun, aber ich habe ihn beobachtet. Du kannst es an der Art sehen, wie er im Studio herumhängt, mit den Kameraleuten und den Technikern redet. Jedes Mal, wenn wir einen neuen Regisseur bekommen, verhört Jeff ihn regelrecht.«

»Aber er arbeitet doch als Cutter.«

»Ich war Reporterin«, gab Deanna zu bedenken. »Ich würde ihm gerne Gelegenheit geben, das einmal auszuprobieren. Und wir brauchen weiß Gott jemanden in der Regie, der auf Dauer bei uns bleibt, sich gut in unser Team einfügt und meinen Rhythmus versteht. Ich denke, Jeff entspricht diesen ganzen Anforderungen. Was hältst du von ihm als Produktionsleiter?«

»Ich spreche mit ihm«, meinte Fran nach einer Weile. »Wenn

er Interesse hat, könnten wir es ja nächste Woche bei der geplanten Sendung über Video-Kontaktanzeigen mit ihm versuchen. Das ist ein leichtes Thema.«

»Gut.«

»Deanna.« Mit einer zusammengerollten Zeitung in der Hand stand Cassie in der Tür.

»Bitte, jetzt nicht«, wehrte Deanna ab. »In zwanzig Minuten muss ich bei den Aufnahmen für die neuen Programmankündigungen erscheinen und danach quer durch die Stadt hetzen, um die Chicagoer Sektion des Feministinnenverbandes für mich zu gewinnen. Und dazwischen werde ich mit hundertprozentiger Sicherheit keine Zeitung lesen.«

»Deanna«, wiederholte Cassie. Ihr Blick verriet, dass ihr nicht zum Scherzen zumute war. Sie wirkte besorgt. »Ich denke, Sie sollten sich das hier trotzdem einmal anschauen.«

»Was ist es denn? O nein, nicht schon wieder etwas aus der Boulevardpresse!« Sie erwartete einen Artikel, der sie ermüden oder leicht verärgern würde, nahm Cassie die Zeitung ab und faltete sie auseinander. Eine reißerische Schlagzeile sprang ihr entgegen. »O mein Gott.« Die Knie gaben unter ihr nach, sie tastete hinter sich nach einem Sessel. »Oh, Fran.«

»Immer mit der Ruhe, meine Liebe. Zeig mal her.« Fran manövrierte Deanna in einen Sessel und griff sich die Zeitung.

DAS GEHEIME LEBEN DES BELIEBTEN
MÄDCHENS VON NEBENAN
Der Liebling des Mittelwestens als Partygirl!
Deannas früherer Liebhaber packt aus!!

Ein großes rotes EXKLUSIV! prangte ganz oben über dem Artikel, an der Seite verdeutlichten unter einem aktuellen Foto von Deanna die Zeilen WILDE NÄCHTE! SAUFGELAGE!

SEX AUF DER FÜNFZIGYARDLINIE!, worum es ging. Neben ihrem Bild sah man das grobkörnige Foto eines Mannes, den sie am liebsten für immer vergessen würde.

»So ein Scheißkerl!«, platzte es aus Fran heraus. »Der lügt doch wie gedruckt. Warum zum Teufel hat er sich mit diesem Scheiß an dieses Blatt gewandt? Er schwimmt doch in Geld.«

»Wer weiß schon, warum irgendwer etwas tut.« Angewidert starrte Deanna auf die Schlagzeile. Jetzt war sie wieder ganz das ängstliche, verzweifelte Mädchen. »Sein Bild ist in der Zeitung, nicht wahr?«

»Liebes«, meinte Fran und drehte schnell die Zeitung um, »kein Mensch wird diesen Unsinn glauben.«

»Natürlich werden sie das glauben, Fran.« Deannas Augen waren klar und hart. »Sie glauben es, weil der Text dieses angenehme Prickeln hervorruft. Und die meisten Leute lesen ohnehin nur die Schlagzeilen. Die können sie an der Kasse im Supermarkt überfliegen. Vielleicht lesen sie aber auch den Text auf der Titelseite, schauen sich die Fortsetzung im Innenteil an. Und dann gehen sie nach Hause und plaudern mit ihren Nachbarn über diese Geschichte.«

»Aber das ist einfach Quatsch, da wird irgendein unerheblicher Scheiß ausgeschlachtet, und jeder, der einen Funken Verstand hat, weiß das.«

»Ich dachte nur, Sie sollten es wissen.« Cassie reichte Deanna eine Tasse Wasser. »Ich wollte nicht, dass Sie es zufällig von jemand anderem erfahren.«

»Das war auch richtig so.«

Cassie presste die Lippen zusammen. »Es kamen sogar schon Anrufe deswegen.« Sogar einer von Marshall Pike, den sie allerdings nicht an sie weitergeben wollte.

»Ich kümmere mich später darum. Lass mal sehen, Fran.«

»Dieses Schmierblatt würde ich am liebsten verbrennen.«

»Zeig mir den Artikel«, wiederholte Deanna. »Solange ich nicht weiß, was drinsteht, kann ich auch nicht wissen, was ich damit machen soll.«

Widerwillig reichte Fran die Zeitung an sie weiter. Wie es bei den schlimmsten Artikeln der Boulevardpresse der Fall ist, hatte man auch hier gerade genug Wahrheit in die Lügen gemischt, um den gewünschten Eindruck zu erzeugen. Sie hatte tatsächlich in Yale das College besucht, und sie war mit Jamie Thomas, einem überragenden Stürmer beim Football, ausgegangen. Im Herbst ihres vorletzten Studienjahres war sie mit ihm nach einem Spiel auf einer Party gewesen, hatte mit ihm getanzt, geflirtet und mehr Alkohol getrunken, als vernünftig gewesen wäre.

Natürlich war sie in jener kühlen, klaren Nacht auch mit ihm auf das Spielfeld gegangen. Sie hatte gelacht, als er über den Rasen gelaufen war und unsichtbare Gegner angriff. Doch die Geschichte berichtete nicht, dass ihr das Lachen bald vergangen war. Von Angst, Wut und Schluchzen war keine Rede.

So wie Jamie es darstellte, hatte sie nicht dagegen angekämpft, nicht geschrien. Nach seiner Version hatte er sie nicht mit zerrissenen Kleidern und einem Körper voller blauer Flecke sich selbst überlassen. Er erzählte nicht, wie sie auf dem kalten Gras geweint hatte, seelisch gebrochen, gewaltsam ihrer Unschuld beraubt.

»Nun.« Deanna wischte sich eine Träne von der Wange. »Er hat seine Version der Geschichte über die Jahre hinweg nicht groß geändert. Vielleicht hat er sie ein bisschen mehr ausgeschmückt, aber das war ja zu erwarten.«

»Ich denke, wir sollten juristisch dagegen vorgehen.« Fran musste sich zusammenreißen, um eine ruhige Stimme zu bewahren. »Du solltest Jamie Thomas und die Zeitung wegen Verleumdung verklagen, Dee. Lass ihm das nicht durchgehen.«

»Ich habe ihm viel Schlimmeres durchgehen lassen, nicht wahr?« Sehr sorgfältig und sehr bewusst faltete Deanna die Zeitung zusammen und steckte sie in ihre Handtasche. »Cassie, nach dem Treffen mit dem Feministinnenverband werde ich heute keine Termine mehr annehmen. Ich weiß, vielleicht gibt das hier und da Probleme.«

»Darum werde ich mich kümmern«, sagte Cassie sofort.

»Sagen Sie alles ab«, meinte Fran zu ihr.

»Nein, was ich noch zu tun habe, kann ich auch tun.« Deanna nahm ihren Pullover. Wie fest ihre Stimme auch immer sein mochte und wie sicher ihre Bewegungen auch wirkten, ihre Augen verrieten, wie verletzt sie war.

»Dann komme ich mit dir. Heute gehst du nicht allein nach Hause.«

»Ich gehe überhaupt nicht nach Hause. Ich treffe mich mit jemandem, dem ich einiges erzählen muss. Du brauchst dir um mich keine Sorgen zu machen.« Sie drückte Frans Arm. »Wirklich. Wir sehen uns Montag.«

»Verdammt, Dee, lass mich dir doch helfen.«

»Du warst mir immer eine große Hilfe, aber das hier muss ich allein machen. Ich rufe dich an.«

Sie hatte nicht erwartet, dass es ihr leichtfallen würde, ihm alles zu erklären, hätte aber dann nicht erwartet, dass sie auf der Auffahrt neben Finns schönem, altem Haus im Auto sitzen und kaum den Mut aufbringen würde, weiterzugehen und an die Tür zu klopfen.

Doch da saß sie nun und betrachtete die kahlen Äste der ausladenden Ahornbäume, die im Märzwind zitterten. Sie sah, wie das grelle weiße Sonnenlicht in den hohen eleganten Fenstern aufblitzte und in den winzigen Glimmersprenkeln der verwitterten Steine glitzerte.

Dieses trutzige alte Haus mit seinen gebogenen Giebeln und pfeilgeraden Schornsteinen machte den Eindruck eines Ortes, der zuverlässigen Schutz vor Stürmen und Wind bot, dachte sie und fragte sich, ob Finn sich bewusst dafür entschieden hatte, sich weit weg vom Chaos der Welt privat Ruhe zu gönnen.

Und sie fragte sich, ob er wohl auch ihr Ruhe bieten konnte.

Allen Mut zusammennehmend, stieg sie aus dem Wagen, ging den mit Steinen gepflasterten Gehweg entlang und betrat schließlich den überdachten Vorbau, den Finn in einem dunklen, glänzenden Blau hatte streichen lassen.

An der Tür war ein Messingklopfer in Form einer irischen Harfe befestigt. Bevor sie klopfte, starrte sie ihn lange an …

»Deanna«, begrüßte Finn sie lächelnd und reichte ihr die Hand, um sie willkommen zu heißen. »Zum Abendessen ist es noch ein wenig früh, aber ich kann dir ja ein spätes Mittagessen zubereiten.«

»Ich muss mit dir reden.«

»Das sagtest du schon.« Da sie seine Hand nicht nahm, ließ er sie wieder sinken und schloss die Tür. »Du siehst ganz blass aus.« Verdammt, dachte er, sie wirkt ja zerbrechlich wie Glas. »Warum setzt du dich nicht hin?«

»Ich würde mich gerne setzen.« Sie folgte ihm in das erste Zimmer, das von der Diele abging.

Mit dem ersten verwirrten, flüchtigen Blick, mit dem sie sich im Zimmer umsah, nahm sie einfach nur wahr, dass hier ein Mann lebte. Keine Verzierungen, keine Volants, nur stabile, ehrwürdige alte Möbel, die unaufdringlich Wohlstand und maskulinen Geschmack verrieten. Deanna entschied sich für einen Sessel mit hoher Rückenlehne, der vor dem Kamin stand. Ein niedriges Feuer brannte und spendete behagliche Wärme.

Ohne zu fragen, ging er zu einer geschwungenen Vitrine hinüber und wählte eine Karaffe mit Brandy aus. Welcher Gedanke sie auch gerade quälen mochte, er reichte so tief, dass er sie veranlasste, sich zurückzuziehen.

»Trink das hier, und dann erzähl mir, was dich gerade so beschäftigt.«

Sie nippte kurz am Brandy und begann zu sprechen.

»Komm, trink es aus«, unterbrach er sie ungeduldig. »Sogar die verwundeten Soldaten im Irak hatten mehr Farbe im Gesicht als du jetzt.«

Sie nahm einen weiteren, diesmal etwas größeren Schluck und fühlte, wie die Wärme mit dem Eis kämpfte, das ihren Magen frösteln ließ. »Ich möchte dir etwas zeigen.« Deanna öffnete ihre Handtasche, nahm die Zeitung heraus. »Das solltest du erst einmal lesen.«

Er warf einen kurzen Blick auf die Zeitung. »Den Artikel habe ich bereits gesehen.« Mit einer verächtlichen Geste tat er ihn ab. »Du wirst doch wohl so viel Verstand haben, dich nicht weiter mit diesem Blödsinn zu befassen, oder?«

»Hast du ihn auch gelesen?«

»Ich habe im Alter von zehn Jahren aufgehört, schlecht geschriebene und frei erfundene Geschichten zu lesen.«

»Lies ihn bitte jetzt«, beharrte Deanna.

Er warf ihr noch einen langen, besorgten, verwirrten, forschenden Blick zu, dann willigte er ein.

Deanna konnte nicht ruhig sitzen bleiben. Während Finn las, stand sie auf, lief im Zimmer umher und griff nervös nach Erinnerungsstücken und allem möglichen Schnickschnack. Sie hörte, wie das Zeitungspapier in seinen Händen raschelte, hörte sein leises, grimmiges Fluchen, sah sich jedoch nicht nach ihm um.

»Die könnten ja zumindest Leute beschäftigen, die in der Lage sind, einen annehmbaren Satz zu schreiben«, meinte Finn schließlich. Ein Blick auf ihren starren Rücken ließ ihn seufzen. Er warf die Zeitung beiseite, stand auf und ging zu ihr hinüber, um seine Hände auf ihre Schultern zu legen. »Deanna ...«

»Lass das.« Sie trat einen raschen Schritt von ihm weg und schüttelte den Kopf.

»Um Himmels willen, du wirst doch wohl nicht zulassen, dass irgendein Artikel eines schmierigen Journalisten dich völlig umhaut.« Es war ihm nach wie vor unmöglich, etwas gegen ihre Ungehaltenheit oder die Enttäuschung, die in ihrer Reaktion zum Ausdruck kam, auszurichten. »Du stehst im Rampenlicht und hast dir das selbst ausgewählt. Sieh zu, dass du ein dickeres Fell kriegst, Kansas, oder geh wieder zurück zu den Mittagsnachrichten.«

»Glaubst du es?« Die Arme eng über die Brust verschränkt, wirbelte sie herum.

Finn konnte machen, was er wollte, er wusste einfach nicht, wie er mit ihr umgehen sollte. Vielleicht klappte ja der Versuch, sie ein wenig zu belustigen. »Dass du eine Art aufreizende Nymphomanin bist? Wenn das so wäre, wie konntest du mir dann so lange widerstehen?«

Er hoffte, sie würde lachen, auch mit einer verärgerten Antwort hätte er sich zufriedengegeben. Doch stattdessen begegnete ihm nur frostiges Schweigen. »Es ist nicht alles gelogen«, meinte sie schließlich.

»Du meinst, du bist tatsächlich während deiner Zeit auf dem College auf ein paar Partys gegangen, hast einige Biere getrunken und mit einem Sportler auf den Putz gehauen?« Er schüttelte den Kopf. »Nun, ich bin schockiert und desillusioniert und heilfroh, dass ich das herausgefunden und dich noch nicht gefragt habe, ob du mich heiraten und mir Kinder schenken willst.«

Auch dieser Scherz brachte sie nicht zum Lachen. Ihre ausdruckslosen Augen bekamen einen Ausdruck der Verzweiflung. Dann brach sie in Tränen aus.

»Herrgott, Liebes, hör auf damit. Komm schon, Deanna, lass das!« Nichts hätte ihn mehr entmutigen können. Verlegen und über sich selbst fluchend, nahm er sie in die Arme und beschloss, sie einfach festzuhalten, auch wenn sie sich dagegen sträuben sollte. »Tut mir leid.« Was ihm leidtat, konnte er nicht sagen. »Tut mir wirklich leid, Liebes!«

»Er hat mich vergewaltigt!«, schrie sie und riss sich los, als seine Arme erschlafften. »Er hat mich vergewaltigt«, wiederholte sie und schlug die Hände vors Gesicht, als heiße und brennende Tränen von ihren Wangen tropften. »Und ich habe nichts gegen ihn unternommen. Und jetzt werde ich wieder nichts gegen ihn unternehmen. Weil es so wehtut.« Ihre Stimme wurde zu einem Schluchzen. »Es hört nie, nie auf, so wehzutun!«

Er war wie vor den Kopf geschlagen, schockiert und entsetzt. Einen Augenblick lang konnte er nur dastehen und sie anstarren, während sie mit der Sonne im Rücken neben dem munter knisternden Feuer unkontrolliert in ihre Hände weinte.

Dann brach das Eis in ihm und hinterließ eine derartige Wut, dass sich sein Blick verschleierte. Seine Hände ballten sich zu Fäusten, als hätte es etwas Greifbares gegeben, auf das er eintrommeln konnte.

Doch nur Deanna war da und weinte.

Er fühlte sich hilflos, ihm war ganz elend. Sich auf seinen Instinkt verlassend, hob er sie hoch und trug sie zur Couch, wo er sich hinsetzen und sie auf seinem Schoß hin und her wiegen konnte, bis sie nicht mehr ganz so heftig weinte.

»Ich wollte es dir ohnehin sagen«, brachte sie schließlich hervor. »Die ganze letzte Nacht habe ich an nichts anderes gedacht. Ich wollte, dass du es weißt, bevor wir versuchen … zusammen zu sein.«

Irgendwie musste er seine Wut überwinden. Doch immer noch presste er seine Zähne zusammen, immer noch hatten seine Worte einen scharfen Ton. »Dachtest du denn, das würde irgendetwas an meinen Gefühlen für dich ändern?«

»Ich weiß nicht. Ich weiß nur, dass es Narben hinterlässt, und ganz gleich, auf wie vielen unterschiedlichen Wegen man mit seinem Leben weitermacht, es ist immer in einem drin. Es ist nun einmal geschehen ...« Sie nahm das Taschentuch, das er ihr reichte, und wischte sich das Gesicht ab. »Ich konnte es nicht weit genug oder tief genug wegstecken, um mich fähig zu fühlen, einen Mann zu lieben.«

Die Hand, die ihr Haar streichelte, hielt ganz kurz inne. Er erinnerte sich noch lebhaft daran, wie er in der Nacht zuvor über sie hergefallen war. Und wie er die physische Seite ihrer Beziehung eingeleitet hätte, wenn ihn nicht irgendetwas davor zurückgehalten hätte.

»Ich bin nicht gefühllos«, sagte sie mit angespannter, bitterer Stimme.

»Deanna.« Vorsichtig schob er ihren Kopf so weit zurück, dass sie ihm in die Augen sehen konnte. »Du bist die gefühlvollste Frau, die ich kenne.«

»Letzte Nacht gab es nur dich. Ich hatte keine Zeit, an irgendetwas zu denken. Heute Morgen kam es mir nicht fair vor, dass du es nicht als Erster erfahren hast. Denn wenn es körperlich nicht geklappt hätte, wäre das mein Fehler gewesen und nicht deiner.«

»Ich glaube, das ist jetzt in meiner Gegenwart das erste Mal, dass du Unsinn redest. Doch lassen wir das für einen Moment beiseite. Wenn du mir alles von Anfang an erzählen willst, höre ich dir gerne zu.«

»Ja.« Zunächst schob sie sich allerdings so weit von ihm weg, dass sie sich aufrecht hinsetzen konnte. »Jamie Thomas kannten alle auf dem Campus. Er war ein Jahr älter als ich, und wie die meisten anderen Frauen am College war auch ich in ihn verknallt. Als er in meinem vorletzten Studienjahr auf mich zukam, fühlte ich mich geschmeichelt und war ganz verwirrt. Er war ein Football-Star, und auch in Leichtathletik ein Ass, und das bewunderte ich genauso wie seine Pläne, in die Firma seiner Familie einzusteigen. Er war intelligent, ehrgeizig und hatte viel Humor. Alle mochten ihn, und ich bildete da keine Ausnahme.«

Sie holte tief Luft, um wieder ruhiger zu werden, und gönnte sich eine kleine Pause, um die Erinnerungen kommen zu lassen. »In den ersten Monaten dieses Semesters hatten wir uns häufig gesehen. Wir büffelten zusammen, machten lange Spaziergänge und führten diese tiefschürfenden philosophischen Diskussionen, auf die sich College-Studenten immer so viel einbilden. Bei Footballspielen saß ich auf der Tribüne und feuerte ihn an.«

Deanna machte wieder eine Pause. »Nach dem wichtigsten Spiel der Saison gingen wir auf eine Party. Er hatte großartig gespielt, alle feierten und wir waren ein bisschen betrunken. Wir gingen noch einmal auf das Spielfeld, nur er und ich, und er fing an, mir vorzuführen, wie er sich im Football bewegte, und alberte auf dem Rasen herum. Irgendwann hörte er mit der Alberei auf und lag auf einmal auf mir. Zunächst dachte ich mir nichts dabei, aber dann wurde er richtig grob und machte mir Angst. Ich sagte ihm, er solle aufhören, aber er hörte nicht auf.«

Tu nicht so, Dee. Du weißt doch selbst, dass du es willst. Du hast doch die ganze Nacht darum gefleht.

Deanna schauderte, ihre Hände verschränkten sich noch fester ineinander. »Ich begann zu weinen, bat ihn aufzuhören, aber er war so stark, dass ich nicht weg konnte. Er zerriss meine Kleider, tat mir weh.«

Erst machst du mich an und dann willst du nicht, wie?

»Ich schrie um Hilfe, aber da war niemand. Ich schrie und schrie. Er legte seine Hand auf meinen Mund, als ich schrie. Er hatte riesengroße Hände. Und ich konnte nur sein Gesicht sehen.«

Du wirst das lieben, Baby.

»Seine Augen waren ganz glasig. Und dann war er in mir drin. Es tat so weh, dass ich dachte, er würde mich umbringen. Aber er hörte nicht auf, machte immer weiter, bis er fertig war. Nach einer Weile – es schien mir unendlich lange zu dauern – rollte er sich von mir herunter und lachte.«

Komm schon, Dee, du weißt doch selber, dass es dir Spaß gemacht hat. Frag nur die anderen. Keiner macht die Frauen glücklicher als der gute alte Jamie.

»Irgendwann hörte er auf zu lachen und wurde wütend, weil ich weinte. Ich konnte nicht aufhören zu weinen.«

Komm mir bloß nicht damit. Wir haben es beide gewollt. Wenn du irgendetwas anderes erzählst, wird das halbe Football-Team behaupten, du hättest es auch mit ihnen getrieben, hier auf der Fünfzigyardlinie.

»Er riss mich hoch, kam mit seinem Gesicht ganz nah an mich heran und warnte mich, dass mir keiner glauben würde, wenn ich so zu tun versuchte, als habe ich nicht gewollt. Denn er war Jamie Thomas, und alle liebten ihn. Dann ließ er mich einfach stehen, und weil ich mich so schämte, habe ich auch nichts unternommen.«

Unwillkürlich musste Finn an das grobkörnige Zeitungsfoto denken, und er kämpfte gegen die gewalttätigen Gedanken an, die ihn zu übermannen drohten. Immerhin brachte er es fertig, seine Stimme ruhig zu halten. »Konntest du dich damals jemandem anvertrauen?«

»Ich habe es Fran erzählt.« Als sich ihre Fingernägel schmerzhaft in ihre Handfläche gruben, entspannte sie langsam und bewusst ihre Hand. »Nach ein paar Wochen konnte ich es vor ihr nicht mehr verbergen. Sie wollte zum Dekan gehen, aber das traute ich mich nicht.« Sie starrte auf ihre Hände und spürte wieder, wie sie ein heftiges Schamgefühl überkam. »Schließlich drängte sie mich dazu, mich in psychologische Behandlung zu begeben, und nach einer Weile hatte ich das Schlimmste überstanden. Ich will nicht, dass diese Sache mein Leben beherrscht, Finn.« Jetzt blickte sie ihn mit geschwollenen, kummervollen Augen an. »Ich will nicht, dass es verdirbt, was zwischen uns vielleicht möglich ist.«

Er fürchtete, alle Worte, mit denen er es jetzt versuchte, könnten die falschen sein. »Deanna, ich kann dir schlecht sagen, das macht keinen Unterschied, denn das wäre nicht wahr.« Als sie den Blick senkte, berührte er ihre Wange und brachte sie dazu, ihn wieder anzusehen. »Der Gedanke, dass du so verletzt worden bist, ist für mich kaum zu ertragen. Und vielleicht bist du ja gar nicht in der Lage, mir zu vertrauen.«

»Das stimmt aber nicht«, sagte sie rasch. »Mir traue ich nicht.«

»Dann lass mich etwas für dich tun.« Sanft küsste er ihre Stirn. »Komm mit mir zum Blockhaus. Jetzt. Heute. Ein Wochenende nur wir zwei an einem Ort, an dem wir entspannen können.«

»Finn, ich weiß nicht, ob ich dir das geben kann, was du gerne haben möchtest.«

»Mir ist egal, was du mir geben kannst oder nicht. Mich interessiert eher, was wir einander geben können.«

15

Sie vermutete, dass er das Haus deswegen »Blockhaus« nannte, weil es aus Holz gebaut war. Doch weit entfernt von der primitiven Blockhütte ihrer Vorstellung hatte das schmucke, zweistöckige Gebäude zwei Etagen, die durch eine freistehende Treppe miteinander verbunden waren. Draußen hatten das Wetter und das Alter die Schindeln aus Zedernholz einen silbernen Farbton annehmen lassen, der durch die dunkelblauen Fensterläden noch hervorgehoben wurde. Die hohen, weit ausladenden Eiben direkt um das Haus herum gaben dessen Abgeschiedenheit und Ungestörtheit zusätzlichen Schutz.

Statt eines Rasens bedeckten Steine, niedrige, immergrüne Pflanzen, blühende Büsche, Kräuter und winterfeste, mehrjährige Pflanzen den Boden. Ein paar mutige Krokusse schauten bereits aus der Erde.

»Du gärtnerst. Wo hast du denn das gelernt?«

»Ich habe darüber einiges an Büchern gelesen.« Finn hob ihr Gepäck aus dem Kofferraum, während Deanna am Ende der Kiesauffahrt stand und sich umschaute. »Ich weiß nie, wie lange ich von hier weg bin, daher wäre ein Rasen ziemlich unpraktisch. Und die Vorstellung, jemand anderen den Rasen mähen zu lassen, gefiel mir nicht. Das hier gehört mir.« Diese Feststellung machte ihn ein wenig verlegen und er zuckte mit den Achseln. »Also verwandte ich ein paar Wochen darauf, Pflanzen einzusetzen, um die man sich nicht viel kümmern muss.«

»Es ist wunderschön hier.«

Wie er merkte, wollte er, dass ihr sein Platz gefiel. »In einem oder zwei Monaten sieht es hier noch schöner aus. Aber lass uns jetzt reingehen. Ich mache Feuer und dann zeige ich dir alles.«

Sie folgte ihm hoch zur Veranda, ließ ihre Hand über die Armlehne eines Schaukelstuhls gleiten. »Es fällt nicht leicht, sich vorzustellen, dass du hier sitzt, die Aussicht über einen Steingarten genießt und nichts tust.«

»Das wird dir bald leichter fallen«, versprach er und führte sie ins Haus.

Trat man durch die Tür, gelangte man in einen großen Raum mit einer Empore und vier Dachfenstern. Eine Wand des Raumes wurde von einem Kamin aus Flusssteinen beherrscht, an einer anderen drängten sich Bücher auf fest eingebauten Regalen. Die Holztäfelung hatte einen honiggelben Farbton, der Fußboden ebenfalls, auf dem Finn etliche kleine Teppiche verteilt hatte – orientalische, englische, französische, indianische. Und vor dem Kamin lag wie ein breiter schwarzer Teich ein unglaubliches, schwarz schimmerndes, dickes Bärenfell, an dem auch die Pranken und der Kopf mit den gefletschten Zähnen nicht fehlten.

Finn grinste, als er ihren Blick auffing. »Das war ein Geschenk – von einigen Leuten aus dem Sender.«

»Ist es echt?«

»Ich fürchte, ja.« Er ging zum Kamin hinüber. »Ich nenne ihn Bruno. Da ich ihn nicht geschossen habe, kommen wir ganz gut miteinander aus.«

»Vermutlich ist es ... nett, mit ihm.«

»Fressen tut er jedenfalls nicht viel.« Er spürte ihre Nervosität wie ein Zittern durch die kalte Luft bis zu sich herüber. Und er verstand auch, warum ihr so zumute war. Er hatte sie dazu gedrängt, alles stehen und liegen zu lassen und mit ihm aus Chicago hinauszufahren, bevor sie die Chance gehabt hatte, über diesen Schritt nachzudenken. Jetzt war sie allein mit ihm hier. »Hier drin ist es kälter als draußen.«

»Ja.« Sie rieb sich die Hände, als sie zu einem der Fenster hinüberschlenderte, um die Aussicht zu studieren. Kein anderes Haus störte den Blick, nur die üppigen Eiben und die noch kahlen Bäume waren zu sehen. »Es kommt mir gar nicht so vor, als hätten wir erst seit einer Stunde die Stadt verlassen.«

»Ich wollte einen Ort, an dem ich schnell von allem weg bin.« Flink und gekonnt machte er Feuer. »Außerdem wollte ich von diesem Ort aus auch schnell wieder zurück in die Stadt gelangen, falls ein Bericht ansteht. Im anderen Zimmer befinden sich Fernseher, Radio und Faxgerät.«

»Schön!«, meinte sie und ging hinüber zum Kamin, wo das Holz allmählich zu knistern begann und Funken sprühte.

»Oben ist noch ein zweiter Kamin.« Er nahm ihre Tasche und deutete zur Treppe, die auf die Empore führte.

Im Obergeschoss gab es ein großes Schlafzimmer, das genauso einfach möbliert war wie das große Zimmer unten. In einem Sitzbereich vor einem Fenster standen ein kleines, waidgrünes Zweiersofa, noch ein Schaukelstuhl, ein niedriger Kieferntisch und ein dreibeiniger Hocker. Das funkelnde Bettgestell aus Messing war mit weinrotem Kordsamt bedeckt und einen geräumigen Kleiderschrank gab es ebenfalls im Zimmer.

»Das Bad ist dort hinten.« Finn deutete mit einem Kopfnicken auf die Tür, während er sich hinkauerte, um auch hier ein Feuer anzumachen.

Neugierig stieß Deanna die Tür auf. Mit großen Augen verharrte sie auf der Schwelle und starrte in den Raum. Sie war sich nicht sicher, ob sie lachen oder applaudieren sollte. Wenn das übrige Blockhaus rustikale Eleganz zum Ausdruck brachte, hatte sich Finn im Badezimmer für das Ausgefallene entschieden.

Die schwarze, übergroße Badewanne war mit Wasserdüsen ausgestattet und von einem Sims umgeben, der sich unter ein breites Fenster schmiegte. In die weiß gekachelte Abtrennung der separaten Dusche waren Glasbausteine eingelassen. Die Wand über dem Waschbecken war verspiegelt, unten zog sich an ihr ein langer, mit einem Schachbrettmuster aus schwarzen und weißen Kacheln bedeckter Schrank entlang. Auf ihm stand ein tragbarer Fernseher, der mit dem Bildschirm zur Badewanne wies.

»Was für ein Bad!«

»Wenn du dich entspannen willst, kannst du das ruhig tun«, meinte Finn und erhob sich wieder.

»Kein Fernseher im Schlafzimmer?«

Finn öffnete eine Tür des Wandschranks. In der unteren Hälfte befanden sich drei Schubladen, oben fiel ihr Blick auf die Mattscheibe eines Fernsehgeräts. »Die Mikrowelle ist in der Nachttischschublade.« Als sie lachte, reichte er ihr die Hand. »Komm nach unten und leiste mir ein wenig Gesellschaft, während ich das Essen zubereite.«

»Du hast deine Taschen gar nicht hochgebracht«, meinte sie, als sie wieder nach unten gingen.

»Im Erdgeschoss ist noch ein anderes Schlafzimmer.«

»Oh.« Sie fühlte, wie sich die Spannung in ihr auflöste, auch wenn sie gleichzeitig einen Stich des Bedauerns verspürte.

Unten an der Treppe blieb er stehen, drehte sich um und legte ihr die Hände auf die Schultern. Dann gab er ihr einen zarten Kuss. »Alles okay?«

Für einen Augenblick lehnte sie ihre Stirn an seine. »Ja«, sagte sie, »alles okay.«

Und das war es auch. Sie saß an der Frühstückstheke und machte einen Salat, während Finn Kartoffeln in dünne Scheiben schnitt, um sie zu braten. Sie lauschte auf den Märzwind, der durch die immergrünen Sträucher wehte und an den Fenstern rüttelte. In der rustikalen Küche herrschte eine entspannte, angenehme Atmosphäre, während die Kartoffeln brutzelten, das Hähnchen gegrillt wurde und sie über seine Geschichten von den Abenteuern auf den Märkten in Casablanca lachte.

Die ganze Zeit murmelte leise der Küchenfernseher, die Welt war im Hintergrund mit dabei, aber irgendwie verstärkte das die Intimität der von ihnen geteilten Atmosphäre noch.

Es war jetzt warm und gemütlich. Draußen hatte sich die Dunkelheit vor die Fenster geschoben, und auf dem Küchentisch flackerte Kerzenlicht. »Wunderbar«, meinte sie, nachdem sie ein weiteres Mal vom Hähnchenfleisch gekostet hatte. »Du kannst es ja mit Bobby Marks aufnehmen.«

»Ich bin aber viel attraktiver.«

»Nun, zumindest hast du mehr Haar. Ich denke, ich sollte dir anbieten, morgen für uns zu kochen.«

»Das kommt ganz darauf an.« Er nahm ihre Finger in seine Hand und knabberte an ihren Knöcheln. »Wie steht es denn mit deinen Erfahrungen beim Braten frischer Fische?«

»Steht das auf dem Speiseplan?«

»Wenn uns unser Glück weiter hold ist, sollten wir morgen früh ein paar Fische aus dem See ziehen können.«

»Morgen früh?« Sie warf ihm einen verwunderten Blick zu. »Morgen früh gehen wir angeln?«

»Aber sicher. Was meinst du denn, warum ich dich hierhergebracht habe?« Als sie lachte, schüttelte er den Kopf. »Kansas, ich glaube, du hast den Gesamtplan noch nicht durchschaut. Nachdem wir gemeinsam ein paar Stunden die Angelrute geschwungen und ein paar Forellen gefangen und ausgenommen haben ...«

»Ausgenommen?«

»Ja, klar! Danach wirst du mir einfach nicht mehr widerstehen können. Die Aufregung, die Leidenschaft, die elementare Sexualität des Angelns wird dich überwältigt haben.«

»Oder mich zu Tode langweilen.«

»Hab ein wenig Vertrauen. Um die Säfte in Wallung zu bringen, gibt es nichts Besseres als den Kampf von Mann – oder Frau – gegen die Natur.«

»Das ist ja tatsächlich ein ziemlich umfassender Plan.« Sie neigte sich auf ihrem Stuhl nach hinten und fühlte sich erstaunlich entspannt. »Hattest du schon viel Erfolg damit?«

Er grinste nur und öffnete eine neue Flasche Wein. »Willst du einen Blick auf meine Köder werfen?«

»Eher nicht. Damit kannst du mich ja morgen überraschen.«

»Ich wecke dich um fünf.«

Deanna erstarrte. Ihr Glas war nur wenige Zentimeter von ihren Lippen entfernt. »Um fünf Uhr? Morgen früh um fünf?«

»Zieh dich warm an«, riet er ihr.

Deanna war sich sicher gewesen, dass ihr eine unruhige Nacht bevorstand und ihre Nervosität wieder hochkommen würde, sobald das Haus um sie herum ruhig geworden war. Doch kaum hatte sie sich unter die Decken gekuschelt, fiel sie in einen tiefen, traumlosen Schlaf, aus dem sie von einer groben Hand gerissen wurde, die sie an der Schulter schüttelte.

Sie schlug die Augen auf, blinzelte in die Dunkelheit hinein und schloss sie wieder.

»Komm, Kansas, steh auf.«

»Ist Krieg?«, murmelte sie in ihr Kissen.

»Ein Fisch mit deinem Namen wartet auf dich«, meinte Finn zu ihr. »In zehn Minuten ist der Kaffee fertig.«

Sie setzte sich hoch, blinzelte wieder und konnte neben dem Bett seine Silhouette erkennen. Und sie konnte ihn riechen – die Seife, die feuchte Haut. »Wie kommt es, dass man Fisch während der Morgendämmerung fangen muss?«

»Einige Traditionen sind heilig.« Er beugte sich zu ihr hinunter, fand mit untrüglichem Instinkt ihren warmen, schläfrigen Mund mit seinen Lippen. Seine Muskeln zogen sich zusammen, als er das Seufzen vernahm, mit dem sie auf ihn reagierte. Seine Gedanken glitten zu einer ganz anderen Morgenaktivität. »Du wirst die lange Unterwäsche brauchen, die ich dir geraten habe, mit einzupacken.« Er räusperte sich, zwang sich, einen Schritt zurückzutreten, bevor es dazu kam, dass er kapitulierte und zu ihr unter die Decken kroch. »Es wird kalt auf dem See sein.«

Dann ließ er sie noch ein Weilchen im Bett kuscheln und zog sich zurück. Er hatte nicht gut geschlafen. Wie auch? dachte er schmerzlich. Sie braucht Zeit, rief er sich ins Gedächtnis zurück. Und Fürsorge. Und Geduld. Dass er seinem Verlangen, das ihn innerlich zerriss, freien Lauf ließ, wäre das Letzte, was sie brauchen konnte. Er war sich sicher, dass er sie erschrecken würde, wenn sie begriff, wie sehr er sie wollte.

Immerhin erfüllte es ihn selbst ja fast mit Schrecken.

Nebel lag auf dem See. Zarte Nebelfinger rissen im Wind wie Watte auseinander und dämpften das Geräusch des Bootsmotors. Im Osten wurde der Himmel zögernd heller, die silberne Sonne streifte den Dunst und ließ Andeutungen von Regenbögen entstehen. Deanna konnte das Wasser und die Kiefern riechen, aber auch die Seife, mit der Finn sich geduscht hatte. Sie saß im Bug des kleinen Bootes, die Hände auf den Knien, der Kragen ihrer Jacke war gegen die Kälte hochgeschlagen.

»Es ist wunderschön.« Beim Ausatmen stieß sie weiße Wolken aus. »Als ob wir hier meilenweit die einzigen Menschen wären.«

»In dieser Gegend gibt es viele Camper und Wanderer.« Er stellte den Motor ab und ließ das Boot über das reglose Wasser treiben. »Wahrscheinlich haben wir auf dem See bereits Gesellschaft.«

»Diese Ruhe!« Doch in der Ferne hörte sie das Tuckern eines

anderen Motors, Vogelrufe und das leise Plätschern des Wassers am Rumpf ihres Bootes.

»Das ist auch das Beste am Angeln.« Nachdem Finn den Anker ins Wasser gelassen hatte, reichte er ihr eine Angelrute. »Es lässt sich nicht beschleunigen, es lässt sich nicht zusammendrängen. Man muss nur an einer Stelle sitzen bleiben und den Verstand zur Ruhe kommen lassen.«

»Den Verstand zur Ruhe kommen lassen«, wiederholte sie.

»Wir werden übrigens mit einem Schwimmer angeln«, begann er. »Das erfordert mehr Geschick als einfach einen natürlichen Köder ins Wasser zu hängen wie beim Grundangeln.«

»Richtig.«

»Bitte keinen Sarkasmus. Angeln ist eine richtige Kunst.«

»Eine Kunst? Wirklich?«

»Ja. Die Kunst besteht darin, den Schwimmer ganz sanft auf die Wasseroberfläche zu setzen, sodass er den Fisch anlockt, wenn man die Schnur geschickt zurückspult.«

Deanna hatte die ganze Zeit die hübschen Köder studiert, blickte jetzt jedoch hoch und über das Wasser hinweg. »Ich sehe gar keine Fische.«

»Du wirst noch welche zu Gesicht bekommen. Vertrau mir. Und jetzt wirf die Schnur aus. Die Bewegung muss aus dem Handgelenk kommen.«

»Das sagte mein Vater auch immer, wenn es ums Hufeisenwerfen ging.«

»Das hier wird in jeder Hinsicht genauso ernsthaft betrieben.« Mit sicherem Schritt kam er zu ihr herüber.

»Hufeisenwerfen ist eine ernste Angelegenheit?«

»Herrgott, Deanna, weißt du denn gar nichts? Wenn ein Mann Entspannung braucht und abschalten möchte, heißt das noch lange nicht, dass er sich dabei nicht mit irgendjemandem messen will.«

Sie grinste, als er ihre Hände an der Rute verschob. »Meinem Vater würdest du gefallen.«

»Klingt nach einem vernünftigen Mann. Jetzt halte die Rute gut fest und die Handgelenke locker.« Er stützte sie und warf die Schnur so aus, dass sie mit einem leisen Plumps im ruhigen Wasser landete. Um den Köder herum breiteten sich wie von Zauberhand ringförmige kleine Wellen aus, was Deanna entzückte.

»Ich habe es geschafft!« Strahlend blickte sie sich über die Schulter zu Finn um. »Okay, *du* hast es getan, aber ich habe dabei geholfen.«

»Das war gar nicht schlecht. Du hast Potenzial.« Er nahm jetzt seine eigene Angelrute, wählte einen Köder aus, brachte ihn geräuschlos und fast ohne eine Welle zu erzeugen auf den See. Deanna machte das Angeln nicht nur Spaß, sie spürte jetzt auch den heißen Drang, sich mit Finn messen zu wollen.

»Ich will es noch einmal tun.«

»Du sollst es auch noch einmal tun. Aber zunächst musst du die Schnur wieder einholen.«

Sie wölbte die Brauen. »Das war mir klar.«

»Ganz langsam«, sagte er mit einem leichten Lächeln, als er es ihr zeigte. »Und ganz ruhig. Geduld ist dabei genauso eine Kunst wie das Werfen selbst.«

»Dann werden wir also nichts anderes tun, als hier zu sitzen, die Schnur auszuwerfen und wieder einzuholen?«

»So ist es. Und ich werde hier sitzen und dir zuschauen, was eine sehr schöne Art ist, den Morgen zu verbringen. Wenn du ein Mann wärst, würden wir die Sache ein wenig beleben, indem wir uns Lügengeschichten erzählen – über Fische und über Frauen.«

Als sie den Köder wieder auswarf, hatte sie die Stirn gerunzelt vor Konzentration. Ihr Köder landete nicht geräuschlos im

Wasser, aber sie feierte den Plumps. »In dieser Reihenfolge, vermute ich.«

»Im Allgemeinen lässt sich das nicht so genau trennen. Barlow James und ich waren einmal sechs Stunden hier draußen. Ich glaube nicht, dass wir hinsichtlich einer einzigen Sache bei der Wahrheit geblieben sind.«

»Ich kann auch lügen.«

»Nein, nicht mit diesen Augen. Ich mache es leicht für dich. Erzähl mir etwas über deine Familie.«

»Ich habe drei Brüder.« Sie starrte auf den Köder, hoffte, dass irgendetwas passierte. »Zwei ältere und einen jüngeren. Die älteren beiden sind verheiratet, der jüngste besucht noch das College. Soll ich das jetzt bewegen oder sonst irgendetwas tun?«

»Nein, entspann dich einfach. Leben sie alle noch in Kansas?«

»Ja. Mein Vater handelt mit Eisenwaren, mein ältester Bruder ist da mit eingestiegen. Meine Mutter macht die Buchführung. Was tust du da eigentlich?«

»Ich hole meinen ersten Fisch aus dem Wasser«, meinte er ruhig, während er die Schnur einholte. »Da hat einer angebissen.«

»Du hast tatsächlich einen gefangen!« Sie beugte sich im Boot nach vorne, zog ruckartig an ihrer Schnur. »So schnell?«

»Bist du in der Stadt oder am Stadtrand aufgewachsen?«

»Am Stadtrand«, antwortete sie ungeduldig. »Wie kommt es, dass du schon einen hast? Oh, schau nur!« Fasziniert starrte sie zu ihm hinüber, als er den Fisch aus dem See zog. Er wand sich hin und her, die Sonne, die langsam an Kraft gewann, ließ seine Flossen aufblitzen. Gebannt verfolgte Deanna, wie Finn den Fisch einfing und auf den Boden des Bootes platschen ließ. »Du musst einen besseren Köder benutzt haben als ich«, meinte sie, als er den Fisch abnahm und auf das Eis legte.

»Wollen wir tauschen?«

Auf ihrer Stirn bildete sich eine störrische Falte. »Nein.« Aufmerksam beobachtete sie, wie er wieder auswarf. Entschlossen holte sie ihre Schnur ein, stellte sich auf die andere Seite des Bootes, und warf dort wieder aus, wobei ihr Enthusiasmus deutlich größer war als die Eleganz, die sie dabei an den Tag legte.

Als Finn zu ihr herübergrinste, rümpfte sie die Nase. »Was ist denn mit deiner Familie?«

»Da ist keine Familie, über die ich etwas erzählen könnte. Meine Eltern wurden geschieden, als ich fünfzehn war. Ich war das einzige Kind. Sie sind beide Rechtsanwälte.« Er machte seine Angel fest, damit er den Deckel der Thermoskanne abnehmen und ihnen beiden etwas Kaffee einschenken konnte. »Sie haben sich gegenseitig unter einem kultivierten Berg von Schriftstücken begraben und sind übereingekommen, alles halbe-halbe aufzuteilen, mich eingeschlossen.«

»Das tut mir leid.«

»Warum?« Die Frage klang nicht bitter, es war nur eine einfache Frage. »Die Familienbindungen der Rileys sind nicht besonders stark. Jeder lebt sein Leben und jedem ist das so am liebsten.«

»Ich möchte ja keine Kritik üben, aber das klingt fürchterlich gefühllos.«

»Es ist gefühllos.« Er nippte am Kaffee und war ganz in der stillen Freude über den kalten Morgen und die über das Wasser fallende Sonne versunken. »Aber es ist auch ganz praktisch. Außer dem Blut haben wir schließlich nichts gemeinsam. Warum sollte man also so tun, als wäre es anders?«

Sie wusste nicht, was sie darauf antworten sollte. Zwar war sie weit weg von ihrer Familie, aber die Verbindung zu ihr war immer da. »Sie müssen doch stolz auf dich sein.«

»Ich bin mir sicher, sie freuen sich darüber, dass das Geld, das sie für meine Ausbildung aufgewendet haben, nicht verschwendet wurde. Sieht zumindest nicht so aus.« Er streckte die Hand aus und tätschelte ihren Knöchel. »Ich habe weder ein Trauma noch eine Narbe davongetragen. Hinsichtlich meiner Karriere war es sogar von Vorteil. Wer keine Wurzeln hat, muss sie auch nicht bei jedem Auftrag ausreißen.«

Vielleicht gab es keinen Grund, Mitgefühl für diesen Mann zu entwickeln, aber sie konnte nicht verhindern, dass sie es für den kleinen Jungen empfand, der er einmal gewesen war. »Wurzeln müssen einen nicht behindern«, meinte sie ruhig. »Und wenn man weiß, wie man sie verpflanzt, tun sie das auch nicht.«

»Kansas?«

»Ja?«

»Bei dir hat einer angebissen.«

»Bei mir ... oh!« Wieder zerrte es an ihrer Schnur. Wenn Finn nicht schnell den Arm ausgestreckt und sie festgehalten hätte, wäre sie hochgesprungen und hätte das Boot zum Kentern gebracht. »Was mache ich denn jetzt? Ich hatte das ja völlig vergessen. Warte, warte«, rief sie, bevor er etwas erwidern konnte. »Ich will das selber tun.«

Wieder legte sich ihre Stirn in Falten, als sie sich darauf konzentrierte, den Fisch einzuholen. Sie fühlte den Widerstand des gegen die Schnur ankämpfenden Fisches. Einen Augenblick lang verspürte sie den Drang, ihn wieder freizulassen. Die Schnur straffte sich, und dann war ihr Wunsch zu siegen doch stärker als alles andere.

Unbeholfen ließ sie den Fang ins Boot plumpsen und schüttete sich dabei aus vor Lachen. »Der ist ja noch größer als deiner!«

Bevor Finn den Köder entfernen konnte, schlug sie ihm die Hand weg. »Das mache ich.«

Im Osten stieg die Sonne immer weiter nach oben. Finn und Deanna grinsten sich über eine fünf Pfund schwere Forelle hinweg an.

Auf ihrem Rückweg zum Blockhaus hatten sie vier Fische dabei, jeder von ihnen hatte zwei gefangen. Deanna wollte unbedingt einen Tie-Break durchsetzen, aber Finn hatte den Motor angeworfen. Man soll nicht mehr fangen, als man auch essen kann, hatte er ihr gesagt, als sie die Fische ausnahmen.

»Das war einfach toll.« Immer noch mächtig in Fahrt, wirbelte Deanna durch die Küche. »Wirklich großartig. Ich fühle mich wie ein Pionier. Gibt es den Fisch zum Mittagessen?«

»Sicher. Wir braten uns ein Stück. Doch lass mich zuerst wieder das Feuer im Wohnzimmer machen.«

»Ich dachte tatsächlich, es würde ganz langweilig«, sagte sie und folgte ihm. »Und das meine ich auf die gute Art.« Lachend fuhr sie sich mit der Hand durch die Haare. »Doch es war auch aufregend und irgendwie befriedigend.« Sie lachte erneut.

»Du hattest ja auch bald den Bogen raus.« Finn fügte noch einen Holzscheit hinzu, dann lehnte er sich ein wenig nach hinten. »Wir können morgen früh vor unserer Rückfahrt noch ein paar Stunden hinausfahren.«

»Das würde mir gut gefallen.« Sie beobachtete, wie der Schein des Feuers über seinen Unterarm tanzte, als er die ruhigen Flammen wieder zum Lodern brachte. Sie sah seinen Kopf von der Seite, das entspannte Gesicht, die dunklen Augen, die in das Feuer starrten. Seine Haare fielen ihm in die Stirn und kräuselten sich über dem Hemdkragen. »Ich bin froh, dass du mich hierhergebracht hast.«

Er blickte über die Schulter zu ihr herüber und lächelte. »Ich auch.«

»Und nicht nur wegen der Lektion im Angeln.«

Sein Lächeln verschwand, doch er sah ihr weiterhin direkt in die Augen. »Ich weiß.«

»Du hast mich hierhergebracht, damit ich den Zeitungen, dem ganzen Gerede und dieser hässlichen Sache entgehen konnte.« Sie blickte in das Feuer hinter ihm, wo die Flammen immer größer wurden. »Du hast mir keine einzige Frage mehr gestellt.«

Er legte den Schürhaken beiseite, drehte sich zu ihr um und sah ihr ins Gesicht. »Wolltest du das denn?«

»Ich weiß nicht.« Sie versuchte, ein Lächeln zustande zu bringen. »Was hättest du mich denn gefragt?«

Er stellte ihr die eine Frage, die ihn die ganze Nacht über wachgehalten hatte. »Hast du Angst vor mir?«

Deanna zögerte. »Ein bisschen«, hörte sie sich schließlich sagen. »Doch eigentlich ängstige ich mich mehr vor dem, was du bei mir an Gefühlen auslösen kannst.«

Finn blickte wieder zurück zum Feuer. »Ich werde dich nicht drängen, Deanna. Zwischen uns wird nichts geschehen, das du nicht willst.« Er schaute wieder zu ihr zurück, seine Augen waren dunkel, sein Blick durchdringend. »Das verspreche ich dir.«

Anstatt zu spüren, wie sie sich entspannte, merkte sie, wie sich ihre Anspannung in ihrem Magen zu einem dichten Klumpen zusammenballte. Seine Worte und ihre Gewissheit, dass er sich daran halten würde, verfestigten diesen Klumpen nur noch weiter. »Diese Art von Angst meine ich auch nicht, Finn. Es ist … eher verführerisch.«

Der Blick in seinen Augen erweckte Sehnsucht in ihrem Körper. Rasch wandte sie sich von ihm ab, damit sie es schaffte, schnell alles auszusprechen. »Ich war nie in der Lage, mir das wiederzuholen, was ich damals verloren habe – bis ich dich traf.« Langsam drehte sie sich wieder zu ihm um. Sie war fürchterlich nervös, spürte ihren kräftigen Herzschlag in ihrer Brust. »Ja, bis ich dich traf. Und ich habe Angst davor, dass ich es verderben könnte.«

Obwohl er stand, ging er nicht auf sie zu. »Was immer zwischen uns geschieht, geschieht zwischen dir und mir und weil wir es so wollen. Es hat Zeit, bis du bereit bist.«

Sie blickte auf ihre Hände hinunter, die sie vor dem Körper verschränkt hatte. »Ich möchte auch dir eine Frage stellen.«

»Okay.«

»Hast du Angst vor mir?«

Sie stand da, ihre Wimpern verbargen ihre Augen. Sie war schlank und wirkte in ihrem viel zu großen Hemd ganz zerbrechlich. Hinter ihm fiel träge ein Holzscheit in sich zusammen und ließ einen kleinen Funkenregen entstehen.

»Deanna, in meinem ganzen Leben habe ich mich noch nie vor irgendetwas so sehr gefürchtet wie vor dir und den Gefühlen, die du in mir auslösen kannst.«

Jetzt hoben sich ihre Wimpern. Mit diesen riesigen rauchgrauen Augen und den sanft geschwungenen Lippen wirkte sie nicht mehr so zerbrechlich wie zuvor. Der erste Schritt auf ihn zu war der schwierigste. Dann aber war es ganz leicht, zu ihm zu gehen, die Arme um ihn zu schlingen und den Kopf an seine Schulter zu legen.

»Eine bessere Antwort hätte ich nicht verlangen können. Finn, ich möchte nicht verlieren, was ich im Moment für dich empfinde.« Als er sich nicht bewegte, blickte sie auf und sagte leise: »Und ich glaube auch nicht, dass das geschieht, wenn du mit mir schläfst.«

Er hatte bei sich an Gefühlen alles erwartet, nur keine Besorgnis. Und doch war es genau das, was er ganz schnell und mit überwältigender Kraft als Erstes empfand, als sie mit diesem Blick zu ihm hochschaute, in dem Vertrauen und Zweifel miteinander kämpften. »Nichts drängt uns, Deanna.«

»Doch. Vielleicht nicht von deiner Seite, aber in mir.« War es sein Herz, das unter ihrer Handfläche so raste? fragte sie sich. Wie konnte es so schnell schlagen, wenn er sie so ruhig betrachtete und seine Hände so leicht auf ihren Schultern lagen? »Ich brauche dich, Finn.«

Bei diesen Worten fühlte er nicht nur das Verlangen wie einen Stich durch sich hindurchstoßen, sondern auch etwas Schärferes und Heißeres. Seine Hände glitten von ihren Schultern zu ihrem Gesicht, dann senkte er seinen Mund auf den ihren.

»Ich werde dir nicht wehtun.«

»Das weiß ich«, sagte sie. Trotzdem zitterte sie. »Und davor ängstige ich mich auch nicht.«

»Doch, das tust du.« Und das bereitete ihm großen Kummer. »Aber bald wird das anders sein«, versprach er ihr inbrünstig. »Du musst mir nur sagen, wann ich aufhören soll.«

»Das werde ich bestimmt nicht tun.« Wieder kam Entschlossenheit in ihren Blick. Er schwor sich, es in Vergnügen zu verwandeln.

Ihr Mund war ganz trocken, als er ihr das Hemd aufknöpfte. Langsam, seinen Blick unverwandt auf sie gerichtet, zog er ihr das erste Kleidungsstück aus und legte es beiseite. Lächelnd meinte er: »Das wird noch eine ganze Weile dauern.«

Ihr Lachen perlte nervös und zittrig aus ihr heraus. »Ich habe viel Zeit.«

Mit geschlossenen Augen bot sie ihm ihren Mund dar. Es fühlte sich so richtig an und war so einfach, ihren Körper gegen seinen zu pressen, die Arme zu heben und ihn an sich zu ziehen. Als er ihr den Rollkragenpullover auszog, durchlief erneut ein Zittern ihren Körper. Doch ihr war nicht kalt und sie hatte auch keine Angst. Als er sie jedoch in seinen Armen hochhob und auf das dicke Fell vor dem Kamin legte, hielt sie dennoch den Atem an.

»Ich möchte, dass du nur an mich denkst.« Er küsste sie, verweilte einen Augenblick bei diesem Kuss und lehnte sich schließlich zurück, um ihr die Stiefel auszuziehen. »Nur an mich.«

»Nein, das kann ich nicht.«

Die Sonne und der Feuerschein tanzten über ihre geschlossenen Lider. Sie hörte, wie das Feuer zischte und Funken sprühte, hörte das Rascheln, als Finn sich sein eigenes Hemd und die Stiefel auszog. Dann lag er neben ihr, streichelte sanft ihr Gesicht, bis sie die Augen aufschlug und ihn ansah.

»Seit ich dich gesehen habe, wollte ich dich.«

Sie lächelte, versuchte sich zu entspannen, wollte diese kleinen Schauder des Zweifelns zurückdrängen. »Das ist fast ein Jahr her.«

»Länger.« Seine Lippen spielten mit ihren, wärmten sie, warteten darauf, dass sie ihm antworteten. »Du kamst in den Nachrichtenraum gerannt, liefst direkt auf deinen Schreibtisch zu, hattest die Haare mit diesem roten Band hinter dem Kopf zusammengebunden und setztest dich direkt an deinen Text. Das war wenige Tage vor meiner Abreise nach London.« Er strich mit der Hand über die Seide, die ihn noch von ihrem Körper trennte, berührte sie kaum, deutete nur an, was sein könnte. »Es traf mich wie ein Schlag, und ich habe dich noch eine Weile beobachtet. Und viele Monate später sah ich dich dann im Regen auf der Rollbahn stehen.«

»Und da hast du mich geküsst.«

»Das hatte ich mir sechs Monate lang aufgespart.«

»Danach hast du mir meine Story geklaut.«

Er grinste, senkte seinen Mund auf die Wölbung ihrer Lippen. »Und jetzt habe ich dich.«

Unwillkürlich versteifte sie sich, als seine Hand unter die Seide schlüpfte. Doch er betastete sie nicht weiter, drängte nicht. Wenige Augenblicke später löste die leichte Liebkosung ihrer Haut durch seine Finger die Spannung in ihren Muskeln. Als die Finger nach oben wanderten und ihre Brüste umkreisten, bog sich ihr Körper ihnen entgegen, um sie willkommen zu heißen.

Diese sinnliche Freude war wie ein warmer Regen, sanft, ruhig und tröstend. Sie nahm sie an, nahm sie auf, und als er sie langsam weiter auszog, fühlte sie ein fast schmerzhaftes Verlangen danach.

Die Hitze vom Feuer strahlte herüber, doch sie fühlte nur seine Hände, die sie sanft, forschend, erregend kneteten. Mal verweilte seine Berührung an einer Stelle, dann wanderten die Hände weiter, entzündeten Flammen in ihr, in denen die winzigen Regentropfen ihrer Freude aufzischten. Als sie jetzt zitterte, war die Hitze der Grund. Ihre Kehle war wie zugeschnürt.

Finn hatte nicht länger das Gefühl, innerlich von einem Untier zerrissen zu werden. Er verspürte Süße und eine große Kraft. Als seine Lippen von ihrem Mund nach unten zur Wölbung ihrer Brüste wanderten, wusste er, dass Deanna ihm gehörte, so vollständig und uneingeschränkt, als wären sie schon viele Jahre ein Liebespaar.

Ihr Körper war in seinen Händen wie Wasser, hob und senkte sich mit den Gezeiten der Wonne, die sie einander bereiteten. Er hörte, wie der Wind an den Fenstern kratzte, das Spucken und Fauchen des Feuers im Kamin. Und den Klang seines von ihren Lippen geflüsterten Namens.

Er wusste, dass er sie dahinschweben lassen konnte, genauso dahinschweben wie im Augenblick. Ihre Augen waren wie Rauch, ihre Muskeln wie angewärmtes Wachs. Und er wusste auch, dass er sie nur noch ein kleines bisschen höher bringen musste, um miterleben zu können, wie sie durch die Wolken hindurchbrach und in den Sturm hineinstieß.

Sie spürte, wie seine Zähne über ihre Hüfte wanderten, und die Hand, die durch sein Haar strich, spannte sich an. Hitze wand sich wie eine Schlange in ihrem Bauch, als seine Zunge über sie hinwegstreifte. Sie schüttelte den Kopf, um sich dem plötzlichen, unkontrollierbaren Beben ihres Körpers zu entziehen, es mit ihrer Willenskraft aufzulösen. Doch ihr Verlangen wurde immer stärker. Sie wand sich hin und her, rang damit, sich ihm zu nähern, bemühte sich im nächsten Moment, ihm zu entgehen. Sie versuchte, Finn etwas zuzurufen, ihm zu sagen, er sollte warten und ihr einen Augenblick der Vorbereitung geben. Doch die wilde Freude durchströmte sie wie ein Geysir, jagte schmelzflüssige Glut durch ihren Körper.

Finn sah den Moment ihrer verzweifelten Verweigerung, die Panik, die sie überkam, die blinde Freude, und alles, was sie fühlte, hatte in ihm seinen Widerhall. Genauso atemlos wie sie legte er sich auf sie, ließ seine Küsse auf ihr glühendes Gesicht hinabregnen, bis sie sich ganz um ihn geschlungen hatte, ihre Bewegungen rasend wurden und sein eigenes, in ihm hochwallendes Verlangen endlich freie Bahn haben wollte.

»Schau mich an.« Nur mit Mühe brachte er die Worte aus seiner brennenden Kehle hervor. »Schau mich an.«

Und als sie es tat, als sich ihre Blicke trafen und ineinander versenkten, glitt er in sie hinein. Langsam ballten sich seine Hände in dem Fell zu Fäusten, als könnte er dort nach Kontrolle greifen. Dann senkte er sich auf sie hinab, spürte, wie sie sich hob, um ihm entgegenzukommen, bis sie beide in einen sanften gemeinsamen Rhythmus verfielen.

Als sich ihre Lippen wölbten, presste er sein Gesicht an ihren Hals und nahm sie mit über die Schwelle.

16

Noch im Traum drehte sie sich zu ihm um, und er war da. Arme bewegten sich, um sie zu umfangen, ein Körper war bereit, Besitz von ihr zu ergreifen. Als das warme Licht der Morgendämmerung träge in ihr Zimmer glitt, vereinigten sie sich ein weiteres Mal. In fließenden Bewegungen traf sich das warme Fleisch und ihr leidenschaftliches Verlangen. Es war so leicht, so mühelos, ohne Hast und ohne zu denken ineinanderzugleiten.

Das Heben und Senken ihrer Körper, ihre Bewegung beim Sex, war so einfach wie das Atmen. Und als das Drängen seinen Höhepunkt erreichte, seufzte sie seinen Namen, schwebte vom Traum hinüber in die Wirklichkeit und spürte ihn immer noch wie einen zweiten Herzschlag in ihr pulsieren.

»Finn.« Sie sprach wieder und lächelte dabei in das stille Morgenlicht. Das Kreuz, das er trug, drückte dicht unterhalb ihres Herzens gegen ihre Haut.

»Hmmm?«

»Damit fängt der Tag ja noch besser an als mit Angeln.«

Er lachte in sich hinein und rieb seine Nase an ihrem Hals. »Gestern Morgen hatte ich nur einen Gedanken im Kopf: mit dir in dieses Bett zu kriechen.«

Ihr Lächeln wurde breiter. »Nun, da bist du ja nun.«

»Sieht ganz danach aus.« Er hob den Kopf und warf ihr einen prüfenden Blick zu, während er mit dem Haar an ihrer Schläfe spielte. Ihre Augen war groß und schläfrig, ihre Haut glühte und hatte diesen durchscheinenden Glanz, der nach gutem Sex die Haut erstrahlen lässt. »Wir haben verschlafen.«

»Nein.« Erfreut darüber, wie leicht alles war, glitt sie mit ihren Händen bis zur straffen Haut seines Pos hinunter. »Wir haben absolut vollendet geschlafen.«

»Weißt du …« Er legte die gewölbte Handfläche auf ihre Brust, rieb mit dem Daumen über ihre Brustwarze und sah, wie sich ihre Lippen öffneten, als ihr Atem unregelmäßig wurde. »Eigentlich wollte ich dir heute Morgen das Angeln mit künstlichen Fliegen beibringen.«

Seine sanfte Berührung rief in ihrer Bauchgegend erneut ein Gefühl der Erregung hervor. »Tatsächlich?«

»Wer mit Trockenfliegen angelt, ist ein Aristokrat unter den Anglern, denn das erfordert Meisterschaft.«

Sie drehte den Kopf, als er seinen Mund auf ihren Hals senkte. »Ich könnte es ja lernen.«

»Das glaube ich auch.« Er fuhr mit den Zähnen über die wie heftiger Flügelschlag pulsierende Ader an ihrem Hals. Es gab nichts Erotischeres, als zu spüren, wie sich eine Frau der Lust öffnete, stellte er fest. »Ich glaube, in dir steckt noch ein unendliches Potenzial.«

Sie seufzte und spannte sich an, als er in ihr wieder steifer wurde. »Ich wollte schon immer die Beste sein. Wahrscheinlich ist das ein Fehler.«

»Das glaube ich nicht«, murmelte er. Sie wölbte sich ihm entgegen, zitterte bereits auf ihrem ersten Höhepunkt. »Mit Sicherheit ist das eine Tugend.«

»Deanna, warum hält eine so aufgeweckte Frau wie du diese sentimentale Bindung an einen Verlierer aufrecht?«

»Das hat mit Sentimentalität nichts zu tun«, meinte Deanna naserümpfend, während sie die Tür zu ihrer Wohnung aufschloss. »Es hat ganz praktische und logische Gründe, zu ihnen zu halten. Die Cubs werden dieses Jahr noch alle überraschen.«

»Wenn du meinst.« Finn gönnte sich ein verächtliches Schnauben, bevor er Deanna nach innen folgte. »Es wäre tatsächlich eine Überraschung, falls sie es schaffen sollten, aus dem Keller herauszukommen. Wann standen die Cubs denn das letzte Mal kurz davor?«

Das hatte gesessen. »Darum geht es nicht.« Ganz entgegen ihren Absichten klang ihre Stimme ziemlich besserwisserisch. »Sie haben einfach das Herz am rechten Fleck.«

»Wie schade, dass sie nicht auch ein paar gute Schläger haben.« Wieder rümpfte Deanna die Nase, dann wandte sie sich ihrem Anrufbeantworter zu. »Entschuldige mich einen Moment, ich muss die Nachrichten abhören.«

»Kein Problem.« Grinsend ließ er sich auf die Couch fallen. »Wir können das später klären. Wahrscheinlich habe ich noch gar nicht erwähnt, dass ich den Debattierclub im College geleitet habe. Und bei diesem Thema gibt es gar kein Vertun.«

Als Zeichen ihrer Verachtung drückte sie auf den Abspielknopf.

»Deanna, Cassie am Apparat. Tut mir leid, Sie zu Hause stören zu müssen – auch wenn Sie nicht da sind, aber für Montag haben sich einige Änderungen im Terminplan ergeben. Ich faxe sie Ihnen zu. Wenn Sie irgendwelche Fragen haben, wissen Sie ja, wo Sie mich erreichen können. Es kamen übrigens jede Menge Anrufe wegen des Artikels in diesem Revolverblatt. Viele Anrufer habe ich abgewimmelt, aber falls Sie sich irgendwie zu diesem Artikel äußern wollen, habe ich eine Liste von Reportern, denen Sie vielleicht ein Interview zu geben bereit sein könnten. Ich bin den überwiegenden Teil des Wochenendes zu Hause. Rufen Sie mich an, wenn Sie wollen, dass ich einen Termin einrichte.«

»Sie hat nie Fragen gestellt«, murmelte Deanna. »Auch im Büro hat das keiner getan.«

»Sie kennen dich eben.«

Deanna nickte und schaltete den Anrufbeantworter für einen Augenblick aus. »Weißt du, Finn, so hart diese Arbeit manchmal sein kann und so viel Kraft sie mir abverlangt, manchmal wache ich morgens auf und habe das Gefühl, ein richtiges Glückskind zu sein.«

»Wenn du mich fragst, scheint es mir ziemlich leicht verdientes Geld zu sein, wenn du deinen Lebensunterhalt damit bestreiten kannst, dich eine Stunde am Tag mit Leuten zu unterhalten.«

Das rief bei ihr ein schwaches Lächeln hervor. »Du kümmerst dich um Erdbeben, ich um Herzenskummer.«

Er zog sich die Jacke aus. »Es ist eine Schande, diese ganze Intelligenz zu verschwenden.«

»Ich verschwende meine Intelligenz nicht«, begann sie leidenschaftlich. »Ich ...« In diesem Augenblick nahm sie jedoch das Glitzern in seinen Augen wahr und unterbrach sich. Er probierte nur aus, ob sie ihm wieder auf den Leim ging. »Nein danke, mein Lieber. Ich werde nicht länger mit dir darüber debattieren.« Dann drehte sie sich wieder zu ihrem Anrufbeantworter um, hielt jedoch erneut inne. »Hast du eigentlich nie Angst davor, dass jemand dir das alles wegnimmt, dir eines Tages erzählt, es ist vorbei und es gibt keine Arbeit vor der Kamera mehr?«

»Nein.« Sein Selbstvertrauen und diese unbekümmerte Arroganz darin ließen ihr Lächeln noch breiter werden. »Und diese Angst solltest du auch nicht haben«, meinte er, neigte ihr Kinn nach oben und gab ihr einen Kuss. »Was leichte Kost anbelangt, bist du großartig.«

»Halt jetzt mal die Klappe, Finn.« Erneut drückte sie auf den Abspielknopf, kritzelte die kurze Nachricht von Simon über ein mögliches Problem bei der morgigen Sendung auf ihren Zettel, ferner Frans Nachricht, dass sie das Problem in den Griff bekommen hatten. Sie hörte sich das leere Band an, bis ein Anrufer nach einer Weile wortlos auflegte, und knirschte mit den Zähnen, als drei Anrufe von Reportern folgten, die es irgendwie geschafft hatten, ihre Geheimnummer herauszubekommen.

»Alles in Ordnung?« Finn stellte sich hinter sie, um ihr die Spannung aus den Schultern herauszumassieren.

»Ja, mir geht es gut. Ich muss mich nur entscheiden, ob ich zu dem Ganzen jeglichen Kommentar verweigere oder eine Stellungnahme verfasse. Allerdings glaube ich, im Augenblick will ich noch gar nicht darüber nachdenken.«

»Dann lass es doch auch bleiben.«

»Durch Vogel-Strauß-Politik wird sich diese Frage nicht in Luft auflösen.« Sie richtete sich wieder auf und trat einen Schritt zur Seite, um wieder aufrecht zu stehen. »Ich will einfach die richtige Entscheidung treffen, und ich hasse es, Fehler zu machen.«

»Dann hast du zwei Möglichkeiten. Entweder reagierst du emotional oder wie eine Reporterin.«

Ihre Stirn legte sich in Falten, als sie das genauer durchdachte. »Oder ich kombiniere beides«, meinte sie leise. »Ich dachte schon daran, eine Sendung mit dem Thema Vergewaltigung durch den Partner zu machen. Das Einzige, was mich davon zurückhielt, war der Gedanke, selbst zu sehr davon betroffen zu sein. Doch vielleicht bin ich ja gerade im richtigen Maß davon betroffen.«

»Warum willst du dir das auferlegen, Deanna?«

»Weil ich das bereits durchmachen musste, und weil Männer wie Jamie mit so etwas ungestraft davonkommen. Und weil ...«

Sie stieß einen tiefen Seufzer aus, der ihr die Kehle zuzuschnüren drohte. »... ich es leid bin, mich dauernd dafür zu schämen, dass ich deswegen nichts unternommen habe. Jetzt habe ich eine Chance, das nachzuholen.«

»Das wird aber eine schmerzhafte Sache werden.«

»Nicht mehr so schmerzhaft, wie es schon gewesen ist.« Jetzt streckte sie die Arme nach ihm aus.

Er drückte sie fester an sich. Verdammt, er fühlte das tiefe Bedürfnis, sie zu beschützen, und sie hatte das Bedürfnis, ganz aus ihrer eigenen Kraft heraus ihren »Mann« zu stehen. Das Einzige, was Finn jetzt tun konnte, war vielleicht, Jamie Thomas aufzuspüren und ... mit ihm ein langes, nettes Gespräch zu führen. »Wenn du beschließt, eine Sendung mit diesem Thema zu machen, dann lass es mich wissen. Sofern mir das möglich ist, möchte ich dabei sein.«

»Okay.« Sie neigte den Kopf nach hinten, um ihn zu küssen, bevor sie sich ihm entzog. »Wie wär's? Soll ich eine Flasche Wein aufmachen? Dann könnten wir diese ganze Sache eine Weile vergessen.«

Sie musste ihre Gedanken jetzt wieder auf etwas anderes lenken, und er konnte ihr ansehen, wie die Spannung langsam und verstohlen wieder in ihren Blick zurückkehrte. »Solange du mir erlaubst hierzubleiben, gerne. Dieses Mal schlafe ich auch nicht auf der Couch ein.«

»Dazu wirst du auch keine Gelegenheit haben«, meinte sie und ging in die Küche.

Aus Gewohnheit ging er als Erstes zum Fernsehgerät, schaltete es ein und erwischte gerade den Anfang der Spätnachrichten. Er wandte sich zur Couch, wollte seine Stiefel ausziehen und die Füße hochlegen, als er den Umschlag entdeckte, der direkt hinter der Tür auf dem kleinen Teppich lag.

»Hier sind ein paar Chips.« Deanna trug ein Tablett herbei

und stellte es auf den Couchtisch. »Die Fahrt hat mich hungrig gemacht.« Ihr Lächeln erstarrte, als sie den Umschlag in seiner Hand sah. »Wo hast du denn den her?«

»Der lag innen vor der Tür.« Er hatte ihn ihr gerade hinhalten wollen, zog die Hand jetzt aber wieder zurück. Sie war ganz blass geworden. »Was ist?«

»Ach, nichts.« Verärgert über sich selbst, schüttelte sie die unbestimmte Angst von sich ab. Sie übertrieb. »Es ist Dummheit, das ist alles.« In dem Versuch, sie beide davon zu überzeugen, dass sie sich keine weiteren Sorgen machte, nahm sie den Umschlag und riss ihn auf.

Deanna,

nichts von dem, was sie sagen,

könnte jemals meine Gefühle ändern.

Ich weiß, dass alles eine Lüge ist.

Ich werde dir immer glauben.

Ich werde dich immer lieben.

»Ein schüchterner Fan von mir«, meinte sie und zuckte mit den Achseln. Die Geste wirkte eher, als ob sie sich verteidigen wollte.

Finn nahm das Blatt Papier von ihr und überflog es. »Eine Reaktion auf den Artikel, würde ich sagen.«

»Sieht ganz danach aus.« Doch dieser anonyme Ausdruck des in sie gesetzten Vertrauens machte sie nicht froh.

»Ich nehme an, du hast solche Briefe schon vorher bekommen.«

»Hätte ich sie alle aufbewahrt, hätte ich mittlerweile eine ganze Sammlung davon.« Sie nahm ihr Glas Wein. »Seit einem Jahr kommen die jetzt in unregelmäßigen Abständen.«

»Seit einem Jahr?« Er sah sie mit durchdringendem Blick an. »Briefe wie dieser hier?«

»Hier, in der Nachrichtenredaktion, oben in meinem Büro.«
Unruhig bewegte sie ihre Schultern. »Immer in der gleichen
Aufmachung, immer mit dem gleichen Inhalt.«

»Hast du es gemeldet?«

»Wem soll ich das denn melden? Etwa der Polizei?« Was immer sie an Unbehagen fühlte, löste sich in einem Lachen auf.
»Warum? Was sollte ich denen denn erzählen? Herr Wacht-
meister, ich bekomme anonyme Liebesbriefe! Lassen Sie die
Hunde los!«

»Wenn das schon ein ganzes Jahr so geht, ist das mehr als
nur eine Reihe harmloser Liebesbriefe. Das ist zwanghaft
und eine solche Art von zwanghaftem Verhalten ist einfach
krank.«

»Ich glaube nicht, dass man bei ungefähr einem Dutzend
dämlicher Briefe im Verlauf eines Jahres schon von zwanghaftem Verhalten sprechen kann. Wahrscheinlich ist es einfach jemand, der mich aus dem Fernsehen kennt oder hier im CBC-
Gebäude arbeitet, sich von meinem Bild angezogen fühlt, aber
zu schüchtern ist, sich persönlich an mich zu wenden und um
ein Autogramm zu bitten.« Sie dachte an die Anrufe, diese
schweigenden Botschaften mitten in der Nacht, und daran,
dass der Unbekannte in der Lage war, ihr eine Nachricht unter ihrer Tür durchzuschieben. »Es ist ein wenig gespenstisch,
aber nicht bedrohlich.«

»Mir gefällt das nicht.«

Sie nahm seine Hand, um ihn mit sich herunter auf die
Couch zu ziehen. »Das ist nur dein Reporterinstinkt, und der
springt viel zu schnell an.« Sie stellte den Wein beiseite, sein
Mund berauschte sie viel mehr. »Aber wenn du ein wenig eifersüchtig sein willst ...«

Ihre Augen lachten ihn an. Finn lächelte zurück, aber der
Gedanke an das Blatt Papier, das auseinandergefaltet auf dem

Couchtisch lag und in blutroter Farbe die Liebe eines unbekannten Verehrers bekundete, ging ihm nicht mehr aus dem Kopf.

»Nicht eine einzige Äußerung von ihr.« Angela lachte in sich hinein. Lang ausgestreckt lag sie bäuchlings auf dem rosaroten Satinbezug ihres großen Bettes. Der Fernseher lief, der Boden um sie herum war übersät mit Zeitungen und Zeitschriften.

Es war ein schönes Schlafzimmer. Mit den geschwungenen Formen der vergoldeten Antiquitäten darin und mit femininen Volants überladen, wirkte es überaus prachtvoll und erinnerte ein wenig an ein Museum. Eines der Hausmädchen hatte einmal zu einer Freundin gemeint, es würde sie überraschen, dass vor der Tür kein seidenes Seil hing und kein Eintritt verlangt wurde.

An jeder Wand hingen Spiegel, ovale, rechteckige und quadratische, und zeigten den Geschmack, den sie sich erkauft hatte, und ihr eigenes Spiegelbild.

Neben Goldtönen und der natürlichen Farbe des Holzes war ihr Schlafzimmer ganz in Rosarot und Weiß gehalten – ein zuckersüßes Ambiente, das sie immer wieder auskostete.

Kleine Gruppen taufrischer Rosen erfreuten das Auge, sodass Angela immer diesen schweren, befriedigenden Duft einatmen konnte, den sie mit Erfolg gleichsetzte. Am Kopf des vergoldeten Bettes lag ein Berg Kissen, die alle mit glatter Seide überzogen waren und vor Spitzen überquollen. Sie tippte die Zehen mit den rosarot lackierten Zehennägeln dagegen und empfand hämische Freude.

Nicht weit vom Bett entfernt stand ein Lehnsessel, über den sie achtlos eines ihrer vielen Negligés geworfen hatte.

Vor langer Zeit hatte sie einmal andere um ihre schönen Besitztümer beneidet. Als Kind und auch als junge Frau hatte sie in die Schaufenster gestarrt und Wünsche gehegt. Jetzt besaß sie alles, wonach es sie verlangte, oder konnte es besitzen.

Wem auch immer es gehören mochte.

Nackt und mit glänzenden Muskeln saß Dan Gardner rittlings auf ihrer Hüfte und rieb ihr duftendes Öl in Rücken und Schultern.

»Es ist jetzt über eine Woche her«, rief sie ihm ins Gedächtnis zurück, »und sie hat keinen Mucks von sich gegeben.«

»Willst du, dass ich noch einmal mit Jamie Thomas Kontakt aufnehme?«

»Hmmm.« Angela rekelte sich genüsslich unter seinen Händen. Sie hatte das Gefühl, verwöhnt zu werden und gesiegt zu haben. Und sie fühlte sich wunderbar ruhig. »Nur zu! Sag ihm, er solle den Reportern weiter seine Geschichten erzählen und sich vielleicht noch ein wenig mehr über diese Dinge auslassen. Erinnere ihn auch daran, dass wir seine Liebe zu Heroin an die Öffentlichkeit bringen müssen, wenn er unserer kleinen Dee nicht genug Ärger bereitet.«

»Das sollte reichen.« Dan bewunderte den Körper, der unter ihm lag, fast genauso wie Angelas Intelligenz. »Wenn herauskommt, dass er mit seinem Geld Kokaingeschäfte finanziert, wird seine Karriere ihren Tiefpunkt erreicht haben. Auch wenn das alles über die Firma seines Vaters abgewickelt wurde.«

»Erinnere ihn daran, falls er sich drücken will. Der reiche Junge wird jetzt bezahlen müssen«, murmelte sie. Sie hätte diesen Menschen dafür gehasst, dass er in Reichtum hineingeboren worden war, alle möglichen Privilegien genoss und dann alles für eine Schwäche wie Drogen verschwendete, doch wegen der jämmerlichen Art und Weise, wie er nach ihrer ersten Drohung zusammengebrochen war, empfand sie nur noch Verachtung für ihn.

»Oh, und schick Beeker eine Kiste Dom Perignon.« Angela warf einen kritischen Blick auf ihre Fingernägel und runzelte die Stirn, als sie im rosafarbenen Lack einen winzigen Fehler entdeckte. »Er hat gute Arbeit geleistet. Setz ihn jedoch weiter auf diesen Fall an. Wenn wir genug Dreck finden können, den unsere kleine Deanna unter den Teppich gekehrt hat, können wir sie darin begraben.«

»Ich liebe deine Art zu denken, Angela.« Davon erregt, biss er sie heftig in die Schulter. »Du denkst so schön um die Ecke.«

»Es ist mir völlig egal, was du von meiner Art zu denken hältst.« Mit einem leisen Lachen stemmte sie sich hoch, sodass er seine ölglatten Hände über ihre Brüste gleiten lassen konnte. »In diesem Fall beschäftigen sich meine Gedanken jedenfalls gradlinig mit der Wahrheit. Wie auch immer das geschehen konnte, ihre Einschaltquoten verbessern sich langsam, und nachdem sie meine Freundschaft verraten hat, werde ich das nicht dulden. Also halt einfach weiter ...« Laut protestierend kam sie plötzlich auf die Knie. Auf dem Bildschirm waren gerade Finn und Deanna zu sehen.

»Der Talkshow-Star Deanna Reynolds begleitete den Auslandskorrespondenten Finn Riley zu einem Bankett des Presseclubs in Chicago, wo Riley für seine Arbeit während des Golfkriegs geehrt wurde«, fuhr der Sprecher fort. »Wie intern bekannt wurde, trägt sich der Wüstencasanova Riley mit dem Gedanken, die Leitung eines wöchentlichen Nachrichtenmagazins bei der CBC zu übernehmen. Riley selbst wollte sich weder zu diesem Projekt noch zu seiner privaten Beziehung mit Chicagos Liebling Deanna äußern.«

»Nein!« Angela explodierte. »Ich habe sie bei mir aufgenommen, habe ihr alle Möglichkeiten geboten, ihr meine Zuneigung geschenkt. Und jetzt geht sie auf diese Weise gegen mich an.«

Nackt stolzierte sie zu der offenen Champagnerflasche, goss sich großzügig ein Glas voll. Tränen, die genauso echt und schmerzlich waren wie ihre Verbitterung, brannten in ihren Augen.

»Und dieser Scheißkerl hat sich ebenfalls gegen mich gewandt.« Mit einer heftigen Bewegung kippte sie sich den Champagner in die Kehle und fühlte, wie die Wärme in ihren Bauch stieß wie Liebe. »Mir hat er einen Korb gegeben, und ihr hat er sich zugewandt. *Ihr!* Und das nur, weil sie jünger ist.« Erbost und mit einem plötzlichen Schreck über das leere Glas schleuderte sie es auf den Fernseher, doch es prallte gegen die Ecke des Wandschranks und zerfiel in zwei Teile. »Sie ist ein Nichts und weniger als das, ein hübsches Gesicht und ein straffer Körper. Das ist doch absolut nichts Besonderes. Sie wird Finn nicht halten können. Irgendwann wird er sie wieder loswerden wollen, und ihre Zuschauer auch.« Mit einer heftigen Handbewegung wischte sie sich die Tränen vom Gesicht, ihr Mund bebte jedoch weiter. »Die wollen doch mich.«

»Sie wird nie an dich heranreichen, Angela.« Langsam ging Dan auf sie zu, vergewisserte sich, ihr in seinem Blick Verständnis und Begehren zu zeigen. »Du bist einfach die Beste, in der Öffentlichkeit …« Sanft drehte er sie so, dass sie sich beide im Ganzfigurspiegel sehen konnte. »… und privat«, murmelte er und beobachtete, wie sie seinen liebkosenden Händen zuschaute. »Du bist so schön. Sie sieht doch aus wie ein Junge, du jedoch … Du bist eine Frau.« Auf diese Bestätigung war sie angewiesen. Sie umklammerte seine Hände und drückte sie so fest gegen sich, dass es an ihren Brüsten wehtat. »Ich brauche das, dass man mich haben will, Dan. Ich muss wissen, dass mich die Menschen wollen. Ohne das kann ich nicht überleben.«

»Aber die Menschen wollen dich ja und ich will dich auch.«
Er war ihre Wutausbrüche und ihre Bedürftigkeit gewohnt.
Und er wusste, wie er beides zu seinem Vorteil nutzen konnte.
»Wenn ich dich so kühl und beherrscht auf der Bühne stehen
sehe, finde ich dich einfach hinreißend.« Seine Hand glitt zwischen ihre Schenkel, geduldig streichelte er sie, bis sie feucht
wurde und zu beben begann und bis auch er bebte. »Und
dann kann ich es kaum erwarten, mit dir so wie jetzt allein
zu sein.«

Ihr Atem wurde flacher, ihr Blick jedoch war klar und konzentrierte sich auf den Spiegel, während seine Hände sich mit
ihrem Körper beschäftigten. Den Geschmack des Champagners
immer noch auf der Zunge, sehnte sie sich nach mehr davon,
spürte ein heftiges Verlangen danach. Sie schluckte es hinunter und richtete ihre Aufmerksamkeit wieder auf das, was sie
im Spiegel sah.

»Du würdest alles für mich tun.«

»Alles.«

»Und auch alles mit mir tun.«

Er lachte. Je bedürftiger Angela war und je mehr sie intrigier-
te, desto mehr vertraute sie ihm an. Und Sex mit Angela war
wie eine dunkle, heftige Fahrt in eine unwiderstehliche Hölle.

»Was möchtest du denn gerne, das ich mit dir tue, Angela?«

»Nimm mich, direkt hier an dieser Stelle, sodass ich dabei
zuschauen kann.«

Erneut lachte er. Sie zitterte wie eine läufige Hündin, ihr
Blick war von ihrem eigenen Körper gefesselt. Durch ihre Eitel-
keit und die damit verbundene bemitleidenswerte Unsicherheit
begab sie sich nur noch weiter in seine Hand. Als er sich jedoch
neben sie bewegen wollte, schob sie ihn zurück.

»Nein.« Sie konnte kaum noch atmen. Auf ihren vollen weißen Brüsten waren noch die roten Abdrücke seiner stürmischen

Hände zu sehen. Sie wollte sie dort als Beweise dafür, dass sie begehrt wurde. »Von hinten. Wie ein Tier.«

Die Vorstellung sorgte dafür, dass ihm der Mund wässrig wurde. Seine Erektion schmerzte wie eine Wunde. Verzweifelt verlangte es ihn danach, sie zu nehmen, grob stieß er sie auf die Knie. Mit wildem Blick und gebleckten Zähnen beobachtete sie, wie er sich über sie bückte. Abrupt zog er ihren Kopf an den Haaren nach hinten und gab ein zischendes Geräusch von sich, als tief aus ihrer Kehle ein Knurren drang.

»Ich höre nicht auf, auch wenn du mich anflehst.«

»Fick mich.« Ihr Lächeln funkelte wie ein Schwert, an dem bereits Blut hängt. »Und wenn du fertig bist, werden wir uns etwas Neues ausdenken, um sie dafür bezahlen zu lassen.«

»Komm, sieh zu.« Mit einer Hand hielt er ihren Kopf fest. »Ich will, dass du zuschaust.«

Mit heftigen Bewegungen trieb er sein Glied in sie hinein, das Blut schien aus seinen Venen herauszuplatzen, als sie vor Schmerz und Schreck und voller gierigem Vergnügen aufschrie. Seine Finger gruben sich in ihre Hüften, während er immer wieder in sie hineinstieß, bis ihnen beiden der Schweiß wie Regen am Leib herunterrann und sich sein Blick trübte.

Ihre Augen blieben jedoch klar. Sie sah das Blut auf ihrer Lippe, in die sich ihre Zähne gegraben hatten, den Glanz von Schweiß und Tränen auf ihrem Gesicht. Und als der schreckliche, lieblose Orgasmus wie ein heftiger Stoß durch ihre Qualen und ihre Bedürftigkeit hindurchdrang, löste sich Dans Gesicht in das von Finn auf. Und sie lächelte, als er ihren Namen schrie und erzitterte, immer wieder erzitterte.

Man wollte sie. Man begehrte sie. Sie war die Beste.

»Deanna, bist du dir sicher, dass du das tun willst?« Fran stand neben Deannas Schreibtisch und knabberte an ihrem Daumennagel herum, eine Gewohnheit, die sie eigentlich schon vor Jahren aufgegeben hatte.

»Absolut sicher.« Deanna setzte weiter ihre Unterschrift unter die Briefe, die heute mit der Post weggehen sollten. Ihre Unterschrift war schnell, elegant und erfolgte automatisch. »Diese Sendung will ich definitiv machen. Wie viele Karten haben wir zurückbekommen?«

Mit gerunzelter Stirn blickte Fran auf die vorgedruckten Karten in ihrer Hand, die sie nach jeder Sendung an das Publikum verteilten. Auf diese waren die einfachen Fragen getippt: Kennen Sie eine Frau, die von einem Menschen vergewaltigt wurde, der ihr bekannt war? Wären Sie bereit, über dieses Thema in *Deannas Stunde* zu sprechen?

Es gab ausreichend Platz für Anmerkungen, Namen und Telefonnummern. Von den zweihundert Karten, die Fran durchgesehen hatte, hatte sie nur zwei ausgewählt.

»Diese beiden solltest du dir meiner Meinung nach einmal anschauen.« Widerwillig legte Fran sie auf den Schreibtisch. »Sie werden schmerzhaft für dich sein, Deanna.«

»Damit kann ich umgehen.«

Sie überflog die erste Karte, las sie dann Wort für Wort von Anfang an ein zweites Mal durch.

Er sagte, ich hätte doch danach verlangt, aber das war nicht so. Er sagte, es sei alles meine Schuld. Ich bin mir nicht sicher, ob das stimmt. Ich würde gerne darüber sprechen, weiß aber nicht, ob ich dazu in der Lage bin.

Deanna legte die Karte beiseite und nahm die zweite zur Hand.

Nach meiner Scheidung war das die erste Verabredung, die ich eingegangen bin. Das ist jetzt drei Jahre her, und seitdem bin ich nicht mehr mit einem Mann zusammen gewesen. Ich habe zwar immer noch Angst, aber Ihnen vertraue ich.

»Zwei Frauen aus dem Studiopublikum«, murmelte Deanna. Ja, es tat tatsächlich weh, und in ihrer Brust beherbergte sie eine geballte, wütende Faust. »Wie viele Frauen sind es denn noch, Fran? Wie viele Frauen da draußen fragen sich, ob es ihre Schuld gewesen ist? Wie viele Frauen haben Angst?«

»Ich halte es kaum aus zu sehen, wie verletzt und betroffen du bist. Du bist dir klar darüber, dass du auch auf Jamie Thomas zu sprechen kommen musst, wenn du diese Sendung machst, nicht wahr?«

»Das weiß ich. Ich habe das auch bereits mit dem Rechtsberater durchgesprochen.«

»Und wenn Jamie klagt?«

Deanna seufzte, konnte sich kaum davor zurückhalten, sich die Augen zu reiben und ihr Make-up zu verschmieren. Sie hatte nicht gut geschlafen, und da Finn gerade in Moskau war, war sie allein gewesen. Doch keine Zweifel, sondern aufgeregte Erwartung hatte sie wachgehalten.

»Dann klagt er eben. Kurz zusammengefasst habe ich den Rechtsberater so verstanden, dass Jamie seine Version der Geschehnisse ja bereits öffentlich gemacht hat, und da bei dieser Sache sein Wort gegen meines steht, mache ich damit einfach meine Version ebenfalls öffentlich. Seit der Artikel erschienen ist, hätte ich das auch schon in einem Dutzend Interviews tun können. Genau genommen sogar in zwei Dutzend«, verbesserte sie sich mit einem grimmigen Lächeln. »Ich ziehe es jedoch vor, das auf diese Weise, eben auf meine Weise in meiner Show zu tun.«

»Du weißt auch, dass das ein gefundenes Fressen für die Presse sein wird?«

»Ja, weiß ich.« Deanna war jetzt ganz ruhig und völlig gefasst. »Darum werden wir diese Sendung auch in die Zeit der Marktanalysen im Mai legen.«

»Herrje, Dee ...«

»Ich will das wirklich öffentlich machen, Fran, und ich hoffe bei Gott, dass es wenigstens eine Zuschauerin gibt, der ich damit helfen kann.« Mit den Handballen rieb sie sich die Feuchtigkeit von den Wangen. »Und dabei geht es mir nicht um den Wettlauf bei den Einschaltquoten.«

Kurz vor Beginn der Show hatte Deanna Nerven aus Stahl. Auf ihre penible Art ging sie noch einmal die vorformulierten Fragekarten durch, während Marcie ihrem Make-up den letzten Schliff gab. Gut vorbereitet und sogar ein wenig ungeduldig auf die Sendung, drehte sie sich in ihrem Stuhl zu Loren Bach herum.

»Sind Sie jetzt hierhergekommen, um die Sendung zu verfolgen, oder wollen Sie mir noch einen guten Rat geben?«

»Von beidem etwas.« Er faltete die langen weißen Finger. »Wie Sie wissen, ist es nicht gerade meine Angewohnheit, mich in die inhaltliche Gestaltung der Talkshows einzumischen.«

»Das weiß ich und das schätze ich sehr.«

»Aber ich habe mir angewöhnt, meine Leute zu schützen.« Schweigend saß er einen Augenblick da und sammelte seine Gedanken, während er einen Blick durch den ordentlichen Raum warf, in dem sich die neuesten Zeitungen und Zeitschriften stapelten. Auf einem Regal warteten sorgfältig gekennzeichnete Videobänder darauf, in den Videorecorder geschoben und angesehen zu werden. Der Raum war vom leichten Geruch nach Kosmetika erfüllt. Ein femininer Raum, dachte er, aber alles darin gehört zu ihrem Handwerkszeug. Die Garderobe war genauso ihr Arbeitsplatz wie das Büro. »Es ist doch bestimmt möglich, diese Sendung zu machen und sie in hervorragender Weise zu gestalten, ohne dass Sie Ihre persönliche Erfahrung mit einbringen, oder?«

»Das ist möglich, ja.« Sie stand auf, um die Tür zu schließen, die Marcie offen gelassen hatte. »Möchten Sie, dass ich das tue, Loren?«

»Nein. Ich will es Ihnen nur ins Gedächtnis zurückrufen.«

»Dann möchte ich Sie daran erinnern, dass ich nicht nur die Talkmasterin bin, sondern wesentlicher Bestandteil der Sendung, und zwar ein ganz intimer Bestandteil, was zudem der Grund dafür ist, dass die Sache für mich und, wie ich denke, auch für das Publikum und die Zuschauer funktioniert.«

Er lächelte, sein Blick blieb aber weiter durchdringend. Sie wirkt elegant und ausgeglichen, dachte er. »Das will ich auch gar nicht bestreiten, Deanna. Falls Sie jedoch irgendwelche Zweifel an dem haben sollten, was Sie da tun, müssen Sie nicht damit weitermachen.«

»Ich habe keine Zweifel, Loren. Ich habe Ängste und zumindest die Hoffnung, dass es am besten ist, sich mit ihnen auseinanderzusetzen. Vielleicht befürchten Sie ja, dass Jamie Thomas als Vergeltung irgendwelche rechtlichen Schritte einleiten könnte, aber ...«

Loren tat das mit einer Handbewegung ab. »Ich verfüge über die Rechtsanwälte, die sich mit so etwas auseinandersetzen können. Die ganze Publicity scheint für ihn übrigens nach hinten losgegangen zu sein. Momentan befindet er sich auf einem ausgedehnten Europaurlaub.«

»Ah ja.« Sie holte tief Luft. »Ich muss jetzt gehen.«

»Es stört Sie doch nicht, wenn ich dableibe und mir die Show ansehe, oder?« Zusammen mit ihr stand er auf.

»Das würde ich sogar sehr schätzen.« Einem plötzlichen Impuls folgend, beugte sie sich vor und gab ihm einen Kuss auf die Wange. Als er überrascht und verständnislos dreinblickte, lächelte sie. »Der Kuss galt nicht meinem Geschäftspartner, sondern Ihrer Unterstützung.«

Als sie die Tür öffnete, fand sie sich plötzlich in Finns Armen wieder.

»Nanu, ich dachte, du wärest in Moskau.«

»Ich bin wieder zurück.« Er hatte alles darangesetzt, um rechtzeitig zu Beginn ihrer Sendung in Chicago zu sein. »Du siehst gut aus, Kansas. Wie fühlst du dich?«

»Ziemlich wacklig.« Sie presste eine Hand auf ihren Magen. »Und bereit.«

»Wird schon klappen.« Er legte einen Arm um ihre Schultern und nickte Loren zu. »Schön, Sie zu sehen.«

»Ebenfalls. Sie können mir ja Gesellschaft leisten, während Deanna ihre Arbeit macht.«

»Gut.« Finn begleitete Deanna bis zur Bühne. »Musst du heute Nacht arbeiten?«

»Um sieben habe ich ein Abendessen mit den Leuten vom Sendernetz. Aber ich denke, dass ich da um zehn gehen kann.«

»Willst du zu mir kommen?«

»Ja.« Sie hielt seine Hand fest. Je näher sie der Bühne kamen, desto stärker zuckte ihr Magen. Sie warf Fran einen Blick zu und nahm dann allen Mut zusammen. »Das ist wie ein Sprung ins kalte Wasser.«

»Wie bitte?«

Sie zwang sich zu einem Lächeln, als sie zu Finn hochschaute. »Das bezog sich auf einen guten Rat, den mir mal jemand gegeben hat. Wir sehen uns in einer Stunde, ja?«

»Ich bin da.«

Deanna nahm ihren Platz zwischen den drei Frauen ein, die sich bereits auf der Bühne eingefunden hatten und vor Nervosität kaum stillsitzen konnten. Ruhig sprach sie kurz mit ihnen, befestigte das Mikrofon und wartete auf ihren Einsatz.

Musik. Applaus. Das Objekt der Kamera. Das rote Licht.

»Willkommen bei *Deannas Stunde*. Unsere heutige Sendung

beschäftigt sich mit einem schmerzhaften Thema. Vergewaltigung ist in jeder Form tragisch und entsetzlich. Wenn das Opfer
den Angreifer jedoch kennt und ihm vertraut, bekommt Vergewaltigung noch eine andere Dimension. Jede Frau auf dieser
Bühne wurde Opfer einer Vergewaltigung durch einen Menschen, den sie kannte. Und wir haben alle etwas dazu zu sagen.
Als es mir selbst vor fast zehn Jahren passierte, unternahm ich
nichts. Ich hoffe, jetzt etwas zu tun.«

17

Um Deannas erstes Jahr mit der Talkshow auf Sendung zu feiern, gab Loren Bach in seinem Penthouse mit Blick über den Lake Michigan eine Party. Über die gedämpfte Musik und das Klingen der Gläser hinweg war überall Stimmengewirr zu hören; leise drang aus dem angrenzenden Raum mit den Spielautomaten das Gepiepse und Geklingel der Videospiele.

Außer dem Mitarbeiterstab der Talkshow und den leitenden Angestellten von CBC und Delacort hatte er noch eine Handvoll sorgfältig ausgewählter Kolumnisten und Reporter eingeladen. Deannas Bekanntheitsgrad war seit den im Mai durchgeführten Marktanalysen nicht zurückgegangen, und Loren hatte nicht die Absicht, dass sich daran etwas änderte.

Mit dem Ansteigen der Einschaltquoten stiegen auch die Werbeeinnahmen, und Deannas wachsende Berühmtheit machte es möglich, bekannte Namen für die Show zu buchen, die auf ihre vielversprechenden Sommerfilme oder Konzerttouren aufmerksam machen wollten. Auch weiterhin vermischte Deanna Folgen, in denen prominente Persönlichkeiten auftraten, mit solchen, bei denen es um eifersüchtige Ehepartner, die Wahl der richtigen Bademode oder Partnersuche per Computer ging.

Das Ergebnis war eine handwerklich gut gemachte Talkshow mit ansprechendem, zwanglosem, gemütlichem Flair. Im Zentrum stand Deanna, die beim Auftritt eines bezaubernden Filmstars genauso viel Ehrfurcht empfand wie das Publikum, die von der Idee einer Partnersuche mittels einer Maschine genauso belustigt war wie ihre Zuschauer und die gut nachempfinden konnte, was eine Frau fühlt, die sich an einem öffentlichen Strand bis auf den Bikini entblößt.

Ihr Image des Mädchens von nebenan hatte eine große Anziehungskraft auf die Zuschauer. Ihr scharfer, aufs Praktische gerichtete Verstand strukturierte dieses Bild.

»Sieht ganz so aus, als hättest du es geschafft, Kleine.«

Deanna lächelte, als Roger ihr einen Kuss auf die Wange gab. »Zumindest in diesem ersten Jahr.«

»In dieser Branche grenzt das doch schon an ein kleines Wunder.« Roger wählte eine winzige Karotte vom Büffetteller, biss hinein und seufzte. In den letzten Monaten hatte er ein paar Pfunde zugelegt, und schadenfroh ließ die Kamera jedes Gramm davon überall bekannt werden. »Zu schade, dass Finn nicht hier sein kann.«

»Die Sowjets würden mein Jubiläum zur Durchführung eines Staatsstreichs nutzen.« Sie versuchte, sich keine Sorgen über Finn zu machen, der gerade weit weg in Moskau war.

»Hast du etwas von ihm gehört?«

»Die letzten Tage nicht, aber ich sah ihn in den Nachrichten. Da wir gerade dabei sind: Ich habe neulich deine Programmankündigung erwischt. Sehr eindringlich.«

»›Unser Nachrichtenteam ist Ihr Nachrichtenteam‹«, meinte Roger im Tonfall eines Nachrichtensprechers. »›Wir halten Chicago auf dem Laufenden.‹«

»Du und deine neue Partnerin habt einen schönen Rhythmus.«

»Sie ist in Ordnung.« Er ging zu Sellerie über, fand diesen aber genauso fade. »Gute Stimme, gutes Gesicht. Aber sie kapiert meine Witze nicht.«

»Rog, deine Witze kapiert sowieso niemand.«

»Du hast sie verstanden.«

»Nein.« Sie tätschelte seine Wange. »Ich habe nur so getan, weil ich dich einfach in mein Herz geschlossen habe.«

Roger verspürte ein leichtes Kneifen in der Brustgegend. »In der Nachrichtenredaktion vermissen wir dich immer noch.«

»Ich vermisse dich auch, Roger. Tut mir leid mit dir und Debbie.«

Er zuckte mit den Achseln, doch die Wunden seiner gar nicht weit zurückliegenden Scheidung waren noch nicht verheilt. »Was geschehen ist, lässt sich nicht mehr rückgängig machen, Dee. Vielleicht versuche ich es ja mal mit dieser Partnersuche per Computer.«

Ihr Lachen war nur ein verächtliches Schnauben. Deanna drückte seine Hand. »Da kann ich dir nur den guten Rat geben: Lass es bleiben!«

»Nun, da Finn ständig auf dem ganzen Globus herumschwirrt, hast du ja vielleicht Interesse an einem soliden, etwas älteren Mann.«

Sie hätte beinahe wieder aufgelacht, war sich aber nicht sicher, ob er Witze machte oder nicht. »Zufälligerweise gibt es ja diesen soliden, etwas älteren Mann, dessen Freundschaft mir viel bedeutet.«

»Hallo, Dee!«

»Jeff!«

»Ich sah gerade, dass du kein Glas hast, und da dachte ich, du willst vielleicht etwas Champagner.«

»Danke. Dir entgeht aber auch wirklich nichts. Der Nachrichtenredaktion Jeff auszuspannen war wirklich das Beste, was ich machen konnte. Ohne ihn könnten wir mit *Deannas Stunde* nie auf Sendung gehen.«

Jeff strahlte. »Ich mache eigentlich nur, was gerade anfällt.«

»Und machst daraus ein Meisterwerk.«

»Entschuldigen Sie mich, bitte.« Barlow James glitt hinter Deanna und legte ihr seinen Arm um die Taille. »Ich muss Ihnen den Star für einen Augenblick entführen, meine Herren. Sie scheinen ja wieder fit zu sein, Roger.«

»Danke, Mr. James.« Mit einem dünnen Lächeln hielt Roger eine weitere Karotte hoch. »Ich arbeite aber auch daran.«

»Ich werde sie nicht lange bei mir behalten«, versprach Barlow und führte Deanna zu den offen stehenden Türen, die auf die Terrasse führten. »Sie sehen mehr als fit aus«, meinte er. »Sie leuchten geradezu.«

Sie lachte. »Ich arbeite auch daran.«

»Ich glaube, ich habe etwas für Sie, was Sie noch ein wenig mehr leuchten lässt. Heute Morgen hat Finn mit mir Kontakt aufgenommen.«

Die Erleichterung kam einen Herzschlag vor der Freude. »Wie geht es ihm?«

»Er ist ganz in seinem Element.«

»Ja.« Sie blickte auf den See hinaus und sah zu, wie das Wasser von den sich vorsichtig hinter den Wolken hervorschiebenden Mondstrahlen gestreichelt wurde. Die Silhouetten der Boote schaukelten sanft auf den Wellen. »Das kann ich mir vorstellen.«

»Wissen Sie, unter uns gesagt, könnten wir genug Druck auf ihn ausüben, um ihn zu überzeugen, dieses Nachrichtenmagazin zu übernehmen und seinen Hintern hier in Chicago zu lassen.«

»Ich kann das nicht.« Allerdings wünschte sie sich, es zu können. »Er muss das tun, was ihn am meisten zufriedenstellt.«

»Das gilt für uns alle«, meinte Barlow seufzend. »Nun, einiges von diesem Leuchten scheine ich ja nun getrübt zu haben, aber das hier sollte ausreichen, um es wieder zurückzubringen.« Er holte ein langes, schmales Kästchen aus der Innentasche seiner Jacke. »Finn bat mich, Ihnen das mitzubringen. Darin ist etwas, das er noch vor seiner Abberufung in Auftrag gab. Ich soll Ihnen sagen, dass es ihm leidtut, es Ihnen nicht selbst übergeben zu können.«

Sie sagte nichts, als sie das Kästchen öffnete und hineinschaute.

Das Armband bestand aus feinen, ovalen goldenen Kettengliedern, die so beschaffen waren, dass sich das Licht in ihnen verfing. Darauf glänzte ein Regenbogen aus vielfarbigen Edelsteinen – Smaragde, Saphire, Rubine und Turmaline –, die im Mondlicht glänzten und blitzten. In der Mitte flankierten ein filigrangeschmücktes *D* und *R* ein prächtiges Ensemble aus glitzernden Diamanten, die einen Stern bildeten.

»Ich glaube, der Stern bedarf keiner weiteren Erklärungen«, meinte Barlow. »Er soll euer erstes Jahr feiern. Wir sind überzeugt davon, dass noch viele folgen werden.«

»Das ist ja wunderschön.«

»Wie die Frau, für die es gemacht wurde«, sagte Barlow und ließ das Armband aus dem Kästchen gleiten, um es an ihrem Handgelenk zu befestigen. »Zweifellos hat der Junge Geschmack. Wissen Sie, Deanna, wir brauchen ein Zugpferd für die Dienstagabende. Vielleicht ist Ihnen ja nicht sonderlich wohl bei dem Gedanken, Ihren Einfluss zu nutzen, um Finn dazu zu überreden, diese Position zu übernehmen, aber ich halte das für eine sehr gute Idee.« Er zwinkerte ihr zu, tätschelte ihre Schulter und ließ sie allein.

»Verdammt, du bist viel zu weit weg, Finn«, sagte sie ruhig und strich mit der Spitze eines Fingers über das Armband.

So vieles von dem, was sie immer haben wollte, hatte sie jetzt erreicht, wurde ihr bewusst. So vieles, auf das sie hingearbeitet hatte. Warum geriet sie dann innerlich trotzdem immer wieder ins Schwanken? Ich komme mir vor wie die Boote da unten im Wasser, dachte sie. Sie sind gut verankert, bewegen sich aber dennoch unruhig mit dem Wellenschlag und kämpfen dagegen an.

Während sich ihre Talkshow allmählich zu einer landesweit ausgestrahlten Sendung mauserte, war sie immer noch auf der Suche nach einer neuen Wohnung. Sie genoss die Aufmerksamkeit der Medien des ganzen Landes, und meistens setzten sich diese auf sehr schmeichelhafte Weise mit ihr auseinander. Jetzt jedoch stand sie auf einer ihr zu Ehren gegebenen Party ganz verloren da und war unzufrieden.

Das erste Mal in ihrem Leben schienen ihre beruflichen und ihre privaten Ziele nicht miteinander zu harmonieren. Sie wusste genau, was sie sich für ihre Karriere noch wünschte, und hatte auch die Schritte zum Erreichen dieser Ziele deutlich vor Augen. Sie war zuversichtlich, dass es ihr gelang, *Deannas Stunde* ganz an die Spitze zu bringen. Und wann immer sie vor dem Publikum stand, sich die Kamera auf sie richtete und die Sendung aufzeichnete, verspürte sie eine unglaubliche Lebendigkeit, hatte das Gefühl, alles im Griff zu haben, und dazu kam gerade so viel impulsive Freude, dass sie diese Arbeit immer in einem Zustand freudiger Erregung machte.

Erfolg war für sie nicht selbstverständlich, denn sie kannte die Launen des Fernsehens nur zu gut. Doch selbst wenn die Show morgen abgesetzt würde, wusste sie, dass sie sich wieder hochrappeln, weitergehen und etwas Neues anfangen würde.

Ihre privaten Bedürfnisse waren ebenso wie der Weg, den sie privat einschlagen wollte, nicht so klar umrissen. Wollte sie die traditionelle Ehe, Haus und Familie? Wenn es möglich war, dieses Ideal mit einer hohe Leistungen einfordernden, dynamischen Karriere in Einklang zu bringen, würde sie schon einen Weg finden.

Oder wollte sie genau das, was sie gerade hatte? Eine eigene Wohnung, eine befriedigende und dennoch merkwürdig unabhängige Beziehung zu einem faszinierenden Mann, in den sie, wie sie zugeben musste, auch noch fürchterlich verliebt war, und bei dem sie keinen Zweifel daran hatte, dass er sie genauso tief liebte, obwohl er das nie ausgesprochen hatte?

Wenn sie und Finn irgendetwas an dem gegenwärtigen Zustand änderten, ging vielleicht diese atemberaubende, aufwühlende Erregung wieder verloren, die sie bei sich spürte. Oder sie entdeckte dann etwas Beruhigenderes und genauso Aufregendes, das es ersetzte.

Und weil sie keine Antwort auf diese Fragen sah und die verwirrenden Gefühle in ihrem Herzen sie blind machten, bemühte sie sich umso mehr, ihren Intellekt von ihren Gefühlen zu trennen.

»Da sind Sie ja.« Loren Bach kam auf den Balkon heraus, in der einen Hand eine Flasche Champagner, in der anderen ein Glas. »Der Ehrengast sollte sich aber eigentlich nicht im Dunkeln verstecken«, meinte er. Er schenkte ihr nach, bevor er die Flasche auf den Glastisch neben sich stellte. »Insbesondere, wenn die Vertreter der Medien anwesend sind.«

»Ich habe gerade Ihre Aussicht bewundert«, erwiderte sie. »Und den Vertretern der Medien Gelegenheit gegeben, mich zu verpassen.«

»Sie sind eine aufgeweckte Frau, Deanna.« Er stieß mit ihr an. »Ich nehme diesen Abend zum Anlass, mich voller Selbstgefälligkeit dazu zu beglückwünschen, dass ich meinem Instinkt vertraut und Sie unter Vertrag genommen habe.«

»Ich bin in dieser Hinsicht auch sehr mit mir zufrieden.«

»Solange Sie das nicht zu deutlich zeigen, ist das nur zu begrüßen. Mit großen Augen und Enthusiasmus bei der Sache zu sein, Dee, das zieht und spricht die Zuschauer an.«

Sie verzog das Gesicht. »Ich bin wirklich mit großen Augen und Enthusiasmus bei der Sache, Loren. Das ist nicht gespielt.«

»Ich weiß.« Er hätte nicht erfreuter sein können. »Darum ist es ja auch so perfekt. Was habe ich neulich noch über Sie gelesen ...« Er tippte mit dem Finger gegen die Schläfe, als ob er die Erinnerungen losklopfen wollte. »»Sie vereint in sich die Sensibilität des Mittelwestens, einen Verstand, der an jeder Eliteuniversität im Osten gut aufgehoben wäre, ein Gesicht, das bei einem Mann die Sehnsucht nach seiner Süßen von der Highschool aufkommen lässt, und dazu kommt noch die beruhigende Aura einer Frau von Format.‹«

»Da haben Sie nur noch mein schnelles, aufreizendes Lachen vergessen«, meinte sie trocken.

»Haben Sie Grund, sich zu beschweren, Deanna?«

»Nein.« Sie lehnte sich gemütlich gegen das Geländer und schaute ihn an. Der Duft der auffällig roten Hibiskusblüten in den Töpfen im Innenhof vermischte sich mit dem Duft des Champagners und dem Geruch des Seewassers zu einer überaus exotischen Mischung. »Nicht eine Minute. Mir gefällt wirklich alles an meiner Tätigkeit: die Doppelseite in *Premiere,* das Titelbild vom *McCall's,* die Nominierung unter den Publikumslieblingen ...«

»Bei der Sie eigentlich an erster Stelle hätten stehen sollen«, murmelte er.

»Das nächste Mal werde ich Angela schlagen.« Sie schenkte ihm ein Lächeln, ihr Pony flatterte in der leichten Brise, die Diamanten an ihrem Handgelenk glänzten im Licht der Sterne. »Ich wollte immer den Emmy Award für die beste Produktion aus Chicago, und den habe ich ja auch bekommen. Wenn die Zeit dafür reif ist, will ich auch die entsprechende überregionale Auszeichnung gewinnen. Weil ich den Erfolg bis dorthin aber sehr genieße, habe ich keine Eile damit, Loren.«

»So wie Sie das darstellen, wirkt das alles locker, entspannt und vergnügt.« Er zwinkerte. »Genau so verkaufe ich meine

Computerspiele. Und genau so kommen Sie über den Bildschirm in die Wohnzimmer der Zuschauer und treiben die Einschaltquoten in die Höhe.« Sein Lächeln wurde härter, glitzerte im Halbdunkel. »Und auf diese Weise werden Sie Angela von ihrem Spitzenplatz vertreiben.«

Das Funkeln in Lorens Augen erweckte bei Deanna Unbehagen. Sie überlegte sich genau, was sie ihm darauf sagen wollte. »Das ist nicht mein Hauptziel. Vielleicht hört es sich ja naiv an, Loren, aber eigentlich will ich nur gute Arbeit leisten und eine gute Talkshow auf die Beine stellen.«

»Dann machen Sie das auch einfach weiter so; ich kümmere mich um den Rest.« Seltsam, dachte er, dass er erst gemerkt hatte, wie stark seine Rachegelüste gegenüber Angela waren, als Deanna aufgetaucht war. »Ich will nicht behaupten, dass ich Angela zur Nummer eins gemacht habe, denn die ganze Sache ist ein wenig komplexer, doch die Entwicklung dahin habe ich bestimmt beschleunigt. Mein Fehler bestand darin, mich von dem Bild täuschen zu lassen, das sie auf dem Bildschirm abgab, und eine Frau zu heiraten, die es überhaupt nicht gab, wenn keine Kameras auf sie gerichtet waren.«

»Loren, das müssen Sie mir nicht alles erzählen.«

»Nein, keiner muss Ihnen irgendetwas erzählen, aber alle tun es. Das gehört zu der Wirkung, die Sie auf andere ausüben, zu Ihrem Charme dazu, Deanna. Als Angela den Eindruck hatte, über mich hinausgewachsen zu sein, hat sie mich jedenfalls genauso achtlos abgeschüttelt, wie eine Schlange ihre alte Haut abstreift. Es wird mir eine außerordentliche Genugtuung bereiten, Ihnen zu helfen, sie abzuschießen, Deanna.« Mit großem Vergnügen nahm er wieder einen Schluck.

»Loren, ich möchte keinen Krieg gegen Angela führen.«

»Das ist in Ordnung.« Er stieß erneut mit ihr an. »Ich hingegen möchte das.«

Lew McNeil war genauso besessen von Angelas Erfolg wie Loren Bach von ihrem Scheitern. Seine Zukunft hing davon ab. Er hoffte, sich in zehn Jahren mit dem entsprechenden Notgroschen zur Ruhe zu setzen. Bis dahin für Angelas Talkshow zu arbeiten, hielt er für aussichtslos. Seine besten Chancen sah er darin, seine vertragliche Position auszubauen, solange *Angela* ihre Spitzenposition behielt, und dann möglichst unauffällig zu einer anderen Produktion zu wechseln.

Im Moment hatte er einigen Grund, sich Sorgen zu machen. *Angela* rangierte zwar immer noch an der obersten Stelle der Zuschauergunst und hatte gerade ihrer Sammlung von Auszeichnungen eine neue Emmy hinzufügen können, aber der große Star war mit seinen Nerven am Ende. In Chicago hatte Angela ihren Mitarbeiterstab mit eisernem Willen und einem gewissen Perfektionismus herumkommandiert, aber zwischendurch immer wieder ihren ganzen Charme spielen lassen und die Atmosphäre aufgelockert.

Seit ihrem Umzug nach New York hatte ihr Charme durch den vielen Stress jedoch ziemliche Risse bekommen. Und den Stress ertränkte sie mit französischem Champagner.

Er wusste, dass sie einen großen Teil ihres Privatvermögens in ihre gerade den Kinderschuhen entwachsene Produktionsgesellschaft A. P. Productions gesteckt hatte. Die altgediente Talkshow verhinderte, dass die Gesellschaft in die roten Zahlen geriet, aber Angelas dilettantische Gehversuche bei der Produktion von Fernsehfilmen waren bis jetzt ein absoluter Misserfolg. Ihre letzte Sondersendung hatte zwar nur mäßige Kritiken hervorgerufen, doch dank der hohen Einschaltquoten war die Sendung dann doch noch unter die besten Zehn gekommen.

Das hieß zwar Glück für sie, aber die täglichen Einschaltquoten waren im August abgesackt, als sie darauf bestanden hatte,

Wiederholungen zu senden, während sie sich einen ausgedehnten Urlaub in der Karibik gönnte.

Niemand konnte abstreiten, dass sie sich die Pause verdient hatte. Genauso ließ es sich aber auch nicht leugnen, dass der Zeitpunkt nicht besonders gut gewählt war, denn *Deannas Stunde* holte Angelas Vorsprung bei den Einschaltquoten langsam auf.

Es wurden noch andere Fehler gemacht, noch andere Dinge falsch eingeschätzt. Die größte Fehlentscheidung betraf Dan Gardner. Während die Macht allmählich von Angelas Händen in die ihres Geliebten und Produktionsleiters überging, bekam die Talkshow auf subtile Weise eine andere Note.

»Hast du noch mehr Beschwerden auf Lager, Lew?«

»Das ist keine Beschwerde, Angela.« Er fragte sich, wie viele Stunden seines Lebens er wohl damit verbracht hatte, in der Garderobe neben ihrem Stuhl zu stehen. »Ich wollte eigentlich nur wiederholen, dass ich es für einen Fehler halte, in der Sendung eine obdachlose Familie mit einem Mann wie Trent Walker zusammenzubringen. Walker ist ein Betrüger.«

»Tatsächlich?« Sie nahm einen langen Zug von ihrer Zigarette. »Ich fand ihn eigentlich ganz charmant.«

»Klar, er ist auch charmant. Als er dieses alte Gebäude aufkaufte, um dessen Bewohner vor die Tür zu setzen, und die Wohnungen in teure Eigentumswohnungen zu verwandeln, war er bestimmt auch sehr charmant.«

»So etwas nennt man Stadterneuerung, Lew. Jedenfalls wird es bestimmt zu einer faszinierenden Debatte zwischen ihm und der vierköpfigen Familie kommen, die im Moment in ihrem Kombi lebt. Und das nicht nur vom Thema her.« Sie drückte die Zigarette aus. »Gerade im Fernsehen wird sich das hervorragend machen. Ich hoffe, er trägt seine goldenen Manschettenknöpfe.«

»Wenn sich das in die falsche Richtung entwickelt, wird es ganz so aussehen, als könntest du der Notlage der Obdachlosen nicht viel abgewinnen.«

»Und wenn das tatsächlich so wäre?« Ihre Stimme war wie das Knallen einer Peitsche. »Da draußen gibt es genug Arbeit. Viel zu viele dieser Leute nehmen doch lieber Almosen in Empfang, als sich auf ehrliche Weise ihren Lebensunterhalt zu verdienen.« Sie dachte an die Zeit, in der sie als Kellnerin Tische bedient und Essensreste entsorgt hatte, um das Geld für ihre Ausbildung aufzubringen, und an die damit verbundene Demütigung. »Nicht jedem von uns ist ein gutes Leben beschieden, Lew. Wenn nächsten Monat mein Buch erscheint, kannst du mit allen anderen nachlesen, wie ich mich selbst aus ganz bescheidenen Anfängen bis an die Spitze emporgearbeitet habe.« Mit einem Seufzer entließ sie ihre Friseuse. »Gut so, meine Liebe, und nun ab mit Ihnen! Lew, als Erstes muss ich dir in allem Ernst sagen, dass ich es gar nicht schätze, wenn du mich im Nachhinein vor anderen Mitarbeitern kritisierst.«

»Angela, ich wollte doch gar nichts …«

»Und zweitens«, unterbrach sie ihn mit frostiger Freundlichkeit, »gibt es auch überhaupt keinen Anlass für deine Sorgen. Ich habe nicht vor, irgendetwas aus dem Ruder laufen zu lassen oder dem weichherzigen Publikum eine wenig schmeichelhafte Meinung über meinen Standpunkt zu gestatten. Dan kümmert sich bereits darum, bekannt werden zu lassen, dass ich die Familie persönlich fördern werde, die wir hier in der Sendung ins Rampenlicht stellen. Zuerst werde ich ganz bescheiden jeden Kommentar dazu ablehnen, dann werde ich widerwillig zugeben, beiden Eltern eine Arbeit besorgt zu haben, ihnen sechs Monate lang die Miete zu zahlen und Geld für Essen und Kleidung zu geben. Und jetzt …« Das letzte Mal ihre Haare lockernd, stand sie auf. »… werde ich vor Beginn der Sendung noch einmal einen kurzen Blick auf sie werfen.«

»Sie sind im Künstlerzimmer«, murmelte Lew. »Walker habe ich vorläufig woanders hingebracht.«

»Wunderbar.« Sie eilte an ihm vorbei in den Flur hinaus. Als sie die vierköpfige Familie begrüßte, die sich nervös auf dem Sofa vor dem Fernseher zusammengekauert hatte, gab sie sich freundlich und wohlwollend und sicherte ihnen ihre Unterstützung zu. Den Dank der vier tat sie mit einer Handbewegung ab, drängte sie aber noch dazu, vor dem Auftritt etwas zu essen und zu trinken, tätschelte den Kopf des kleinen Jungen und kitzelte das Kleinkind unter dem Kinn.

Als sie zur Garderobe zurückeilte, war ihr Lächeln schlagartig wie weggeblasen. »Die sehen mir aber nicht gerade so aus, als ob sie seit sechs Wochen auf der Straße leben! Warum tragen sie so gute Kleidung? Warum sind sie so sauber?«

»Ich … Sie wussten, dass sie im ganzen Land zu sehen sind und haben sich nach besten Kräften herausgeputzt. Das ist eine Frage des Stolzes, Angela.«

»Nun, dann sorgt gefälligst dafür, dass sie ein wenig abgerissener aussehen!«, fuhr sie ihn an. Mit der Geschwindigkeit eines Güterzuges verstärkten sich ihre Kopfschmerzen, sie spürte ein heftiges Verlangen nach ihren Pillen. »Herrgott noch mal, ich will, dass sie völlig verarmt wirken und nicht wie irgendeine Familie aus der Mittelklasse, die gerade vom Pech verfolgt wird!«

»Aber genau das sind sie«, setzte Lew an.

Sie hielt inne, drehte sich um. Ihr Blick war kalt wie Eis und ließ ihn erstarren. »Selbst wenn die vier ihren Abschluss in Harvard gemacht hätten, interessiert mich das einen Scheißdreck. Hast du mich verstanden? Das Fernsehen ist ein visuelles Medium. Vielleicht hast du das ja vergessen. Ich will, dass sie wie Leute aussehen, die man gerade von der Straße aufgelesen hat.

Dann macht die Kinder eben wieder dreckig. Ich will Löcher in ihrer Kleidung sehen.«

»Angela, das können wir nicht machen. Mit einer solchen Inszenierung gehen wir einfach zu weit.«

»Erzähl mir nicht dauernd, wozu du nicht in der Lage bist.« Sie stieß ihm einen rosiggrauen Fingernagel in die Brust. »Ich werde dir jetzt genau sagen, was wir tun müssen. Vergiss nicht, es ist meine Show, ja? *Meine.* Du hast zehn Minuten Zeit. Also raus mit dir! Und dann lass dir etwas einfallen, womit du dir dein Geld verdienst.« Sie schob ihn nach draußen und knallte die Tür hinter ihm zu.

Vorhin im Flur war ihre Panik fast übermächtig geworden. Kalte Schauer waren ihr über die Haut gelaufen, zitternd hatte sie sich gegen die Tür gelehnt. Jetzt würde es nicht mehr lange dauern, und sie musste nach draußen auf die Bühne und dem Publikum gegenübertreten. Die warteten dann nur darauf, dass sie eine falsche Bewegung machte oder die falschen Worte wählte. Und wenn sie sich einen winzigen Fehler leistete, würden sie über sie herfallen wie ein Rudel wilder Hunde.

Und sie würde alles verlieren. Alles!

Auf wackligen Beinen stürzte sie durch den Raum und goss sich mit zitternden Händen Champagner ein. Sie wusste, dass ihr das jetzt helfen würde. Nach den vielen Jahren, in denen sie es strikt abgelehnt hatte, vor dem Auftritt Alkohol zu sich zu nehmen, hatte sie herausgefunden, dass sie sich durch ein kleines Glas direkt vor der Sendung von diesen feuchtkalten Schauern befreien konnte. Zwei Gläser konnten ihr alle quälenden Ängste nehmen.

Gierig leerte sie das Glas, goss sich dann mit einer ruhigeren Hand ein zweites ein. Ein drittes Glas konnte doch bestimmt nicht schaden, sagte sie sich. Es macht alles ein wenig erträglicher und glättet die Kanten. Wo hatte sie das nur schon einmal gehört? fragte sie sich, als sie das Kristallglas an die Lippen führte.

Ihre Mutter! Herrgott, das war ihre Mutter gewesen!

Das macht alles ein wenig erträglicher, Angie. Ein paar Schlucke Gin glätten die Kanten.

Entsetzt ließ sie das volle Glas fallen. Schäumender Champagner ergoss sich über den kleinen Teppich. Sie beobachtete, wie sich der Fleck wie Blut immer weiter ausbreitete und wandte sich schaudernd ab.

Sie war nicht auf einen Drink angewiesen, war nicht wie ihre Mutter. Sie war Angela Perkins. Und sie war besser als alle anderen.

Fehler wird es nicht geben, versprach sie sich, als sie sich wieder zum Spiegel drehte, sodass sie der Anblick ihrer prächtigen Aufmachung und ihrer eleganten Erscheinung beruhigen konnte. Sie würde jetzt nach draußen gehen und das tun, worin sie unschlagbar war. Und sie würde diese wilden Hunde ein weiteres Mal in Schach halten, würde sie zähmen und dazu bringen, sie zu lieben.

»Zufrieden, Lew?« Immer noch den stürmischen Beifall im Rücken fühlend, ließ sich Angela in den Sessel hinter dem Schreibtisch fallen. »Ich sagte dir ja, dass es laufen würde.«

»Du warst sehr gut, Angela.« Er sagte es, weil es von ihm erwartet wurde.

»Nein, sie war sagenhaft.« Dan saß auf der Schreibtischkante und beugte sich zu ihr hinüber, um ihr einen Kuss zu geben. »Dieses Kind auf deinen Schoß zu nehmen, war eine glänzende Idee.«

»Ich mag Kinder«, log sie. »Und dieses Kind schien wirklich Köpfchen zu haben. Wir werden dafür sorgen, dass es in die Schule kommt. Jetzt ...« Sie lehnte sich zurück und schüttelte das Bild der Familie, das sie immer noch im Kopf hatte, genauso achtlos von sich ab wie die Schuhe, die sie gerade abstreifte. »Jetzt sollten wir aber wieder zur Sache kommen. Wen will sie denn im nächsten Monat für ihre Show verpflichten?«

Ergeben reichte Lew ihr eine Liste. Keiner musste ihm sagen, dass von Deanna die Rede gewesen war. »Die mit den Sternchen gekennzeichneten Namen sind bereits fest engagiert.«

»Sie wird ein paar richtige Zuschauermagnete dabeihaben, nicht wahr?«, meinte Angela nachdenklich. »Bekannte Namen aus der Film- und Modewelt. Aus der Politik hält sie sich noch heraus.«

»Seichtes Gerede statt Substanz«, bemerkte Dan. Er wusste, dass Angela Äußerungen dieser Art gefielen.

»Seichtes Gerede hin oder her, wir wollen ja nicht, dass sie damit glücklich wird. Sie hat sich sowieso schon viel zu viel Aufmerksamkeit der Presse gesichert. Diese verdammte Geschichte mit Jamie Thomas!« Ihr Mund wurde zu einem dünnen Strich. Voller Abscheu dachte sie daran, dass sich Jamie zurzeit in Rom versteckte.

»Wir haben immer noch diverse Informationen über ihn«, rief ihr Dan ins Gedächtnis zurück. »Es wäre ein Kinderspiel, an die Presse durchsickern zu lassen, dass er Probleme mit Drogen hat.«

»Allerdings können wir dadurch nichts gewinnen, denn das würde nur dazu führen, dass noch mehr Artikel über Deanna erscheinen, die sie in einem sympathischen Licht darstellen. Damit sollten wir uns nicht weiter beschäftigen.« Sie ging die Liste durch. »Wollen wir doch mal sehen, wen wir von denen hier gut genug kennen, um ihn zu überreden, Deanna den Laufpass zu geben.« Sie blickte hoch und lächelte Lew höflich an. »Du kannst gehen. Ich brauche dich hier nicht mehr.«

Als Lew leise die Tür hinter sich geschlossen hatte, gab Dan Angela Feuer.

»Dieses Gesicht mit der ewigen Armesündermiene altert ziemlich schnell«, meinte er.

»Aber er ist mir von Nutzen.« Erfreut klopfte sie mit einem ihrer lackierten Fingernägel gegen das Papier. »Es ist doch ausgesprochen befriedigend, fast noch früher als unsere kleine Dee selbst zu wissen, wie ihre Planung aussieht.«

Zwei Namen auf der Liste sah sie sich jetzt genauer an. »Das mit diesen beiden hier wird sich mit einem kleinen Telefonanruf von mir erledigen. Es ist wirklich ausgesprochen angenehm, wenn einem wichtige Leute etwas schuldig sind. Ach, sieh einer an, Kate Lowell!«

»Die ist im Moment sehr gefragt.« Dan stand auf, um ihnen beiden ein Perrier einzugießen. »Eine jener seltenen Personen, die sowohl auf dem Laufsteg wie auch als Schauspielerin vor der Kamera ein ausgesprochen gutes Bild abgeben.«

»Ja, sie ist sehr schön und außerordentlich talentiert. Und momentan wird sie tatsächlich überall hoch gehandelt. Ihr neuer Film ist ein absoluter Kassenschlager.« Angelas hintergründiges Lächeln hatte eine überraschende Süße. »Wie der Zufall es so will, kennt Deanna Kate privat. Die beiden haben früher den Sommer gemeinsam in Topeka verbracht. Und ich habe zufälligerweise ein kleines Geheimnis von Kate in Erfahrung bringen können, was sicherlich dazu führt, dass sie in Deannas Sendung nicht mit ihrer alten Freundin plaudern wird. Wir sollten sie stattdessen für uns verpflichten. Ich kümmere mich persönlich darum.«

»Ich verstehe das einfach nicht, Finn.« Deanna kuschelte sich auf der Couch neben ihn und ruhte mit dem Kopf an seiner Brust. »Wir hatten gerade alle Arrangements für ihre An- und Abreise getroffen, als uns ihr Agent mitteilte, es gäbe unerwartete Terminschwierigkeiten.«

»So etwas kann schon mal passieren.« Finn war mehr daran interessiert, an ihren Fingern herumzuknabbern, als mit ihr zu fachsimpeln.

»Aber nicht auf diese Weise. Wir haben versucht, unsere Termine umzustellen, haben ihr das Datum freigestellt, aber die Reaktion blieb die gleiche. Ich hätte sie wirklich gerne im November in der Sendung gehabt, bin aber nicht persönlich mit ihr in Kontakt getreten, weil ich nicht den Anschein erwecken wollte, eine Freundin um einen Gefallen zu bitten.« Sie schüttelte den Kopf, als sie sich daran erinnerte, wie herzlich und später distanziert Kate gewesen war, als sie sich vor Angelas Büro getroffen hatten. »Verdammt, wir waren doch einmal Freundinnen.«

»Freundschaften sind in dieser Branche häufig das Erste, was auf der Strecke bleibt. Lass dich dadurch nicht so deprimieren, Kansas.«

»Das versuche ich ja. Ich weiß auch, dass wir jemand anderen bekommen. Ich glaube, ich fühle mich einfach nur privat wie beruflich brüskiert.« Mit einer bewussten Anstrengung schob sie den Gedanken weg. Ihre Zeit war viel zu kostbar, um sie zu verschwenden. »Das ist wirklich schön.«

»Was denn?«

»Einfach dazusitzen und nichts zu tun. Mit dir.«

»Mir gefällt das auch. Es kann übrigens zur Gewohnheit werden.« Er strich mit dem Finger über ihr Armband. Seit seiner Rückkehr aus Moskau hatte sie es in seiner Gegenwart immer getragen. »Barlow James ist übrigens in der Stadt.«

»Mmm. Habe ich auch gehört. Möchtest du etwas essen?«

»Nein.«

»Gut.« Sie gab ein lüsternes Seufzen von sich. »Ich auch nicht. Am liebsten würde ich mich den ganzen Tag nicht mehr bewegen, den ganzen wundervollen Sonntag lang.«

Beide haben wir an diesem Sonntag frei, dachte sie. Und sie wollte ihnen diesen Sonntag nicht verderben, indem sie den letzten Brief zur Sprache brachte, der sie mit der Zuschauerpost erreicht hatte.

> Ich weiß, du liebst ihn nicht wirklich, Deanna.
> Finn Riley kann dir gar nicht so viel bedeuten,
> wie ich einmal für dich bedeuten werde.
> Ich kann auf dich warten.
> Ich warte für immer auf dich.

Natürlich war dieser Brief nichts im Vergleich zu dem des Fernfahrers aus Alabama, der ihr die Landschaft vom Bett seines sechzehnrädrigen Sattelschleppers aus zeigen wollte, oder zu dem des selbst ernannten Geistlichen, der behauptete, er habe eine Vision von ihrem nackten Körper gehabt und das als Wink Gottes gesehen, sie – und ihr Scheckbuch – seien dafür bestimmt, sich mit ihm in seiner Arbeit zusammenzutun.

Es gab also überhaupt keinen Grund zur Besorgnis.

»Ich habe ihn gestern getroffen.«

Sie blinzelte. »Wen?«

»Barlow James.« Weil er zusehen konnte, wie sie ihren Verstand einschaltete, zupfte er sie am Ohr. »Bitte, pass ein bisschen auf, ja?«

»Entschuldige. Wohin schickt er dich als Nächstes?«

»In einigen Tagen muss ich nach Paris. Ich dachte, vielleicht möchtest du für ein Wochenende rüberfliegen.«

»Nach Paris?« Sie drehte sich zu ihm um und schaute ihn an. »Für ein Wochenende?«

»Wir gehen französisch essen, besichtigen ein paar französische Sehenswürdigkeiten und lieben uns in einem französischen Hotel. Ich könnte vielleicht sogar mit dir zurückfliegen.«

Der Gedanke veranlasste sie, sich umgehend aufrecht hinzusetzen. »Ich kann mir nicht vorstellen, für ein Wochenende nach Paris zu fliegen.«

»Du bist ein Star«, erinnerte er sie. »Von dir wird jetzt so etwas erwartet. Liest du denn keine Fanzeitschriften?«

Ihre Augen strahlten, als sie sich ihrer Möglichkeiten bewusst wurde. »Ich war noch nie in Europa.«

»Du hast doch einen Pass, oder?«

»Sowieso. Ich habe ihn sogar erst kürzlich verlängert. Das ist noch eine Gewohnheit aus meiner Zeit als Journalistin, als ich die vage Hoffnung hegte, irgendeinen aufregenden Auftrag zu bekommen, der mich ins Ausland führen würde.«

»Nun, dann bin jetzt eben ich dein aufregender Auslandsauftrag.«

»Wenn ich meine Termine so weit klären könnte ... Nein, ich werde meine Termine so weit klären.« Sie drehte sich herum und warf sich in seine Arme.

Als sie später irgendwann versuchte, sich wieder aus diesen Armen herauszuwinden, hielt er sie fest. »Wo willst du denn hin?«, wollte er wissen.

»Ich muss mir eine Liste machen. Als Erstes werde ich mir einen Reiseführer und einen Stadtplan holen, dann ...«

»Das hat doch alles Zeit.« Er lachte, bis sich seine lachenden Lippen auf die ihren senkten. »Herrgott, bei dir kann man ja genau vorhersagen, wie du dich verhalten wirst, Kansas. Was immer ich dir vorschlage, du machst als Erstes eine Liste.«

»Ich bin eben gut durchorganisiert.« Sie schlug ihm die Faust gegen die Brust. »Aber das heißt noch lange nicht, dass ich kalkulierbar bin.«

»Du kannst dir deine sechs Listen später aufschreiben. Ich habe dir nämlich immer noch nicht erzählt, wie mein Treffen mit Barlow verlaufen ist.«

Doch sie war mit ihrer Aufmerksamkeit schon wieder ganz woanders. Ich muss unbedingt einen jener kleinen Videorecorder mitnehmen, wie ich ihn bei Cassie gesehen habe, entschied sie. Und natürlich einen Sprachführer. »Was?« Als Finn an ihren Haaren zog, schaute sie ihn verständnislos an. »Ah ja, das Treffen mit Barlow«, meinte sie und schob die Gedanken an die Liste, die sie innerlich durchging, erst einmal beiseite. »Du sagtest gerade, er schickt dich nach Paris.«

»Darum ging es bei dem Treffen gar nicht. Wir haben ein paar Diskussionen fortgesetzt, die wir schon seit ungefähr einem Jahr immer wieder führten.«

»Das Nachrichtenmagazin.« Sie grinste. »Er lässt einfach nicht locker, wie?«

»Ich werde es machen.«

»Ich denke, es ist ... Was?« Sie fuhr senkrecht in die Höhe. »Du wirst es machen?«

Ihre Überraschung hatte er erwartet. Jetzt hoffte er, dass sie auch erfreut sein würde. »Es hat eine Weile gedauert, bis wir uns auf die genauen Bedingungen und die Aufmachung der Sendung geeinigt hatten.«

»Aber ich dachte, du hättest überhaupt kein Interesse an dieser Sache. Du liebst es doch, jederzeit in der Lage zu sein, dich auf jede Story, die gerade aktuell ist, stürzen zu können, wirfst dir deine Reisetasche über die Schulter, schnappst dir einen Laptop und bist weg.«

»Der fahrende Ritter aus der Nachrichtenredaktion.« Er spielte mit ihrem Ohrring. »Das werde ich in gewissem Umfang auch immer noch tun. Wenn irgendwo etwas los ist, gehe ich hin, aber ich werde dann für das Nachrichtenmagazin darüber berichten. Wann immer es verlangt wird, machen wir Außenübertragungen, unsere Basis jedoch ist hier in Chicago.« Bei den Verhandlungen war das ein ziemlich schwieriger Punkt gewesen, denn Barlow hatte eigentlich gewollt, dass er nach New York ging. »Ich kann mir dann ein bestimmtes Thema vornehmen und es von allen Seiten durchleuchten, anstatt es für einen dreiminütigen Beitrag für die Nachrichten zurechtzustutzen. Und ich werde mehr Zeit hier in Chicago sein. Mit dir.«

»Ich will nicht, dass du das für mich tust.« Rasch stand sie auf. »Es lässt sich zwar nicht abstreiten, dass es mir schwerfällt, mich so häufig von dir zu verabschieden, aber ...«

»Das hast du noch nie gesagt.«

»Das wäre ja auch ziemlich unfair gewesen. Herrgott, Finn.« Sie fuhr sich mit beiden Händen durch die Haare. »Was hätte ich denn sagen können? Geh nicht? Ich weiß zwar, dass gerade etwas Weltbewegendes passiert, aber mir wäre lieber, du bleibst bei mir zu Hause?«

Auch er stand jetzt auf, strich mit dem Knöchel über ihre Wange. »Meinem Selbstwertgefühl hätte es bestimmt nicht geschadet, diese Worte zu hören.«

Seine ruhige Stimme durchzitterte sie. »Es wäre gegenüber uns beiden unfair gewesen. Und dass du wegen mir die Ausrichtung deiner Karriere änderst, wäre ebenfalls nicht angemessen.«

»Ich tue das nicht nur für dich, sondern auch für mich.«

»Du sagtest doch, du wolltest keine Wurzeln schlagen«, meinte sie betrübt, weil sie merkte, dass sie den Tränen nahe war. Weder ihm gegenüber noch sich selbst hätte sie erklären können, warum das plötzlich so war. »Daran kann ich mich noch gut erinnern. Finn, wir stehen beide mitten im Beruf, und wir wissen beide, welche Anforderungen diese Karriere an uns stellt. Ich will nicht, dass du dich unter Druck gesetzt fühlst.«

»Du hast es immer noch nicht kapiert, nicht wahr?« Seine Ungeduld war zurückgekehrt. »Es gibt nichts, was ich für dich nicht tun würde, Deanna. In dem zurückliegenden Jahr hat sich für mich einiges geändert. Mir fällt es nicht mehr so leicht, einfach meine Tasche zu packen und zu gehen. Und in irgendeinem Hotel auf der anderen Seite des Globus in den Schlaf zu fallen, ist genauso schwierig. Ich vermisse dich.«

»Ich vermisse dich auch«, sagte sie. »Macht dich das glücklich?«

»Da kannst du dir aber sicher sein.« Vorsichtig zog er sie an sich heran, gab ihr einen zarten, sanften Kuss, bis ihr Mund unter seinen Lippen heiß und gierig wurde. »Ich will auch, dass du mich vermisst. Jedes Mal, wenn ich weggehe, will ich, dass es dich fast umbringt. Und ich will, dass du dich genauso verwirrt und unbehaglich und frustriert fühlst wie ich über dieses ganze Durcheinander, in das wir uns hineinbegeben haben.«

»Nun, das trifft alles auch auf mich zu. Wir stehen uns da beide also in nichts nach.«

»Na, prima!« Er gab sie frei. Wenn sie ihm mit Vernunft kommen wollte, hatte er ihr einiges zu bieten. Sachliche Worte gehörten zu seinem Standardrepertoire. »Ich werde dann zwar immer noch weggehen müssen, aber ich habe mehr Kontrolle darüber, wohin es geht und wann ich es tue. Und ich möchte, dass du leidest, wann immer ich gehen muss.«

»Dann kannst du zur Hölle fahren«, meinte sie streng.

»Nicht ohne dich. Herrgott noch mal, Deanna, ich liebe dich.«

Sie trat auf zitternden Beinen einen Schritt zurück, ihre geweiteten Augen waren auf sein Gesicht gerichtet. Sie brauchte einen Moment, bis sie wieder atmen konnte. Und noch einen weiteren Moment, bis sie einen zusammenhängenden Satz über die Lippen brachte. »Das hast du noch nie gesagt.«

Ihre Reaktion war nicht ganz so ausgefallen, wie er es sich erhofft hatte. Doch er musste zugeben, dass seine Liebeserklärung auch nicht gerade in der elegantesten Form erfolgt war. »Jetzt habe ich es gesagt. Hast du Probleme damit?«

»Du?«

»Ich habe dich zuerst gefragt.«

Sie schüttelte den Kopf. »Nein, vermutlich nicht. Eigentlich ist es sogar ganz passend, denn ich liebe dich auch.« Sie gab einen schnellen, ungleichmäßigen Seufzer von sich. »Mir war gar nicht klar, wie sehr ich diese Worte brauchte.«

»Du bist nicht die Einzige, die die Dinge schrittweise nehmen muss.« Er streckte die Hand aus, berührte ihre Wange. »Das macht ganz schön Angst, was?«

»Ja.« Sie nahm sein Handgelenk und hielt es fest, während der erste Schwall der Freude durch ihren Körper wogte. »Aber das stört mich nicht. Eigentlich gefällt mir diese Angst sogar. Wenn du es mir also noch mal sagen willst, dann lass dich nicht abhalten.«

»Ich liebe dich.« Er hob sie hoch und brachte sie zum Lachen, als sie auf die Couch purzelten. »Du hältst dich besser an mir fest«, warnte er sie und zog ihr den Pullover über den Kopf. »Gleich mache ich dir nämlich noch viel mehr Angst.«

18

Das Nachrichtenmagazin *Nachgefragt* mit Finn Riley hatte im Januar Premiere und ersetzte mitten in der Saison ein wenig geglücktes Krankenhausdrama. Das Sendernetz verknüpfte hohe Hoffnungen damit, dass ein wöchentliches Nachrichtenmagazin mit einem bekannten und markanten Gesicht diesem Sendetermin höhere Einschaltquoten einbringen konnte. Finn hatte Erfahrung, wirkte glaubwürdig und war vor allem bei den Frauen weithin beliebt, was sehr wichtig war, zumal es die umworbene Zuschauergruppe der achtzehn- bis vierzigjährigen Frauen betraf.

Die CBC kündigte die Sendung mit großem Aufwand an. Man ließ entsprechende Programmhinweise laufen, aufwendige Anzeigen wurden entworfen, eine Titelmusik wurde komponiert. Als der Bühnenaufbau mit der dreidimensionalen Weltkarte und dem eleganten Glastisch entstand, waren Finn und die drei Reporter seines Teams bereits mit voller Kraft bei der journalistischen Arbeit.

Seine Vision von diesem Projekt war viel unkomplizierter als die aufgemotzten Werbespots oder die teuren Requisiten glauben machten. Wie er Deanna erzählte, tat er in der Sendung einfach etwas, womit er sich in seinen Phantasien immer schon beschäftigt hatte, und verstand sich dabei eher wie ein Werfer im Baseball, dessen Aufgabe darin besteht, einen guten Wurf zu landen.

Gleich bei einer ersten Sendung schaffte er es, mit einem Zuschaueranteil von dreißig Prozent gegen die Konkurrenz anzutreten. Am Morgen danach waren die Chancen der USA auf olympisches Gold und Finn Rileys intelligentes Interview mit Boris Jelzin überall Tagesgespräch.

Deanna plante eine Sendung mit Rob Winters als Hauptattraktion, einem Filmschauspieler, der schon lange Jahre vor der Kamera gestanden hatte und dessen Debüt als Regisseur von Kritikern wie Zuschauern mit Beifall aufgenommen worden war.

Charmant, gut aussehend und sich vor der Kamera ganz wie zu Hause fühlend, unterhielt Rob sowohl das Studiopublikum als auch die Zuschauer vor den Fernsehgeräten. Brüllendes Gelächter beendete die Sendung, als er eine Schlussanekdote zum Besten gab, bei der es um das Filmen einer erotischen Liebesszene und eine unerwartete Möweninvasion ging.

»Ich kann Ihnen gar nicht genug dafür danken, dass Sie bei dieser Sendung mitgemacht haben«, meinte Deanna mit einem herzlichen Händedruck, nachdem Rob den noch im Saal gebliebenen Fans aus dem Publikum die letzten Autogramme gegeben hatte.

»Es hätte nicht viel gefehlt, und ich wäre gar nicht gekommen.« Während der Sicherheitsdienst die letzten Leute vom Publikum aus dem Studio wies, musterte Rob Deanna aufmerksam. »Ehrlich gesagt, ich habe nur deswegen zugesagt, weil ich gedrängt wurde, es nicht zu tun.« Er ließ sein berühmtes Grinsen aufblitzen. »Wegen solcher Sachen habe ich bestimmt den Ruf, schwierig zu sein.«

»Ich bin mir nicht sicher, dass ich Sie verstanden habe. Ihr Agent hat Ihnen von einem Auftritt in meiner Show abgeraten?«

»Nicht nur er.« Verwirrt warf Deanna ihm einen forschenden Blick zu. »Haben Sie einen Moment Zeit?«, wollte er wissen.

»Natürlich. Möchten Sie mit nach oben in mein Büro kommen?«

»Einverstanden. Gegen einen kleinen Schluck zu trinken hätte ich nichts einzuwenden.« Erneut zeigte er ihr ein kurzes Lächeln. »Mit diesen Augen könnten Sie in Hollywood ungefähr zwanzig Minuten lang überleben.« Auf ihrem Weg zum Fahrstuhl legte er ihr freundlich seine Hand auf den Arm. »Wenn Sie genügend Menschen Einblick in das geben, was Sie denken, würde man Sie dort einfach auffressen.«

Deanna betrat den Fahrstuhl, drückte auf den Knopf für das sechzehnte Stockwerk. »Und woran denke ich gerade?«

»Dass es noch keine zehn Uhr morgens ist und ich mir bereits einen doppelten Whiskey hinter die Binde kippen will.« Sein Grinsen kam so schnell und war genauso wirksam wie ein kleines Glas Whiskey. »Sie denken, ich hätte noch ein wenig länger bei Betty Ford bleiben sollen.«

»In der Sendung hatten Sie mir doch erzählt, dass Sie nicht mehr trinken.«

»Das trifft auch zu – auf Alkohol. Allerdings bin ich neuerdings regelrecht süchtig nach Diät-Cola mit einem Schuss Limonensaft. Das ist mir zwar ein wenig peinlich, aber ich bin Manns genug, damit umgehen zu können.«

»Deanna ...« Cassie wandte sich von ihrem Computer ab. Als sie den Mann neben Deanna erblickte, gingen ihr die Augen über.

»Brauchen Sie mich, Cassie?«

»Was?« Sie blinzelte, errötete, schaute Rob aber unverwandt weiter ins Gesicht. »Nein ... nein, nichts Wichtiges.«

»Rob, das ist Cassie, meine Sekretärin und die Frau, die hier für Ordnung sorgt.«

»Schön, Sie zu sehen.« Rob nahm ihre schlaffe Hand in beide Hände.

»Mir gefällt Ihre Arbeit sehr, Mr. Winters. Wir sind alle noch ganz begeistert darüber, dass Sie heute bei der Sendung mitmachen konnten.«

»Die Freude ist ganz auf meiner Seite.«

»Cassie, stellen Sie etwaige Anrufe bitte jetzt nicht durch.« Nachdem sie Rob ins Büro geführt hatte, meinte sie: »Sie bekommen gleich eine Cola mit Limone von mir.«

Seit den ersten Tagen ihrer Talkshow hatte sich das Zimmer beträchtlich verändert. Die Wände hatten einen neuen Anstrich bekommen, der Teppichboden war durch ein Eichenparkett ersetzt worden, auf dem kleine Teppiche mit geometrischen Mustern lagen. Die eleganten Möbel sollten für Behaglichkeit sorgen. Deanna wies Rob mit einer Geste in einen Sessel und öffnete einen kleinen, kompakten Kühlschrank.

»Ich schätze, ich war jetzt seit vier oder fünf Jahren nicht mehr hier oben«, meinte Rob, streckte die langen Beine von sich und blickte sich um. »Das hat sich hier eindeutig verbessert.« Er blickte wieder zurück zu Deanna. »Aber ich vermute, pastellfarbene Rosatöne sind einfach nicht Ihr Stil.«

»Vermutlich nicht.« Sie schnitt eine Limone in Scheiben und fügte sie den beiden eisgekühlten Colas hinzu. »Ich bin wirklich neugierig, warum Ihr Agent Ihnen davon abgeraten hat, in der Show aufzutreten.« Das Wort »neugierig« traf es zwar nicht so ganz, aber sie behielt ihren freundlichen Tonfall bei. »Wir tun eigentlich unser Bestes, damit sich unsere Gäste wohlfühlen.«

»Wahrscheinlich hat das mit einem Anruf aus New York zu tun.« Er nahm das Glas entgegen und wartete, bis auch Deanna Platz genommen hatte. »Von Angela Perkins.«

»Angela?« Verwirrt schüttelte sie den Kopf. »Angela hat Ihren Agenten wegen Ihres Auftritts in meiner Show angerufen?«

»Genau, und zwar einen Tag nach Ihren Leuten.« Rob nahm einen großen Schluck. »Sie sagte, ein kleines Vögelchen habe ihr erzählt, dass ich einen Aufenthalt in Chicago in Erwägung ziehen würde.«

»Das klingt sehr nach ihr«, murmelte Deanna. »Aber wie hat sie das nur so schnell herausgefunden?«

»Das hat sie mir nicht verraten.« Den Blick auf Deannas Gesicht gerichtet, ließ Rob das Eis im Glas klirren. »Und sie hat es auch nicht angesprochen, als sie dann zwei Tage später mit mir telefonierte. Bei meinem Agenten ließ sie noch ihren ganzen Charme spielen und erinnerte ihn daran, dass sie mich zu einem Zeitpunkt in ihrer Show *Angela* hatte auftreten lassen, als es mit meiner Karriere überhaupt nicht voranging. Sie sagte, wenn ich einem Auftritt bei Ihnen zustimmen würde, könnte sie mich nicht mehr als Gast in ihrer nächsten Sondersendung in New York willkommen heißen. Sie hoffte, mich für ihre Show gewinnen zu können und garantierte mir, dass sie dann ihren ganzen Einfluss nutzen würde, um mich bei meiner Oscar-Nominierung zu unterstützen. Im Klartext: Sie sicherte mir zu, meinen Film bei ihren Auftritten in der Öffentlichkeit und auch privat anzupreisen und so etwas zur Werbekampagne beizusteuern.«

»Das ist ja ein ziemlich dreister Bestechungsversuch.« Die Wut, die sie strikt unter Kontrolle hielt, klang in ihrer angespannten Stimme durch. »Aber jetzt sind Sie doch hier.«

»Wäre sie bei dem Bestechungsversuch geblieben, wäre ich vielleicht jetzt nicht hier. Der Oscar ist mir sehr viel wert, Deanna. Viele Leute, mich eingeschlossen, dachten, ich sei erledigt, als ich in die Rehabilitation ging. Ich musste mir das Geld für den Film zusammenbetteln, habe mich auf alle möglichen Abmachungen eingelassen, Versprechungen gemacht, gelogen, getan, was immer gerade erforderlich war. Mitten in der Produktion hieß es in der Presse, dass das Publikum scharenweise fernbleiben würde, weil sich kein Mensch für eine epische Liebesgeschichte interessierte. Ich will diese Auszeichnung wirklich bekommen.«

Er hielt inne, nahm einen weiteren Schluck. »Ich hatte mich also einfach entschlossen, dem Rat meines Agenten zu folgen und bei Ihnen abzusagen, als Angela persönlich bei mir anrief. Von ihrem Charme war diesmal nichts zu spüren. Sie drohte mir, und das war ihr Fehler.«

Deanna stand auf, um ihr Glas wieder aufzufüllen. »Sie drohte Ihnen damit, Ihren Film nicht weiter zu unterstützen, wenn Sie in meiner Show auftreten würden?«

»Es kam noch besser.« Er nahm sich eine Zigarette und zuckte mit den Achseln. »Stört es Sie? Von diesem Laster kam ich noch nicht los.«

»Nur zu.«

»Ich kam hierher, weil ich stocksauer war.« Er zündete sich mit einem Streichholz die Zigarette an, inhalierte, stieß den Rauch aus. »Auf diese bescheidene Weise gebe ich Angela zu verstehen, dass sie der Teufel holen soll. Eigentlich hatte ich gar nicht vor, diese ganze Sache anzusprechen, aber irgendetwas an der Art, wie Sie mit sich selbst umgehen, bringt mich jetzt dazu.« Er kniff die Augen zusammen. »Ihrem Gesicht vertraut man einfach.«

»Das habe ich auch schon gehört.« Obwohl ihr die Bitterkeit bis in die Kehle gestiegen war, brachte sie ein Lächeln zustande. »Was immer Sie auch für Gründe gehabt haben mögen, in meiner Show aufzutreten, ich bin froh, dass Sie es getan haben.«

»Sie fragen mich nicht, womit Angela mir gedroht hat?«

Wieder flackerte ihr Lächeln auf, diesmal wirkte es etwas unbekümmerter. »Ich versuche zumindest, es nicht zu tun.«

Er gab ein kurzes Lachen von sich und stellte seine Cola beiseite. »Angela sagte mir, Sie seien ein richtiges Scheusal, das vor keiner Manipulation und keiner Intrige zurückschrecken würde, um sich seinen Platz im Rampenlicht der Öffentlichkeit zu sichern. Sie erzählte, Sie hätten ihre Freundschaft und ihr Vertrauen missbraucht und nur deswegen mit Ihrer Talk-show auf Sendung gehen können, weil Sie mit Loren Bach ge-vögelt haben.«

Deanna hob eine Braue. »Ich bin mir sicher, dass Loren Bach über diese Äußerung sehr überrascht wäre.«

»Für mich hörte sich das Ganze eher nach einem Selbstpor-trät an.« Er zog wieder an seiner Zigarette, klopfte unruhig die Asche ab. »Ich weiß, was es heißt, Feinde zu haben, Deanna, und da es ganz so aussieht, als ob wir jetzt einen gemeinsamen Feind haben, werde ich Ihnen auch erzählen, womit mir Angela drohte. Behalten Sie es bitte vierundzwanzig Stunden lang für sich, dann bin ich wieder an der Küste und werde eine Presse-konferenz geben.«

Ein kaltes Gefühl stieg ihre Wirbelsäule hoch. »In Ordnung.«

»Vor ungefähr sechs Monaten ging ich zu einer medizinischen Routineuntersuchung. Ich fühlte mich ziemlich erschöpft, doch ich hatte davor über ein Jahr lang fast rund um die Uhr an meinem Film gearbeitet, den Schnitt überwacht, verstärkt für ihn geworben. Als ich noch trank, bekamen mich die Ärzte ziemlich regelmäßig zu Gesicht, und mein Arzt ist äußerst dis-kret. Irgendwie hat Angela jedoch Wind von meinen Untersu-chungsergebnissen bekommen.« Er nahm noch einen letzten Zug, dann drückte er die Zigarette aus. »Ich bin HIV-positiv.«

»Oh, das tut mir leid.« Unwillkürlich streckte sie den Arm aus, nahm seine Hand, hielt sie fest.

»Ich glaubte immer, es wäre die Sauferei, die mich eines Ta-ges dahinraffen würde. Hätte nie gedacht, dass es der Sex sein würde.«

Er hob das Glas. Seine zitternde Hand brachte die Eisstück-chen zum Klimpern. »Doch letztendlich war ich so oft betrun-ken, dass ich überhaupt nicht weiß, wie viele Frauen ich gehabt habe, geschweige denn, wer sie waren.«

»Jeder Tag ...« Sie unterbrach sich, weil sie das Gefühl hatte, alle Worte klangen jetzt banal und waren völlig nutzlos. »Sie haben ein Recht auf Ihre Privatsphäre, Rob.«

»Merkwürdig, das aus dem Mund einer ehemaligen Journalistin zu hören.«

»Auch wenn Angela diese Informationen durchsickern lässt, müssen Sie sie nicht bestätigen.«

Mit einem amüsierten Gesichtsausdruck lehnte er sich zurück. »Jetzt sind Sie stocksauer.«

»Natürlich bin ich das. Angela hat mich benutzt, um an Sie heranzukommen. Herrgott, letztendlich drehte es sich doch hier nur ums Fernsehen und *ist* doch auch nicht mehr als Fernsehen. Wir sprechen hier über Einschaltquoten und nicht über irgendwelche weltbewegenden Ereignisse. Worum geht es denn hier, dass jemand Ihre persönliche Tragödie dazu nutzt, den Wettbewerb um die Quoten durch Erpressung für sich zu entscheiden?«

Er nahm es etwas leichter, nippte an seinem Getränk und meinte: »Es geht ums Showbusiness. Nichts liegt näher an Leben und Tod als Leben und Tod.« Er lächelte gequält. »Ich müsste das eigentlich wissen.«

»Tut mir leid.« Sie schloss die Augen, rang darum, nicht die Beherrschung zu verlieren. »Ein Wutanfall hilft Ihnen jetzt auch nicht weiter. Was kann ich denn tun?«

»Haben Sie ein paar Freunde, die an der Entscheidung über die Vergabe des Oscars beteiligt sind?«

Sie lächelte zurück. »Vielleicht habe ich tatsächlich ein paar solche Freunde.«

»Die könnten Sie ja mal anrufen und Ihre erregende und überzeugende Stimme dazu nutzen, sie bei ihrer Wahl zu beeinflussen. Und danach können Sie wieder vor die Kamera treten und *Angela* die Hölle heiß machen.«

Ihre Augen flammten auf. »Da können Sie aber Gift drauf nehmen.«

Noch am gleichen Nachmittag rief Deanna alle ihre Mitarbeiter zusammen. Um den Eindruck von Autorität zu vermitteln, saß sie hinter ihrem Schreibtisch. Immer noch war sie wütend, tief in ihr gärte es. Das führte dazu, dass ihre Stimme kühl, ihr Ton formell und schneidig war.

»Wir haben ein ernstes Problem, von dem ich erst vor Kurzem in Kenntnis gesetzt wurde.« Sie schaute sich mit prüfendem Blick im Büro um, bemerkte die Verwirrung in den Gesichtern. Die Versammlungen des Mitarbeiterstabes waren meistens ziemlich langweilig, manchmal hitzig gewesen, aber immer zwanglos und im Wesentlichen in einer freundlichen Atmosphäre verlaufen.

»Margaret«, fuhr Deanna fort, »Sie haben doch mit Kate Lowells Leuten Kontakt aufgenommen, nicht wahr?«

»Das ist richtig.« Durch die frostige Stimmung ganz entnervt, knabberte Margaret am Bügel ihrer Lesebrille herum. »Sie zeigten sich sehr an ihrem Auftritt bei uns interessiert. Wir konnten sie damit locken, dass sie als Teenager einige Jahre in Chicago gelebt hatte. Dann aber kappten sie alles mit der Begründung, es gäbe Terminschwierigkeiten.«

»Wie oft ist uns das im letzten halben Jahr passiert?«

Margaret schaute verwundert drein. »So direkt lässt sich das schlecht sagen. Viele Ideen lassen sich nicht so umsetzen, wie wir das gerne hätten.«

»Ich meine jetzt besonders die Sendungen, die sich um eine prominente Person drehen.«

»Oh, nun, das sind ja nicht allzu viele, weil wir von der Aufmachung der Sendung her im Allgemeinen dazu neigen, ganz normale Leute als Gäste zu nehmen, die Durchschnittsmenschen eben.« Unruhig rutschte Margaret auf ihrem Stuhl hin und her. »Aber ich schätze, dass es im letzten halben Jahr vielleicht fünf- oder sechsmal passierte, dass jemand wieder abgesprungen ist.«

»Wie kommen die potentiellen Gäste auf unsere Liste und was geschieht dann damit? Simon?«

Er errötete. »Das ist immer der gleiche Prozess, Dee. Zunächst sammeln wir spontan alles, was uns an Ideen und Einfällen kommt. Wenn wir dann Themen und Gäste haben, aus denen sich etwas machen lässt, machen wir unsere Nachforschungen und rufen die Leute an.«

»Und bis unsere potentiellen Gäste fest zugesagt haben, wird diese Gästeliste vertraulich behandelt, nicht wahr?«

»Selbstverständlich.« Nervös fuhr er sich mit der Hand über die Haare. »Das halten wir eigentlich immer so. Schließlich wollen wir ja nicht, dass irgendeiner unserer Konkurrenten sich in unsere Arbeit einmischt.«

Deanna nahm einen Stift von der Glasoberfläche ihres Schreibtischs und klopfte damit herum. »Ich habe heute erfahren, dass Angela Perkins wenige Stunden, nachdem wir mit dem Agenten von Bob Winters in Kontakt traten, wusste, dass wir daran interessiert waren, ihn zu buchen.« Unter den Mitarbeitern kam Gemurmel auf. »Und was ich gehört habe, stärkt bei mir die Vermutung, dass das Gleiche auch bei etlichen anderen Gästen passiert ist, die wir für unsere Sendung zu gewinnen suchten«, fuhr Deanna fort. »Zwei Wochen, nachdem Kate Lowells Leute behaupteten, es gäbe unüberwindliche Terminschwierigkeiten, trat sie in *Angela* auf. Und sie war nicht die Einzige. Ich habe hier eine Aufstellung mit Personen, die wir für unsere Show zu verpflichten versuchten und die dann keine zwei Wochen nach unserem ersten Kontakt Gäste bei *Angela* waren.«

»Wir haben eine undichte Stelle.« Frans Kiefermuskeln zuckten. »So eine Scheiße.«

»Na, na, Fran.« Jeff ließ besorgte Blicke durch das Büro schweifen, schob seine Brille zurecht. »Die meisten von uns waren seit dem ersten Tag mit dabei. Wir sind doch wie eine Familie.« Er zerrte am Kragen seines Hemdes, blickte dann wieder zu Deanna zurück. »Mensch, Dee, du kannst doch nicht ernsthaft glauben, dass jemand von uns etwas tut, das dir oder der Show schaden würde.«

»Nein, das kann ich tatsächlich nicht glauben.« Sie fuhr sich mit der Hand durch die Haare. »Also brauche ich Ideen, Vorschläge.«

»Herrje, du liebe Güte«, murmelte Simon flüsternd und schlug sich die Hände vors Gesicht. »Das ist wohl alles mein Fehler gewesen.« Er ließ die Hände wieder fallen und schaute Deanna erschüttert an. »Lew McNeil. Wir haben die ganze Zeit über den Kontakt aufrechterhalten. Verdammt, immerhin waren wir zehn Jahre lang befreundet. Ich hätte nie gedacht ... Gott, mir wird ganz übel.«

»Wovon sprichst du überhaupt?«, fragte Deanna ruhig, obwohl sie das Gefühl hatte, die Antwort zu wissen.

»Ein-, zweimal im Monat haben wir miteinander telefoniert.« Er schob seinen Stuhl zurück, ging zum Waschbecken auf der anderen Seite des Raumes hinüber und goss sich ein Glas Wasser ein. »Wir haben ganz normale Gespräche geführt, ein wenig gefachsimpelt.« Er zog ein Fläschchen aus der Tasche, schüttete zwei Pillen in seine Hand. »Er beklagte sich dauernd über Angela und wusste, dass er das mir gegenüber tun konnte, weil ich es nicht weitererzählen würde. Und er erzählte mir immer etwas von den abenteuerlichen Ideen, die ihr Team für die einzelnen Folgen hatte. Dabei kann er immer gefragt haben, wen wir gerade als Gast gewinnen wollten. Und ich habe ihm das wohl auch bestimmt gesagt.« Mit einem hörbaren Geräusch schluckte er die Pillen. »Ich sagte es ihm, weil wir einfach zwei alte Freunde waren, die ein wenig fachsimpelten. Bis zu dieser Minute habe ich mir überhaupt nichts dabei gedacht, Dee. Bei Gott, das schwöre ich dir!«

»In Ordnung, Simon. Wir wissen also, wie es geschah, und wissen auch, warum es geschah. Was machen wir jetzt damit?«

»Wir sollten jemanden engagieren, der nach New York fliegt und McNeil alle Finger bricht«, schlug Fran vor, während sie aufstand und sich neben den völlig betrübten Simon stellte.

»Darüber werde ich ein wenig nachdenken. Doch in der Zwischenzeit sollten wir es uns zur Regel machen, außerhalb dieses Büros nicht über Gäste, Ideen zu Themen oder irgendein Entwicklungsstadium, in dem sich die Talkshow gerade befindet, zu sprechen. Einverstanden?«

Wieder kam allgemeines Gemurmel auf. Alle vermieden Blickkontakt.

»Und wir werden uns ein neues Ziel setzen, auf das wir uns alle konzentrieren können.« Sie machte eine Pause und wartete, bis sie den Blick über jedes einzelne Gesicht gleiten lassen konnte. »Wir werden innerhalb eines Jahres Angela von ihrer Spitzenposition verdrängen.« Sie hob eine Hand, um den spontanen Applaus zu unterbrechen. »Ich möchte, dass sich jeder Gedanken darüber macht, wie wir Außenübertragungen in die Sendung integrieren können, und entsprechende Ideen sammelt. Wir müssen anfangen, diese Show auf die Straße zu bringen. Mir schweben aufregende und lustige Standorte dafür vor, exotische Orte, aber auch die ganz normale Hauptstraße einer amerikanischen Stadt.«

»Disney World«, schlug Fran vor.

»Karneval in New Orleans«, steuerte Cassie bei und hob ihre Schultern. »Da wollte ich schon immer mal hin.«

»Überprüft das«, befahl Deanna. »Ich will sechs machbare Standorte und heute Abend alle Ideen zu Themen auf meinem Schreibtisch sehen, die bis dahin ausgebrütet wurden. Cassie, machen Sie mir eine Liste von allen Personen, die angefragt haben, ob sie in der Sendung auftreten können, und nehmen Sie die Leute an.«

»Wie viele?«

»Alle. Fügen Sie sie irgendwie in meinen Terminplan ein. Und legen Sie mir ein Gespräch mit Loren Bach auf die Leitung.« Sie lehnte sich zurück und ließ die Handflächen auf der Schreibtischoberfläche ruhen. »An die Arbeit!«

»Deanna.« Als die anderen das Büro verlassen hatten, trat Simon auf sie zu. »Hast du eine Minute Zeit für mich?«

»Eine Minute«, sagte sie und lächelte. »Ich will die Kampagne in Gang bringen.«

Steif stand er vor ihrem Schreibtisch. »Ich weiß, dass es eine Weile dauern könnte, bis du einen guten Ersatz für mich gefunden hast und dass dir ein gleitender Übergang lieber wäre, aber sobald du willst, werde ich meine Kündigung einreichen.«

Deanna machte sich auf ihrem Schreibblock bereits eine Liste. »Ich möchte nicht, dass du kündigst, Simon. Ich will, dass du deine ganze Verschlagenheit einsetzt, um mich an die Spitze zu bringen.«

»Aber ich habe doch alles völlig vermasselt.«

»Du hast einem Freund vertraut.«

»Einem Konkurrenten«, verbesserte er. »Wer weiß, wie viele Shows ich damit sabotiert habe, dass ich meine große Klappe nicht halten konnte. Verdammt, Dee, ich musste natürlich groß herumprahlen und ihm erzählen, dass meine Arbeit jetzt viel großartiger ist als seine. Ich wollte ihn nur ein bisschen aufziehen, denn das schien mir die einzige Möglichkeit, Angela eins auszuwischen.«

»Ich biete dir dazu noch eine andere Möglichkeit.« Mit durchdringendem Blick beugte sie sich vor. In diesem Augenblick spürte sie die Macht, die sie besaß, und wusste, sie würde sie auch nutzen, um das zu Ende zu bringen, was Angela begonnen hatte. »Hilf mir dabei, sie von der Spitze zu stürzen, Simon. Wenn du kündigst, kannst du das nicht.«

»Mir ist völlig unklar, warum du mir noch vertraust.«

»Eigentlich konnte ich mir ziemlich genau vorstellen, wo die undichte Stelle saß, Simon. Ich bin hier jetzt lange genug, um zu wissen, dass Lew und du eng befreundet seid.« Sie spreizte die Finger. »Hättest du es mir nicht erzählt, hättest du mir das Angebot einer Kündigung nicht zu machen brauchen. Dann hätte ich dich nämlich gefeuert.«

Er rieb sich mit der Hand über das Gesicht. »Wenn ich also zugebe, ein Trottel zu sein, behalte ich meinen Job?«

»So könnte man das zusammenfassen. Und weil du dir wie ein Trottel vorkommst, erwarte ich, dass du noch härter daran arbeitest, mich an die Spitze zu bringen.«

Völlig verwirrt schüttelte er den Kopf. »Ein paar Sachen hast du letztendlich doch bei Angela aufgeschnappt.«

»Ich habe genau das bekommen, was ich brauchte«, meinte sie barsch. Ein Summen ertönte, und sie griff nach dem Telefon. »Ja, Cassie?«

»Loren Bach ist auf Leitung eins.«

»Danke.« Einen Augenblick lang schwebte ihr Finger über dem Knopf, und sie warf Simon einen schnellen Blick zu.

»Sind wir klar miteinander?«

»Klarer geht's nicht.«

Sie wartete, bis sich die Tür hinter Simon geschlossen hatte und holte tief Luft. »Loren«, sagte sie, als die Leitung stand. »Ich bin bereit, gegen Angela Krieg zu führen.«

In den kalten, düsteren Stunden eines Februarmorgens gab Lew seiner Frau einen Abschiedskuss. Mit schläfrigen Bewegungen tätschelte sie seine Wange, bevor sie sich für eine weitere halbe Stunde unter das Federbett kuschelte.

»Heute Abend gibt es Hühnereintopf«, murmelte sie. »Ich bin um drei zu Hause und setze ihn auf.«

Seit ihre Kinder erwachsen waren, hatten sie sich einen gemütlichen Tagesanfang angewöhnt. Lew ließ seine Frau schlafen und ging allein nach unten, um bei den Frühnachrichten zu frühstücken. Der Wetterbericht ließ ihn zusammenzucken, obwohl ihn bereits der Blick aus dem Fenster davon überzeugt hatte, dass das Wetter nicht sehr vielversprechend aussah. Die Fahrt von Brooklyn Heights bis Manhattan würde zu einer frustrierenden Angelegenheit werden. Er zog sich seinen dicken Mantel und die Handschuhe an und setzte sich die Pelzkappe im russischen Stil auf, die ihm sein jüngster Sohn zu Weihnachten geschenkt hatte.

Der Wind wehte, warf ihm den nassen Schnee ins Gesicht, trieb ihn unter seinen Mantelkragen. Es war kurz vor sieben und so dunkel, dass die Straßenlampen noch brannten. Der Schnee dämpfte alle Geräusche und schien auch die ganze Luft zu erfüllen.

In ihrem sauberen Viertel war noch kein Mensch auf den Beinen, nur eine traurige Katze kratzte jämmerlich an einer Haustür.

Lew war viel zu sehr an die Winter in Chicago gewöhnt, um sich über einen Februarsturm in New York zu beklagen. Er stapfte zu seinem Wagen und begann, die Windschutzscheibe freizumachen.

Die Märchenwelt, die sich hinter ihm gebildet hatte, würdigte er keines Blickes. Die niedrigen immergrünen Pflanzen waren wie von weißem Zuckerguss überzogen, der Schneeteppich auf dem Winterrasen und dem Gehsteig war noch völlig unberührt, die Schneeflocken führten im trüben Licht der Straßenlampen ihren wirbelnden Tanz auf.

Lews Gedanken kreisten nur um die stumpfsinnige Plackerei, die Windschutzscheibe vom Schnee zu befreien und das Eis abzukratzen. Er dachte an den Schnee, der ihm unangenehm in den Kragen kroch, an den beißenden Wind an den Ohren, und an den Verkehr, mit dem er sich gleich auseinandersetzen musste.

Leise hörte er, wie jemand seinen Namen rief. Er drehte sich um und versuchte, im Schneetreiben etwas zu erkennen.

Einen Augenblick lang sah er nur weißen Schnee und den durch ihn getrübten Lichtschein der Straßenlampe.

Doch dann sah er es. Für einen kurzen Moment sah er es.

Der Schuss aus der Schrotflinte traf ihn mitten ins Gesicht, schleuderte seinen Körper nach hinten über die Motorhaube seines Wagens. Nicht weit entfernt begann ein Hund aufgeregt aufzujaulen. Die Katze flitzte davon und versteckte sich in einem schneebedeckten Wacholderbusch.

Das Echo des Schusses erstarb schnell, fast so schnell wie das Leben in Lew McNeil.

»Das war für Deanna«, flüsterte der Mörder und fuhr langsam davon.

Als Deanna wenige Stunden später von dem Mord erfuhr, drängte der Schock über die Bluttat den Brief, den sie auf ihrem Schreibtisch gefunden hatte, in den Hintergrund. Die Nachricht auf dem Blatt Papier lautete einfach:

Deanna, ich bin immer da für dich.

19

Deanna rekelte sich in Finns großer Badewanne. Um sie herum wirbelte und pulsierte dampfendes Wasser. Die Augen halb geschlossen, hielt sie ein Glas mit einer schaumigen Flüssigkeit in der Hand. Es war Samstagmorgen, und sie hatte noch mehr als eine Stunde Zeit, bis Tim O'Malley, ihr Fahrer, sie für einen Auftritt in Merrillville, Indiana, abholte.

Faul und selbstgefällig wie eine in der Sonne zusammengerollte Katze lag sie da.

»Was feiern wir denn?«

»Du bist in der Stadt, und ich bin in der Stadt. Und wenn wir deinen Nachmittag auf der anderen Seite der Bundesstaatengrenze nicht rechnen, sieht es sogar so aus, als könnte das noch eine ganze Woche so bleiben.«

Von der anderen Seite der Wanne aus beobachtete Finn, wie sich ihre Spannung langsam löste. Seit Wochen war sie wie eine gespannte Feder gewesen. Länger sogar, dachte er, während er an seinem eisgekühlten Getränk nippte. Bereits vor dem sinnlosen und willkürlichen Mord an Lew McNeil war sie nur noch ein Nervenbündel gewesen. In den Wochen nach Lews Tod hatten sich ihre Gefühle von anfänglichen Gewissensbissen über Wut und Schuld zu Frustration über einen Menschen gewandelt, der alles getan hatte, um zum Erreichen seiner eigenen Ziele ihre Talkshow nach besten Kräften zu sabotieren.

Oder damit Angela ihre Ziele erreichen konnte, theoretisierte Finn.

Jetzt jedoch lächelte sie, und ihr Blick war voller Freude. »In letzter Zeit war alles ein wenig chaotisch«, meinte sie.

»Du fliegst nach Florida, ich verfolge Präsidentschaftskandidaten von einem Bundesstaat in den anderen. Beide versuchen wir, eine Sendung auf die Beine zu stellen, wobei uns auch noch die Presse und die Paparazzi dauernd auf den Fersen sind.« Er zuckte mit den Achseln, rieb seinen Fuß an ihrem glatten, schlüpfrigen Bein.

Für keinen aus ihrem oder seinem Mitarbeiterstab war es einfach gewesen zu arbeiten, während sich die Aufmerksamkeit der Medien unaufhörlich auf ihre Beziehung richtete. Beide konnten sie sich beim besten Willen nicht erklären, warum sie zum Paar des Jahres geworden waren. Erst an diesem Morgen hatte Deanna in einem Boulevardblatt, das ihnen ein hilfreicher Geist unter die Türmatte gesteckt hatte, von ihren Heiratsplänen gelesen.

Alles in allem erzeugte der ganze Rummel bei ihr Unbehagen, Unsicherheit und lenkte viel zu sehr ab.

»Das meinst du mit ›chaotisch‹, nicht wahr?«, fragte Finn und holte sie wieder aus ihren Gedanken.

»Du hast recht, es ist nur ein weiterer Tag in einem schlichten Leben.« Sie stieß einen langen, herrlichen Seufzer aus. »Wenigstens bringen wir etwas zustande. Deine Sendung über den Zerfall der Infrastruktur in Chicago hat mir richtig gut gefallen, auch wenn ich jetzt dauernd befürchte, dass die Straße unter meinem Auto zusammenkracht.«

»Die Sendung enthielt wirklich alles – Panik, Komödie, Bedienstete der Stadt, die wir fast verrückt gemacht haben. Aber das war lange nicht so fesselnd wie dein Interview mit Micky und Minnie Maus.«

Ein Auge öffnete sich. »Pass bloß auf, Freundchen.«

»Ach, wirklich?« Er grinste niederträchtig. »Du bringst doch ganz Amerika zum Sprechen. Welche Art von Beziehung leben die beiden eigentlich, und welche Rolle spielt Goofy dabei? Diese brennenden Fragen müssen doch beantwortet werden – und wer weiß, vielleicht müssen wir dann nicht mehr für alles unseren Kopf hinhalten.«

»Wir haben uns mit amerikanischen Traditionen beschäftigt«, gab sie zurück, »mit dem Bedürfnis nach Unterhaltung und Phantasie und der gewaltigen Industrie, die das immer weiter anheizt. Was in jeder Hinsicht genauso von Belang ist wie Politiker zu beobachten, die sich gegenseitig Beleidigungen an den Kopf werfen. Eigentlich ist es sogar viel relevanter«, meinte sie und gestikulierte dabei mit ihrem Glas. »Die Menschen sind auf irgendeine Art Flucht angewiesen, insbesondere zu Zeiten einer Rezession. Du machst eben deine Sendungen über die Erderwärmung und die sozialen und wirtschaftlichen Sorgen der früheren Sowjetunion, Riley; ich hingegen bleibe bei alltäglichen Themen, die den Durchschnittsmenschen betreffen.«

Er grinste sie immer noch an. Deanna nippte an ihrem Getränk und warf Finn einen finsteren Blick zu. »Du ziehst absichtlich über mich her.«

»Ich mag es, wie sich dein Blick verfinstert und du ganz gereizt wirst.« Er stellte das Glas beiseite, sodass er nach vorne gleiten und sich auf sie legen konnte. Träge schwappte Wasser über den Rand der Badewanne. »Und dann bekommst du genau da diese Falte …« Er rieb mit dem Daumen die Stelle zwischen ihren Augenbrauen. »… die ich dann wieder glätte.«

Seine freie Hand beschäftigte sich damit, etwas anderes zu glätten. »Einige könnten dich als hinterlistigen Mistkerl bezeichnen, Finn.«

»Das haben auch schon einige getan.« Er kaute an ihren Lippen. »Und andere werden das noch tun. Wo wir übrigens gerade von Micky und Minnie sprechen ...«

»Taten wir das?«

»Ich frage mich, ob unsere und deren Beziehung nicht ziemlich vergleichbar sind. Beide Beziehungen sind unklar definiert und auf längere Zeit angelegt.«

Die Düsen ließen das Wasser um sie herum und zwischen ihnen weiter schäumen und hochwallen, und Deanna strich Finn mit der Hand durch die feuchten Haare. Es fühlte sich einfach gut an, hier zu sein und zu wissen, dass sich jeden Augenblick die behagliche Wärme in einen Ausbruch explosiver Leidenschaftlichkeit verwandeln konnte. »Ich kann unsere Beziehung ganz genau umreißen: Wir sind zwei Menschen, die sich lieben, die sich aneinander erfreuen und gerne zusammen sein wollen.«

»Wir könnten noch viel häufiger zusammen sein, wenn du einfach zu mir ziehen würdest.«

Über dieses Thema hatten sie schon häufiger diskutiert, und bisher hatten sie dafür noch keine Lösung finden können. Deanna presste ihre Lippen auf seine Schulter. »Wenn du nicht da bist, ist es für mich einfacher, meinen eigenen Platz zu haben.«

»In letzter Zeit bin ich doch häufiger hier als woanders.«

»Ich weiß.« Ihre Lippen glitten seinen Hals hoch, als sie versuchte, ihn abzulenken. »Gib mir einfach noch ein wenig Zeit, damit ich in meinem Kopf eine Lösung ausarbeiten kann.«

»Manchmal muss man einfach seinen Impulsen und seinem Instinkt vertrauen, Deanna.« Sein Mund traf auf ihre Lippen, kostete von ihrer Frustration und ihrem Verlangen. Er wusste, wenn er sie dazu drängte, würde sie einwilligen, aber sein Instinkt warnte ihn davor, sie unter Druck zu setzen. »Ich kann warten. Aber lass mich nicht zu lange warten.«

»Wir können es ja mal mit einem Probelauf versuchen.« Ihr Herz raste, als sie das sagte, und entsprach dem wallenden Wasser um sie herum. »Ich werde mit ein paar Sachen von mir einziehen und dann die ganze nächste Woche hindurch hierbleiben.«

»Ich werde es dir sehr schwer machen, wieder auszuziehen.«

»Davon bin ich überzeugt.« Sie lächelte, schob seine Haare zurück und umrahmte sein Gesicht mit ihren Händen. »Ich liebe dich wirklich sehr, Finn, das kannst du mir glauben. Und ich schwöre dir, dass an den Gerüchten über mich und Goofy nichts dran ist. Das ist alles gelogen, wir sind nur Freunde.«

Er neigte ihren Kopf nach hinten, sodass ihr Körper etwas tiefer ins Wasser hineinglitt. »Diesem langohrigen Scheißkerl traue ich nicht über den Weg.«

»Eigentlich wollte ich dich mit ihm auch nur ein wenig eifersüchtig machen, obwohl er durchaus über einen gewissen arglosen Charme verfügt, den ich merkwürdig anziehend finde.«

»Dich spricht Charme an? Warum ... Verdammt!« Finn warf sein nasses Haar zurück und griff nach dem läutenden Telefon neben der Badewanne. »Merk dir diesen Gedanken«, sagte er zu ihr. »Ja, Riley«, meldete er sich dann am Telefon.

Deanna dachte gerade über etliche interessante Möglichkeiten nach, ihn abzulenken, als sie die Veränderung in seinem Gesichtsausdruck bemerkte. Das Wasser schwankte und schwappte über, als er unvermittelt aus der Badewanne kletterte und nach einem Handtuch griff.

»Gebt Curt Bescheid«, sagte er ins Telefon und schlang sich tropfnass das Handtuch um die Hüfte. »Und nehmt mit Barlow James Kontakt auf. Ich will vor Ort sofort ein komplettes Team und eine fahrbare Anlage haben. In zwanzig Minuten bin ich selber da.« Nach einem leisen, aber ziemlich derben Fluch fuhr er leise fort: »Das kannst du tun, sobald ich dir die entsprechenden Anweisungen gebe.«

»Was ist denn los?« Deanna drehte die Wasserdüsen ab und

stand auf. Wasser strömte an ihr herunter, als sie ein Handtuch ausschüttelte.

»Drüben in Greektown ist es zu einer Geiselnahme gekommen.« Mit einer schnellen Bewegung des Handgelenks schaltete er den Fernseher ein, während er ins Schlafzimmer eilte, um sich anzuziehen. »Sieht übel aus. Bisher schon drei Tote.«

Sie erschauerte, dann griff sie genauso schnell und energisch wie er nach ihrem Bademantel. Am liebsten hätte sie ihm gesagt, sie würde mit ihm gehen, aber das war natürlich unmöglich, denn im Ballsaal eines Hotels in Indiana warteten etliche hundert Menschen auf sie.

Warum war ihr nur so kalt? fragte sie sich, als sie sich hastig in ihren Bademantel wickelte. Er stopfte sich bereits das Hemd in die Hose und wirkte dabei so ruhig wie ein Mann, der auf dem Weg in sein Büro ist, um Steuerformulare zu bearbeiten. Finn hatte schon Luftangriffe und Erdbeben überlebt. Ein Scharmützel in Greektown war bestimmt kein Grund zur Beunruhigung.

»Sei bloß vorsichtig.«

Er schnappte sich Krawatte und Jacke. »Mir wird schon nichts passieren.« Als sie im Wandschrank nach dem Kostüm griff, das sie für ihren Auftritt am Nachmittag ausgewählt hatte, wirbelte er sie herum, um sie zu küssen. »Wahrscheinlich bin ich schon vor dir wieder zurück.«

Die schlimmste Art von Krieg ist ein Krieg ohne genaue Frontlinien oder Schlachtpläne, ein Krieg, der nur von Wut und Angst und dem blinden Bedürfnis zu zerstören angetrieben wird. Das einmal so schmucke Restaurant mit seiner hübschen, gestreiften Markise und den Tischen auf dem Gehsteig bot ein Bild der Verwüstung. Die Scherben des zerbrochenen Fensters funkelten wie auf dem Gehsteig verstreute Juwelen. Das Flattern der Markise im nasskalten Frühlingswind ging im Gemurmel des Polizeifunks unter, das immer wieder von statischen Störungen überlagert wurde. Vor einer Absperrung drängten sich die Reporter zusammen und liefen herum wie ein Rudel hungriger Wölfe.

Aus dem Gebäude hörte man erneut das Krachen mehrerer Salven, ferner einen langen, entsetzten Schrei.

»Herrje.« Schweiß stand Curt auf der Stirn, als er die Kamera stabilisierte. »Er bringt sie ja um.«

»Mach eine Aufnahme dort von dem Polizisten«, befahl Finn. »Der mit dem Megafon.«

»Du bist der Boss.« Curt richtete die Kamera auf einen Polizisten im Trenchcoat mit schuldbewusstem Gesicht und grau melierten Haaren und justierte das Objektiv. Inmitten des ganzen Geschreis, der Rufe, dem Weinen, den bitteren Drohungen und Flüchen, die aus dem Inneren des Restaurants drangen, sprach der Polizist mit dem stählernen Blick mit beruhigend monotoner Stimme immer weiter.

»Ganz schön gelassen, der Kerl«, stellte Curt fest. Auf ein Signal von Finn hin wechselte er seine Position und kauerte sich hin, um eine gute Aufnahme von den Männern des Sonderkommandos zu machen, die gerade in Stellung gingen.

»Allerdings«, gab Finn zu. »Wenn er das bleibt, werden die Scharfschützen vielleicht überhaupt nicht gebraucht. Nimm weiter auf. Ich schaue mal, ob ich bis dort hinten durchkomme und herausfinden kann, um wen es überhaupt geht.«

Der Ballsaal war bis auf den letzten Platz ausverkauft. Von Deannas Sitzplatz auf dem erhöhten Podest aus konnte sie alle dreihundertfünfzig Menschen sehen, die gekommen waren, um sich ihren Vortrag über Frauen im Fernsehen anzuhören. Sie war fest entschlossen, ihnen etwas für ihr Geld zu bieten. Auf der Fahrt von Chicago hierher hatte Deanna ihre Aufzeichnungen noch einmal gründlich durchgesehen und sich nur ein einziges Mal aus ihrer Konzentration reißen lassen, als sie im Fernseher der Limousine einen flüchtigen Blick auf Finn erhaschte.

Wie Barlow James sagen würde, war er in seinem Element. Und es sah ganz so aus, als wäre auch sie in ihrem Element.

Sie wartete die schmeichelnden Worte ab, mit denen sie vorgestellt wurde, den Applaus, der ihnen folgte, dann stand sie auf und ging zum Podium. Sie ließ ihren Blick durch den Saal schweifen und lächelte.

»Guten Tag. Eines der ersten Dinge, die wir beim Fernsehen lernen, ist das Arbeiten am Wochenende. Deshalb hoffe ich, die nächste Stunde genauso unterhaltsam wie informativ zu gestalten. Denn genau das soll Fernsehen auch für mich sein, und dafür zu sorgen, dass dies auch wirklich so ist, habe ich immer als eine sehr befriedigende Möglichkeit empfunden, sich seinen Lebensunterhalt zu verdienen. Mir fiel ein, dass Sie ja als Berufstätige gar nicht viel Gelegenheit haben werden, sich die am Tag gesendeten Programme im Fernsehen anzuschauen, daher hoffe ich, Sie davon überzeugen zu können, Ihre Videorecorder auf Montagmorgen einzustellen. Um neun Uhr sind wir nämlich hier in Merrillville.«

Das brachte Deanna das erste leise Lachen ein und bestimmte den Stil der nächsten zwanzig Minuten, bis ihr Vortrag in einen Frage- und Antwort-Teil überging.

Eine der ersten Fragen lautete, ob Finn Riley sie begleitete.

»Leider nicht«, antwortete sie. »Wie wir alle wissen, ist es ein Segen, aber auch ein Fluch dieser Arbeit, über unvorhergesehene aktuelle Ereignisse berichten zu müssen. Und genau damit ist Finn im Moment beschäftigt. Jeden Dienstagabend jedoch können Sie ihn in seinem Magazin *Nachgefragt* erwischen. Ich persönlich lasse keine Folge aus.«

»Miss Reynolds, wie fühlen Sie sich damit, dass das Aussehen mittlerweile ein genauso wichtiges Kriterium für alle Tätigkeiten vor der Kamera geworden ist wie die Zeugnisse?«

»Ich stimme sicherlich mit der Chefetage des Sendernetzes darin überein, dass das Fernsehen ein visuelles Medium ist. Aber das gilt nur bis zu einem gewissen Punkt. Ich kann Ihnen jedenfalls versichern: Wenn Finn Riley in dreißig Jahren immer noch als Reporter arbeitet und als großer alter Mann seiner Zunft gilt, erwarte ich nicht nur, dass mir als Frau der gleiche Respekt entgegengebracht wird, sondern fordere dies unnachgiebig ein.«

Finn dachte nicht an die Zukunft, er wurde viel zu sehr von der Gegenwart in Anspruch genommen. Mit Verschlagenheit, List und Arroganz hatte er es geschafft, neben dem Verhandlungsführer, Lieutenant Arnold Jenner, Position zu beziehen. Jenner hatte immer noch das Megafon in der Hand, gönnte sich aber bei seinem Appell an den Geiselnehmer, die Geiseln freizulassen, gerade eine kurze Pause.

»Nach den mir vorliegenden Informationen hat Johnson … So heißt er doch, nicht wahr? Elmer Johnson?«

»Das ist zumindest der Name, auf den er reagiert«, meinte Jenner nachsichtig.

»Er hatte früher bereits mit Depressionen zu kämpfen, und seine …«

»Sie werden doch wohl keinen Zugang zu seinen medizinischen Untersuchungsergebnissen haben, Mr. Riley«, unterbrach ihn Jenner.

»Nicht direkt.« Selbstverständlich verfügte Finn über solche Kontakte, und die hatte er auch genutzt. »Wie ich in Erfahrung bringen konnte, ist Johnson beim Militär gewesen und befand sich seit seiner Entlassung im März letzten Jahres in einer schwierigen Phase. Letzte Woche hat er seine Frau und seine Arbeit verloren.«

»Sie sind gut informiert.«

»Dafür werde ich bezahlt. Er ging heute Morgen um kurz nach zehn in dieses Restaurant – das ist also ungefähr drei Stunden her –, ist mit einer 44er Magnum, einer Gasmaske und einem Karabiner bewaffnet. Er hat zwei Kellnerinnen und einen unbeteiligten Zuschauer erschossen, fünf Geiseln genommen, darunter zwei Frauen und die Tochter des Restaurantbesitzers, ein zwölfjähriges Mädchen.«

»Zehn«, meinte Jenner matt. »Das Kind ist zehn Jahre alt. Mr. Riley, Sie machen gute Arbeit und normalerweise erfreue ich mich auch daran. Aber im Moment ist meine Aufgabe, diese Menschen dort lebendig herauszubringen.«

Finn sah sich flüchtig um und nahm die Positionen der Scharfschützen wahr. Sie würden nicht mehr lange warten. »Wie lauten seine Forderungen? Können Sie mir das sagen?«

Jenner kam zu dem Schluss, dass es nicht viel ausmachte, es Finn mitzuteilen. Es hatte nur eine einzige Forderung gegeben, und Jenner war nicht in der Lage gewesen, sie zu erfüllen. »Er will seine Frau, Mr. Riley. Sie hat Chicago vor vier Tagen verlassen, und wir versuchen, ihren Aufenthaltsort herauszufinden, hatten aber bisher kein Glück damit.«

»Ich kann das über den Sender geben, und wenn sie irgendwo in den Nachrichten davon hört, besteht die Chance, dass sie Kontakt zu uns aufnimmt. Lassen Sie mich mit ihm reden. Vielleicht gelingt es mir, ihn dazu zu bringen, irgendwelche Zugeständnisse zu machen, wenn ich ihm sage, dass ich meine ganzen Leute auf seine Frau ansetze.«

»Sind Sie dermaßen verzweifelt hinter einer Story her?«

Finn war in seinem Arbeitsfeld Beleidigungen viel zu sehr gewöhnt, um daran jetzt Anstoß zu nehmen. »Ich bin immer bereit, für eine Story Zugeständnisse zu machen, Lieutenant.« Seine Augen verengten sich, als er versuchte, den Mann neben sich einzuschätzen. »Schauen Sie, das Kind ist doch erst zehn. Lassen Sie es mich versuchen.«

Jenner verließ sich auf seinen Instinkt. Er hatte keinen Zweifel daran, dass er eine gewaltsame Lösung der Situation nicht viel länger aufhalten konnte. Kurz darauf reichte er Finn das Megafon. »Machen Sie keine Versprechungen, die Sie nicht halten können.«

»Mr. Johnson. Elmer. Hier spricht Finn Riley. Ich bin Reporter.«

»Ich weiß, wer du bist.« Die Stimme, die durch das zerbrochene Glas drang, war nur noch ein hohes Kreischen. »Hältst du mich für dumm?«

»Du warst am Golf, nicht wahr? Ich auch.«

»Da scheiß ich drauf. Meinst du, das macht uns zu Kumpeln?«

»Ich meine, jeder, der eine Weile da unten war, ist bereits einmal in der Hölle gewesen.« Die flatternde Markise erinnerte Finn an die Straße nach Kuwait und das Funkeln des rosaroten Kleides mit den Ziermünzen. »Ich dachte, vielleicht könnten wir ja eine Vereinbarung treffen.«

»Es gibt keine Vereinbarungen. Wenn meine Frau hierherkommt, lasse ich die Geiseln frei. Wenn sie nicht kommt, fahren wir alle zur Hölle. Und das meine ich sehr ernst.«

»Die Polizei hat schon versucht, mit ihr Verbindung aufzunehmen, aber ich dachte, wir könnten das Ganze vielleicht noch etwas beschleunigen. Ich verfüge über viele Kontakte, kann deine Geschichte landesweit ausstrahlen und das Bild deiner Frau von Küste zu Küste auf die Fernsehbildschirme bringen. Auch wenn sie selbst nicht zuschaut, wird irgendjemand, der sie kennt, das bestimmt sehen. Wir blenden eine Telefonnummer ein, eine spezielle Nummer, bei der sie anrufen kann. Dann kannst du mit ihr sprechen, Elmer.«

Das war gelungen, stellte Jenner fest. Die ganze Zeit war er bereit gewesen, Finn nötigenfalls das Megafon wieder zu entreißen. Finn bot Johnson nicht nur Hoffnung, sondern auch ein paar Minuten Berühmtheit an. Jenner war sich zwar nicht sicher, ob seine Vorgesetzten das guthießen, konnte sich aber vorstellen, dass die Strategie erfolgreich sein würde.

»Dann mach das!«, schrie Johnson nach draußen. »Verdammt noch mal, dann mach das!«

»Aber gerne. Allerdings kann ich es erst dann tun, wenn ich dafür auch etwas von dir bekomme. Lass das kleine Mädchen rauskommen, Elmer, dann werde ich innerhalb von zehn Minuten deine Geschichte im ganzen Land verbreitet haben. Ich kann das sogar so planen, dass du eine Botschaft an deine Frau durchgeben kannst. In deinen eigenen Worten.«

»Ich lasse hier überhaupt keinen raus, höchstens als Leiche.«

»Sie ist doch noch ein Kind, Elmer. Deine Frau hat ja vielleicht Kinder gern.« Hoffentlich stimmt das auch, dachte Finn verzweifelt. »Wenn du sie gehen lässt, wird sie davon hören und mit dir sprechen wollen.«

»Das ist ein Trick.«

»Ich habe eine Kamera dabei.« Finn blickte zu Curt hinüber. »Steht da drin ein Fernseher?«, schrie er.

»Und wenn da einer wäre?«

»Dann kannst du genau sehen, was ich mache, hörst alles, was ich sage. Ich lasse sie eine Liveübertragung von mir machen.«

»Dann mal los. Aber innerhalb der nächsten verdammten fünf Minuten, sonst findest du hier drin eine weitere Leiche.«

»Ruft die Nachrichtenredaktion an«, rief Finn zu Curt. »Schaltet mich dazu. Macht sofort alles für eine Liveübertragung fertig.«

»Sie würden einen ziemlich guten Polizisten abgeben – für einen Reporter.«

»Danke.« Finn reichte Jenner das Megafon zurück. »Sagen Sie ihm, er soll das Mädchen nach draußen schicken, während ich auf Sendung gehe, andernfalls wird der Bildschirm schwarz.«

Nach genau fünf Minuten wandte Finn sein Gesicht zur Kamera. Wie aufgewühlt er innerlich auch sein mochte, während seiner Berichterstattung wirkte er ruhig, hatte ein gutes Tempo, sein Blick war kühl. Hinter ihm war die zerstörte Außenseite des Restaurants zu sehen.

»Diesen Morgen wurde im Chicagoer Stadtteil Greektown dieses von einer Familie betriebene Restaurant Schauplatz einer Explosion der Gewalt. Drei Menschen kamen ums Leben, als Elmer Johnson, ein ehemaliger Automechaniker, beschloss, sich an diesem Ort vor der Polizei zu verschanzen. Johnsons einzige Forderung besteht darin, dass seine von ihm getrennt lebende Frau Arlene Kontakt zu ihm aufnimmt.«

Obwohl Finn spürte, dass sich hinter ihm etwas regte, blieb sein Blick fest auf das Licht an der Kamera gerichtet.

»Johnson ist schwer bewaffnet und hat fünf Geiseln in seiner Gewalt. In seinem Appell an ...«

Hinter ihm war ein Schrei zu hören. Sofort trat Finn zur Seite, um Curt mit der Kamera freie Sicht zu gewähren.

Alles geschah blitzschnell, als ob die ganzen Stunden des Abwartens jetzt in diesem einen Augenblick zusammenfallen würden. Das zitternde und weinende Kind trat nach draußen, und gerade als der Schatten der Markise über ihr Gesicht fiel, stürzte hinter ihr ein wild dreinschauender, schreiender Mann ins Freie und versuchte zu fliehen. Aus dem Restaurant fielen Schüsse. Johnson wurde nach vorne geschleudert und von den Beinen gerissen. Als er wieder in Richtung Tür taumelte, sah Finn, dass Jenner das Kind beiseitestieß.

Die Kugel des Scharfschützen durchschlug Johnsons Stirn.

»O Mann!« Leise wiederholte Curt die Worte immer wieder, während die Kamera unverändert auf das Geschehen gerichtet blieb. »O Mann, o Mann!«

Finn schüttelte nur den Kopf. Das Brennen in seinem linken Arm veranlasste ihn, einen neugierigen Blick dorthin zu werfen. Stirnrunzelnd berührte er das Loch in seinem Ärmel. Als er die Hand wieder wegnahm, klebte Blut an seinen Fingern.

»Verdammt«, murmelte er. »Diesen Mantel habe ich in Mailand gekauft.«

»Ach du Scheiße! Riley!« Curts Augen quollen hervor. »Scheiße! Du bist getroffen worden!«

»Ja.« Noch immer spürte Finn keinen Schmerz, nur ein dumpfes Gefühl der Verärgerung. »Zu dumm, Leder lässt sich nicht flicken.«

Sobald am Montag die Morgensendung aufgezeichnet war, stand Deanna mitten in ihrem Büro und starrte wie gebannt auf den Bildschirm des Fernsehers. Es schien unglaublich, jetzt Finns Stimme hören zu können, die über alle möglichen Details des Sonderberichts sprach.

Sie sah die gleiche Szene, die sich auch ihm geboten hatte, das zersplitterte Glas, den blutigen Körper. Die Kamera hüpfte und schwankte hin und her, als der Scharfschütze feuerte. Ihr Herzschlag drohte auszusetzen, als sie das Knallen der Schüsse und das Pfeifen der Kugeln hörte.

Finns Stimme blieb während der ganzen Geschehnisse ruhig und gelassen. Deanna hörte jedoch auch die unterschwellige Wut darin. Allerdings bezweifelte sie, dass auch andere Zuschauer sie wahrnehmen konnten. Eine Faust gegen ihr Herz gepresst, stand sie da und beobachtete, wie die Kamera das Bild des Kindes heranholte, das in den Armen eines zerknittert wirkenden Mannes mit grau meliertem Haar weinte.

»Deanna.« Zögernd blieb Jeff in der Tür stehen, kam dann durch den Raum, stellte sich neben sie.

»Das ist ja entsetzlich«, murmelte sie. »Unglaublich. Wenn dieser Mann nicht in Panik geraten und davongelaufen wäre, hätte das einen völlig anderen Ausgang nehmen können. Dieses kleine Mädchen hätte mitten ins Kreuzfeuer geraten können. Und Finn ...«

»Ihm geht es wieder gut, er ist sogar schon wieder unten und macht seine Arbeit.«

»Schon wieder bei der Arbeit.«

»Deanna«, wiederholte er und legte ihr eine Hand auf die Schulter. »Ich weiß, dass es für dich sehr hart sein muss, nicht nur zu wissen, dass das so passiert ist, sondern dem auch noch zuzuschauen.« Er ging hinüber und schaltete den Fernseher aus. »Aber er ist schon wieder auf den Beinen.«

»Er wurde angeschossen.« Sie kämpfte um ihre Fassung. »Und ich war in Indiana. Du kannst dir gar nicht vorstellen, wie schrecklich es war, als Tim in den Ballsaal kam und mir sagte, er habe es im Fernseher der Limousine gesehen. Und völlig hilflos zu sein, nicht da zu sein, als sie ihn ins Krankenhaus brachten.«

»Wenn dich das so sehr bestürzt und du ihn fragst, ob er das macht, könnte er ja vielleicht eine Stelle bekommen, bei der er die ganze Zeit im Büro bleibt.«

Das erste Mal an diesem Morgen war das Lächeln, das sie ihm zeigte, echt. »So funktioniert das aber nicht. Ich würde auch gar nicht wollen, dass sie ihm eine solche Stelle geben. Und jetzt sollten wir uns besser wieder an die Arbeit machen.« Sie drückte kurz seine Hand, bevor sie um den Schreibtisch herumging. »Danke fürs Zuhören.«

»He, dafür bin ich doch da.«

»Jeder wird heute noch eine lange Schicht einlegen«, verkündete Angela. Der Mitarbeiterstab hatte sich zu einer Dringlichkeitssitzung getroffen. »Keiner verlässt dieses Gebäude, bevor wir diese Sendung nicht unter Dach und Fach haben. Ich will ein kompromissloses Podiumsgespräch auf die Bühne bringen. Es sollen drei von dieser Gruppe kommen, die die Vorherrschaft der weißen Rasse proklamiert, und drei von der NAACP, die sich für die Förderung der Farbigen einsetzt. Ich will, dass da Radikale sitzen.« Angela hatte hinter ihrem Schreibtisch Platz genommen und trommelte mit den Fingern auf seine Oberfläche. »Sorgen Sie dafür, dass jede Seite mindestens ein Dutzend Karten bekommt, sodass sich ihre Anhänger im Studiopublikum verteilen können. Diesmal sollen die Fetzen fliegen.«

Sie stieß mit dem Finger in Richtung des Leiters für die Zuschauerforschung. »Wir haben ja einige Statistiken hier für New York. Sorgen Sie dafür, dass noch ein paar Familienangehörige dieser Leute ins Studio kommen.«

»Einige von ihnen werden wir wahrscheinlich nicht leicht überreden können.«

»Dann bietet ihnen eben Geld«, fuhr sie ihn an. »Geld ist immer geeignet, einen Umschwung herbeizuführen. Und ich will ein paar Aufnahmen von entsprechenden Kundgebungen, die ein möglichst plastisches Bild zeichnen. Vielleicht sollten wir auch Zeugen von rassistisch motivierten Verbrechen in die Sendung holen, die Täter selber wären noch besser. Versprechen Sie ihnen, ihre Identität geheim zu halten, versprechen Sie ihnen alles Mögliche – Hauptsache, wir bekommen diese Leute.«

Als sie verstummte, gab Dan mit einem Nicken zu verstehen, dass die Sitzung beendet war und jeder wieder an seine Arbeit gehen konnte. Er wartete, bis die Tür sich wieder geschlossen hatte. »Du weißt, Angela, dass du dich da möglicherweise auf dünnes Eis begibst.«

Ihr Kopf fuhr hoch. »Du klingst ja schon wie Lew.«

»Ich rate dir nicht davon ab, ich lege dir nur nahe, auf das Kreuzfeuer zu achten.«

»Ich weiß schon, was ich tue.« Wie fast jeder Amerikaner, der ein Fernsehgerät besaß, hatte auch sie Finns Bericht gesehen. Doch jetzt würde sie ihn und Deanna wieder übertrumpfen. »Wir brauchen ein heißes Eisen, und der Zeitpunkt für unser Thema könnte nicht besser gewählt sein. Das ganze Land ist in Aufruhr, was die Rassenfrage anbelangt, und die Stadt ist völlig verwahrlost.«

»Über Deanna Reynolds brauchst du dir momentan jedenfalls keine Sorgen zu machen.« Er lächelte, denn er wusste, dass er den Wutanfall entschärfen musste, den er in ihren Augen heranrollen sah.

»Sie ist mir gefährlich nahegekommen, nicht wahr?«

»Das wird sich schnell wieder ändern.« Er nahm ihre kräftigen Hände. »Du brauchst jetzt nur noch etwas, was deine Publicity steigert und die Aufmerksamkeit der Öffentlichkeit auf dich lenkt.« Er hob ihre Hand und bewunderte, wie die Sonne die Diamanten in ihrer Armbanduhr hervortreten ließ. »Und ich habe auch eine Idee, wie sich das machen lässt.«

»Hoffentlich ist das eine gute Idee.«

»Es ist mehr als das, es ist eine hervorragende Idee.« Er küsste ihre Hand und beobachtete sie über ihre Knöchel hinweg. »Die amerikanische Öffentlichkeit liebt nur eines noch mehr als etwas über Sex, Gewalt und Schmiergelder zu erfahren: Hochzeiten«, meinte er und zog sie sanft auf die Füße. »Große, sensationelle Hochzeiten – private Hochzeiten, bei denen sich die Stars die Hand geben. Heirate mich, Angela.« Seine Augen waren weich. »Das wird dich glücklich machen, aber das ist noch nicht alles. Ich sorge dafür, dass dein Bild auf der Titelseite jeder größeren Zeitschrift und jeder Zeitung des Landes zu sehen ist.«

Ihr Herz begann zu flattern. »Und was hättest du davon, Dan?«

»Dich.« Er sah genau, was in ihr vorging, senkte seinen Kopf, um sie zu küssen. »Ich will nur dich.«

Am zweiten Junisamstag zog Angela ein rosafarbenes, mit winzigen Perlen reich verziertes Seidenkleid von Vera Wang an. Der Ausschnitt umrahmte eine schmeichelnde Andeutung ihrer vollendeten Brüste, der kunstvoll gearbeitete, weit geschnittene Rock betonte ihre Wespentaille. Sie trug einen Hut mit breiter Krempe und einen kleinen, zarten Schleier und hielt einen Strauß weißer Orchideen in der Hand.

Die Feier fand in dem Landhaus statt, das Angela sich in Connecticut gekauft hatte, und dort hatte sich eine große Schar illustrer Gäste eingefunden. Einige freuten sich sehr darüber, dabei zu sein, entweder aus Sentimentalität oder bei der Vorstellung, ihren Namen und ihr Foto in den entsprechenden Presseverlautbarungen wiederzufinden. Andere kamen, weil es leichter war, die Einladung anzunehmen, als später Angelas Zorn ausgesetzt zu sein.

Im Wohnzimmer türmten sich aufwendige Geschenke und wurden – bewacht von uniformierten Aufsehern – dort ausgewählten Pressevertretern präsentiert. Niemand, der das gesehen hatte, würde noch daran zweifeln, wie viel Liebe man ihr entgegenbrachte, dachte Angela.

Der Empfang erstreckte sich bis in den Rosengarten hinein, in dem ein Champagnerbrunnen sprudelte und weiße Tauben gurrten.

Als immer wieder die Hubschrauber mit den Paparazzi über das Haus hinwegflogen, wusste Angela, dass die Hochzeit ein Erfolg war.

Wie jede frischverheiratete Braut strahlte sie. Die Sonne ließ den fünfkarätigen Diamanten glitzern, der ihre linke Hand zierte, als sie sich mit Dan für Fotos in Positur stellte.

Voller Bedauern erzählte sie den Journalisten, dass ihre Mutter und damit ihre einzige noch lebende Familienangehörige zu krank sei, um dem Fest beiwohnen zu können. In Wirklichkeit machte sie gerade – in einer Privatklinik versteckt – eine Entziehungskur.

Kate Lowell, die in ihrem wogenden Strandkleid frisch und jung wirkte, gab Angela einen Kuss auf die Wange, was ganz im Interesse der vielen Kameras war. Ihre langen rotgoldenen Haare wallten über ihrem nackten Rücken wie zerschmelzendes Kupfer über einen von der Sonne verwöhnten Pfirsichton. Sie hatte ein Gesicht, dem die Kamera huldigte, volle Lippen, riesige goldene Augen. Ein geschmeidiger Körper, tolle Beine und ein klangvolles, ansteckendes Kichern vervollständigten das Bild.

Allein Kates prächtige körperliche Merkmale hätten ausgereicht, um sie zu einem Star werden zu lassen, doch darüber hinaus verfügte sie auch noch über Talent und Charme, und diese Eigenschaften trugen ebenso zu ihrem Erfolg bei wie die Anziehungskraft ihrer Kassenschlager. Und ihr Ehrgeiz durchdrang beides.

Sie entzückte den Fotografen, indem sie ihm ein strahlendes Lächeln zuwarf. Dann hielt sie Angela eine Wange hin. »Ich hasse dich wie die Pest«, sagte sie leise.

»Ich weiß, mein Schatz.« Strahlend ließ Angela ihren Arm um Kates Taille gleiten und grub ihr rücksichtslos ihre Finger ins Fleisch, als sie ihre beste Seite der Kamera zuwandte. »Nun zeig dein hübsches Lächeln und lass sichtbar werden, warum du der weibliche Kassenmagnet Nummer eins bist.«

Kate tat dies und zeigte ein Lächeln, das Stahl zum Schmelzen gebracht hätte. »Ich wünschte mir, du wärest tot.«

»Da bist du nicht die Einzige, das tun noch viele andere.«
Angela hakte sich bei Kate ein und schlenderte mit ihr davon.
Die beiden wirkten wie zwei Busenfreundinnen, die sich einen
privaten Augenblick für sich ergattern konnten. »Stimmt es ei-
gentlich, dass du und Rob Winters über Drehbücher für einen
Spielfilm nachdenkt?«

»Kein Kommentar.«

»Na, na, meine Liebe.« Angelas Stimme glich einem tödlichen, tückischen Schnurren. »Hatten wir nicht vereinbart, uns
gegenseitig helfen zu wollen? Du weißt doch: Eine Hand wäscht
die andere.«

»Ich würde dir mit meiner Hand am liebsten die Augen aus-
kratzen.« Doch Kate wusste, dass sie das nicht tun konnte. Für
sie stand viel zu viel auf dem Spiel, als dass sie so offenkundig
ihren Gefühlen hätte freien Lauf lassen können. Doch es gab
auch noch andere Waffen. Kate neigte den Kopf und musterte
Angelas Gesicht. »Das ist übrigens eine hervorragend kaschierte Falte. Sie ist fast nicht wahrnehmbar.« Ein aufrichtiges Lächeln huschte über ihr Gesicht, als Angela wütend wurde. »Keine Angst, *meine Liebe,* das bleibt unser Geheimnis. Immerhin
sollte ein Mädchen ja auch alles Notwendige tun, um die Illusion der Jugend aufrechtzuerhalten, insbesondere, wenn sie mit
einem jüngeren Mann verheiratet ist.«

Hinter dem koketten kleinen Schleier waren Angelas Augen hart wie Murmeln. Bei Gott, das war doch heute ihr Tag.
Ihr Tag. Und nichts und niemand würde ihn verderben können. »Katie, meine Liebe, mir ist da übrigens ein Drehbuch
untergekommen, von dem ich glaube, dass es dich sehr faszi-
nieren wird. Und ich denke, dass du auch Robs Interesse dafür wecken kannst. Ihr beiden seid ja jetzt schon seit Jahren
gut befreundet. Wenn du ihn dazu überreden könntest, das zu
machen, würde euch das bestimmt zugutekommen. Schließ-

lich hat er ja auch gar nicht mehr die Zeit, allzu wählerisch zu sein, nicht wahr?«

»Du Miststück.«

Angela gab ein trillerndes Lachen von sich. Nichts hätte sie mehr freuen können, als zu beobachten, wie Kate ihr selbstgefälliges Lächeln verging. »Das Dumme mit den Schauspielern ist immer, dass sie jemanden brauchen, der ihnen diese klugen Dialoge schreibt. Montag bekommst du das Drehbuch, meine Liebe, und ich würde es als große Gefälligkeit ansehen, wenn du es ganz schnell durchliest.«

»Ich habe die Gefälligkeiten für dich allmählich satt, Angela. Andere würden das Erpressung nennen.«

»Zu diesen anderen gehöre ich aber nicht. Eigentlich bin ich doch nur im Besitz gewisser Informationen, bei denen ich mich überglücklich schätze, sie für mich behalten zu können. Damit tue ich auch dir einen Gefallen, meine Liebe. Und als Gegenleistung tust du mir einen Gefallen. Das nennt man Zusammenarbeit.«

»Eines Tages wirst du dich mit deiner Zusammenarbeit auf direktem Wege in die Hölle begeben.«

»Es ist ein Geschäft, mehr nicht.« Seufzend tätschelte Angela Kates gerötete Wangen. »Du bist doch nun schon lange dabei, um nicht so dumm zu sein, alles persönlich zu nehmen. Wir unterhalten uns über die genauen Bedingungen, wenn ich aus meinen Flitterwochen wieder zurückkomme. Jetzt musst du mich entschuldigen. Ich kann nicht länger meine Gäste ignorieren.«

Obwohl Kates Phantasie sich nicht auf Dialoge erstreckte, hatte sie keine Schwierigkeiten damit, sich Bilder vorzustellen. Als Angela davonglitt, sah Kate das Seidenkleid mit Blut bespritzt vor sich.

»Eines Tages«, flüsterte sie, riss eine Rosenblüte von einem Strauch und zerquetschte sie in der Hand, »eines Tages wird jemand den Mumm haben, es zu tun.«

»Sie sieht wunderbar aus.« Deanna rekelte sich auf dem Sofa im Blockhaus und studierte das Titelbild des *People.* »Sie strahlt richtig.«

Finn brachte die Energie auf, kurz herüberzuschauen. Endlich hatten sie es einmal geschafft, ihre Zeitpläne so weit aufeinander abzustimmen, dass sie sich gemeinsam volle drei Tage freinehmen konnten. Wenn das Telefon nicht klingelte, das Fax nichts von sich gab und die Welt in den nächsten vierundzwanzig Stunden nicht zusammenbrach, hätten sie das tatsächlich fertiggebracht.

»Sie sieht aus wie einer dieser Hochzeitskuchen aus der Requisitenkammer: überall kunstvoller falscher Zuckerguss, darunter ein ungenießbares Inneres.«

»Deine Bosheit verstellt deinen Blick.«

»Das sollte eigentlich bei dir nicht viel anders sein.«

Sie seufzte nur und blätterte kurz die Titelgeschichte durch. »Ich muss sie ja nicht mögen, um zuzugeben, dass sie einfach schön ist. Und sie sieht glücklich aus, wirklich glücklich. Vielleicht macht sie die Ehe ja ein wenig weicher.«

Sein Kommentar bestand aus einem verächtlichen Schnauben. »Da sie das jetzt zum dritten Mal macht, erscheint mir das sehr zweifelhaft.«

»Nicht, wenn es dieses Mal der Richtige ist. Weder beruflich noch privat wünsche ich ihr Pech.« Sie blickte über die Zeitschrift hinweg. »Ich will ihr eins auf den Arsch geben, indem ich besser bin als sie.«

»Das tust du bereits.«

»In Chicago und auf einigen anderen Märkten, ja. Diese Heirat wird jedoch sicherlich zumindest für eine Weile zu einem Umschwung führen.«

Er streckte die Arme über seinem Kopf aus und ließ die Muskeln spielen. An der Stelle, wo die Kugel durchgeschlagen war, konnte Deanna eine schwache Narbe erkennen.

»Was meinst du? Warum hat sie es getan?«

»Ach, komm schon, Finn, trau ihr doch etwas zu. Eine Frau heiratet nicht, damit sie ihr Foto auf ein paar Titelbildern wiederfindet.«

»Kansas.« Erstaunt darüber, dass sie immer noch so naiv sein konnte, nahm er ihr die Zeitschrift weg. »Wer auf der Leiter abrutscht, greift nach allen Seilen, an denen er sich festhalten kann. Meinst du denn, es geht dabei um Liebe?« Lachend ließ er die Zeitschrift durch das Zimmer segeln. Angela, die glückliche Braut, machte auf dem Fußboden eine Bauchlandung. »Seit dem Tag, an dem ihre geheime Verlobung auf so geheimnisvolle Weise an die Öffentlichkeit drang, genoss sie sechs Wochen Publicity, ohne dafür irgendetwas zu zahlen.«

»Es könnte doch tatsächlich zufällig bekannt geworden sein.« Sie gab ihm einen freundschaftlichen Stoß mit ihrem bestrumpften Fuß. »Und auch wenn sie die Information bewusst gestreut haben sollte, ändert das grundsätzlich nichts an dem, was ich meine. Sie ist eine schöne, kraftvolle Frau, die sich in einen tollen, faszinierenden Mann verknallt hat.«

»Toll?« Finn schnappte ihren Knöchel. »Du findest ihn toll?«

»Ja, er ist …« Sie kreischte auf und zuckte zusammen, als er sie am Fuß kitzelte. »Lass das!«

»Und faszinierend?«

»Er ist sexy.« Hilflos kichernd, bäumte sie sich auf und versuchte, sich zu befreien. »Sündhaft attraktiv.« Als er sie auf den Boden warf und mit ihr rang, versuchte sie ihn zu beißen.

»Du kämpfst wie ein Mädchen.«

Sie blies sich die Haare aus den Augen und erwiderte: »Na, und wenn schon!«

»Mir gefällt das. Ich fühle mich jetzt allerdings moralisch dazu verpflichtet, dich diesen Dan Wie-heißt-er-doch-gleich vergessen zu lassen.«

»Dan Gardner«, meinte sie pedantisch. »Ich weiß nur nicht, ob dir das gelingen wird. Ich meine, er ist so elegant, so kultiviert, so …« Sie gab ein nachgemachtes Erschauern zum Besten. »So romantisch.«

»Ich glaube, ich muss mich mit ihm duellieren, damit wir uns überhaupt noch voneinander unterscheiden.«

Plötzlich hatte er mit einer heftigen Bewegung seine Hand in ihre luftige Baumwollbluse geschoben, deren Knöpfe nach allen Seiten aufsprangen.

»Finn!« Mit einer Mischung zwischen Schock und Belustigung begann sie, ihn zurückstoßen. Der lachende Protest endete für sie in einem erstickten Aufkeuchen, als er sich mit seinem Mund auf ihren Busen stürzte.

Die Leidenschaftlichkeit war augenblicklich da. Das Verlangen ebenfalls. Wie Licht, ein blendend helles Licht, brach es bei ihr durch. Die Hände, die sich gerade noch verspielt gegen seine Schultern gepresst hatten, spannten sich jetzt an wie zwei Schraubstöcke, die kurzen, gepflegten Fingernägel gruben sich wie kleine Halbmonde in sein Fleisch. Unter seinem gierigen Mund geriet ihr Herzschlag ins Stottern, kam ganz aus seinem gewohnten Rhythmus. Dann jagte ihr Puls in einem wilden Sprint in die Höhe.

Seine Hände zerrten bereits die Überreste ihrer Bluse beiseite, strichen über ihre entblößte Haut, erregten, forderten. Die kräftige Sommersonne strömte durch die Fenster und fiel mit grellem, heißem Licht auf sie. Ihre Haut war durch die Sonne und durch seine grobe, ungeduldige Berührung ganz feucht. Sein Mund weidete sich immer noch an ihr, er ließ seine Hand unter das ausgebeulte Hosenbein ihrer Shorts gleiten und brachte sie unbarmherzig zu einem schnellen, heftigen Höhepunkt.

»Noch mal.« Selbst wie getrieben, heftete er seinen Mund auf ihre Lippen und verschluckte ihren Aufschrei, als er sie noch weiter hochjagte.

Finn wollte sie jetzt so. Oftmals war er damit zufrieden, dass sie sich bei ihren körperlichen Begegnungen die Zeit ließen, jede Berührung und jeden Geschmack auf dem langen, langsamen Weg zur Erfüllung auszukosten. Er liebte es, wie ihr Körper geschmeidig und weich wurde, und wie sich seine eigenen sinnlichen Freuden Schicht für Schicht aufbauten.

Jetzt jedoch wollte er nur den schnellen, alles zerschmelzenden Ritt, den gedankenlosen, hastigen, drängenden Sex. Er wollte sie besitzen, sich ihr unauslöschlich einprägen, die unregelmäßigen Bewegungen ihres sich unter ihm schüttelnden Körpers spüren, bis er tief in sie hineingesunken war.

Ihren Kopf zurückgeworfen, ihr langer schmaler Körper schweißnass glänzend, nahm sie ihn noch tiefer in sich auf und trieb ihn an, wie er sie angetrieben hatte. Rücksichtslos, erbarmungslos. Sie griff nach seinen Händen, führte sie über ihren feuchten Körper, drängte ihn dazu, noch mehr für sich zu beanspruchen, während ihr Herzschlag im eigenen, wilden Galopp dahinraste.

Dann brach der Orgasmus über sie herein, eine schweißnasse Faust, die immer weiter auf sie eintrommelte, bis ihr Körper nur noch aus unbeschreiblich köstlichen Empfindungen von schmerzhafter Intensität bestand. Die Luft wirkte wie in ihrer Lunge zusammengeballt und brannte. Sie schluchzte, um sie wieder freizugeben, schluchzte, um sie voller Gier wieder in sich aufzunehmen.

Sie spürte, wie sein Körper einen Satz machte und sie mit mächtigem Schwung über die letzte, heiße Schwelle hinüberspringen ließ.

»Nun, ich glaube, mein guter Ruf ist wiederhergestellt«, murmelte er irgendwann später. Deanna gab ein ersticktes Lachen von sich.

»Ich weiß nicht … Herrgott, ich kann ja gar nicht atmen.«

Sie unternahm einen zweiten Versuch. »Ich wusste gar nicht, dass es so ... lohnend sein würde, an deinem Selbstwertgefühl zu kratzen.«

»Entspannt?«

Sie seufzte. »Sehr.«

»Glücklich?«

»Völlig.«

»Dann ist das jetzt wahrscheinlich ein guter Zeitpunkt, dich zu bitten, über etwas nachzudenken.«

»Hmmm. Ich weiß nicht, ob ich gerade jetzt überhaupt denken *kann*.«

»Behalte es einfach eine Weile im Hinterkopf.« Sanft massierte seine Hand ihren Rücken. »Da kann es dann ja eine Weile schmoren.«

»Und was soll ich da in mir schmoren lassen?«

»Mich zu heiraten.«

Sie fuhr zurück. »Dich heiraten?«

»Willst du erneut an meinem Selbstwertgefühl kratzen, indem du so schockiert wirkst?«

»Nein.« Ganz überwältigt schlug sie eine Hand an die Wange. »Herrgott, Finn, du weißt wirklich, wie du einem einen überraschenden Ball zuwirfst.«

»Über Baseball reden wir später, die Cubs spielen momentan ohnehin ziemlich schlecht.« Diese verdammte Nervosität, dachte er, während sich sein Magen verkrampfte. Wie lächerlich, diese Panik zu spüren und sich nichts anderes vorstellen zu können, als dass sie nein sagen würde. Nichts anderes als nein.

Das erste Mal in seinem Leben wollte er etwas, wollte er jemanden, bei dem er sich nicht sicher war, ihn auch zu bekommen.

Er stemmte sich hoch, sodass sie sich aufsetzen konnten. Nackt saßen sie sich gegenüber, beide spürten in ihrem Körper immer noch fast schmerzhaft den Widerhall ihrer leidenschaftlichen Begegnung.

»So eine große Überraschung sollte das doch eigentlich nicht sein, Deanna. Wir sind jetzt seit über einem Jahr ein Liebespaar.«

»Ja, aber … wir haben uns doch noch nicht einmal dazu entschieden, zusammenzuwohnen.«

»Das ist ja auch eines der Dinge, die ich immer wieder anspreche. Meine Strategie, dich dazu zu bringen, mit mir zusammenzuwohnen und dich dann behutsam an den Gedanken einer Heirat heranzubringen, ist aber nicht aufgegangen.«

»Deine Strategie?«

Die leichte Gereiztheit in ihrer Stimme störte ihn nicht, sie entsprach dem Tonfall seiner eigenen Stimme. »Kansas, bei dir muss man genauso vorgehen wie beim Schach. Ein Mann muss ein halbes Dutzend Züge vorausdenken, um dich zu überlisten.«

»Ich glaube nicht, dass ich interessiert bin, mehr über diese Analogie zu hören.«

»Aber sie trifft zu.« Er zwickte sie leicht mit den Fingern am Kinn. »Du verbringst so viel Zeit damit, die Dinge zu durchdenken, und versuchst damit zu vermeiden, einen falschen Schritt zu tun. Da muss ich dir eben einen kleinen Schubs geben.«

»Ist dieser Heiratsantrag nichts anderes als ein kleiner Schubs?« Sie schlug seine Hand weg.

»Da ich bereit bin, dir die Zeit zu geben, darüber nachzudenken, würde ich es eher einen kleinen Stupser nennen.«

»Wir großzügig von dir«, meinte sie mit zusammengepressten Zähnen.

»Eigentlich«, fuhr er fort, »gibt uns das beiden noch Zeit. Ich kann ja selbst nicht sagen, dass ich hundertprozentig von der Richtigkeit dieser Idee überzeugt bin.«

Sie schaute ihn verwundert an. »Wie bitte?«

Es war großartig, stellte er fest, absolut großartig. Das Spiel »Kratz-an-meinem-Selbstwertgefühl« beherrschten sie wirklich beide. »Wir haben in dieser Hinsicht einen völlig unterschiedlichen Hintergrund. Du stammst aus einer großen, glücklichen Familie mit allem, was traditionell dazugehört, und in der die Worte ›bis dass der Tod uns scheidet‹ auch tatsächlich etwas bedeuten. Für mich bedeutete eine Ehe hingegen immer ›bis wir uns scheiden lassen‹.«

Zornig schnappte sie sich ihre Bluse, fluchte, warf sie wieder beiseite. »Bei einem Zyniker wie dir bin ich überrascht darüber, dass du das überhaupt in Erwägung ziehst.«

Sein Mund bebte, als sie sein T-Shirt anzog. »Ich bin nicht zynisch, ich bin nur realistisch«, meinte er. »Eine Hochzeit und die Ehe ähneln inzwischen eher Zeitungen. Wenn man sie durchgelesen hat, wirft man sie weg, und nicht viele Leute machen sich die Mühe, sie wiederzuverwerten.«

»Was soll das Ganze also dann?« Mit einem Ruck zog sie sich die Hose an.

»Ich liebe dich.« Er sagte es ruhig und schlicht, und es veranlasste sie, innezuhalten und nicht aus dem Zimmer zu stürmen. »Und ich würde gerne darüber nachdenken, wie es wäre, ein Leben mit dir zu beginnen, Kinder zu haben und es einmal mit allem, was traditionell dazugehört, zu versuchen.«

Seine Worte ließen ihre Wut verrauchen. »Der Teufel soll dich holen, Finn«, sagte sie hilflos.

Er grinste zu ihr hoch. »Dann denkst du also darüber nach?«

20

Dan Gardner heiratete Angela nicht wegen des Geldes, zumindest war das nicht der einzige Grund. Einige waren allerdings tatsächlich so unfreundlich, das zu denken – und es sogar auszusprechen. Während der ersten Wochen nach ihrer Hochzeit gab es in der Boulevardpresse umfangreiche Spekulationen darüber, auch ihr Altersunterschied wurde entsprechend herausgestellt. Immerhin lagen die beiden fast auf den Tag genau zehn Jahre auseinander. Die meisten Artikel hatte Dan jedoch selbst lanciert, da er fest daran glaubte, dass Publicity von Nutzen war.

Doch es gab auch noch andere Gründe, warum er sie geheiratet hatte. Er bewunderte ihr Können, verstand ihre Schwächen und wusste, wie er sie für sich nutzen konnte. Letzteres war für ihn das Wichtigste. Da er ihre Unsicherheiten und ihren Argwohn kannte, hatte er darauf bestanden, eine voreheliche Vereinbarung mit ihr zu treffen, in der festgehalten wurde, dass ihm aus einer Scheidung keine Vorteile erwuchsen. Doch Dans Pläne bauten nicht darauf, sich von ihr scheiden zu lassen. Da er ihre Schwäche für Romantik und ihr Bedürfnis nach dem Gefühl kannte, auch in der Liebe im Mittelpunkt zu stehen, arrangierte er Diners bei Kerzenschein für zwei und ruhige Wochenenden auf dem Lande. Brauchte sie mehr Aufmerksamkeit, als er ihr geben konnte, machte er auch das möglich. Als Angela sich immer zwanghafter mit ihren sinkenden Einschaltquoten beschäftigte, nahm er bei etlichen Projekten der

A. P. Productions die Fäden in die Hand und steigerte durch sein Geschick die Gewinne. Auch wenn er sie nicht wegen des Geldes geheiratet haben mochte, hatte er doch vor, sich an diesem Geld zu erfreuen.

»Schau dir das mal an!« Angela warf ihm ein Exemplar des *TV Guide* zu; mit Deannas Gesicht nach oben landete das Heft auf dem Boden. »›Die Fürstin des Tagesprogramms aus der Nachrichtenredaktion!‹« Angelas seidener Morgenmantel bauschte sich hinter ihr wie ein Segel, als sie mit schnellen Schritten über den schneeweißen Teppich in ihrem Penthouse lief. »›Herzlich und zugänglich, sexy und aufgeweckt.‹ Die scharwenzeln ja richtig um sie herum, Dan. Verdammt noch mal, die haben sie aufs Titelbild gebracht und ihr dann noch zwei volle Seiten gewidmet.«

»Lass dir dadurch keinen Schrecken einjagen.« Weil sie an diesem Abend zu Hause bleiben wollten, goss Dan ihr ein Glas Champagner ein. Wenn Angela betrunken und weinerlich war, wurde er besser mit ihr fertig. Und Sex mit einer bedürftigen Angela war einfach umwerfend. »Sie fällt dann nur umso tiefer, das ist alles.«

»Das ist überhaupt nicht alles!« Angela riss ihm das Glas aus der Hand. Sie wollte eigentlich nicht auf einen Drink angewiesen sein, aber jetzt verspürte sie das Verlangen danach und war nicht in der Stimmung, es zu bezwingen. »Du hast die Einschaltquoten selbst gesehen. Zwanzig Prozent aller Zuschauer haben sich in den letzten drei Wochen ihre Show angesehen.«

»Und du bist als die Nummer eins aus letztem Jahr hervorgegangen«, rief er ihr ins Gedächtnis zurück.

»Jetzt hat gerade ein neues Jahr angefangen«, entgegnete sie in schroffem Ton. »Gestern zählt nicht.« Sie nahm einen tiefen Schluck und platzierte den zarten Absatz ihrer federgeschmückten Pantoffeln genau auf Deannas linkem Auge. »Jetzt bist du nicht mehr ganz so hübsch, nicht wahr?« Von Neid erfüllt trat sie die Zeitschrift beiseite. »Ganz gleich, was ich tue, sie holt immer weiter auf. Inzwischen widmet ihr die Presse schon die gleiche Aufmerksamkeit wie mir.« Nachdem sie das Glas geleert hatte, hielt sie es Dan mit einer ruckartigen Handbewegung wieder hin.

»Die Talkshow *Angela* ist nicht die einzige Sache von Interesse für dich.« Pflichtbewusst füllte er wieder ihr Glas. »Du hast die Sondersendungen und die Projekte, für die sich A. P. Productions engagiert. Deine Interessen und deine Einflussmöglichkeiten sind viel breiter gestreut als ihre.« Er verfolgte an ihrem Blick, dass sie über seine Worte nachdachte, während sie trank. »Sie spielt einen einzigen Ton, Angela. Den spielt sie zwar gut, aber es ist eben nur einer.«

Diese Beschreibung war geeignet, ihr bebendes Herz wieder ein wenig zu beruhigen. »Sie hatte immer ihre Grenzen mit ihren kleinen Terminplänen und den Karten mit den Notizen.« Als ihre Wut allmählich verflog, kroch Verzweiflung in die entstandene Lücke. »Ich will nicht, dass sie mich um meinen Anteil bringt, Dan.« Heiße Tränen stiegen ihr in die Augen, als sie hastig ihren Champagner trank. »Ich glaube nicht, dass ich das ertragen könnte. Von ihr am allerwenigsten.«

»Du machst daraus eine viel zu persönliche Angelegenheit.« Mitfühlend füllte er wieder ihr Glas, dachte aber gleichzeitig daran, dass sie nach drei Gläsern gefügig wurde.

»Aber es *ist* eine persönliche Sache.« Jetzt konnte sie ihre Tränen nicht länger zurückhalten und ließ sich von Dan zur Couch führen, wo sie sich auf seinem Schoß zusammenkuschelte. Es gärte in ihr, sie verspürte ein Gefühlswirrwarr aus Zufriedenheit und Unbehagen. Genau so hatte sie sich bei den seltenen Gelegenheiten, wenn ihr Vater zu Hause weilte und nüchtern gewesen war, auch auf dessen Schoß zusammengekuschelt. »Sie will mir wehtun, Dan. Sie und dieser Mistkerl Loren Bach. Die beiden würden alles tun, um mir zu schaden.«

»Keiner wird dir schaden.« Er neigte das Glas an ihre Lippen wie eine Mutter, die ihrem jammernden Kind Medizin einflößt.

»Sie wissen doch, dass ich die Beste bin.«

»Natürlich tun sie das.« Ihre Bedürftigkeit erregte ihn. Solange ihre Neurosen blühten, lag die Kontrolle bei ihm. Er stellte das Glas beiseite, öffnete ihren Morgenmantel und liebkoste ihre Brüste. »Überlass einfach alles mir«, murmelte er. »Ich kümmere mich schon darum.«

»Enden Streitigkeiten mit Ihrem Partner immer mit Krieg, mit heftigen Anschuldigungen und fliegenden Tellern? Morgen unterhalten wir uns in *Deannas Stunde* zu dem Thema ›Faires Streiten‹.«

»Okay, Dee, jetzt brauchen wir noch einen Knaller für die angeschlossenen Zweigsender.«

Als Reaktion auf die Worte des Regieassistenten verdrehte sie die Augen. Pflichtbewusst studierte sie dann jedoch ihre Karten mit den Stichworten. »›Auf Tulsas bestem Sender KJAB-TV, Kanal Neun, für Sie nur das Beste!‹ Okay, sehen wir zu, dass wir das schnell hinter uns bringen.«

In der nächsten Stunde nahmen sie Programmankündigungen für die Zweigsender im ganzen Land auf. Die Arbeit war langweilig und unangenehm, aber Deanna drückte sich nie davor.

Als sie fertig war, spazierte Fran mit einer Halbliterflasche eisgekühlter Cola auf die Bühne. Sie watschelte ein bisschen, denn sie war jetzt zum zweiten Mal hochschwanger. »Auch Ruhm verlangt seinen Preis«, meinte sie.

»Ich kann ihn zahlen«, erwiderte Deanna und nahm dankbar einen tiefen Schluck von dem kalten Getränk. »Habe ich dir nicht gesagt, du solltest heute früh Schluss machen und nach Hause gehen?«

»Habe ich dir nicht gesagt, dass es mir prächtig geht und es erst in drei Wochen so weit ist?«

»In drei Wochen passt du nicht mehr durch die Türen.«

»Was muss ich da hören?«

»Ach, nichts.« Deanna bediente sich noch einmal an der Cola, dann setzte sie den Kopfhörer ab und wandte sich zum Gehen. Vor dem großen Spiegel blieb sie kurz stehen und hakte sich bei Fran ein, sodass sie nebeneinanderstanden. »Meinst du, dass du noch mehr zugelegt hast als bei Aubrey?«

Fran steckte sich einen Schokoriegel in den Mund. »Das sind alles Wassereinlagerungen im Gewebe.«

Deanna bekam den Duft nach Süßem mit und hob eine Braue. »Bist du dir sicher, dass es nichts mit diesem ganzen Zuckerzeug zu tun hat, das du dauernd in dich hineinstopfst?«

»Das Kind sehnt sich danach. Was soll ich dagegen tun? Bei mir kommt dieses heftige Verlangen natürlich als Erstes an.« Fran neigte den Kopf und musterte ihr Spiegelbild. Wenn ihr Gesicht nicht wie ein aufgeblasener Ballon wirken würde, wäre die runde, kinnlange Frisur bestimmt ausgesprochen schmeichelhaft, dachte sie. »Herrje, warum habe ich mir nur dieses braune Kleid gekauft? Darin sehe ich aus wie ein Mammut in Wolle.«

»Das hast du gesagt, nicht ich.« Deanna drehte sich zu den Fahrstühlen um und beobachtete Fran aufmerksam wie eine Eule, als sie auf den Knopf drückte.

»Keine Witze über Schlankheitskuren, ja?« So würdevoll wie es irgend ging watschelte Fran in den Fahrstuhl und drückte die Sechzehn. »Ich kann es gar nicht erwarten, dass du in meine Fußstapfen trittst. Warum gibst du nicht einfach nach und heiratest Finn? Dann könntest auch du eine Familie gründen und die Freuden der Mutterschaft genießen: geschwollene Füße, Verdauungsstörungen, Schwangerschaftsstreifen und die besonders weitverbreitete schwache Blase.«

»Du lässt wirklich den Eindruck entstehen, dass es sich um etwas ungeheuer Reizvolles handelt.«

»Das Dumme ist nur, dass es tatsächlich etwas ungeheuer Reizvolles *ist*. Das war auch der einzige Grund, warum ich jetzt ein zweites Mal fast wie ein kleiner Planet durch die Gegend laufe.« Sie presste eine Hand in ihre Seite, als das Baby, das sie wieder ›Big Ed‹ nannte, einen Doppelpass hinlegte. »Es gibt eigentlich nichts, was sich damit vergleichen ließe«, murmelte sie. Die Türen des Fahrstuhls öffneten sich. »Also, heiratest du den Kerl jetzt, oder was ist?«

»Ich denke darüber nach.«

»Du denkst jetzt schon seit Wochen darüber nach.« Auf dem Weg in Deannas Büro stützte Fran ihre Hand gegen den Rücken.

»Finn lässt es sich auch noch durch den Kopf gehen.« Deanna wusste, dass das jetzt sehr nach einer Ausrede klang und stürmte darüber verärgert durch das leere Vorzimmer in ihr Büro. »Und im Moment ist alles ein wenig kompliziert.«

»Es ist immer alles kompliziert. Wer dauernd auf den perfekten Augenblick wartet, stirbt gewöhnlich als Erster.«

»Wie tröstlich.«

»Ich will dich ja nicht drängen.«

»Nein?« Deanna lächelte wieder.

»Höchstens Anstöße geben, meine Süße. Was ist denn das?« Fran nahm die einzelne weiße Rose hoch, die jemand quer über Deannas Schreibtisch gelegt hatte. »Klasse«, sagte sie. »Richtig romantisch. Süß.« Ihr Blick fiel auf den einfachen weißen Briefumschlag, der noch auf Deannas Kladde lag.

»Finn?«

Nein, dachte Deanna, und fröstelte. Finn war das nicht. Sie bemühte sich, möglichst beiläufig zu klingen, als sie einen Haufen mit Briefen durchging, die von Cassie getippt waren. »Könnte sein«, meinte sie.

»Willst du den Brief gar nicht aufmachen?«

»Später. Zunächst will ich sicherstellen, dass Cassie diese Briefe auch bis heute Abend zur Post gibt.«

»Herrgott, du bist aber wirklich eine harte Nuss, Dee. Wenn mir jemand eine einzelne Rose schicken würde, wäre ich wie Knetgummi.«

»Ich habe zu tun.«

Frans Kopf fuhr hoch, als sie die Veränderung in Deannas Stimme bemerkte. »Das sehe ich. Ich werde dich auch nicht länger davon abhalten.«

»Tut mir leid.« Augenblicklich zerknirscht, streckte Deanna die Hand aus. »Wirklich, Fran, ich hatte gar nicht vor, dich so anzufahren. Vermutlich bin ich einfach ein wenig nervös. Der Emmy für die erste Tagessendung rückt immer näher, und diese dämliche Geschichte in diesem Skandalblatt über meine geheime Affäre mit Loren Bach letzte Woche muss ich auch erst verdauen.«

»Ach, meine Liebe, nimm das doch nicht so ernst. Komm schon! Ich denke, Loren hatte sogar seinen Spaß daran.«

»Das kann er sich ja auch leisten. Ihm hat man nicht angehängt, er würde sich seinen Weg zu einem Zuschaueranteil von dreißig Prozent durch alle möglichen Betten hindurch bahnen.«

»So etwas glaubt doch sowieso kein Mensch.« Deannas Gesichtsausdruck verärgerte sie. »Es sei denn, sein Intelligenzquotient liegt im zweistelligen Bereich. Und was die Emmys anbelangt, brauchst du dir überhaupt keine Sorgen zu machen. Du wirst die Auszeichnung gewinnen.«

»Das erzählen sie auch Susan Lucci die ganze Zeit.« Doch

jetzt musste Deanna lachen. Mit einer Handbewegung deutete sie nach draußen. »Und jetzt raus mit dir – dieses Mal gehst du aber wirklich nach Hause. Es ist ja ohnehin gleich fünf.«

»Du hast mich überredet.« Fran legte die Rose wieder auf den Schreibtisch zurück. Sie merkte nicht, dass Deanna instinktiv vor ihr zurückwich. »Bis morgen.«

»Ja.« Als Deanna allein war, griff sie vorsichtig nach dem Umschlag. Sie nahm den Brieföffner mit dem Elfenbeingriff und schlitzte ihn auf.

DEANNA, ICH WÜRDE ALLES FÜR DICH TUN.
WENN DU MICH DOCH NUR EIN EINZIGES MAL
ANSCHAUEN WÜRDEST,
RICHTIG ANSCHAUEN WÜRDEST.
ICH WÜRDE DIR ALLES GEBEN. ALLES.
ICH WARTE JETZT SCHON SO LANGE.

Allmählich gelangte sie zu der Überzeugung, dass es dem Schreiber dieser Worte mit jedem Wort vollkommen ernst war. Sie schob das Blatt Papier wieder in den Umschlag, öffnete die untere Schreibtischschublade und legte den Brief auf den immer größer werdenden Stapel ganz ähnlicher Briefe. Fest entschlossen, die Sache von der praktischen Seite aus anzugehen, nahm sie die Rose in die Hand und schaute sich deren blasse, zerbrechliche Blütenblätter genau an, als ob sie einen Hinweis darauf geben könnten, wer ihr die Blume geschickt hatte.

Sie musste an die Worte denken, die Finn gebraucht hatte. Zwanghaft. Krank. Beides klingt ja richtig furchterregend, dachte sie, doch sicherlich gab es auch Formen zwanghaften Verhaltens, die relativ harmlos waren. Durch die Blume hatte sich allerdings jetzt etwas am gewohnten Ablauf geändert. Bisher hatte es nur die Botschaften in dunkelroter Farbe gegeben, aber keine Geschenke. Eine Rose war ein Zeichen der Zuneigung und Wertschätzung, sie verströmte einen süßen Duft. Doch die Dornen, die wie eine kleine Parade am schlanken Stiel hochliefen, konnten jemanden bluten lassen.

Jetzt werd' ich albern, sagte sie sich, stand auf, füllte ein Glas mit Wasser und stellte die Rose hinein. Sie konnte einfach nicht zusehen, wie eine schöne Blume welk wurde und abstarb. Trotzdem stellte sie die Rose auf einen Tisch auf der anderen Seite des Raumes, bevor sie wieder zu ihrem Schreibtisch zurückkehrte.

In den nächsten zwanzig Minuten setzte sie ihre Unterschrift unter die Korrespondenz. Sie hatte den Stift noch in der Hand, als die Sprechanlage summte.

»Ja, Cassie.«

»Finn Riley ist auf Apparat zwei.«

»Danke. Ich bin mit den Briefen fertig. Können Sie sie auf dem Weg nach Hause zur Post bringen?«

»Selbstverständlich.«

»Finn? Bist du unten? Tut mir leid, wir hatten hier ein paar Sachen, die nicht so liefen, wie sie sollten, und deswegen hinke ich bei allem ein wenig hinterher.« Sie blickte auf die Armbanduhr und verzog das Gesicht. »Ich kann mich also unmöglich mit dir um sieben zum Abendessen treffen.«

»Ist nicht so schlimm«, meinte seine Stimme aus dem Hörer. »Ich bin selbst noch auf der anderen Seite der Stadt und komme hier nicht aus einer Versammlung weg, insofern sieht es ganz danach aus, als ob ich um sieben ebenfalls noch nicht da bin.«

»Dann lassen wir das mit sieben Uhr. Wir können ja später zusammen essen.« Sie blickte zu Cassie auf, die gerade die Korrespondenz mit ihren Unterschriften vom Schreibtisch nahm. »Cassie, Sie können meinen Termin mit Finn um sieben Uhr streichen.«

»Geht in Ordnung. Brauchen Sie noch irgendetwas anderes,

bevor ich gehe? Sie wissen ja, wenn Sie es wünschen, kann ich noch ein wenig bleiben, um mit Ihnen diese Bänder durchzugehen.«

»Nein danke. Bis morgen, Cassie. Finn?«

»Bin noch dran.«

»Ich muss mir noch ein paar Bänder ansehen. Warum kommst du nicht einfach vorbei und holst mich auf dem Nachhauseweg ab? Meinem Fahrer kann ich absagen.«

»So wie es aussieht, wird es bestimmt acht, vielleicht sogar später.«

»Später würde mir sogar noch besser passen. Ich brauche mindestens noch drei Stunden, bis ich fertig bin. Wenn alle anderen gegangen sind, kann ich hier sowieso mehr wegschaffen. Ich werde Frans geheime Lebensmittelvorräte plündern und mich in meiner Arbeit vergraben, bis ich von dir höre.«

»Wenn ich es nicht schaffe, lasse ich es dich wissen.«

»Ich bin hier. Mach's gut.«

Deanna legte auf und drehte sich mit dem Sessel, sodass sie zum Fenster schauen konnte. Die Sonne ging bereits unter, der Himmel wurde dunkler und ließ die Silhouette der Stadt finster wirken. Sie konnte sehen, wie die Lichter angingen, winzige Punkte vor dem Hintergrund der hereinbrechenden Dämmerung.

Sie stellte sich vor, wie die Gebäude immer leerer wurden und die Stadtautobahn sich immer mehr füllte. Sobald die Menschen zu Hause waren, würden sie die Abendnachrichten einschalten und sich Gedanken über das Abendessen machen.

Wenn sie Finn heiratete, würde sie jetzt mit ihm nach Hause fahren – in ihr gemeinsames Zuhause, nicht in seines und nicht in ihres.

Wenn sie Finn heiratete ... Deanna spielte mit dem Armband, das sie nicht mehr ablegte und das für sie genauso Talisman war wie für Finn das Kreuz, das er immer trug. Wenn sie ihn heiratete, würde sie ihm ein Versprechen geben, das für immer gültig war.

Sie glaubte daran, dass man Versprechen hielt.

Finn und sie würden beginnen, eine Familie zu planen.

Sie glaubte ganz tief an die Familie.

Und sie würde Wege finden müssen, damit auch alles klappte – gute, zuverlässige, intelligente Wege, um alles im Gleichgewicht zu halten.

Und an diesem Punkt ging es für sie nicht weiter.

Ganz egal, wie oft sie versucht hatte, innezuhalten und alles genau zu durchdenken, oder wie oft sie sich darum bemüht hatte, eine Dringlichkeitsliste zu erstellen und zu planen, wie sie die einzelnen Punkte in Angriff nehmen wollte, sprang sie hier wie ein verschrecktes Reh wieder zurück.

Sie war sich nicht sicher, ob sie einen Weg fand, auf dem es funktionierte.

Es gibt keine Eile, erinnerte sie sich. Und im Augenblick lag ihre Priorität darauf, die nächste Sprosse ihrer Karriereleiter zu erklimmen.

Sie blickte auf ihre Armbanduhr, rechnete aus, wie viel Zeit sie für die Arbeit brauchte und wie viel Zeit ihr noch zur Verfügung stand. Es reichte, um sich eine kurze Entspannungsübung zu gönnen, bevor sie sich wieder an die Arbeit machte.

In ihrer Sendung hatte sie von einem Gast Techniken zur Verminderung von Stress gelernt, und mit einer dieser Techniken wollte sie es jetzt einmal ausprobieren. Sie schloss die Augen, machte tiefe, unbeschwerte Atemzüge. Der nächste Schritt bestand darin, sich eine Tür vorzustellen, eine verschlossene Tür ohne besondere Merkmale. Wenn sie sich dann dazu bereit fühlte, sollte sie diese Tür öffnen und einen Ort betreten, der friedlich war und an dem sie sich entspannen und wohlfühlen konnte.

Wie immer öffnete sie die Tür viel zu schnell, da sie darauf brannte zu sehen, was auf der anderen Seite lag.

Sie kam auf die Veranda von Finns Blockhaus. Es war Frühling. Schmetterlinge flatterten über die Blüten der Kräuter und die niedrigen, blühenden Pflanzen seines Steingartens hinweg. Sie konnte das schläfrige Summen der Bienen hören, die über den lachsfarbenen Azaleen schwebten, die einzupflanzen sie ihm selbst geholfen hatte. Der Himmel strahlte in einem wunderschönen, klaren Blau, das zum Träumen wie geschaffen war.

Wunderbar zufrieden seufzte sie. Musik war zu hören, ein Streichkonzert. Durch die offenen Fenster hinter ihr drang gerade ein Crescendo weinender Geigen.

Dann lag sie auf der weichen, blühenden Grasfläche und streckte die Arme nach Finn aus. Die Sonne umrahmte seine Haare wie mit einem Heiligenschein, warf Schatten über sein Gesicht, ließ die Farben seiner Augen noch kräftiger werden, bis sie so blau waren, dass sie in ihnen hätte ertrinken können. Am liebsten hätte sie das auch gemacht. Und er lag in ihren Armen, sein Körper fühlte sich warm und fest an, sein Mund war sicher und geschickt. Sie konnte spüren, wie sich ihr Körper vor Verlangen anspannte und ihre Haut im Einklang damit summte. Sie bewegten sich langsam, fließend und mit der Anmut von Tänzern. Die blaue Kuppel des Himmels spannte sich über ihnen, das Summen der Bienen war wie ein zitterndes Pulsieren.

Wie ein Flüstern, das durch die Musik ihres Traumes bis zu ihr vordrang, hörte sie ihren Namen. Und sie lächelte und öffnete die Augen, um ihn anzuschauen.

Doch es war nicht Finn. Wolken waren über die Sonne gekrochen und hatten den Himmel pechschwarz werden lassen, sodass sie Finns Gesicht nicht sehen konnte. Doch er war es nicht. Noch während ihr Körper zurückschreckte, sagte der Unbekannte wieder ihren Namen.

»Ich denke an dich. Immer.«

Mit einem Ruck war sie hellwach. Ihre Haut war mit kaltem Schweiß bedeckt, das Herz schlug wie wild. Unwillkürlich schlang sie die Arme schützend um ihren Körper, um ein plötzliches, heftiges Kältegefühl abzuwehren. Zum Teufel mit dieser Meditation, dachte sie und bemühte sich, den letzten Rest des Traumes von sich abzuschütteln. Mit arbeitsbedingtem Stress musste sie jeden Tag umgehen. Sie versuchte, über sich zu lachen, aber das Geräusch, das sie dabei hervorbrachte, klang mehr wie ein Schluchzen.

Ich bin einfach groggy, fühle mich ein wenig zerschlagen nach diesem nicht vorgesehenen Nickerchen, dachte sie sich. Doch als sie auf die Armbanduhr starrte, weiteten sich ihre Augen. Sie hatte fast eine Stunde lang geschlafen.

Was für eine alberne Zeitverschwendung, meinte sie zu sich selbst und stand aus dem Sessel auf, um ihren steifen Körper zu lockern. Geh an deine Arbeit, sagte sie sich entschlossen und begann, sich das Jackett ihres Kostüms abzustreifen, während sie sich wieder dem Schreibtisch zuwandte.

Dort standen zwei Rosen, deren perfekt zusammenpassende Blüten wie Speere aus einem mitten auf ihrem Schreibtisch stehenden Wasserglas in die Luft ragten. Sofort von einem Gefühl der Ablehnung erfüllt, ging sie auf die Rosen zu, schaute sich im ganzen Raum um, blickte schließlich auch dorthin, wo sie vorhin die einzelne Rose hingestellt hatte. Sie war nicht länger da. Sie steht jetzt auf meinem Schreibtisch und hat sich dort zu ihrem Gegenstück gesellt, dachte sie matt.

Sie rieb sich mit dem Handballen über das Brustbein, während sie die Rosen weiter anstarrte. Vielleicht war das ja Cassie gewesen, dachte sie. Oder Simon oder Jeff oder Margaret. Irgendjemand hatte so spät vielleicht noch gearbeitet, irgendwo die zweite Rose gefunden, sie hereingebracht und mit der ersten in ein Wasserglas gestellt. Und als die Person gesehen hatte, dass sie schlief, hatte sie die beiden Rosen einfach auf ihrem Schreibtisch zurückgelassen.

Irgendwer hatte gesehen, dass sie hier schlief. Ein Schauer lief durch ihren Körper, ließ ihre Beine ganz schwach werden. Allein und schutzlos hatte sie hier geschlafen. Als sie gegen die Armlehne ihres Sessels sackte, fiel ihr Blick auf die Videokassette auf ihrer Kladde. Am Etikett des Herstellers konnte sie erkennen, dass diese Marke von Videokassetten nicht für die Show verwendet wurde.

Dieses Mal gab es keinen Brief. Vielleicht war ein Brief ja auch gar nicht nötig. Sie dachte daran, einfach wegzulaufen, Hals über Kopf aus dem Büro zu stürmen. Die Nachrichtenredaktion würde jetzt besetzt sein. In der Schicht zwischen den Abend- und Spätnachrichten herrschte dort Hochbetrieb.

Sie war nicht allein.

Ein Telefonanruf würde reichen, um die Männer vom Sicherheitsdienst herbeizurufen. Eine Fahrt mit dem Fahrstuhl könnte sie in die hektische Betriebsamkeit ein paar Stockwerke tiefer befördern.

Nein, sie war nicht allein, und es gab auch keinen Grund, Angst zu haben, aber jede Menge Gründe, das Band abzuspielen.

Sie wischte sich die feuchten Handflächen an den Hüften ab, bevor sie die Kassette aus ihrer Hülle nahm und in die Öffnung des Videorecorders gleiten ließ.

Nachdem sie auf die Abspieltaste gedrückt hatte, zeigten die ersten paar Sekunden nur den leeren blauen Bildschirm. Die Stirn vor Konzentration gerunzelt, beobachtete Deanna, wie flackernd ein Bild entstand. Sie erkannte das Gebäude, in dem sie sich befand, hörte das Rauschen des Verkehrs, ein paar Leute tänzelten in Hemdsärmeln auf dem Gehsteig vorbei, was auf warmes Wetter hindeutete.

Sie sah sich selbst durch die Außentür kommen, ihre Haare fielen ihr über die Schultern. Benommen hob sie eine Hand und strich mit den Fingern durch die kurzen Locken. Sie beobachtete, wie sie auf die Uhr schaute. Jetzt holte die Kamera ihr Gesicht ganz nah heran, ihre rauchgrauen Augen verrieten Ungeduld. Sie konnte das grässliche Geräusch des unregelmäßigen Atems des Kameramannes hören.

Ein Lieferwagen der CBC kam angerast. Das Bild wurde ausgeblendet.

Ein neues Bild entstand. Sie spazierte mit Fran eine belebte Straße entlang, hatte die Arme voller Einkaufstüten, trug diesmal einen dicken Pullover und eine Wildlederjacke. Als sie ihren Kopf wandte, um Fran anzulachen, erstarrte das Bild und blieb auf ihr lachendes Gesicht eingestellt, bis es sich auflöste.

Mehr als ein Dutzend Sequenzen waren zu sehen, Bruchstücke aus ihrem Leben: ein Ausflug zum Wochenmarkt, ihre Ankunft bei einer Wohltätigkeitsfeier, ein Bummel durch den Water Tower Place. Sie spielte mit Aubrey im Park, gab in einem Einkaufszentrum Autogramme. Mittlerweile hatte sie kurze Haare, ihre Garderobe markierte den Wechsel der Jahreszeiten.

Die ganze Zeit wurde der Film untermalt vom Geräusch ruhigen Atmens.

Die letzte Sequenz zeigte sie, wie sie sich im Sessel ihres Büros zusammengerollt hatte und schlief.

Dann begann der Bildschirm zu rauschen. Lange noch starrte Deanna auf die tanzenden Punkte. Die Angst war wieder da, ließ ihr das Blut in den Adern gefrieren. Zitternd stand sie im schrägen Lichtkegel der Schreibtischlampe.

Seit Jahren hatte der Unbekannte sie jetzt beobachtet und sich an sie herangepirscht, dachte sie. Er war in kleine, private Momente ihres Lebens eingedrungen und hatte sich ihrer bemächtigt. Sie hatte es nie bemerkt.

Und jetzt wollte er, dass sie das wusste. Er wollte, dass sie begriff, wie nah er war und wie viel näher er ihr sein könnte.

Deanna stürzte nach vorne, fummelte ungeschickt an der Auswurftaste herum, schlug schließlich mit der Faust dagegen. Sie schnappte sich ihre Handtasche, stopfte die Kassette hinein und raste aus dem Büro. Der dunkle Flur wurde lediglich durch das aus der Bürotür fallende Licht spärlich erhellt. Deanna spürte das heftige Pulsieren einer Ader in ihrem Genick und stürmte zum Fahrstuhl.

Schluchzende Atemgeräusche von sich gebend, drückte sie auf den Knopf. Sie wirbelte herum, presste sich mit dem Rücken gegen die Wand, suchte mit wildem Blick die Umgebung nach irgendeiner Bewegung ab.

»Los, komm schon, mach schnell!« Sie schlug sich die Hand vor den Mund, als ihre Stimme im leeren Flur widerhallte und sie zu verspotten schien.

Das Rumpeln des eintreffenden Fahrstuhls ließ sie zusammenfahren. Fast hätte sie vor Erleichterung laut aufgeschrien, wirbelte zu den Fahrstuhltüren herum und prallte zurück, als sie sah, wie aus der hinteren Ecke der Aufzugkabine eine Gestalt auf sie zukam.

»Hallo, Dee, habe ich dich erschreckt?« Roger bewegte sich noch ein paar Schritte auf sie zu, als die Türen hinter seinem Rücken wieder zuglitten. »Du liebe Güte, du bist ja kreidebleich!«

»Nicht!« Ängstlich krümmte sie sich zusammen, ihr Blick schnellte zum Notausgang hinüber, der ins Treppenhaus führte. Sie musste irgendwie an ihm vorbeikommen. Und sie würde an ihm vorbeikommen.

»He, was ist denn los mit dir?« Die Besorgnis in Rogers Stimme ließ ihren Blick vorsichtig wieder zu ihm zurückwandern. »Du zitterst ja am ganzen Leib! Vielleicht solltest du dich besser hinsetzen.«

»Mir geht es gut. Ich bin gerade dabei zu gehen.«

»Komm erst einmal wieder zu Atem, Dee. Lass uns ...«

Sie zuckte zurück, wich seiner Hand aus. »Was willst du?«

»Cassie kam auf ihrem Weg nach draußen kurz bei uns unten vorbei.« Er sprach ganz langsam, ließ seine Hand neben sich heruntersinken. »Sie sagte, du würdest heute länger arbeiten, und da dachte ich, ich komme mal hoch und schaue nach, ob du etwas zum Abendessen willst.«

»Finn kommt gleich.« Sie befeuchtete sich die Lippen. »Er wird jeden Augenblick hier sein.«

»Es war auch nur so ein Gedanke. Dee, ist wirklich alles in Ordnung mit dir? Mit den anderen auch?«

Angst legte sich erneut wie eine Klammer um ihren Hals, grub sich wie eine Klaue darin ein. »Warum? Warum fragst du das?«

»Du bist völlig durcheinander. Ich dachte, es hätte vielleicht schlechte Nachrichten gegeben.«

»Nein.« Vor Panik ganz schwindelig, rückte sie von ihm weg. »Ich muss mich im Moment um sehr viele Dinge kümmern.« Als der Fahrstuhl ein erneutes Rumpeln von sich gab, konnte sie ihren Aufschrei kaum unterdrücken.

»Herrje, Dee, nun beruhige dich doch!« Reflexartig hielt er sie am Arm fest, als sie an ihm vorbei zum Treppenhaus rennen wollte. Mit einem Ruck drehte sie sich zurück, um sich gegen ihn zu wehren, als sich die Fahrstuhltüren öffneten.

»Was zum Teufel ist denn hier los?«

»O Gott!« Deanna riss sich von Roger los und ließ sich in Finns Arme fallen. »Gott sei Dank, dass du da bist.«

Schützend drückte er sie fest an sich, sein Blick bohrte sich in Rogers Augen. »Ich fragte, was zum Teufel hier eigentlich los ist?«

»Das musst du mich nicht fragen.« Erschüttert fuhr sich Roger mit der Hand durch die Haare. »Ich kam vor einer Minute hoch und sie war dabei, völlig auszurasten. Ich habe nur herauszufinden versucht, was eigentlich passiert ist.«

»Hat er dir wehgetan?«, wollte Finn von Deanna wissen und erntete dafür einen entrüsteten Aufschrei von Roger.

»Nein.« Sie vergrub ihr Gesicht an seiner Schulter. Dieses Zittern, dieses entsetzliche Zittern hörte einfach nicht auf. Sie hatte das Gefühl, ihre eigenen Knochen klappern zu hören. »Ich hatte eine solche Angst! Ich kann jetzt nicht denken. Bring mich einfach nur nach Hause.«

Auf der Heimfahrt gelang es Finn, ihr eine wirre Erklärung zu entlocken. In seiner Wohnung drängte er ihr einen Brandy auf und schaute sich das Video selber an.

Sie protestierte nicht, als Finn zum Telefon hinüberging und die Polizei anrief. Als sie dann selbst noch einmal alles erzählte, war sie bereits etwas ruhiger geworden. Sie machte sich klar, dass Details wichtig waren, Zeitabläufe, präzise Tatsachen. Der Kriminalbeamte, der sie später in Finns Wohnzimmer befragte, saß geduldig da und machte sich seine Notizen.

Der grau melierte Mann war ihr von der Übertragung aus Greektown her bekannt – er war es gewesen, der das kleine Mädchen aus der Schusslinie gestoßen hatte.

Arnold Jenner war ein ruhiger und sehr genauer Polizist. Die krumme Nase, die er sich nicht etwa im Dienst, sondern bei einem Softballspiel gebrochen hatte, stand in deutlichem Kontrast zu der Klarheit und Offenheit seines Gesichtes. Er trug einen dunkelbraunen Anzug, der sich ein wenig über den Ansatz eines kleinen Bauches spannte. Die Farbe seiner erbarmungslos kurz geschnittenen Haare ließ sich irgendwo zwischen braun und grau ansiedeln. Die Falten um Mund und Augen herum zeigten, dass er entweder gerne lachte oder schnell die Stirn runzelte. Der Blick seiner hellgrünen, schläfrig wirkenden Augen war nur schwer einzuordnen und entsprach damit seiner übrigen Erscheinung, doch als Deanna in sie hineinstarrte, überkam sie ein starkes und überaus tröstliches Gefühl neuer Zuversicht.

»Ich würde diese Briefe gerne sehen.«

»Ich habe sie nicht alle aufbewahrt«, meinte Deanna und schämte sich ein wenig, als sie an seinem Blick sah, wie er es müde akzeptierte. »Die ersten Briefe ... nun ja, die erschienen mir ziemlich harmlos. Wer als Fernsehjournalistin Liveberichte macht, bekommt jede Menge Post, darunter manchmal auch sehr merkwürdige Briefe.«

»Dann geben Sie mir, was Sie an Briefen haben.«

»Einige sind im Büro, einige in meiner Wohnung.«

»Hier wohnen Sie nicht?«

»Nein.« Sie warf Finn einen schnellen Blick zu. »Eigentlich nicht.«

»Mmmm-hmmm.« Jenner machte sich eine weitere Notiz. »Miss Reynolds, Sie sagten, dass der letzte Teil des Videos heute Abend zwischen halb sechs und halb sieben aufgenommen worden sein muss.«

»Ja. Wie ich Ihnen schon erzählte, bin ich eingeschlafen. Ich war fürchterlich nervös und wollte es einmal mit dieser Übung ausprobieren, die mir ein Gast in der Talkshow vorgeschlagen hatte. So eine Art Phantasiereise, etwas Meditatives.« Sie zuckte mit den Achseln. »Ich nehme an, das ist einfach nicht mein Ding; entweder bin ich wach oder ich schlafe. Beim Aufwachen sah ich auf dem Schreibtisch die zweite Rose und die Videokassette.«

Er machte kehlige Geräusche. Wie ein Arzt, dachte Deanna.

»Wer hat außer Ihnen zu dieser Uhrzeit noch Zugang zu den Büroräumen?«

»Alle möglichen Leute. Meine eigenen Mitarbeiter, alle, die unten arbeiten.«

»Gelangt also nur das Personal der CBC in das Gebäude?«

»Nicht unbedingt. Zu dieser Uhrzeit ist die Hintertür noch nicht abgeschlossen. Alle möglichen Leute gehen dort ein und aus, die einen haben gerade Schichtende, die anderen kommen zu ihrer Schicht, manche werden abgeholt, manche gebracht. Manchmal werden auch Besichtigungen durchgeführt.«

»Also ein geschäftiger Platz.«

»Ja.«

Seine Augen hoben sich, blickten sie an, und sie bemerkte, warum sein Blick so schwer einzuordnen war. Er schaute sie nicht nur einfach an, sondern in sie hinein. Finn hatte die gleiche Fähigkeit, den gleichen, schnellen, skalpellartigen Blick, der direkt bis zu ihren Gedanken vorstieß. Vielleicht hatte Jenners Blick ja deswegen diese bestärkende Wirkung auf sie.

»Gibt es irgendeine Person, die Ihnen in diesem Zusammenhang einfällt? Jemanden, dem Sie vielleicht eine Abfuhr erteilt haben oder der mehr als nur beiläufiges oder freundliches Interesse an Ihnen gezeigt hat?«

»Nein. Wirklich, ich kenne keinen, der so etwas über längere Zeit machen würde. Ich bin mir sicher, dass es sich um einen Fremden handelt, wahrscheinlich um einen Zuschauer. Sonst hätte ich doch auch bemerkt, dass mich jemand aufnimmt.«

»Nun, so wie Ihre Show läuft, wird der Kreis der möglichen Verdächtigen nicht unbedingt kleiner.« Gedankenlos kritzelte er etwas in seinen Block. Es war eine alte Gewohnheit von ihm. Die gekritzelten Striche wurden zu Deannas Gesicht mit ihren erschreckten Augen und dem Mund, der sich darum bemühte, wieder zu lächeln. »Sie haben eine Menge öffentlicher Auftritte. Haben Sie vielleicht dort jemanden bemerkt, dem Sie auffällig oft begegneten?«

»Nein. Daran habe ich auch schon gedacht.«

»Ich nehme das Band mit.« Jenner erhob sich, verstaute sein Notizbuch sorgfältig in seiner Tasche. »Wegen der Briefe kommt noch jemand vorbei.«

»Etwas anderes haben wir wirklich nicht in der Hand, nicht wahr?« Sie stand ebenfalls auf.

»Man weiß nie, was man dem Video alles entnehmen kann. Irgendein besonders ausgeklügeltes Detail der technischen Ausstattung, irgendein unbedeutendes Geräusch, mit dem sich die Person identifizieren lässt. In der Zwischenzeit würde ich versuchen, mir einfach nicht allzu viele Sorgen zu machen. So etwas passiert übrigens häufiger, als man denkt.« Und weil Deanna immer noch versuchte, ein Lächeln zustande zu bringen, führte er das noch weiter aus und wollte sie so noch mit ein paar aufmunternden Worten bestärken. »Natürlich hört man nur von den großen Sachen, wie die Geschichte von dieser Frau, die immer wieder in Lettermans Haus einbrach. Aber es sind natürlich nicht nur Stars, die sich mit dieser Art zwanghaften Verhaltens auseinandersetzen müssen. Vor gar nicht so langer Zeit hatten wir eine Frau, die sich völlig auf einen Börsenmakler eingeschossen hatte. Der Mann sah recht gut aus, aber ein Adonis war er nun auch wieder nicht. Jedenfalls rief sie ihn andauernd im Büro und zu Hause an, schickte Telegramme, hinterließ Liebesbriefe unter dem Scheibenwischer seines Wagens. Sie hatte sogar Bilder machen lassen, auf denen sie im Hochzeitskleid zu sehen war, und diese mit einem Bild von ihm im Smoking zusammengebastelt. Das hat sie dann den Nachbarn gezeigt, um zu beweisen, dass sie miteinander verheiratet sind.«

»Und was ist dann passiert?«

»Er hat eine Art gerichtliche Verfügung gegen sie erwirkt, die sie verpflichtete, derartige Dinge zu unterlassen. Allerdings hat sie kurze Zeit später dagegen verstoßen und auf der Stufe vor seiner Haustür übernachtet. Daraufhin wurde sie psychiatrisch untersucht. Hinterher beschloss sie, nicht länger in den Börsenmakler verliebt zu sein, und behauptete, sie hätte die Scheidung eingereicht.«

»Woraus sich die Lehre ziehen ließe, dass sich diese Dinge manchmal ganz von selbst lösen.«

»Das ist durchaus möglich. Allerdings erfassen manche Menschen die Realität nicht so klar, wie es eigentlich möglich wäre. Wahrscheinlich fühlen Sie sich wohler, wenn Sie Ihre Sicherheitsmaßnahmen ein wenig verstärken.«

»Das werde ich tun. Vielen Dank, Detective Jenner.«

»Sie können mich jederzeit erreichen. Es war mir wirklich eine Freude, Sie zu treffen, Miss Reynolds und Mr. Riley.«

»So, das hätten wir«, meinte sie, als sie die Tür hinter Jenner schloss.

»Das sehe ich anders.« Finn hielt sie an den Schultern fest. Ihr Gespräch mit Detective Jenner hatte er nicht ein einziges Mal unterbrochen. Jetzt jedoch war er an der Reihe. »Du wirst abends nicht mehr allein Überstunden machen.«

»Wirklich, Finn …«

»Da gibt es nichts zu verhandeln, also bereite mir diesen Kummer auch gar nicht erst. Weißt du, was ich alles durchgemacht habe, als ich dich da völlig verängstigt im Flur stehen sah und du dich gegen Crowell gewehrt hast?«

»Er versuchte doch nur, mir zu helfen«, begann sie. Dann schloss sie die Augen und seufzte. »Ja, ja. Ich denke, ich weiß es selbst. Tut mir leid. Wenn ich muss, bringe ich mir die Arbeit einfach nach Hause mit.«

»Bis diese Sache geklärt ist, brauchst du außerdem rund um die Uhr Personenschutz.«

»Ein Leibwächter? Finn, ich werde spätabends nicht mehr im CBC-Gebäude arbeiten. Ich werde sogar sichergehen, dass ich einen Freund dabeihabe, wenn ich Außenübertragungen mache oder irgendwo öffentlich auftrete. Aber ich werde nicht einen Schläger anstellen, der vielleicht Reno heißt und dauernd um mich herumschleicht.«

»Für eine Frau in deiner Position ist es nichts Ungewöhnliches, jemanden anzustellen, der für ihre Sicherheit zuständig ist.«

»In welcher Position ich mich auch immer befinden mag, ich bin immer noch Deanna Reynolds aus Topeka, und ich weigere mich einfach, einen breitschultrigen Koloss genau die Leute verscheuchen zu lassen, die ich zu erreichen versuche. Das könnte ich einfach nicht aushalten, Finn, was übrigens nicht heißt, dass ich die Sache auf die leichte Schulter nehme«, fuhr sie fort. »Glaub mir, ich werde sehr gut auf mich aufpassen. Man hat mich allerdings nicht bedroht.«

»Nein, aber man spioniert dir nach, verfolgt dich, filmt dich und belästigt dich mit anonymen Briefen und Telefonanrufen.«

»Und ich gebe zu, das macht mir auch Angst. Du hattest recht damit, die Polizei einzuschalten. Ich hätte sie schon viel früher anrufen sollen. Jetzt ist das geschehen, und ich habe das Gefühl, die Sache ist damit in den richtigen Händen. Wir sollten der Polizei die Chance geben, für ihr Geld auch etwas zu tun.«

Frustriert ging Finn in der Diele auf und ab. »Ein Kompromiss«, meinte er schließlich. »Herrgott, bei dir suche ich immer nach Kompromissen.«

Deanna schätzte, dass sich der Sturm gelegt hatte, ging auf Finn zu und schlang ihm die Arme um den Hals. »Deswegen ist unsere Beziehung ja auch so gesund. Wie soll dieser Kompromiss denn aussehen? Ist es eine Leibwächterin namens Sheila?«

»Du ziehst einfach hier bei mir ein, Deanna, womit sich meine Meinung zu der ganzen Sache übrigens nicht geändert hat. Du kannst deine Wohnung ja ruhig behalten, das ist mir egal. Aber ab jetzt wohnst du hier bei mir.«

»Komisch«, meinte sie. Ganz unauffällig mit ihm Frieden schließend, drückte sie ihm einen Kuss auf die Wange. »Ich wollte die gleiche Lösung vorschlagen.«

Er neigte ihr Gesicht nach hinten, damit sie ihn ansehen konnte, hatte ihr eigentlich unbedingt noch die Frage stellen wollen, ob sie aus Angst einwilligte oder weil sie ihn brauchte. Doch dann behielt er diese Frage für sich. »Was machen wir, wenn ich nicht in der Stadt bin?«

»Wie wäre es mit einem Hund?« Ihre Lippen wölbten sich ihm entgegen. »Wir könnten noch dieses Wochenende zum Tierheim fahren. Bei so vielen herrenlosen Hunden scheint das der einfachste Weg zu sein.«

21

Auszeichnungen waren nicht wichtig. Qualitativ gute Arbeit und die daraus resultierende Befriedigung waren der einzige Lohn, Statuetten und Reden dagegen nur Reklametricks der Filmindustrie.

Deanna glaubte nichts davon.

Für ein Mädchen aus Kansas, dessen erster gesendeter Beitrag ein Bericht über eine Hundeausstellung war, hatte es natürlich einen besonderen Kitzel, in Los Angeles als Emmy-Anwärterin aus einer Limousine zu steigen. Und das gab sie auch gerne zu.

Ein vollendeter Tag, denn von dem angekündigten Smog war nichts zu sehen. Der Himmel erstrahlte in einem tiefen, traumhaften Blau wie bei einem Aquarellbild, darin funkelte eine gleißendhelle Sonne. Eine milde Brise zupfte aufdringlich an den eleganten Gewändern und den sorgfältig gestalteten Frisuren der Gäste und trug den Duft von Parfüm und Blumen in die begeisterte Menge.

»Ich kann gar nicht glauben, dass ich hier bin.« Sie musste ihren ganzen Willen zusammennehmen, um nicht wie ein Kind im Zirkus auf dem Sitz der Limousine herumzuhüpfen. Irgendwann gab sie den Widerstand auf.

»Du hast es dir verdient.« Ganz entzückt von ihr, nahm Finn ihre Hand und führte sie an seine Lippen.

»Ich weiß das – zumindest hier oben.« Sie tippte gegen die Schläfe. »Aber hier drin ...« Sie legte die Hand auf das Herz.

»… befürchte ich, dass mich jemand zwickt und ich aufwache und erkenne, dass alles nur ein Traum gewesen ist. Autsch!«

»Siehst du? Du bist wach.« Er grinste, als sie sich ihren Unterarm rieb. »Und du bist immer noch hier.«

So schwindelig sie sich auch fühlte, anmutig glitt sie aus der Limousine, richtete sich auf, warf den Kopf hoch und ließ ihre Blicke über die Menge schweifen. Die Sonne glitzerte auf ihrem kurzen, mit Perlen verzierten Gewand.

Finn glaubte, dass sie mit diesem Kleid eine gute Wahl getroffen hatte. Der schulterfreie, glitzernde scharlachrote Schlauch aus Stoff ließ sie jung und frisch wirken und durch und durch wie einen Star aussehen. Etliche Leute in der Menschenmenge erkannten sie sofort und riefen ihren Namen.

Die Reaktion überraschte Deanna offensichtlich, stellte er mit einem angedeuteten Lächeln fest. Zunächst wirkte sie ein wenig verwirrt, dann verblüfft, schließlich erfreut. Sie winkte zurück, aber nicht mit der gleichgültigen Unbekümmertheit eines alten Hasen im Showgeschäft, sondern mit echter Freude und unverstellter Begeisterung.

»Ich fühle mich, als ginge ich in einen Film.« Als sie Finn beide Hände reichte, lachte sie leise. »Nein, eigentlich ist es so, als ob ich aus der letzten Szene herauskomme und den Helden für mich gewonnen habe.«

Er machte ihr und der Menge die Freude, sie zu küssen – nicht freundlich und flüchtig, sondern mit einer sehnsuchtsvollen, lange verweilenden Umarmung, was natürlich ein gefundenes Fressen für die Paparazzi war. Einen Augenblick lang standen die beiden in der Sonne und gaben als Paar in festlicher Garderobe ein perfektes Bild ab. »Der war für deine Schönheit.« Jubel brach los, und er küsste sie erneut. »Und der ist für dein Glück.«

»Danke. Für beide.«

Sie gingen auf das Gebäude zu, vor dem Fans und Zuschauer durch Absperrungen der Polizei wie das Rote Meer in zwei Hälften geteilt worden waren. Stars, Prominente und Presseleute vermischten sich, und heraus kamen die schnellen Häppchen, die in den Beiträgen zu den Abendnachrichten gezeigt werden würden.

Einige dieser Leute kannte sie sogar, dachte Deanna. Sie waren in ihre Show gekommen, hatten sich neben sie gesetzt und wie alte Freunde oder Freundinnen mit ihr geplaudert. Andere hatte sie auf Wohltätigkeitsveranstaltungen und bei anderen Ereignissen getroffen, die inzwischen zu ihrem Arbeitsprogramm gehörten. Auf dem Weg zur Eingangshalle erwiderte sie Grüße und gute Wünsche, verteilte Küsse auf die ihr entgegengehaltenen Wangen und schüttelte Hände.

Mikrofone wurden ihnen hingehalten, Kameras drehten sich in ihre Richtung, hinderten sie am Vorankommen.

»Deanna, wie fühlt es sich an, heute Abend hier zu sein?«

»Wer hat Ihr Kleid entworfen?«

»Finn, wie ist es, ein erfolgreiches Magazin zu machen, wenn so viele Nachrichtenmagazine beim Zuschauer nicht ankommen?«

»Haben Sie irgendwelche Heiratspläne?«

»Herrgott, das ist ja eine richtige Hindernisbahn«, murmelte Finn, als sie sich ihren Weg durch das Geschnatter der Reporter bahnten.

»Ich genieße jede Minute.« Sie schob sich näher an ihn heran und ließ ihre Augen hin und her tanzen. »Weißt du nicht, dass du es geschafft hast, wenn sie fragen, wer die Entwürfe für deine Garderobe gemacht hat?«

»Mich haben sie das nicht gefragt.«

Sie drehte sich um und fummelte an seiner Krawatte herum. »Und dabei siehst du doch ebenfalls so toll aus! Wie ein Model für den *Gentleman's Quarterly.*«

Er verzog das Gesicht. »Bitte! Ich kann gar nicht glauben, dass ich mich dazu überreden ließ, dieses Foto-Layout zu machen.«

»Das war doch einfach umwerfend!«

»Ich bin Nachrichtensprecher und kein Model.«

»Aber du hast so süße Grübchen.«

Doch die Grübchen waren nicht zu sehen. Sie zwinkerten ihr nicht einmal zu, als er sie mit einem wütenden Blick aus stahlblauen Augen bedachte. »Wenn du so weitermachst, lasse ich die Nachricht durchsickern, dass du deine Unterwäsche dreimal gewechselt hast, bevor du heute Abend in dieses Kleid geschlüpft bist.«

»Okay, ganz gleich, was Mary Hart letzte Woche gesagt hat, die Grübchen sind nicht süß.«

»Sie sagte ... Ach, das ist nun wirklich egal.« In dieses Gespräch würde er sich jetzt von ihr auf gar keinen Fall hineinziehen lassen. »Lass uns noch einen Drink besorgen, bevor wir hineingehen.«

»Wenn ich den Anlass bedenke, sollte es Champagner werden. Nur einen«, fügte sie hinzu und drückte eine Hand gegen ihren Bauch. »Ich glaube nicht, dass mein Körper mehr verträgt.«

»Warte hier. Ich werde mich durch die Horde kämpfen.«

»Ich sagte dir doch, du bist mein Held.«

Sie drehte sich um und wollte sich gerade in eine Ecke flüchten, in der sie sich ungestört hinstellen und alles beobachten konnte, als sie plötzlich direkt vor Kate Lowell stand.

»Hallo, Dee.«

»Hallo, Kate.« Deanna reichte ihr die Hand, sie begrüßten sich wie zwei Fremde. »Schön, dich zu sehen.«

»Es kommt mir nicht so vor, als ob du das auch meinst«, sagte Kate. »Du siehst wirklich toll aus. Bereit, zu gewinnen.«

»Hoffentlich.«

»Ich wünsche dir Glück, richtig viel Glück, vor allem bei dieser Konkurrenz.«

»Danke.«

»Dafür gibt es einen Grund. Auf meiner Seite ist dieser Wunsch reiner Egoismus. Übrigens hat Rob Winters mich gebeten, dir ganz herzliche Grüße und die besten Wünsche von ihm auszurichten, falls du mir irgendwo über den Weg läufst.«

Deannas steifes Lächeln wurde ein bisschen weicher. »Wie geht es ihm denn?«

»Er stirbt«, erwiderte Kate knapp und seufzte mit zusammengebissenen Zähnen. »Entschuldige. Wir waren wirklich lange gute Freunde, und es ist ziemlich hart, das mit ansehen zu müssen.«

»Du musst dich nicht entschuldigen. Ich weiß, was Freundschaft und Loyalität bedeuten.«

Kate senkte ihren Blick. »Das war ein Treffer, Dee.«

»Aber ein ziemlich schäbiger Schuss«, stellte Deanna klar. Instinktiv nahm sie ihre Hand. Dieses Mal war nichts von Kates gekünstelter Höflichkeit zu spüren, von ihr kam einfach nur eine ganz natürliche und grundsätzliche Unterstützung. »Wie dir wirklich zumute ist, kann ich mir ja sowieso kaum vorstellen.«

Kate studierte ihre ineinanderliegenden Hände und erinnerte sich daran, wie leicht das einmal gewesen war. »Dee, warum hast du nicht bekannt gegeben, wie es um Rob bestellt ist, als er dir davon erzählt hat?«

»Weil er mich bat, das nicht zu tun.«

Kate schüttelte den Kopf. »Das war für dich immer genug. Ich fragte mich nur, ob du dich geändert hast.«

»Ich habe mich schon geändert, aber in diesem Punkt ist alles beim Alten geblieben.«

»Ich hoffe wirklich, dass du heute Nacht gewinnst und sie

in die Knie zwingst.« Mit diesen Worten drehte Kate sich um und ging davon.

Deanna beobachtete, wie die andere Frau durch die Menge lief. Die Tränen, die sie in Kates Augen gesehen hatte, konnte sie verstehen, die Gehässigkeit in ihrer Stimme jedoch nicht.

»Na, da sind wir doch weit gekommen, nicht wahr?« Wie ein schaumiger Traum aus süßlicher rosaroter Seide und eiskalten Diamanten glitt Angela in Deannas Blickfeld. »Lächle in die Kamera, meine Liebe«, flüsterte sie, als sie sich nach vorne beugte, um Deannas Wangen einen Kuss zuzuwerfen. »Sicherlich hast du nicht alles vergessen, was ich dir beigebracht habe.«

»Ich habe überhaupt nichts vergessen.« Deanna ließ ihre Mundwinkel nach oben wandern. Sie konnte es nicht ausstehen, einen so nervösen Magen zu haben. Noch mehr störte es sie jedoch, dass sie diese Show abziehen mussten. »Das ist jetzt lange her.«

»Das ist es bestimmt. Ich glaube nicht, dass du schon einmal meinen Mann getroffen hast. Dan, das ist Deanna Reynolds.«

»Es ist mir ein Vergnügen.« Mit vollendeter Eleganz nahm Dan Deannas Hand. »Sie sind in jeder Hinsicht so bezaubernd, wie mir Angela berichtet hat.«

»Ich bin mir zwar sicher, dass sie nichts dergleichen getan hat, aber danke. Ich habe letzte Nacht deine Sondersendung zum Vorabend der Emmy-Verleihung gesehen, Angela. Sie hat mir gefallen.«

»Tatsächlich?« Angela hielt Dan eine Zigarette zum Anzünden hin. »Ich habe in diesen Tagen so wenig Zeit, dass sich mir kaum die Gelegenheit bietet, eine Sendung im Fernsehen anzuschauen.«

»Ist ja sonderbar. Ich dachte immer, das würde einen zu sehr vom Publikum isolieren. Ich schaue mir unheimlich gerne etwas im Fernsehen an. Vermutlich entspreche ich dabei sogar ziemlich genau der Durchschnittszuschauerin.«

»Mit dem Durchschnitt könnte ich mich nie zufriedengeben.« Angelas glühender Blick wanderte hinter Deannas Schulter. »Hallo, Finn. Ist es nicht interessant, dass wir erst nach Los Angeles kommen mussten, um uns alle wiederzusehen?«

»Angela.« Mit einer geschmeidigen Bewegung reichte er Deanna ihr Glas Champagner. »Du siehst gut aus.«

»Früher hat er sich bei seinen Komplimenten viel mehr einfallen lassen«, meinte Angela zu Dan. Dann stellte sie die beiden einander vor, entdeckte aus den Augenwinkeln heraus eine Kamera und sorgte dafür, dass sie sich besonders markant in Szene setzte. »Ich muss mir noch die Nase pudern, bevor wir hineingehen. Deanna, komm doch einfach mit. Keine Frau macht sich ganz allein zurecht.«

Obwohl Finn seinen Griff auf ihren Arm verstärkte, löste Deanna sich behutsam von seiner Seite. »Natürlich.« Es war besser, sich mit einer wie auch immer gearteten Gemeinheit, die Angela im Kopf hatte, zu konfrontieren, als darauf zu warten, dass sie sie in aller Öffentlichkeit ausspielte, entschied sie. »Finn, wir treffen uns gleich drinnen.«

Um vor der Kamera ein freundliches Bild abzugeben, hakte sich Angela bei Deanna ein. »Wir haben ja schon ewig nicht mehr eines unserer netten Gespräche unter vier Augen geführt, nicht wahr?«

»Das wäre ja auch ein wenig schwierig. Immerhin haben wir uns seit zwei Jahren nicht mehr gesehen.«

»Du nimmst das alles immer so genau.« Mit einem leichten Lachen bog Angela zum Damensalon ab. Wie sie gehofft hatte, war er fast leer. Später würde es hier noch richtig voll werden, aber jetzt waren die Leute alle darauf erpicht, ihre Sitzplätze einzunehmen. Sie ging zu der verspiegelten Theke hinüber, zog sich einen Stuhl hervor und tat genau das, was sie angekündigt hatte. Sie puderte sich die Nase. »Du hast ja das meiste von deinem Lippenstift abgekaut«, meinte sie trocken. »Bist du nervös?«

»Aufgeregt.« Deanna blieb stehen, stellte jedoch ihr Glas ab, um einen Lippenstift aus ihrem Abendtäschchen zu kramen. »Ich denke, das ist eine ganz natürliche Reaktion darauf, nominiert zu werden.«

»Nach einer Weile wird das alles Routine. Wie du weißt, habe ich ja schon etliche Preise gewonnen. Interessant, dass bei dir gerade diese Sendung über Vergewaltigung als Beitrag für die Nominierung ausgewählt wurde. Ich hätte sie eher als eine von Selbstbekenntnissen geprägte Stunde angesehen und nicht so sehr als Sammlung verschiedener Standpunkte.« Angela überprüfte den Sitz ihrer Frisur, zupfte hier und da noch ein paar Strähnen zurecht, während sie ihr Gesicht hin und her drehte. »Ich könnte mir vorstellen, dass Finn selber eine der Statuen für die Hauptsendezeit ergattert, wenn diese vergeben werden. Er ist sehr beliebt und hat mit seinem Magazin eine Sendung auf die Beine gestellt, die sowohl die Nachrichtenfans anspricht als auch den Zuschauer, der Unterhaltung sucht.«

»Ich dachte, du siehst kein Fernsehen.«

Angelas Blick wurde schärfer. »Wenn ich denke, dass es mich interessiert, schaue ich mir natürlich die eine oder andere Sendung an, und an Finn hatte ich schon immer Interesse.« Langsam und mit großem Behagen ließ sie ihre Zunge über die Lippen gleiten. »Sag mal, bekommen seine Augen eigentlich immer noch diesen verruchten kobaltblauen Farbton, wenn er erregt ist?« Sie tupfte sich Parfüm auf die Handgelenke. »Du schaffst es doch, ihn gelegentlich zu erregen, oder?«

»Warum fragst du nicht ihn?«

»Vielleicht tue ich das sogar – wenn ich ihn allein erwische. Sollte das allerdings tatsächlich einmal der Fall sein, besteht die Möglichkeit, dass er dich völlig vergisst.« Lächelnd drehte sie an ihrem grellen rosaroten Lippenstift. »Was sollte das also für einen Sinn haben?«

Deannas Nervosität war verflogen, jetzt war sie nur noch verärgert. »Vielleicht hat das dann den Sinn, dir klarzumachen, dass du jetzt verheiratet bist und Finn schon vor langer Zeit jegliches Interesse an dir verloren hat.«

»Glaubst du das wirklich?« Angelas Lachen war so frostig wie ein Hauch Dezemberluft. »Meine Liebe, wenn ich beschließen würde, mit Finn eine Affäre zu haben – und Dan ist ein sehr verständnisvoller Mann, sodass die Ehe kein Hinderungsgrund sein würde –, wäre er nicht nur willig, er wäre dankbar.«

Deannas Gefühle gingen mittlerweile über bloße Verärgerung hinaus, und sie spürte, wie sich die Anspannung in ihrem Magen zu kleinen, festen Knoten verhärtete. Trotzdem brachte sie mühelos ein Lächeln zustande. »Angela, wenn du versuchst, mich eifersüchtig zu machen, dann verschwendest du nur deine Zeit. Ich weiß, dass du mit Finn geschlafen hast, und ich bin nicht so naiv zu glauben, er hätte dich nicht ungeheuer attraktiv und verlockend gefunden. Was ich jetzt allerdings mit ihm teile, findet auf einer ganz anderen Ebene statt. Du würdest dich nur selbst in Verlegenheit bringen, würdest du versuchen, mich davon zu überzeugen, er würde wie ein abgerichteter Köter auf ein Fingerschnippen deinerseits zu dir gerannt kommen.«

Mit einem Ruck schob Angela den Lippenstift wieder zu. »Du hältst dich wohl für besonders cool, wie?«

»Das kann man eigentlich nicht sagen. Ich bin einfach nur glücklich.« Jetzt setzte sich auch Deanna hin. Sie hatte die Hoffnung, dass es ihnen vielleicht gelang, dem Kriegsbeil die Schärfe zu nehmen. »Angela, wir waren doch einmal befreundet – oder gingen zumindest freundlich miteinander um. Ich bin dir sehr dankbar für die Gelegenheit, die du mir zum Lernen und zum Beobachten deiner Arbeit gegeben hast. Vielleicht ist die Zeit vorüber, in der wir uns freundlich begegnen können, aber ich sehe keinen Grund, hinterhältige Angriffe auf den anderen führen zu müssen. Wir sind zwar Konkurrentinnen, aber es gibt doch wirklich mehr als genug Platz für uns beide.«

»Meinst du wirklich, du könntest mir Konkurrenz machen?« Angela begann von den Schultern den ganzen Rücken hinunter zu zittern. »Glaubst du tatsächlich, du könntest dem, was ich geleistet und erreicht habe und noch erreichen werde, auch nur annähernd nahekommen?«

»Ja«, meinte Deanna und stand auf. »Und ich muss dazu keine Lügen in die Presse lancieren oder kleine Spionageaktionen durchführen lassen. Du bist doch wirklich lange genug im Geschäft, um ein wenig Druck verkraften zu können, Angela.«

»Du großspuriges Miststück. Ich mache dich fertig.«

»Das wird dir nicht gelingen. Wenn du mit mir Schritt halten willst, wirst du alle Hände voll zu tun haben.«

Mit einem wütenden Aufschrei schnappte sich Angela daraufhin ihr Champagnerglas und schleuderte Deanna den Inhalt ins Gesicht. Zwei Frauen, die gerade in den Raum traten, erstarrten, als Angela mit einer heftigen Ohrfeige noch einen draufsetzte.

»Du bist eine Null!«, kreischte sie. Ihr Gesicht war genauso rosarot wie die Seide ihres Kleides. »Weniger als das! Ich bin die Beste, verdammt noch mal!«

Mit gekrallten Fingern ging sie auf Deanna los. Deannas Blick war vor Wut getrübt, als sie ausholte und ihre offene Handfläche gegen Angelas gerötete Wange knallen ließ. Jede Bewegung erstarrte. Wenigstens für dieses eine Mal standen sie jetzt auf einer Stufe. Entsetzt keuchten die beiden Frauen in der Tür auf und starrten Deanna und Angela an.

»Meine Damen, wenn Sie uns bitte entschuldigen.« Kate Lowell schob sich zwischen den beiden Frauen hindurch in den Salon. Die beiden verließen fluchtartig die Szene und hatten es offenbar eilig, die Neuigkeiten weiterzuerzählen. »Du liebe Güte! Ich dachte eigentlich, der Wettbewerb würde drinnen im Saal stattfinden.«

Benommen starrte Deanna auf ihre Hand, die immer noch von der Ohrfeige brannte, die sie ausgeteilt hatte. Sie blinzelte, der Champagner brannte in ihren Augen. »Verdammt!«

Kate nickte auf den Ausgang zu, in dem die Tür durch den plötzlichen Abgang der beiden Frauen immer noch leicht hin und her schwang. »Das wird morgen in den Berichten über die Verleihung des Emmy einen interessanten Artikel geben.« Plötzlich lächelte sie und ließ ihre vollendeten Zähne aufblitzen. »Wollt ihr mich als Schiedsrichter?«

»Halt du dich da raus!« Die Zähne aufeinandergepresst, ging Angela einen Schritt auf Deanna zu. Sie war jetzt öffentlich gedemütigt worden, eine unerträgliche Vorstellung. »Komm mir ja nicht noch einmal in die Quere. Dieses Mal bist du zu weit gegangen.«

»Ich habe nicht vor, dir auch noch die andere Backe hinzuhalten«, gab Deanna zurück. »Warum versuchen wir also nicht einfach, uns aus dem Weg zu gehen?«

»Du wirst heute Abend nicht gewinnen.« Mit immer noch zitternder Hand nahm Angela ihre Handtasche hoch. »Heute nicht und ein anderes Mal auch nicht.«

»Ein ziemlich schlechter Schlusssatz«, meinte Kate, als die Tür hinter Angela ins Schloss gefallen war.

»Da ist aber noch Potenzial drin.« Deanna schloss die brennenden Augen. »Und was nun?«

»Bring einfach dein Make-up wieder in Ordnung.« Mit energischen Schritten ging Kate zu den Waschbecken hinüber und ließ kaltes Wasser auf eines der kleinen schneeweißen Händehandtücher laufen, die auf einer Ablage bereitlagen. »Reiß dich zusammen und geh nach draußen.«

»Ich habe völlig die Beherrschung verloren«, begann sie, als ihr Blick in den Spiegel fiel und sie sich selbst sah. »Ach je!« Ihre Wangen glühten, Champagner tropfte von ihnen herab, ihre Augen funkelten und waren mit Mascara verschmiert.

»Stell den alten Zustand wieder her«, riet ihr Kate und reichte ihr das feuchte Händehandtuch. »Und wenn du nach draußen gehst, vergiss nicht zu lächeln.«

»Ich glaube, ich sollte ...« Erneut öffnete sich die Tür. Auf das Schlimmste gefasst, wirbelte Deanna herum. Ihre Wangen wurden noch ein bisschen heißer, als Finn in den Salon schlenderte.

»Entschuldigt, meine Damen, aber als Reporter ist es meine Pflicht zu fragen, was hier eigentlich vor sich geht. Jemand sagte ...« Er unterbrach sich, hatte mit einem Blick erfasst, was geschehen war. »Herrje, Kansas, kann ich dich denn nicht einen einzigen Augenblick allein lassen?« Er seufzte, nahm eines der trockenen, flauschigen Händehandtücher von der Ablage und reichte es ihr. »Ich denke nicht, dass der rote Fleck auf Angelas Wange mädchenhaftes Erröten bedeutet. Wer von euch hat ihr denn das verpasst?«

»Das Vergnügen hat Deanna sich gegönnt.«

Er beugte sich hinüber und küsste ihre feuchte Wange. »Gut gemacht, Champion.« Dann ließ er seine Zunge ihre Lippe berühren. »Eigentlich ist der Champagner zum Trinken da, Süße, und nicht für eine äußerliche Anwendung gedacht.«

Deanna wandte sich wieder zum Spiegel, um den Schaden an ihrem Make-up zu beheben. Sie würde sich einfach nicht einschüchtern lassen, versprach sie sich. »Sorg dafür, dass die nächsten fünf Minuten hier keiner hereinkommt, ja?«

»Deine Kategorie ist gleich dran«, meinte er beiläufig, als er zur Tür ging.

»Ich bin auch gleich da.«

Mit frischem Make-up, aufgelockerter Frisur und blank liegenden Nerven saß sie dann tatsächlich neben Finn und hielt krampfhaft seine Hand umklammert. Hoffentlich befindet die sich außerhalb des Bildfeldes der Kamera, dachte sie.

Gespannt und aufmerksam verfolgte sie, wie die Moderatoren oberflächlich oder ungeschickt ihre vorher festgelegten Scherze machten und dann zur Aufzählung der Kandidaten für die Nominierung übergingen. Sie applaudierte höflich, manchmal auch mit Begeisterung, wenn Gewinner bekannt gegeben wurden und sich auf die Bühne begaben.

Jeder Augenblick, jede Geste, jedes Wort wurde in ihrer Erinnerung gespeichert, denn auf schreckliche Weise war das jetzt alles von großer Bedeutung für sie. Ein großer Teil der freudigen Aufregung, die sie auf der Hinfahrt mit der Limousine verspürt hatte, war verflogen. Nein, dachte sie, jetzt war sie nicht nur das Mädchen aus Kansas, das sich von den vielen Lichtern und den vielen Stars blenden ließ. Sie war Deanna Reynolds und gehörte dazu.

Es ging nicht länger nur um eine Auszeichnung, um das Schulterklopfen für eine gut gemachte Arbeit.

Jetzt war der Preis ein Symbol und der Höhepunkt einer Entwicklung, die vor langer Zeit ihren Anfang genommen hatte. Er war ein Symbol des Triumphes über die Täuschung, den Betrug, die Manipulationen und die hässliche Intrige, die sich im Damensalon blitzartig zu jämmerlicher Gehässigkeit gewandelt hatte.

Deanna konnte spüren, wie sich das kühle, objektive Auge der Kamera auf sie richtete. Sie konnte nur hoffen, dass ihr wenigstens dieses eine Mal ihre Gefühle nicht so deutlich vom Gesicht abzulesen waren. Sie hörte, wie Angelas Name angesagt wurde und dann ihr eigener.

Sie hielt den Atem an. Finn hob ihre ineinander verschränkten Hände an seine Lippen und nahm ihr so ein wenig von ihrer Spannung.

»Und der Emmy geht an ...«

Herrgott, wie konnte es nur so lange dauern, einen Umschlag zu öffnen?

»Deanna Reynolds für *Deannas Stunde* mit dem Beitrag ›Ich kenne den Mann, der mich vergewaltigt hat‹.«

»Oh.« Die ganze Spannung in ihrer Lunge löste sich mit einem langen Seufzer. Dann schlossen sich Finns Lippen über ihrem Mund.

»Ich habe nie daran gezweifelt.«

»Ich auch nicht«, log sie. Als sie sich von ihrem Stuhl erhob und durch die Beifallsstürme auf die Bühne ging, lachte sie.

Die Figur in ihren Händen fühlte sich kühl und glatt an. Und hart wie Stein. Sie hatte Angst, weinen zu müssen, wenn sie den Preis ansah, und blickte deswegen in die Lichter.

»Ich würde gerne allen Mitgliedern meines Teams aus vollem Herzen danken. Jeder Einzelne von ihnen bringt einfach Spitzenleistungen. Und ich will auch den Frauen danken, die in dieser Sendung aufgetreten sind. Sie haben ihre Ängste bezwungen und sind mit einem schmerzhaften Thema an die Öffentlichkeit getreten. Keine andere Sendung war für mich so schwierig, keine hat sich so sehr für mich gelohnt. In dieser Hinsicht war diese Sendung einzigartig und wird das auch immer bleiben. Vielen Dank, dass Sie mir mit dieser Auszeichnung etwas mitgeben, das mich daran erinnert. Und jetzt werde ich hinter die Bühne gehen und mir diese wunderschöne Dame einmal genauer anschauen.«

Die vielen Reden, der Applaus, die Interviews und die Partys waren vorbei. Deanna hatte es sich im Bett gemütlich gemacht und lehnte an Finns Schulter.

»Ich finde, meine Figur ist hübscher als dein National Press Award, den du als Auszeichnung für deine journalistische Arbeit bekommen hast«, meinte sie.

»Meine wirkt dafür professioneller.«

Sie schürzte die Lippen und studierte die goldene Statue auf der Spiegelkommode. »Meine glänzt mehr.«

»Deanna.« Er drehte seinen Kopf, um sie auf die Schläfe zu küssen. »Du freust dich ja diebisch darüber.«

»Ja, und das werde ich auch noch eine ganze Weile tun. Du hast ja schon alle möglichen Auszeichnungen gewonnen: den Overseas Press Club, den George Polk. Du kannst es dir leisten, dass diese Preise ihren Reiz für dich verloren haben.«

»Wer sagt das denn? Und wenn ich meine Emmy gewinne, wird die genauso glänzen wie deine.«

Mit einem erfreuten Lachen rollte sie sich herum und lag auf ihm. »Ich habe gewonnen. Ich wollte mir gar nicht eingestehen, wie sehr ich mir diese Auszeichnung gewünscht habe. Nach dieser Szene mit Angela hatte ich das Gefühl, einfach gewinnen zu müssen, zum einen für mich, aber auch für alle, die mit mir zusammenarbeiten. Als mein Name aufgerufen wurde, schwebte ich wie auf Wolken. Das war ein tolles Gefühl.«

»Alles in allem ist es ein interessanter Abend gewesen.« Er strich mit der Hand ihr Rückgrat entlang und genoss es, den Formen ihres Körpers mit seinen Fingern nachzuspüren. »Erzähl mir noch einmal, wie du sie auseinandergenommen hast.«

Deannas Augen schlossen sich mit flatternden Wimpern. »Ich habe sie nicht auseinandergenommen. Meine Ohrfeige war ungewöhnlich wirkungsvoll, aber ansonsten ziemlich damenhaft.«

»Von wegen.« Er lachte laut auf, als er die Schadenfreude in ihrem Blick sah.

»Ich sollte vielleicht nicht stolz darauf sein.« Sie lachte leise und kam hoch, um sich mit ihrem nackten, bleichen Körper rittlings auf ihn zu setzen. »Einen kurzen Augenblick lang habe ich mich wundervoll gefühlt. Dann war ich entsetzt, einen Moment wie erstarrt und schließlich nur noch wütend.« Sie verschränkte ihre Finger, streckte ihre Arme hoch. »Außerdem hat sie ja angefangen.«

»Und du hast es beendet. Jetzt kannst du dir sicher sein, dass sie alles an Geschützen gegen dich auffährt, was ihr zur Verfügung steht.«

»Lass sie nur. Ich fühle mich, als ob mir nichts etwas anhaben kann, absolut unverwundbar.« Sie reckte sich. »Ein unglaubliches Gefühl. Es kann einfach nicht mehr besser werden.«

»Doch, das kann es.« Um es zu beweisen, richtete er sich auf und wanderte mit seinen Küssen ihren Leib hoch. Ihr leises Seufzen ging ihm durch und durch. Zitternd kamen ihre Hände nach unten, nahmen seinen Kopf und betteten ihn zwischen sich.

»Da könntest du recht haben.«

Das fahle Licht der Morgendämmerung kroch über den Himmel und vertrieb das Halbdunkel im Zimmer. Ihr Körper bog sich ihm entgegen, sie zerfloss bereits, war bereit für ihn. Einmal hatten sie sich schon in rasender Eile geliebt, jetzt bewegten sie sich ganz langsam, ließen ihr Verlangen glimmen und die Luft Funken sprühen.

Gleitende Fingerspitzen, gehauchte Seufzer, stilles Drängen nach mehr. Sie pressten ihre Leiber gegeneinander, um sie herum ein Durcheinander aus zerwühlten Laken. Sanft glitt der Morgen in den Raum. Eine Berührung, ein kleiner Vorgeschmack, eine feine Veränderung im Rhythmus. Es gab keine Eile. Ihr Mund suchte seine Lippen, ihre Seufzer gingen ineinander auf, ihre Zungen tanzten. Und als er in sie hineinglitt und in ihr war, hatte die aufblitzende Leidenschaftlichkeit etwas von der Tröstlichkeit eines Sonnenstrahls.

Auf der anderen Seite der Stadt gab es in einem Hotelzimmer ebenfalls ein Bett, das nicht zum Schlafen genutzt wurde. Allerdings diente es auch nicht als Liebesnest. Angela saß auf der Bettkante und hielt den Morgenmantel schützend über ihre Brüste. Das Gewand, das sie bei der Preisverleihung getragen hatte, war nur noch ein Haufen zerfetzter Seide auf dem Fußboden und ihrem Wutanfall zum Opfer gefallen.

Jetzt war ihre Wut verraucht, und sie kauerte sich wie ein Kind auf dem großen Bett zusammen und kämpfte gegen ihre Tränen an.

»Das hat überhaupt nichts zu bedeuten, mein Schatz.« Dan drängte sie dazu, ein wenig Champagner zu trinken, der bei ihr die gleiche Wirkung hatte wie ein Kuss auf die Stelle, die weh tat. »Jeder weiß doch, dass diese verdammte Preisverleihung nur ein großer Schwindel ist.«

»Aber die Leute sehen sie sich an.« Sie starrte vor sich hin, nippte am Champagner, den sie für ihre Feier hatte kaltstellen lassen und der ihr nun voller Mitleid eingeschenkt wurde. »Tausende sehen sich das an, Dan, und sie konnten verfolgen, wie sie dort auf die Bühne ging, wo eigentlich ich hätte stehen sollen. Sie sahen, wie sie die für mich gedachte Auszeichnung entgegennahm. *Meine* Auszeichnung, verdammt noch mal.«

»Und morgen haben es alle wieder vergessen.« Er unterdrückte die Ungeduld und den Widerwillen, den er empfand. Der einzige Weg, mit Angela umzugehen und dafür zu sorgen, dass sie beide oben blieben, bestand aus gutem Zureden, Schmeicheleien und Lügen. »Wenn der Glanz verblasst ist, wird sich kein Mensch mehr daran erinnern, wer was bekommen hat.«

»Ich vergesse das nicht.« Sie warf den Kopf zurück. Jetzt wirkte ihr Gesicht eiskalt. Auf schaurige Weise hatte sie sich wieder völlig unter Kontrolle. »Und sie wird mir nicht damit davonkommen. Mit dieser Sache nicht und mit den anderen auch nicht. Was immer es mir auch abverlangt, dafür wird sie bezahlen. Für die Ohrfeige, für den Emmy, für alles.«

»Wir können ja später darüber reden.« Dan war der Vorfall im Salon bereits zu Ohren gekommen. Viel zu viele Leute hatten bereits gehört, dass Angela als Erste handgreiflich geworden war – darunter auch Leute, die sich nicht so einfach kaufen ließen. »Jetzt solltest du dich erst einmal entspannen. Wenn wir wieder nach Hause fliegen, musst du einen sehr guten Eindruck machen.«

»Entspannen?«, fauchte sie ihn an. »Entspannen? Deanna Reynolds bekommt meine Presse, meine Einschaltquoten und jetzt auch noch meine Auszeichnungen.« Und Finn gab es ja auch noch. O nein, Finn würde sie ebenfalls nicht vergessen. »Wie zum Teufel kannst du mir da sagen, ich sollte mich entspannen?«

»Weil du nichts gewinnst, wenn du wie ein grollender ausrangierter Star durch die Gegend läufst, der besseren Zeiten nachträumt.« Er sah, wie ihre Augen vor Wut aufblitzten und dann zu einem eisigen Leuchten abkühlten.

»Wie kannst du es wagen, so mit mir zu sprechen? Und dann noch ausgerechnet heute Nacht?«

»Ich sage dir das um deinetwillen«, fuhr er fort. Als er sah, wie ihre Lippen bebten, wusste er, dass er weiterhin die Oberhand hatte. »Du musst Würde, Reife und Zuversicht ausstrahlen.«

»Sie ruiniert mir mein Leben. Das ist genauso wie in meiner Kindheit. Da gab es auch immer jemanden, der mir weggenommen hat, was ich haben wollte.«

»Du bist kein Kind mehr, Angela. Und es gibt auch noch andere Auszeichnungen.«

Sie hatte aber *diesen* Preis gewollt. Angela sprach das jedoch nicht mehr aus. Sein Widerwille gegen sie wurde dadurch nur noch größer, und er würde nur noch weiter von ihr abrücken.

Sie brauchte ihn neben sich, war darauf angewiesen, dass er sie unterstützte und an sie glaubte. »Du hast recht. Absolut recht. Morgen, in der Öffentlichkeit, werde ich wieder wohlwollend, bescheiden und würdevoll auftreten. Aber eines kannst du mir glauben: Deanna Reynolds wird nicht noch einmal einen Preis gewinnen, der eigentlich mir zusteht.« Mit einem gezwungenen Lächeln streckte sie eine Hand nach ihm aus und zog ihn neben sich. »Ich bin nur so enttäuscht, Dan. Es ist für uns beide so schade. Du hast genauso hart für diese Auszeichnung gearbeitet wie ich.«

»Für die nächste arbeiten wir eben noch härter.« Erleichtert gab er ihr einen Kuss auf den Scheitel.

»Manchmal ist mehr als nur Arbeit erforderlich. Die Erfahrung habe ich weiß Gott oft genug gemacht.« Sie seufzte und nahm wieder einen Schluck. Heute würde sie so viel trinken wie sie wollte, versprach sie sich. Das war sie sich nun wirklich schuldig. »Als kleines Mädchen habe ich immer die ganze Hausarbeit gemacht, weil es sonst bei uns ausgesehen hätte wie in einem Schweinestall. Mir hat es aber immer schon gefallen, wenn alles in Ordnung ist und nett aussieht und den vorteilhaftesten Eindruck macht. Dann fing ich an, für andere zu putzen. Habe ich dir das überhaupt jemals erzählt?«

»Nein.« Überrascht darüber, dass sie es jetzt tat, stand er auf, holte die Flasche und schenkte ihr nach. »Du sprichst nicht gerne über deine Kindheit, und das kann ich gut verstehen.«

»Jetzt bin ich gerade dazu aufgelegt.« Sie nahm wieder einen kleinen Schluck und deutete auf ihre Zigaretten. Entgegenkommend nahm Dan die Schachtel und zündete ihr eine Zigarette an. »Auf diese Weise verdiente ich mir ein Zubrot, sodass ich mir ein paar Sachen kaufen konnte. Sachen, die dann mir gehörten. Doch ich habe mehr als nur das Geld von der Arbeit mit nach Hause gebracht. Du weißt schon ...« Nachdenklich zog sie an der Zigarette. »Es ist wirklich erstaunlich, was die Leute alles bei sich zu Hause herumliegen lassen, in Schubladen wegstecken oder in Schachteln und Kästchen wegschließen. Ich bin schon immer unheimlich neugierig gewesen und wollte über die Menschen, mit denen ich zu tun hatte, immer alles wissen. Darum bin ich vermutlich auch bei meinen Talkshows gelandet. Über die Leute, bei denen ich gearbeitet habe, fand ich immer sehr viel heraus, darunter auch viele Dinge, die sie gerne für sich behielten. So ließ ich beispielsweise in Gegenwart einer verheirateten Frau den Namen eines Mannes fallen, der nicht ihr Ehemann war. Danach brachte ich meine Bewunderung für ein paar Ohrringe, ein Armband oder ein Kleid zum Ausdruck.« Durch den Dunstschleier des Zigarettenrauchs hindurch lächelte sie über die Erinnerungen. »Es grenzte an Zauberei, wie schnell die Sachen, die ich so bewunderte, auf einmal bei mir landeten. Und das nur für die kleine Gefälligkeit, eine Information für mich zu behalten.«

»Du hast früh angefangen«, stellte Dan fest. Sie sprach nicht besonders undeutlich, daher schenkte er ihr noch ein wenig nach.

»Mir blieb nichts anderes übrig. Außer mir gab es ja niemanden, der sich für mich einsetzte oder mich aus dieser schäbigen Wohnung herausholte, in der ich lebte. Mama hat gesoffen, Papa war unterwegs und hat sich bei irgendwelchen Huren herumgetrieben und um Geld gespielt.«

»Das war ja ganz schön hart für dich.«

»Es hat mich hart gemacht«, verbesserte sie ihn. »Ich sah, wie die Menschen lebten, und hatte das vor Augen, was ich selbst gerne haben wollte. Also fand ich Wege, an diese Dinge heranzukommen. Meine Situation verbesserte sich, und ich habe dann keine Mühen gescheut, um bis ganz nach oben zu kommen. Und von der Spitze wird mich keiner herunterstoßen, am allerwenigsten Deanna Reynolds.«

Er hob ihr Gesicht an, um ihr einen Kuss zu geben. »Das ist die Angela, die ich kenne und liebe.«

Sie lächelte, fühlte sich ganz leicht, ein wenig schwindelig, ihr Körper war frei. Warum hatte sie nur so viel Angst davor gehabt, sich mit einer oder zwei Flaschen Champagner zu entspannen? »Beweis es mir«, meinte sie einladend und ließ den Morgenrock von ihren Schultern gleiten.

22

Der Schnee vor dem Blockhaus war weiß wie im Märchen. Felsen und Büsche formten die weiße Decke zu kleinen Hügeln und Höckern, sodass es aussah, als hätten sich darunter Dutzende von Kobolden verkrochen, die auf den Frühling warteten. Nicht eine einzige Wolke störte das eisige Blau des Himmels, und die Sonne brachte die glänzende Rinde der Bäume zum Glitzern.

Aus dem Fenster schaute Deanna zu, wie Finn und Richard Aubrey beim Bauen eines Schneemanns halfen. In ihrem hellblauen Schneeanzug sah das Kind aus wie ein kleiner exotischer Vogel, der sich auf dem Weg nach Süden hierher verirrt hatte. Unter ihrer Mütze schauten wie kleine Ranken aus Locken ihre roten Haare hervor.

Neben ihr wirkten die beiden Männer in ihren dicken Mänteln und Winterschuhen wie zwei schwerfällige Riesen. Richard zeigte Aubrey gerade, wie man einen Schneeball formt und festklopft. Er zeigte auf Finn, und mit einem Kichern, das durch das Glas bis zu Deanna drang, warf ihn Aubrey ganz leicht gegen Finns Knie, der daraufhin zusammenbrach, als hätte ihn ein Felsbrocken getroffen.

Der Hund, eine mit einem Wust fransiger Haare bedeckte Promenadenmischung, dem Deanna den Namen Cronkite gegeben hatte, gab ein lautes Gebell von sich und verursachte ein regelrechtes Schneegestöber, als er verzweifelt versuchte, bei dem Spiel mitzumachen.

»Das hört sich ja nach einem tollen Schneemann an.« Fran schob das Baby, ihre zweite Tochter, von der rechten zur linken Brust. Kelsey nahm die Brust in den Mund und nuckelte glücklich.

»Sie haben einen kleinen Krieg angefangen«, berichtete Deanna. »Die Zahl der Opfer ist sehr gering, aber es sieht alles danach aus, als ob es sich um eine längere Schlacht handelt.«

»Du kannst ruhig nach draußen gehen und etwas von deiner Nervosität abreagieren. Du musst nicht die ganze Zeit mit mir hier drinbleiben.«

»Nein, ich schaue mir das gerne von hier aus an. Fran, ich bin wirklich froh, dass ihr alle für das Wochenende herauskommen konntet.«

»Da es für dich das erste freie Wochenende seit sechs Wochen ist, bin ich ganz erstaunt, dass du es mit uns zusammen verbringst.«

»Mit guten Freunden aufs Land zu fahren ist ein Luxus, auf den ich viel zu lange verzichten musste.« Deanna gab einen leisen Seufzer von sich. Es hatte keinen Zweck, daran zu denken, wie viele Wochenenden, Ferien und ruhige Abende zu Hause sie so lange nicht hatte genießen können. Sie hatte mit ihrer Arbeit genau das bekommen, was sie hatte erreichen wollen. »Ich habe gemerkt, dass ich so etwas dringend brauche, um bei mir zu bleiben.«

»Ich bin froh, dir dabei eine Hilfe zu sein. Richard fand die Vorstellung, bei diesem Wetter zum Angeln zu gehen, urig und männlich genug, um Interesse für den Ausflug zu entwickeln.« Sie streichelte die Wange ihrer Tochter, während sie sanft in dem Schaukelstuhl schaukelte, den Finn genau für diesen Zweck von der Veranda hereingebracht und sauber gemacht hatte. »Mir war eigentlich egal, wohin es ging; ich war zu allem bereit. Wenn wir im November so früh Schnee haben, wird das noch ein langer Winter.«

»Und kein besonders angenehmer.« Bezüglich ihrer Nervosität hatte Fran wohl recht, dachte Deanna. Sie wandte sich vom Fenster ab und setzte sich vor den Kamin, in dem das Feuer prasselte und heiß und hell hinter ihr aufloderte. »Ich fühle mich wie in einem ständigen Belagerungszustand, Fran. Dieser Blödsinn, den die Skandalblätter über den heftigen Streit zwischen Angela und mir im Damensalon bei der Emmy-Verleihung schreiben, setzt mir einfach zu.«

»Ach, meine Liebe, größtenteils ist doch da wieder Ruhe eingekehrt, und außerdem weiß jeder, dass das Blödsinn ist.«

»Fast jeder.« Unruhig stand Deanna wieder auf und lief im Zimmer auf und ab. »All diese hinterhältigen Presseberichte, in denen behauptet wird, dass Angela unerschütterlich zu mir gehalten und mich unterstützt hat, nachdem ich angeblich die Freundschaft, die sie mir anbot, ausgeschlagen hatte. Freundschaft, wenn ich das schon aus dieser Richtung höre!« Sie schob die Hände in die Taschen, zog sie kurz darauf wieder heraus, um mit ihnen zu gestikulieren. »Und dieser fiese, schadenfrohe Unterton in manchen Artikeln: ›Handgemenge zwischen Talkshow-Diven!‹, ›Im Damensalon zeigen sie ihre Krallen.‹ Und es war immer nah genug an der Wahrheit, um uns als Vollidioten hinzustellen. Loren könnte natürlich nicht glücklicher sein. Seit der Preisverleihung sind die Einschaltquoten sprunghaft angestiegen, und es gibt kein Anzeichen dafür, dass sie wieder zurückgehen. Leute, denen der Inhalt meiner Sendung eigentlich völlig gleichgültig ist, schalten sie ein, um zu sehen, ob ich die Beherrschung verliere und einen Gast ohrfeige.«

Fran kicherte, fing dann aber Deannas wütenden Blick auf. »Entschuldige.«

»Ich wünschte mir, ich könnte es auch so lustig finden.« Deanna griff sich den Schürhaken und stocherte mit heftigen Bewegungen zwischen den brennenden Holzscheiten herum. »Zunächst fand ich es ja auch selber lustig, aber dann bekam ich diese Briefe, und da hörte für mich der Spaß auf.«

»Ach, Dee, die Mehrzahl dieser Briefe war doch eher aufmunternd, manchmal sogar ziemlich schmeichlerisch.«

»Dann bin ich eben pervers.« Deannas Schultern zuckten. Sie konnte es nicht ertragen, so ein Idiot gewesen zu sein. Noch schlimmer fand sie es, nicht aufhören zu können, ständig an diesen hässlichen Vorfall zu denken. »Mir sind vor allem die anderen Briefe im Gedächtnis geblieben. Von ›Sie sollten sich schämen!‹ bis zu ›Man sollte dich für deinen Mangel an Dankbarkeit gegenüber einer so zarten kleinen Blume wie Angela Perkins auspeitschen‹, war alles dabei.« Aus ihren zusammengekniffenen Augen loderte die Wut wie die Flammen im Kamin. »Eine Tollkirsche sieht wahrscheinlich auch aus wie eine zarte Blume.«

Fran legte das Baby an ihre Schulter. »Aber auch dieser Rummel hat sich doch inzwischen größtenteils wieder gelegt. Warum erzählst du mir nicht, was dich wirklich die ganze Zeit beschäftigt?«

Ein letztes Mal stieß Deanna mit dem Schürhaken in die Flammen. »Ich habe Angst«, sagte sie ruhig, als ihr ein weiterer eisiger Schauer das Rückgrat hochkroch. »Ich habe wieder einen dieser speziellen Briefe bekommen.«

»O Gott. Wann war das?«

»Am Freitag, direkt nach meinem Vortrag vor dem Forum zur Förderung des Lesens und Schreibens im Drake.«

»Da war Cassie bei dir, nicht wahr?«

»Ja.« Deanna rieb sich die dumpf schmerzende Stelle an ihrem Nacken. »Mittlerweile hat es den Anschein, als ob ich nirgendwo mehr allein hingehe. Immer komme ich mit Gefolge.«

»Cassie kann man wohl kaum als Gefolge bezeichnen.« Der rasche Themenwechsel war Fran jedoch nicht entgangen. »Erzähl mir, was mit diesem Brief war, Dee.«

»Der Fototermin nach meinem Vortrag hatte sich noch ein wenig hingezogen, und danach war Cassie deshalb gegangen. Sie hatte vor dem Wochenende im Büro noch ein paar Sachen zum Abschluss bringen wollen.«

Deanna ließ den Abend in ihrer Erinnerung noch einmal lebendig werden. So deutlich, als ob vor ihrem inneren Auge ein Film abgespult wurde, sah sie die Szene wieder vor sich. Immer wieder Händeschütteln, immer wieder das Klicken vom Verschluss eines Fotoapparates. Um sie herum drängten sich die Menschen, um einen Blick auf sie werfen oder ein Wort mit ihr sprechen zu können.

»Nur noch ein Foto, Deanna, bitte. Sie und die Frau des Bürgermeisters.«

»*Nur* noch ein Foto!« Liebenswürdig lächelnd, äußerte sich Cassie laut und deutlich und mit fester Stimme. »Miss Reynolds kommt zu ihrem nächsten Termin bereits schon jetzt zu spät.«

Deanna erinnerte sich daran, wie sehr sie Cassies Äußerung amüsiert hatte, denn dieser nächste Termin hatte Gott sei Dank darin bestanden, ein paar Pullover in ihren Koffer zu werfen und für das Wochenende die Stadt zu verlassen.

Sie stellte sich noch ein letztes Mal in Positur, diesmal zusammen mit der Frau des Bürgermeisters und der Plakette, die ihr für ihre Arbeit für dieses Forum überreicht worden war. Dann bewegte sie sich mit Cassie behutsam in Richtung Ausgang, wobei ihre Sekretärin ihr alle Leute vom Hals hielt, die sie noch länger aufhalten wollten.

»Gute Arbeit, Dee. Das können Sie mir geben.« Cassie ließ die Plakette in ihre Aktentasche gleiten, während Deanna ihren Wintermantel anzog.

»Ich hatte gar nicht das Gefühl, gearbeitet zu haben. Das Publikum war einfach großartig.«

»Das war es auch – wie Sie.« Cassie warf noch einmal einen misstrauischen Blick über die Schulter zurück. Im Foyer des Drake drängten sich immer noch die Menschen. »Nehmen Sie sich meine Worte zu Herzen und gehen Sie jetzt einfach immer weiter, ohne sich umzuschauen. Sonst kommen Sie vor Mitternacht hier nicht mehr weg.« Um sie ein wenig anzutreiben, nahm Cassie ihren Arm und führte Deanna aus dem Foyer hinaus auf den Gehsteig. »Zurück zum Büro werde ich mir ein Taxi nehmen«, kündigte Cassie an.

»Seien Sie nicht albern. Tim kann Sie doch dort absetzen.«

»Wenn Sie erst einmal wieder im CBC-Gebäude sind, werden Ihnen mit Sicherheit alle möglichen Dinge einfallen, die Sie noch schnell erledigen müssen. Gehen Sie nach Hause«, befahl Cassie. »Packen Sie Ihre Sachen und fahren Sie hinaus aufs Land. Und lassen Sie sich bis Sonntagnacht nicht mehr in der Stadt blicken.«

Das klang viel zu gut, um noch irgendeinen Einwand zu erheben. »Jawohl, Ma'am.«

Lachend gab ihr Cassie einen Kuss auf die Wange. »Ich wünsche Ihnen ein wirklich tolles Wochenende.«

»Ich Ihnen auch.«

Sie trennten sich, und jeder lief im schneidenden Wind, der den wirbelnden Schnee vor sich her trieb, in eine andere Richtung davon.

»Tut mir leid, dass ich mich verspätet habe, Tim.«

»Kein Problem, Miss Reynolds.« In seinem langen schwarzen Mantel, der ihm um die Knie flatterte, öffnete ihr der Fahrer die Tür der Limousine. »Wie ist es gelaufen?«

»Gut, richtig gut. Danke.«

Immer noch spürte Deanna die Kraft, die ihr ihre erfolgreiche Arbeit gab, und mit diesem Gefühl glitt sie in die behagliche Wärme im Inneren der Limousine.

Und dort hatte er gelegen, der schlichte Briefumschlag, ein weißes Viereck auf dem weinroten Ledersitz …

»Ich fragte Tim, ob sich dem Wagen jemand genähert hatte«, fuhr Deanna fort, »aber er war überzeugt, niemanden gesehen zu haben. Wegen der Kälte hatte er sich allerdings eine Weile im Inneren des Gebäudes aufgehalten. Er war sich sicher, den Wagen abgeschlossen zu haben, und ich weiß auch, wie gewissenhaft Tim in diesen Dingen ist, sodass ich davon überzeugt bin, dass das stimmt.«

Frans Magenmuskeln begannen zu flattern. Sie bekommt viel zu viele dieser Briefe, dachte sie. Und in den letzten Monaten hatte sie sie viel zu häufig gefunden. »Hast du die Polizei angerufen?«

»Ich habe mich über das Autotelefon direkt mit Lieutenant Jenner in Verbindung gesetzt. Diese Sache bekomme ich einfach nicht in den Griff.« Frustration und Angst ließen ihre Stimme lauter werden. Wie Deanna feststellte, half es, noch etwas anderes an Gefühlen in sich zu spüren als nur die Angst. »Ich kann das analysieren so viel ich will, ich kann mir einfach keinen Reim darauf machen. Ich kann es nicht in Ordnung bringen, ich werde es nicht los.« Fest entschlossen, sich zu beruhigen, rieb sie sich mit den Händen das Gesicht, als könnte sie so die Panik wegmassieren. »Ich kann nicht einmal rational darüber diskutieren. Jedes Mal, wenn ich mich daran erinnere, dass ich nicht bedroht wurde und mir auch kein Schaden zugefügt wird, fühle ich, wie in mir die Hysterie wie eine Luftblase immer größer wird. Er findet mich überall. Am liebsten würde ich ihn bitten, mich in Ruhe zu lassen, mich einfach nur in Ruhe zu lassen. Fran, ich habe das Gefühl, ich bin völlig durch den Wind!«, schloss sie hilflos.

Fran stand auf, um Kelsey in ihren Laufstall zu legen. Dann kam sie zu Deanna herüber und nahm sie an den Händen. Dieser Kontakt hatte nicht nur etwas Tröstliches, auch unterschwellige Wut lag darin. »Warum hast du mir das nicht vorher gesagt? Warum hast du mich nie wissen lassen, wie sehr dich diese Sache durcheinanderbringt?«

»Du hast doch schon genug, um das du dich kümmern musst. Aubrey, das Baby ...«

»Du hattest also Mitleid mit der jungen Mutter und hast deswegen so getan, als ob du diese ganze Angelegenheit nur achselzuckend als Nebenprodukt der Berühmtheit abtust?« Plötzlich brach die Wut aus ihr hervor. »Das ist doch Scheiße, Dee. Und beleidigend dazu!«

»Ich sah keinen Sinn darin, dich damit zu belasten«, gab Deanna zurück. »Im Moment passieren so viele Sachen – die Show, Angelas Gegenschlag, Margarets Ältester hat ihren Wagen zu Schrott gefahren, Simons Mutter starb.« Trotz des Bedürfnisses, sich zu verteidigen, drehte sie sich wieder zum Fenster. »Finn muss nächste Woche nach Haiti.« Draußen sprang der Hund hinter den Schneebällen her. Am liebsten hätte Deanna geweint. Sie lehnte den Kopf an das kühle Glas und wartete, bis sie sich wieder gefangen hatte. »Ich dachte, ich würde selbst damit fertig. Ich wollte das auch.«

»Und was ist mit Finn?« Fran rieb ihr mit der Hand den steifen Nacken. »Ahnt er, was gerade in dir vorgeht?«

»Finn hat doch im Moment auch so viel um die Ohren.«

Fran machte sich nicht die Mühe, ihr entrüstetes Schnauben zu unterdrücken. »Das heißt also, du spielst das gleiche Spiel auch mit ihm. Hast du ihm von dem letzten Brief erzählt?«

»Es schien mir das Beste zu sein, damit zu warten, bis er von seiner nächsten Reise zurückkommt.«

»Das ist doch völlig egoistisch.«

»Egoistisch?« Ihr brach die Stimme, so überrascht und verletzt war sie. »Wie kannst du das sagen? Ich will nur nicht, dass er sich um mich Sorgen macht, wenn er Tausende von Meilen weit entfernt ist.«

»Er *will* sich aber Sorgen um dich machen. Herrgott, Dee, wie kann jemand denn nur so feinfühlig, so mitfühlend und gleichzeitig so eigensinnig sein? Du hast einen Mann da draußen, der dich liebt, der alles mit dir teilen will, Gutes und Schlechtes. Er hat es verdient, darüber Bescheid zu wissen, was du fühlst. Wenn du ihn auch nur halb so viel liebst wie er dich, hast du kein Recht, ihm irgendetwas vorzuenthalten.«

»Das wollte ich ja auch gar nicht tun.«

»Aber genau das tust du. Und das ist ihm gegenüber einfach unfair, Dee, genauso wie …« Fluchend unterbrach sie sich. »Tut mir leid.« Ihre Stimme jedoch blieb steif und kühl. »Eigentlich geht es mich ja auch nichts an, was du und Finn mit eurer Beziehung macht.«

»Nein, hör jetzt nicht auf«, sagte Deanna mit einer ähnlichen Kühle in der Stimme. »Bring den Satz zu Ende. Also, was ist genauso unfair?«

»Na gut.« Fran holte tief Luft. Ihre Freundschaft währte jetzt schon über zehn Jahre, und sie hoffte, dass sie noch einen weiteren Sturm überstand. »Es ist unfair von dir, von ihm zu verlangen, seine Bedürfnisse zurückzustellen.«

»Ich weiß nicht, was du meinst.«

»Um Himmels willen, sieh ihn dir doch an, Dee, wie er mit Aubrey zusammen ist.« Sie packte Deanna am Arm und schob sie zurück zum Fenster. »Und sieh es dir genau an.«

Das tat Deanna auch. Sie beobachtete, wie Finn die kleine Aubrey immer wieder herumwirbelte. Der Schnee zu seinen Füßen stob in die Höhe, das freudige Gekreische des Kindes hallte wie ein Lied durch den Garten.

»Dieser Mann will eine Familie, und er will dich. Du verweigerst ihm beides, nur weil bei dir nicht alles hundertprozentig so ist, wie du es dir vorstellst. Und das ist nicht nur egoistisch und unfair, das ist auch einfach traurig.« Als Deanna nichts dazu sagte, wandte Fran sich ab. »Ich muss das Baby wickeln.« Sie nahm Kelsey hoch und verließ den Raum.

Deanna stand noch eine lange Zeit reglos am Fenster. Sie sah, wie Finn mit dem Hund herumbalgte, als Aubrey in die Arme ihres Vaters sprang, um dem dickbäuchigen Schneemann eine abgewetzte Kappe aufzusetzen.

Doch sie sah noch mehr. Sie sah Finn, wie er in strömendem Regen mit etwas großspurigem Gang und einem anmaßenden Grinsen über das Rollfeld kam. Sie sah ihn, wie er erschöpft auf ihrer Couch einschlief, oder wie er lachte, als sie ihren ersten fetten Fisch aus dem Wasser zog. Sie sah, wie er sie sanft und liebenswürdig ins Bett gebracht hatte. Und wie er übernächtigt und grimmig von irgendeinem Ort der Welt zurückkehrte, an dem er Zeuge einer neuerlichen Katastrophe gewesen war.

Er war immer da, stellte sie fest. Immer.

An jenem Abend machte Deanna alles ganz mechanisch, servierte die großen Schüsseln mit Rindereintopf, lachte über Richards Witze. Hätte jemand zum Küchenfenster hineingesehen, hätte sich seinem Auge das Bild einer fröhlichen Gruppe von Freunden geboten, die gemeinsam aßen. Er würde eine Gruppe sympathischer Menschen sehen, die sich miteinander wohlfühlten. Es wäre schwergefallen, Spannungen oder Dissonanzen wahrzunehmen.

Doch Finn war ein geübter Beobachter, und auch wenn das nicht der Fall gewesen wäre – Deannas Stimmungen konnte er an ihrem Wimpernschlag ablesen.

Er hatte sie nicht nach dem Grund der Anspannung gefragt,

die er bei ihr verspürte, und gehofft, sie würde es ihm von sich aus erzählen. Doch als es immer später wurde, akzeptierte er ungehalten, dass er ihr wahrscheinlich doch einen kleinen Anstoß geben musste, bevor sie sich dazu äußerte. Möglicherweise würde sich das auch nie ändern.

Finn beobachtete, wie Deanna es sich mit einem Lächeln im Gesicht und unglücklichen Augen im Wohnzimmer gemütlich machte.

Herrgott, diese Frau frustrierte und faszinierte ihn gleichermaßen. Seit fast zwei Jahren waren sie jetzt ein Liebespaar und teilten auch körperlich eine Intimität miteinander, die sich kaum noch überbieten ließ. Doch so offen und ehrlich sie ihm gegenüber auch sein mochte, sie schaffte es trotzdem, kleine Stücke von sich vor ihm zu verbergen, sie fest wegzuschließen und in ihrem Versteck aufzubewahren.

Und genau das tat sie gerade, stellte er fest.

Sie hätte die Hand nach ihm ausstrecken und mit wohltuender Vertrautheit die seine halten können. Trotzdem konnte sie dabei mit dem Verstand ganz woanders sein und ganz methodisch ein Problem durcharbeiten, bei dem sie sich weigerte, anderen etwas darüber mitzuteilen.

In diesem vernünftigen Tonfall, der ihn abwechselnd in Rage versetzte oder belustigte, würde sie in einem solchen Fall sagen, es gehe doch schließlich dabei um *ihr* Problem, mit dem sie aus eigener Kraft fertigwerden konnte und bei dem sie ihn nicht brauchte.

Verletzt stellte Finn sein Glas ab und schlich nach oben.

Im Schlafzimmerkamin machte er Feuer, setzte sich vor die Flammen und brütete vor sich hin. Er fragte sich, wie lange er wohl noch darauf warten konnte, bis Deanna den nächsten Schritt machte. Ewig, dachte er und verwünschte sich dafür. Sie war genauso ein Teil von ihm wie einer seiner Muskeln oder Knochen.

Das Bedürfnis nach einer Familie und einem beständigen Leben mit festen Bindungen war in ihm gewachsen, sein Verlangen nach ihr war jedoch ungleich stärker.

Noch schlimmer und völlig unerwartet für Finn war sein Wunsch, Deanna sollte in der gleichen Intensität nach ihm verlangen.

Das ist wirklich neu für den guten alten Riley, grübelte er und wünschte sich, das Komische an dieser Erkenntnis sehen zu können. Das Bedürfnis danach, dass ein anderer ihn brauchte, das Verlangen, sich zu binden und ... sesshaft zu werden, erfüllte ihn nicht gerade mit Behagen. Und nach diesen vielen Monaten begriff er, dass das nicht wieder verschwinden würde.

Und er begann, den jetzigen Zustand zu hassen.

Als sie ihn fand, kauerte er immer noch vor dem Feuer und starrte in die Flammen. Ruhig schloss sie die Tür hinter sich, ging zu ihm hinüber und strich ihm mit der Hand über die Haare.

»Was zum Teufel ist nur mit dir los, Deanna?« Unverwandt starrte Finn dabei weiter ins Feuer. »Seit wir letzte Nacht hier angekommen sind, bist du nervös und gereizt, versuchst aber die ganze Zeit, das zu überspielen. Als ich vor dem Abendessen hereinkam, warst du am Weinen. Und du und Fran umkreist euch wie zwei Boxer in der zehnten Runde.«

»Fran ist sauer auf mich.« Sie setzte sich auf ein Kniekissen, faltete die Hände auf dem Schoß zusammen. Seine Anspannung war deutlich zu spüren. »Vermutlich bist du das ebenfalls.« Sie senkte den Blick, erzählte ihm von dem Brief in der Limousine, beantwortete seine knappen Fragen, wartete auf seine Reaktion.

Sie brauchte nicht lange darauf zu warten.

Finn stand auf, blieb dort stehen, wo er vorher gesessen hatte. Die ganze Zeit wich sein Blick dabei nicht von ihrem Gesicht. Ruhig schaute er sie an, viel zu ruhig.

»Warum hast du mir das nicht direkt erzählt?«

»Ich dachte, es sei das Beste, damit zu warten, bis ich mir ein wenig Klarheit über die Sache verschafft habe.«

»Das dachtest du.« Er nickte, steckte seine Hände in die Hosentaschen. »Du dachtest, mich ginge das nichts an.«

»Nein, natürlich nicht.« Sie hasste es, dass sie durch seine Fähigkeit, in jeder Situation ganz nüchtern Interviews führen zu können, dauernd in die Defensive geriet. »Ich wollte uns einfach nicht das Wochenende verderben. Und du kannst ja ohnehin nichts daran ändern.«

Sein Blick trübte sich, als er das hörte, und die Farbe seiner Augen wurde zu jenem tückischen Kobaltblau, das Angela beschrieben hatte. Es war ein untrügliches Zeichen für seine heftigen Gefühle. Als er jedoch antwortete, war sein Tonfall völlig unverändert, was seine Fähigkeit zur Selbstbeherrschung unter Beweis stellte.

»Verdammt, Deanna, du sitzt da und lässt mich dieses Gespräch wie ein Interview mit einer mir feindselig gesinnten Person führen, der ich jeden Satz aus der Nase ziehen muss.« Furcht und Wut flammten in ihm. »Das lasse ich mir nicht gefallen. Ich bin es satt, dass du dauernd irgendetwas in einer Akte mit der Aufschrift ›Nur für Deanna‹ verschwinden lässt.« Er kam einen Schritt auf sie zu und zog sie dermaßen schnell hoch, dass sie völlig verdutzt dreinschaute. Sie hatte erwartet, dass er sauer sein würde, aber die blanke Wut, die ihm im Gesicht stand, traf sie völlig unvorbereitet.

»Finn«, sagte sie vorsichtig. »Du tust mir weh.«

»Ach ja? Und was machst du mit mir?« Er ließ sie so schnell los, dass sie einen Schritt nach hinten taumelte. Abrupt wandte er sich von ihr ab, stieß die Fäuste in die Hosentaschen. »Du hast ja überhaupt keine Ahnung, wie sehr ich darauf brenne, diesen Schnüffler in die Finger zu bekommen. Weißt du denn, wie sehr ich ihn in Stücke reißen möchte für jede Minute, die er dir Angst gemacht hat? Wie nutzlos ich mir vorkomme, wenn du einen dieser verdammten Briefe bekommst und dir alles Blut aus dem Gesicht weicht? Kannst du dir vorstellen, wie viel schlimmer das alles noch wird, weil du mir nach dieser ganzen Zeit nicht vertraust?«

»Das hat mit Vertrauen nichts zu tun.« Ihr schlug das Herz bis zum Hals, als sie die Heftigkeit in seinem Blick bemerkte. Seit sie mit ihm zusammen war, hatte sie nie erlebt, dass er so kurz davor stand, die Beherrschung zu verlieren. »Es ist mein Stolz, Finn. Ich wollte nicht zugeben, dass ich mit dieser Situation nicht allein fertigwerde.«

Eine lange Zeit war es ganz still. Nur das Fauchen und Krachen des Feuers, das sich immer weiter in die trockenen Holzscheite hineinfraß, erfüllte den Raum. »Zum Teufel mit deinem Stolz, Deanna«, sagte er dann ruhig. »Ich bin es leid, mir dauernd den Kopf daran einzurennen.«

Wie ein Geysir stieg Panik in ihr hoch. Was Finn sagte, hatte wie ein Schlusswort geklungen. Unwillkürlich stieß sie einen erschreckten Schrei aus und griff nach seinem Arm, bevor er das Zimmer verlassen konnte. »Finn, bitte!«

»Ich mache einen Spaziergang.« Er trat zurück, hielt abwehrend die Handflächen nach oben, weil er befürchtete, ihm und ihr nicht wiedergutzumachenden Schaden zuzufügen, wenn er sie jetzt berührte. »Es gibt Mittel und Wege, diese Art von Wut abzureagieren. Der konstruktivste ist ein Spaziergang.«

»Ich wollte dich wirklich nicht verletzen, ich liebe dich doch.«

»Das passt ja ganz gut, denn ich liebe dich auch.« In diesem Moment brachte ihn seine Liebe für sie fast um. »Das scheint nur nicht genug zu sein.«

»Mir ist es egal, ob du wütend bist.« Sie ging wieder auf ihn zu, umarmte ihn, drückte sich fest an ihn. »Vielleicht hast du auch allen Grund dazu, wütend zu sein, herumzuschreien und zu toben.«

Solange er noch in der Lage war, das sanft zu tun, löste er ihren Griff. »Du bist diejenige, die herumschreit, Deanna. Vermutlich ist das genetisch bedingt. Ich hingegen komme aus einer langen Linie von Verhandlungsführern. Im Moment kann ich dir aber leider nicht mit Kompromissangeboten dienen.«

»Ich verlange auch nicht von dir, dass du einen Kompromiss eingehst. Ich will nur, dass du dir anhörst, was ich dir noch zu sagen habe.«

»Einverstanden.« Doch er ging von ihr weg und setzte sich in den Schatten am Fenster. »Das Reden ist ohnehin eine deiner Stärken. Nun, dann leg los, Deanna. Sei vernünftig, objektiv und einfühlsam. Ich bin das Publikum.«

Anstatt sich von seinen Worten locken zu lassen, setzte sie sich wieder hin. »Ich hatte ja keine Ahnung, dass du so wütend auf mich bist. Und das hat nicht nur etwas damit zu tun, dass ich dir von dem letzten Brief nichts erzählt habe, nicht wahr?«

»Was meinst du denn?«

Im Laufe der Jahre hatte sie schon so manche ihr gegenüber feindselig eingestellte Gäste interviewt. Sie bezweifelte jedoch, dass es mit irgendjemandem je härter gewesen war, als es jetzt mit Finn Riley werden würde. »Ich habe es als selbstverständlich angesehen, dass du da bist, und habe mich dir gegenüber unfair verhalten.«

»Wunderbar«, meinte er trocken. »Zu Beginn tadelst du dich selbst, dann wird ein wenig um die Sache herumgeredet. Kein Wunder, dass du bis ganz oben gekommen bist.«

»Hör auf damit!« Deanna warf den Kopf zurück, der Widerschein der Flammen glänzte in ihren Augen. »Lass mich bitte erst einmal ausreden, bevor du sagst, es sei vorbei.«

Wieder herrschte Schweigen. Obwohl sie sein Gesicht nicht

sehen konnte, als er sprach, hörte sie die Erschöpfung in seiner Stimme. »Meinst du wirklich, dass ich das sagen könnte?«

»Ich weiß es nicht.« Eine Träne zeigte sich, schimmerte im flackernden Licht. »Bis vor Kurzem habe ich gar nicht weiter darüber nachgedacht.«

»Herrje, fang jetzt bloß nicht an zu weinen.«

Sie hörte, wie er sich bewegte; er kam aber nicht auf sie zu.

»Ich werde nicht weinen.« Sie strich die Träne weg, unterdrückte die anderen, die ihr zu kommen drohten. Sie wusste, dass sie ihn mit Tränen schwächen konnte, er sie aber dafür verachten würde. »Ich hatte immer geglaubt, dafür sorgen zu können, dass sich bei uns alles in der richtigen Reihenfolge entwickelt und zu einem guten Ergebnis führt, wenn ich nur sorgfältig genug daran arbeite und alles gut genug plane. Daher machte ich mir auch immer diese vielen Listen und klebte an irgendwelchen Zeitplänen. Doch eigentlich habe ich damit uns beide beschwindelt, denn ich behandelte unsere Beziehung, als sei sie eine – wenn auch wundervolle – Arbeitsaufgabe, ein Pensum, das es zu bewältigen galt.« Sie sprach viel zu schnell, konnte das aber nicht stoppen. Ihre Worte überschlugen sich, so eilig hatten sie es, ausgesprochen zu werden. »Ich war in dieser Hinsicht ziemlich selbstgefällig und dachte, wir passen so gut zusammen, ich kann mir nichts Schöneres vorstellen, als deine Geliebte zu sein. Doch als ich dich heute da draußen beobachtete, merkte ich das erste Mal, wie sehr ich alles verpfuscht habe.« Herrgott, sie wünschte sich, sie könnte sein Gesicht, seine Augen sehen. »Und du weißt ja, wie sehr ich es hasse, Fehler zu machen.«

»Ja.« Er brauchte eine Weile, bevor er fortfuhr. Es ging hier nicht nur um ihren Stolz. »Das hört sich eher so an, als ob du jetzt diejenige bist, die Schluss machen will, Deanna.«

»Nein.« Sie sprang auf. »Nein, ich versuche dich zu fragen, ob du mich heiraten willst.«

Im Kamin fiel ein Holzscheit in sich zusammen, Funken schossen aus den prasselnden Flammen. Als das Feuer wieder zur Ruhe kam, hörte sie nur noch ihren eigenen unregelmäßigen Atem. Finn stand auf, trat aus dem Schatten ins Licht. Sein Blick war so beherrscht und rätselhaft wie der eines bluffenden Spielers. »Hast du Angst, ich würde gehen, wenn du mir das jetzt nicht sagst?«

»Ich stelle mir vor, welches Loch dann in mein Leben gerissen würde, und das erschreckt mich. Und weil es mich so sehr erschreckt, frage ich mich, warum ich überhaupt so lange gewartet habe. Vielleicht vertue ich mich aber auch, und du willst mich nicht mehr heiraten. Wenn das dein Gefühl dazu sein sollte, werde ich warten.« Wenn er mich weiter mit dieser sanften Neugier anstarrt, schreie ich gleich, dachte sie. »Verdammt noch mal, jetzt sag doch was. Ja, nein, lass mich in Ruhe, was auch immer, aber sag etwas!«

»Warum? Warum gerade jetzt, Deanna?«

»Mach bitte kein Interview daraus.«

»Warum?«, wiederholte er. Als er sie an den Armen packte, merkte sie, dass er alles andere als sanft gestimmt war.

»Weil auf einmal alles so kompliziert ist.« Ihre Stimme wurde lauter, zitterte, brach. »Weil das Leben nicht mehr in irgendeinen meiner ordentlichen Pläne oder Listen hineinpasst, und weil ich dich nicht mehr heiraten will, damit bei mir alles seine Ordnung hat. Weil jetzt wahrscheinlich der schlechteste Zeitpunkt ist, um an eine Hochzeit zu denken – die Marktanalysen im November stehen vor der Tür, der Streit zwischen Angela und mir schlägt immer noch hohe Wellen und du musst nach Haiti. Wer weiß, vielleicht ist es aber auch der beste Zeitpunkt dafür.«

Trotz des Durcheinanders an Gefühlen, die er in sich spürte, lachte Finn. »Diesmal kann ich deiner Logik wirklich nicht mehr folgen.«

»Das Leben muss für mich nicht länger perfekt sein, Finn. Dieses eine Mal nicht. Es muss einfach nur richtig sein. Und wir sind hundertprozentig richtig.« Sie blinzelte noch weitere Tränen weg, gab es dann jedoch auf und ließ sie einfach kommen. »Willst du mich heiraten?«

Er neigte ihren Kopf nach hinten, sodass er ihr Gesicht studieren konnte. Und langsam verzog sich sein Mund zu einem Lächeln, als wäre der ganze Gefühlswirrwarr zu einem einzigen seidenweichen Tuch glatt gestrichen worden. »Nun, weißt du, Kansas, das kommt alles schrecklich plötzlich.«

Die Nachricht von ihrer Verlobung verbreitete sich wie ein Lauffeuer. Keine vierundzwanzig Stunden nach ihrer offiziellen Bekanntmachung wurde Deannas Büro mit Anrufen überschwemmt. Man bat sie um Interviews, Designer, Lieferanten für Speisen und Getränke, Küchenchefs boten ihre Dienste an, Freunde und Freundinnen gratulierten. Andere Reporter riefen an, weil sie neugierig waren.

Alles landete erst einmal bei Cassie, die dann das Wenige an Deanna weiterleitete, um das sie sich persönlich kümmern musste.

Merkwürdigerweise hatte es weder Anrufe noch Briefe, noch überhaupt irgendeine Form des Kontakts mit der einzigen Person gegeben, die seit Jahren hinter ihr her war. Ganz gleich, wie häufig Deanna sich einredete, dass sie doch froh darüber sein sollte, nichts von ihr zu hören, machte ihr das mehr Angst, als wenn sie einen dieser geschmackvollen weißen Briefumschläge auf ihrem Schreibtisch oder unter ihrer Tür gefunden hätte.

Es kamen keine Briefe, weil keine mehr geschrieben wurden. In dem düsteren kleinen Zimmer, in dem Deanna mit zufriedenem Gesicht von den Bildern an den Wänden und auf den

Tischen strahlte, gab es außer Schluchzen nur wenige Geräusche. Heiße, bittere Tränen fielen auf die Zeitung, die die Verlobung von zwei der beliebtesten Stars im Fernsehen bekannt gab.

Allein, allein, so lange allein. So geduldig gewartet, mit der Sicherheit, dass Finn sich niemals irgendwo niederlassen würde und Deanna noch zu haben war. Jetzt hatte sich die Hoffnung und damit auch die durch sie genährte Geduld zerschlagen wie ein Becher aus zerbrechlichem Glas, der weggeworfen wird und bei dem man dabei entdeckt, dass er die ganze Zeit über leer gewesen ist.

Keinen süßen Wein des Triumphes würden sie sich teilen, keine Deanna war mehr da, mit der sich die leeren Stunden füllen ließen.

Doch schon als die Tränen versiegten, begann die Planung. Man musste ihr nur zeigen – das würde sicherlich genügen –, dass sonst keiner Deanna so vollständig lieben konnte. Das musste ihr gezeigt und ihr bewusst gemacht werden, auch wenn das einen Schock für sie bedeuten mochte. Und sie musste bestraft werden. Nur ein wenig.

Es gab einen Weg, das alles zu arrangieren.

Deanna hatte eine kleine, einfache Hochzeit vorgeschlagen. Sie sei für eine intime Feier nur mit Familienangehörigen und den engsten Freunden, erzählte sie Finn, der gerade sein Gepäck für Haiti zusammengestellt hatte.

Er allerdings wollte davon nichts wissen.

»Nein. Hierbei machen wir keine Abstriche, Kansas.« Er zog den Reißverschluss seiner Reisetasche zu und hängte sie sich über die Schulter. »Eine Trauung in der Kirche, Orgelmusik, tonnenweise Blumen und etliche weinende Verwandte, an die sich keiner von uns erinnern kann. Danach ein Empfang gigantischen Ausmaßes, auf dem einige dieser bereits erwähnten

Verwandten zu viel trinken und ihre jeweiligen Partner in Verlegenheit bringen.«

Sie lief auf der Treppe hinter ihm her. »Weißt du, wie lange es dauern würde, so etwas zu planen?«

»Ja. Du hast fünf Monate Zeit.« Er zog sie an sich heran und küsste sie. »Der Termin ist im April, Deanna. Wenn ich zurückkomme, gehen wir deine Liste durch.«

»Aber Finn ...« Sie war gezwungen, sich blitzschnell zu bücken und den Hund am Halsband festzuhalten, damit er nicht freudig aus der Tür rannte, die Finn gerade öffnete.

»Dieses Mal möchte *ich,* dass es perfekt wird. Sobald wie möglich rufe ich dich an.« Er lief die Stufen vor dem Eingang hinunter zu seinem Fahrer, drehte sich noch einmal um und ging ein Stück rückwärts, wobei sein Grinsen immer breiter wurde. »Halt die Ohren steif!«

So kam es, dass Deanna nun eine groß angelegte Hochzeit plante. Was natürlich zu einer Sendung über Hochzeitsvorbereitungen und den damit verbundenen Stress führte.

»Wir könnten ja Paare verpflichten, die sich getrennt haben, weil die ganzen Kabbeleien und Auseinandersetzungen während der Planung für die Hochzeit ihre Beziehung allmählich zugrunde richteten«, meinte Simon bei dem Treffen des Mitarbeiterstabes.

Von ihrem Platz am Kopf des Konferenztisches aus warf Deanna Simon einen eulenhaften Blick zu. »Danke, das hat mir wirklich gerade noch gefehlt.«

Simon ließ sein leises Lachen zu einem Husten werden. »Eine Nichte von mir ...«

Margaret stöhnte auf und schob sich die Brille mit dem purpurfarbenen Gestell auf ihrer Stupsnase nach oben. »Er hat immer entweder eine Nichte, einen Neffen oder einen Cousin im Angebot.«

»Kann ich etwas dafür, dass meine Familie so groß ist?«

»Kinder, Kinder.« Fran schüttelte Kelseys Rassel und hoffte, wieder ein wenig Ordnung in die Sitzung zurückzubringen. »Wir sollten zumindest versuchen, so zu tun, als seien wir ein seriöses, gut organisiertes Team, das eine erstklassige Show auf die Beine stellt.«

»Wir sind die Nummer eins«, sang Jeff und grinste, als die anderen in den Rhythmus einfielen. »Wir sind die Nummer eins.«

»Und das wollen wir auch bleiben.« Lachend hielt Deanna beide Hände hoch. »Okay, eigentlich hat Simon eine gute Idee gehabt, auch wenn sie meinem Seelenfrieden nicht unbedingt zugutekommen wird. Wie viele Paare trennen sich eurer Einschätzung nach zwischen dem ›Willst du?‹ und dem ›Ich will!‹?«

»Viele«, meinte Simon vergnügt. »Nehmen wir nur meine Nichte und ihren zukünftigen Ehemann ...« Er ignorierte den Papierflieger, den Margaret in seine Richtung segeln ließ. »Wirklich, die hatten schon den Termin in der Kirche festgemacht, einen Festsaal gemietet und sich entschieden, bei wem sie Speisen und Getränke beziehen wollten. Wie meine Schwester mir erzählte, gab es aber die ganze Zeit Streit zwischen ihnen. Der große Knall kam dann, als sie sich mit den Kleidern für die Brautjungfern beschäftigten. Sie konnten sich dabei einfach nicht auf die Farbe einigen.«

»Sie haben die Hochzeit wegen eines Streits über die Farben der Kleider der Brautjungfern abgesagt?« Deanna verengte die Augen zu schmalen Schlitzen. »Das hast du dir jetzt ausgedacht.«

»Nein, ich schwöre es bei Gott!« Zum Beweis legte Simon die Hand auf sein Herz. »Sie wollte lindgrün, er lavendel. Natürlich waren diese Farben nur einer von vielen Gründen für die Trennung. Wenn man sich aber nicht einmal bei diesem Punkt einig werden kann, wie soll das denn später gelingen, wenn es darum geht, wo die Kinder zur Schule gehen? Hey!« Sein Gesicht erhellte sich. »Vielleicht können wir sie ja für die Sendung gewinnen.«

»Wir behalten es jedenfalls im Hinterkopf.« Deanna machte sich ihre Notizen, zu denen auch die Mahnung gehörte, sich bei der Wahl der Farben flexibel zu zeigen. »Ich denke, es geht bei diesem Thema darum, dass die Vorbereitungen für eine Hochzeit viel Stress bedeuten, und dass es Wege gibt, dadurch entstehende Spannungen zu verringern. Ich denke, wir sollten einen Experten dazu einladen. Allerdings keinen Psychologen«, fügte sie rasch hinzu und dachte dabei an Marshall.

»Vielleicht sollten wir jemanden nehmen, der bei Hochzeiten dafür verantwortlich ist, dass alles aufeinander abgestimmt wird«, schlug Jeff vor und beobachtete Deannas Gesicht, um herauszufinden, ob sie seinen Vorschlag schätzte oder missbilligte. »Das könnte zum Beispiel jemand sein, der gewerblich Hochzeiten arrangiert und inszeniert«, meinte er schließlich und schaute sich nach Bestätigung um.

Fran klopfte mit der Rassel gegen den Tisch. »Jemanden ins Studio zu holen, der Erfahrung mit der Organisation einer Hochzeit hat, halte ich für eine gute Idee. Wir könnten uns mit ihm darüber unterhalten, wie man seinen Finanzrahmen einhält und zu hohe Erwartungen zurückschraubt, und wie man es schafft, dass einem phantastische Vorstellungen über Perfektion den Blick auf die tatsächlichen Gegebenheiten nicht verstellen.«

»Danke für den Seitenhieb«, warf Deanna zurück. »Das könnten auch die Eltern der Braut sein. Traditionellerweise tragen sie ja die Kosten für die Hochzeit. Was ist bei den Vorbereitungen in persönlicher und in finanzieller Hinsicht besonders anstrengend? Wie treffen wir vernünftige Entscheidungen hinsichtlich der Einladungen, des Empfangs, der Musik, der Blumen, der Fotografen, ohne dabei den Spaß zu verlieren? Machen wir ein

Stehbüfett oder wird das Essen im Sitzen eingenommen? Wie gestalten wir die Mitte der Tische? Wer kümmert sich um die Hochzeitsgesellschaft? Was ist mit den Dekorationen, mit der Gästeliste?« Ein kaum wahrnehmbarer Anflug von Verzweiflung schlich sich in ihre Stimme. »Wo zum Teufel bringen wir die ganzen Gäste von außerhalb unter, und wie soll das alles irgendjemand in nur fünf Monaten auf die Beine stellen?«

Sie legte den Kopf auf die Arme. »Ich denke«, sagte sie langsam, »Finn und ich sollten einfach durchbrennen.«

»Hey, das ist gut«, legte Simon los. »Alternativen zum Hochzeitsstress. Da fällt mir ein Cousin von mir ein, der ...«

Dieses Mal traf ihn Margarets Papierflieger mitten zwischen die Augen.

Innerhalb weniger Wochen war Deannas sonst so aufgeräumter Schreibtisch mit einem wüsten Durcheinander von Skizzen für Entwürfe von Hochzeitskleidern bedeckt, die von raffiniert gestalteten traditionellen Designs bis zu ausgesprochen futuristisch anmutenden Entwürfen reichten.

Hinter ihr stand der unscheinbare Plastikbaum, den Jeff an jenem ersten Weihnachtsfest in ihr Büro geschleppt hatte. Die vielen Kugeln und Girlanden waren für das Bäumchen viel zu schwer, weshalb es sich bedenklich zur Seite neigte.

Irgendjemand – Deanna tippte auf Cassie – hatte ein Kiefernduftspray zur Raumluftverbesserung versprüht. Der wohltuende Duft ließ die verblassten, gefärbten Plastikzweige noch kläglicher wirken. Deanna liebte diesen hässlichen Baum über alles.

Mittlerweile gehörte er zur Tradition, war abergläubischer Brauch geworden, und sie würde ihn nicht durch die prächtigste Blaufichte der ganzen Stadt ersetzen wollen.

»Bei diesem Entwurf kann ich nicht ganz erkennen, dass jemand ›Ich will‹ sagt.« Sie hielt die Skizze hoch, damit Fran sie gut einsehen konnte. Das kurze, schmal wirkende Kleid wurde von einer Kopfbedeckung überragt, die an die Rotorblätter eines Hubschraubers erinnerte.

»Nun, nach dem Jawort könnte Finn dich ja in Rotation versetzen, sodass ihr beide den Mittelgang entlangfliegt. Oh, schau mal, das hier ist ja heiß!« Sie hielt eine Zeichnung hoch, auf der ein langes und dünnes Model die Beine auseinanderspreizte und sich in einem zweiteiligen Kleidungsstück präsentierte, das die Taille freiließ, einen äußerst knappen Minirock und Stiefel mit Pfennigabsätzen zu bieten hatte.

»Na, das passt aber nur, wenn ich statt des Blumenstraußes eine Peitsche in der Hand halte.«

»Dann wäre dir eine tolle Presse sicher.« Sie warf die Zeitung beiseite. »Du hast für eine Entscheidung nicht mehr allzu viel Zeit. Bald bricht der April überall mit Macht los.«

»Erinner mich nicht daran.« Deanna schob einen anderen Entwurf nach oben, was ihren Verlobungsring mit dem doppelten Diamanten aufblitzen ließ. Für jedes Jahr, das Finn gebraucht hatte, um ihren Widerstand aufzuweichen, gab es einen Diamanten, hatte er gesagt, als er ihr den Ring auf den Finger steckte. »Das hier gefällt mir.«

Fran spähte über Deannas Schulter. »Es ist phantastisch.« Mit erstaunten und begeisterten Ausrufen kommentierte sie die sich bauschenden Röcke und die weit geschnittenen Ärmel. Das schmucke Oberteil war mit Perlen und Spitzen verziert, dessen Muster sich auf der langen, wallenden Schleppe wiederholten. Die Kopfbedeckung bestand aus einem einfachen Ring, von dem aus der wie Schaum wirkende Schleier herabfiel.

»Das ist ja wirklich umwerfend, fast mittelalterlich. Ein richtiges Kleid für das einzige Mal im Leben.«

»Meinst du?«

Fran bemerkte Deannas Interesse und kniff die Augen zusammen. »Du hast dich doch bereits entschieden.«

»Ich will eine unvoreingenommene Meinung dazu. Und du hast natürlich recht«, gab Deanna lachend zu. »Sobald ich es sah, wusste ich, dass es dieses Kleid werden würde.« Sie brachte etwas Ordnung in die Entwürfe und legte ihre Wahl ganz oben auf den Haufen. »Ich wünschte mir, die anderen Entscheidungen wären auch alle so einfach. Der Fotograf …«

»Das habe ich schon übernommen.«

»Die Lieferanten für Speisen und Getränke.«

»Das übernimmt Cassies Abteilung.«

»Musik, Servietten, Blumen, Einladungen«, sagte sie, bevor Fran sie wieder unterbrechen konnte. »Lass mich doch zumindest so tun, als ob mich das alles in den Wahnsinn treibt.«

»Das dürfte schwerfallen. In deinem ganzen Leben hast du noch nie glücklicher ausgesehen.«

»Dafür muss ich dir auch wirklich noch einmal danken. Du hast mir genau den Tritt in den Hintern versetzt, den ich gebraucht habe.«

»Ich bin froh, dass er erwünscht war. Jetzt sollten wir aber das Büro verlassen. Du hast einen freien Abend, und wir könnten uns unten in der Michigan Avenue die Brautausstattungen anschauen. Finn ist im Moment für einen Drehtermin auf der anderen Seite der Stadt. Das ist also jetzt unsere einzige Chance. Wir sollten keine Zeit verlieren.«

»Ich bin bereit.« Deanna schnappte sich gerade ihre Handtasche, als das Telefon klingelte. »Fast«, meinte sie. Weil Cassie an diesem Tag bereits Feierabend hatte, ging Deanna selbst an den Apparat. »Reynolds«, sagte sie aus Gewohnheit heraus. Dann erstarb ihr strahlendes Lächeln. »Angela.« Sie blickte hoch und fing Frans interessierten Blick auf. »Das ist sehr freundlich von dir. Ich bin mir sicher, Finn und ich werden sehr glücklich sein.«

»Natürlich werdet ihr das«, säuselte Angelas Stimme aus dem Hörer, während sie mit einem Brieföffner ein Titelbild durchtrennte, auf dem Finn und Deanna zu sehen waren. »Du warst doch immer zuversichtlich, Deanna.«

Um ruhig zu bleiben, veränderte Deanna ihre Sitzhaltung so, dass sie den zitternden Weihnachtsbaum studieren konnte. »Kann ich irgendetwas für dich tun?«

»Nein, überhaupt nichts. Doch ich möchte etwas für dich tun, meine Liebe. Nennen wir es doch ein Verlobungsgeschenk. Es geht um eine winzig kleine Information über deinen Verlobten, an der du interessiert sein könntest.«

»Über Finn kannst du mir nun wirklich nichts erzählen, was mich interessieren könnte, Angela. Ich schätze deine guten Wünsche, aber ich muss jetzt weg und stand schon fast an der Tür.«

»Lass dich nur nicht hetzen. Ich erinnere mich noch daran, dass du immer eine gesunde Neugier gehabt hast, und ich bezweifle, dass du dich in dieser Hinsicht so sehr verändert hast. Es wäre für dich und Finn wirklich sehr wichtig, dir anzuhören, was ich zu sagen habe.«

»In Ordnung.« Mit zusammengebissenen Zähnen setzte sich auch Deanna wieder hin. »Ich höre.«

»O nein, meine Liebe, doch nicht am Telefon. Zufälligerweise bin ich gerade hier in Chicago, um ein paar Geschäfte zu machen und mir ein wenig Spaß zu gönnen.«

»Ach ja, morgen hast du ja dieses Mittagessen mit der Wählerinnenvereinigung. Ich habe davon gelesen.«

»Genau, das steht morgen neben ein paar anderen Dingen auf meinem Programm. Doch für einen Plausch um – sagen wir mal – Mitternacht bin ich frei.«

»Die Geister- und Hexenstunde? Angela, das ist jetzt aber sogar für dich ein bisschen dick aufgetragen.«

»Pass auf, wie du mit mir redest, sonst gebe ich dir keine Gelegenheit zu hören, was ich dir zu sagen habe, bevor ich damit an die Presse gehe. Du kannst meine Großzügigkeit als Verlobungs- und Weihnachtsgeschenk zugleich auffassen, meine Liebe. Also, um Mitternacht«, wiederholte sie. »Im Studio. Meinem alten Studio.«

»Ich werde nicht … Verdammt!« Deanna knallte das Telefon in die Ablage. Es war wie ein Echo dessen, was Angela gerade getan hatte.

»Was hat sie nur vor?«

»Da bin ich mir nicht sicher.« Deanna starrte ins Leere. Die Stimmung zum Feiern war ihr gründlich vergangen. »Sie will sich mit mir treffen und behauptet, sie hätte irgendeine Information für mich, die ich mir unbedingt anhören müsste.«

»Die will nur wieder Ärger machen, Dee.« Frans Stimme klang besorgt. »Dabei hat *sie* doch Ärger. Wegen der Gerüchte, sie würde trinken und Gäste bestechen, und wegen ihrer Art, ihre Show zu präsentieren, ist es in den letzten sechs Monaten mit ihren Einschaltquoten dramatisch bergab gegangen. Daher wäre es kaum eine Überraschung, wenn sie auf ihrem Besenstiel auf dich losgehen und dir einen vergifteten Apfel reichen würde.«

»Das macht mir keine Angst.« Deanna schüttelte ihre Verstimmung wieder von sich ab und stand auf. »Mir nicht. Es wird Zeit, dass Angela und ich die Sache ein für alle Mal miteinander ausfechten, und zwar unter vier Augen. Und sie ist nicht in der Lage, irgendetwas zu sagen oder tun, was mich verletzen könnte.«

Teil drei

>»Alle Macht der Phantasie über
die Vernunft beruht auf
einem gewissen Grad an Wahnsinn.«

Samuel Johnson

23

Angela jedoch war etwas angetan worden.

Jemand hatte sie getötet.

Deanna stieß weiter hohe, durchdringende Schreie aus, die in ihrer Kehle brannten wie Säure. Obwohl sich ihr Blick eintrübte, konnte sie ihn nicht von dem Horrorszenario neben sich abwenden. Und sie konnte das Blut riechen: heiß, kupferartig und dick.

Sie musste unbedingt von hier weg, bevor Angela diese zarte, leblose Hand nach ihr ausstreckte und ihr damit die Kehle zudrückte.

Leise vor Panik wimmernd, kroch Deanna aus dem Sessel. Sie hatte Angst davor, sich zu schnell zu bewegen, Angst davor, wegzuschauen und das, was einmal Angela Perkins gewesen war, nicht mehr zu sehen. Jede Bewegung, jedes Geräusch wiederholte sich im Monitor, während die Kamera mit ihrem runden, dunkel starrenden Auge alles unpersönlich aufzeichnete. Etwas berührte sie am Rücken. Mit einem keuchenden Aufschrei hob Deanna die Hände, um gegen das anzukämpfen, was sie nicht sah, und verfing sich mit den Fingern in den Kabeln eines Ansteckmikrofons.

»O Gott! O Gott!« Sich losreißend, schleuderte sie das Mikrofon beiseite und rannte in blinder Panik vom Bühnenaufgang weg.

Sie stolperte, sah einen entsetzten Blick lang ihr Spiegelbild im breiten Wandspiegel. Ein heiseres Lachen stieg ihr in die Kehle. Ich sehe wirklich aus wie eine Wahnsinnige, dachte sie verstört. Sie verbiss sich ihre Hysterie, befürchtete, sich sonst in einem verrückten Kichern Luft verschaffen zu müssen. Fast wäre sie über die eigenen Füße gefallen, als sie den dunklen Flur entlangrannte. Sie spürte Atem an ihrem Nacken herunterstreichen, konnte genau spüren, wie es heiß und gierig hinter ihr flüsterte.

Schluchzend stürmte sie in ihre Garderobe, knallte die Tür zu, schloss ab und stand dann in der Dunkelheit. Ihr Herzschlag raste wie der eines verfolgten Kaninchens.

Nach dem Lichtschalter tastend, schrie sie erneut auf, als sich ihr Spiegelbild mit dem aufflammenden Licht plötzlich auf sie zu stürzen schien. Eine glitzernde Goldgirlande umrahmte den Spiegel. Das sieht ja aus wie eine Schlinge, dachte sie, wie eine mit Flitterplättchen bedeckte Schlinge. Als hätte das Entsetzen sie aller Knochen beraubt, rutschte sie an der Tür herab. Alles um sie herum drehte sich und drehte sich, bis sich ihr der Magen hob. Die Übelkeit trieb ihr den kalten Schweiß auf die Stirn, sie kroch zum Telefon, ihr eigenes Winseln rief ein Gefühl auf der Haut hervor, als wäre diese mit Eis überzogen, während sie die Notrufnummer in die Tasten hieb.

»Bitte, bitte, helfen Sie mir.« Ganz benommen und elend lag sie auf dem Boden, hatte den Hörer in die Hände gebettet. »Sie hat gar kein Gesicht mehr. Ich brauche Hilfe. Im CBC-Gebäude. Studio B. Bitte, machen Sie schnell«, sagte sie, dann ließ sie sich von der Dunkelheit verschlucken.

Kurz nach ein Uhr nachts kam Finn nach Hause. Als Erstes wollte er sich heiß duschen, dann einen warmen Brandy trinken. Deanna erwartete er innerhalb der nächsten Stunde zurück, dann musste auch jede noch so wichtige Dringlichkeitssitzung einfach zu Ende sein. Als sie ihn zwischen zwei Aufnahmen abgefangen hatte, war sie bezüglich der näheren Einzelheiten ziemlich vage geblieben, und er hatte weder die Zeit noch das Bedürfnis gehabt, auf sie einzudringen. Sie waren jetzt beide schon lange genug in der Fernsehbranche tätig, um nicht bei jedem Mitternachtstreffen nachzufragen.

Er schickte den Fahrer nach Hause und ging die Auffahrt hoch. Der Hund gibt ja ein Gebell von sich, das die ganze Nachbarschaft aus dem Schlaf reißt, dachte er mit einer gewissen Belustigung; allerdings war es ihm auch ein wenig peinlich.

»Okay, okay, Cronkite. Bemüh' dich mal um einen etwas würdevolleren Auftritt.« Er griff nach seinen Schlüsseln, als er auf die Veranda trat, und fragte sich, warum Deanna wohl vergessen hatte, die Außenbeleuchtung brennen zu lassen. Kleine Dinge wie dieses entgingen ihr eigentlich nie.

Die Planungen für die Hochzeit brachten sie wohl etwas durcheinander, dachte er, und der Gedanke machte ihm Freude.

Unter seinen Füßen knirschte es. Er blickte nach unten und sah das schwache Glitzern der Glasscherben. Seine anfängliche Verwirrung verwandelte sich in Wut, als er die ausgezackten Scherben der facettierten Glasscheiben neben der Tür liegen sah.

Dann wurde sein Mund trocken. Was war, wenn Deannas Treffen abgesagt worden war? Wenn sie schon zu Hause war? Ohne zu denken und voller Angst um sie stürmte er durch die Tür, rief ihren Namen.

Hinten im Haus krachte etwas, und das wilde Bellen des Hundes verwandelte sich in ein verzweifeltes Jaulen. Nur noch an Deanna denkend, schaltete Finn das Licht an und sprintete dorthin, wo das Krachen hergekommen war.

Überall sah er Zerstörung. Ihr gesamter Besitz war einem hirnlosen, brutalen Angriff zum Opfer gefallen. Lampen und

Tische waren umgestoßen, die Glassachen zertrümmert worden. Als er in die Küche kam, verspürte er in sich nur noch eisige Kälte. Er hatte den Eindruck, eine Gestalt gesehen zu haben, die über den Rasen davonlief. Als er die zertrümmerte Tür aufriss, um die Verfolgung aufzunehmen, jaulte der Hund wieder und kratzte jämmerlich an der verschlossenen Tür der Abstellkammer.

Finn wollte unbedingt hinterher. Er brannte darauf, den Kerl zur Strecke zu bringen, der das hier getan hatte, wollte ihm am liebsten den Hals umdrehen. Doch die Möglichkeit, dass Deanna irgendwo verletzt im Haus lag, ließ ihn innehalten.

»Okay, Cronkite«, meinte er, schloss die Tür auf und taumelte rückwärts, als der Hund ihn freudig ansprang. Der massige Körper des Tieres zitterte. »Der hat dir einen ganz schönen Schrecken eingejagt, was? Mir auch. Komm, wir suchen Deanna.«

Er schaute in jedes Zimmer; die Verwüstung war so vollständig wie nach einem Tornado, Dinge von unschätzbarem Wert waren genauso launenhaft zerstört worden wie Wertloses.

Doch das Schlimmste und Entsetzlichste war die Botschaft, die mit Deannas Lippenstift an die Wand über dem Bett, das sie miteinander teilten, geschrieben war.

ICH HABE DICH GELIEBT
ICH HABE FÜR DICH GETÖTET
ICH HASSE DICH

»Gott sei Dank war sie nicht hier. Gott sei Dank!« Grimmig nahm Finn das Telefon und rief die Polizei an.

»Immer mit der Ruhe!« Lieutenant Jenner half Deanna dabei, das Glas Wasser festzuhalten.

»Es geht schon wieder.« Ihre Zähne jedoch klapperten immer

noch auf dem Rand des Glases. »Tut mir leid. Ich weiß, dass ich vorhin ziemlich unzusammenhängendes Zeug geredet habe.«

»Das ist doch ganz verständlich.« Er hatte sich Angela Perkins' Leiche angesehen und konnte tatsächlich gut nachvollziehen, wie es in Deanna aussah. Er machte ihr auch keine Vorwürfe, dass sie sich in dem verschlossenen Raum zusammengekauert und erst nach sanftem Zureden die Tür geöffnet hatte, um ihn zu sich zu lassen. »Sie sollten sich noch von einem Arzt untersuchen lassen.«

»Es ist alles in Ordnung, wirklich.«

Sie steht noch unter Schock, dachte Jenner. Auf diese Weise legt die Natur den Körper still und erzeugt die Illusion von Wohlbefinden. Doch ihre Augen waren immer noch glasig, und obwohl er ihr seinen Mantel über die Schultern gelegt hatte, zitterte sie.

»Können Sie erzählen, was genau passiert ist?«

»Ich habe sie gefunden. Kam herein und fand sie.«

»Was haben Sie nach Mitternacht im Studio gemacht?«

»Sie bat mich, sie zu treffen. Sie rief an ... Sie ...« Deanna nahm wieder einen kleinen Schluck Wasser. »Sie rief an.«

»Also haben Sie mit ihr ausgemacht, sich hier mit ihr zu treffen.«

»Sie wollte ... mit mir sprechen. Sie sagte, sie hätte Informationen über ...« Mit einem Mal formulierte sie etwas vorsichtiger. »Über etwas, das ich wissen müsste. Erst wollte ich nicht hingehen, dann dachte ich, es ist vielleicht das Beste, die Sache mit ihr auszufechten.«

»Wann kamen Sie hier an?«

»Es war Mitternacht. Auf dem Parkplatz hatte ich noch auf die Uhr geschaut.« Sie erinnerte sich an die farbigen Lichter in der Ferne, den verschwommenen fröhlichen Lärm einer Weihnachtsfeier. »Es war Mitternacht. Ich dachte, vielleicht ist sie noch gar nicht da, denn ich konnte nirgends ihren Wagen sehen, aber sie hätte sich natürlich auch von ihrem Fahrer dort absetzen lassen können. Ich ging also zum Studio. Es lag im Dunkeln, daher dachte ich, Angela sei noch nicht da, was mir recht war, denn ich hatte zuerst ankommen wollen. Als ich dann die Lichter einschaltete, wurde ich von irgendetwas getroffen, und als ich wieder zu Bewusstsein kam, fand ich mich auf der Bühne wieder und war kaum noch in der Lage, einen klaren Gedanken zu fassen. Die Kamera lief. O Gott, die Kamera lief und im Monitor, da sah ich ... da sah ich sie.« Sie presste sich die Hand auf den Mund, um ein Wimmern zu unterdrücken.

»Lassen Sie sich Zeit«, meinte Jenner und lehnte sich zurück.

»Sonst weiß ich nichts. Ich bin hier hereingerannt und habe die Tür abgeschlossen. Dann rief ich die Polizei an und wurde ohnmächtig.«

»Haben Sie auf dem Weg zum Studio irgendjemanden gesehen?«

»Nein, niemanden. Die Putzkolonnen hatten das Gebäude schon wieder verlassen. Die Nachrichtenredaktion war wahrscheinlich noch besetzt, ansonsten leert sich das Gebäude nach der letzten Sendung.«

»Man benötigt eine spezielle Karte, um hier hereinzukommen, nicht wahr?«

»Ja. Vor ungefähr einem Jahr haben sie ein neues Sicherheitssystem eingeführt.«

»Ist das hier Ihre Tasche, Miss Reynolds?« Er hielt ihr eine geräumige Umhängetasche aus glattem schwarzem Leder hin.

»Ja. Ich muss sie fallen gelassen haben, als ich ... als ich hier hereinkam.«

»Und diese Karte.« Er hielt einen durchsichtigen Plastikbeutel hoch, in dem sich eine dünne Karte mit ihren Initialen befand.

»Die gehört ebenfalls mir.«

Er legte den Plastikbeutel beiseite und machte sich Notizen. »Um wie viel Uhr hat Miss Perkins wegen des Treffens mit Ihnen Kontakt aufgenommen.«

»Um fünf. Sie hat in meinem Büro angerufen.«

»Hat Ihre Sekretärin den Anruf entgegengenommen?«

»Nein, die war bereits nach Hause gegangen. Ich bin selbst an den Apparat gegangen.« Durch die Abschirmung des Schocks hindurch drang ein zitternder Gedanke. »Glauben Sie etwa, ich hätte sie umgebracht? Glauben Sie, ich hätte ihr das angetan? Warum?« Sie sprang hoch, schwankte wie eine Betrunkene, als der Mantel auf den Boden glitt. »Wie hätte ich das denn anstellen können? Warum hätte ich das überhaupt tun sollen? Glauben Sie, ich hätte sie hierhergelockt, sie ermordet, und dann alles aufgenommen, damit ich es am nächsten Morgen meiner treuen Zuhörerschaft präsentieren kann?«

»Beruhigen Sie sich, Miss Reynolds.« Behutsam stand auch Jenner auf. Sie machte den Eindruck, als ob sie sich auflösen würde, wenn er sie berührte. »Keiner beschuldigt Sie. Ich versuche nur zu erfassen, was hier passiert ist.«

»Ich habe Ihnen doch genau erzählt, was sich ereignet hat. Jemand hat sie umgebracht. Jemand hat ihr das Gesicht weggeschossen und sie auf der Bühne platziert. O Gott!« Sie drückte eine Hand gegen ihr Herz. »Das kann doch nicht wahr sein!«

»Setzen Sie sich und kommen Sie erst einmal wieder zu sich.« Jenner nahm ihren Arm. Draußen hinter der Tür kam es zu einem kleinen Tumult, und er drehte sich um.

»Verdammt noch mal, ich will sie sehen.« Finn schob sich an dem Polizisten vorbei, der ihn aufzuhalten versuchte, und stürmte durch die Tür in die Garderobe. »Deanna!« Er rannte auf sie zu, als sie sich ihm schwankend näherte. »Dir ist nichts passiert.« Wie ein Schraubstock hielt er ihren Körper umklammert, vergrub sein Gesicht in ihren Haaren. »Dir ist nichts passiert.«

»Finn.« Sie drückte sich an ihn, sehnte sich verzweifelt danach, seinen Körper zu fühlen, seine Wärme, seinen Trost. »Jemand hat Angela umgebracht. Ich habe sie gefunden, Finn. Ich habe sie gefunden.«

Er schob sie von sich weg, war entsetzt über die Schwellung und das verklebte Blut an ihrem Hinterkopf. Die Erleichterung, die er empfand, veränderte sich zu einem dunklen, brennenden Verlangen nach Rache. »Wer hat dich verletzt?«

»Ich weiß es nicht.« Sie vergrub sich in seinen Armen. »Ich habe nichts gesehen. Sie denken, ich habe das getan, Finn. Sie denken, ich habe sie umgebracht.«

Über ihre zitternde Schulter hinweg starrte Finn mit eisigem Blick zu dem Detective hinüber. »Sind Sie verrückt geworden?«

»Da hat Miss Reynolds etwas falsch verstanden. Wir haben überhaupt nicht die Absicht, sie zu diesem Zeitpunkt wegen irgendetwas zu belangen, und daran wird sich meiner Meinung nach auch in Zukunft nichts ändern.«

»Dann steht es ihr ja frei zu gehen.«

Jenner rieb sich das Kinn. »Ja. Sie muss nur noch eine Erklärung unterschreiben, aber das können wir auch morgen noch tun. Miss Reynolds, ich weiß, dass Sie unter Schock stehen. Bitte entschuldigen Sie, dass ich Ihnen diese Fragen stellen musste. Jetzt rate ich Ihnen, sich ins Krankenhaus zu begeben und sich untersuchen zu lassen.«

»Ich nehme sie mit.« Behutsam führte Finn sie zu dem Stuhl zurück. »Deanna, warte hier bitte einen Augenblick auf mich. Ich muss noch kurz mit Lieutenant Jenner sprechen.«

Sie umklammerte seine Hand. »Lass mich nicht allein.«

»Nein, ich stehe direkt vor der Tür. Nur eine Minute. Detective!«

Jenner folgte Finn in den Flur und gab dem Uniformierten mit einem Kopfnicken zu verstehen, sich zurückzuziehen. »Sie hat eine harte Nacht hinter sich, Mr. Riley.«

»Das ist mir klar. Ich will nicht, dass Sie dem noch etwas hinzufügen.«

»Das will ich genauso wenig wie Sie. Doch bestimmte Prozeduren laufen jetzt einfach ab. Wir haben es hier mit einem schrecklichen Mord zu tun, und so weit ich das bisher übersehen kann, ist sie die einzige Zeugin. Macht es Ihnen etwas aus, mir zu sagen, wo Sie heute Nacht gewesen sind?«

Finns Blick wurde merklich kühler. »Nein, das macht mir nichts aus. Ich habe für einen Bericht in der South Side Aufnahmen gemacht. Vermutlich gibt es etwa ein Dutzend Personen, die bezeugen können, mich dort bis etwa gegen Mitternacht gesehen zu haben. Mein Fahrer nahm mich mit nach Hause und hat mich gegen kurz nach eins bei mir abgesetzt. Um zwanzig nach eins habe ich dann die Polizei angerufen.«

»Warum?«

»Weil jemand mein Haus verwüstet hat. Wenn Sie das überprüfen wollen, nehmen Sie mit Ihrem Vorgesetzten Kontakt auf.«

»Ich habe keinen Zweifel am Wahrheitsgehalt Ihrer Worte, Mr. Riley.« Jenner rieb sich erneut sein Kinn und spielte mit dem Terminkalender. »Sie sagten, um zwanzig nach eins?«

»Bis auf ein paar Minuten genau. Wer immer dort eingebrochen ist, schrieb eine Botschaft für Deanna an die Schlafzimmerwand. Sie können von Ihren Kollegen alle Einzelheiten erfahren. Ich bringe erst einmal Deanna hier weg.«

»Ich werde mich darum kümmern.« Jenner machte sich eine weitere Notiz. »Mr. Riley, es wäre besser, Miss Reynolds auf einem anderen Weg als üblich nach draußen zu führen. Ich möchte nicht, dass sie noch einmal durch das Studio geht.«

»Hey, Amie!« Ein anderer Polizist in Zivil stand am Ende des Flures an der Tür zum Studio und winkte dem Detective zu. »Er ist jetzt hier fertig.«

»Sagen Sie ihm, er soll noch einen kurzen Augenblick warten. Wir bleiben in Kontakt, Mr. Riley.«

Wortlos drehte Finn sich um und ging in die Garderobe zurück. Er zog seinen Mantel aus und steckte Deannas schlaffe Arme durch die Ärmel. Er wollte jetzt keine Zeit damit verlieren, nach ihrem Mantel zu suchen. »Komm, meine Kleine, lass uns jetzt hier weggehen.«

»Ich will nach Hause.« Als er sie nach draußen führte, ließ sie sich gegen ihn fallen.

»Das geht auf gar keinen Fall. Ich bringe dich zuerst einmal ins Krankenhaus.«

»Lass mich da nicht allein.«

»Ich lasse dich überhaupt nicht allein.«

Er führte sie auf einem Umweg ins Freie, machte einen Bogen um das Studio und verließ das Gebäude über die winklige Treppe, die zum Parkplatz hinausführte. Weil er wusste, was sie erwartete, bevor er die Tür öffnete, küsste er sie auf die Stirn und legte ihr den Arm um die Schultern.

»Es wird hier von Reportern und Kameras gleich nur so wimmeln.«

Sie machte die Augen fest zu und zitterte. »Ich weiß. Ist schon okay.«

»Halt dich einfach an mir fest.«

»Das tue ich bereits.«

Als er die Tür aufstieß, wurde sie vom Licht der Jupiterlampen geblendet. Sie beschirmte ihre Augen und sah überall nur noch Menschen, die begierig auf sie zustürmten, Mikrofone, die wie Lanzen in ihre Richtung stießen, und das große, fragende Auge der Kamera.

Fragen prasselten auf sie herab, abwehrend zog sie den Kopf ein, während Finn sie durch das wogende Meer von Reportern vorwärtstrieb.

Die meisten von ihnen kannte sie sogar, stellte sie fest. Und der größte Teil von ihnen war ihr auch sehr sympathisch. Vor langer Zeit hatten sie miteinander um ihre Stories gekämpft. Vor langer Zeit wäre sie mitten unter ihnen gewesen, wäre genauso herangehastet, um das eine eindrucksvolle Bild zu machen, die gemurmelte Bemerkung einzufangen.

Dann wäre sie zu ihrem Tisch in der Nachrichtenredaktion gerast, um die Meldung – und im Moment war sie die Meldung – Minuten und manchmal nur Sekunden vor der Konkurrenz auf Sendung zu bringen.

Doch jetzt war sie nicht länger die Beobachterin, jetzt wurde sie selbst beobachtet. Wie hätte sie den wartenden Reportern mitteilen können, was sie fühlte? Wie hätte sie ihnen sagen können, was sie wusste? Ihr Verstand war wie Glas, das durch einen grässlichen, hohen, winselnden Ton in heftiges Zittern geraten war. Wenn es nicht bald um sie herum still wurde, hatte sie das Gefühl, würde sie zerplatzen und sich in ihre Einzelteile auflösen.

»Herrje, Dee.«

Eine Hand griff nach ihr, zögerte, als sie vor ihr zurückwich. Joe stand mit der kleinen Kamera auf der Schulter und der schiefen Baseballkappe vor ihr.

»Tut mir leid«, meinte er und stieß einen Fluch aus. »Tut mir leid.«

»Ist schon in Ordnung. Ich habe das ja selbst gemacht, weißt du noch? Das ist einfach dein Job.« Dankbar kletterte sie in Finns Wagen und schloss die Augen. Dann war alles weg.

Jenner überließ das Studio dem Team von der Spurensicherung. Da zwei seiner Männer bereits die Bewohner des Hauses befragten, beschloss er, dieser Sache erst am nächsten Morgen weiter nachzugehen, verließ das CBC-Gebäude und fuhr zum Haus von Finn Riley.

Er war weder überrascht noch besonders unangenehm berührt, als Finn hinter ihm in der Auffahrt anhielt.

»Wie geht es Miss Reynolds?«

»Sie hat eine Gehirnerschütterung«, meinte Finn knapp. »Sie haben sie über Nacht zur Beobachtung dabehalten. Ich hatte es im Gefühl, Sie hier anzutreffen.«

Jenner nickte, als sie zusammen die Auffahrt hochgingen. »Kühle Nacht«, meinte er im Plauderton. »Im Bericht hieß es, Ihr Anruf sei um ein Uhr dreiundzwanzig eingegangen. Um ein Uhr achtundzwanzig war der erste Wagen da.«

»Da haben Sie aber sehr schnell reagiert.« Als er diese endlosen fünf Minuten lang sich einen ersten Überblick über die Zerstörungen in seinem Haus verschafft hatte, war es ihm allerdings wie eine halbe Ewigkeit vorgekommen. »Gehören Einbrüche und Vandalismus auch zu Ihrem Tätigkeitsbereich, Lieutenant?«

»Mir gefällt es, meine Arbeit möglichst abwechslungsreich zu gestalten. Aber ehrlich gesagt ...« Direkt vor der Haustür blieb er stehen. »... glaube ich, dass ich inzwischen nach dieser Geschichte in Greektown und den Ermittlungen zu den Briefen, die Miss Reynolds die ganze Zeit bekam, an dieser Sache ein persönliches Interesse habe. Stört Sie das?«

Finn warf Jenner im Sternenlicht einen forschenden Blick zu. Der Mann wirkte erschöpft und gleichzeitig völlig wach. Diese Kombination war Finn alles andere als fremd. »Nein.«

»Nun, vielleicht machen Sie ja die große Runde mit mir«, meinte Jenner und zerschnitt das Absperrband der Polizei über der beschädigten Tür.

Riley war ein Mann, der sich der Wirkung seiner Kleidung

bewusst war, dachte Jenner, als sie ins Haus hineingingen. Er war aber einfach auch der Typ für Lederjacken und ausgeblichene Jeans. Als Jenner es selbst einmal mit einer Lederjacke probiert hatte, hatte man ihm schon von Weitem angesehen, dass er Polizist war. Allerdings sah man ihm das immer direkt an.

»Haben Sie Miss Reynolds schon etwas von dem Ärger hier erzählt?«

»Nein.«

»Kann ich Ihnen nicht verübeln. Sie hat eine harte Nacht hinter sich.« Er blickte sich um. Das Haus sah innen aus, als hätte eine Bombe eingeschlagen. »Sie allerdings ebenfalls.«

»Das kann man wohl sagen. Fast jedes Zimmer ist verwüstet worden.« Finn deutete in sein Wohnzimmer. »Ich hatte noch nicht viel Zeit, mir den Schaden genauer anzusehen.«

Jenner gab ein zustimmendes Grunzen von sich. Wie er gehört hatte, war Finn aus dem Haus gestürmt, sobald er erfahren hatte, was im CBC-Gebäude geschehen war.

»Sie werden ganz schön in Rage sein«, meinte Jenner. Und das war wahrscheinlich noch gelinde ausgedrückt, dachte er. In Finns Gesicht sah er nur noch kalte Wut. Wenn Finn der Kerl, der das hier angerichtet hatte, über den Weg gelaufen wäre, hätte er ihn in Stücke gerissen. Und Jenner hätte viel darum gegeben, das mitzuerleben, auch wenn das nicht gerade seinem Berufsstand entsprach.

»Den materiellen Schaden kann ich ersetzen«, meinte Finn, als sie nach oben gingen.

»Ja.« Jenner trat in das Schlafzimmer und deutete mit einem Kopfnicken zur Wand. »Unser Freund ist also mittlerweile dazu übergegangen, seine Botschaften an die Wände zu schreiben.« Jenner zog seinen Notizblock hervor und hielt die Ausführung der Buchstaben auf einer leeren Seite fest. Das war jetzt das erste Mal, dass der Schreiber sich auf diese Weise gezeigt hatte. »Er drückt sich klar aus.« Mit einem raschen Blick hatte Jenner die Verwüstungen im Zimmer erfasst. »Da steht der Spurensicherung ja noch einiges bevor, bis sie dieses Chaos gesichtet hat.« Mit der Spitze seines Fußes stieß er gegen eine zerbrochene Parfümflasche. »Tiffany«, meinte er. »Einhundertfünfzig Dollar das Fläschchen. Meine Frau mag diesen Duft. Ich habe ihr davon das Eau de Cologne zum Geburtstag geschenkt. Und diese Decken. Irisches Leinen. Meine Großmutter hat ein Tischtuch aus diesem Stoff. Als Kind habe ich immer mein Gesicht daran gerieben.«

Finn lehnte sich an die Türfassung. Mit einem Anflug von Belustigung studierte er Jenner. »Ist das Ihre Art von Recherche, Lieutenant? Oder arbeiten Sie nebenbei schwarz für eine Versicherungsgesellschaft?«

»Ich hatte immer schon eine Schwäche für Qualität.« Jenner ließ den Notizblock wieder in die Tasche an seinen Platz direkt über der Waffe gleiten. »Ich würde sagen, Mr. Riley, das haben wir gemeinsam.«

»Ich würde sagen, Lieutenant, da stimme ich mit Ihnen überein.«

»Der Mord geschah um Mitternacht.« Jenner kratzte sich im Nacken. »Die Fahrt vom CBC-Gebäude bis hierher dauert vierzehn Minuten, wenn man sich an die Geschwindigkeitsbegrenzungen hält. Der Täter hat vielleicht zehn Minuten gebraucht, um auf der Bühne alles in Szene zu setzen und die Geräte einzuschalten, dann noch einmal zehn Minuten für die Fahrt nach hier. Sie sind gegen zwanzig nach eins heimgekommen. Ja, ich würde sagen, die Zeit reicht aus.«

»Sie erzählen mir da nichts Neues, Lieutenant. Und was jetzt?«

»Morgen werden wir die Nachbarschaft eingehender unter die Lupe nehmen. Vielleicht gibt es jemanden, der irgendetwas gesehen hat.«

»Sie hatten noch keine Zeit, sich mit Dan Gardner zu unterhalten?«

»Nein.« Mit einem kaum wahrnehmbaren Lächeln bewegten sich Jenners Lippen. »Das ist meine nächste Station.«

»Meine auch.«

»Mr. Riley. Sie sollten besser zurück ins Krankenhaus fahren und auf Ihre Lady aufpassen. Überlassen Sie das andere mir.«

»Ich passe schon auf Deanna auf«, entgegnete Finn. »Und ich werde mit Gardner sprechen. Ich werde alles und jeden, den ich kenne, nutzen, um dieser Sache auf den Grund zu gehen. Entweder gehe ich mit Ihnen hin, Lieutenant, oder ich werde Sie umgehen, um dorthin zu gelangen.«

»Das ist aber nicht sehr freundlich, Mr. Riley.«

»Ich bin auch im Moment nicht freundlich gestimmt, Lieutenant Jenner.«

»Das habe ich auch nicht angenommen, aber der Besuch bei Gardner ist Sache der Polizei.«

»Das war die Geiselnahme in Greektown ebenfalls.«

Jenners Brauen hoben sich, als er Finn einen prüfenden Blick zuwarf. Der Mann wusste, welche Knöpfe er drücken musste, dachte er.

»Sie gefallen mir«, meinte Jenner nach einer Weile. »Mir gefiel schon die Art und Weise, wie Sie sich in Greektown um Ihre Arbeit gekümmert haben. Ich habe auch gesehen, wie Sie den Schuss abbekommen haben.« Er kratzte sich am Kinn und dachte nach. »Sie haben einfach immer weiter Ihren Bericht gemacht.«

»Das ist mein Job.«

»Ja, und ich habe meinen. Ich bin bereit, die Vorschriften ein bisschen großzügiger auszulegen, Mr. Riley, und zwar aus einer ganzen Reihe von Gründen. Zum einen bewundere ich Ihre Lady, zum anderen … denke ich, dass es da draußen ein zehnjähriges Mädchen gibt, das Ihnen eventuell sein Leben verdankt. Vielleicht habe ich noch nicht erwähnt, dass ich eine Enkeltochter habe, die genauso alt ist.«

»Nein, das haben Sie nicht erwähnt.«

Jenner nickte nur. »Nun, dann folgen Sie mir zu Ihrem Wagen.«

Als Deanna wieder zu Bewusstsein kam, war es später Vormittag. Sie wusste augenblicklich, wo sie war, denn sie hatte überaus klare Erinnerungen an alles, was geschehen war. Sie befand sich zur Beobachtung im Krankenhaus. Am liebsten hätte sie gelacht, denn sie begriff, dass sie jetzt eine ganze Weile in verschiedener Hinsicht unter Beobachtung stehen würde.

Deanna drehte den Kopf, achtete dabei auf den dumpfen Schmerz in ihrem Schädel, musterte Finn. Er machte im Stuhl neben dem Bett ein Nickerchen, hatte seine Hand auf die ihre gelegt. Unrasiert, erschöpft und blass, war er für sie der tröstlichste Anblick, den sie sich vorstellen konnte.

Um ihn nicht aufzuschrecken, bewegte sie sich ganz langsam. Doch ihre leichte Bewegung genügte, um ihn aufzuwecken.

»Hast du Schmerzen?«

»Nein.« Ihre Stimme war ganz schwach, und sie bemühte sich, sie kräftiger klingen zu lassen. »Du hättest nicht die ganze Nacht hier sitzen sollen, Finn. Sie hätten bestimmt einen Platz für dich gefunden.«

»Ich kann überall schlafen. Ich bin Reporter, erinnerst du dich?« Er rieb sich mit den Händen das Gesicht, reckte und streckte sich, um die Steifheit aus seinem Rücken zu vertreiben. »Du solltest versuchen, noch etwas zu schlafen.«

»Ich will nach Hause. Eine leichte Gehirnerschütterung ist doch kein Grund, mich hier im Krankenhaus zu behalten.« Vorsichtig setzte sie sich aufrecht hin, wusste, dass sie eine Krankenschwester rufen musste, sobald sie auch nur nieste. »Ich sehe nichts doppelt, habe keine Erinnerungslücken, mir ist nicht übel.«

»Du bist leichenblass, Deanna.«

»Du siehst auch nicht aus wie das blühende Leben. Willst du zu mir unter die Decke kriechen?«

»Später.« Er setzte sich auf die Bettkante und berührte ihre Wange mit der Hand. »Ich liebe dich.«

»Ich weiß. Ich glaube nicht, dass ich ohne dich die letzte Nacht heil überstanden hätte.«

»Du musst gar nichts ohne mich durchstehen.«

Sie lächelte, doch ihr Blick schweifte von seinen Augen ab und wanderte zum Fernseher, der am Fuß ihres Bettes auf einer Wandkonsole stand. »Vermutlich hast du die Morgennachrichten nicht gesehen, oder?«

»Nein.« Er drehte sich um und sah sie aufmerksam an. »Um diese Dinge sollten wir uns später kümmern.«

Ja, dachte sie, jetzt war es noch zu früh dafür. »Sie ist wirklich auf eine schreckliche Weise gestorben. Und es war auch entsetzlich, wie der Mörder alles in Szene gesetzt hatte. Ich sollte eigentlich viel häufiger daran denken, aber irgendwie scheint das nicht zu gehen.«

»Dann würde ich es auch nicht tun, Deanna. Erzwing es nicht.« Er blickte zur Tür hinüber, hinter der auf einmal Fran zu hören war, die sich mit einer vor Entrüstung und Wut viel höheren Stimme als sonst mit der Wache herumstritt. »Ich sage ihr, dass du dich gerade ausruhst«, meinte Finn zu Deanna.

»Nein. Bitte, ich möchte sie sehen.«

Finn war gerade zur Tür gegangen, um mit der Wache ein Wort zu reden, als Fran bereits in das Zimmer platzte, auf das Bett zuschoss und Deanna um den Hals fiel. »O Gott! Seit ich das gehört habe, ist mir ja ganz übel. Ist alles okay mit dir? Wie schlimm bist du verletzt?«

»Nur eine Beule am Kopf.« Sie erwiderte die Umarmung und drückte ihre Freundin fest an sich. »Ich wollte gerade aufstehen und mich anziehen.«

»Bist du dir da sicher?« Fran schob sie ein wenig von sich weg und betrachtete sie auf die gleiche Weise, wie sie auch eines ihrer kranken Kinder auf Symptome untersuchen würde. »Du bist so blass. Finn, hol den Arzt. Ich glaube, er sollte sie sich noch einmal anschauen.«

»Nein.« Deanna nahm Frans Hände und hielt sie fest. »Sie wollten mich nur über Nacht zur Beobachtung hierbehalten, und jetzt hat man mich beobachtet. Wie sieht es denn im Büro aus?«

Frans Augen flackerten kurz, dann zuckte sie mit den Achseln. »Chaotisch. Wie sollte es auch anders sein? Die Polizei will von jedem Einzelnen eine Aussage haben.«

»Ich sollte kommen, irgendetwas tun.«

»Nein«, kam der schnelle und heftige Protest. »Und das ist mein Ernst, Dee. Du kannst dort absolut nichts tun, und würdest du dich zum jetzigen Zeitpunkt dort blicken lassen, würde das Durcheinander dadurch nur noch umso größer. Sobald ich zurückgehe und allen sage, dass es dir gut geht, sollte das reichen, um wieder ein bisschen mehr Ruhe einkehren zu lassen.« Ihre Lippen zitterten, dann warf sie Deanna erneut die Arme um den Hals. »Ist mit dir wirklich alles in Ordnung? Das muss ja entsetzlich für dich gewesen sein. Jedes Mal, wenn ich daran denke, was alles hätte passieren können ...«

»Ich weiß.« Getröstet legte Deanna den Kopf an Frans Schulter. »Angela. Mein Gott, Fran, ich kann es immer noch nicht glauben. Wer kann sie nur so stark gehasst haben?«

Da ließ sich eine beachtliche Zahl von Personen nennen, dachte Fran. »Ich möchte nicht, dass du dir über die Show oder das Büro irgendwelche Sorgen machst. Heute haben wir einfach eine Wiederholung gesendet. Cassie sagt bei den Gästen, die wir für nächste Woche engagiert haben, alle Termine ab und ändert sie um.«

»Das ist doch nicht nötig.«

»Ich bin die Produktionsleiterin und ich bestimmte das.« Nachdem Fran ihre Freundin ein letztes Mal an sich gedrückt hatte, zog sie sich zurück und drehte sich hilfesuchend zu Finn um. »Kannst du bei ihr deinen Einfluss geltend machen, Finn?«

»Das scheint mir zwar nicht notwendig zu sein, aber ich bin ganz deiner Meinung, Fran. Ich nehme sie eine Weile mit in mein Blockhaus.«

»Ich kann hier nicht einfach weggehen, Finn«, protestierte Deanna. »Jenner wird sich bestimmt noch einmal mit mir unterhalten müssen, und ich muss mit Loren und meinen Mitarbeitern sprechen.«

Finn bedachte sie mit einem prüfenden Blick. Deannas Augen verrieten ihren Schmerz, auch das Entsetzen, und der Schock war ihr noch deutlich anzusehen. »Ich sehe das so«, meinte er sanft. »Ich kann dich noch heute hier rausholen und zum Blockhaus bringen oder ich kann mit den Leuten im Krankenhaus vereinbaren, dich noch ein paar Tage hier im Bett zu behalten.«

»Aber das ist doch absurd.« Deanna wollte eigentlich wütend sein, aber dazu war sie zu erschöpft. »Unsere baldige Hochzeit gibt dir noch lange nicht das Recht, für mich Entscheidungen zu treffen.«

»Wenn du aber zu halsstarrig bist, um das zu tun, was für dich das Beste ist, habe ich das Recht dazu.«

Fran nickte zufrieden und gab Finn einen Kuss auf die Wange. »Jetzt, wo ich weiß, dass sie in den richtigen Händen ist, werde ich noch kurz mit dem Arzt sprechen. Ich muss mit dir reden«, flüsterte sie Finn leise zu, dann wandte sie sich wieder an Deanna. Mit Erleichterung nahm sie wahr, dass Deanna mit einem Schmollmund auf die Entwicklung reagierte. »Mach dir wegen der näheren Details keine Gedanken«, meinte Fran. »Die Bande im Büro und ich haben alles im Griff. In ein paar Minuten bin ich wieder da.«

»Schön.« Deanna ließ sich wieder auf die Kissen fallen und zuckte zusammen, denn die plötzliche Bewegung verursachte ein unangenehmes Pochen in ihrem Kopf. »Sag einfach allen, dass ich beschlossen habe, zum Angeln zu gehen.«

»Eine gute Idee!« Finn ging zur Tür, um sie Fran zu öffnen. »Ich werde mal sehen, ob ich jemanden auftreiben kann, der die Entlassungspapiere fertig macht. Bleib so lange im Bett«, befahl er Deanna und ging nach draußen. »Was soll sie denn nicht wissen?«, fragte er dann Fran, nachdem er die Tür geschlossen hatte.

»Im sechzehnten Stock wimmelt es von Polizei.« Fran warf einen letzten besorgten Blick über die Schulter zurück, als sie zu den Fahrstühlen gingen. »Irgendjemand hat ihr Büro auseinandergenommen. Es sieht darin aus, als hätte ein Wahnsinniger herumgewütet. Stühle wurden herumgeworfen, alles Glas ging zu Bruch. Alle Listen, die sie für die Hochzeit zusammengestellt hatte, sowie die Entwürfe für das Hochzeitsgewand wurden zerrissen. Und auf alle Wände hat der Kerl mit roter Schrift immer wieder ›Ich liebe dich!‹ geschrieben.« Finn sah, dass Fran alles Blut aus dem Gesicht gewichen war, sodass sich die Sommersprossen überdeutlich von ihrer Haut abhoben. »Ich möchte nicht, dass sie das sieht, Finn.«

»Sie wird es nicht zu Gesicht bekommen. Ich werde mich um sie kümmern.«

»Das weiß ich.« Fran drückte kurz die Finger auf ihre Augen. »Aber ich habe eine solche Angst. Wer immer Angela umgebracht hat, ist in unglaublichem Maß auf Deanna fixiert. Ich glaube, der lässt sie nie in Ruhe.«

Finns Blick war so durchdringend wie ein Schwert. »Er wird nicht in ihre Nähe kommen. Ich muss jetzt unbedingt jemandem einen Besuch abstatten. Bleib bei ihr, bis ich zurückkomme, ja?«

Nachdem er zwei Stunden geschlafen hatte, klopfte Jenner an die Tür von Dan Gardners Hotelsuite. Neben ihm ging Finn gerade in Gedanken eine Liste von Fragen durch, auf die er unbedingt eine Antwort haben wollte.

»Dieses Mal sollte er besser etwas gesprächiger sein.«

Jenner zuckte nur mit den Achseln. Solange er dort ankam, wo er hinwollte, störte es ihn nicht, wie lange das dauerte. »Wenn man Beruhigungsmittel genommen hat, fällt es schwer, gesprächig zu sein.«

»Das kam ihm doch sehr gelegen«, murmelte Finn.

»Wenn die eigene Frau ermordet wurde, hat man ein Recht darauf, zusammenzubrechen.«

»Meinen Sie nicht, er wollte einfach noch ein paar Details in Erfahrung bringen, bevor er sich der Befragung aussetzt, Lieutenant? Je länger er das Gespräch mit Ihnen hinauszieht, desto mehr Zeit hat er doch, sich ein Alibi zurechtzulegen. Angela Perkins war eine wohlhabende Frau. Es ist ja nicht schwer zu erraten, wer von ihrem Tod am meisten profitiert.«

»Hätte er sie umgebracht, wäre es ziemlich dumm von ihm gewesen, sich nicht von Anfang an um ein Alibi zu kümmern. Ich habe das Gefühl, Sie sind ein Mann, der es gewohnt ist, das Sagen zu haben.«

»Ja, und?«

»Bei dieser Sache müssen Sie etwas in den Hintergrund treten, Mr. Riley. Vergessen Sie bitte nicht, wer hier die Ermittlungen führt.«

»Polizisten und Reporter haben viele Gemeinsamkeiten,

Lieutenant. Wir wären nicht die Ersten, die in dieser Kombination voneinander profitieren.«

»Nein.« Jenner hörte das Rasseln der Kette. »Aber das ändert nichts an der Hackordnung.«

Finn nickte widerwillig. Vor ihnen öffnete sich die Tür. Dan Gardner sah aus, als ob er gerade eine mehrtägige wilde Sauftour hinter sich hätte. Sein Gesicht war grau, seine Augen lagen tief in ihren Höhlen, die Haare standen ihm büschelweise vom Kopf ab. Sein schwarzer Morgenmantel aus Seide und der seidene Schlafanzug darunter fügten dem Ganzen eine Eleganz hinzu, die seinen zerzausten Eindruck nur noch stärker hervorhob. Die feinen Stoffe hatten ungefähr den gleichen Effekt wie eine frische Vergoldung des Bilderrahmens bei einem verwitterten Gemälde.

»Mr. Gardner?«

»Ja.« Dan führte eine glimmende Zigarette an seine Lippen und sog den Rauch in sich hinein wie große Schlucke Wasser.

»Ich bin Detective Jenner.« Er hielt seine Dienstmarke hoch.

Dan warf einen kurzen Blick darauf, dann entdeckte er Finn. »Moment mal. Was will der denn hier?«

»Nachforschungen betreiben«, antwortete Finn.

»Ich werde mich nicht irgendwelchen Reportern gegenüber äußern, und ihm gegenüber erst recht nicht.«

»Das hört sich ja aus dem Mund einer Person, die der Presse normalerweise wie ein liebeskranker Freier den Hof macht, schon fast komisch an.« Finn hielt die Tür fest, bevor Dan sie schließen konnte. »Ich kann Ihnen zusichern, nichts an die Öffentlichkeit zu bringen, aber ich rate Ihnen, dass Sie sich besser mit mir unterhalten, wenn ein Polizist zugegen ist. Ich habe nämlich momentan ziemlich schlechte Laune.«

»Mir geht es auch nicht gerade gut.«

»Ich kann sehr gut mit Ihnen mitfühlen, Mr. Gardner«, warf

Jenner ein, bevor Finn noch irgendetwas dazu sagen konnte. »Selbstverständlich sind Sie nicht verpflichtet, mir in Mr. Rileys Gegenwart irgendetwas zu erzählen, aber ich habe das Gefühl, dass er dann irgendwann wiederkommt. Warum versuchen wir es also jetzt nicht einfach miteinander und halten das Ganze so kurz wie möglich? Wenn wir Ihnen hier ein paar Fragen stellen dürfen, ist das auch für Sie mit viel weniger Unannehmlichkeiten verbunden, als wenn Sie auf der Wache erscheinen müssten.«

Einen Augenblick lang starrte Dan sie nur an, mit einem Achselzucken drehte er sich dann herum und ließ die Tür offen stehen.

Die Vorhänge waren noch zugezogen, wodurch der Salon der Suite eine etwas düstere Atmosphäre bekam. Der Geruch nach Zigarettenrauch hing in der Luft und mischte sich auf unbehagliche Weise mit dem Duft der Rosensträuße in den zwei riesigen Vasen zu beiden Seiten des Sofas.

Dan setzte sich zwischen sie und blinzelte, als Jenner eine Lampe anschaltete.

»Tut mir leid, Sie um diese Uhrzeit zu stören, Mr. Gardner«, begann Jenner. »Aber ich brauche Ihre Hilfe.«

Dan sagte nichts, nahm nur einen weiteren gierigen Zug von der Zigarette. Das ist Angelas Marke, dachte er und fühlte den Rauch mit einem bitteren Stechen in seiner Kehle.

»Können Sie uns sagen, was Sie über die gestrigen Aktivitäten Ihrer Frau wissen?«

»Außer dass Sie ermordet wurde?« Mit einem humorlosen Lachen stand Dan auf, ging zur Bar und goss sich ein großzügiges Glas Whiskey ein.

Finn hob eine Braue, als Dan das Glas mit einem einzigen Zug leerte und sich direkt danach ein neues einschenkte. Es war nicht einmal zehn Uhr morgens.

»Es wäre uns eine Hilfe, wenn wir ein klares Bild davon bekämen, was sie den Tag über gemacht hat, wohin sie ging und mit wem sie Kontakt hatte.«

»Sie ist gegen zehn aufgestanden.« Dan kam zum Sofa zurück. Der Whiskey tat ihm gut, stellte er fest. Er hatte das Gefühl, einen Zentimeter über dem Boden dahinzugleiten. »Sie hatte einen Massagetermin, ließ ihre Frisur, ihr Make-up und eine Maniküre machen. Das fand alles hier in der Suite statt.« Er trank mit einer Hand, rauchte mit der anderen. Seine Bewegungen waren mechanisch und seltsam rhythmisch. »Dann gab sie ein Zeitungsinterview, und zwar der *Chicago Tribune*. Ihr Mittagessen hat sie unten im Ballsaal eingenommen. Tagsüber hatte sie noch etliche andere Termine – Interviews, Treffen. Die meisten fanden hier in der Suite statt.«

Er drückte die Zigarette aus, lehnte sich zurück. Der blaue Dunst schwebte über seinem Kopf wie ein schmutziger Heiligenschein.

»Waren Sie bei ihr?«, wollte Finn wissen.

Dan warf ihm einen ärgerlichen Blick zu, zuckte dann aber mit den Achseln. »Zeitweise war ich hier in der Suite, zeitweise außer Haus. Meistens war ich woanders. Wenn Angela mit der Presse zu tun hat, ist sie allergisch gegen Ablenkungen. Beim Mittagessen gab sie der Zeitschrift Premiere ein Interview, um dabei ihre nächste Sondersendung ein wenig anzupreisen.« Mit einer ruckartigen Bewegung streckte er den Arm aus, ebenso ruckartig holte er sich die nächste Zigarette aus der Schachtel auf dem Couchtisch. »Sie sagte mir, sie wüsste nicht, wie lange das dauert, und sie hätte danach noch eine späte Verabredung, sodass sie mir empfahl, in eine Bar zu gehen und mich zu amüsieren.«

»Haben Sie das getan?«, fragte Jenner.

»Ich ließ mir ein Steak kommen, nahm ein paar Drinks zu mir und hörte mir irgendeinen Pianisten im Pump Room an.«

Jenner schrieb sich das auf. »Waren Sie in Begleitung?«

»Ich war nicht in Stimmung für Begleitung. Wir hatten in den letzten Monaten nicht viel Zeit für Entspannung, also habe ich die Gelegenheit dazu genutzt.« Seine blutunterlaufenen Augen verengten sich. »Erkundigen Sie sich jetzt nach Angelas Tagesablauf oder nach meinem?«

»Nach beidem«, erwiderte Jenner freundlich. Er kritzelte ein wenig auf seinem Block herum, machte eine schnelle Skizze vom Zimmer, von Dan Gardners Gesicht. »Es hilft uns, wenn wir uns ein klares Bild von allem verschaffen. Wann haben Sie Ihre Frau das letzte Mal gesehen, Mr. Gardner?«

»Kurz vor sieben, als sie sich zum Abendessen fertig machte.«

»Hat Sie Ihnen erzählt, dass sie plante, sich noch später in der Nacht im CBC-Gebäude mit Deanna Reynolds zu treffen?«

»Nein.« Das Wort klang ganz abgehackt. »Hätte sie das getan, hätte ich ihr davon abgeraten.« Er beugte sich vor, war geübt genug darin, sich in Szene zu setzen, um zu wissen, welchen Sätzen er besonderen Nachdruck verleihen wollte. »Er weiß es doch ebenfalls«, fügte er hinzu und deutete mit einem Ruck des Kopfes auf Finn. »Aus diesem Grund will er doch auch bei dieser Befragung dabei sein und möglichst verhindern, dass es zur Sprache kommt. Es ist ein offenes Geheimnis, dass Deanna Reynolds meine Frau hasste, auf sie neidisch war, und dass sie danach trachtete, sie zu zerstören. Ich habe keinen Zweifel daran, dass sie Angela ermordet hat oder ermorden ließ.«

»Interessante Theorie«, meinte Finn nachdenklich. »Werden Sie über Ihren Werbeagenten mit diesem Satz die Presse füttern?«

Jenner räusperte sich. »Hat Ihres Wissens Miss Reynolds Ihrer Frau jemals gedroht?«

Dans Blick wanderte wieder zu Jenner zurück, seine Augen bohrten sich förmlich in ihn hinein. »Ich sagte Ihnen ja bereits, dass sie Angela einmal körperlich angegriffen hat. Der Himmel weiß, wie viele Dutzend Male das aber im Laufe der Jahre auf emotionaler Ebene geschah. Sie wollte Angela aus dem Weg räumen, und jetzt ist genau das geschehen. Das sollte doch wohl deutlich genug sein. Was machen Sie mit diesem Sachverhalt?«

»Wir untersuchen ihn«, meinte Jenner sanft. »Mr. Gardner, um wie viel Uhr sind Sie letzte Nacht zum Hotel zurückgekehrt?«

»Halb eins, ein Uhr.«

»Haben Sie jemanden getroffen oder gesprochen, der das bestätigen könnte?«

»Ich muss doch meinen Unmut über das zum Ausdruck bringen, was Sie damit stillschweigend andeuten, Lieutenant. Meine Frau ist tot.« Mit einer heftigen Bewegung drückte er seine Zigarette aus, die dabei in zwei Teile zerbrach. »Und von dem, was ich bisher gehört habe, war nur eine einzige Person bei ihr.« Er starrte Finn an, war sich sicher, alles ungestraft sagen zu können. »Eine Person, die jeden Grund hatte, ihr etwas anzutun. Ich schätze es gar nicht, ein Alibi vorweisen zu müssen.«

»Können Sie das denn überhaupt?«, konterte Finn.

Dans Kiefer presste sich zusammen. »Jetzt schießen Sie aber über Ihr Ziel hinaus, finden Sie nicht auch, Riley? Meinen Sie wirklich, Sie könnten die Polizei von Deannas Fährte ablenken und stattdessen auf meine setzen?«

Finn hob eine Braue. »Ich glaube nicht, dass Sie damit die Frage beantwortet haben.«

»Möglicherweise hat mich einer der Leute, die nachts am Empfang sitzen, hereinkommen sehen. Vielleicht erinnert sich auch die Kellnerin im Club daran, mich bedient zu haben, und vielleicht weiß sie auch noch, wann ich gegangen bin. Was für ein Alibi hat denn Deanna Reynolds?«

War es Wut? fragte sich Jenner. Oder war es Angst, die in

Gardners Stimme mitschwang? »Ich fürchte, zum gegenwärtigen Zeitpunkt kann ich absolut nichts dazu sagen. Haben Sie eine Idee, wie Ihre Frau sich Zugang zum CBC-Gebäude und zum Studio B verschafft haben könnte?«

»Sie hat ja einige Zeit dort gearbeitet«, meinte Dan kühl. »Ich denke mir, sie ist einfach hineingegangen. Sie kennt doch den Weg.«

»In dem Gebäude ist jetzt ein Sicherheitssystem in Betrieb, das in der Zeit, in der Ihre Frau dort ein und aus ging, noch nicht installiert war.«

»Dann könnte ich mir vorstellen, dass Deanna sie hereingelassen und hinterher umgebracht hat.« Er beugte sich vor, legte eine Hand auf die schwarze Seide über seinem Knie. »Stellen Sie sich nur einmal vor, was das für ihre Einschaltquoten bedeutet. Er weiß das.« Dan stieß einen Finger in Finns Richtung. »Wie viele repräsentative Testhaushalte werden wohl eine Sendung einschalten, um eine kaltblütige Mörderin zu sehen, Riley? Sie wird mit diesem Coup auch die Konkurrenz zur Strecke bringen.« Er lachte, rieb sich immer wieder mit der Hand über das Gesicht. »Genauso, wie sie Angela zur Strecke gebracht hat.«

»Wer immer Ihre Frau getötet hat, wird daraus keinen Nutzen ziehen.« Jenner warf Finn einen schnellen Blick zu und bemerkte zufrieden, dass er äußerlich die Ruhe bewahrte. Der Detective stellte fest, dass ihm die Form ihrer gemeinsamen Arbeit gefiel. Sie sprengte jedes Klischee vom guten oder bösen Polizisten. Es war einfach Teamwork. »Hatte Miss Perkins einen Terminkalender?«

»Der befindet sich bei ihrer Sekretärin. Angela hatte allerdings immer in ihrer Handtasche einen kleinen Taschenkalender bei sich.«

»Hätten Sie etwas dagegen, wenn wir uns in ihrem Zimmer ein wenig umsehen?«

Dan presste die Handballen gegen die Augen. »Verdammt, machen Sie doch, was Sie wollen.«

»Sie sollten sich ein Frühstück kommen lassen, Mr. Gardner«, riet ihm Jenner, als er aufstand.

»Ja, das sollte ich vielleicht wirklich tun.«

Jenner brachte eine Visitenkarte zum Vorschein und legte sie neben den Aschenbecher auf den Couchtisch. »Wenn Ihnen noch irgendetwas einfallen sollte, wäre ich Ihnen sehr dankbar, wenn Sie mit mir in Kontakt treten. In wenigen Minuten werden wir Sie nicht länger behelligen.«

Im Schlafzimmer der Suite zog Finn erst einmal die Vorhänge zurück. Unbarmherzig flutete das Licht in den Raum. Die Spiegelkommode war übersät mit Flaschen und kleinen Töpfen, den teuren Spielzeugen einer eitlen Frau, die sich das Beste leisten konnte. In der Mitte stand ein Champagnerglas mit dem blassrosa Abdruck eines Lippenstiftes am Rand. Ein geblümter, seidener Morgenmantel hing anmutig über der Armlehne eines Sessels, sein Saum strich über die dazu passenden Pantoffeln, die an Ballettschuhe erinnerten.

Das einzige Zeichen dafür, dass ein Mann mit ihr dieses Zimmer teilte, war der Anzug, der am Kleiderständer hing.

»Von einem Terminkalender in Angelas Handtasche haben Sie gar nichts gesagt, Lieutenant.«

»Da war auch keiner drin.« Jenner blickte sich im Zimmer um wie ein suchend herumschnuppernder Jagdhund. »Wir fanden kosmetische Artikel, Hotelschlüssel, Zigaretten, ein Feuerzeug, ein Seidentaschentuch, eine Brieftasche mit ihrem Personalausweis, Kreditkarten und über dreihundert Dollar Bargeld, aber keinen Terminkalender.«

»Interessant.« Mit einem Kopfnicken deutete Finn auf das Champagnerglas. »Ich würde sagen, das war ihr Glas, zwischen ihren ganzen Parfüms und Cremes, meinen Sie nicht auch?«

»Das ist mehr als wahrscheinlich.«

»Draußen im Salon an der Bar steht aber noch ein anderes Glas, ebenfalls mit Lippenstift darauf – tiefroter Lippenstift, wohlgemerkt.«

»Ihnen entgeht aber auch nichts, Mr. Riley. Was halten Sie davon, einmal zu überprüfen, ob der Zimmerservice weiß, wer mit Angela hier Champagner getrunken hat?«

In ihrem ganzen Leben war Carla Mendez noch nie so aufgeregt gewesen wie jetzt. Sie war das älteste von fünf Kindern eines Schuhverkäufers, arbeitete als Kellnerin und führte ohne viel Begeisterung ein einfaches Leben. Sie war dreiunddreißig Jahre alt, hatte drei Kinder und einen meist arbeitslosen Mann, der ihr sklavisch treu ergeben war.

Carla störte es nicht, als Zimmermädchen im Hotel zu arbeiten. Sie mochte den Job zwar auch nicht besonders, leistete jedoch gute Arbeit, die sie ein wenig mechanisch durchführte. Kleine Fläschchen mit Shampoo und Hautcreme ließ sie dabei genauso gewissenhaft in ihrer Tasche verschwinden wie ihr Trinkgeld.

Sie war eine kleine, stämmige Frau mit straffen, dauergewellten Haaren und wie ein Hydrant gebaut. Die winzigen dunklen Augen verschwanden fast in einem Geflecht aus Kummerfalten. Jetzt jedoch strahlten sie und schnellten vom Polizisten zum Reporter hinüber.

Polizisten konnte sie nicht ausstehen. Wenn nur Jenner auf sie zugekommen wäre, hätte sie sich aus Prinzip äußerst zugeknöpft gegeben. Finn Riley jedoch konnte sie nicht widerstehen. Wie sich seine Grübchen vertieften, wenn er sie anlächelte, und die vornehme Art, wie er ihre Hand nahm, ließen sie dahinschmelzen.

Und dieser Mann wollte sie interviewen!

Für Carla war das der größte Moment ihres Lebens.

Jenner erspürte ihre Stimmung, lehnte sich bequem zurück und ließ Finn die Sache in die Hand nehmen.

»Um wie viel Uhr sind Sie in Miss Perkins' Zimmer gekommen, um das Bett aufzudecken, Mrs. Mendez?«

»Um zehn. Normalerweise decke ich die Betten viel früher auf, aber sie sagte mir, ich solle nicht vor zehn hereinkommen und sie stören, weil sie noch Termine habe.« Geziert zog sie den Saum ihrer Dienstkleidung gerade. »Eigentlich arbeite ich nicht gerne so spät, aber sie war sehr freundlich.« Die Zwanzigdollarnote war noch freundlicher gewesen. »Ich sah sie auch schon im Fernsehen. Aber sie war überhaupt nicht hochnäsig oder so etwas. Sie war richtig höflich. Allerdings auch ziemlich unordentlich«, fügte sie hinzu. »Sie und ihr Mann benutzten jeden Tag ungefähr sechs Badehandtücher, in jedem Aschenbecher waren haufenweise Zigarettenkippen, und überall stand Geschirr herum.« Sie blickte sich im Salon um. »Für jemanden aufzuräumen, ist wirklich sehr aufschlussreich«, sagte sie und beließ es dabei.

»Da bin ich mir sicher.« Finn lächelte sie aufmunternd an. »War Miss Perkins mit ihrem Mann zusammen, als Sie in ihrer Suite das Bett aufdeckten?«

»Das kann ich nicht sagen. Ich sah und hörte ihn nicht. Aber die andere habe ich gehört.«

»Die andere?«

»Die andere Frau. Die beiden haben sich doch wie Katzen angefaucht.« Carla zog wieder an ihrem Saum und warf einen prüfenden Blick auf ihre Schuhe. »Natürlich habe ich da gar nicht weiter hingehört. Ich kümmere mich um meine eigenen Angelegenheiten. Immerhin arbeite ich jetzt seit sieben Jahren in diesem Hotel, und das können Sie nicht tun, wenn Sie Ihre Nase in das Privatleben der Gäste stecken. Als ich jedoch hörte, dass

Miss Perkins ermordet wurde, sagte ich zu Gino, das ist mein Mann, also ich sagte zu Gino, dass sich Miss Perkins mit dieser Frau in ihrer Suite nur wenige Stunden vor ihrem Tod in den Haaren lag. Er sagte, ich sollte das vielleicht meinem Vorgesetzten erzählen, aber dann dachte ich, das gäbe vielleicht Ärger.«

»Dann haben Sie das also niemandem erzählt?«, half Finn nach.

»Nein. Als Sie beide hereinkamen und sagten, Sie wollten mit mir über die Leute in Zimmer 2403 sprechen, dachte ich, Sie wüssten bereits darüber Bescheid.« Plötzlich schaute sie wieder hoch. »Aber vielleicht ist das ja gar nicht so.«

»Was können Sie uns denn über die Frau erzählen, die bei Miss Perkins war, Mrs. Mendez?«

»Ich habe sie nicht gesehen, habe aber genau gehört, was sie sagte. Ich habe beide gehört. Die Frau sagte: ›Ich habe es jetzt satt und keine Lust mehr, bei deinen Spielchen mitzumachen, Angela. Und so oder so wird es damit ein Ende haben.‹ Miss Perkins lachte. Ich wusste, das war jetzt Miss Perkins, denn wie ich bereits sagte, sah ich sie im Fernsehen. Sie lachte, wie es Menschen tun, die ganz niederträchtig sind, und sagte: ›Oh, ich bin mir sicher, dass du weiter mitspielen wirst.‹« Carla zog ihre Nase kraus, als sie sich konzentrierte. »›Für dich steht doch viel zu viel auf dem Spiel, als dass du etwas anderes tun würdest‹, sagte sie. Eine Weile beschimpften sich die beiden noch. Dann sagte die andere Frau: ›Ich könnte dich umbringen, Angela. Aber vielleicht mache ich etwas, das sogar noch besser ist.‹ Dann hörte ich das Knallen der Tür, und wieder das Lachen von Miss Perkins. Ich machte alles ganz schnell fertig und ging in den Flur hinaus.«

»Wissen Sie, Mrs. Mendez, ich glaube, Sie sollten es einmal mit meiner Art von Arbeit versuchen.« Sie zupfte wieder ihren Saum zurecht und zog ihn gerade. »Sie sind nämlich eine sehr gute Beobachterin«, fügte Finn hinzu.

»Dazu kommt es ganz natürlich, denke ich. Wenn man in einem Hotel arbeitet, sieht man so manche komischen Dinge.«

»Da bin ich mir sicher. Ich frage mich nur ... Haben Sie die Frau eigentlich zu Gesicht bekommen, die gegangen war?«

»Nein. Hinterher war kein Mensch draußen, aber ich habe auch noch ein paar Minuten gebraucht, bis ich die frischen Handtücher alle auf einen Haufen gelegt hatte. Die Frau hatte dadurch bestimmt genug Zeit, bis zum Fahrstuhl zu gelangen. Da es mein letztes Zimmer war, bin ich anschließend nach Hause gegangen. Am nächsten Morgen hörte ich dann vom Mord an Miss Perkins. Zuerst dachte ich, vielleicht ist diese Frau zurückgekommen und hat Angela direkt hier in dieser Suite umgebracht, doch wie ich herausfand, ist der Mord überhaupt nicht hier im Hotel geschehen, sondern in dem Sender, in dem Deanna Reynolds ihre Talkshow macht. Mir gefällt Deannas Sendung viel besser«, fügte sie arglos hinzu. »Sie hat ein so schönes Lächeln.«

Deanna versuchte es gerade mit diesem Lächeln bei Finn, der zögernd in der Tür des Blockhauses stand. »Mir geht es gut«, meinte sie zu ihm. Seit sie vor drei Tagen aus dem Krankenhaus entlassen worden war, hatte sie ihm das schon mehrmals gesagt. »Finn, du willst doch nur ein paar Sachen aus dem Laden holen und lässt mich hier nicht zurück, damit ich die Festung gegen Plünderer verteidige. Außerdem ...« Sie beugte sich, um die Ohren des Hundes zu kraulen. »... habe ich hier doch einen siegreichen Kämpfer.«

»Im Kampf ist der doch eher eine Niete.« Er nahm Deannas Gesicht in die Hände. »Lass mir doch einfach meine Sorgen, ja? Für mich ist es immer noch eine neue Erfahrung, mir überhaupt Sorgen zu machen.« Er grinste. »Mir macht es Spaß, mich um dich zu sorgen, Deanna.«

»Solange du dir nicht so viele Sorgen um mich machst, dass du vergisst, mir diese Schokoriegel mitzubringen, soll es mir recht sein.«

Er küsste sie und war ganz erleichtert, als er merkte, wie sich ihre Lippen ihm sanft und süß entgegenwölbten. Er wusste, das Entsetzen, das ihr noch in den Knochen steckte, hatte sich durch den Tag, den er sie jetzt hier in dem Blockhaus bei sich gehabt hatte, ein wenig abgeschwächt, doch immer noch schlief sie schlecht und fuhr bei jedem unerwarteten Geräusch zusammen. »Warum machst du nicht einfach ein Nickerchen, Kansas?«

»Warum holst du mir nicht die Schokoriegel?« Sie zog sich zurück, ihr Lächeln wirkte unerschütterlich. »Danach kannst du ja mit mir zusammen ein Nickerchen machen.«

»Das hört sich nach einer hervorragenden Idee an. Ich bin gleich wieder da!«

Stimmt, dachte sie, als sie beobachtete, wie er zum Wagen ging, er würde gleich wieder da sein. Er ließ sie nur äußerst ungern allein. Was er jedoch bei ihr erwartete, wenn sie länger für sich blieb, konnte sie nicht nachvollziehen. Dachte er, sie würde hysterisch werden und zusammenbrechen? fragte sie sich und winkte Finn zu, der gerade die Auffahrt entlangging. Oder nahm er an, sie würde schreiend aus dem Haus laufen?

Seufzend kauerte sie sich hin, um den winselnden Hund zu streicheln, der an der Tür kratzte. Cronkite fuhr unheimlich gerne mit dem Auto mit, doch Finn hatte ihn hiergelassen, damit er auf sie aufpassen konnte.

Natürlich konnte sie Finn zu diesem Zeitpunkt nicht den Vorwurf machen, sich zu viel um sie zu kümmern. Immerhin war sie im Studio ganz allein mit einem Mörder in einem Raum gewesen, einem Mörder, der sie genauso schnell und grausam hätte töten können wie Angela. Alle machen sich Sorgen um die arme Deanna, dachte sie. Ihre Eltern, Fran, Simon, Jeff, Margaret, Cassie, Roger und Joe und viele andere aus der Nachrichtenredaktion. Sogar Loren und Barlow hatten angerufen, ihre Besorgnis zum Ausdruck gebracht und Hilfe angeboten.

»Nehmen Sie sich alle Zeit, die Sie brauchen«, hatte ihr Loren gesagt, ohne auch nur ein einziges Wort über Einschaltquoten oder Unkosten verloren zu haben. »Spielen Sie nicht mit dem Gedanken zurückzukommen, bevor Sie nicht wieder gut bei Kräften sind.«

Doch eigentlich war sie gar nicht schwach, stellte Deanna fest. Sie fühlte sich sehr lebendig.

Niemand hatte versucht, sie umzubringen. Diese einfache Tatsache musste doch jeder verstehen. Gut, sie war mit einem Mörder allein gewesen, aber sie lebte.

Deanna erhob sich wieder und wanderte im Blockhaus umher, schaffte noch ein wenig Ordnung, wo bereits gekonnt aufgeräumt worden war. Sie machte sich einen Tee, den sie eigentlich gar nicht trinken wollte, wanderte mit der die Hände wärmenden Tasse in der Hand weiter durch die Räume, stocherte im fröhlich flackernden Feuer herum.

Sie starrte aus dem Fenster, setzte sich auf die Couch.

Sie hatte das verzweifelte Bedürfnis danach zu arbeiten.

Das war nicht eines der Wochenenden, die Finn und sie sich ergattert hatten und die mit Lachen, Lieben und Debatten über die Leitartikel diverser Zeitungen gefüllt waren. Nicht eine einzige Zeitung befand sich momentan im Blockhaus, dachte sie frustriert. Und auch der Fernseher lief nicht, wofür laut Finn irgendein Defekt am Kabel verantwortlich war.

Er tat sein Bestes, um die Außenwelt möglichst nicht bis zu ihr vordringen zu lassen und sie mit einer schützenden Luftblase zu umgeben, in der nichts und niemand ihr Kummer bereiten konnte.

Und sie ließ es zu, denn die Geschehnisse in Chicago waren viel zu entsetzlich gewesen, um weiter darüber nachzudenken. Sie gestattete Finn, dies alles für sie beiseitezuschieben.

Doch mittlerweile musste sie wieder irgendwie aktiv werden.

»Wir gehen zurück nach Chicago«, sagte sie dem Hund, der antwortete, indem er mit dem Schwanz auf den Boden klopfte. Mit der Absicht, ihre Sachen zusammenzupacken, wandte sie sich der Treppe zu, als sie auf der Auffahrt das Geräusch eines Wagens hörte. »Nanu, er kann doch in so kurzer Zeit noch nicht bei dem Laden gewesen sein«, murmelte sie und ging hinter dem fröhlich bellenden Hund auf die Tür zu. »Schau, Cronkite, ich liebe ihn ja auch, aber er ist nicht einmal zehn Minuten weg.« Deanna schob die Tür auf und lachte über den Hund, der ungestüm nach draußen stürmte. Als sie jedoch aufschaute und den Wagen sah, erstarb ihr Lachen.

Die mattbraune Limousine, die in der Einfahrt stand, hatte sie noch nie gesehen. Jenner jedoch erkannte sie sofort und merkte, wie sie den Kragen ihres Flanellhemdes enger um den Hals zog. Eigentlich hätte sie bei seinem Anblick Erleichterung verspüren sollen, da sie wusste, dass Jenner versuchte, den Fall gewissenhaft zu lösen. Stattdessen fühlte sie jedoch nur, wie ihre nervliche Anspannung stieg und sie ein Gefühl umfing, das irgendwo zwischen Angst und Resignation anzusiedeln war.

Jenner grinste. Offensichtlich war er ganz entzückt über den kläffenden und um seine Beine herumtanzenden Hund. Er bückte sich und fand mit untrüglicher Sicherheit den Punkt zwischen Cronkites Ohren, mit dem er dem Hund vergnügte Zuckungen entlockte.

»Na, guter Junge? Guter Hund, braver Hund!« Er lachte in sich hinein, als sich Cronkite auf den Bauch fallen ließ und ihm eine Pfote reichte. »Du weißt, wie man sich zu benehmen hat, nicht wahr?« Mit der staubigen Pfote des Hundes in der Hand blickte er zu Deanna hoch, die gerade auf die Veranda getreten war. »Na, da haben Sie ja einen wilden Wachhund, Miss Reynolds.«

»Ich fürchte, viel wilder wird er nicht mehr.« Die kräftige Dezemberbrise drang ihr bis in die Knochen. »Da sind Sie aber von Chicago einen langen Weg gefahren, Lieutenant!«

»Es war eine schöne Fahrt.« Jenner hielt dem Hund weiter die Hand hin, damit er sie beschnuppern konnte, und schaute sich um. Der Schnee war geschmolzen, und die immergrünen Pflanzen glänzten. Der Wind fuhr mit einem brummenden Geräusch durch die kahlen Bäume und drohte, weiter an Stärke zu gewinnen und allmählich unangenehm zu werden. »Hübscher Platz. Muss guttun, hin und wieder die Stadt hinter sich zu lassen.«

»Das stimmt.«

»Miss Reynolds, entschuldigen Sie die Störung, aber ich habe noch ein paar Fragen wegen des Mordes an Miss Perkins an Sie.«

»Bitte, kommen Sie doch herein. Ich habe gerade Tee gemacht, kann aber auch Kaffee aufsetzen, wenn Ihnen das lieber ist.« Wie konnten sie nur bei einer netten, gemütlichen Tasse Tee über einen Mord reden? dachte Deanna, als sich ihr der Magen umdrehte.

»Tee ist in Ordnung.« Jenner ging zur Tür, der Hund hüpfte hinter ihm her.

»Setzen Sie sich doch.« Sie deutete in das große Zimmer. »Es dauert nicht lange.«

»Mr. Riley ist nicht hier?« Jenner drehte eine Runde durch den Raum. Wie reiche Leute sich ihr Refugium gestalteten, hatte ihn schon immer interessiert.

»Er ist zum Laden gefahren, müsste aber jeden Moment wieder da sein.«

Hepplewhite, stellte Jenner mit einem Blick auf den Beistelltisch und den Sessel mit lederbezogener Rückenlehne fest. Der kleine Teppich war indianischer Herkunft, vermutlich ein Navajo. Die Glaswaren kamen aus Irland. Waterford.

»Sie kennen sich da aber gut aus, Lieutenant.« Mit gleichgültigem Gesicht trug Deanna das Tablett mit dem Tee in das Zimmer.

. Jenner hatte gar nicht gemerkt, dass er laut gesprochen hatte, und lächelte dünn. Dass man ihn beim Herumschnüffeln ertappt hatte, störte ihn nicht. Schließlich wurde er dafür bezahlt. »Auch wenn ich mir das nicht leisten kann, spricht mich Qualität an.« Mit einem Kopfnicken deutete er auf die Vase auf dem Kaminsims voller frischer Frühlingsblumen. »Staffordshire.«

»Nein, Dresden.« Verärgert stellte Deanna mit einem lauten Geräusch das Tablett ab. »Ich bin mir sicher, dass Sie nicht den ganzen Weg gekommen sind, um hier die Antiquitäten zu bewundern. Haben Sie herausgefunden, wer Angela getötet hat?«

»Nein.« Jenner machte es sich auf dem Sofa bequem, der Hund lag zu seinen Füßen. »Wir beginnen allmählich, die einzelnen Bausteine zusammenzusetzen.«

»Das klingt ja recht erfreulich. Zucker, Zitrone?«

Sie versucht, den Eindruck zu erwecken, besonders zäh zu sein, dachte Jenner. Wenn nicht die dunklen Ringe unter ihren Augen gewesen wären, hätte er das Deanna vielleicht sogar abgenommen. »Mit Zucker, viel Zucker.«

Er grinste entschuldigend und rührte den Zucker in den Tee, den ihm Deanna eingeschenkt hatte. »Ich mag es gerne süß. Miss Reynolds, ich will nicht noch einmal Ihre ganze Aussage mit Ihnen durchgehen ...«

»Das weiß ich zu würdigen.« Deanna ertappte sich dabei, in einen ziemlich barschen Ton zu verfallen, und seufzte. »Ich will mit Ihnen zusammenarbeiten, Lieutenant. Ich kann mir nur nicht vorstellen, was ich Ihnen noch erzählen könnte. Ich hatte eine Verabredung mit Angela, und ich bin zum verabredeten Zeitpunkt erschienen. Irgendjemand hat sie umgebracht.«

»Fanden Sie es nicht ein wenig merkwürdig, dass Angela Sie so spät treffen wollte?«

Deanna betrachtete Jenner über den Rand ihrer Tasse hinweg. »Angela liebte es, merkwürdige Forderungen zu stellen.«

»Und haben Sie sich gerne darauf eingelassen?«

»Nein, überhaupt nicht. Eigentlich wollte ich sie gar nicht sehen. Es ist kein Geheimnis, dass wir nicht gerade auf freundschaftlichem Fuß miteinander standen, und ich wusste, dass wir uns streiten würden. Und diese Tatsache machte mich ziemlich nervös.« Deanna stellte ihre Tasse ab und schlug die Beine übereinander. »Konfrontationen sind mir ein Gräuel, Lieutenant. In der Regel laufe ich vor ihnen weg. Aber ich kann mir denken, unsere Vorgeschichte ist Ihnen bekannt.«

»Sie waren Konkurrentinnen.« Jenner neigte ein wenig seinen Kopf. »Sie mochten sich nicht besonders.«

»Das stimmt, wir mochten uns nicht besonders, und das war auf beiden Seiten eine sehr persönliche Sache. Ich war bereit, es mit ihr auszufechten, und ein Teil von mir hoffte, wir könnten unsere Streitereien gütlich beilegen. Ein anderer Teil hätte ihr am liebsten die Haare büschelweise ausgerissen. Ich will gar nicht abstreiten, dass ich mir wünschte, sie möge mir nicht mehr in die Quere kommen, aber ihren Tod habe ich nie gewollt.« Ruhiger und mit festerem Blick drehte sie sich zu Jenner um. »Sind Sie deswegen hergekommen? Gehöre ich zu den Verdächtigen?«

Jenner rieb mit der Hand über sein Kinn. »Der Mann des Opfers, Dan Gardner, scheint zu denken, Sie hätten genug Hass auf Angela gehabt, um sie zu töten oder töten zu lassen.«

»Angela töten lassen?« Deanna wirkte ziemlich verwundert über diesen Gedanken und hätte beinahe lachen müssen. »Ich habe also einen Killer angeheuert und ihm Geld dafür gegeben, dass er Angela umbrachte, mich niederschlug und das Ganze auch noch filmte. Wie einfallsreich von mir!« Mit geröteten Wangen sprang sie hoch. »Diesen Dan Gardner kenne ich nicht einmal. Es schmeichelt mir, dass er mich für so klug hält. Und was war mein Motiv? Eine Verbesserung der Einschaltquoten zu erzielen? Ich habe den Eindruck, dann wäre es aber schlauer gewesen, alles so zu arrangieren, dass die Zeit der Marktanalysen im November dafür nicht verpasst wird.«

Deanna wirkte jetzt alles andere als gekränkt und hilflos, stellte Jenner fest. Sie war mächtig in Fahrt geraten, voller Entrüstung und Abscheu. »Miss Reynolds, ich habe mit keinem Wort gesagt, dass wir Mr. Gardners Auffassung teilen.«

Einen Augenblick lang starrte sie ihn mit flammenden Augen an. »Wollten Sie nur sehen, wie ich reagiere? Dann hoffe ich, Sie zufriedengestellt zu haben.«

Jenner hob eine Braue. »Miss Reynolds, haben Sie Miss Perkins an dem Abend vor dem Mord in ihrem Hotel besucht?«

»Nein.« Frustriert fuhr Deanna sich mit der Hand durch die Haare. »Warum sollte ich das getan haben? Wir trafen uns doch im Studio.«

»Sie hätten ja ungeduldig werden können.« Jenner wusste, dass das jetzt an den Haaren herbeigezogen war. Deannas Fingerabdrücke waren in der Suite nicht gefunden worden, und mit Sicherheit befanden sie sich auch nicht auf dem zweiten Champagnerglas.

»Auch wenn ich das geworden wäre: Angela hatte mir zu verstehen gegeben, dass sie bis Mitternacht sehr beschäftigt sei und alle möglichen Termine habe.«

»Hat sie erwähnt, mit wem?«

»Wir haben nicht miteinander geplaudert, Detective, und weder ihre persönlichen noch ihre beruflichen Pläne interessierten mich.«

»Wussten Sie, dass sie Feinde hatte?«

»Ich wusste, dass sie nicht besonders beliebt war. Das mag zum Teil an ihrer Persönlichkeit gelegen haben, zum Teil lag es aber bestimmt auch daran, dass sie eine Frau war, die viel Macht besaß. Sie konnte hart und nachtragend sein, aber auch charmant und großzügig.«

»Als Miss Perkins damals arrangierte, dass Sie sie und Dr. Pike unter kompromittierenden Umständen überraschten, fanden Sie das vermutlich nicht sehr charmant.«

»Das ist ja nun schon einige Zeit her.«

»Aber Sie waren damals verliebt in Dr. Pike?«

»Ich hätte mich beinahe in ihn verliebt«, verbesserte Deanna. »Das ist ein sehr großer Unterschied.« Was sollte das eigentlich alles? fragte sie sich und rieb sich die Mitte ihrer Stirn, wo sich Kopfschmerzen ankündigten. »Ich will nicht abstreiten, dass mich das verletzt und erzürnt hat und meine Gefühle gegenüber beiden unwiderruflich veränderte.«

»Dr. Pike hat versucht, die Beziehung zu Ihnen weiterzuführen, nicht wahr?«

»Er hat den Vorfall ganz anders interpretiert als ich. Ich hatte aber kein Interesse, irgendetwas mit ihm weiterzuführen, und das habe ich ihm gegenüber auch deutlich zum Ausdruck gebracht.«

»Aber er versuchte es noch eine ganze Weile, nicht wahr?«

»Ja.«

Jenner spürte, dass hinter dieser knappen Antwort noch mehr an Gefühlen war, als sie zum Ausdruck brachte. »Haben Sie jemals die Möglichkeit in Betracht gezogen, dass die Briefe, die Sie mit einiger Regelmäßigkeit die letzten Jahre über empfangen haben, von ihm stammen könnten?«

»Von Marshall?« Sie schüttelte den Kopf. »Nein. Die entsprechen absolut nicht seinem Stil.«

»Was entspricht denn seinem Stil?«

Deanna schloss die Augen. Sie erinnerte sich an die Fotos, den Bericht des Detektivs. »Vielleicht sollten Sie ihn das selbst fragen.«

»Das werden wir auch tun. Haben Sie sich außer mit Dr. Pike noch mit irgendjemand anderem eingelassen, den die Ankündigung Ihrer Verlobung mit Mr. Riley so sehr durcheinanderbringen könnte, dass er in Ihr Büro oder Mr. Rileys Haus einbricht?«

»Nein, sonst war da keiner ... Was meinen Sie damit, dass jemand eingebrochen ist?« Sie hielt sich an der Seite des Ohrensessels fest, der neben ihr stand.

»Es erscheint logisch, dass wer immer Ihnen diese Briefe geschickt hat, auch für die Verwüstungen in Ihrem Büro und dem Haus, das Sie mit Mr. Riley teilen, verantwortlich ist«, begann Jenner. Und auch für den Mord an Angela, glaubte er.

»Wann war das?« Deanna war kaum in der Lage, die Worte zu flüstern. »Wann ist das passiert?«

Fasziniert hörte Jenner damit auf, mit seinem Stift gegen den Notizblock zu klopfen. Alles Blut war auf einmal aus Deannas eben noch vor Wut rosig glühenden Wangen gewichen, ihr Gesicht war kreidebleich geworden. Riley hatte ihr das alles nicht erzählt, erkannte Jenner. Und er würde mit Sicherheit nicht erfreut darüber sein, dass sie es jetzt von einem anderen erfahren hatte. »In der Nacht, in der Angela erschossen wurde, wurde in Finn Rileys Haus eingebrochen.«

»Nein.« Sich weiter am Sessel festhaltend, bewegte sie sich vorsichtig um ihn herum und ließ sich hineinsinken, bevor die Beine unter ihr nachgaben. »Finn hat mir gar nichts ... keiner hat mir das erzählt.« Sie drückte ihre Augen fest zu, kämpfte gegen die plötzliche Unruhe in ihrem Magen an. Dann öffnete sie die Augen wieder und sagte entschlossen: »Aber Sie werden es mir jetzt erzählen. Ich will wissen, was passiert ist, und zwar ganz genau.«

Wenn Finn Riley zurückkommt, steht ihm mehr als nur eine kleine Meinungsverschiedenheit bevor, dachte Jenner. Als er Deanna von den Geschehnissen berichtete, verfolgte er, wie sie es aufnahm. Einmal zuckte sie zusammen, als wären seine Worte wie Wurfpfeile, dann wurde sie ganz still. Bis er zum Ende gekommen war, blieb ihr Blick ruhig und fest und eigentümlich ausdruckslos.

Eine ganze Weile sagte sie nichts, dann beugte sie sich mit ruhiger Hand vor, um Tee nachzuschenken. Deannas Gelassenheit und ihre Selbstbeherrschung riefen bei Jenner Bewunderung hervor, insbesondere weil ihm nicht entgangen war, wie ein Ausdruck des Entsetzens wie eine kleine Welle über ihr Gesicht gehuscht war.

»Sie glauben, der Mörder von Angela und der Mensch, der immer diese Briefe schickte und in mein Büro und unser Zuhause einbrach, ist ein und dieselbe Person.«

Das war jetzt die Stimme der Reporterin, stellte Jenner fest. Kühl, ruhig und gleichförmig. Ihre Augen waren jedoch nicht mehr ausdruckslos. Panisches Entsetzen stand darin. Aus irgendeinem Grund musste Jenner an einen Jahre zurückliegenden Bericht von ihr denken, bei dem es um eine Frau ging, die von ihrem Ehemann erschossen worden war. Auch damals hatten ihre Augen eine deutliche Sprache gesprochen.

»Das ist eine Theorie«, sagte er schließlich. »Es ergibt einfach mehr Sinn, wenn wir annehmen, dass nur eine einzige Person dahintersteht.«

»Warum war ich dann nicht das Opfer?« Ihr brach die Stimme, ungehalten schüttelte sie den Kopf. »Warum wurde Angela getötet und nicht ich? Wenn dieser Mensch so schrecklich wütend auf mich ist, warum hat er sie umgebracht und mich leben lassen?«

»Angela stand Ihnen im Weg«, meinte Jenner mit Nachdruck und beobachtete, wie die Wirkung seiner Worte Deanna traf wie ein Schlag.

»Er hat sie für mich getötet? O Gott, er hat es für mich getan?«

»Da können wir uns nicht sicher sein«, begann Jenner, aber Deanna schob sich bereits aus ihrem Sessel.

»Finn. Du liebe Güte, er hätte auch hinter Finn her sein können. Er brach in sein Haus ein. Wenn Finn nun da gewesen wäre, hätte er ihn …« Sie presste eine Hand auf ihren Bauch. »Sie müssen etwas tun.«

»Miss Reynolds …«

In diesem Augenblick hörte sie das Geräusch von Reifen auf dem Kies. Sie wirbelte herum, scheuchte den Hund zur Tür, rief Finns Namen.

Finn fluchte, als er den anderen Wagen in der Auffahrt stehen sah. Dann hörte er, wie Deanna nach ihm rief, und als er sah, wie sie aus dem Haus gerannt kam, war seine Verärgerung über den Eindringling verflogen. Zitternd warf sie sich in seine Arme, unterdrückte ihr Schluchzen.

Er zog sie eng an sich heran. Mit wütendem, vernichtendem Blick schaute er über ihre Schulter zu Jenner hinüber, der auf der Veranda stand. »Was zum Teufel haben Sie ihr erzählt?«

»Es tut mir leid.« Etwas Besseres fiel Finn nicht ein, als er im Wohnzimmer Deanna gegenübersaß. Jenner war gefahren. Aber erst, nachdem er die Bombe hatte platzen lassen, dachte Finn verbittert.

»Warum? Weil ich es jetzt durch Jenner herausgefunden habe? Oder weil du mir nicht genug Vertrauen entgegengebracht hast, um es mir zu erzählen?«

»Weil es überhaupt passiert ist«, sagte er vorsichtig. »Und mit meinem Vertrauen zu dir hatte das wirklich gar nichts zu tun, Deanna. Du bist doch gerade erst aus dem Krankenhaus entlassen worden.«

»Und du wolltest mein zerbrechliches inneres Gleichgewicht nicht gefährden, nicht wahr? Darum ist also passenderweise der Fernseher defekt, darum wolltest du allein zum Laden fahren und hast auch keine Zeitungen mitgebracht. Wir wollen doch nicht, dass die arme kleine Deanna irgendwelche Nachrichten hört, die sie durcheinanderbringen könnten.«

»So ungefähr.« Er ließ die Hände in seinen Hosentaschen verschwinden. »Ich dachte, du würdest noch ein wenig Zeit brauchen.«

»Du dachtest das. Nun, da hast du falsch gedacht.« Sie wirbelte herum, ging auf die Treppe zu. »Du hattest kein Recht, das mir gegenüber zu verschweigen.«

»Okay, ich habe das dir gegenüber verschwiegen. Verdammt noch mal, wenn wir uns schon streiten, will ich dir wenigstens ins Gesicht sehen.« Er hielt sie auf dem Treppenabsatz fest, packte sie am Arm, drehte sie herum.

»Ich kann mich auch mit dir streiten, während ich packe.« Sie schüttelte ihn von sich ab und stapfte hoch ins Schlafzimmer.

»Gut, du willst jetzt zurück in die Stadt. Sobald wir das hier geklärt haben, können wir gerne zurückfahren.«

Sie zerrte einen Handkoffer aus dem Schrank. »Wir müssen nirgendwo hinfahren. Ich fahre.« Sie warf den Handkoffer auf das Bett, stieß den Deckel zurück. »Und zwar allein.« Mit schnellen ruckartigen Bewegungen schnappte sie sich die auf dem Toilettentisch stehenden Flaschen und Töpfe. »Ich gehe zurück in meine Wohnung. Was sonst noch an meinen Sachen in deinem Haus ist, hole ich später.«

»Nein«, sagte er ruhig. »Das wirst du nicht tun.«

Sie warf eine Parfümflasche zum offenen Koffer hinüber, die ihn verfehlte und fröhlich über das Bett hopste.

»Genau das und nichts anderes werde ich tun.« Ihm in die Augen schauend, löste sie seine Finger von ihrem Arm. »Du hast mich angelogen, Finn. Wenn Jenner nicht hier herausgekommen wäre, um mir noch ein paar zusätzliche Fragen zu stellen, hätte ich weder von den Einbrüchen erfahren noch davon, dass ihr Dan Gardner und die Zimmerangestellte im Hotel befragt habt. Ich hätte nichts gewusst.«

»Ja, und du hättest wahrscheinlich noch ein paar Nächte gut schlafen können.«

»Du hast mich belogen«, wiederholte sie und weigerte sich, weiter als bis zu diesem Punkt zu sehen. »Und erzähl mir jetzt nicht, die Wahrheit zu verschweigen sei etwas anderes als lügen. Das ist das Gleiche. Eine Beziehung, die nicht ehrlich ist, will ich nicht weiterführen.«

»Du willst Ehrlichkeit. Einverstanden.« Er drehte sich um und ließ die Tür mit einem leisen, endgültigen Klicken ins Schloss fallen. »Ich werde alles in meiner Macht Stehende tun, um dich zu beschützen. Das ist eine Tatsache.« Mit festem Blick ging er wieder zu ihr zurück. »Du wirst mich nicht einfach so verlassen, Deanna. Das ist ebenfalls eine Tatsache. Und du wirst dich dabei auch nicht auf irgendeinen Unsinn über Rechte und Vertrauen berufen können. Wenn du gehen willst, dann zumindest auf die ehrliche Tour.«

»Okay.« Sie bewegte sich so, dass er nicht sehen konnte, wie ihr beim Packen die Hände zitterten. »Ich habe einen Fehler gemacht, als ich einwilligte, dich zu heiraten, und jetzt hatte ich die Zeit, mir das noch einmal durch den Kopf gehen zu lassen. Ich muss mich auf meine Karriere, auf mein eigenes Leben konzentrieren, und das kann ich nicht, wenn ich versuche, eine funktionierende Ehe auf die Beine zu stellen und eine Familie zu gründen. Ich redete mir ein, das alles zu können, aber da habe ich mich geirrt.« Die Diamanten an ihrem Finger zwinkerten ihr spöttisch zu. Den Ring abzunehmen, brachte sie noch nicht über das Herz. Noch nicht. »Ich will dich nicht heiraten, Finn, und es wird keinem von uns gerecht, so weiterzumachen. Für mich hat im Moment meine Arbeit Vorrang. Ich will die Talkshow wieder zum Laufen bringen.«

»Schau mich an, Deanna. Ich sagte, schau mich an!« Er legte ihr die Hände auf die Schultern, drehte sie um, um ihr ins Gesicht zu sehen. Die Panik, die er spürte, verebbte und wurde durch eine unerschütterliche Zuversicht ersetzt. »Du lügst.«

»Ich weiß, dass du das nicht glauben willst ...«

»Herrgott, Deanna, weißt du denn nicht, dass ich es dir am Gesicht ablesen kann, ob du die Wahrheit sprichst oder nicht? Dein Versuch zu lügen ist doch keinen Pfifferling wert. Warum machst du das?«

»Ich will dich nicht mehr verletzen als nötig, Finn.« Sie blieb ganz steif unter seinen Händen und starrte über seine Schulter hinweg. »Lass mich gehen.«

»Keine Chance.«

»Ich will dich nicht.« Ihre Stimme brach. »Und das hier will ich auch nicht. Ist das deutlich genug?«

»Nein.« Er riss sie an sich, bedeckte ihren Mund mit seinen Lippen. Sofort begann sie zu zittern, bebend drängte sich ihr Körper gegen seinen, ihre Lippen erhitzten sich. »Aber das ist deutlich.«

»Das ist aber nicht die Lösung.« Ihr Körper jedoch sehnte sich nach ihm, nach der Wärme und der Kraft seines Körpers.

»Willst du, dass ich mich noch einmal entschuldige?« Jetzt strich er ihr ganz sanft über das Haar. »Schön. Es tut mir leid, und ich würde genau das Gleiche wieder tun. Wenn du das mit ›dich belügen‹ bezeichnest, würde ich wieder lügen. Ich würde tun, was immer ich tun müsste, um dafür zu sorgen, dass du in Sicherheit bist.«

»Ich will aber nicht, dass man mich beschützt.« Sie riss sich von ihm los, ballte ihre Hände zu machtlosen Fäusten zusammen. »*Ich* muss auch nicht beschützt werden. Kannst du das nicht sehen? Kannst du das nicht verstehen? *Ich* war für ihn der Anlass, um sie zu töten. *Mir* wird er nichts antun, daher muss *ich* auch nicht beschützt werden. Aber wer weiß, wem er wegen mir sonst noch etwas antun könnte.«

»Mir«, sagte Finn ruhig und wütend. »Darum geht es doch hier. Du denkst, er könnte mir nachstellen. Und der beste Weg, das zu verhindern, besteht darin, mich loszuwerden und sicherzugehen, dass jeder weiß, du hast Schluss gemacht, nicht wahr?«

Bevor Deanna die Lippen zusammenpresste, bebten sie. »Ich werde mich nicht mit dir darüber streiten, Finn.«

»Damit hast du völlig recht.« Er nahm ihren Handkoffer und kippte den Inhalt aufs Bett. »Versuch das nie mehr mit mir. Nutze meine Gefühle nie mehr auf diese Weise gegen mich aus.«

»Er wird versuchen, dich umzubringen«, meinte sie dumpf. »Ich weiß, dass er das versuchen wird.«

»Also hast auch du gelogen in deinem Versuch, mich zu beschützen.« Als sie ihren Mund öffnete und wieder schloss, lächelte er. »Damit sind wir dann ja quitt, Deanna. Du willst nicht beschützt werden, ich will das ebenfalls nicht. Was also willst du?«

Sie hob ihre zu Fäusten geballten Hände an ihre Wangen, ließ sie wieder herabsinken. »Ich will, dass du aufhörst, mich anzusehen, als ob ich gleich auseinanderfallen würde.«

»Erledigt. Was noch?«

»Ich will, dass du schwörst, mir nichts mehr zu verschweigen, ganz gleich, wie sehr es mich deiner Meinung nach auch durcheinanderbringt.«

»Abgemacht.«

Sie nickte langsam und beobachtete ihn dabei. »Du bist immer noch sauer.«

»Ja, das stimmt, ich bin immer noch sauer. Diese Restwirkung bleibt bestehen, wenn die Frau, die ich liebe, die Verbindung zu mir auflösen will.«

»Du willst mich immer noch.«

»Herrgott, ja, ich will dich immer noch.«

»Seit das geschehen ist, hast du mich kein einziges Mal mehr geliebt. Wann immer ich mich dir zuwandte, hast du mich beruhigt und mit mir gekuschelt, mich aber nicht mehr angefasst.«

»Stimmt.« Er spürte, wie das Blut in seinen Venen dahinzuschweben begann. »Ich wollte dir einfach etwas Zeit geben.«

»Ich will aber keine Zeit!«, schrie sie ihn an und fühlte dabei das erste süße Mal, dass sie wieder loslassen konnte. »Ich bin weder zerbrechlich noch schwach noch zart. Ich will, dass du mich auch nicht länger so ansiehst, als wäre ich das, und obwohl ich daran hätte zerbrechen können, lebe ich und will auch spüren, dass ich lebe. Mach, dass ich mich lebendig fühle!«

Er streckte die Hand nach ihr aus, strich mit dem Knöchel über ihre Wange. »Du hättest um etwas Schwierigeres bitten sollen.«

Dann küsste er sie. Sie konnte die Funken seiner Wut spüren, die er mit so viel Anstrengung bei sich behalten hatte, kostete die heiße Frustration, das brennende Verlangen.

»Nicht«, murmelte sie. »Sei nicht sanft. Nicht jetzt.«

Eigentlich wollte er genau das sein. Doch sie zog ihn bereits aufs Bett, ihre Hände zerrten wie rasend an seiner Kleidung. Jetzt konnte auch er nicht mehr sanft sein, als ihr Mund ihn über jede Behutsamkeit hinaus in die Raserei trieb.

Ihr an ihn gepresster Körper vibrierte, sie bog sich ihm entgegen, spannte sich an, wand sich hin und her. Ich will mehr, war der einzige Gedanke, der noch in ihrem Kopf Platz hatte. Mehr von ihm. Mehr von diesem in ihm kochenden Ungestüm, das er jetzt schon seit Tagen mit aller Macht an die Kette zu legen versuchte. Sie wollte, dass er das freisetzte, in ihr freisetzte.

Sie konnte ihren eigenen dumpfen Herzschlag in ihren Ohren pochen hören, jeden einzelnen Pulsschlag spüren. Ihr gedämpfter Aufschrei war ein Schrei des Triumphes, als er ihr das Hemd beiseiteriss, ihre Jeans wegzerrte, und dann nach ihrem Fleisch suchte.

Der Wind schlug gegen die Fenster, rüttelte am Glas. Er heulte in den Kamin hinein, versuchte, etwas Rauch in das Zimmer zu blasen. Doch das Feuer im Kamin loderte in der Bedrohung durch den Sturm nur noch heller auf.

Wie Donner rollten sie auf dem Bett hin und her.

Sein Mund hatte sich auf ihre Lippen gepresst, heißhungrig, gierig. Zähne kratzten über die bereits durch ihre Leidenschaft ganz feuchte Haut. Sein Atem war heiß und ging ganz schnell, seine Hände hinterließen in ihrer Eile, sie zu besitzen, bei ihr blaue Flecke. Sie richtete sich auf, um ihm entgegenzukommen, ihr Kopf fiel zurück, ihr lang gezogenes Stöhnen wurde immer wilder. »Jetzt.« Sie hätte das Wort fast geweint, zog ihn hoch, verlangte verzweifelt nach ihm und danach, dass er sie ausfüllte und in ihr war. Ihre Hände umklammerten seine Hüfte, ihre Beine schlangen sich um seine Taille. »Jetzt«, sagte sie wieder und schrie auf, als er in sie eindrang.

»Mehr.« Er riss ihren Körper hoch, tauchte noch tiefer in sie hinein. Seine Stöße wurden härter, immer härter, während er erfüllt war von einer wilden, heftigen Freude von fast schmerzhafter Intensität. Sein Körper fühlte sich an wie eine unermüdliche Maschine, darauf eingestellt, immer weiter zu laufen, und die er an sie angeschlossen hatte. Wie Stahl in einer samtenen Umhüllung pumpte er jedes Mal schneller, wenn er spürte, wie sich ihre Muskeln wie eine feuchte Faust um ihn zusammenzogen.

Als sie sich ihm mit gespanntem Leib entgegenbog, zog er

sie zu sich, bis sich ihre Leiber aneinanderpressten. Ihre Zähne sanken in seine Schulter, wie nasse Seide bewegte sich ihr Körper an seinem entlang. Wieder wurde sie starr, ihr Körper versteifte sich, dann hatte sie das Gefühl, in einem großen Beben zu vergehen.

»Ich kann nicht mehr.«

Er schob sie zurück, packte ihre Hände, fuhr mit ihnen über ihren Kopf. »Ich schon.«

Finn verschlang sie, ließ das Tier völlig aus sich herauskommen, entriss ihr mit ungeduldigen Zähnen immer wieder eine neue Reaktion, entlockte ihr mit Zunge und Lippen immer wieder neue Feuer.

Der Atem brannte in seiner Kehle, das Blut hämmerte in seinem Schädel, in seinen Lenden. Die letzte Woge von Empfindungen überschwemmte ihn, flutete durch seinen Körper wie Licht – grellweißes, blendendes Licht.

24

Marshall Pikes Praxis wirkte wie ein elegantes Wohnzimmer, in dem keiner wohnte. Finn musste an die Zimmer eines anspruchsvoll ausstaffierten Modellhauses denken, dessen potentielle Käufer sich niemals auf dem Brokatsofa lümmeln oder auf dem Aubussonteppich balgen würden. Auf dem Chippendale-Couchtisch würde nie ein unschöner Kranz von einem achtlos dort abgestellten Glas zurückbleiben. Kein Kind würde jemals hinter den unpersönlichen Seidenvorhängen Verstecken spielen oder sich zum Lesen in einem der Sessel mit den tiefen Polstern zusammenkuscheln.

Sogar Marshalls Schreibtisch machte eher den Eindruck eines Requisits als den eines brauchbaren Einrichtungsgegenstandes. Die Eiche war auf Hochglanz poliert, die Messingbeschläge glänzten. Die burgunderrote Schreibtischgarnitur aus Leder fügte sich nahtlos in die burgunderrote und farngrüne Gesamtgestaltung des Zimmers ein. Der Ficus am Fenster war nicht aus Plastik, doch wirkte der Zierbaum so vollkommen und die Blätter dermaßen staubfrei, dass er es genauso gut hätte sein können.

Finn war immer wohlhabend gewesen und mit dem vertraut, was man sich an entsprechender materieller Ausstattung einer Wohnung kaufen konnte, doch Marshall Pikes makellose Praxis mit dem leisen Summen der Klimaanlage, die diskret alle Unreinheiten wegsaugte, empfand er als seelenlos.

»Natürlich würde ich gerne mit der Polizei kooperieren«, meinte Marshall. Artig zog er die Ärmel seines Jacketts über die mit einem Monogramm versehenen Manschetten an seinem frischen weißen Hemd. »Wie ich Ihnen jedoch bereits erklärte, hat die Polizei es nicht für nötig befunden, mich zu befragen. Warum auch? Der Presse habe ich daher ebenfalls nichts weiter zu sagen.«

»Wie ich Ihnen erklärte, bin ich nicht als Vertreter der Presse gekommen, und Sie sind nicht dazu verpflichtet, sich mit mir zu unterhalten, Pike. Wenn Sie das aber nicht tun ...« Finn breitete die Hände aus. Jenner würde ziemlich sauer darüber sein, dass er dieses Interview ohne Rücksprache mit der Polizei durchführte, dachte er. Doch speziell diese Kontaktaufnahme empfand er als eine ganz persönliche Angelegenheit. »Einige meiner Kollegen könnten mir sehr dankbar dafür sein, wenn ich ihnen ein bestimmtes Ereignis ins Gedächtnis zurückrufe, das sich zwischen Ihnen und Angela abgespielt hat.«

»Ich kann mir nicht vorstellen, dass eine so banale Begebenheit irgendjemanden interessieren könnte.«

»Ja, es ist auch wirklich erstaunlich, was letztendlich die Aufmerksamkeit des Fernsehzuschauers auf sich zieht, nicht wahr? Und was die Polizei auf den Plan ruft, wenn es aus einem bestimmten Blickwinkel heraus dargestellt wird.«

Der Mann übertreibt natürlich, beruhigte sich Marshall. Außer einer kurzen Fehlentscheidung gab es nichts, absolut nichts, das ihn mit Angela in Verbindung bringen konnte. Und dennoch ... ein Wort an die falsche Person, und er würde auf eine Weise ins Licht der Öffentlichkeit rücken, die seiner Praxis doch ziemlich abträglich wäre.

Marshall kam zu dem Schluss, dass im Vergleich mit dieser Perspektive ein paar Fragen und Antworten kaum ins Gewicht fielen. Außerdem war er ja auf dem Gebiet der Kommunikation Experte. Wenn er mit einem sich übermäßig in den Vordergrund spielenden Journalisten nicht fertigwerden konnte, hatte er die ganzen akademischen Abschlüsse, die so auffällig an der Wand hinter ihm platziert waren, wirklich nicht verdient.

Darüber hinaus würde es ihm besonderes Vergnügen bereiten, den Mann auszutricksen, den Deanna ihm vorgezogen hatte.

»Mein letzter Termin für heute Nachmittag wurde abgesagt.« Er schüttelte den Kopf, als ob er das unglückliche Paar, das jetzt von seinen Fähigkeiten gar nicht profitieren konnte, bemitleidete. »Bis sieben habe ich keine anderen Verpflichtungen mehr, von daher könnte ich tatsächlich ein paar Augenblicke für Sie erübrigen.«

»Mehr brauche ich auch nicht. Wann haben Sie von Angelas Tod erfahren?«

»Am Morgen nach dem Mord in den Frühnachrichten. Ich war völlig schockiert. So wie ich das verstand, hatte sich neben ihr auch Deanna in diesem Studio aufgehalten, und wie Sie wissen, hatten Deanna und ich ja mal eine Beziehung. Daher machte ich mir natürlich Sorgen um sie.«

»Ich bin sicher, dass ihr das hilft, nachts gut zu schlafen.«

»Ich habe versucht, mit ihr Kontakt aufzunehmen und ihr meine Unterstützung anzubieten.«

»Die braucht sie nicht.«

»Verteidigen Sie Ihr Territorium, Mr. Riley?«, fragte Marshall mit einem feinen Lächeln.

»Was denn sonst, Dr. Pike?«, erwiderte Finn.

»In meinem Beruf ist es von grundlegender Bedeutung, aufrichtig zu sein.« Marshall lächelte immer noch. »Deanna hat mir einmal sehr viel bedeutet.«

Bei einigen Interviews musste Finn immer wieder nachhelfen, damit sie liefen, bei anderen musste er nur bestimmte Fragen ansprechen und dann einfach auf die Antworten warten. Finn stellte fest, dass Marshall umso mehr erzählte, je kürzer seine Fragen waren.

»Tatsächlich?«

»Seitdem ist viel Zeit vergangen, und Deanna hat sich mit Ihnen verlobt. Doch unabhängig davon würde ich ihr wie jedem Menschen, den ich einmal mochte, jede mir mögliche Hilfe anbieten, insbesondere unter so schrecklichen Umständen.«

»Und Angela Perkins?« Finn lehnte sich in seinem Stuhl zurück. Wie entspannt seine Haltung auch immer wirken mochte, er war hellwach und nicht die kleinste Bewegung von Marshalls Augen entging ihm. »Haben Sie Angela auch gemocht?«

»Nein«, antwortete er knapp.

»Und doch war es Ihre Affäre mit Miss Perkins, die Ihrer Beziehung mit Deanna ein Ende setzte.«

»Mit Angela hatte ich keine Affäre.« Marshall verschränkte seine Hände und legte sie auf den Schreibtisch. »Da habe ich nur für einen Moment meine Selbstbeherrschung und meinen gesunden Menschenverstand verloren. Ich merkte auch ziemlich schnell, dass Angela das alles inszeniert hatte und mit dieser Inszenierung ihre eigenen Ziele verfolgte.«

»Welche?«

»Meiner Meinung nach? Angela wollte Deanna manipulieren und ihr eins auswischen, was ihr damit übrigens auch gelungen ist.« Marshalls Lächeln war dünn und humorlos geworden. »Obwohl Deanna die Stelle, die Angela ihr in New York angeboten hatte, nicht annahm, hat sie die Verbindung zu mir nach diesem Vorfall abgebrochen.«

»Nehmen Sie ihr das übel?«

»Ich nehme Deanna nur übel, dass sie sich weigerte, den Vorfall als das zu sehen, was er war, nämlich absolut unbedeutend, eine rein körperliche Reaktion auf bereitwillig zur Schau gestellte Reize. Bei der ganzen Sache ging es überhaupt nicht um Gefühle.«

»Einige Leute verbinden mit Sex mehr Gefühle als andere.« Finns Lächeln wurde breiter und sollte Marshall bewusst zu einer unbedachten Äußerung verlocken. »Deanna zum Beispiel ist in dieser Hinsicht ausgesprochen empfindsam und gefühlsbetont.«

»Das stimmt«, meinte Marshall und beließ es dabei. Als auch Finn schwieg, brachte ihn seine Verärgerung dazu, doch noch etwas hinzuzufügen: »Ich begreife allerdings nicht, was mein unglückseliger Fehltritt mit Ihren Recherchen zu tun haben könnte.«

»Ich habe auch nicht behauptet, dass ein Zusammenhang besteht«, erwiderte Finn freundlich. »Aber um diese Angelegenheit zu klären, erzählen Sie mir doch bitte, was Sie in der Nacht, in der der Mord geschah, zwischen elf und zwei gemacht haben.«

»Ich war zu Hause.«

»Allein?«

»Ja, allein.« Mittlerweile fühlte sich Marshall wieder ganz selbstsicher und entspannte sich. Sein Blick wurde sanft. »Ich bin sicher, Sie sind mit mir einer Meinung, dass ich bestimmt so viel Intelligenz aufgebracht hätte, mich mit einem hieb- und stichfesten Alibi zu versorgen, wenn ich einen Mord geplant hätte. Ich war jedoch allein bei mir zu Hause, habe dort zu Abend gegessen und noch ein paar Stunden lang an einigen Fallstudien gearbeitet, bevor ich zu Bett ging.«

»Haben Sie mit jemandem gesprochen? Hat jemand bei Ihnen angerufen?«

»Ich lasse meine Anrufe vom Anrufbeantworter aufzeichnen, weil ich – von Notfällen einmal abgesehen – bei meiner Arbeit nicht unterbrochen werden will.« Er lächelte anmaßend. »Raten Sie mir, Kontakt zu meinem Rechtsanwalt aufzunehmen, Mr. Riley?«

»Wenn Sie meinen, einen zu brauchen, können Sie das gerne tun.« Wenn Marshall log, tat er das ziemlich unverfroren, dachte Finn. »Wann haben Sie Angela zum letzten Mal gesehen?«

Das erste Mal während des ganzen Interviews verriet Marshalls Blick für einen kurzen Moment aufrichtige Freude. »Seit Angela nach New York gezogen ist, bin ich nicht mehr mit ihr zusammengetroffen. Unsere letzte Begegnung ist also schon über zwei Jahre her.«

»Hatten Sie seitdem Kontakt mit ihr?«

»Warum sollte ich? Wie ich bereits erläuterte, hatten wir keine Affäre.«

»Die hatten Sie auch mit Deanna nicht«, bemerkte Finn und stellte mit Genugtuung fest, dass Marshall das Lächeln vergangen war. »Aber Sie haben trotzdem permanent versucht, mit ihr in Kontakt zu kommen.«

»Seit fast einem Jahr habe ich das nicht mehr getan.«

»Aber Sie haben ihr Briefe zukommen lassen und sie angerufen.«

»Nein. Erst jetzt, seit ich von dieser Geschichte hörte, habe ich sie wieder angerufen. Da sie aber auf keinen meiner Anrufe geantwortet hat, muss ich annehmen, dass sie meine Hilfe entweder nicht will oder nicht braucht.« Marshall war sich sicher, ausgesprochen vernünftig mit der ganzen Situation umgegangen zu sein, zupfte erneut seine Manschette zurecht und stand auf. »Wie ich Ihnen sagte, habe ich einen Termin um sieben. Ich muss zuvor noch nach Hause und mich für den Abend umziehen. Jedenfalls haben Sie mir ein interessantes Intermezzo beschert. Vergessen Sie nicht, Deanna meine besten Wünsche auszurichten.«

»Das werde ich bestimmt nicht tun.« Finn erhob sich ebenfalls, machte aber keinerlei Anstalten zu gehen. »Ich habe noch eine andere Frage, sozusagen von Reporter zu Psychologe.«

Marshalls Mund verzog sich schlagartig zu einem höhnischen Grinsen. »Wie könnte ich das zurückweisen?«

»Es geht um Obsessionen.« Finn ließ das Wort eine Weile in der Luft hängen und hielt nach verräterischen Anzeichen Ausschau: nach dem Vermeiden von Augenkontakt, einer plötzlichen unwillkürlichen Bewegung, einer Veränderung im Tonfall. »Wenn ein Mann oder eine Frau sich über einen langen Zeitraum hinweg, beispielsweise zwei oder drei Jahre lang, auf eine Person fixiert und Phantasien nachhängt, es aber nicht schafft, auf diese Person zuzugehen und ihr real gegenüberzutreten, und wenn dieser Mann oder diese Frau in der Phantasie das Gefühl hat, verraten worden zu sein, was würde er oder sie spüren? Liebe oder Hass?«

»Das ist eine schwierige Frage, Mr. Riley, die sich mit so wenig Informationen kaum beantworten lässt. Ich kann nur sagen, dass Liebe und Hass tatsächlich so eng und auf so komplizierte Weise miteinander verflochten sind, wie die Dichter immer behaupten. Beides kann die Kontrolle übernehmen, und je nach den Umständen kann beides auch gefährlich werden. Zwangsvorstellungen sind selten konstruktiv, und zwar für keinen der Beteiligten. Sagen Sie, planen Sie eine Sendung zu diesem Thema?«

»Könnte sein.« Finn griff nach seinem Mantel. »Als Laie frage ich mich, ob jemand, der sich dauernd mit einer solchen Zwangsvorstellung beschäftigt, das verbergen und seinen alltäglichen Aktivitäten nachgehen kann, ohne dass seine Maske verrutscht.« Finn studierte Marshalls Gesicht. »Nehmen wir beispielsweise diesen John Smith, der ein halbes Dutzend Menschen im Supermarkt niedergemäht hat. Die Nachbarn erzählten nur, was für ein netter, ruhiger Bursche er gewesen ist.«

»Solche Sachen kommen vor, nicht wahr? Die meisten Leute sind sehr geschickt darin, andere nur das sehen zu lassen, was sie von sich zeigen wollen. Darüber hinaus sehen die meisten Leute ohnehin nur das, was sie sehen wollen. Aber wenn die Menschen etwas einfacher gestrickt wären, müssten wir uns beide wohl nach einer anderen Arbeit umsehen.«

»Da ist etwas dran. Vielen Dank, dass Sie die Zeit erübrigen konnten.«

Als Finn die Praxis verließ und an der Anmeldung vorbei zu den Fahrstühlen ging, fragte er sich, ob Marshall Pike wohl der Typ war, der einer Frau das Gesicht wegschießen würde und dann ruhig davonspazierte. Eine gewisse Kaltblütigkeit traute er dem Mann jedenfalls zu.

Unter der glatten Oberfläche witterte er bei ihm noch etwas anderes. Das konnte natürlich nur eine rein animalische Reaktion auf ihn sein, mit der er sein Territorium verteidigen wollte, dachte Finn. Doch bei genauerem Hinspüren merkte er, dass es der Reporter in ihm war, der dieses Unbehagen empfand. Marshall Pike versteckte etwas, und es lag jetzt an ihm, herauszufinden, was das war.

Es würde bestimmt nicht schaden, noch einmal beim Hotel vorbeizugehen und zu überprüfen, ob jemand Marshall in der Nacht, in der Angela starb, irgendwo in der Nähe gesehen hatte.

Marshall saß in seiner Praxis hinter dem Schreibtisch. Er wartete, bis er das leise Rumpeln des Fahrstuhls hörte, wartete weiter, bis er überhaupt nichts mehr vernahm. Dann griff er nach dem Telefon, tippte die Nummer ein und wischte sich mit der feuchten Handfläche über das Gesicht.

Er hörte, wie Finns Stimme ihn über das informierte, was er bereits wusste: Deanna war nicht da. Marshall knallte das Telefon wieder in die Ablage und vergrub seinen Kopf in den Händen.

Dieser verdammte Finn Riley. Diese verdammte Angela. Und diese verdammte Deanna. Er musste sie sehen, und zwar so bald wie möglich.

»Du hättest noch nicht zurückkommen sollen.« Jeff stand in Deannas Büro, sein freundliches, vertrautes Gesicht legte sich in widerspenstige Sorgenfalten. Der Geruch nach Farbe war noch frisch.

Sie wussten beide, warum die Wände gestrichen und die Teppiche ersetzt worden waren. Die Oberfläche von Deannas Schreibtisch war durch lange, ausgezackte Kratzer verunstaltet. Erst vor achtundvierzig Stunden hatte die Polizei den Raum wieder freigegeben, und sie hatten nicht die Zeit gehabt, seitdem alles zu reparieren oder zu ersetzen.

»Ich hatte gehofft, du wärest froh, mich wiederzusehen.«

»Ich bin auch froh, dich wiederzusehen, nur nicht gerade an diesem Ort.« Es war erst kurz nach acht, und so früh am Morgen waren die beiden unter sich. Jeff fühlte sich dazu verpflichtet, Deanna davon zu überzeugen, sich noch ein wenig Zeit damit zu lassen, wieder zu arbeiten. Wenn die anderen Mitarbeiter erschienen, würde er darin zweifellos Rückendeckung bekommen. Doch im Moment konnte nur er auf sie aufpassen. »Du hast einen Albtraum hinter dir, Dee, und das ist nicht einmal eine Woche her.«

Doch, dachte sie, heute Nacht ist das eine Woche her. Aber sie verbesserte ihn nicht. »Jeff, dieses Thema habe ich bereits mit Finn durchgekaut ...«

»Er hätte dich nicht herkommen lassen sollen.«

Sie wurde allmählich wütend, verkniff sich aber die scharfe Entgegnung, die ihr auf der Zunge lag. Es konnte durchaus sein, dass sie wesentlich empfindlicher auf alles reagierte als sonst. Immerhin stand sie kurz davor, den armen Jeff anzufauchen. »Finn *lässt* mich überhaupt nichts tun. Wenn es dir damit besser geht, kann ich dir sagen, dass er mit dir völlig übereinstimmt und ebenfalls meint, ich sollte mir noch Zeit lassen. Ich jedoch bin anderer Meinung.« Sie lehnte sich mit der Hüfte an die breite Fensterbank am Spiegelglasfenster. Hinter ihr sank nasser Schnee in einer träge wirbelnden Masse dicker Flocken zu Boden. »Ich muss einfach wieder arbeiten, Jeff. Angelas Tod war entsetzlich, doch mich jetzt zwischen irgendwelchen Decken zu vergraben, macht nichts davon ungeschehen. Außerdem brauche ich meine Kollegen.« Sie streckte die Hand aus. »Die brauche ich wirklich.«

Sie hörte ihn seufzen, aber er kam zu ihr herüber und nahm ihre Hand. »Wir wollten alle da sein für dich, Dee, jeder von uns.«

»Das weiß ich.« Sie drückte seine Hand, drängte ihn dazu, sich zu ihr an die Fensterbank zu gesellen. »Ich glaube, das war für keinen hier einfach. Habt ihr mit der Polizei sprechen müssen?«

»Ja.« Er verzog das Gesicht und schob seine Brille zurecht. »Dieser Detective Jenner. ›Wo waren Sie in der fraglichen Nacht?‹« Jeff machte Detective Jenner so vollendet nach, dass Deanna lachen musste. »Er hat jeden von uns in die Mangel genommen. Simon war schweißgebadet. Du weißt ja, wie er ist, wenn man ihn unter Druck setzt. Er rang die Hände, schluckte die ganze Zeit deutlich hörbar. Irgendwann war er so aufgewühlt, dass Fran ihn veranlasste, sich hinzulegen, und danach den Polizisten anfuhr, das sei reine Schikane gewesen.«

»Schade, dass ich das verpasst habe.« Sie lehnte den Kopf gegen Jeffs Schulter und war zufrieden, wieder bei ihren Freunden zu sein. »Was ist mir denn noch alles entgangen?« Sie konnte spüren, wie sich sein Körper anspannte, und drückte ihm aufmunternd die Hand. »Mir ginge es viel besser, wenn ich Bescheid wüsste, Jeff. Bisher habe ich nur in ganz groben Umrissen gehört, wie mein Büro ausgesehen hat. Ich vermisse unseren Weihnachtsbaum.« Ihr Lächeln war kurz und traurig. »Albern, nicht wahr? Wenn man bedenkt, was hier drin alles zerstört wurde, vermisse ich vor allem diesen dummen Baum.«

»Ich besorge dir einen anderen, der mindestens genauso hässlich ist.«

»Das ist unmöglich.« Aber dabei ließ sie es nicht bewenden. »Erzähl es mir.«

Einen Moment lang zögerte er noch. »Das Büro war ganz schön übel zugerichtet, Dee. Doch die meisten Schäden waren oberflächlicher Natur. Sobald uns die Polizei wieder hereinließ, hat Loren alles ausräumen und sauber machen, neu streichen und mit neuen Teppichen versehen lassen. Er war wirklich bedient. Nicht wegen deiner Sache«, fügte er schnell hinzu, »sondern wegen der Tatsache, dass hier einfach jemand hereinkommt und ... so etwas tut.«

»Ich rufe ihn an.«

»Deanna ... es tut mir wirklich leid, aber ich weiß nicht, was ich dir eigentlich noch erzählen soll. Es tut mir so verdammt leid, dass du das alles durchmachen musstest. Ich wünschte mir, ich könnte auch sagen, dass mir die Sache mit Angela leidtut, aber dem ist leider nicht so.«

»Jeff ...«

»Leider ist dem nicht so«, wiederholte er und drückte ihre Hand ein wenig fester. »Angela wollte dir schaden und hat alles daran gesetzt, deine Karriere zu ruinieren. Sie hat Lew ausgenutzt, Lügengeschichten erfunden, und die Sache mit diesem Arschloch von Footballspieler an die Öffentlichkeit gezerrt. Es tut mir einfach nicht leid, dass sie jetzt nicht mehr da ist und dir mit irgendeiner anderen Sache das Leben schwer zu machen versucht.« Er stieß einen tiefen Seufzer aus. »Vermutlich lässt mich das ganz gefühllos klingen.«

»Nein. Angela hat bei keinem große Liebe und Hingabe hervorgerufen.«

»Bei dir ist das jedenfalls anders.«

Sie hob den Kopf und wollte sich gerade zu ihm umdrehen, um ihn anzulächeln, als ein Geräusch an der Tür sie zusammenfahren ließ.

»O Gott!« Mit einem Briefbeschwerer in der einen Hand und einer Messingfigur in der anderen stand Cassie da. »Ich dachte schon, es wäre wieder eingebrochen worden.« Sie drückte den schweren Briefbeschwerer aus Glas an ihr Herz.

Auf Beinen, die jeden Moment nachzugeben drohten, schaffte Deanna es gerade die zwei Schritte bis zu einem Sessel. »Ich bin früh gekommen«, meinte sie und versuchte verzweifelt, ruhig und beherrscht zu klingen. »Ich dachte, ich könnte vielleicht anfangen, den Arbeitsrückstand aufzuholen.«

»Dann sind wir schon drei.« Den Blick unverwandt auf Deanna gerichtet, stellte Cassie den Briefbeschwerer und die Figur ab. »Sind Sie absolut sicher, dass es Ihnen wieder gut geht?«

»Nein.« Für einen Augenblick schloss Deanna die Augen. »Aber ich musste einfach wieder hier sein.«

Vielleicht lagen ihre Nerven ja tatsächlich blank und sie geriet im Moment schneller aus der Fassung als sonst, aber am späten Vormittag fand Deanna tatsächlich einen gewissen Trost in der Routine der alltäglichen Arbeitsabläufe im Büro. Reservierungen mussten geändert und Termine neu festgelegt werden, andere fielen durch die zeitliche Verzögerung vollständig ins Wasser. Neue Ideen für die Themen einzelner Sendungen wurden ausgeheckt und diskutiert. Sobald sich die Nachricht verbreitet hatte, dass Deanna wieder bei der Arbeit war, standen die Telefone nicht mehr still. Alle möglichen Leute aus der Nachrichtenredaktion schauten auf einen Sprung vorbei, entweder aus echter Sorge oder aus reiner Neugier.

»Benny hofft, dass du uns eingedenk alter Zeiten ein Exklusivinterview gibst«, meinte Roger.

Deanna saß an ihrem jetzt völlig überladenen Schreibtisch und reichte ihrem ehemaligen Kollegen die Hälfte des Sandwichs, an dem sie gerade knabberte. »Benny beruft sich gern auf diese alten Zeiten.«

»Es geht ihm darum, diese Nachrichten bringen zu können, Dee. Und wenn du bedenkst, dass alles hier im CBC-Gebäude geschehen ist und zwei große Stars in die Sache verwickelt sind, ist das schon eine sensationelle Geschichte.«

Ein großer Star, dachte sie. Was war eigentlich der Unterschied zwischen einem großen und einem kleinen Star? Sie wusste, was Loren darauf geantwortet hätte: Ein kleiner Star sucht nach Sendezeiten, ein großer Star verkauft sie.

»Gebt mir noch ein bisschen Zeit, ja?« Sie rieb sich die verspannte Stelle in ihrem Nacken. »Und sag Loren, ich denke darüber nach.«

»Sicher.« Rogers Blick wanderte von ihren Händen zu seinen Händen. »Ich würde es sehr schätzen, wenn du dich zu dem Interview entschließen könntest und mich die Fragen stellen lässt.« Seine Augen schnellten wieder zu ihr zurück, dann wieder weg. »Ich könnte einen kleinen Auftrieb gut gebrauchen. Im Nachrichtenraum kursieren wieder Gerüchte über Kürzungen.«

»Diese Gerüchte kursieren doch immer.« Sie verübelte ihm, dass er sie um diesen Gefallen bat, und wünschte sich gleichzeitig, nicht so zu reagieren. »Okay, Roger, eingedenk der alten Zeiten können wir das machen. Gebt mir nur noch ein paar Tage Zeit.«

»Du bist einfach prima, Dee.« Roger kam sich eher vor wie der Bodensatz. »Aber jetzt gehe ich besser wieder nach unten.

Ich muss mich noch um ein paar Aufnahmen kümmern.« Er stand auf, ließ das Sandwich unberührt liegen. »Schön, dich wieder bei uns zu haben. Du weißt ja, wenn du mal ein freundliches Ohr brauchst, ich habe zwei davon.«

»Inoffiziell?«

Er hatte den Anstand zu erröten. »Natürlich. Inoffiziell.«

Mit einer abweisenden Geste hielt sie beide Hände hoch. »Momentan bin ich einfach noch ein wenig empfindlich, aber in ein oder zwei Tagen lasse ich Cassie einen Termin für das Interview machen, okay?«

»Wann immer du dazu bereit bist.« Er ging zur Tür. »Das wird ein Knaller«, murmelte er, als er die Tür hinter sich schloss.

»Da kannst du dir sicher sein!« Deanna lehnte sich in ihrem Sessel zurück, schloss die Augen und hörte nur noch das unpersönliche Murmeln des Fernsehers in der anderen Ecke des Büros. Seit Angela tot war, dachte sie, wurde sie für die Medien interessanter als jemals zu ihren Lebzeiten.

Das Entsetzliche daran war jedoch, dass ausgerechnet diese schrecklichen Ereignisse dazu führten, ihr selbst große Aufmerksamkeit zu sichern, was den Einschaltquoten ihrer Sendung sehr zugutekam. Seit dem Mord waren die Quoten für *Deannas Stunde* – oder genau genommen Wiederholungen von *Deannas Stunde* – in die Höhe geschnellt und hatten die Konkurrenz weit hinter sich gelassen. Keine Quizsendung und kein Spielfilm konnten hoffen, der Anziehungskraft von Mord und Skandalen etwas Gleichwertiges entgegensetzen zu können.

Angela hatte ihrer größten Rivalin den Erfolg geschenkt, den sie ihr eigentlich wegzunehmen gehofft hatte. Sie hatte nur dafür sterben müssen.

»Deanna?«

Das Herz schien ihr vor Schreck bis in den Hals zu hüpfen, ungewollt riss sie die Augen auf. Ihr gegenüber, auf der anderen

Seite des Schreibtisches, fuhr Simon genauso heftig zusammen wie sie. »Tut mir leid«, meinte er schnell. »Vermutlich hast du mein Klopfen nicht gehört.«

»Ist schon in Ordnung.« Deanna ärgerte sich über ihre Reaktion. »Meine Nerven scheinen nicht so stark zu sein wie ich gedacht habe. Du siehst erschöpft aus.«

Er versuchte zu lächeln, brachte das aber nicht überzeugend zustande. »Ich kann in letzter Zeit nicht mehr gut schlafen.« Mit ungeschickten Bewegungen kramte er eine Zigarette hervor.

»Ich dachte, du wolltest kündigen.«

»Das dachte ich auch.« Verlegen bewegte er seine Schultern. »Ich weiß, dass du gesagt hast, du wolltest Montag mit den Aufnahmen beginnen.«

»Das ist richtig. Gibt es da irgendwelche Probleme?«

»Nun, es geht eigentlich nur darum ...« Der Rest des Satzes verlor sich. Simon zog heftig an der Zigarette. »Ich dachte, unter diesen Umständen ... Aber vielleicht ist das ja für dich egal. Für mich schien es jedoch ...«

Deanna fragte sich, ob es nötig war, seine Zunge zu packen und sie ihm aus dem Mund zu ziehen, damit er endlich mit der Sprache herausrückte. »Was?«

»Der Bühnenaufbau im Studio«, brachte Simon schließlich hervor. Mit einer nervösen Hand strich er sich über die lichter werdenden Haare. »Ich dachte, vielleicht willst du ja daran etwas ändern. Immerhin sind die Sessel ... Na ja, du weißt schon.«

»O Gott!« Sie presste eine Faust gegen ihren Mund, als das Bild der toten Angela, die es sich im geräumigen weißen Sessel gemütlich gemacht zu haben schien, wieder vor ihrem inneren Auge auftauchte. »O Gott, daran habe ich ja überhaupt nicht mehr gedacht!«

»Entschuldige, Deanna!« Da ihm nichts Besseres einfiel, tätschelte er ihre Schulter. »Ich hätte gar nichts sagen sollen. Ich bin ein Idiot.«

»Nein, nein. Es war goldrichtig, dass du das ausgesprochen hast. Ich glaube tatsächlich nicht, dass ich damit hätte umgehen können …« Deanna stellte sich vor, wie sie die Bühne betrat und dann vor Schreck und Entsetzen erstarrte. Wäre sie wie zuvor schreiend davongelaufen? »Ach, Simon!«

»Dee.« Hilflos tätschelte er wieder ihre Schulter. »Ich wollte dich nicht aus der Fassung bringen.«

»Ich glaube, du hast ganz im Gegenteil gerade meine geistige Gesundheit gerettet. Sag dem Bühnendekorateur, er soll den gesamten Aufbau ändern, ja? Die Farbzusammenstellung, die Sessel, die Tische, die Pflanzen – einfach alles. Sag ihm …«

Simon hatte bereits ein Notizbuch aus der Tasche gezogen und kritzelte ihre Anweisungen hinein. Die einfache und so gewohnte Geste machte Deanna irgendwie froh.

»Danke, Simon.«

»Weißt du noch? Ich bin der Mann für die Details.« Er klopfte die halb aufgerauchte Zigarette im Aschenbecher aus. »Mach dir keine Sorgen. Bald wirst du die Bühne nicht mehr wiedererkennen.«

»Aber es soll weiterhin gemütlich bleiben, ja? Hör doch heute einfach früher mit der Arbeit auf und gönn' dir eine Massage, Simon.«

»Lieber würde ich arbeiten.«

»Das kann ich gut nachvollziehen.«

»Mir war gar nicht klar, dass Angelas Tod solche Auswirkungen auf mich haben könnte.« Er steckte den Block wieder weg. »Ich habe jahrelang für sie gearbeitet, kann nicht unbedingt sagen, dass ich sie besonders mochte, aber ich kannte sie. Und wenn sie dort hinter dem Schreibtisch saß, stand ich immer genau hier an dieser Stelle.« Er blickte wieder hoch, traf Deannas Blick. »Jetzt ist sie tot. Ich kann an nichts anderes denken.«

»Ich auch nicht.«

»Wer immer hier drin war, wird jetzt wahrscheinlich ebenfalls nur an ihren Tod denken können.« Argwöhnisch suchte Simon den Raum ab, als würde er erwarten, dass aus irgendeiner Ecke jemand herausspringen und seine Waffe schwingen würde. »Herrje, tut mir wirklich leid. Ich jage uns beiden nur Angst ein. Vermutlich beschäftigt mich dieses Thema heute besonders stark, weil halt heute Abend der Gedenkgottesdienst für sie stattfindet.«

»Heute Abend? In New York?«

»Nein, hier. Ich schätze, sie wollte in Chicago begraben werden, weil sie in dieser Stadt den großen Durchbruch hatte. Man kann ihr allerdings nicht am offenen Sarg seinen letzten Gruß erweisen, weil …« Ihm fiel der Grund ein und er schluckte schwer. »Nun, jedenfalls wird in der Kirche neben der Leichenhalle ein Gottesdienst abgehalten. Ich denke, ich sollte da hingehen.«

»Gibst du bitte die genauen Informationen an Cassie weiter, ja? Ich denke, ich sollte auch hingehen.«

»Das ist nicht nur dumm«, meinte Finn mit einer Wut, die er kaum noch unter Kontrolle hatte, »das ist wahnsinnig.«

Deanna beobachtete, wie die Scheibenwischer gegen den unangenehmen, eisigen Schneeregen ankämpften. Der Schnee, der den Tag über gefallen war, hatte sich in öliggrauen Matsch an den Straßenrändern verwandelt. Der kalte und scheußliche Schneeregen, der ihn jetzt ersetzte, schlug heftig gegen die Scheiben des Wagens.

Das Wetter an diesem Abend war wie geschaffen für eine Beerdigung.

Deanna reckte trotzig ihr Kinn in die Höhe und presste die Zähne zusammen. »Ich sagte dir doch, du musst nicht mitkommen.«

»Ja, das stimmt.« Er entdeckte die Reporter, die sich in der Nähe der Leichenhalle zusammendrängten und fuhr geradeaus weiter. »Verdammte Presse.«

Beinahe hätte sie ihn angelächelt und fühlte den albernen Impuls, laut loszulachen, hatte jedoch Angst davor, hysterisch zu klingen. »Ich werde kein Wort darüber verlieren, dass du ja selbst zu dieser Zunft gehörst.«

»Ich parke weiter hinten am Straßenrand«, meinte er mit zusammengebissenen Zähnen. »Vielleicht finden wir ja einen Seiten- oder Hintereingang.«

»Entschuldige«, sagte sie, als er den Wagen geparkt hatte. »Tut mir leid, dich heute Abend zu dieser Veranstaltung mitgeschleppt zu haben.« Sie hatte fürchterliche Kopfschmerzen, die sie ihm gegenüber nicht zu erwähnen wagte, und verspürte im Magen eine Übelkeit, die noch schlimmer zu werden versprach.

»Ich kann mich nicht erinnern, dass du versucht hast, mich hierher mitzuschleppen.«

»Da ich wusste, dass du mich hier nicht allein hinfahren lässt, läuft es aber auf dasselbe hinaus. Ich kann mir eigentlich selbst nicht erklären, warum ich das Gefühl habe, hier erscheinen zu müssen. Aber ich muss es einfach tun.«

Plötzlich fuhr sie zu ihm herum und ergriff seine Hand. »Wer immer sie umgebracht hat, könnte doch auch dort sein. Ich frage mich, ob ich ihn wohl erkennen würde, ob ich ihm ins Gesicht schauen und wissen würde, dass er es ist. Und ich habe die fürchterliche Angst, dass ich dann tatsächlich weiß, wer es ist.«

»Aber du willst immer noch hineingehen?«

»Ich muss das tun.«

Der Schneeregen würde ihr zugutekommen, dachte sie. Er

war nicht nur kalt, sondern führte auch dazu, dass alle lange Mäntel trugen, in denen man nicht so leicht erkannt wurde, und jeder einen schützenden Regenschirm bei sich hatte. Schweigend gingen sie auf die Menschenmenge zu, der Wind blies ihnen entgegen. Bevor sie geduckt um die Ecke des Gebäudes bogen, sah Deanna aus den Augenwinkeln heraus den CBC-Sendewagen. Finn drängte sich durch den Eingang und durchnässte sie beide, als er den Schirm zusammenfaltete.

»Ich kann diese verdammten Beerdigungen einfach nicht ausstehen.«

Überrascht musterte sie sein Gesicht, während sie sich die Handschuhe auszog und den Mantel ablegte. Sie konnte jetzt erkennen, dass es weniger die Verärgerung über ihr Beharren auf dem Besuch dieser Beerdigung oder seine Sorge oder Angst um sie war, die er gerade fühlte, sondern dieses Grausen, das er angesichts einer Beerdigung empfand und das ihm in den Augen stand. »Tut mir leid. Das war mir nicht klar.«

»Ich bin jetzt … seit Jahren nicht mehr auf einer Beerdigung gewesen. Wozu auch? Tot ist tot. Blumen und Orgelmusik ändern auch nichts mehr daran.«

»Es soll die Lebenden trösten.«

»Von diesem Trost habe ich aber dabei nie etwas gemerkt.«

»Wir bleiben auch nicht lange.« Sie nahm seine Hand und war ganz überrascht, dass in dieser Situation auf einmal er und nicht sie Trost brauchte.

Ein Schauder schien durch seinen Körper zu laufen. »Bringen wir es hinter uns.«

Sie verließen die Nische hinter dem Eingang, in der sie die ganze Zeit gestanden hatten. Vor ihnen hörten sie bereits das Murmeln von Stimmen und die gedämpften Klänge eines Trauerliedes. Gott sei Dank, keine Orgelmusik, stellte er mit einem Gefühl ungeheurer Erleichterung fest, sondern ein melancholisches Duo mit Cello und Klavier. Die Luft roch nach Zitronenöl, Parfüm und Blumen. Er hätte geschworen, auch Whiskey gerochen zu haben, dessen scharfer Geruch wie eine Klinge durch den übermäßig süßen Duft, der die Luft erfüllte, hindurchdrang.

Der dicke Teppich zu ihren Füßen dämpfte ihre Schritte, als sie durch eine weite Vorhalle gingen. Die Eichentüren rechts und links waren taktvoll geschlossen worden, die vor ihnen am Ende der Halle standen offen. Zum Miasma der vielen Düfte gesellte sich noch Zigarettenrauch.

Finn spürte, wie Deanna zitterte, und legte seinen Arm noch ein bisschen fester um ihre Taille. »Wir können uns auch umdrehen und wieder gehen, Deanna. Das ist überhaupt keine Schande.«

Sie schüttelte nur den Kopf. Dann sah sie die erste Kamera. Allem Anschein nach drängten sich die Vertreter der Presse nicht nur draußen vor der Tür zusammen. Ganze Teams hatte man mit Kameras, Mikrofonen und Lampen hereingelassen. Über das Muster aus dunkelroten Rosen auf dem Teppich verliefen kreuz und quer die Kabel.

Schweigend schlüpften sie in den Saal.

Die Decke mit den aufgemalten Cherubim und Seraphim warf das Stimmengewirr und das Klingen der Gläser überallhin. Überall drängten sich die Menschen. Als Deannas Blick von Gesicht zu Gesicht wanderte, fragte sie sich, ob sie wohl irgendwo Kummer oder Angst oder auch einfach nur Resignation sehen würde. Hätte Angela das Gefühl gehabt, angemessen betrauert zu werden? Und würde ihr Mörder ebenfalls zugegen sein, um alles zu beobachten?

Kein Mensch weinte, stellte Finn fest. Er sah Erschütterung und besonnene Blicke. Man unterhielt sich in gedämpftem Ton, und Kameras zeichneten alles auf. Würden sie auch unabsichtlich das eine Gesicht aufnehmen, das sein Wissen und seinen Triumph nicht ganz verbergen konnte? Er hielt Deanna dicht neben sich, denn er wusste, dass der Mörder sich ebenfalls in diesem Raum befinden und alles verfolgen konnte.

Auf einem glänzenden Mahagonisarg stand ein golden gerahmtes Bild von Angela. Es war eines jener Fotos, die ihr schmeichelten und dem Bild entsprachen, das sie in der Öffentlichkeit gerne abgeben wollte.

Es erinnerte Finn viel zu lebhaft an die Frau, die unter dem taktvoll verschlossenen Sargdeckel lag. Er spürte, wie Deanna neben ihm schauderte, und zog sie instinktiv näher an sich heran.

»Machen wir, dass wir hier wieder rauskommen.«

»Nein.«

»Kansas ...« Doch als er zu ihr hinüberschaute, sah er bei ihr mehr als nur Erschütterung und Angst. Er sah etwas, das auf so vielen der anderen Gesichter, die sich in diesem Raum zusammendrängten, fehlte: Kummer.

»Welche Motive sie auch immer gehabt hat«, sagte Deanna ruhig, »sie hat mir auch geholfen. Und wer immer ihr das angetan hat, nahm mich zum Anlass für die Tat.« Ihr brach die Stimme. »Das kann ich nicht vergessen.«

Auch Finn konnte das nicht vergessen, und es erschreckte ihn sehr. »Es wäre vielleicht besser, wenn Dan Gardner weder dich noch mich hier sieht.«

Deanna nickte. Sie hatte Angelas Ehemann weiter vorne gesehen, wo man ihm das Beileid aussprach. »Es ist entsetzlich. Er schlachtet mit dem ganzen Medienrummel hier selbst ihre Beerdigung noch für seine Zwecke aus.«

»Er wird dafür sorgen, dass sich die Presse noch eine ganze Weile mit dieser Sache beschäftigt. Angela hätte sogar bestimmt Verständnis dafür gehabt.«

»Das nehme ich auch an.«

»Interessante Szene, nicht wahr?«, bemerkte Loren, als er sich zu den beiden gesellte. Er bedachte Deanna mit einem strengen, forschenden Blick und nickte. »So wie es aussieht, ist mit Ihnen ja wieder alles in Ordnung.«

»Der Schein trügt.« Für seine Lüge dankbar, gab sie ihm einen Kuss auf die Wange. »Ich hätte nicht gedacht, dass Sie auch kommen würden.«

»Das hätte ich auch sagen können.« Er nahm ihre ausgekühlten Hände zwischen seine und wärmte sie. »Irgendwie hatte ich das Gefühl, es sei nötig zu kommen, aber eigentlich bedaure ich es bereits.« Sein Gesichtsausdruck verriet seine Empörung, als er sich über die Schulter zu Dan Gardner umschaute. »Es geht das Gerücht um, dass er plant, nächstes Jahr im Mai Ausschnitte der Aufnahmen von dieser Beerdigung für eine Sondersendung über Angela zu verwenden. Von seinen Sponsoren fordert er noch einmal fünftausend Dollar für die Minute, und die wird der Mistkerl wahrscheinlich auch bekommen.«

»Schlechter Geschmack ist häufig teurer als guter«, murmelte Deanna. »Hier sind doch bestimmt fünfhundert Leute.«

»Mindestens. Und vielleicht einem Dutzend von ihnen tut es sogar leid, dass sie nicht mehr lebt.«

»Ach, Loren.« Deannas Magen krampfte sich zusammen.

»Ich muss leider zugeben, dass ich selbst zu diesem Dutzend gehöre.« Er seufzte und tat es mit einem Achselzucken ab. »Hätte Angela das jetzt gehört, wäre ihr Selbstwertgefühl noch um einiges gestiegen.« Damit seine Stimme nicht zu viel von seinen Gefühlen verriet, hüstelte er sanft in seine Hand. »Wissen Sie, für mich ist einfach nicht klar, ob Angela diesen Gardner nun verdient hat oder nicht.«

»Ich bin mir sicher, dass Angela Sie nicht verdient hat.« Da die in ihren Augen brennenden Tränen nicht Angela galten, kam sich Deanna wie eine Heuchlerin vor. »Wir werden nicht länger bleiben, Loren. Warum kommen Sie nicht einfach mit uns mit?«

»Nein, ich werde mir das hier bis zum Ende ansehen. Aber ich denke, Sie sollten heute Abend hier jegliche Publicity meiden. Schleichen Sie sich einfach leise davon.«

Als die beiden wieder in der Nische hinter dem Eingang standen, drehte sich Deanna in Finns Arm zu ihm herum. »Ich hatte keine Ahnung, dass er sie immer noch liebt.«

»Das hätte ich auch nicht gedacht.« Er hob ihr Gesicht, bis er ihr in die Augen sehen konnte. »Ist mit dir alles in Ordnung?«

»Eigentlich fühle ich mich jetzt sogar besser.« Sie drehte den Kopf, bis ihre Wange an seiner Schulter ruhte. Der größte Teil ihrer Angst war verflogen, merkte sie. Und auch diese zitternde Panik in ihrer Magengegend, die sie mittlerweile schon fast an sich gewöhnt war, hatte sich gelegt. »Ich bin froh, dass wir gekommen sind.«

»Entschuldigt mich.« Kate Lowells schwüle Stimme ließ Deanna den Kopf drehen. In einem eleganten schwarzen Seidenkleid stand sie hinter ihnen, ihre Haare fielen wie wogende Flammen über ihre Schultern. »Tut mir leid, euch zu unterbrechen.«

»Du hast uns bei nichts unterbrochen«, erwiderte Deanna. »Wir gehen gerade.«

»Ich auch.« Kate blickte sich kurz über die Schulter zu den Stimmen und der Musik hinter ihr um. »Das ist einfach nicht meine Party.« Sie zeigte ein dünnes Lächeln. »Angela war ein richtiges Miststück«, meinte sie dann, »und ich habe sie gehasst wie die Pest. Doch ich bin mir nicht sicher, ob es sogar Angela verdient hat, dass man so aufdringlich aus ihr Kapital zu schlagen versucht.« Mit einem weiteren Seufzer machte sie eine Bewegung mit den Schultern, als wollte sie damit alles abtun. »Ich würde jetzt gerne irgendwo etwas trinken. Und außerdem muss ich mit euch reden.« Sie blickte zu Finn hinüber und runzelte die Stirn. »Vermutlich müsst ihr beide dabei sein, aber jetzt ist das auch egal.« Sie sah, wie Finn die Brauen hob, lächelte erneut, diesmal mit mehr Gefühl. »Ich bin heute wirklich gnädig, nicht wahr? Passt auf, warum suchen wir uns nicht einfach irgendwo ein nettes Lokal? Ich schmeiße eine Runde und erzähle euch eine kleine Geschichte, die ihr mit Sicherheit sehr interessant finden werdet.«

25

Auf Hollywood!«, meinte Kate und hob ihr Glas mit Scotch. »Das Land der Illusionen!«

Deanna war etwas verwirrt und hielt sich an ihrem Glas Wein fest, Finn blieb bei Kaffee.

Sie befanden sich nicht gerade in einem Lokal, in dem man Hollywoodgrößen vermuten würde. Der bedrückt wirkende Klavierspieler spielte lustlos seinen Blues herunter, die Töne stiegen schwerfällig in die rauchgeschwängerte Luft. Wie Kate es sich gewünscht hatte, lag die Ecke, in die sie sich gesetzt hatten, im Halbdunkel. Auf dem durch Kerben verunstalteten Holztisch standen ihre Getränke neben einem angeschlagenen, bernsteinfarbenen Glasaschenbecher.

»Du hast ja eine weite Anreise in Kauf genommen, um zur Beerdigung eines Menschen zu gehen, den du gar nicht mochtest.« Deanna beobachtete, wie Kates gepflegte Fingernägel im Rhythmus der Klaviermusik auf den Tisch klopften.

»Ich war ohnehin schon in der Stadt. Aber auch sonst hätte ich die weite Reise gemacht.« Kate nippte wieder an ihrem Scotch, stellte das Glas beiseite. »Ich denke, du hast dir auch nicht viel mehr aus ihr gemacht als ich, aber da du sie gefunden hast, ist das alles für dich bestimmt ein wenig härter.« Kates Blick wurde weicher, als sie Deanna in die Augen schaute. »Wie ich gehört habe, war es nicht gerade ein schöner Anblick.«

»Ganz und gar nicht.«

»Ich wünschte, ich wäre an deiner Stelle gewesen«, flüsterte Kate. »Du warst immer schon zarter besaitet als ich, und selbst nach allem, was dir Angela angetan hat und anzutun versuchte, hat sich daran nichts geändert. Ich weiß über diese Dinge einiges mehr, als du dir vielleicht vorstellen kannst«, fügte sie hinzu, als Deanna sie prüfend ansah«. »Auch einiges, was nie an die Presse gelangt ist. Angela prahlte gerne.« Kate neigte ihr Glas in Finns Richtung. »Dich hat sie gehasst, weil du nicht direkt angesprungen kamst, wenn sie mit den Fingern schnippte. Genau deswegen hatte sie dich aber bei sich haben wollen. Sie dachte, Deanna wäre ihr in jeder Hinsicht in die Quere gekommen, und hätte alles getan, um sie zu beseitigen.«

»Das ist nichts Neues.« Da Kates Glas leer war, bestellte Finn ein neues. Er war zu dem Schluss gekommen, dass ihr Bericht noch eine gewisse Zeit in Anspruch nehmen würde.

»Das sollte jetzt nicht nur eine kleine Einleitung sein.« Kate reckte sich, doch die so geschmeidige Bewegung war Ausdruck ihrer Nervosität. »Vermutlich wird es dich nicht weiter überraschen zu erfahren, dass Angela einiges an Kosten und Mühen auf sich genommen hat, um diese Sache aus deiner Vergangenheit auszugraben, Deanna. Du weißt schon, diese Vergewaltigung. Natürlich ging der Schuss voll nach hinten los.« Ihre Lippen formten sich zu einem wunderschönen Lächeln. »Das war bei einigen ihrer Projekte der Fall, und mit ›Projekte‹ bezeichnete sie ihre Erpressungsversuche.« Eine Weile saß Kate einfach nur mürrisch da, die Finger klopften, klopften, klopften. »Rob Winters war eines ihrer Projekte; Marshall Pike ein anderes.« Sie würdigte die Kellnerin keines Blickes, sondern schob das Glas beiseite, als es vor ihr abgestellt wurde. »Und es gab noch viele mehr. Die Namen würden dich erstaunen. Sie hat einen Privatdetektiv namens Beeker auf die Leute angesetzt. Er ist aus Chicago. Angela hat ihn unablässig damit beschäftigt, Informationen zu ihren Projekten zu besorgen und die entsprechenden Unterlagen zusammenzutragen. Es hat mich fünftausend Dollar gekostet, Angelas Sekretärin zur Preisgabe dieses Namens zu bewegen. Doch wie man weiß, hat alles seinen Preis. Ich hatte meinen«, ergänzte sie leise.

»Soll das heißen, dass Angela Leute erpresst hat, indem sie Geld verlangte, um ein Geheimnis für sich zu behalten?« Deanna beugte sich vor.

»Gelegentlich. Meistens wollte sie irgendwelche Gefälligkeiten dafür, dass sie bestimmte Geheimnisse wahrte. Auch ›Gefälligkeit‹ ist einer der Begriffe, die sie in diesem Zusammenhang immer benutzt hat.« Geistesabwesend griff Kate in die Plastikschüssel mit der Nussmischung. »›Kannst du mir einen kleinen Gefallen tun, meine Liebe? Dann werde ich diese pikante Information auch für mich behalten.‹ ›Ihre Frau hat Probleme mit Drogen, Senator? Keine Angst, wenn Sie mir eine kleine Gefälligkeit erweisen, werde ich kein Sterbenswörtchen davon an die Öffentlichkeit gelangen lassen.‹ Wer hat mehrere Grammys gewonnen und war das Opfer eines Inzests? Welcher beliebte Fernsehstar hat Verbindungen zum Ku-Klux-Klan? Dazu brauchte man nur Angela zu befragen. Sie hatte es sich zur Aufgabe gemacht, die streng gehüteten Familiengeheimnisse der verschiedensten Leute herauszufinden. Und wenn sie sich sicher war, jemanden am Haken zu haben, erzählte sie ihm, von welchem Geheimnis sie wusste. Auf diese Weise hat sie ihre Macht ausgespielt. Sie war sich sehr sicher, auch mich am Haken zu haben.«

»Und jetzt ist sie tot.«

Kate quittierte Finns Bemerkung mit einem Nicken. »Das ist schon komisch: Jetzt, wo sie für mich keine Bedrohung mehr darstellt, fühle ich mich dazu gezwungen, genau das zu tun, womit sie mir immer gedroht hat. Ich gehe mit meiner Sache an die Öffentlichkeit. Eigentlich habe ich den Entschluss dazu in der Nacht gefasst, in der sie ermordet wurde. Die Polizei würde das doch bestimmt recht passend finden, nicht wahr? Wie in einem schlechten Drehbuch. Aber ich habe Angela in jener Nacht noch gesehen.« Sie sah das Entsetzen in Deannas Augen. »Nicht im Studio. In ihrem Hotel. Wir haben uns gestritten. Da sich das Zimmermädchen im Nebenzimmer aufhielt, nehme ich an, dass die Polizei bereits darüber Bescheid weiß.«

Sie blickte zu Finn hinüber und hob eine Braue. »Ja, zumindest du hast es also gewusst. Nun, ich werde wahrscheinlich selbst zur Wache gehen und meine Aussage machen, bevor sie zu mir kommen. Ich glaube sogar, ich habe ihr damit gedroht, sie zu töten.« Kate schloss die Augen. »Wieder wie in einem schlechten Drehbuch. Ich habe sie nicht getötet, aber ihr werdet selbst entscheiden müssen, ob ihr mir das glaubt, wenn ich alles erzählt habe.«

»Warum erzählst du uns das überhaupt?«, wollte Deanna wissen. »Warum gehst du nicht einfach direkt zur Polizei?«

»Ich bin Schauspielerin, und wenn ich die Gelegenheit habe, mir mein Publikum selbst auszusuchen, gefällt mir das. Und du warst immer eine gute Freundin, Dee.« Sie streckte mit einer schnellen, flüchtigen, freundschaftlichen Geste die Hand nach Deanna aus. »Ich meine, du hast in jedem Fall einen Anspruch darauf, die ganze Geschichte zu erfahren. Hast du dich nie gewundert, warum es bei meinem geplanten Auftritt in deiner Show zu diesem plötzlichen Rückzieher kam? Warum ich nie für einen anderen Termin zur Verfügung stand?«

»Doch, aber ich glaube, das hast du mir schon beantwortet. Angela hat dich erpresst. Und der Gefallen, den du ihr dafür tun musstest, bestand darin, meine Sendung zu boykottieren.«

»Das war eine der Gefälligkeiten. Als du vor ein paar Jahren an mich herangetreten bist, befand ich mich in einer prekären und gleichzeitig faszinierenden Situation. Ich hatte zwei Supererfolge, die zu richtigen Kassenschlagern wurden, und die Kritiker waren völlig begeistert von mir. Die Sexbombe von nebenan, schrieben sie. Glaub nie, wenn dir jemand weiszumachen versucht, Stars würden ihre Kritiken nicht lesen. Meine habe ich immer ganz genau studiert, Wort für Wort.« Ein verträumtes Lächeln umspielte ihre Lippen. »Ich könnte wahrscheinlich immer noch einige der besten zitieren. Schon immer hatte ich Schauspielerin werden wollen. Ein Star«, verbesserte sie sich mit einem Achselzucken. »Sie nannten mich den ersten Kinostar der neuen Generation, der Erinnerungen an Bacall, Bergman und Davis weckte. Und ich brauchte nicht Jahre, bis ich an diesen Punkt gelangte. Eine Rolle als Nebendarstellerin in einem Film, der ein Bombenerfolg wurde, genügte. Dann bekam ich eine Hauptrolle zusammen mit Rob, und wir eroberten die Herzen des Publikums. Beim nächsten Film stand mein Name schon über dem Titel, und ich hatte ein bestimmtes Image weg. Eine Frau, die mit einem Lächeln bezaubert.« Sie musste darüber lachen, nahm wieder einen Schluck. »Das gute Mädchen, die Heldin, die Frau, bei der die Mutter sich freut, wenn ihr Sohn sie zum Essen mit nach Hause bringt. Das ist das Image. Das wollte Hollywood von mir, das erwartete das Publikum. Und diese Erwartungen habe ich erfüllt. Mir wurde großes Talent bescheinigt, aber das Image ist in dieser Branche in jeder Hinsicht genauso wichtig.«

Ihr Blick glitt ins Leere. »Meinst du, die Spitzenproduzenten, die guten Regisseure, die Schauspieler, die Leute, die darüber entscheiden, welches Projekt zum Erfolg gebracht wird und welches Projekt in der Versenkung verschwindet, würden meinen Agenten mit Angeboten überschütten, wenn sie wüssten, dass ihre perfekte Heldin, die Frau, die einen Oscar für ihre Rolle als hingebungsvolle, verzweifelte Mutter bekam, mit siebzehn schwanger wurde und ohne groß zu überlegen das Kind weggab?«

Sie lachte, als Deannas Mund sich öffnete. Aber es klang alles andere als fröhlich. »Das passt überhaupt nicht ins Bild, nicht wahr? Wie viele würden selbst in diesen aufgeklärten Zeiten sieben Dollar für eine Kinokarte hinlegen, um mir zuzuschauen, wie ich die lange leidende oder muntere Heldin spiele, wenn das an die Öffentlichkeit gekommen wäre?«

»Ich …« Deanna unterbrach sich und wartete, bis sich der Aufruhr in ihr wieder etwas gelegt hatte. »Ich verstehe nicht, wieso das wichtig sein sollte. Du hast eine Entscheidung getroffen, die für dich bestimmt alles andere als leicht gewesen ist. Und du warst doch selbst noch ein Kind.«

Amüsiert blickte Kate zu Finn hinüber. »Ist sie wirklich so naiv?«

»In manchen Dingen.« Finn war zwar stolz auf seine gute Menschenkenntnis, musste aber jetzt einiges zurechtrücken. »Ich verstehe durchaus, dass das Bekanntwerden einer solchen Geschichte alles Mögliche aufwirbelt. Du hättest ein paar Schläge von der Presse einstecken müssen, aber dann wäre es für dich weitergegangen.«

»Vielleicht. Aber ich hatte Angst, und Angela wusste das. Und ich schämte mich. Das wusste sie auch. Zuerst war sie sehr einfühlsam. ›Wie hart muss das für dich gewesen sein, meine Liebe! Ein junges Mädchen, und wegen eines winzigen Fehlers gerät ihr ganzes Leben in Bewegung. Und wie schwer es für dich gewesen sein muss, das deiner Einschätzung nach Beste für das Kind zu tun.‹«

Verärgert über sich selbst, schnippte Kate eine Träne weg. »Und da es tatsächlich schwierig, ja sogar schrecklich gewesen war, und Angela mit so viel Einfühlungsvermögen darauf reagierte, brach ich zusammen, und dann hatte sie mich in der

Hand. Sie sagte, sie hätte ja großes Verständnis dafür und ich hatte angeblich auch ihr vollstes Mitgefühl, aber sie erinnerte mich daran, dass bestimmte hohe Tiere in Hollywood diesen winzigen Fehler nicht unbedingt genauso leichtnehmen würden. Und könnte das Publikum, das mich zu seiner heldenhaften Prinzessin gekrönt hatte, Verständnis dafür aufbringen?«

»Kate, du warst siebzehn.«

Ganz langsam hob Kate ihren Blick und schaute Deanna an. »Ich war alt genug, ein Kind in die Welt zu setzen, und alt genug, es wegzugeben. Alt genug, um dafür zu bezahlen. Ich hoffe, ich bin jetzt stark genug, um die Konsequenzen auf mich zu nehmen.« Finster blickte sie auf ihr Glas. Wenn sie diese Sache nicht überlebte und sie in einem Desaster endete, würde sie das umbringen. Angela hatte das gewusst. »Vor einigen Jahren war ich nicht so stark. So einfach ist das. Ich glaube nicht, dass ich die hasserfüllten Briefe verkraftet hätte, die Artikel in der Skandalpresse, die üblen Witze.« Kate lächelte wieder, aber Deanna sah ihren Schmerz. »Ich kann nicht sagen, dass ich mich mittlerweile darauf freue, aber Tatsache ist einfach, dass die Polizei mich sowieso aufspürt. Früher oder später werden sie auf Beeker stoßen und die widerlichen Akten finden, die Angela anliegen ließ. Ich will mir selber aussuchen, wann und wo meine Geschichte an die Öffentlichkeit gelangt, und ich würde es gerne in deiner Show tun.«

Deanna schaute verwundert drein. »Wie bitte?«

»Ich sagte, ich würde es gerne in deiner Show tun.«

»Warum?«

»Aus zwei Gründen. Erstens würde ich es damit Angela noch einmal so richtig heimzahlen. Davon bist du nicht besonders begeistert«, murmelte sie, als sie Deannas missbilligenden Blick sah. »Der zweite Grund wird dir besser gefallen: Ich vertraue dir. Du bist eine Frau von Format und eine Frau mit viel Mitgefühl.

Der Schritt wird für mich nicht einfach sein, und ich werde auf beide Qualitäten von dir angewiesen sein. Und ich habe Angst vor diesem Schritt.« Sie stellte das Glas hin. »Das Kind fiel meinem Ehrgeiz zum Opfer«, sagte sie leise. »Es ist nicht mehr da«, fügte sie grimmig hinzu. »Was ich jetzt erreicht habe und wofür ich gearbeitet habe, will ich nicht auch noch verlieren, Deanna. Angela ist tot für mich genauso gefährlich wie lebendig, aber auf diese Weise kann ich mir wenigstens Zeit und Ort für die Enthüllung aussuchen. Ich habe immer viel Respekt für dich gehabt und werde über mein Privatleben und mein ganz persönliches Leid sprechen. Und damit möchte ich bei jemandem beginnen, den ich respektiere.«

»Wir werden mit den Terminen ein wenig jonglieren und dich Montagmorgen in die Sendung nehmen«, sagte Deanna einfach.

Kate schloss für einen Augenblick die Augen, sammelte alles an Kraft, was sie noch hatte, und sagte: »Danke!«

Als sie wieder zu Hause waren, hatte der Schneeregen aufgehört. Die Luft war nasskalt, alles wirkte finster. Dicke schwarze Wolken hingen am Himmel. In einem der vorderen Fenster brannte Licht. Golden strömte es durch das Glas und hieß sie mit seiner Behaglichkeit willkommen. Als Finn den Schlüssel ins Schloss steckte, fing der Hund an zu bellen.

Eigentlich hätte es eine richtige Heimkehr sein sollen, doch der allgegenwärtige Farbgeruch erinnerte sie daran, dass ihrem Zuhause Gewalt angetan worden war. Im Flur waren noch die Laken ausgebreitet, die den Boden vor Farbspritzern schützten, und das Hundegebell hallte hohl zurück. Aus so vielen Zimmern war zerbrochenes Geschirr und beschädigtes Mobiliar herausgeräumt worden. Die Heimkehr glich dem Gruß eines todkranken Freundes.

»Wir können immer noch in ein Hotel gehen.«

Deanna schüttelte den Kopf. »Nein, das wäre nur ein anderer Weg, das zu verstecken. Ich fühle mich immer noch verantwortlich dafür.«

»Dann arbeite daran.«

Die Ungeduld in seiner Stimme entging ihr nicht. Sie bückte sich, um den Hund zu streicheln, während Finn sich aus seinem Mantel schälte. »Das waren alles deine Sachen, Finn.«

»Genau, Sachen.« Er hängte seinen Mantel an die Flurgarderobe. Im Spiegel sah er, wie sie ihren Kopf über den des Hundes neigte. »Einfach nur Sachen, Deanna. Sie waren versichert und sind alle ersetzbar.«

Sie blieb, wo sie war, hob aber den Kopf. Ihre großen Augen wirkten erschöpft. »Ich liebe dich so sehr, Finn. Und ich kann den Gedanken kaum ertragen, dass er hier war und alles, was dir gehörte, angefasst hat.«

Er kauerte sich neben sie, was den Hund veranlasste, sich voller Vorfreude auf den Rücken zu drehen. Doch Finn ignorierte ihn und nahm Deanna an den Schultern. Sein Blick war auf einmal grimmig geworden. »Du bist das Einzige für mich, das unersetzbar ist. Als ich dich zum ersten Mal getroffen habe, wusste ich, dass mir noch nie zuvor etwas so viel bedeuten würde wie du und dass das auch für die Zukunft gilt. Begreifst du das?« Mit einer groben Bewegung fuhr seine Hand in ihre Haare. »Meine Gefühle für dich sind absolut überwältigend und erschreckend. Sie sind einfach alles.«

»Ja.« Sie fasste mit beiden Händen sein Gesicht, führte seinen Mund an ihre Lippen. »Das begreife ich.« Gefühle stiegen in ihr hoch, flossen in ihren Kuss, sodass ihre Lippen ihn nervös bedrängten. Als Finn an ihrem Mantel zerrte, wand sich der Hund winselnd zwischen ihnen hin und her.

»Wir machen Cronkite verlegen«, murmelte Finn und zog Deanna wieder hoch.

»Wir sollten ihm ein Weibchen suchen.«

»Du willst nur wieder ins Tierheim und einen anderen Köter befreien.«

»Wenn du das schon selber sagst …« Doch ihr Lächeln verflog rasch. »Finn, ich muss mit dir noch etwas besprechen.«

»Das klingt nach einer ernsten Sache.«

»Können wir hochgehen?«

Sie wollte ins Schlafzimmer, weil dieser Raum bereits fast vollständig wiederhergestellt war. Finn hatte darauf geachtet, dass dort die Arbeiten als Erstes beendet wurden. Die Stelle über dem Bett, an der die verzweifelte Botschaft an der Wand gestanden hatte, war frisch gestrichen. Dort hatte er das Bild aufgehängt, das er ihr vor so langer Zeit vor der Nase weggeschnappt hatte. *Erweckungen.* Diese leuchtenden Farbspritzer, diese Kraft und diesen Schwung, all dies brauchte sie jetzt dort als Erinnerung an das Leben. Und so war das Zimmer zu einem Zufluchtsort geworden.

»Du bist noch ganz durcheinander wegen Kate, nicht wahr?«

»Ja.« Sie hielt seine Hand fest, als sie die Treppe hochgingen. »Aber mir geht es jetzt um etwas anderes.« Sie ging in das Schlafzimmer, zum Kamin hinüber, zum Fenster, wieder zurück. »Ich liebe dich, Finn.«

Ihr Tonfall machte ihn misstrauisch. »Das haben wir ja bereits festgestellt.«

»Dich zu lieben bedeutet aber nicht, das Recht zu haben, in jeden Bereich deines Lebens einzudringen.«

Neugierig neigte Finn den Kopf. Deanna war für ihn wie ein aufgeschlagenes Buch. Sie machte sich Sorgen. »Welche Aspekte gehören für dich denn zu jenen, zu denen du keinen Zugang haben solltest?«

»Du ärgerst dich.« Verblüfft warf sie die Hände in die Luft. »Ich werde nie ganz nachvollziehen können, wie leicht ich dich aus der Reserve locken kann, insbesondere, wenn ich versuche, vernünftig zu sein.«

»Ich kann es nicht ausstehen, wenn du denkst, du wärest vernünftig. Na komm, spuck es aus, Deanna!«

»Gut. Was hatte Angela gegen dich in der Hand?«

Sein Gesichtsausdruck veränderte sich von Ungeduld zu offensichtlicher Verwirrung. »Was?«

»Lass das.« Mit heftigen Bewegungen knöpfte sie ihren Mantel auf und warf ihn beiseite. In ihrem geschmackvollen schwarzen Kostüm und den feuchten Schuhen lief sie im Zimmer hin und her. »Wenn du es mir nicht erzählen willst, dann sag mir das. Ich werde mit dir übereinkommen, dass nichts, was du in der Vergangenheit getan hast, notwendigerweise mit unserer Beziehung verknüpft ist.«

»Nun mach mal langsam und hör auf, hier dauernd hin und her zu laufen. Was könnte ich denn deiner Meinung nach getan haben?«

»Ich weiß es nicht.« Ihre Stimme klang schon in ihren eigenen Ohren schrill. »Ich weiß es nicht«, wiederholte sie etwas ruhiger. »Und wenn du meinst, ich brauche das auch nicht zu wissen, werde ich versuchen, das zu akzeptieren. Doch sobald die Polizei diesen Beeker verhört, kommt dein Geheimnis ohnehin ans Tageslicht.«

»Jetzt warte mal!« Er hielt beide Hände hoch, als sie die Jacke ihres Kostüms aufknöpfte. »Wenn ich das jetzt richtig erfasst habe – und bitte unterbrich mich, sobald ich mich in eine falsche Richtung bewege –, denkst du, dass Angela mich erpresst hat. Habe ich das so weit richtig erfasst?«

Deanna marschierte zum Schrank, öffnete schwungvoll die Tür und riss einen gepolsterten Kleiderbügel heraus. »Ich sagte doch, dass ich mich nicht in diese Dinge einmischen würde, solange du das nicht willst. Ich war doch vernünftig.«

»Sicher, das warst du.« Er ging zu ihr hinüber, legte ihr seine Hände auf die Schultern und lenkte ihren steifen Körper zum Sessel. »Jetzt setz dich erst einmal hin. Und dann sag mir bitte, warum du meinst, ich sei erpresst worden.«

»Ich bin in jener Nacht zu meinem Treffen mit Angela gegangen, weil sie sagte, sie wüsste etwas über dich, das dir schaden könnte.«

Jetzt setzte er sich hin, hockte sich auf die Bettkante. Eine ganz neue Art Wut nagte an ihm. »Sie hat dich ins Studio gelockt, indem sie mir drohte?«

»Nicht direkt.« Sie fuhr sich mit der Hand durch die Haare. »Sie hätte mir nichts erzählen können, was meine Gefühle für dich ändern würde. Ich wollte eigentlich sichergehen, dass sie das begriff und uns in Ruhe ließ.«

»Deanna, warum bist du denn nicht zu mir gekommen?«

Diese einfache, rationale Frage ließ sie zusammenzucken. »Weil ich mit ihr allein fertigwerden wollte«, gab sie zurück. »Weil ich weder dich noch irgendjemand anderen brauche, der sich in meine Angelegenheiten einmischt.«

»Aber hast du nicht unangebrachterweise versucht, genau das bei mir zu tun?«

Das ließ sie erst einmal verstummen, allerdings wieder nur für einen kurzen Moment. Sie wusste, dass zwei sehr erfahrene Interviewer hier miteinander diskutierten. Und bei diesem Wettstreit wollte sie nicht verlieren. »Du weichst aus. Was hätte sie mir erzählen können, Finn?«

»Ich habe nicht die geringste Ahnung. Ich bin nicht schwul, nehme keine Drogen. Außer – im Alter von zwölf Jahren – ein paar Comic-Heften habe ich noch nie irgendetwas gestohlen – und das könnte mir keiner beweisen.«

»Ich finde das nicht lustig.«

»Sie hat mich nicht erpresst, Deanna. Ich hatte eine Affäre

mit ihr, aber das war kein Geheimnis. Sie war nicht die erste Frau, mit der ich zu tun hatte, aber es gibt keine abartigen sexuellen Begegnungen, die ich gerne verheimlichen würde. Ich habe keine Verbindungen zum organisierten Verbrechen, habe nie etwas veruntreut. Ich habe keine unehelichen Kinder, von denen keiner etwas erfahren darf. Ich habe nie jemanden umgebracht.«

Abrupt unterbrach er sich, schlagartig war die Mischung aus Ärger und Belustigung, die ihm im Gesicht stand, wie weggeblasen. »O Gott!« Er schlug beide Hände vor das Gesicht und presste die Handballen auf die Augen. »O Gott!«

»Entschuldige!« Jeder Gedanke an Wettstreit war vergessen, als sie aufsprang und zu ihm hinübereilte. »Finn, es tut mir leid, ich hätte nie darauf zu sprechen kommen sollen.«

»Könnte sie das getan haben?«, fragte er sich selbst. »Könnte sie sogar das getan haben?« Er ließ die Hände fallen. Mit gehetztem Blick fragte er: »Aber wozu?«

»Sie könnte was getan haben?«, fragte Deanna ruhig und hielt ihn in ihren Armen.

Finn rückte ein wenig von ihr ab, als hätte er das Gefühl, er könnte sie durch das, was in ihm arbeitete, verletzen. »Mein bester Freund am College, Pete Whitney! Wir hatten es einmal beide auf dasselbe Mädchen abgesehen, uns eines Nachts sinnlos besoffen und versuchten, die Sache mit unseren Fäusten auszutragen. Ich schlug mich ziemlich gut. Dann beschlossen wir, dass das Mädchen das alles gar nicht wert war, und soffen weiter.«

Seine Stimme klang gleichgültig und distanziert. Es war die Stimme des Nachrichtensprechers. »Das war das letzte Mal, dass ich mich besoffen habe. Pete scherzte immer, das sei der Ire in mir: zu saufen oder mich zu schlagen oder mich aus allem herauszureden.« Finn erinnerte sich daran, wie er damals gewesen war – wütend, rebellisch, streitlustig und fest entschlossen, in absolut keinem Aspekt seinen kühlen und kultivierten Eltern ähnlich zu sein. »Ich bin heute wirklich alles andere als ein Säufer und habe mittlerweile herausgefunden, dass Worte im Allgemeinen bessere Waffen sind als Fäuste. Pete schenkte mir das hier.« Finn zog das keltische Kreuz unter seinem Hemd hervor und schloss seine Hand darum. »Er war mein engster Freund und das nächste an Familie, was ich jemals gehabt habe.«

War, dachte Deanna und verspürte ihre Sehnsucht nach ihm.

»Wir vergaßen das Mädchen. Sie war bei Weitem nicht so wichtig für uns wie die Beziehung, die wir zueinander hatten. Wir leerten noch eine Flasche. Mein Auge war geschwollen und sah aus wie eine faule Tomate, daher warf ich ihm meine Autoschlüssel hin, kletterte auf den Beifahrersitz und kippte weg. Wir waren zwanzig und wir waren dumm. Völlig besoffen in ein Auto zu steigen, hieß für uns nicht viel. Wenn du zwanzig bist, lebst du noch ewig. Doch für Pete war es bald vorbei.

Ich kam wieder zu mir, als ich ihn schreien hörte. Und das war es dann. Ich hörte ihn schreien, und als Nächstes wachte ich mitten zwischen diesen vielen Lichtern und Menschen auf. Ich fühlte mich, als hätte mich ein Lastwagen überfahren. Pete war zu schnell in eine Kurve gerast und hatte irgendeinen Pfosten gerammt. Wir waren beide aus dem Wagen geschleudert worden. Ich kam mit einer Gehirnerschütterung, einem Schlüsselbeinbruch, einem gebrochenen Arm, Schnittwunden und Prellungen davon, Pete war tot.«

»Ach, Finn.« Sie warf ihm die Arme um den Hals und drückte ihn an sich.

»Da es mein Wagen war, dachten sie, ich hätte am Steuer gesessen. Sie wollten mich wegen fahrlässiger Tötung verklagen. Mein Vater kam dazu, aber als er da war, hatten sie bereits etliche Zeugen gefunden, die Pete hinter dem Lenkrad gesehen hatten. Das machte ihn natürlich auch nicht wieder lebendig und änderte nichts daran, dass ich betrunken, ausgesprochen dumm und in verbrecherischer Weise leichtsinnig gewesen war.«

Seine Finger schlossen sich noch fester um das silberne Kreuz. »Ich habe diese Sache nie verheimlicht, Deanna, erinnere mich allerdings nur sehr ungern daran. Komisch, heute Abend, als wir bei Angelas Beerdigung auftauchten, habe ich an Pete gedacht. Petes Begräbnis war auch das letzte Begräbnis, auf dem ich gewesen bin. Seine Mutter hat immer mir die Schuld gegeben, und ich konnte ihren Standpunkt verstehen.«

»Du bist aber nicht gefahren, Finn.«

»Macht das denn wirklich einen Unterschied?« Er blickte sie an, wusste aber bereits die Antwort. »Genauso gut hätte es mich erwischen können. Mein Vater hat den Whitneys eine Abfindung gezahlt, und damit war die Sache erledigt. Mich hat man nie wegen irgendetwas belangt, und man machte mich auch nicht für den Unfall verantwortlich.«

Er vergrub sein Gesicht in Deannas Haaren. »Aber natürlich trug ich Verantwortung, genauso viel Verantwortung wie Pete. Der einzige Unterschied besteht darin, dass ich noch lebe und Pete tot ist.«

»Der Unterschied besteht darin, dass du eine zweite Chance bekommen hast und er nicht.« Sie schloss ihre Hand über seinen Fingern, sodass sie beide das Kreuz umschlossen hielten. »Das tut mir so leid, Finn.«

Ihm tat es auch unendlich leid. Er hatte sein ganzes Leben als Erwachsener damit verbracht, zu dem Mann zu werden, der er jetzt war, und hatte das nicht nur für sich getan, sondern auch für Pete. Und er trug das Kreuz jeden Tag als Talisman und als Erinnerung.

»Angela hätte keine Schwierigkeiten gehabt, diese Geschichte wieder auszugraben«, meinte Finn. »Sie hätte dem Ganzen sogar den Anstrich geben können, das Geld der Familie Riley und die Machtposition meines Vaters hätten das Ergebnis der Ermittlungen beeinflusst. Aber damit hätte sie dich erpresst und nicht mich. Sie wusste nämlich, dass ich mich an ihr schadlos halten würde, wenn sie mir damit käme.«

»Ich würde das alles gerne der Polizei erzählen.«

Behutsam führte er sie zum Bett zurück, wo sie sich eng aneinanderkuschelten. »Wir werden ihnen vieles erzählen. Morgen«, sagte er. Sanft hob er ihren Kopf. »Hättest du mich beschützt, Deanna?«

Sie wollte das zunächst abstreiten, doch dann entdeckte sie das verräterische Leuchten in seinen Augen. Sie wusste, dass er es genau merken würde, wenn sie log. »Ja. Und?«

»Nun, danke.«

Sie lächelte und hielt ihm ihren Mund entgegen.

Gar nicht weit weg weinte jemand heiße und bittere Tränen, die Kehle, Augen und Haut zu verbrühen schienen. Fotos von Deanna betrachteten die schluchzende Gestalt, lächelten ihr gütig zu. Drei Kerzen gaben das einzige Licht ab, ihre geraden, reinen Flammen leuchteten auf die Fotos, den einzelnen Ohrring, die mit einer goldenen Schnur umwickelte Locke, all die Schätze auf dem Altar einer enttäuschten Sehnsucht.

Daneben lagen Stapel von Videokassetten, doch der Fernsehbildschirm blieb heute Abend dunkel und schwieg.

Angela war tot, aber das war noch nicht genug. Liebe, eine tiefe, dunkle, wahnsinnig machende Liebe hatte den Abzug der Waffe betätigt, aber das reichte noch nicht. Es musste mehr sein.

Das Kerzenlicht warf den Schatten einer zu einer Kugel zusammengekrümmten, von Verzweiflung gequälten Gestalt an die Wand. Deanna würde sehen, musste sehen, dass sie geliebt, verehrt und bewundert wurde.

Und es gab einen Weg, das unter Beweis zu stellen.

Finn hätte das Interview lieber allein durchgeführt. Jenner ging es genauso. Da keiner von ihnen es aber schaffen konnte, den anderen abzuschütteln, fuhren sie gemeinsam zu Beekers Büro.

»Dann sollten wir einfach das Beste aus dieser Situation machen«, schlug Jenner vor. »Ich tue Ihnen einen Gefallen, Mr. Riley, und lasse Sie mitkommen.«

Die Äußerung brachte ihm einen frostigen Blick von Finn ein. »Ich komme nicht mit Ihnen mit, Lieutenant. Und lassen Sie mich Ihnen ins Gedächtnis zurückrufen, dass Sie weder über Kate Lowell noch über Beeker etwas wüssten, wenn wir nicht mit diesen Informationen zu Ihnen gekommen wären.«

Jenner grinste und rieb sich sein Kinn, das er sich beim Rasieren geschnitten hatte. »Und ich habe das Gefühl, dass Sie gar nicht zu mir gekommen wären, wenn Miss Reynolds nicht darauf bestanden hätte.«

»Sie fühlt sich wohler, wenn sie weiß, dass die Polizei sich der Dinge annimmt.«

»Und wie fühlt sie sich dabei, dass Sie bei den Ermittlungen mitmachen?« Finn schwieg. »Sie wissen es nicht«, beantwortete Jenner die Frage. »Als ein Mann, der seit letztem Juli zweiunddreißig Jahre lang verheiratet ist, sollte ich mir die Bemerkung gestatten, dass Sie sich auf ziemlich dünnem Eis bewegen.«

»Sie hat unheimliche Angst. Und das wird sich nicht eher ändern, bis wir Angelas Mörder dingfest gemacht haben.«

»Dagegen lässt sich nichts sagen. Aber kommen wir doch noch einmal auf diese Geschichte von Kate Lowell zurück. Als Reporter sind Sie ja da vielleicht anderer Meinung, aber ich meine, sie hat ein Recht auf ihre Privatsphäre.«

»Wenn man sein Geld damit verdient, dauernd im Lichte der Öffentlichkeit zu stehen, ist das kein sehr überzeugendes Argument. Ich glaube an das Recht, Bescheid zu wissen, Lieutenant. Aber ich glaube weder an Erpressung noch daran, bei jemandem im Schlafzimmer herumzuspionieren.«

»Na, Sie sind ja jetzt richtig wütend geworden.« Erfreut fuhr Jenner bei Gelb über eine Kreuzung. »Mir tut Kate Lowell jedenfalls leid. Sie war damals ein Kind und hatte wahrscheinlich fürchterliche Angst.«

»Sie sind aber zart besaitet, Lieutenant.«

»Von wegen. Polizisten können sich das nicht erlauben.«

Doch Finn hatte recht, dachte Jenner. Und da ihm das überaus peinlich war, reagierte er aggressiv. »Es besteht immerhin die Möglichkeit, dass sie Angela Perkins getötet hat.«

Finn wartete, bis Jenner in zweiter Reihe geparkt und sein ›Polizist im Dienst‹-Schild auf dem Armaturenbrett umgedreht hatte. »Das müssen Sie mir noch näher erklären.«

»Kate Lowell streitet sich im Hotel mit Angela. Sie hat Angelas Ränkespiele satt und ist darüber erzürnt, dass Angela sie wegen einer Sache, die passiert ist, als sie noch grün hinter den Ohren war, büßen lässt.«

»Na, da kommt ja schon wieder Ihre zarte Saite zum Vorschein. Aber erzählen Sie nur weiter«, forderte Finn den Detective auf, während er aus dem Wagen stieg.

»Kate hat es satt, dauernd von Angela bedroht zu werden und bedroht stattdessen sie. Sie hört das Zimmermädchen im Schlafzimmer und verlässt das Hotel. Aber dann verfolgt sie Angela zum CBC-Gebäude, stellt sie im Studio und ermordet sie. Dann kommt Deanna herein, und ab da wird sie kreativ. Sie ist seit Jahren im Filmgeschäft tätig und weiß, wie eine Kamera eingeschaltet und bedient wird.«

»Ja.« Ein kurzer, schneidender Windstoß führte den Geruch

nach dem Wasser des Sees mit sich. Finn nahm ihn mit seiner ganzen Frische begierig in sich auf, als sie die Straße überquerten. »Dann beschließt sie, ihr Motiv zu verbergen, indem sie genau mit der Geschichte an der Öffentlichkeit tritt, wegen der sie Angela umgebracht hat. Besser die Welt weiß von ihrem unehelichen Kind als von dem Mord.«

»Das haut aber nicht ganz hin«, folgerte Jenner.

»Ich sehe das genauso. Wenn Beeker auch nur halb so viel Gemeinheiten bei sich angesammelt hat, wie Kate denkt, dann haben wir um die Mittagszeit noch ein Dutzend anderer Szenarien.« Sie betraten das Bürogebäude. Jenner zeigte dem Sicherheitsdienst in der Lobby kurz seine Marke.

Weiter oben warf Jenner einen prüfenden Blick in den breiten Flur. Die Ölgemälde waren Originale von erstklassiger Qualität, der Teppich war dick. Hohe Pflanzen mit großen Blättern standen alle paar Meter in Nischen an der Wand.

Die Glastüren zur Privatdetektei Beeker öffneten sich wispernd. Die beiden Männer gelangten in einen weitläufigen Empfangsbereich, in dem auch eine schmucke Miniaturfichte zur Weihnachtszeit nicht fehlen durfte.

Eine durchgestylte Brünette um die dreißig herrschte über den kreisförmigen, aus Glasblöcken bestehenden Empfangstisch. »Was kann ich für Sie tun?«

»Wir suchen Mr. Beeker.« Jenner reichte der Empfangsdame seinen Ausweis.

»Mr. Beeker ist gerade bei einer Konferenz, Lieutenant. Könnte auch einer seiner Mitarbeiter Ihnen helfen?«

»Nein, wir müssen zu Mr. Beeker persönlich«, meinte Jenner. »Dann werden wir so lange warten. Aber an Ihrer Stelle würde ich ihn anrufen.«

»Wie Sie meinen.« Ihr freundliches Lächeln wurde ein wenig kühler. »Darf ich fragen, um was es geht?«

»Um Mord.«

»Na, der haben Sie es aber gegeben«, murmelte Finn, als sie zu den Polstersesseln im Wartebereich hinübergingen. »Da wäre ja Joe Friday vor Neid erblasst.« Er schaute sich um. »Ein ganz schön vornehmes Ambiente für einen Privatdetektiv.«

»Wenn er ein paar Klienten wie Angela Perkins hat, kann er im Monat einstreichen, was ich in einem ganzen Jahr nicht verdiene.«

»Lieutenant Jenner?« Die Empfangsdame stand unübersehbar verärgert in der Mitte des Raumes. »Mr. Beeker möchte Sie sehen.« Sie führte sie durch eine weitere Glastür an etlichen Büros vorbei, klopfte schließlich leise gegen die Tür am Ende des Korridors und öffnete sie.

Clarence Beeker entsprach seinem Büro. Perfekt in der äußeren Erscheinung und von unaufdringlicher Eleganz stand er ihnen zu Diensten und hatte sich bei ihrem Eintritt hinter seinem Designerschreibtisch erhoben. Er war mittelgroß und schlank und reichte ihnen eine feingliedrige Hand.

Das an den Schläfen ergraute Haar, seine feinen Gesichtszüge, die durch etliche Falten nur noch gewannen, vervollständigten das Bild.

»Dürfte ich einen Blick auf Ihren Ausweis werfen?« Seine sanfte Stimme war wie kühle Sahne auf kräftigem Kaffee.

Jenner war enttäuscht. Er hatte einen Privatdetektiv der abgerissenen Sorte erwartet.

Beeker setzte sich seine Lesebrille mit dem Silbergestell auf und studierte Jenners Dienstmarke. »Sie erkenne ich auch so, Mr. Riley. Ich sehe mir häufig am Dienstagabend Ihre Sendung an. Da Sie einen Reporter mitgebracht haben, Detective Jenner, nehme ich an, dass es sich um einen inoffiziellen Besuch handelt.«

»Er hat durchaus auch seine dienstlichen Seiten«, stellte Jenner klar.

»Nun, bitte, setzen Sie sich doch. Was kann ich für Sie tun?«

»Ich bin verantwortlich für die Ermittlungen im Mordfall Angela Perkins«, begann Jenner. »Sie war eine Klientin von Ihnen.«

»Das ist richtig.« Beeker nahm hinter seinem Schreibtisch Platz. »Es hat mich schockiert und betrübt, von ihrem Tod zu lesen.«

»Wir haben Informationen, die uns Grund zu der Annahme geben, dass sie eine ganze Reihe von Leuten erpresst hat.«

»Erpressung!« Beeker hob seine ergrauten Brauen. »Dieser Begriff will doch so gar nicht zu einer so attraktiven Frau passen.«

»Er passt aber sehr gut zu einem möglichen Motiv für den Mord«, warf Finn ein. »Sie haben doch selber für Miss Perkins Recherchen über alle möglichen Leute durchgeführt.«

»Im Verlauf unserer zehnjährigen Zusammenarbeit habe ich in einer Reihe von Fällen für Miss Perkins gearbeitet. Ihr Beruf brachte es mit sich, dass es für sie von Vorteil war, in nähere Einzelheiten, die Hintergründe und die persönlichen Gewohnheiten ihrer Gesprächspartner eingeweiht zu sein.«

»Vielleicht war es ja genau dieses Interesse von ihr und ihre Verwendung von Informationen über persönliche Gewohnheiten, das zu ihrem Tod geführt hat.«

»Mr. Riley, ich habe im Auftrag von Miss Perkins Nachforschungen angestellt und Berichte verfasst und bin mir sicher, dass Ihnen diese beiden Tätigkeiten vertraut sind. Was Miss Perkins dann mit den Informationen, die ich ihr gab, gemacht hat, entzieht sich genauso meiner Kontrolle wie die Verwendung von Informationen in der Öffentlichkeit, die Sie als Reporter an diese weitergeben.«

»Und damit sind Sie auch nicht für das verantwortlich, was mit diesen Informationen geschieht.«

»Ganz genau«, pflichtete Beeker ihm vergnügt bei. »Wir sind ein Dienstleistungsbetrieb. Das Ermittlungsbüro Beeker hat einen hervorragenden Ruf, weil wir versiert, diskret und zuverlässig unsere Arbeit tun. Wir halten uns an die Gesetze, Detective, und an unseren Berufskodex. Ob das unsere Klienten auch so halten, ist deren Sache, nicht unsere.«

»Einer Ihrer Klientinnen hat man das Gesicht weggeschossen«, sagte Jenner schroff. »Wir würden gerne Kopien der Berichte einsehen, die Sie für Miss Perkins angefertigt haben.«

»So gern ich mit der Polizei zusammenarbeite, ist das leider unmöglich. Es sei denn, Sie hätten eine entsprechende Vollmacht«, meinte Beeker freundlich.

»Sie müssen hier keine Klientin mehr schützen, Mr. Beeker.« Jenner beugte sich vor. »Was von ihr noch übrig ist, liegt in einem Sarg.«

»Dessen bin ich mir bewusst. Allerdings habe ich doch einen Klienten, dem ich in dieser Hinsicht verpflichtet bin, nämlich Mr. Gardner. Und auch moralisch fühle ich mich an die Wünsche des Ehemanns der Verstorbenen und ihres Begünstigten gebunden.«

»Und die wären?«

»Ermittlungen zum Mord an seiner Frau durchzuführen. Offen gesagt, meine Herren, ist er mit den polizeilichen Ermittlungsarbeiten bis jetzt sehr unzufrieden. Und da er bereits zu Lebzeiten seiner Frau einer meiner Klienten war und das jetzt auch nach ihrem Tod geblieben ist, kann ich meine Akten nicht ohne eine entsprechende Verfügung an Sie übergeben. Ich bin sicher, dass Sie meine Position verstehen.«

»Und Sie werden sicherlich auch meine verstehen«, erwiderte Finn freundlich. »Ich bin Reporter und daher dazu verpflichtet, die Öffentlichkeit zu informieren. Und es wäre bestimmt sehr interessant, die Öffentlichkeit über die Arbeit zu informieren, die Sie für Angela gemacht haben. Ich frage mich, wie viele Ihrer anderen Klienten diese Verbindung wohl gutheißen würden.«

Beeker wurde deutlich steifer. »Drohungen, Mr. Riley, schätze ich gar nicht.«

»Darüber bin ich mir im Klaren, aber das macht sie nicht weniger wirksam.« Finn warf einen Blick auf seine Uhr. »Ich denke, ich habe noch genug Zeit, rasch einen kleinen Beitrag in den Abendnachrichten einzuschieben. Morgen wären wir dann in der Lage, einen längeren und fundierteren Bericht auszustrahlen.«

Mit zusammengebissenen Zähnen nahm Beeker sein Telefon und rief seine Sekretärin an. »Ich brauche Kopien der Akten für Angela Perkins. Alle Akten.« Er legte das Telefon wieder in seine Ablage und verschränkte die Finger. »Das wird eine Weile dauern.«

»Wir haben viel Zeit«, versicherte ihm Jenner. »Während wir warten, könnten Sie uns ja vielleicht erzählen, wo Sie in der Nacht gewesen sind, in der Angela Perkins erschossen wurde.«

»Aber gerne. Ich war mit meiner Frau und meiner Mutter bei mir zu Hause. Und wenn mich meine Erinnerung nicht trügt, haben wir bis etwa Mitternacht zu dritt Bridge gespielt.«

»Dann werden Sie ja bestimmt auch nichts dagegen haben, wenn wir Ihre Frau und Ihre Mutter dazu befragen?«

»Natürlich nicht.« Obwohl er nicht sehr darüber erfreut war, überlistet worden zu sein, war Beeker ein praktisch denkender Mann. »Vielleicht kann ich Ihnen ja in der Zwischenzeit einen Kaffee anbieten?«

26

Marshall Pike hatte seit mehr als einer Stunde auf dem CBC-Parkplatz in seinem Wagen gewartet, bis Deanna endlich aus dem Gebäude kam. Bei ihrem Anblick spannten sich ungewollt seine Muskeln an, was ihn verärgerte, aber auch erregte. Die vergangenen zwei Jahre war er gezwungen gewesen, sich mit Bildern von ihr auf dem Fernsehbildschirm zufriedenzugeben. Sie jetzt im fahlen Licht der Dämmerung mit ihrem kurzen Rock und ihren darunter aufblitzenden Beinen zu sehen, als sie sich eilig einer schwarzen Limousine näherte, übertraf alles, was er an Erinnerung an sie hatte.

»Deanna«, rief er ihr zu, während er hastig aus seinem Auto stieg.

Sie blieb stehen, blickte im Halbdunkel der rasch hereinbrechenden Nacht zu ihm herüber. Das schnelle, freundliche Lächeln, mit dem sie grüßte, verebbte. »Marshall, was willst du?«

»Du hast auf keinen einzigen Anruf von mir geantwortet.« Er verwünschte sich für seinen ungehaltenen Tonfall, denn eigentlich hatte er stark und dynamisch auftreten wollen.

»Ich hatte keinerlei Interesse, mit dir zu sprechen.«

»Jetzt wirst du aber mit mir sprechen.« Wie eine Klammer legte sich seine Hand um ihren Arm, was Deannas Fahrer dazu veranlasste, aus dem Wagen zu springen.

»Pfeif deinen Hund zurück, Deanna. Du hast doch sicherlich fünf Minuten Zeit für mich.«

»Es ist alles in Ordnung, Tim.« Bevor sie sich jedoch ihrem Fahrer zuwandte, schob sie Marshalls Hand weg. »Ich werde Sie nicht lange warten lassen.«

»Kein Problem, Miss Reynolds.« Der Fahrer bedachte Marshall mit einem genau bemessenen Blick, tippte dann an seine Dienstmütze. »Absolut kein Problem.«

»Vielleicht könnten wir einen Moment ungestört sein?«

Marshall deutete über den Parkplatz hinweg. »Dein Aufpasser wird dich die ganze Zeit sehen können, Deanna. Ich bin mir sicher, er wird angehechtet kommen, um dich zu retten, sollte ich dir auch nur ein Haar zu krümmen versuchen.«

»Ich glaube, mit dir werde ich schon allein fertig.« Sie überquerte mit ihm den Parkplatz und hoffte, dass das Treffen nicht zu lange dauern würde. Der Wind war bitterkalt, und sie war nicht gerade begeistert davon, sich mit Marshall zu unterhalten. »Da ich mir nicht vorstellen kann, dass es irgendetwas Persönliches zwischen uns zu besprechen gibt, nehme ich an, du willst mit mir über Angela reden.«

»Ich könnte dir helfen.«

»Als Psychologe?« Der Wind und der Ärger ließen das Blut in ihre Wangen schießen und ihre Augen aufblitzen. »Nein danke. Doch jetzt sag mir, was du willst.«

Einen Augenblick lang starrte er sie an. Immer noch war sie für ihn vollkommen, frisch und verführerisch, mit leuchtenden Augen und feuchten Lippen. »Iss mit mir zu Abend«, sagte er schließlich. »In dem französischen Restaurant, das du immer so gerne gemocht hast.«

»Marshall, bitte.« Ihre Stimme klang nicht wütend, nur mitleidig, was wie rostige Klingen an seinem Selbstwertgefühl kratzte.

»O ja, vermutlich habe ich vergessen, dir zu deiner Verlobung mit unserem schneidigen Korrespondenten zu gratulieren.«

»Danke. Ist das alles?«

»Ich will die Akte.« Weil sie ihn so verdutzt ansah, verstärkte er seinen Griff. »Mach mir nichts vor, Deanna. Ich weiß, dass Angela dir eine Kopie des Berichtes mit den Ergebnissen der Nachforschungen über mich gegeben hat. Das hat sie mir selbst gesagt, hat sich noch daran geweidet. Ich habe bis jetzt nicht danach gefragt, weil ich gehofft hatte, du würdest allmählich erkennen, was ich dir alles bieten kann. Unter den gegebenen Umständen brauche ich die Akte jetzt jedoch.«

»Ich habe sie nicht.«

Zorn verdunkelte sein Gesicht. »Du lügst. Sie hat sie dir gegeben.«

»Ja, das hat sie auch.« Ihr Arm pochte jetzt und tat ihr weh, aber sie weigerte sich, gegen Marshalls Griff anzukämpfen. »Glaubst du wirklich, ich hätte die Akte die ganze Zeit aufbewahrt? Die habe ich schon vor Jahren vernichtet.«

Jetzt packte er sie an beiden Armen, hob sie fast vom Boden hoch. »Das glaube ich dir nicht.«

»Mir ist völlig egal, was du glaubst oder nicht. Ich habe die Akte nicht.« Eher wütend als verängstigt, versuchte sie sich aus seinem Griff zu befreien. »Kannst du nicht begreifen, dass ich einfach nicht genug Interesse an dieser Sache hatte, um die Akte aufzubewahren? Du warst mir einfach nicht wichtig genug.«

»Du Miststück.« Viel zu wütend, um noch klar denken zu können, zerrte er sie zu seinem Auto. »Mit dieser Akte wirst du mich nicht länger bedrohen.« Im nächsten Augenblick riss ihn jemand von hinten um. Mit einem Grunzen ging Marshall zu Boden, schlug schmerzhaft mit der Hüfte auf, rutschte über den Asphalt. Der Verlust seiner Würde tat genauso weh.

»Nein, Tim, nicht!« Obwohl sie zitterte, griff sie nach dem Arm ihres Fahrers, bevor dieser Marshall wieder hochgezogen hatte und ihm einen weiteren Schlag versetzen konnte.

Tim sah, dass er Marshall bezwungen hatte, und rückte seinen weiten Mantel zurecht. »Sind Sie okay, Miss Reynolds?«

»Ja, mit mir ist alles in Ordnung.«

»Hey!« Die Baseballkappe über die Augen gezogen und eine Kamera über seiner Schulter, stürmte Joe über den Parkplatz. »Dee? Alles in Ordnung?«

»Ja.« Sie drückte mit der Hand an ihre Schläfe, als Marshall wieder hochkam. Ausgezeichnet, dachte sie. Der Fototermin ist um zehn. »Ja. Mir ist nichts passiert.«

»Ich fuhr gerade auf den Parkplatz, als ich sah, wie dieser Mann handgreiflich wurde.« Joes Augen verengten sich. »Das ist der Psychologe, nicht wahr?« Er gab Marshall einen Stoß gegen die Brust, bevor dieser zu seinem Auto hinübergehen konnte. »Warte mal, Freundchen! Dee, willst du, dass ich die Polizei hole, oder sollen Tim und ich diesem Schnüffler mal zeigen, was mit Kerlen passiert, die Frauen herumschubsen?«

»Lass ihn einfach gehen.«

»Wirklich?«

Sie schaute Marshall in die Augen. Etwas Lebloses war dort, aber kein Mitgefühl. »Ja. Lass ihn gehen.«

»Die Lady gibt dir noch mal eine Chance«, murmelte Joe. »Wenn ich dich noch einmal dabei erwische, sie zu belästigen, werde ich nicht so freundlich sein.«

Ohne ein Wort zu sagen, stieg Marshall in seinen Wagen. Er verschloss die Türen von innen, legte den Sicherheitsgurt an und fuhr davon.

»Sind Sie auch ganz sicher, dass er Sie nicht verletzt hat, Miss Reynolds?«, fragte Tim.

»Nein, er hat mich nicht verletzt. Danke, Tim.«

»Kein Problem.« Stolz schlenderte Tim zu seinem Wagen zurück.

»Ich wünschte, du hättest zugelassen, dass ich ihm einen

verpasse.« Joe stieß einen bedauernden Seufzer aus, bevor er sich nach Deanna umschaute. »Der hat dir einen ganz schönen Schrecken eingejagt, was?« Sein Blick fiel auf die Kamera an seiner Schulter, und er verzog das Gesicht. »Ich war so sauer, dass ich die Sache nicht einmal aufgenommen habe.«

Das war zumindest etwas. »Ich nehme an, es ist zwecklos, dich zu bitten, im Nachrichtenraum über den Vorfall Stillschweigen zu bewahren, oder?«

Joe begleitete sie zu ihrem Wagen und grinste. »Völlig zwecklos. Nachrichten sind nun mal Nachrichten.«

Sie wollte Finn nichts sagen, doch hatten sie eine Abmachung getroffen: keine Geheimnisse. Insgeheim hatte sie gehofft, Finn hätte heute noch länger zu tun, doch wie es das Schicksal so wollte, öffnete er die Tür und begrüßte sie mit einem langen feuchten Kuss.

»Hallo.«

»Selber hallo.« Sie schaukelte auf ihren Absätzen nach hinten und liebkoste Cronkrite, der sich bereits winselnd darauf gefreut hatte.

»Wir hatten eine Terminänderung, darum bin ich etwas früher zu Hause.« Die Terminänderung hatte darin bestanden, alle Termine abzusagen und den Nachmittag damit zu verbringen, mit Jenner Beekers Akten zu studieren. »Ich habe uns etwas zum Abendessen gemacht.«

Deanna ließ sich auf das Spiel ein und schnupperte. »Riecht lecker.«

»Ist ein neues Rezept.« Eine Braue hochgezogen, berührte er mit einem Finger ihr Kinn.

»Was ist?«

»Was soll sein?«

»Du bist ein wenig durcheinander.«

Sie warf ihm einen finsteren Blick zu und schob seine Hand beiseite. »Verdammt, Finn, das ärgert mich ja auch. Weißt du nicht, dass eine Frau gerne glaubt, sie hätte ein Geheimnis?« Sie hoffte immer noch, Nachfragen zu entgehen, zog ihren Mantel aus und hing ihn an die Flurgarderobe.

»Was ist passiert, Kansas?«

»Wir sprechen später darüber. Ich sterbe vor Hunger.«

Er wechselte lediglich seine Position und stellt sich ihr in den Weg. »Spuck es aus.«

Sie hätte sich jetzt mit ihm anlegen können, aber da sie ja eigentlich einem Streit aus dem Weg zu gehen hoffte, machte das nicht viel Sinn.

»Versprichst du mir, bis zum Schluss zuzuhören und nicht überzureagieren?«

»Selbstverständlich.« Als er einen Arm um ihre Schultern legte und sie zur Treppe führte, lächelte er sie an. Sie setzten sich auf die Stufen, der Hund lag glücklich zu ihren Füßen. »Hat es mit Angela zu tun?«

»Nicht direkt.« Geräuschvoll stieß sie die Luft aus. »Es war Marshall. Er hat auf dem Parkplatz auf mich gewartet und ist dann fast zudringlich geworden.«

»Zudringlich?«

Finns eisiger Ton versetzte sie in Alarmbereitschaft. Aber als sie zu ihm aufblickte, wirkte sein Blick ruhig und gefasst. Neugierig, ein wenig verärgert, aber ruhig. »Er war ganz außer sich. Du weißt, ich habe ihn nie zurückgerufen.« Als Finn nichts dazu sagte, ließ sie auch den Rest aus sich herauspurzeln. »Er war einfach etwas verstimmt und hat sich aufgeregt, das war alles. Darüber und über die Akten, die Angela mir geschickt hatte. Ich habe dir ja davon erzählt. Marshall hat sich in den Kopf gesetzt, ich hätte sie noch. Selbstverständlich ist er wegen der Untersuchungen, die im Moment laufen, etwas beunruhigt. Ist ja klar.«

»Klar«, sagte Finn freundlich.

Den Rest wird er sowieso irgendwann erfahren, rief sie sich ins Gedächtnis zurück. Von Joe oder irgendeinem aus der Nachrichtenredaktion. Und das wäre viel schlimmer, als wenn sie es ihm sagte. »Es kam zu einem kleinen Handgemenge.«

Finns Augen leuchteten unheilvoll. »Hat er dich angefasst?«

Deanna zuckte mit den Achseln und hoffte, ihn wieder ein wenig versöhnlicher zu stimmen. »Eigentlich war es nicht mehr als eine kleine Rangelei. Aber Tim war zur Stelle«, fügte sie schnell hinzu. »Und Joe. Deshalb war alles halb so wild. Eigentlich ist nichts passiert.«

»Er hat dich angerührt«, erwiderte Finn. »Hat er dir gedroht?«

»Ich weiß nicht, ob ich es eine Drohung nennen soll. Es war nur ... Finn!« Er war aufgesprungen und hatte seinen Mantel von der Garderobe genommen. »Finn, verdammt, du sagtest, du würdest vernünftig bleiben.«

Er warf ihr einen kurzen Blick zu, einen niederschmetternd kalten Blick, der ihr Herz stillstehen ließ. »Da habe ich gelogen.«

Als er aus dem Haus stürzte, war sie dicht hinter ihm. Die Kälte und der Ausdruck in Finns Augen ließen ihre Zähne klappern, im Gehen kämpfte sie sich in ihren Mantel. »Hör jetzt auf damit! Hör jetzt sofort auf! Was willst du denn tun?«

»Ich werde Pike erklären, warum er seine Hände von meiner Frau lassen sollte.«

»Von deiner Frau?« Das brachte jetzt das Fass für sie zum Überlaufen. Sie sprang vor ihn, schlug ihn mit beiden Händen gegen die Brust. »Komm mir nicht mit dieser Macho-Scheiße, Finn Riley. Ich werde nicht ...«

Ihre Stimme sackte weg, als er seine Hände unter ihre Ellbogen schob und sie vom Boden hochstemmte. Seine Augen funkelten.

»Du bist meine Frau, Deanna. Das ist keine Beleidigung, das ist eine Tatsache. Jeder, der dich misshandelt, jeder, der dir droht, bekommt es mit mir zu tun. Das ist ebenfalls eine Tatsache. Ist das ein Problem für dich?«

»Nein. Doch.« Mit einem dumpfen Laut kamen ihre Füße wieder auf dem Boden auf und sie knirschte mit den Zähnen. »Ich weiß nicht.« Wie sollte sie denn überhaupt einen klaren Gedanken fassen, wenn sie nichts anderes sah als diese erzürnten, unversöhnlichen Augen, die sich in sie hineinbohrten? »Lass uns wieder hineingehen und in Ruhe darüber reden.«

»Wir können reden, wenn ich wieder da bin.«

Sie lief ihm zum Wagen nach. »Ich komme mit.« Sie hatte noch eine Chance, eine kleine Chance, ihn zu überreden.

»Geh jetzt wieder rein, Deanna.«

»Ich fahre mit dir.« Sie öffnete die Tür, stieg ein und schlug sie fest zu. Er war nicht der Einzige, dessen Blick Fleisch hätte zerschneiden können. »Wenn *mein Mann* sich unbedingt lächerlich machen will, werde ich auch dabei sein. Ist das ein Problem für dich?«

Finn knallte die Tür zu und drehte den Zündschlüssel. »Verdammt noch mal, nein!«

Das Beste, was Deanna jetzt hoffen konnte, war, dass Marshall nicht zu Hause sein würde.

Der Wind hatte wieder aufgefrischt und kündigte Neuschnee an, fegte durch Finns Haare und wehte sie über sein Gesicht, als er sich mit energischen Schritten Marshalls Haus näherte. Er hatte jetzt nur eine einzige Sache im Kopf und blendete wie ein erfahrener Reporter einfach alles aus, was ablenkte. Deannas gemurmelte Flüche, das gelegentliche Rauschen von Reifen auf der Straße sowie die klirrend kalte Luft.

»Er ist es doch nicht wert«, sagte Deanna zum hundertsten Mal. »Er ist es einfach nicht wert, dass du ihm eine Szene machst.«

»Ich habe nicht die Absicht, ihm eine Szene zu machen. Ich werde mit ihm reden, und er wird mir zuhören. Und wenn er mich nicht gänzlich missversteht, wirst du ihn nie mehr wiedersehen oder etwas von ihm hören.«

Seit dem Tag, an dem Deanna mit Tränen aus dem CBC-Gebäude in seine Arme gerannt war, hatte Finn eine solche Konfrontation gewollt. Er spürte bereits eine grausame Befriedigung darin, dass dieses so lange aufgeschobene Vergnügen ihm jetzt bevorstand.

Deanna sah, dass sich seine Augen wie bei einem Raubtier zu schmalen Schlitzen verengten, als sich die Tür öffnete. Ihr Magen krampfte sich zusammen, sie hatte nur noch einen wilden Gedanken: Ich muss dazwischengehen!

Aber Finn fiel nicht über Marshall her, wie sie es fast befürchtet hatte, sondern spazierte einfach über die Schwelle in die Diele.

»Ich glaube nicht, dass ich Sie hereingebeten habe.« Marshall ließ einen Finger über die schwarze Krawatte seines Smokings gleiten. »Und ich bin leider auch gerade auf dem Weg nach draußen.«

»Wir werden es so schnell wie möglich hinter uns bringen, denn ich glaube nicht, dass Deanna sich hier wohlfühlt.«

»Deanna ist in meinem Haus jederzeit willkommen«, meinte Marshall steif. »Sie nicht.«

»Sie scheinen irgendwie nicht zu verstehen, dass wir ein Team sind. Wenn Sie ihr drohen, drohen Sie mir. Und auf Drohungen reagiere ich gar nicht gut, Dr. Pike.«

»Mein Gespräch mit Deanna war persönlicher Natur.«

»Schon wieder falsch.« Finn kam näher. Der wilde Glanz in seinen Augen ließ Marshall zurückweichen. »Wenn Sie sich noch einmal in ihre Nähe wagen, wenn Sie sich noch einmal an ihr vergreifen, werde ich Sie unter die Erde bringen, und zwar auf jede für Sie nur vorstellbare Weise.«

»Es gibt Gesetze, die einem Mann Schutz vor physischer Gewalt innerhalb seiner eigenen vier Wände bieten.«

»Ich weiß bessere Wege, mit Ihnen umzugehen. Angelas Akte über Sie war eine sehr interessante Lektüre, Pike.«

Marshalls Augen glitten zu Deanna hinüber. »Sie hat die Akte doch nicht. Sie hat sie vernichtet.«

»Stimmt, Deanna hat sie auch nicht. Aber Sie wissen ja nicht, was ich alles habe, nicht wahr?«

Marshalls Aufmerksamkeit richtete sich schlagartig wieder auf Finn. »Sie haben kein Recht …«

»Ich habe sogar die Urfassung. Gehen Sie mir aus dem Weg, Pike, dann lege ich auch Ihnen keine Hindernisse in den Weg. Andernfalls nehme ich Sie mit dieser Akte auseinander.«

»Sie Schwein.« Die Angst vor Entlarvung trieb Marshall nach vorne. Er holte aus, mehr aus Panik als mit Absicht. Mühelos wich Finn dem Schlag aus und beantwortete ihn mit einem strafenden Fausthieb in die Bauchgegend.

In wenigen Sekunden war alles vorbei. Deannas Reaktion hatte nur aus einem Kreischen bestanden. Von Marshall kam nur noch ein Stöhnen. Und Finn hatte überhaupt keinen Ton von sich gegeben, stellte sie fest, als sie ihn mit offenem Mund anstarrte.

Mit einer unglaublich eleganten und geschmeidigen Bewegung kauerte er sich neben Marshall hin. »Jetzt hören Sie mir mal gut zu. Wagen Sie es nie mehr, in Deannas Nähe zu kommen, rufen Sie nicht an, schreiben Sie nicht und schicken Sie kein Telegramm. Haben Sie das kapiert?« Befriedigt stellte er fest, dass Marshall nickte. »Damit sollte unsere kleine Unterhaltung jetzt beendet sein.« Er trat zurück zu Deanna, die immer noch mit geöffnetem Mund an der gleichen Stelle der kleinen Veranda stand. Ruhig schloss er die Tür. »Lass uns gehen.«

Ihre Beine waren wie Pudding. Sie musste ihre Knie durchdrücken, um nicht zu schwanken. »Du lieber Himmel, Finn.«

»Wir werden das Abendessen aufwärmen müssen«, sagte er, als er sie zum Wagen führte.

»Du ... Ich meine, du ...« Sie wusste nicht, was sie meinte. »Wir können ihn doch jetzt da nicht einfach liegen lassen.«

»Natürlich können wir das. Er braucht jetzt keinen Sanitäter, Deanna. Ich habe lediglich seinen Smoking zerknittert und sein Selbstwertgefühl ramponiert.«

»Du hast ihn geschlagen.« Sobald sie im Auto saß und angeschnallt war, presste sie beide Hände an den Mund.

Seine düstere Stimmung war verflogen. Er fühlte sich heiter und gelöst, als er durch die windige Nacht brauste. »Das war zwar nicht ganz mein Stil, aber da er zuerst losschlug, lief es in meinem Sinne.«

Sie drehte ihren Kopf beiseite, konnte sich nicht erklären, konnte nicht glauben, was sie empfand. Wie Finn Marshall mit Worten auseinandergenommen hatte! Scharf und kalt wie ein Schwert waren diese Worte gewesen. Dann hatte er mit der Anmut eines Tänzers Marshall mit einem Schlag gefällt. Den Schlag selbst hatte sie genauso wenig kommen sehen wie Marshall. Finns Bewegung war so schnell, so phantastisch gewesen. Sie presste eine Hand auf den Magen und verkniff sich ein leises Seufzen.

»Fahr an die Seite«, sagte sie mit gedämpfter Stimme. »Sofort.«

Er tat es, befürchtete, sie müsse sich gleich übergeben, und ärgerte sich, dass er sein Temperament nicht lange genug gezügelt hatte, um sie dazu zu bringen, zu Hause zu bleiben. »Beru-

hige dich, Deanna. Es tut mir leid, dass du das alles mit ansehen musstest, aber ...«

Was immer er sonst noch hatte sagen wollen, verlor sich, als
sie sich auf ihn stürzte. Mit einer einzigen fließenden Bewegung
streifte sie den Sicherheitsgurt ab und schnellte zu ihm herüber.
Ihr Mund war heiß und feucht und hungrig. Durch seinen ersten Schreck und seine sofortige Erregung hindurch spürte er das
heftige Pochen ihres Herzens.

Und ihre Hände. Mein Gott. Ihre Hände.

Autos rasten an ihnen vorüber. Sie konnte nur noch stöhnen,
als sie mit ihrer gierigen Zunge und ihren tückischen Zähnen
immer tiefer in seinen Mund tauchte.

Beide schnappten sie nach Luft, als sie sich wieder zurücklehnte.

»Na gut«, brachte er hervor, doch sein Verstand war blank
gewischt wie eine Glasscheibe. »Na gut.«

»Ich bin nicht stolz darauf.« Mit gerötetem Gesicht und
leuchtenden Augen ließ sie sich in ihren Sitz zurückfallen. »Ich
kann weder Einschüchterung noch Kämpfe gutheißen. Ganz
und gar nicht. O Gott.« Mit einem halbherzigen Lachen kniff
sie die Augen zusammen. Ihr Körper vibrierte wie ein überhitz-
ter Motor. Wie sie gemerkt hatte, konnten Drüsen den Verstand vollkommen überrumpeln. »Ich explodiere gleich. Fahr
schnell, ja?«

»Ja.« Seine schmerzende Hand zitterte ein wenig, als er den
Schlüssel wieder herumdrehte. Als er dann das Gaspedal durch-
drückte, fing er an zu grinsen. Das Grinsen verwandelte sich in
ein lautes, kehliges Lachen. »Deanna, ich bin verrückt nach dir.«

Sie musste ihre Finger zu Fäusten ballen, um sich davon ab-
zuhalten, an seiner Kleidung herumzureißen.

»Wir sind beide verrückt«, stellte sie fest. »Komm, fahr schneller.«

Marshall kurierte sich so gut er konnte, indem er seine ramponierten Magenmuskeln verhätschelte und eine Schmerztablette nahm. Scham und Wut hatten ihn aus dem Haus getrieben. Bevor er seinen Termin in der Oper wahrnahm, beschloss er, sich zuerst noch einen Drink zu genehmigen, dann noch einen zweiten.

Er hatte nicht gedacht, dass er die Musik oder die Geselligkeit genießen würde, doch beides besänftigte ihn. Immerhin war er ein kultivierter Mann, rief er sich ins Gedächtnis zurück. Ein geachteter Mann. Von irgendeinem effekthaschenden Reporter wie Finn Riley würde er sich noch lange nicht einschüchtern lassen. Er würde einfach gelassen abwarten, bis der richtige Augenblick gekommen war.

Von der Schlussarie der Diva noch ganz verzaubert, hatte er seinen Frieden wiedergefunden, als er in seine Zufahrt einbog, auch wenn er noch immer einen dumpfen Schmerz in der Bauchgegend verspürte. Nach einer weiteren Schmerztablette würde er nicht mehr viel davon merken, das wusste er. Seine Aufregung und Frustration hatten durch die Musik von Mozart deutlich abgenommen. Leise vor sich hin summend, aktivierte er die Alarmanlage des Wagens. Wenn Deanna die Akte hätte, und er konnte sich dessen nicht länger sicher sein, würde er sie davon überzeugen, sie ihm zurückzugeben. Aber er würde damit warten, bis Riley wegen irgendeines Auftrags unterwegs war.

Sie würden reden, versprach er sich, und die Vergangenheit endgültig hinter sich lassen. So wie sie jetzt auch Angela hinter sich gelassen hatten.

Seine Augen glänzten, als er nach den Schlüsseln griff. Zu seiner Linken glaubte er eine Bewegung wahrgenommen zu haben. Er hatte zwar noch die Zeit, sich umzudrehen und zu begreifen, was geschah, aber nicht mehr die Zeit, um Hilfe zu schreien.

Finn beobachtete, wie Deanna schlief, als das Telefon klingelte. Schon im Flur waren sie übereinander hergefallen, hatten sich dann die Treppe hochgearbeitet und waren auf halbem Wege nach oben aus taktischen Gründen zu dem Entschluss gelangt, dass sie es weit genug getrieben hatten.

Als er sich daran erinnerte, wie sie an seinen Kleidern gezerrt hatte, musste er grinsen. Richtig überfallen hatte sie ihn, dachte er selbstgefällig. Natürlich war er bereitwillig ihr Opfer gewesen, aber sie hatte eine erstaunliche Kraft und Unverwüstlichkeit an den Tag gelegt. Fast hielt er es für eine Schande, die Sache mit Pike nicht schon vorher so zufriedenstellend geregelt zu haben.

Er verscheuchte alle Gedanken an Pike, machte es sich gemütlich und genoss die sanfte Erregung, die er verspürte, als Deanna ihren Körper an ihn schmiegte.

Finn wollte sie nicht wachmachen, obwohl es sehr verlockend war, das zu tun. Zu groß war seine Erleichterung darüber, dass sie sich nicht länger im Bett hin und her warf und unruhig von einer Seite auf die andere drehte oder zitternd aufwachte, wie sie es nach dem Mord an Angela mehrere Nächte lang getan hatte. Stattdessen genoss er die Art, wie ihre Körper zusammenpassten.

Er fluchte, als das Telefon läutete und sie aufweckte.

»Immer mit der Ruhe.« Wie Deanna erwartete auch er um diese Zeit nichts anderes als Atemgeräusche zu hören, sobald er den Hörer abnahm.

»Finn? Ich bin's, Joe.«

»Joe.« Er sah, wie sich die Anspannung in Deannas Schultern löste. »Ich denke, es hat keinen Sinn zu erwähnen, dass es ein Uhr nachts ist.«

»Ich habe einen Tipp für dich, mein Guter. Ich habe mir mit Leno die Zeit vertrieben und den Polizeifunk abgehört, und so haben wir mitgekriegt, dass drüben im Lincoln Park ein Mord geschehen ist.«

»Ich bin nicht für die Verbrechensbekämpfung zuständig.«

»Ich habe die Sache überprüft, Finn, und dachte mir, du würdest es lieber direkt erfahren wollen, anstatt es in den Frühnachrichten zu hören. Es war Pike. Du weißt schon, dieser Psychologe, der heute bei Dee handgreiflich wurde. Jemand hat ihn umgebracht.«

Finns Blick schnellte zu Deanna hinüber. »Wie?«

»Genauso wie Angela. Ins Gesicht. Mein Kontaktmann zur Polizei wollte mir nicht allzu viel verraten. Jedenfalls hat es ihn auf seiner eigenen Türschwelle erwischt. Ein Nachbar berichtete, gegen Mitternacht Schüsse gehört zu haben. Ich rufe gerade vom Polizeirevier aus an. Wir haben ein Team auf die Sache angesetzt. Der Bericht wird im Frühstücksfernsehen kommen.«

»Danke.«

»Ich denke, Dee sollte es besser von dir erfahren.«

»Ja. Hältst du mich auf dem Laufenden?«

»Klar doch.«

Bedrückt legte Finn auf.

»Es ist etwas passiert.« Sie konnte es an seinem Gesicht ablesen, an der Art, wie die Luft um ihn herum dicker geworden zu sein schien. »Einfach heraus mit der Sprache, Finn.«

»Okay.« Er legte seine Hände auf ihre. »Marshall Pike ist ermordet worden.«

Ihre Hände zuckten heftig, dann waren sie wieder ruhig. »Wie?«

»Er ist erschossen worden.«

Sie wusste es bereits, musste die Frage aber dennoch aussprechen. »Auf dieselbe Art wie Angela? Es war genauso wie bei Angela, nicht wahr?«

»Sieht ganz danach aus.«

Aus ihrer Kehle drang ein erstickter Laut. Als er die Arme nach ihr ausstreckte, hatte sie sich jedoch schon wieder ein wenig gefangen. »Mit mir ist alles in Ordnung. Wir müssen unbedingt der Polizei erzählen, was heute nach der Arbeit passiert ist. Da muss es doch eine Verbindung geben.«

»Das ist möglich.«

»Nenn es ruhig beim Namen!«, fuhr sie ihn an und schob sich vom Bett hoch. »Ich hatte heute eine Auseinandersetzung mit Marshall, und wir sind zu ihm gefahren. Stunden später ist er erschossen worden. Wir können uns nicht weismachen, das eine hätte mit dem anderen nichts zu tun.«

»Und wenn es einen Zusammenhang gibt, was kannst du tun?«

»Was immer ich tun kann.« Sie zog sich einen Pullover über den Kopf, nahm sich eine Hose aus dem Schrank. »Selbst wenn ich nicht abgedrückt habe, bin ich der Anlass für diese Tat, und da muss es einfach irgendetwas geben, das ich tun kann.«

Sie widersetzte sich nicht, als er seine Arme um sie legte, sondern klammerte sich an ihn, drückte ihr Gesicht an seine Schulter.

»Ich muss irgendetwas tun, Finn. Sonst kann ich das nicht ertragen.«

»Wir werden Jenner einen Besuch abstatten.« Er nahm ihr Gesicht und küsste sie. »Irgendetwas werden wir bestimmt herausbekommen.«

»In Ordnung.« Schweigend zog sie sich weiter an. Finn hatte bestimmt keine Schuldgefühle, weil er Marshall nur wenige Stunden zuvor niedergeschlagen hatte, denn er würde sein Vorgehen als Ausdruck einer reinen und einfachen Gerechtigkeit begreifen. Und vielleicht hatte er ja sogar recht damit.

Aber würde nicht auch der Unbekannte, der sein Gewehr auf Marshalls Gesicht gerichtet hatte, genauso denken?

Bei dieser Vorstellung wurde ihr ganz übel. »Ich werde unten warten«, sagte sie, während er seine Stiefel anzog.

Bevor sie den unteren Treppenabsatz erreicht hatte, sah sie den Umschlag. Klar und weiß hob er sich vom glänzenden Dielenboden ab und lag nur wenige Zentimeter hinter der Tür. Sie spürte einen kurzen, merkwürdigen Schmerz im Bauch. Dann fühlte sie gar nichts mehr, ging zur Tür hinüber und bückte sich.

Als Finn hinter ihr herunterkam, öffnete sie gerade den Umschlag.

»Verdammt noch mal.« Er nahm den Brief aus ihren schlaffen Fingern und las.

Er wird dir nie wieder etwas tun.

Als sie das Haus verließen, beobachtete sie jemand, ein Herz, das vor Liebe und Sehnsucht und fürchterlichem Kummer zu zerplatzen drohte. Für sie einen Mord zu begehen war doch gar nichts. Das war vorher schon getan worden, und es würde auch noch einmal geschehen müssen.

Vielleicht würde sie es dann endlich einsehen.

27

Jeff stand in der kleinen Regiekabine, von der aus man das Studio überblicken konnte, und kaute nervös auf seiner Unterlippe. Die Aufzeichnung für Deannas erste Show nach Angelas Tod begann.

»Kamera Drei auf Dee.« Bellend gab Jeff seine Anweisungen. »Kamera Zwei, in die Totale. Kamera Eins, Totale, Schwenk. Kamera Drei, gib mir eine Nahaufnahme von Dee. Musik rein. Viel, viel Applaus. Playback abfahren.«

Wie die anderen in der Kabine applaudierte auch er. Von ihrem erhöhten Platz über der Bühne aus konnten sie sehen, wie die Zuschauer wie in einer großen Woge aufsprangen und jubelten.

»Lass laufen«, befahl Jeff. O ja, dachte er, teilte den Jubel und den Triumph. Sie ist wieder da. »Lass den Applaus laufen.«

Unter ihnen stand Deanna auf der neu gestalteten Bühne mit den an Edelsteine erinnernden Farben und den fröhlichen Stechpalmenbüschen und badete sich in den Wogen des Applauses. Sie wusste, diese Show diente ihrer Unterstützung, war Willkommensgruß und Heimkehr zugleich. Als ihre Augen feucht wurden, machte sie keine Anstalten, die Tränen zurückzuhalten. Sie dachte gar nicht weiter darüber nach.

»Danke.« Ihr entfuhr ein langer, unregelmäßiger Seufzer. »Es tut wirklich gut, wieder zurück zu sein. Ich …« Sie verlor sich, ließ ihre Blicke über die Menge schweifen. Hier und da entdeckte sie vertraute Gesichter unter den vielen Fremden, Gesichter aus der Nachrichtenredaktion, aus der Produktion. Sie strahlte vor Freude, ihr Gesicht glühte. »Es ist wirklich schön, Sie alle zu sehen. Bevor es weitergeht, möchte ich Ihnen noch für die vielen Briefe und Anrufe in der letzten Woche danken. Ihre Unterstützung hat mir und allen anderen, die an dieser Show mitwirkten und immer noch mitwirken, in einer schwierigen Phase sehr geholfen.«

Mehr Raum konnte und würde sie der Vergangenheit nicht mehr geben, dachte sie.

»Jetzt möchte ich Ihnen eine Frau vorstellen, die uns allen schon viele, viele Stunden Unterhaltung geschenkt hat. Eine ungewöhnliche Frau mit strahlenden und leuchtenden Augen. Ein einzigartiges Talent. Laut *Newsweek* ist Kate Lowell in der Lage, ›die Mattscheibe mit einem einzigen Augenaufschlag und dem Aufblitzen ihres unverwechselbaren Lächelns zu entzünden.‹ Sie hat zwei Dinge unter Beweis gestellt: ihre Popularität und ihre überwältigende Anziehungskraft. Über zwei Jahre hinweg war sie die Nummer Eins im Film und hat Rekordsummen eingespielt. Für ihre Darstellung der heldenhaften unvergessenen Tess in *Die Täuschung* gewann sie einen Oscar. Meine Damen und Herren – Kate Lowell!«

Wieder brandete der Applaus auf. Kate stürmte hinein, sie wirkte selbstsicher und frisch und war durch und durch Star. Als Deanna sie jedoch an die Hand nahm, spürte sie, dass diese kalt war und zitterte. Bewusst schloss Deanna ihre alte Freundin in ihre Arme. »Tu nichts, wozu du nicht wirklich bereit bist«, murmelte sie in Kates Ohr. »Ich werde dich nicht zu irgendwelchen Enthüllungen drängen.«

Kate zögerte einen Moment. »O Gott, bin ich froh, dass du da bist, Dee. Setzen wir uns, ja? Mir schlottern die Knie.«

Es war in jeder Hinsicht keine einfache Show. Deanna war

imstande gewesen, die ersten zehn Minuten mit pikantem Tratsch aus Hollywood zu füllen und das Publikum auf diese Weise bei Laune zu halten, bis sie das Gefühl hatte, dass Kate ihre Meinung bezüglich der Enthüllung geändert hatte.

»Ich spiele gerne kraftvolle Frauen mit Charakter.« Mit einer geschmeidigen Bewegung, bei der die Seide raschelte, schlug sie ihre langen und millionenschweren Beine übereinander. »Und inzwischen scheinen auch mehr Drehbücher geschrieben zu werden, in denen starke Frauen vorkommen, die sich nicht nur mit einer Zuschauerrolle zufriedengeben, sondern Überzeugungen und Prinzipien haben, für die sie bereit sind zu kämpfen. Ich bin dankbar für die Chance, solche Frauen zu spielen, zumal ich selbst nicht immer um das gekämpft habe, was ich wollte.«

»Mittlerweile hast du also durch deine Arbeit das Gefühl, jetzt in der Lage zu sein, das zu tun?«

»Zu vielen Charakteren, die ich spielte, habe ich tatsächlich eine engere Beziehung. Auf Tess trifft das ganz besonders zu, denn Tess war eine Frau, die um ihres Kindes willen alles geopfert und alles riskiert hat. Ich selbst habe Tess auf ganz eigenartige Weise gespiegelt, denn ich war das genaue Gegenteil von Tess. Ich habe mein Kind, meine Chance mit einem Kind, geopfert, als ich es vor zehn Jahren zur Adoption freigab.«

»Verdammt.« In der Regiekabine konnte Jeff es kaum fassen. Das Publikum war wie vor den Kopf geschlagen und schwieg erstarrt. »Verdammt«, sagte er. »Kamera Zwei, Nahaufnahme von Kate. Das ist ja ein Hammer!«

Aber gerade als er sich wieder verwirrt auf seine Lippe biss, wurde er auf Deannas Gesicht aufmerksam. Sie hatte es gewusst, das sah er ihr an. Langsam und sich selbst beruhigend, atmete er aus. Sie hatte es gewusst …

»Eine nicht geplante Schwangerschaft ist zu jedem Zeitpunkt

und unter allen Umständen erschreckend.« Deanna wollte, dass sich ihr Publikum daran erinnerte. »Wie alt warst du damals?«

»Siebzehn. Wie du weißt, Dee, hatte ich eine Familie, die mir jede Unterstützung gegeben hat und ein sehr gutes Zuhause. Ich hatte gerade meine Karriere als Model begonnen, und hatte das Gefühl, die Welt liegt mir zu Füßen. Und dann entdeckte ich, dass ich schwanger war.«

»Der Vater? Willst du über ihn sprechen?«

»Das war ein netter, süßer Junge, der genauso erschreckt war wie ich. Er war mein erster Mann.« Sie lächelte ein wenig, als sie an ihn dachte. »Und ich war seine erste Frau. Wir waren wie geblendet von dem, was wir füreinander fühlten. Als ich es ihm sagte, saßen wir einfach nur wie betäubt da. Wir waren in Los Angeles am Strand, saßen da und beobachteten die Brandung. Dann machte er mir einen Heiratsantrag.«

»Manche Leute hätten vielleicht das Gefühl, dass das die Lösung gewesen wäre. Für dich kam das aber nicht infrage?«

»Nein, weder für mich noch für den Jungen, noch für das Kind.« Mit all ihrem Geschick versuchte Kate, ihre Stimme möglichst ruhig zu halten, als sie fortfuhr: »Erinnerst du dich noch, wie wir uns darüber unterhielten, was wir als Erwachsene einmal werden wollten?«

»Ja.« Deanna hakte sich mit ihren Fingern bei Kate ein. »Du hattest nie irgendwelche Zweifel.«

»Ich wollte immer Schauspielerin werden. Den Einstieg in eine Laufbahn als Model hatte ich geschafft, aber ich wollte auf Teufel komm raus Hollywood erobern. Und dann war ich schwanger.«

»Hast du an Abtreibung gedacht und diese Möglichkeit mit deinem Vater, mit deiner Familie durchgesprochen?«

»Ja. So schwierig das Thema auch war, Dee, habe ich nicht vergessen, wie hilfsbereit meine Familie war. Ich hatte ihnen wehgetan und sie enttäuscht und das Ausmaß dieser Enttäuschung erst begriffen, als ich selber älter war und die Dinge im richtigen Verhältnis zueinander sah. Aber meine Eltern haben sich in dieser Hinsicht nie beirren lassen. Ich kann dir nicht erklären, weshalb ich mich für den Weg entschieden habe, den ich gegangen bin. Es war eine rein gefühlsmäßige Entscheidung, doch ich denke, dass die unermüdliche Unterstützung meiner Eltern mir geholfen hat, die Entscheidung zu treffen. Ich entschloss mich, das Baby zur Welt zu bringen und es dann wegzugeben. Und bis es so weit war, hatte ich keine Ahnung, wie schwer es sein würde.«

»Weißt du, wer das Baby adoptiert hat?«

»Nein.« Kate wischte sich mit einer schnellen Bewegung eine Träne aus den Augenwinkeln. »Nein, ich wollte es auch nicht wissen. Ich hatte mich auf eine Art Handel eingelassen, hatte beschlossen, das Kind Menschen zu geben, die es lieben und versorgen würden. Dafür war es aber auch nicht länger mein Baby, sondern ihres. Sie dürfte jetzt zehn, fast elf Jahre alt sein.« Mit Tränen in den Augen schaute sie in Richtung Kamera. »Ich hoffe, sie ist glücklich. Ich hoffe, dass sie mich nicht hasst.«

»Tausende von Frauen stehen dem gleichen Problem gegenüber, und ganz egal, wofür sie sich entscheiden und wie schwierig ihre Entscheidung auch ist, sie müssen sie treffen. Ich denke, du spielst bewundernswerte und zugängliche Frauen unter anderem deshalb so gut, weil du selbst durch die schwierigste Prüfung gegangen bist, mit der eine Frau konfrontiert werden kann.«

»Als ich Tess spielte, beschäftigte mich natürlich die Frage, wie alles gekommen wäre, wenn ich mich anders entschieden hätte, aber das werde ich wohl nie in Erfahrung bringen.«

»Bereust du deine Entscheidung?«

»Ein Teil von mir wird es immer bedauern, dass ich diesem

Kind keine Mutter sein konnte. Aber ich denke, nach all diesen Jahren ist mir schließlich klar geworden, dass es wirklich für alle die richtige Entscheidung war.«

»Wir sind gleich wieder zurück«, sagte Deanna in die Kamera und wandte sich dann Kate zu.

»Alles in Ordnung?«

»So gerade eben. Ich habe nicht gedacht, dass es so hart sein würde.« Sie holte zweimal tief Luft, richtete ihren Blick aber lieber auf Deanna als ins Publikum. »Die Fragen kommen schnell und heftig. Und an die Presse morgen will ich gar nicht denken.«

»Du wirst es schon schaffen.«

»Ja, das stimmt, Dee.« Kate beugte sich vor und griff Deannas Hand. »Es bedeutete mir eine Menge, das hier mit dir tun zu können. Für kurze Zeit hatte ich das Gefühl, auf unsere vertraute Weise nur mit dir zu sprechen.«

»Dann wirst du vielleicht dieses Mal den Kontakt halten.«

»Das will ich gerne tun. Während ich das alles erzählte, ist mir übrigens bewusst geworden, warum ich Angela so sehr hasste. Eigentlich dachte ich, ich würde sie hassen, weil sie mich ausgenutzt hat. Doch tatsächlich hasse ich sie, weil sie mein Baby für ihre Zwecke ausgenutzt hat. Es hilft, das zu wissen.«

»Eine tolle Show!« Die zu Fäusten geballten Hände in die Hüften gestemmt, stand Fran da, als Deanna in die Garderobe kam. »Du hast es die ganze Zeit gewusst. Warum zum Teufel hast du mir nichts gesagt? Immerhin bin ich die Produktionsleiterin und deine beste Freundin.«

»Weil ich mir nicht sicher war, ob sie es auch wirklich zu Ende führt.« Deanna war in der letzten Stunde so angespannt gewesen, dass ihr die Schultern wehtaten. Sie bewegte sie langsam im Kreis, während sie zu dem beleuchteten Spiegel hinüberging, um das Make-up zu wechseln. Fran war sauer. Deanna konnte das gut nachvollziehen, hatte es sogar erwartet. Doch sie nahm an, dass sich Frans Stimmung auch schnell wieder änderte. »Ich hatte nicht das Gefühl, dass es richtig gewesen wäre, darüber zu sprechen, bevor sie es tatsächlich selber tat. Wie waren die Zuschauerreaktionen, Fran?«

»Nachdem die Schockwellen verebbt waren? Ich würde sagen, ungefähr fünfundsechzig Prozent waren auf ihrer Seite, vielleicht zehn Prozent kamen die ganze Zeit nicht über ihre Verblüffung hinaus, und die verbleibenden fünfundzwanzig Prozent waren darüber verärgert, dass ihre Prinzessin gestrauchelt war.«

»Das entspricht ungefähr meinen Erwartungen. Nicht schlecht.« Deanna trug eine dicke Schicht Feuchtigkeitscreme auf. »Kate wird es verkraften.« Sie zog eine Braue hoch, als sie Fran im Spiegel sah. »Wo stehst du?«

Eine Weile herrschte Stille, dann atmete Fran tief aus, was ihren fransigen Pony flattern ließ. »Ich bin hundertprozentig auf ihrer Seite. Das muss für das arme Kind ja die Hölle gewesen sein! O Gott, Dee, was hat sie nur bewogen, damit auf diese Weise an die Öffentlichkeit zu treten?«

»Das hat mit Angela zu tun«, begann Deanna und erzählte Fran die ganze Geschichte.

»Erpressung.« Viel zu neugierig geworden, um noch verärgert zu sein, stieß Fran einen leisen Pfiff aus. »Ich wusste ja, dass sie ein Miststück war, aber dass sie so tief sinken würde, hatte ich nun auch wieder nicht gedacht. Vermutlich hat sich die Liste der Verdächtigen gerade um ein paar Dutzend Namen verlängert.« Ihre Augen weiteten sich. »Hältst du es für möglich, dass Kate vielleicht ...«

»Nein, das kann ich mir nicht vorstellen.« Natürlich hatte auch Deanna sich schon eingehend mit dieser Möglichkeit auseinandergesetzt. »Selbst wenn ich annehmen würde, sie hätte Angela umgebracht, was ich nicht tue, gibt es für sie überhaupt keinen Grund, Marshall getötet zu haben. Sie kannte ihn ja nicht einmal.«

»Ich glaube es eigentlich auch nicht. Hoffentlich findet die Polizei bald heraus, wer es ist, und sperrt diesen Psychopathen ein. Zu sehen, dass du immer noch diese anonymen Briefe bekommst, ängstigt mich jedes Mal zu Tode.« Deanna hatte sie längst alles vergeben, daher ging sie zu ihr hinüber und massierte automatisch ihre Schultern. »Da ich jetzt weiß, dass Finn die Stadt nicht eher verlässt, bis dieser Spuk vorbei ist, kann ich wenigstens wieder besser schlafen.«

»Woher weißt du das denn?«

»Weil ...« Fran fing sich gerade noch, hielt plötzlich inne, schaute rasch auf die Uhr und meinte: »Mensch, was mache ich hier überhaupt so lange? Ich sitze herum und quatsche, und dabei habe ich doch jede Menge zu ...«

»Fran.« Deanna erhob sich und baute sich vor Fran auf. »Woher weißt du, dass Finn die Stadt nicht vor einer endgültigen Klärung dieses Falles verlässt? Ich habe als Letztes gehört, dass er direkt nach Weihnachten nach Rom fliegen sollte.«

»Ich ... ich muss da irgendetwas verwechselt haben.«

»Ach nee.«

»Verdammt noch mal, Dee, jetzt sieh mich nicht so an, als wolltest du jeden Moment das Kriegsbeil ausgraben.«

»Woher weißt du das?«

»Er hat es mir selbst gesagt. Bist du nun zufrieden?« Empört warf sie die Hände in die Luft. »Aber natürlich hat er mir eingeschärft, bloß meine große Klappe zu halten und nicht zu erzählen, dass er seine Filmarbeiten in Rom und überhaupt alles, wegen dem er Chicago zwangsläufig verlassen müsste, abgesagt hat.«

»Verstehe.« Deanna senkte ihren Blick und strich sich einen kleinen Fussel vom Seidenrock.

»Nein, du verstehst das nicht, weil du deine Scheuklappen nicht absetzt. Erwartest du wirklich von dem Mann, dass er fröhlich über den Atlantik fliegt, während diese Sache hier weitergeht? Herrgott, er liebt dich doch.«

»Dessen bin ich mir bewusst.« Deannas Rücken war aber immer noch ganz steif. »Ich habe zu tun«, sagte sie und stürmte hinaus.

»Das war ja mal wieder eine Glanzleistung, Myers!« Fluchend griff Fran in der Garderobe nach dem Telefon und rief bei Finn im Büro an. Wenn sie schon aus Versehen einen Krieg ausgelöst hatte, konnte sie Finn zumindest sagen, er solle sich entsprechend wappnen.

In seinem Büro über der Nachrichtenredaktion legte Finn den Hörer auf und warf Barlow James einen finsteren Blick zu. »Du bekommst gerade Unterstützung. Deanna kommt hoch.«

»Schön.« Erfreut lehnte sich Barlow in seinem Sessel zurück und streckte seine stämmigen Arme. »Irgendwann haben wir diese Sache ein für alle Mal geregelt.«

»Sie ist jetzt geregelt, Barlow. Bis die Polizei den Täter gefasst hat, werde ich mich nicht mehr als eine Stunde von zu Hause entfernen.«

»Finn, ich verstehe deine Sorgen um Deanna. Ich habe sie ebenfalls. Aber dein Nachrichtenmagazin leidet darunter, und außerdem ist deine Reaktion etwas übertrieben.«

»Ach ja?« Finns Stimme klang ganz gelassen, aber das war nur vorgetäuscht. »Und ich dachte, ich sei mit zwei Morden und den Handgreiflichkeiten gegenüber meiner Frau, die ich sehr liebe, hervorragend umgegangen.«

Sarkasmus konnte Barlow nicht entmutigen. »Ich denke, sie

sollte rund um die Uhr bewacht werden, von Profis. Ihre Frau hat nun weiß Gott die finanziellen Mittel, um sich die Allerbesten der Branche leisten zu können. Nichts gegen deine Männlichkeit, Finn, aber du bist Reporter und kein Leibwächter. Und deine Erfahrung als Reporter macht dich trotzdem nicht zum Kriminalbeamten«, fuhr Barlow fort, bevor Finn darauf etwas sagen konnte. »Lass die Polizei ihre Arbeit tun und mach du die deine. Du trägst die Verantwortung für deine Sendung und für deine Mitarbeiter und musst dich gegenüber dem Sendernetz und den Sponsoren verantworten. Du hast einen Vertrag, Finn, in dem du dich rechtlich dazu verpflichtet hast, zu jedem beliebigen Zeitpunkt an jeden beliebigen Ort zu reisen, wenn das für die Berichterstattung im Rahmen deiner Sendung erforderlich ist. Du hast dich mit diesen Bedingungen einverstanden erklärt, du hast sogar selbst darauf bestanden, verdammt!«

»Dann verklag mich doch«, forderte Finn ihn heraus. Seine Augen glühten voller Vorfreude auf diesen Streit. Als die Tür aufgerissen wurde, schaute er hoch.

Da stand sie in ihrem todschicken Seidenkostüm mit blitzenden Augen und trotzig gerecktem Kinn. Jeder Schritt eine Herausforderung, marschierte sie auf seinen Schreibtisch zu und klatschte ihre Handflächen auf die Platte.

»Ich will das nicht.«

Er machte sich nicht die Mühe, so zu tun, als würde er nicht begreifen, um was es ging. »Du hast bei dieser Sache nichts zu sagen, Deanna. Das ist einzig und allein meine Entscheidung.«

»Du hast nicht einmal ansatzweise versucht, mir das zu erzählen, hast mir nur einfach eine faule Ausrede aufgetischt, warum diese Reise abgesagt wurde. Du wolltest mich belügen.«

Für sie hätte er noch ganz andere Sachen getan, dachte er, und zuckte mit den Achseln. »Jetzt ist das ja nicht mehr erforderlich.« Er lehnte sich in seinem Sessel zurück und legte die

Finger zusammen. Obwohl er nur Pullover und Jeans trug, war er vom Scheitel bis zur Sohle ein Star. »Wie lief die Show heute Morgen?«

»Hör bloß auf damit.« Sie wirbelte herum, stieß einen Finger in Barlows Richtung. »Sie können ihm doch befehlen zu fahren, oder nicht?«

»Ich dachte, dass ich das könnte.« Er hob die Hände und ließ sie wieder fallen. »Ich bin in der Hoffnung, ihn zur Vernunft zu bringen, extra von New York herübergekommen, aber ich hätte es besser wissen sollen.« Mit einem Seufzer erhob er sich. »Die nächste Stunde bin ich noch im Nachrichtenraum. Wenn Sie mehr Glück haben sollten als ich, lassen Sie es mich wissen.«

Finn wartete, bis die Tür wieder ins Schloss gefallen war. Das leise Klicken klang genauso endgültig wie die Glocke im Boxring. »Dir wird das genauso wenig gelingen wie ihm, Deanna, also akzeptiere es besser gleich.«

»Ich will, dass du fliegst«, sagte sie und betonte dabei jedes einzelne Wort. »Ich möchte nicht, dass unser Leben von dieser Sache beeinträchtigt wird. Das ist für mich sehr wichtig.«

»Du bist mir auch wichtig.«

Er nahm einen Bleistift, ließ ihn durch seine Finger wandern, tat das ein zweites Mal und brach ihn dann in der Mitte durch. »Nein.«

»Du könntest damit deine Karriere aufs Spiel setzen.«

Er neigte seinen Kopf, als ob er darüber nachdenken würde. Und zum Teufel, seine Wangengrübchen zwinkerten ihr schon wieder zu. »Das glaube ich eher nicht.«

Er war wirklich unerschütterlich und unbeweglich wie Granit, dachte sie. »Sie könnten deine Sendung absetzen.«

»Die werden doch nicht das Kind mit dem Bade ausschütten.« Obwohl er sich eigentlich nicht besonders ruhig fühlte, lehnte er sich zurück und legte die Füße auf den Tisch. »Ich kenne tatsächlich Sendeleiter, die Dümmeres gemacht haben. Nehmen wir einfach mal an, sie beschließen, eine sehr gut laufende, einträgliche und mit Auszeichnungen bedachte Sendung mit hohen Einschaltquoten abzusetzen, weil ich für eine Weile nicht reise.« Herausfordernd schaute er sie an. »Ich vermute, du müsstest mich finanziell unterstützen, wenn ich arbeitslos würde. Dann könnte es natürlich sein, dass ich mich damit anfreunde, mich vollkommen aus der Arbeitswelt zurückziehe und vielleicht mit Gartenarbeit oder Golf anfange. Nein, mir kommt da eine bessere Idee: Ich werde dein Manager. Du wärst dann der Star – du weißt schon, wie so eine Country & Western-Sängerin.«

»Das ist kein Witz, Finn.«

»Eine Tragödie ist es aber genauso wenig.« Sein Telefon klingelte. Finn nahm den Hörer ab. »Später«, sagte er und legte wieder auf. »Ich werde bleiben, Deanna. Wenn ich weit weg in Europa bin, kann ich mich unmöglich über den Stand der Ermittlungen auf dem Laufenden halten.«

»Warum musst du dich denn darüber auf dem Laufenden halten?« Ihre Augen verengten sich zu schmalen Schlitzen. »Beschäftigst du dich in Wirklichkeit etwa die ganze Zeit mit diesen Ermittlungen? Ist das der Grund, warum letzten Dienstag eine Wiederholung ausgestrahlt wurde und Jenner dauernd anruft? Du arbeitest im Moment gar nicht an deinem Nachrichtenmagazin *Nachgefragt,* nicht wahr? Du arbeitest mit Jenner.«

»Er hat damit kein Problem. Warum sollte es bei dir anders sein?«

Sie drehte sich von ihm weg. »Ich hasse das. Ich hasse es, dass sich unser privates und berufliches Leben immer mehr vermischt und allmählich völlig aus den Fugen gerät. Ich hasse es, derart in Panik versetzt zu werden, dass ich jedes Mal zusammenfahre, wenn ich auf dem Flur etwas höre, oder mich irgendwo festhalten muss, wenn sich die Aufzugtür öffnet.«

»Aber genau das meine ich doch. Komm mal her.« Er streckte eine Hand aus und nahm ihre, als sie um den Schreibtisch herumkam. Seinen Blick fest auf sie gerichtet, zog er sie auf seinen Schoß. »Deanna, mir steckt die Angst in den Knochen.«

Ihre Lippen teilten sich vor Überraschung. »Das hast du bis jetzt noch nie gesagt.«

»Vielleicht hätte ich es tun sollen. Der Stolz eines Mannes führt manchmal zu schmerzhaften Erfahrungen. Tatsache ist einfach, ich muss hierbleiben, ich muss auf dem Laufenden bleiben, damit ich weiß, was passiert. Das ist die einzige Möglichkeit, um meiner Angst Herr zu werden.«

»Versprich mir, dass du kein Risiko eingehst, ja?«

»Hinter mir ist er nicht her, Deanna.«

»Das würde ich gerne mit absoluter Sicherheit wissen.« Sie schloss die Augen. Sie war sich dessen nämlich keineswegs sicher.

Nachdem Deanna gegangen war, begab sich Finn in den Keller zum Videoarchiv. Seit Marshalls Ermordung ließ ihn das Gefühl nicht mehr los, irgendetwas vergessen oder übersehen zu haben.

Barlows ganzes Gerede über Verantwortlichkeiten und Loyalität hatte bei ihm eine Erinnerung ausgelöst. Er durchforstete den schwarzen Wald aus Videokassetten, bis er die von Februar 1992 fand.

Er steckte die Kassette in den Recorder und ging im Schnelllauf die Nachrichtenreportagen, Lokales, Internationales, Wetter und Sport durch. Er war sich nicht mehr sicher, welches Datum es gewesen oder in welchem Umfang darüber berichtet worden war. Aber er wusste noch, dass es wegen Lew McNeils früheren Verbindungen nach Chicago einen vollständigen Bericht über den Mord an ihm gegeben haben musste.

Das Ergebnis übertraf seine kühnsten Hoffnungen.

Finn stellte das Band auf normale Geschwindigkeit und beobachtete mit zusammengekniffenen Augen den CBC-Reporter, der in einem Vorort von New York auf dem verschneiten Gehweg stand.

»In den frühen Morgenstunden ereignete sich in diesem wohlhabenden New Yorker Vorort eine fürchterliche Bluttat. Lewis McNeil, mitverantwortlich für die Produktion der populären Sendung *Angela,* wurde heute Morgen vor seiner Haustür in Brooklyn Heights mit einem Gewehr niedergestreckt. Nach Informationen aus Polizeikreisen verließ McNeil offensichtlich gerade das Haus, als er aus nächster Nähe erschossen wurde. McNeils Frau befand sich zu diesem Zeitpunkt noch in der Wohnung ...« Die Kamera machte einen langsamen Schwenk. »Kurz nach sieben wurde sie durch einen Schuss aus dem Schlaf gerissen.«

Gebannt verfolgte Finn den Rest der Reportage. Verbissen überflog er die Nachrichten der Folgewoche, sammelte Bruchstücke über den Verlauf der Untersuchungen zum Mord an McNeil.

Er steckte sich die Notizen in die Tasche und ging zur Nachrichtenredaktion. Dort traf er Joe, der mit seiner Kamera gerade auf dem Weg nach draußen war.

»Frage.«

»Fass dich kurz. Ich habe es eilig.«

»Februar 1992. Der Mord an Lew McNeil. Du warst doch der Kameramann bei dem Livebericht darüber aus New York, nicht wahr?«

»Was soll ich dazu sagen?« Joe polierte sich die Fingernägel an seinem Pullover. »Meine Kameraführung ist eben unverwechselbar.«

»Richtig. Wo hat man ihn erwischt?«

»Wenn ich mich richtig erinnere, direkt vor seinem Haus.« Während seine Gedanken zurückwanderten, griff er in seiner

Tasche nach einem Schokoladenriegel. »Ja, wie es hieß, wollte er gerade seinen Wagen vom Schnee befreien.«

»Nein, ich meine anatomisch. Brust, Eingeweide, Kopf? Keine der Reportagen, die ich mir noch mal angeschaut habe, sagt etwas dazu.«

»Oh.« Joe runzelte die Stirn, während er die Augen schloss, um sich die Szene in seine Erinnerung zurückzuholen. »Nun, als wir dort ankamen, hatten sie schon ziemlich gut aufgeräumt. Die Leiche habe ich nie gesehen.« Er schlug die Augen auf. »Kanntest du Lew?«

»Ein bisschen.«

»Ja, ich auch. Harter Typ.« Er biss ein mächtiges Stück von seinem Schokoladenriegel ab. »Warum das Interesse?«

»Ich habe gerade etwas in Arbeit. Haben die Reporter die Polizisten nicht nach Einzelheiten gefragt?«

»Wer war da noch dabei? Clemente, richtig? Der hat es hier nicht lange ausgehalten. Viel zu sentimental, der Gute. Nun, ich weiß wirklich nicht mehr, ob er noch etwas von der Polizei in Erfahrung gebracht hat oder nicht. Doch ich muss jetzt weg.« Er ging Richtung Treppe davon, blieb dann plötzlich stehen und sagte: »Ach ja! Mir fällt gerade ein, dass ich einen der anderen Reporter hörte, der erzählte, Lew habe die Ladung mitten ins Gesicht bekommen. Grässlich, nicht wahr?«

»Ja.« Eine grimmige Genugtuung durchflutete Finn. »Grässlich.«

Jenner mampfte gerade an seinem Blätterteiggebäck und spülte die Kirschfüllung mit gesüßtem Kaffee herunter. Während er aß und immer wieder ein Schlückchen trank, studierte er die grausigen Fotos, die an die Korkwand geheftet waren. Im Besprechungszimmer war es jetzt ganz ruhig. Das Rollo an der Glastür zum Großraumbüro hatte er offen gelassen.

Angela Perkins. Marshall Pike. Er starrte auf das, was man ihnen angetan hatte. Wenn er auf diese Weise lang genug auf einen Punkt sah, wusste er, dass er in eine Art Trance geraten konnte – einen Bewusstseinszustand, der den Kopf freihielt für Ideen, für Möglichkeiten.

Finn hatte ihn so sehr verärgert, dass seine Gefühle begannen, sich in seinen Verstand einzumischen. Der Mann hätte ihm von allen Einzelheiten seines Gesprächs mit Pike berichten sollen. Wie unbedeutend es auch immer gewesen war, es war Angelegenheit der Polizei. Die Vorstellung, dass Finn Pike ohne ihn befragt hatte, stieß Jenner bitterer auf als der Kaffee der Wache.

Er erinnerte sich an ihr letztes Treffen, das am Morgen nach dem Mord an Pike stattgefunden hatte.

»Wir können davon ausgehen, dass der Mörder Miss Reynolds kennt.« Jenner hob einen Finger. »Er wusste von ihrer Affäre oder wenigstens von ihrem Streit mit Pike.« Er hob einen zweiten Finger. »Er oder sie kennt Deannas Adresse, kannte die von Pike und verfügte über ausreichende Kenntnisse, um nach dem Mord an Angela die erforderlichen Einstellungen an der Kamera vorzunehmen.«

»Einverstanden.«

»Die Briefe sind unter Deannas Tür, auf ihrem Schreibtisch, in ihrem Auto und in ihrem Apartment, das sie noch in Old Town unterhält, aufgetaucht.« Jenner hatte eine Braue hochgezogen und hoffte, Finn würde irgendeine Erklärung für diesen interessanten Umstand liefern. Doch dem war nicht so. Finn wusste, wie man Information für sich behält. Das war eine seiner Eigenschaften, die Jenner bewunderte. »Es muss jemand gewesen sein, der bei der CBC arbeitet«, schloss Jenner.

»Theoretisch einverstanden.« Finn lächelte, als Jenner ein verärgertes Schnauben von sich gab. »Es könnte also jemand sein, der dort arbeitet. Es ist auch möglich, dass es ein Fan von Deanna ist, der irgendwann einmal im Studio war. Ein ganz normaler Zuschauer aus dem Publikum. Viele Leute haben genügend Basiswissen über das Fernsehen, um eine Kamera so zu bedienen, dass sie eine Standaufnahme macht.«

»Ich glaube, jetzt übertreiben Sie ein bisschen. Es könnte übrigens auch eine Frau sein.«

Finn ließ das eine Weile auf sich wirken, dann schüttelte er den Kopf. »Das ist denkbar, aber nicht sehr wahrscheinlich. Vielleicht sollten wir das einen Moment beiseitelassen und es mit der folgenden Theorie versuchen: Es ist ein Mann, ein einsamer, frustrierter Mann. Er lebt alleine, aber jeden Tag spaziert Deanna durch die Mattscheibe in sein Wohnzimmer. Dann sitzt sie da mit ihm, spricht zu ihm, lächelt ihn an. Wenn sie da ist, ist er nicht einsam. Am liebsten hätte er sie die ganze Zeit bei sich. Mit Frauen kommt er nicht gut klar. Er fürchtet sich ein wenig vor ihnen. Er kann gut planen, geht wahrscheinlich einer anständigen Arbeit nach, hat vielleicht sogar einen verantwortungsvollen Posten, da er weiß, wie man ein Problem zu Ende denkt. Er ist gründlich und sehr genau.«

Beeindruckt kräuselte Jenner die Lippen. »Das klingt ganz so, als hätten Sie Ihre Hausaufgaben gemacht.«

»Das habe ich auch. Ich denke, ich verstehe den Täter, weil ich Deanna liebe. Er neigt zu Wutanfällen, hat allerdings nie getötet, wenn er wütend war. Ich glaube, das hat er immer ganz kaltblütig getan.« Und genau das ließ Finn das Blut in den Adern gefrieren. »Aber er hat mein Haus und Deannas Büro verwüstet, schreibt sein Gefühl, verraten worden zu sein, an die Wand. Und irgendwann wird er das mit Blut schreiben wollen. Auf welche Weise hat sie ihn verraten? Was änderte sich in der Zeit zwischen dem ersten Brief von ihm und dem Mord an Angela?«

»Hat sie da nicht mit Ihnen angebändelt?«

»Sie war mit mir über zwei Jahre lang zusammen.« Finn beugte sich vor. »Unsere Verlobung, Jenner! Kurz nach der offiziellen Bekanntgabe unserer Verlobung kam es zu dem Mord an Angela und zu den Einbrüchen.«

»Er brachte also Angela um, weil Deanna Reynolds ihn wütend machte?«

»Er brachte Angela und Pike um, weil er Deanna Reynolds liebt. Wie könnte er seiner Verehrung besser Ausdruck verleihen als dadurch, dass er die Leute aus dem Weg räumt, mit denen sie Meinungsverschiedenheiten hat oder über die sie sich ärgert? Er zerstörte ihre Sachen, wobei er besondere Sorgfalt darauf verwandte, die Entwürfe der Brautkleider, die Zeitungsberichte über die Verlobung und die Fotos von Deanna und mir zu vernichten. Er war außer sich vor Wut, weil sie öffentlich verkündet hatte, dass sie einen anderen Mann vorzog und bereit war, als Beweis dafür ein feierliches Versprechen abzulegen.«

Jenner nickte und kritzelte auf seinem Blatt Papier herum. »Weshalb hat es dieser Mensch nicht auf Sie abgesehen?«

Instinktiv fuhr Finns Hand hoch und tastete über seinen Ärmel, unter dem sich die Narbe von der Kugel befand, die den polizeilichen Ermittlungen zufolge weder von dem Scharfschützen noch von einem der Männer des Sonderkommandos abgefeuert worden war. »Weil ich nie etwas gemacht habe, was Deanna wehtat oder verletzte. Marshall tat das noch an dem Tag, an dem er getötet wurde, und ein paar Jahre früher, als er in Angelas Falle getappt war.«

»Ich hätte wirklich mit ihm sprechen sollen.« Jenner klopfte mit der Faust auf seine Akten. »Vielleicht hat er etwas gewusst oder etwas gesehen. Vielleicht wurde er auch bedroht.«

»Das bezweifle ich. Er war doch der Typ, der als Erstes zur

Polizei rennt. Außerdem hätte er es mir bei unserer Unterhaltung erzählt.«

»Sie waren wahrscheinlich viel zu sehr damit beschäftigt, ihn zusammenzuschlagen.«

»Ich habe ihn nicht zusammengeschlagen.« Finn verschränkte die Arme vor der Brust. »Er wollte mir einen Schlag versetzen, und ich habe einmal zugeschlagen. Einmal, wohlgemerkt. Ich meine auch nur, dass er es mir bestimmt erzählt hätte, als ich mich einige Tage vorher mit ihm in seiner Praxis unterhalten habe.«

Jenner hörte mit der Kritzelei auf. »Sie waren bei ihm, um ihn wegen des Mordes an Angela Perkins zu befragen?«

»Es war eine rein theoretische Möglichkeit.«

»Und Sie hielten es nicht für nötig, mir das mitzuteilen?«

»Es war eine persönliche Sache.«

»Nichts daran ist persönlich, nichts.« Mit zu schmalen Schlitzen verengten Augen schob sich Jenner nach vorne. »Ich habe Sie an diesen Ermittlungen teilnehmen lassen, weil ich Sie für einen klugen Mann hielt und ich Ihrer Haltung gewisse Sympathien entgegenbringe. Wenn Sie mir jedoch in die Quere kommen, sind Sie ganz schnell außen vor.«

»Was ich tun muss, werde ich tun, Lieutenant, mit Ihnen oder ohne Sie.«

»Reporter sind nicht die Einzigen, die Stunk machen können. Schreiben Sie sich das bitte hinter die Ohren.« Jenner schloss seine Akte und erhob sich. »Ich habe zu tun.«

Nein, dachte Jenner, Sympathie und Bewunderung hin oder her, er würde Finn nicht einfach eigenmächtig Untersuchungen machen lassen. Finn mochte ja für die Tatsache, dass sein Leben in Gefahr war, blind sein, aber Jenner war das nicht.

Er stand auf, um seine Kaffeetasse wieder zu füllen, und warf einen kurzen Blick durch die Glastür. »Wenn man vom Teufel spricht«, murmelte er und zog die Tür auf. »Suchen Sie mich?«, fragte er Finn und gab dem Polizisten, der sich ihm in den Weg gestellt hatte, mit einem Wink zu verstehen, er solle Finn durchlassen. »Alles in Ordnung, Officer. Ich werde mit Mr. Riley sprechen.« Er nickte Finn kurz zu. »Sie haben fünf Minuten.«

»Es wird etwas länger dauern.« Leidenschaftslos studierte Finn die Polizeifotos an der Korkwand. Die Fotos zeigten beide Mordopfer kurz vor und kurz nach ihrem Tod. »Sie werden eine weitere Reihe dort aufhängen müssen.«

Zwanzig Minuten später beendete Jenner sein Gespräch mit dem Detective von Brooklyn Heights. »Sie faxen uns die Akte rüber«, teilte er Finn mit. »Okay, Mr. Riley, wer wusste, dass McNeil Informationen an Angela weitergab?«

»Deannas Team. Da bin ich mir ziemlich sicher. Und ich halte es zudem für ziemlich wahrscheinlich, dass die Informationen auch ein Stockwerk tiefer durchsickerten.« Finn war ganz aufgeregt, hatte das Gefühl, kurz vor der Vollendung eines Puzzles zu stehen. »Deannas Leute und die Leute aus der Nachrichtenredaktion haben sich immer gut ausgetauscht. Liegen wir hier auf der gleichen Wellenlänge? Drei Leute sind tot, weil sie Deanna in irgendeiner Weise bedroht haben.«

»Dazu kann ich nichts sagen, Mr. Riley.«

Finn schob seinen Stuhl vom Tisch zurück. »Verflucht, ich bin jetzt nicht als Reporter hier, bin nicht auf der Suche nach einem Knüller oder dem letzten Leckerbissen eines ungenannten Informanten aus den Reihen der Polizei. Wollen Sie mich vielleicht nach einem Mikrofon untersuchen?«

»Ich glaube nicht, dass Sie hinter einer Story her sind, Mr. Riley«, meinte Jenner ruhig. »Hätte ich das jemals angenommen, hätten Sie bei mir niemals einen Fuß in die Tür gekriegt. Aber vielleicht sind Sie es einfach zu sehr gewohnt, die Dinge selbstständig und auf Ihre eigene Weise anzugehen, um mit einer so empfindlichen Materie wie Kooperation klarzukommen.«

Finn schlug mit den Händen auf den Tisch. »Wenn Sie meinen, Sie würden mich jetzt so einfach los, haben Sie sich getäuscht. Was das Stunkmachen anbelangt, haben Sie recht, Lieutenant. Ein Anruf, und ich kann ein Dutzend Kameras haben, die sich bei jedem Ihrer Schritte an Ihre Fersen heften. Ich kann Sie unter so starken Druck setzen, dass Sie nicht in der Lage sind zu niesen, ohne dass irgendjemand ein Mikrofon unter Ihre Nase hält. Bevor Sie Ihren nächsten Atemzug machen, wird ganz Chicago nur noch über diesen Serienmörder sprechen. Ihr Vorgesetzter und der Bürgermeister werden davon bestimmt nicht sonderlich begeistert sein, nicht wahr?« Er machte eine kurze Pause. »Entweder nutzen Sie mich für Ihre Zwecke, oder ich nutze Sie für meine. Sie haben die Wahl.«

Jenner verschränkte seine Arme auf dem Tisch. »Ich mag keine Drohungen.«

»Ich auch nicht. Aber ich werde weit mehr tun als nur zu drohen, wenn Sie versuchen, mich jetzt aus allem herauszuhalten.« Er schaute auf die Fotos der Opfer an der Korkwand. »Er könnte völlig durchdrehen.« Ruhig und bedacht fuhr Finn fort: »Er könnte jederzeit durchdrehen und versuchen, auch Deannas Foto in diese kleine Galerie zu bringen. Sie sind sauer, weil ich auf eigene Faust Recherchen durchgeführt habe. Seien Sie sauer! Das ist Ihr gutes Recht. Aber nutzen Sie das doch für Ihre Arbeit aus. Andernfalls werde ich Sie für meine ausnutzen.«

Jenner schob seine Verärgerung beiseite und dachte ganz nüchtern darüber nach, wie viel Schaden ein Medienkrieg anrichten würde. Zu viel, dachte er. Immer zu viel.

»Ich schlage Folgendes vor, Mr. Riley. Wenn wir davon ausgehen, dass McNeil das erste Opfer von dreien war, sollten wir das auf jeden Fall für uns behalten.«

»Ich sagte Ihnen bereits, dass ich nicht an einer Story interessiert bin.«

»Das gehört nur zu den Grundregeln unserer Zusammenarbeit. Nehmen wir an, dass nur eine begrenzte Anzahl von Leuten über die Erkenntnisse verfügt, die ein Motiv für den Mord an McNeil liefern.« Er deutete auf einen Stuhl und wartete, bis Finn sich wieder hingesetzt hatte. »Erzählen Sie mir von diesen Leuten. Fangen Sie mit Loren Bach an.« Entgegenkommend schlug Jenner die Akte von Loren auf, die Angela von Beeker hatte erstellen lassen.

Cassie kam in Deannas Büro und stieß einen tiefen Seufzer aus. Deanna stand auf einem Hocker in der Mitte des Raumes, die Schneiderin zu ihren Füßen. Sie war in meterlange, wallende, schimmernde weiße Seide gehüllt.

»Das ist ja wunderbar.«

»Wir haben gerade angefangen.« Doch Deanna hätte selbst beinahe einen Seufzer ausgestoßen, als sie mit einer Hand über den geschwungenen Rock strich, der fein säuberlich mit Nadeln an dem spitzenartigen Oberteil befestigt war. Irische Spitze, dachte sie. Für Finn. »Doch Sie haben natürlich recht.«

»Ich sollte meine Kamera holen.« Begeistert stürmte Cassie zur Tür. »Nicht bewegen.«

»Ich gehe jetzt sowieso nirgendwohin.«

»Sie müssen still sein«, beschwerte sich die Schneiderin mit den Nadeln zwischen den Lippen. Ihre Stimme war so krächzend, dass man auf die Idee kommen konnte, sie hätte schon mehrere davon verschluckt.

Deanna benötigte ihre ganze Willenskraft, um nicht von einem Fuß auf den anderen zu treten. »Bin ja schon still.«

»Sie wackeln wie eine Sprungfeder.«

»Tut mir leid.« Deanna atmete langsam und tief ein und aus. »Ich glaube, ich bin nervös.«

»Das ist sie, die zukünftige Braut«, meinte Cassie, als sie mit einem Camcorder vor dem Gesicht zurückkam. »Deanna Reynolds, die amtierende Königin des Tagesprogramms, trägt ein elegantes Kleid von ...«

»Italienische Seide«, soufflierte die Schneiderin. »Mit einem Hauch irischer Spitze und einem Meer von Süßwasserperlen.«

»Exquisit«, meinte Cassie in sachlichem Ton. »Sagen Sie uns, Miss Reynolds ...« Wie ein Profi holte sie Deannas Gesicht heran. »Wie fühlen Sie sich anlässlich dieses aufregenden Ereignisses?«

»Ich habe schreckliche Angst.« Wenn die Anprobe mehr als fünf Minuten den vorgesehenen Zeitrahmen überschritt, würde Deanna sie die ganze Woche über nicht mehr wettmachen können. »Und teilweise komme ich mir ziemlich verrückt vor. Doch davon einmal abgesehen genieße ich jede Minute.«

»Wenn Sie jetzt einen Moment vollkommen stillstehen, gehe ich einmal um Sie herum, damit unsere Zuschauer einen vollständigen Eindruck bekommen können.« Cassie trat zur Seite und machte einen Schwenk. »Das wird in meine immer umfangreicher werdende Bibliothek des Lebens eingehen.«

Deanna fühlte, wie sich ihr Lächeln verkrampfte. »Haben Sie viele Aufnahmen gemacht?«

»O ja, ein bisschen hiervon, ein bisschen davon. Simon rauft sich den kümmerlichen Rest seiner Haare, Margaret wirft mit Papierkügelchen und Sie rennen wie eine Wilde zum Fahrstuhl.«

Deanna spürte ihren dumpfen Herzschlag unter dem funkelnden Oberteil. »Ich glaube, bei den vielen Kameras rundherum habe ich nie so recht darauf geachtet. Sie haben die Kamera immer griffbereit, nicht wahr?«

»Man weiß ja nie, welchen historischen oder peinlichen Moment man gerade einfangen könnte.«

Deanna erinnerte sich nur zu gut daran, dass sie gefilmt worden war, während sie am Schreibtisch geschlafen hatte, auf ihrem Weg zur Arbeit, auf ihrem Nachhauseweg, beim Einkauf und beim Spiel mit Frans Baby im Park.

Im Studio hatte man sie neben Angelas Leiche aufgenommen.

Cassie, die Dutzende Male am Tag im Büro aus und ein ging. Cassie, die Deannas Terminkalender bis in alle Einzelheiten kannte. Cassie, die sich mit einem der Kameramänner aus dem Studio verabredet hatte.

»Schalten Sie die Kamera ab, Cassie.«

»Nur noch eine Sekunde.«

»Schalten Sie sie ab!« Deannas Stimme wurde schärfer und sie biss die Zähne zusammen, um sie ruhig zu halten.

»Tut mir leid.« Offensichtlich verwirrt senkte Cassie die Kamera. »Ich glaube, ich habe mich einfach mitreißen lassen.«

»Ist nicht schlimm. Ich bin nur gereizt.« Deanna brachte ein Lächeln zustande. Das ist doch albern, dachte sie. Auch nur zu vermuten, dass Cassie einen Mord begehen könnte, war einfach verrückt.

»Sie sind ja heute auch den ersten Tag wieder hier.« Cassie berührte ihre Hand, und Deanna musste sich zusammenreißen, um nicht vor ihr zurückzuweichen. »Nach der Show mit Kate Lovell war hier auch wirklich die Hölle los. Die Telefone standen ja gar nicht mehr still. Warum gönnen Sie sich nicht einfach nach der Anprobe eine Pause und gehen nach Hause? Den Rest der Nachmittagstermine kann ich verlegen.«

»Ich denke, das ist eine gute Idee.« Ihre leise Stimme überlagerte ihren unregelmäßigen Herzschlag. »Ich habe zu Hause auch noch jede Menge zu tun.«

Cassies Mund wurde schmaler. »Ich meinte eigentlich nicht, dass Sie sich von einem Tollhaus ins nächste stürzen sollten. Bei den vielen schuftenden Handwerkern werden Sie doch zu gar nichts kommen. Ich glaube ...« Als sie sah, dass Deannas Augen hinter sie blickten, drehte sie sich um. »Jeff.« Ihr Mund wurde weicher, als sie die Bewunderung auf seinem Gesicht sah. »Sie sieht fabelhaft aus, nicht wahr?«

»Ja. Wirklich.« Er blickte auf die Kamera in Cassies Hand. »Hast du sie aufgenommen?«

»Selbstverständlich. Ich wollte den Moment einfangen.«

»Deanna, Finn hat gerade angerufen. Er bat mich, dir zu sagen, dass er noch einen Termin hat und dann direkt nach Hause kommt. Er meinte, er wäre vielleicht gegen vier da.«

»Na prima. Vielleicht schaffe ich es ja auch bis vier.«

»Nur wenn Sie jetzt endlich stillhalten«, murmelte die Schneiderin.

Doch es war schon fast halb vier, als Deanna in ihre Schuhe schlüpfte und sich ihre Aktentasche schnappte. »Cassie, könnten Sie Tim rufen?«

»Schon geschehen. Er müsste unten warten.«

»Danke.« Für einen kurzen Moment blieb sie an Cassies Schreibtisch stehen. Sie schämte sich wegen ihrer Gedanken während der Anprobe und kam sich jetzt ziemlich dumm damit vor. »Tut mir leid wegen vorhin, Cassie. Sie wissen schon, diese Sache mit der Kamera.«

»Zerbrechen Sie sich nicht den Kopf darüber.« Cassie öffnete einen der Briefe, die sich auf ihrem Schreibtisch türmten. »Ich weiß, ich kann eine richtige Nervensäge sein.« Sie lachte leise. »Doch mit der Kamera bin ich wirklich gerne eine Nervensäge. Bis morgen.«

»Okay. Und arbeiten Sie nicht mehr so lange.«

Wieder etwas entspannter ging Deanna zum Aufzug. Sie blickte kurz auf die Uhr, drückte den Abwärtsknopf. Mit ein bisschen Glück könnte sie Finn damit überraschen, als Erste zu Hause zu sein. Und dann würde es nicht schwierig sein, ihn davon zu überzeugen, das leckere Gericht aus Hähnchenfleisch und Pasta zuzubereiten. Sie hatte Appetit auf etwas Würziges, um ihren ersten Tag im alten Trott zu beschließen.

Zu Hause konnte sie sich dann durch einen Berg von Schreibarbeiten und Telefonaten hindurcharbeiten. Und in einer Pause konnte sie sich etwas Enganliegendes anziehen, das dazu geschaffen war, Finn verrückt zu machen.

Sie würden spät zu Abend essen. Sehr spät, beschloss sie, und trat mit schwungvollen Bewegungen aus dem Aufzug.

Vielleicht würde sie noch ein paar Weihnachtsgeschenke einpacken, die sie in letzter Minute gekauft hatte, oder Finn dazu überreden, Plätzchen zu backen. Sie könnte mit ihm auch noch ein paar neue Ideen zu ihrer Sendung durchgehen.

Das gleißende Sonnenlicht ließ sie reflexmäßig nach ihrer Sonnenbrille greifen. Dann kletterte sie auf den Rücksitz der wartenden Limousine.

»Hallo, Tim.« Sie schloss die Augen und entspannte sich. Im Auto war es schön warm.

»Hallo, Miss Reynolds.«

»Das ist ja noch ein wunderschöner Tag geworden.« Wie gewohnt griff sie nach der Flasche mit gekühltem Saft, der immer für sie bereitstand. Ihr Blick fiel auf den Rücken ihres Fahrers. Trotz der Wärme im Wagen trug er seinen Wintermantel und hatte die Dienstmütze tief ins Gesicht gezogen.

»Das kann man sagen.«

Während sie an dem Saft nippte, öffnete sie die Aktentasche. Die Akte mit der Aufschrift »Hochzeitspläne« legte sie beiseite und griff stattdessen nach den Briefen, die Cassie heute für sie aus der Post herausgesucht hatte. Die Fahrt zum Büro und zurück war für Deanna immer Teil ihres Arbeitstages gewesen. Heute musste sie die Zeit, die sie mit der Anprobe verbracht hatte, und die Zeit, die sie früher gegangen war, aufholen.

Doch beim dritten Brief verschwammen die Worte vor ihren Augen. Es gab keine Entschuldigung dafür, so früh am Tag so müde zu werden. Verärgert schob sie die Finger unter die Sonnenbrille und rieb sich die Augen. Doch ihr Blick wurde immer verschwommener, als hätte sie die Augen mit Öl betupft. Auf einmal drehte sich alles um sie herum, ganz plötzlich war ihr übel, ihr Arm sackte schwer auf den Sitz.

Ich bin so müde, dachte sie. Es ist so heiß. Wie in Zeitlupe versuchte sie, sich aus ihrem Mantel zu schälen. Die Papiere flatterten auf den Boden, und der Versuch, nach ihnen zu greifen, steigerte die Benommenheit nur noch.

»Tim.« Sie beugte sich nach vorne und drückte mit der Hand gegen die Lehne des Vordersitzes. Der Fahrer antwortete nicht. Das Wort hatte sich für sie allerdings ganz leise und wie von weit weg angehört. Verzweifelt bemühte sie sich, den vor ihr sitzenden Fahrer deutlich zu erkennen, als die halb leere Saftflasche aus ihren tauben Fingern glitt.

»Mit mir stimmt etwas nicht«, versuchte sie ihm noch mitzuteilen, dann rutschte sie auf den Plüschteppich des Limousinenbodens. »Irgendetwas ist überhaupt nicht in Ordnung mit mir.«

Aber er antwortete nicht. Sie hatte das Gefühl, durch den Limousinenboden hindurch in einen dunklen, unermesslich tiefen Abgrund zu fallen.

28

Deanna träumte, durch rot getönte Wolken nach oben zu schweben, sich langsam und träge der Oberfläche zu nähern, von wo ein fahles weißes Licht durch die nebligen Schichten drang. Sie stöhnte, weil sie sich so abmühte, nicht mit Schmerzen, sondern mit der Übelkeit, die sie wie eine Woge überkam und in ihrer Kehle brannte.

Abwehrend hielt sie die Augen geschlossen, machte lange, tiefe Atemzüge und kämpfte mit ihrer ganzen Willenskraft gegen den Brechreiz an. Tropfen feuchtkalten Schweißes perlten auf ihrer Haut, sodass die dünne Seidenbluse unangenehm an Armen und Rücken klebte.

Als das Schlimmste vorüber war, schlug sie vorsichtig die Augen auf.

Sie war im Auto gewesen, erinnerte sie sich. Tim hatte sie nach Hause gefahren, und ihr war schlecht geworden. Aber zu Hause war sie jetzt nicht. Vielleicht im Krankenhaus? fragte sie sich dumpf. Das Zimmer war in schwaches Licht getaucht, ein Muster aus zarten Veilchen überzog die Tapete. Die Rotorblätter eines weißen Deckenventilators brachten mit einem flüsternden Geräusch die Luft in Bewegung. Auf einer glänzenden Mahagonikommode präsentierte sich eine Sammlung von schönen, bunten Flaschen und Töpfen, während ein großer Weihnachtsstern und eine kleine, mit Silberglocken geschmückte Blaufichte für weihnachtliches Flair sorgten.

Ein Krankenhaus? dachte sie wieder. Noch völlig benommen versuchte sie, sich aufzurichten. Wieder drehte sich alles in ihrem Kopf, während diese abscheuliche Übelkeit wie eine Faust in ihren Magen stieß. Sie sah alles doppelt, und die Hand, die sie ans Gesicht zu führen versuchte, war unsagbar schwer. Einen Augenblick lang konnte sie nichts anderes machen, als still dazuliegen und gegen die Übelkeit anzukämpfen. Erst jetzt sah sie, dass der Raum überhaupt keine Fenster hatte und eher wie eine riesige Kiste wirkte. Wie ein Sarg.

Einem Speer gleich drang Panik durch ihren Schock. Sie bäumte sich auf, schrie und stolperte wie betrunken aus dem Bett. Während sie zu einer Wand torkelte, ließ sie ihre Finger über die feine Blumentapete wandern und suchte verwirrt nach einem Ausgang. Sie war eingesperrt! Mit weit aufgerissenen Augen wirbelte sie herum. Sie war tatsächlich eingesperrt.

Erst jetzt sah sie, was über dem Bett an der Wand hing. Der Anblick reichte aus, um die hochwallende Hysterie verlöschen zu lassen. Ein riesiges Foto lächelte frech auf sie herunter. Für ein paar Momente völlig verblüfft, starrte Deanna auf Deanna. Das Geräusch ihres eigenen dumpfen Herzschlags im Ohr, sah sie sich genau im übrigen Teil des Zimmers um.

Es gab tatsächlich weder Türen noch Fenster. Dafür sah sie überall Blumen, von Wand zu Wand nur Blumen. Und Fotos. Dutzende von Bildern von ihr waren an den Seitenwänden aufgereiht. Schnappschüsse, Titelbilder verschiedener Zeitschriften und Pressefotos drängten sich an der lieblichen Tapete zusammen.

»O Gott, o Gott.« In ihrer Stimme hörte sie die wimmernde Panik und biss sich heftig auf die Lippe.

Mit vor Schreck glasigem Blick wandte sie sich von ihren eigenen Bildern ab und starrte auf einen großen Esstisch, dessen schneeweißer, von der vielen Stärke ganz steifer Tischläufer den

Hintergrund für silberne Leuchter und glänzendweiße dünne Wachskerzen abgab. Dutzende von kleinen Schätzen waren auf dem Tisch angeordnet: ein Ohrring, den sie vor Monaten verloren hatte, ein Lippenstift, ein Seidenschal, den ihr Simon einmal zu Weihnachten geschenkt hatte, ein Handschuh aus elastischem roten Leder, der ihr einen Winter zuvor abhandengekommen war.

Und da war noch mehr. Sie rückte näher an den Tisch heran, und während sie sich gegen die auf sie einstürmende Welle der Angst stemmte, studierte sie die Sammlung. Ein Zettel mit einer handschriftlichen Notiz von ihr, den sie einmal Jeff gegeben hatte, eine mit einer goldenen Schnur umwickelte schwarze Haarlocke, weitere Fotos von ihr, immer nur Fotos von ihr in eleganten und reichverzierten Rahmen. Die Schuhe, die sie in der Limousine getragen hatte, waren ebenfalls da, daneben lag ihre säuberlich zusammengefaltete Jacke.

Mit einem Schaudern wurde ihr bewusst, dass dieser Ort wie ein Schrein war. Ein wilder, angsterfüllter Laut drang aus ihrer Kehle. In der Ecke stand ein Fernseher, daneben ein Regal mit ledergebundenen Alben. Am beängstigendsten waren die in die oberen Raumecken installierten Kameras, deren winzige rote Lichter wie winzigkleine Augen leuchteten.

Sie stolperte zurück, die Angst schnellte wieder in ihr hoch wie ein gerade geschlüpfter Vogel. Ihr Blick schnellte von einer Kamera zur nächsten.

»Ihr beobachtet mich.« Sie unterdrückte den Schrecken in ihrer Stimme. »Ich weiß, dass ihr mich beobachtet. Ihr könnt mich nicht hierbehalten. Sie werden mich suchen. Ihr wisst, dass sie mich finden werden. Wahrscheinlich haben sie bereits die Suche aufgenommen.«

Sie schaute auf ihr Handgelenk, suchte nach ihrer Uhr, doch die Uhr war weg. Wie lange bin ich denn wohl schon hier? fragte sie sich verzweifelt. Vielleicht war es Minuten her, vielleicht aber auch schon mehrere Tage, dass sie im Wagen ohnmächtig geworden war.

Der Wagen. Ihr Atem ging stoßweise. »Tim.« Sie presste die Lippen aufeinander, bis der Schmerz den Drang zu weinen erstickt hatte. »Tim, Sie müssen mich hier rauslassen. Ich werde Ihnen helfen. Das verspreche ich Ihnen. Ich werde tun, was ich kann. Bitte, kommen Sie hier herein, sprechen Sie mit mir.«

Als ob es nur dieser Einladung bedurft hätte, öffnete sich ein Teil der Wandvertäfelung. Unwillkürlich schwenkte Deanna auf die Öffnung zu, verkniff sich einen verzweifelten Seufzer, als ihr Kopf sich durch die Droge wieder in zermürbenden Kreisen zu drehen begann. Sie straffte ihre Schultern und hoffte, ihre größte Angst zu verbergen.

»Tim«, begann sie und starrte dann nur noch verwirrt vor sich hin.

»Willkommen zu Hause, Deanna.«

Scheue Freude ließ Jeffs Gesicht erröten, als er in den Raum trat. Er trug ein Silbertablett, auf dem ein Weinglas, ein Porzellanteller mit einer Pasta darauf und eine einzelne rote Rosenblüte zu sehen waren.

»Ich hoffe, das Zimmer gefällt dir.« In seiner ruhigen und entschiedenen Art stellte er das Tablett auf die Spiegelkommode. »Es hat viel Zeit in Anspruch genommen, den Raum so herzurichten, dass alles richtig war. Ich wollte nicht, dass du dich nur wohlfühlst. Ich wollte, dass du glücklich bist. Ich weiß, man hat überhaupt keine Aussicht.« Er drehte sich wieder zu ihr um, seine Augen leuchteten, seine zitternde Stimme klang entschuldigend. »Es ist aber sicherer so. Wenn wir hier drin sind, wird uns niemand stören.«

»Jeff.« Bleib ruhig, ermahnte sie sich. Sie musste jetzt einfach ruhig bleiben. »Du kannst mich hier nicht festhalten.«

»Doch, das kann ich schon. Ich habe alles sorgfältig geplant. Ich hatte ja jahrelang Zeit, alles auszutüfteln. Weshalb setzt du dich nicht, Dee? Du fühlst dich ja wahrscheinlich ein wenig erschöpft, und ich will, dass du es bequem hast, wenn du isst.«

Er kam auf sie zu, doch obwohl sie auf alles gefasst war, berührte er sie nicht.

»Später«, fuhr er fort, »nachdem du alles verstehst, wirst du dich wesentlich besser fühlen. Du brauchst nur ein wenig Zeit.« Er hob eine Hand, als wollte er ihre Wange berühren, zog sie dann aber wieder zurück, um sie nicht zu erschrecken.

»Bitte, versuche dich zu entspannen. Du hast dir nie Entspannung gegönnt. Ich weiß, vielleicht hast du im Moment noch ein wenig Angst, aber alles wird gut werden. Wenn du mich allerdings bekämpfst, muss ich …« Weil er es nicht ertragen konnte, die Worte auszusprechen, zog er eine Spritze für subkutane Injektionen aus seiner Tasche. »Und das will ich nicht.« Da sie augenblicklich zurückschreckte, ließ er die Spritze wieder verschwinden. »Wirklich, ich will das nicht. Und von hier weglaufen kannst du nicht.«

Wieder lächelte er, schob einen Tisch und einen Stuhl näher an das Bett heran. »Du musst essen«, sagte er freundlich. »Wenn du dich um dich selbst kümmern musstest, machte ich mir immer Sorgen um dich. Immer diese gehetzten oder zwischendurch heruntergeschlungenen Gerichte. Aber hier werde ich gut für dich sorgen. Setz dich, Deanna.«

Sie könnte sich weigern, dachte sie. Sie könnte schreien und toben und ihm drohen. Doch wozu? Sie kannte Jeff jetzt seit Jahren, oder hatte zumindest angenommen, ihn zu kennen. Und wie sie sich erinnerte, konnte er sehr stur sein. Aber sie war eigentlich immer in der Lage gewesen, vernünftig mit ihm zu reden.

»Ich habe Hunger«, sagte sie zu ihm und hoffte, ihr Magen würde nicht rebellieren. »Wirst du beim Essen ein wenig mit mir sprechen und mir alles erklären?« Sie schenkte ihm ihr bestes Lächeln, das sie auch bei Interviews immer einzusetzen verstand.

»Ja.« Sein Lächeln brannte wie Feuer. »Ich dachte, vielleicht bist du ja anfangs wütend.«

»Ich bin nicht wütend. Ich habe Angst.«

»Ich würde dir nie etwas antun.« Er nahm eine ihrer schlaffen Hände und drückte sie leicht. »Ich werde auch nicht zulassen, dass dir irgendjemand etwas antut. Ich weiß, dass du vielleicht darüber nachdenkst, mich auszutricksen, Deanna, und versuchst, durch die Wandvertäfelung zu kommen. Aber das wird dir nicht gelingen. Ich bin sehr stark und du bist noch von der Droge geschwächt. Egal was du tust, du bleibst hier eingeschlossen. Und jetzt setz dich.«

Wie im Traum machte sie genau das, was er ihr sagte. Eigentlich wollte sie weglaufen, doch als der Gedanke vom Kopf in den Körper übermittelt wurde, gaben die Beine unter ihr nach. Wie sollte sie losrennen, wenn sie kaum in der Lage war, zu stehen? Die Droge hatte ihren Körper immer noch in ihrer Gewalt. Genau diese Berücksichtigung jedes Details hatte ihn zu einem unschätzbaren Teil ihres Teams gemacht.

»Es ist nicht richtig, mich hierzubehalten, Jeff.«

»Nein, das stimmt nicht.« Er stellte das Tablett auf den Tisch vor ihr. »Ich habe lange, lange über alles nachgedacht. Das hier ist für die Beste, für dich. Ständig denke ich an dich. Später können wir auch zusammen reisen. In Südfrankreich habe ich Villen ausgekundschaftet. Ich denke, dort könnte es dir gefallen.« Dann berührte er sie, strich mit seiner Hand liebkosend über ihre Schulter. Unter ihrer Bluse bekam sie eine Gänsehaut. »Ich liebe dich so sehr.«

»Warum hast du mir das nie erzählt? Du hättest mir doch erzählen können, was du für mich empfunden hast.«

»Das konnte ich nicht. Zuerst dachte ich, das sei nur so, weil ich schüchtern bin, aber dann wurde mir klar, dass alles wie ein Plan war. Ein Lebensplan. Deiner und meiner.«

Begierig darauf, ihr alles zu erklären, zog er einen anderen Stuhl heran. Als er sich nach vorne beugte, rutschte ihm die Brille auf der Nase nach unten. Während ihre Sicht zunächst verschwamm, dann erneut klar wurde, beobachtete sie, wie er die Brille wieder nach oben schob. Das war eine alte Gewohnheit von ihm, die ihn ihr einst sympathisch machte, jetzt aber das Blut in ihren Adern gefrieren ließ.

»Es gab Dinge, die musstest du tun. Es waren Erfahrungen – und Männer –, die du erst aus deinem System wieder herausbekommen musstest, bevor wir zusammen sein konnten. Ich hatte dafür Verständnis, Dee. Ich habe dir wegen Finn nie Vorwürfe gemacht, aber es tat mir weh.« Er legte die Hände auf die Knie und seufzte. »Ich gab dir keine Schuld. Und ihm konnte ich auch keine Schuld geben.« Sein Gesicht hellte sich wieder auf. »Wie hätte ich das auch tun können, zumal ich doch wusste, wie perfekt du bist? Als ich dich das erste Mal im Fernsehen sah, stockte mir der Atem. Das machte mir sogar ein wenig Angst. Du hast mich ganz direkt angeschaut und tief in mich hineingeblickt. Das werde ich nie vergessen. Weißt du, davor war ich ungeheuer einsam, ein Einzelkind. Hier in diesem Haus bin ich aufgewachsen. Du isst ja gar nichts, Deanna. Ich wünschte mir, du würdest etwas essen.«

Gehorsam nahm sie ihre Gabel. Er wollte sprechen, schien regelrecht darauf erpicht zu sein. Die beste Art zu entkommen, war wahrscheinlich, Verständnis aufzubringen. »Du hast mir doch erzählt, du bist in Iowa aufgewachsen.«

»Dahin hat mich meine Mutter später mitgenommen. Meine Mutter war eine wilde Frau.« Der entschuldigende Unterton schlich sich wieder in seine Stimme. »Sie hörte auf niemanden und hielt sich an keine Regeln. Darum musste Onkel Matthew sie natürlich bestrafen. Er war älter, weißt du, das Familienoberhaupt. Er hielt sie in diesem Raum hier gefangen und versuchte ihr zu zeigen, dass man Dinge auf die richtige und anständige Weise tun, sich aber auch falsch verhalten konnte.« Sein Gesicht veränderte sich während seiner Erzählung. Um den Mund und die Augen herum spannte es sich an und wirkte irgendwie älter und strenger. »Aber ganz gleich, wie sehr mein Onkel auch versuchte, meine Mutter zu erziehen, sie lernte nichts. Sie lief weg und wurde schwanger. Als ich sechs war, holten sie sie ab. Sie hatte einen Nervenzusammenbruch, und ich kam zu Onkel Matthew. Sonst gab es keinen, der mich bei sich hätte aufnehmen können, und bei ihm gehörte es zu den Pflichten, die er gegenüber seiner Familie besaß.«

Deanna würgte einen Bissen von der Pasta hinunter. Sie klebte wie Teig in ihrer Kehle, doch hatte sie Angst, von dem Wein zu kosten. Vielleicht hat er ihn ähnlich wie die Saftflasche vergiftet, dachte sie. »Das tut mir leid, Jeff. Das mit deiner Mutter.«

»Ist schon okay.« Er tat es mit einem Achselzucken ab, wie eine sich häutende Schlange ihre leere Hülle abwirft. Wie ein von sorgsamen Händen glatt gestrichenes Bettlaken glättete sich auch sein Gesicht wieder. »Sie hat mich nicht geliebt. Außer meinem Onkel Matthew hat mich sowieso keiner geliebt. Und außer dir. Das ist übrigens nur Wein, Dee. Deine Lieblingssorte.« Jeff grinste über den Witz, nahm das Glas und nippte daran, um es ihr zu beweisen. »Da habe ich nichts hineingetan. Das musste ich ja auch nicht, denn jetzt bist du ja hier. Bei mir.«

Ganz gleich, ob er nun noch etwas in den Wein hineingetan hatte oder nicht, sie mied ihn, denn sie war sich nicht sicher darüber, wie er sich mit den Drogen in ihrem Körper vertragen würde. »Was geschah mit deiner Mutter?«

»Sie war schwachsinnig und starb. Ist dein Essen in Ordnung? Ich weiß, Pasta ist dein Lieblingsgericht.«

»Es ist lecker.« Sie schob sich einen weiteren Bissen zwischen die steifen Lippen. »Wie alt warst du, als sie starb?«

»Ich weiß es nicht. Ist auch egal. Hier bei meinem Onkel war ich glücklich.« Es machte ihn nervös, über seine Mutter zu sprechen, daher tat er es auch nicht länger. »Er war ein großartiger Mann. Stark und gut. Er musste mich fast nie bestrafen, weil ich auch gut war. Mit mir musste er nicht so viel durchmachen wie mit meiner Mutter. Wir passten gut aufeinander auf.« Jetzt sprach Jeff sehr schnell, wurde ganz aufgeregt. »Onkel Matthew war stolz auf mich. Ich lernte tüchtig und habe nie mit den anderen Kindern herumgelungert. Ich brauchte die anderen Kinder nicht. Ich meine, die wollten nur in schnellen Flitzern herumsausen, laute Musik hören und sich mit ihren Eltern in den Haaren liegen. Ich hatte Respekt. Und ich vergaß auch nie, mein Zimmer aufzuräumen oder mir die Zähne zu putzen. Onkel Matthew sagte mir immer, dass ich neben der Familie keinen anderen brauchen würde. Und er war die einzige Familie, die ich hatte. Als er starb, gab es dich, und daher wusste ich auch, dass es richtig war.«

»Jeff.« Deanna gebrauchte ihr ganzes Geschick, um das Gespräch im Fluss zu halten und es in die von ihr gewünschte Richtung zu lenken. »Meinst du, dass dein Onkel das gutheißen würde, was du jetzt tust?«

»Oh, auf jeden Fall.« Er strahlte. Sein Gesicht war heiter, unschuldig und furchteinflößend. »Er spricht die ganze Zeit mit mir, hier oben.« Er klopfte an seinen Kopf und zwinkerte ihr zu. »Er sagte mir, ich solle Geduld üben und warten, bis die Zeit reif sei. Weißt du noch, wie das war, als ich dir das erste Mal einen Brief geschickt habe?«

»Ja, ich erinnere mich.«

»Damals träumte ich das erste Mal von Onkel Matthew. Nur dass es nicht wie ein Traum war. Es war viel wirklicher. Er sagte mir, ich müsste dir wie ein richtiger Gentleman den Hof machen und geduldig sein. Er sagte immer: ›Gut Ding will Weile haben.‹ Er sagte mir, ich müsste warten und auf dich aufpassen. Männer sollten sich um ihre Frauen kümmern und sie beschützen. Die Leute haben das vergessen. Niemand scheint sich noch um jemand anderen zu kümmern.«

»Ist das der Grund, weshalb du Angela umgebracht hast, Jeff? Um mich zu beschützen?«

»Ich hatte es monatelang geplant.« Er lehnte sich wieder zurück und legte ein angewinkeltes Bein über sein Knie. Unterhaltungen mit Deanna waren immer Höhepunkte seines Lebens gewesen. Und das hier, dachte er, war die Krönung. »Ich ließ Angela annehmen, dass ich Lews Platz einnehmen wollte. Das wusstest du nicht.«

»Lews Platz? Lew McNeil?«

»Nachdem ich ihn tötete …«

»Lew.« Ihre Gabel klapperte auf das Porzellan, als sie ihren Fingern entglitt. »Du hast Lew getötet?«

»Er hat dich hintergangen. Ich musste ihn bestrafen. Und er spannte Simon für seine Zwecke ein. Bis ich anfing, bei dir zu arbeiten, hatte ich eigentlich nie Freunde gehabt. Simon war mein Freund. Eigentlich wollte ich auch ihn umbringen, aber dann erkannte ich, dass auch er ausgenutzt worden war. Es war wirklich nicht sein Fehler, nicht wahr?«

»Nein«, sagte sie schnell, und legte besonderen Nachdruck auf das Wort, indem sie ihre Hand auf Jeffs Hand legte. »Nein, Jeff, es war nicht Simons Fehler. Simon liegt mir sehr am Herzen, daher möchte ich nicht, dass du ihm etwas antust.«

»Das dachte ich mir.« Er grinste wie ein Kind, das von einem nachsichtigen Erwachsenen gelobt wird. »Du siehst, ich kenne dich gut, Deanna. Ich weiß alles über dich, deine Familie, deine Freunde. Ich kenne deine Lieblingsspeisen und -farben, ich weiß, wo du gerne einkaufst. Ich weiß alles, was du gerade denkst. Es ist fast so, als ob ich direkt in deinem Kopf wäre. Oder du in meinem«, fügte er langsam hinzu. »Manchmal denke ich tatsächlich, du wärst in meinem Kopf. Ich wusste, du wolltest, dass Angela weggeht. Und ich wusste, dass du selbst ihr nie Schaden zugefügt hast. Du bist viel zu sanft und viel zu freundlich dafür.« Er legte seine andere Hand über ihre, um sie zu drücken. »Daher habe ich es für dich getan. Ich arrangierte ein Treffen auf dem Parkplatz beim CBC-Gebäude mit ihr. Sie schickte ihren Fahrer weg, genau wie ich es ihr gesagt hatte. Ich ließ sie rein und nahm sie runter mit ins Studio. Ich sagte ihr, ich hätte Papiere aus dem Büro kopiert, auf denen Ideen für Geschichten, Gäste und Außenübertragungen festgehalten worden seien. Sie wollte sie mir abkaufen. Allerdings sagte sie mir nicht, dass auch du kommen würdest.« Schmollend schob er die Unterlippe vor. »Sie hat mich belogen.«

»Du hast sie getötet. Und du hast die Kamera eingeschaltet.«

»Ich war sauer auf dich.« Sein Mund zitterte, sein Blick senkte sich. Deanna griff wieder nach ihrer Gabel und dachte daran, sie notfalls als Waffe einzusetzen. Die Wirkungen der Droge klangen allmählich ab, und sie kam wieder zu Kräften. Wahrscheinlich hatte sie das ihrer Angst zu verdanken, dachte sie. Doch als seine Augen sie wieder anschauten und sie das versengende Licht in ihnen sah, wurden ihre Finger wieder gefühllos.

»Ich weiß, es war falsch, aber ich wollte dich verletzen. Ich hätte dich sogar beinahe töten wollen. Du warst drauf und dran, ihn zu heiraten, Dee. Dass du mit ihm schliefst, konnte ich noch verstehen. Das Fleisch ist schwach. Onkel Matthew hat mir alles darüber erzählt, wie Sex die Menschen verderben kann, und wie schwach sie dadurch werden können. Sogar auf dich traf das zu.« Die Hand, die auf ihrer lag, drückte so fest, dass sich schließlich Knochen an Knochen zu reiben schien. »Ich verstand das also alles und hatte Geduld, weil ich immer wusste, dass du zu mir kommen würdest. Doch heiraten und ein Ehegelübde ablegen konntest du nicht. Als du die Tür geöffnet hast, wusste ich, dass du das warst. Ich weiß stets, wenn du es bist. Ich verpasste dir einen Schlag und wollte es noch einmal tun, aber das konnte ich dann nicht. So trug ich dich zu dem Sessel, setzte Angela in den anderen und schaltete die Kamera ein. Ich wollte, dass du siehst, was ich für dich getan hatte. In deinem Büro war ich bereits gewesen.« Er presste die Lippen zusammen, seufzte und gab sanft ihre pochende Hand wieder frei. »Es war ein Fehler von mir, dein Büro zu zertrümmern. Ich hätte auch nicht zu Finns Haus gehen sollen. Das tut mir beides leid.«

Er sagte es, als ob er eine Verabredung zum Mittagessen verschwitzt hätte.

»Jeff, hast du jemals irgendwem von deinen Gefühlen erzählt?«

»Nur meinem Onkel, wenn wir in meinem Kopf miteinander sprechen. Er versicherte mir, du würdest das bald verstehen und mit mir nach Hause kommen. Und als ich hörte, was dir dieser Schnüffler auf dem Parkplatz angetan hatte, wusste ich, dass es an der Zeit war.«

»Marshall?«

»Er versuchte, dir wehzutun. Joe erzählte mir, wie er sich aufgeführt hatte, und darum wartete ich auf ihn. Ich brachte ihn auf dieselbe Art um wie die anderen. Es war ein symbolischer Akt, Deanna. Meine Vision zerstörte ihre Vision. Es ist beinahe heilig, meinst du nicht auch?«

»Es ist nicht heilig zu töten, Jeff.«

»Du verzeihst zu viel.« Voller Bewunderung sah er sie aufmerksam an. »Wenn du Leuten vergibst, die mit dir schlecht umgegangen sind, werden sie mit dir wieder schlecht umgehen. Was dir gehört, musst du schützen.«

Er erinnerte sich an den Hund, der immer wieder in ihren Garten gekommen war, Onkel Matthews Blumen ausgrub und das Gras kaputt machte. Jeff hatte geweint, als sein Onkel den Hund schließlich vergiftet hatte, so lange geweint, bis Onkel Matthew ihm erklärt hatte, weshalb es richtig und ehrenhaft sei, sein Hab und Gut gegen Eindringlinge zu verteidigen. Daran musste Jeff denken, als er aufstand und zur Kommode hinüberging. Er öffnete die oberste Schublade und nahm eine Liste heraus.

»Ich habe es geplant«, sagte er ihr. »Du und ich machen immer Listen und Pläne. Wir sind nicht der Typ, der einfach wegläuft ohne nachzudenken, nicht wahr?« Jeff strahlte wieder, reichte ihr die Liste.

LEW MCNEIL
ANGELA PERKINS
MARSHALL PIKE
DAN GARDNER
JAMIE THOMAS
FINN RILEY?

»Finn«, war alles, was sie sagen konnte.

»Bei ihm war ich mir nicht sicher. Ich wollte ihn umlegen, sobald er dir etwas getan hatte. Einmal hätte ich es fast schon getan. Fast. Aber in letzter Minute wurde mir klar, dass ich ihn töten wollte, weil ich eifersüchtig war. Es war, als ob Onkel Matthew da war und mir im letzten Moment das Gewehr wegriss. Ich war wirklich froh, dass ich ihn nicht tötete, als ich sah, wie bestürzt du warst, dass er überhaupt eine Kugel abbekommen hatte.«

»Das war in Greektown«, meinte Deanna mit bebenden Lippen. »An jenem Tag in Greektown. Du hast auf Finn geschossen?«

»Es war ein Fehler. Es tut mir wirklich leid.«

»O Gott.« Entsetzt schreckte sie zurück. »O mein Gott.«

»Es war ein Versehen.« Seine Stimme klang auf gefährliche Weise schmollend. Jeff blickte von ihr weg. »Ich sagte, es tut mir leid. Ich werde ihm nichts tun, solange er dich nicht verletzt.«

»Das hat er nicht getan, und das wird er auch nicht tun.«

»Dann werde ich ihm ja ebenfalls nichts tun müssen.«

Ihre Handfläche auf dem Papier war feucht geworden, das Herz schlug ihr bis zum Hals. »Versprich mir, dass du ihm nichts antust, Jeff. Es ist wichtig für mich, dass Finn sicher ist. Er ist immer gut zu mir gewesen.«

»Ich bin besser für dich.«

Ihm stand die Gereiztheit eines Kindes im Gesicht. Deanna nutzte den Moment aus. »Versprich mir das, Jeff, oder ich werde sehr unglücklich sein. Das willst du doch nicht, oder?«

»Nein.« Zwischen ihren Bedürfnissen und seinen eigenen hin und her gerissen, meinte er: »Ich nehme an, dass das jetzt egal ist, jetzt, wo du hier bist.«

»Du musst es mir versprechen.« Sie presste die Zähne zusammen, damit die Verzweiflung nicht so deutlich in ihrer Stimme zu hören war. Rede vernünftig mit ihm, sagte sie sich selbst. Bleib ganz ruhig und rede vernünftig mit ihm. »Ich weiß, du würdest mir gegenüber nicht dein Wort brechen.«

»Na gut. Wenn es dich glücklich macht.« Um unter Beweis zu stellen, dass er es ehrlich meinte, holte er einen Kugelschreiber aus seiner Tasche und strich Finns Name von der Liste. »Siehst du?«

»Danke. Und Dan Gardner …«

»Nein«, sagte er mit scharfer Stimme und faltete das Blatt.

»Er hat dich bereits verletzt, Dee. Er hat fürchterliche Dinge über dich gesagt und Angela geholfen, dich zu ruinieren. Er muss bestraft werden.«

»Aber er ist nicht wichtig, Jeff. Er ist ein Nichts.« Ruhig bleiben, erinnerte sie sich. Bleib ruhig und standhaft. Wie ein Erwachsener mit einem Kind. »Und Jamie Thomas, das ist doch schon so viele Jahre her. An den beiden liegt mir wirklich nichts.«

»Mir schon. Wenn Jamie nicht in Europa gewesen wäre, hätte ich ihn als Ersten umgelegt. Aber der Kerl hat sich verkrochen«, meinte Jeff verächtlich. »Eine Waffe durch den Zoll zu schmuggeln, ist nicht gerade einfach. Also übte ich mich in Geduld.« Jetzt strahlte er wieder. »Doch inzwischen ist er nach New Hampshire zurückgekehrt, und in Kürze werde ich dorthin fahren.«

Das durch die Droge hervorgerufene kranke Gefühl war allmählich verebbt, nur die Übelkeit war noch geblieben und rollte immer wieder durch ihren Magen. »Er interessiert mich nicht, Jeff, ich möchte wirklich nicht, dass du einem von ihnen wegen mir etwas antust.«

Schmollend drehte er sein Gesicht weg. »Ich will nicht mehr darüber sprechen.«

»Ich will …«

»Du musst auch daran denken, was ich möchte.« Er legte die Liste in die Schublade zurück und schob diese mit einem so kräftigen Ruck zu, dass die Flaschen klirrten. »Ich denke nur an dich.«

»Ja, ich weiß. Ich weiß das. Aber wenn du nach New York gehst, um Gardner zu töten, oder nach New Hampshire wegen Jamie, werde ich hier allein sein. Ich möchte nicht allein hier eingeschlossen sein, Jeff.«

»Mach dir keine Sorgen.« Sein Tonfall wurde wieder sanfter.

»Ich habe viel Zeit, und ich werde sehr vorsichtig sein. Ich bin so froh, dass du hier bist.«

»Lässt du mich bitte nach draußen gehen? Ich brauche etwas frische Luft.«

»Das kann ich nicht. Noch nicht. Das gehört nicht zum Plan.« Er setzte sich hin, beugte sich nach vorne. »Du wirst drei Monate brauchen.«

Vor Entsetzen schien ihr alles Blut zu schwinden. »Du kannst mich nicht einfach drei Monate hier einsperren.«

»Das geht schon. Du wirst alles haben, was du brauchst, Bücher, Fernsehen, Gesellschaft. Ich werde Filme für dich ausleihen, dir deine Mahlzeiten zubereiten. Ich habe sogar Kleider für dich gekauft.« Er sprang auf, um eine andere Wandvertäfelung wegzuschieben. »Siehst du, ich habe Wochen gebraucht, um genau die richtigen Sachen auszuwählen.« Er zeigte in den Schrank hinein, der mit Freizeithosen, Kleidern und Jacken gefüllt war. »Und dort in der Kommode sind Blusen und Pullis, Nachthemden und Unterwäsche. Dort drüben ...« Er schob eine weitere Geheimtür auf. »Das Badezimmer.«

Er errötete und starrte auf seine Schuhe. »Da drinnen gibt es keine Kameras, das schwöre ich dir. Bis ins Badezimmer werde ich dir nicht nachspionieren. Deine bevorzugten Badeöle und Seifen sowie deine Kosmetika habe ich alle auf Lager. Dir wird es an nichts fehlen, du hast alles, was du brauchst.«

Alles, was du brauchst. Alles, was du brauchst. Die Worte kreisten in ihrem Kopf immer weiter. »Ich will nicht eingesperrt sein.«

»Tut mir leid. Das ist das Einzige, was ich dir im Moment nicht bieten kann. Bald, wenn du es wirklich begriffen hast, wird das anders sein. Aber sonst kannst du haben, was du willst. Ich werde dir alles besorgen. Wann immer ich fort muss, wird es dir hier gut gehen. Der Raum ist sicher und schalldicht. Selbst wenn jemand in das Haus kommt, würde man dich nicht finden. Vor der Tür steht eine Bücherwand. Ich habe das Ganze selbst entworfen, und es ist sehr gelungen. Kein Mensch würde vermuten, dass hier drinnen ein Zimmer ist, und daher wirst du sicher und unbehelligt sein. Und wenn ich irgendwo im Haus zu tun habe, kann ich dich beobachten.« Er deutete auf die Kameras. »Wenn du mich brauchst, werde ich das also erfahren.«

»Sie werden kommen und mich früher oder später finden, Jeff. Sie werden nicht verstehen, dass du mich hier gefangen hältst. Du musst mich einfach gehen lassen.«

»Nein, ich muss dich hierbehalten. Möchtest du fernsehen?« Er ging hinüber zum Nachttisch und holte die Fernbedienung. »Wir haben alle Kabelprogramme.«

Sich ein hysterisches Lachen verkneifend, drückte sie ihre Finger an die Augen. »Nein, nein, nicht jetzt.«

»Du kannst gucken, wann immer du willst. Und das Regal ist voller Videos mit Filmen und Aufnahmen, die ich von dir gemacht habe. Und dann sind da noch die Sammelalben.« Wie ein quirliger Gastgeber, der seine Gäste unbedingt unterhalten will, eilte er hin und her. »Ich habe sie für dich aufbewahrt. Darin findest du alles, was jemals über dich geschrieben wurde. Dort ist die Stereoanlage, und deine gesamte Lieblingsmusik findest du auch. Im Badezimmer steht ein kleiner Kühlschrank, den ich mit Drinks und Snacks gefüllt habe.«

»Jeff.« Sie konnte spüren, wie die Panik in ihr wieder größer wurde. Ihre Hände zitterten, als sie aufstand. »Du hast dir wirklich viel Mühe gemacht. Ich verstehe das. Und ich verstehe auch, dass du das alles getan hast, weil du meintest, es tun zu müssen. Aber mich hier als Gefangene festzuhalten, ist einfach nicht richtig.«

»Nein, nein, nein.« Rasch kam er zu ihr herüber, packte ihre Hände, sie zuckte vor ihm zurück. »Du bist wie die Prinzessin im Märchen, und ich beschütze dich. Ich sorge für dich. Es ist wie unter einem Bann zu stehen, Dee. Eines Tages wachst du auf, ich bin da, und wir sind glücklich.«

»Ich stehe unter keinem Bann.« Sie riss sich von ihm los, unter ihrer Angst kochte die Wut. »Und ich bin auch keine gottverdammte Prinzessin. Ich bin ein menschliches Wesen und habe das Recht, meine eigenen Entscheidungen zu treffen. Du kannst mich nicht einsperren und erwarten, dass ich dafür dankbar bin, im Badezimmer bestimmte Privilegien zu genießen.«

»Ich wusste, dass du zuerst darüber verärgert sein würdest.« Enttäuschung machte sich in seiner Stimme breit, als er sich hinunterbeugte, um ihren Teller mitzunehmen. »Aber du wirst dich schon wieder beruhigen.«

»Den Teufel werde ich tun!« Sie stürzte sich auf ihn, holte mit der freien Hand aus. Der erste Schlag prallte an seinem Wangenknochen ab. Porzellan krachte auf den Boden und zerplatzte, Scherben flogen umher wie Gewehrkugeln. Mit einem wütenden Knurren schnappte sie sich eines der Bruchstücke.

Schreiend kämpfte sie wie eine Wahnsinnige gegen ihn an, als er sie mit ihr ringend auf den Boden warf. Er war stark und verfügte über viel mehr Kraft, als man bei ihm mit seinen langen, schlaksigen Armen vermutete. Ohne einen Laut von sich zu geben, umklammerte er mit einer Hand ihr Handgelenk, bis ihre Finger sich öffneten, um die provisorische Waffe fallen zu lassen.

Er zerrte sie aufs Bett, sie schlug wild um sich, er ertrug die Hiebe und Fußtritte jedoch mit stoischer Gelassenheit. Als sie unter ihm lag und er sie auf den Boden drückte, spürte sie sein erigiertes Glied an ihrem Schenkel, was ihr Entsetzen verdoppelte.

Es gab schlimmere Dinge als eingesperrt zu sein. »Nein!« Sie versuchte ihn abzuwerfen, ballte ihre Finger zu Fäusten, die sich wieder lösten, als er die Hände über ihrem Kopf wie in einem Schraubstock festhielt.

»Ich will dich, Deanna. Mein Gott, ich will dich.« Sein ungeschickt herumtastender Kuss benetzte ihren Kiefer. Ihr sich unter ihm hin und her windender Körper und die Empfindungen, die er bei Jeff hervorrief, erzeugten einen roten Schleier der Bedürfnisse und des Verlangens, der sich über sein Gesichtsfeld legte. Ihr Herz tuckerte wie ein Kolben gegen seine Brust, ihre Haut war sanft wie Wasser und heiß wie Feuer. »Bitte. Bitte.« Er weinte fast, als sein Mund ihre Lippen bedeckte. »Lass mich dich nur berühren.«

»Nein.« Angewidert drehte sie den Kopf weg. Kontrolle. Sie griff nach ihrer einzigen Hoffnung. »Du bist nicht besser als Jamie. Du tust mir weh, Jeff. Du musst aufhören, mir wehzutun.«

Tränen liefen ihm über die Wangen, als er seinen Kopf hob. »Tut mir leid, Deanna, tut mir leid, aber ich warte einfach schon so lange. Wir werden nicht eher Liebe machen, bis du dazu bereit bist. Ich schwöre es. Hab keine Angst vor mir.«

»Ich habe aber Angst.« Sie merkte, dass er sie nicht vergewaltigen würde und schämte sich beinahe dafür, dass sie schon gewillt war, sich damit abzufinden. »Du hast mich eingesperrt und sagtest, dass mich niemand finden kann. Was ist denn, wenn dir irgendetwas zustößt? Dann könnte ich hier doch umkommen.«

»Mir wird nichts zustoßen. Ich habe alles bis in alle Einzelheiten geplant. Ich liebe dich, Deanna, und ich weiß, dass du mich neben diesen ganzen anderen Dingen auch liebst. Das hast du mir auf Hunderte von Arten gezeigt, durch die Art und Weise, wie du mich anlächelst, mich berührst oder lachst oder hier im Zimmer meinen Blick einfängst. Du hast mich zu deinem Produktionsleiter gemacht, und mir fehlen die Worte zu erklären, was das für mich bedeutete. Du trautest mir zu, dich zu führen. Du glaubtest an mich. An uns.«

»Das ist keine Liebe. Ich liebe dich nicht.«

»Du bist nur noch nicht so weit. Du musst dich jetzt ausruhen.« Mit einer Hand umklammerte er ihre Handgelenke, mit der anderen brachte er mühsam die Spritze zum Vorschein.

»Nein. Tu das nicht.« Sie drehte und wand sich und bettelte. »Bitte, mach das nicht. Ich kann doch sowieso nirgends hingehen. Du sagtest, ich kann nicht weg.«

»Du musst dich ausruhen«, sagte er ruhig und ließ die Nadel unter ihre Haut gleiten. »Ich werde auf dich aufpassen, Deanna.«

Ihr Kopf hing nach hinten, und seine Tränen tropften auf sie herab, um sich mit ihren zu vereinen. Traurig wartete er, bis ihre Versuche, gegen die Wirkung der Droge anzukämpfen, weniger wurden. Als ihr Körper schließlich erschlaffte, bezwang er sein Verlangen, ihn mit seinen Händen zu streicheln.

Erst wenn sie dazu bereit ist, erinnerte er sich, und gab sich damit zufrieden, ihr die Tropfen von den Wangen zu wischen. Sanft schob er sie auf die Kissen und gab ihr noch einen züchtigen Kuss auf die Stirn.

Das war seine Prinzessin, dachte er, und schaute zu, wie sie schlief. Er hatte ihr einen Elfenbeinturm gebaut, und sie würden gemeinsam darin leben. Für immer.

»Ist sie nicht vollkommen, Onkel Matthew? Ist sie nicht wunderschön? Du hättest sie auch geliebt. Du hättest gewusst, dass sie die eine, die Einzige ist.«

Er seufzte. Onkel Matthew sprach jetzt nicht zu ihm. Er hatte den Fehler begangen zu erlauben, dass Sex seine Pläne änderte. Dafür musste er bestraft werden. Zwei Tage nur mit Brot und Wasser zuzubringen, diese Strafe hätte sein Onkel verhängt. Demütig kauerte er sich hin, um das zerbrochene Porzellan wegzuräumen. Er brachte den ganzen Raum in Ordnung, drehte das Licht herunter und schlüpfte mit einem letzten langen Blick auf Deanna aus ihrem Gefängnis. Leise schloss er die Wandvertäfelung hinter sich.

»Ich denke, das Beste wäre, wenn Sie Miss Reynolds nach Hause fahren.« Jenner fuhr mit Finn im Fahrstuhl nach oben. Er war zwar immer noch über den Druck verärgert, den Finn auf ihn ausgeübt hatte, verdeckte das jedoch mit gelassener Würde. »Ich würde es begrüßen, wenn sie bei der erneuten Befragung ihrer Mitarbeiter nicht im Büro ist.«

»Sobald sie von Ihrem Vorhaben Wind bekommt, wird sie die ganze Zeit dableiben.« Erfreut darüber, dass die Ermittlungen Fortschritte zu machen schienen, lehnte sich Finn gegen die Wand der Fahrstuhlkabine. »Ich werde tun, was ich kann, um sie dazu zu bringen, uns nicht zu behindern, aber das ist auch alles, was ich anbieten kann. Deanna ist sehr loyal. Sie wird es nicht akzeptieren wollen, dass einer ihrer Mitarbeiter in die Sache verwickelt wird.«

»Vielleicht muss sie das aber.« Kaum waren die Türen aufgegangen, stand Jenner schon im Flur. »Wenn sie zu viel Krach schlägt, können wir ihr Personal auch mit auf die Wache nehmen. Daran wird sie wahrscheinlich noch weniger Gefallen finden.«

»Versuchen Sie es nur. Sie kennen sie nicht so wie ich, Lieutenant. Hallo, Cassie«, sagte er, als sie ins Vorzimmer kamen. »Ist Deanna drinnen?«

»Nein.« Verblüfft unterbrach sie das Zusammenstellen der Briefstapel, die sie auf ihrem Nachhauseweg zur Post bringen wollte. »Was machen Sie denn hier?«

»Cassie Drew?« Jenner neigte den Kopf. »Wir möchten Ihnen noch ein paar Fragen stellen. Können Sie wohl das übrige Personal von Miss Reynolds zusammentrommeln?«

»Ich … ich weiß nicht, wer überhaupt noch im Hause ist. Finn?«

»Rufen Sie doch einfach bei jedem durch«, schlug er vor. »Und suchen Sie mir Deanna, ja?« Er wollte sie jetzt möglichst schnell aus dem Büro entführen. Irgendein instinktives Gefühl sagte ihm, er solle sich beeilen, und Finn hatte vor, ihm Beachtung zu schenken. »Sagen Sie ihr, ich hätte Lust zu kochen.«

»Sie ist schon nach Hause. Sie ging direkt nach Ihrem Anruf.«

»Nach meinem Anruf?« Seine Unruhe wuchs. »Hat Deanna Ihnen erzählt, ich hätte angerufen?«

»Nein, Sie hatten ihr eine Nachricht über einen Termin hinterlassen, der dazu geführt habe, dass Sie früher als geplant nach Hause kommen. Die Nachricht traf während ihrer Anprobe ein, und sie verließ das Büro, sobald sie damit fertig war.«

Finn stieß die Tür zu Deannas Büro auf und warf einen kurzen, forschenden Blick hinein. »Haben Sie diese Nachricht entgegengenommen?«

»Nein, ich war mit ihr im Büro, als sie eintraf. Jeff nahm sie entgegen.«

Als Finn sich wieder zu ihr umdrehte, waren seine Augen wie blaues Eis. »Sagte er, dass er mit mir gesprochen habe?«

»Ja, ich glaube schon. Ist etwas nicht in Ordnung?« Allmählich trat Angst an die Stelle der Verwirrung. Cassies Blick schnellte von Jenner zu Finn und wieder zurück. »Ist etwas nicht in Ordnung mit Deanna?«

Anstatt zu antworten, griff Finn nach dem Telefon und tippte seine eigene Nummer ein. Zwei Wahltöne später hörte er, wie der Anrufbeantworter ansprang. Verbissen wartete er die Ansage ab. »Deanna? Nimm ab, wenn du da bist. Nimm den Hörer ab, verflucht.«

»Sie müsste jetzt zu Hause sein. Sie ist vor mehr als einer Stunde gegangen. Finn, was ist denn los?«

»Was hat Jeff ihr gesagt?«

»Dass Sie angerufen hätten, genau wie ich gesagt habe.«

»Warum sind Sie nicht ans Telefon gegangen?«

»Ich ...« Erschrocken und ohne so recht zu wissen, warum, legte sie eine Hand auf den Schreibtisch, um ihr Gleichgewicht zu bewahren. »Ich habe das Telefon nicht gehört. Ich habe es nicht gehört.«

»Wo ist Jeff?«

»Ich weiß nicht. Er ...«

Doch Finn rannte schon den Flur entlang. Er stürzte in einen Raum, in dem Simon und Margaret gerade in ein Gespräch vertieft waren. »He, Finn. Von Anklopfen hältst du wohl nichts mehr, wie?«

»Wo ist Jeff?«

»Er fühlte sich nicht gut und ist deshalb nach Hause gegangen.« Simon erhob sich vom Schreibtisch, als er sprach. »Worum geht es denn?«

»Finn.« Obwohl ihre Hände steif vor Kälte waren, zupfte Cassie an Finns Ärmel. »Ich habe Tim selber angerufen. Ich sprach mit ihm. Er traf sie unten an der Treppe.«

»Dann sehen Sie zu, dass Sie ihn erreichen. Jetzt.«

»Mr. Riley?« Jenner sprach ruhig, als Cassie davonstürmte, um Finns Anordnung zu befolgen. »Einer meiner Männer ist gerade auf dem Weg zu Ihrem Haus. Es ist sehr wahrscheinlich, dass Miss Reynolds den Anruf einfach nicht entgegengenommen hat. Das ist alles.«

»Was zum Teufel ist hier eigentlich los?«, wollte Simon wissen. »Was ist passiert?«

»Tim reagiert nicht auf seinen Piepser.« Cassie stand im Flur und hatte eine Hand am Hals. »Bei ihm zu Hause meldet sich nur der Anrufbeantworter.«

»Geben Sie mir die Adresse«, sagte Jenner energisch.

29

Mr. Riley, ich weiß, dass Sie empört sind, aber das hier werden Sie schon mir überlassen müssen.«

Jenner stand auf dem Bürgersteig vor Jeffs Haus in einem Vorort, und war sich bewusst, dass er Finn nur vorübergehend davon abhalten konnte, den Eingang zu stürmen.

»Sie ist dort drinnen. Ich weiß es.«

»Nichts gegen Ihre Instinkte, aber wir können das nicht mit Sicherheit sagen. Wir wissen nur, dass Jeff Hyatt eine Nachricht weitergab. Alles Weitere werden wir überprüfen«, erinnerte ihn Jenner. »Genauso wie wir den Fahrer, Tim O'Malley, überprüft haben.«

»Der nicht zu Hause war«, meinte Finn mit zusammengebissenen Zähnen und starrte dabei auf die Fenster hinter Jenner. »Der Firmenwagen war nicht an der üblichen Stelle geparkt. Und seit irgendwann am Nachmittag hat niemand O'Malley gesehen.« Sein immer noch eisiger Blick schnellte wie ein Schnappmesser zu Jenner zurück. »Also, wo zum Teufel ist Tim? Und wo zum Teufel steckt Deanna?«

»Genau das werden wir versuchen herauszufinden. Ich werde nicht meine Zeit damit vergeuden, Ihnen zu sagen, Sie sollten sich in Ihren Wagen setzen und nach Hause fahren, doch ich sage Ihnen, dass Sie mich das mit Hyatt machen lassen sollten.«

»Dann machen Sie es auch.«

Finns Stimme mochte kalt und sein Blick eisig gewesen sein,

aber Jenner entging nicht, dass er ein kleines Pulverfass vor sich hatte, das jeden Moment explodieren konnte. Wohlklingende Kirchenglocken ertönten, als Jenner auf die Klingel drückte. Auf der Matte unter seinen Füßen war die Aufschrift WILL-KOMMEN in Schwarz eingewebt. In der Mitte der Tür hing ein prächtiger Weihnachtskranz, der oben mit einer grellroten Schleife geschmückt war. Eine kleine bunte Lichterkette war sorgsam am Türrahmen befestigt. Jeff Hyatt schien sich bestens auf die Weihnachtsfeiertage vorbereitet zu haben.

Er hatte gewusst, dass sie kommen würden, und er war bereit. Bequem mit verschlissenem Pullover und ausgebeulter Trainingshose bekleidet, kam Jeff die Treppe herunter. Von seinem Schlafzimmerfenster aus hatte er beobachtet, wie sie ankamen. Er lächelte in sich hinein, als er vor der Tür stehen blieb. Das, dachte er, war jetzt der nächste Schritt, um Deanna zu befreien und sie an ihn zu binden.

Er zog die Tür auf. »Hallo, Finn.« Verwirrung trübte seinen Blick, als er seine Besucher anschaute. »Was gibt es?«

»Wo ist sie?« Finn betonte jede Silbe. In ihm war tatsächlich ein kleines Pulverfass, und nur das Wissen, dass eine Explosion auch für Deanna nachteilig werden könnte, verhinderte diese. »Ich will wissen, wo sie ist.«

»Hey.« Sein Grinsen schlug in Verwirrung um. Jeff starrte verständnislos auf Finn, dann auf Jenner. »Was ist denn los? Stimmt irgendetwas nicht?«

»Mr. Hyatt.« Jenner trat genau zwischen die beiden Männer. »Ich muss Ihnen einige Fragen stellen.«

»Okay.« Jeff rieb sich mit den Fingerspitzen die Schläfe. »Kein Problem. Wollen Sie hereinkommen?«

»Danke, Mr. Hyatt«, begann Jenner. »Haben Sie gegen drei Uhr nachmittags eine Nachricht an Miss Reynolds weitergegeben?«

»Ja. Warum?« Jeff zuckte zusammen und fuhr damit fort, seine Schläfe zu massieren. »Herrje, können wir uns nicht hinsetzen? Ich habe fürchterliche Kopfschmerzen.« Die Möbel im Wohnbereich waren auf dem direktesten Wege aus einem Katalog hierhergekommen. Gut zusammenpassende Tische und Stühle, Doppellampen und eine seelenlose praktische Sitzgarnitur, wie sie von phantasielosen Junggesellen oder Jungverheirateten mit schmalem Geldbeutel bevorzugt wird, füllten den Raum. Jeff war der Einzige, der sich setzte.

»Hast du ihr gesagt, dass ich anrief?«

»Klar doch.« Jeffs Lächeln war vorsichtig. Seine Augen waren wachsam. »Dein Mitarbeiter bat mich, Dee mitzuteilen, dass du diesen Termin hättest und planen würdest, früh nach Hause zu kommen.«

»Sie haben nicht mit Mr. Riley persönlich gesprochen?«, fragte Jenner.

»Nein, ich dachte, es wäre so eine Art Omen, dass der Anruf über mein Büro lief. Aber als ich ging, um Dee darüber zu informieren, sah ich, dass sie und Cassie beschäftigt waren. Dee war gerade dabei, ihr Hochzeitskleid anpassen zu lassen. Sie sah umwerfend aus.«

»Weshalb haben Sie das Büro so früh verlassen?«

»Wegen der Kopfschmerzen. Den ganzen Tag über bin ich sie nicht losgeworden. Das macht es einem schwer, sich zu konzentrieren und zuzuhören.« Offensichtlich ungeduldig und etwas durcheinander stand Jeff da. »Was soll das alles? Ist es etwa ein Verbrechen, eine telefonische Nachricht zu überbringen?«

»Um wie viel Uhr verließen Sie Ihr Büro?«

»Unmittelbar, nachdem ich mit Dee gesprochen hatte. Ich kam nach Hause ... Nun, zuerst war ich noch im Geschäft, wo ich ein paar starke Kopfschmerztabletten mitnahm. Ich dachte, wenn ich mich ein Weilchen aufs Ohr legen würde ...« Er

brachte den Satz nicht zu Ende. »Es ist etwas mit Dee passiert.«
Als ob seine Beine ihn nicht mehr tragen würden, ließ er sich
langsam wieder auf die Couch sinken. »O mein Gott. Ist sie
verletzt?«

»Seit sie das Büro verließ, ist sie nicht mehr gesehen worden«,
teilte Jenner ihm mit.

»O Gott! Haben Sie mit Tim gesprochen? Hat er sie nicht
nach Hause gefahren?«

»Wir sind nicht in der Lage herauszufinden, wo sich Mr.
O'Malley aufhält.«

Während er nach Luft rang, rieb Jeff sich mit den Händen
über das Gesicht. »Das war gar keine Nachricht von einem deiner Mitarbeiter, nicht wahr, Finn? Ich hatte keine Fragen gestellt. Ich habe ihm auch keine große Beachtung geschenkt.«
Seine Kinnlade zitterte, als er die Hände wieder fallen ließ,
und seine Augen waren durch ein Gefühl verdunkelt, das sich
als Furcht maskierte. »Ich hatte nur noch einen Gedanken im
Kopf: nach Hause zu fahren und ins Bett zu gehen. Ich sagte
nur, okay, ich werde es ihr sagen, und das habe ich dann gemacht.«

»Ich glaube dir nicht.« Finn bewegte keinen Muskel, doch die
Worten waren wie ein Ohrfeige für Jeff. »Du bist ein sehr genauer Mensch, Jeff. So beschreibt dich Deanna.« Die Minuten
verstrichen. »Wieso kommst du bei allem, was in letzter Zeit geschehen ist, auf die Idee, eine so unausgegorene Nachricht wie
diese weiterzuleiten?«

»Ich nahm eben an, sie war von dir«, gab Jeff zurück. Die
Art, wie Finn ihn musterte, als ob er ihm in den Kopf schauen
könnte und dort seine ganzen Geheimnisse aufspürte, machte
Jeff gereizt. »Welchen Grund hätte es denn gegeben, die Nachricht nicht weiterleiten zu sollen?«

»Es gibt doch auch bestimmt keinen Grund, etwas dagegen

zu haben, dass wir uns ein bisschen das Haus hier ansehen, oder?« Finn wandte sich an Jenner. »Und zwar von oben bis unten.«

»Soll das heißen, dass ich …« Jeff klappte seinen Mund zu und stieß sich von der Couch hoch. »Nur zu«, meinte er zu den beiden Männern. »Durchsucht jedes Zimmer. Schaut euch alles genau an. Ich will, dass ihr euch selbst ein Bild macht.«

»Wir begrüßen Ihre Kooperation, Mr. Hyatt. Am besten wäre, Sie würden einfach mit uns kommen, wenn wir uns hier umschauen.«

»Einverstanden.« Einen Augenblick stand Jeff einfach da und starrte Finn an. »Ich weiß, was du für sie empfindest, und ich nehme an, ich kann dich deswegen nicht verurteilen.«

Zu dritt gingen sie durch jedes Zimmer, durchsuchten die Kleider- und Küchenschränke, die Garage, in der Jeffs unauffällige Limousine stand. Die ganze Aktion dauerte keine zwanzig Minuten.

Finn nahm das aufgeräumte, nützliche Mobiliar wahr, die gut gebügelte, zweckmäßige Kleidung. Als Produktionsleiter einer der gefragtesten Sendungen stand Jeff finanziell ganz gut da. Für Finn war unübersehbar, dass Jeff todsicher keinen Cent für sich ausgab.

Für was sparte Jeff Hyatt sich sein ganzes Geld auf?

»Ich wünschte mir, sie wäre hier.« Als sie an der Bücherwand vorbeigingen, überkam Jeff kurz ein Gefühl diebischer Freude. »Dann wäre sie wenigstens in Sicherheit. Ich will ja gerne helfen und etwas tun. Wir könnten zum Beispiel mit der Presse loslegen und landesweit über die Sache berichten. Bis morgen früh könnten wir jeden im Land dazu bringen, nach ihr Ausschau zu halten. Ihr Gesicht ist ohnehin bekannt.« Mit einem flehenden Blick schaute er Finn an. »Irgendjemand muss sie dann doch sehen. Sie wird ja nicht irgendwo in einem Turm eingesperrt sein.«

»Wo auch immer sie versteckt wird …«, Finn schaute Jeff unablässig in die Augen, »… ich werde sie finden.«

Ohne sich noch einmal umzudrehen, marschierte Finn dann aus dem Haus. Sekunden später heulte der Motor seines Wagens auf.

»Ich kann ihm keinen Vorwurf machen«, murmelte Jeff. Er blickte zu Jenner. »Niemand könnte das.«

Hinter dem Polizisten schloss er sorgfältig ab. Als er die Treppe hochging, wurde sein Lächeln immer breiter. Vielleicht kamen sie ja wieder. Ein kleiner, grinsender Teil von ihm hoffte das sogar. Weil er sie dann direkt durch das ganze Haus führen würde, unmittelbar an dem Geheimzimmer vorbei, in dem seine Prinzessin schlief.

Sie würden sie niemals finden. Und irgendwann würden sie es aufgeben und wieder fortgehen. Und dann würden er und Deanna allein sein. Für immer.

Er schaltete den Fernseher in seinem Zimmer ein. Die Abendnachrichten interessierten ihn nicht. Er betätigte hinter dem Fernseher noch einen Schalter und machte es sich vor dem Bildschirm bequem, um Deanna zu beobachten.

Still wie eine Puppe schlief sie hinter dem Glas der Mattscheibe. Die Tränen, die Jeff jetzt weinte, waren nur noch Freudentränen.

Bei Finns Haus hatte Jenner ihn wieder eingeholt. Er verlor kein Wort über die Geschwindigkeitsbegrenzungen, die Finn ignoriert hatte. »Hyatt und O'Malley werden wir völlig durchleuchten. Warum gehen Sie als guter Reporter mit dieser Sache jetzt nicht auf Sendung?«

»Sie wird auf Sendung gehen.« Im frostigen Dezemberwind kämpfte Finn gegen die aufkommende Panik an. »Hyatt wirkte so unschuldig wie ein neugeborenes Lamm, nicht wahr?«

»Das stimmt.« Der Atem, den Jenner ausstieß, war in der kalten Luft deutlich als Wolke sichtbar. Drei Tage waren es noch, dann war Weihnachten. Er würde wirklich alles in seiner Macht Stehende tun, um sicherzugehen, dass es auch wirklich etwas zu feiern gab.

»Mit dem Haus hatte ich meine Probleme«, meinte Finn nach einer Weile.

»Inwiefern?«

»Nichts steht am falschen Platz. Nicht ein einziges schiefes Bild, nicht eine einzige Staubfluse. Bücher und Magazine waren aufgereiht wie Soldaten, alle Möbel geometrisch angeordnet. Alles auf Mitte, im rechten Winkel und wie abgeleckt.«

»Ich habe das auch bemerkt. Fast zwanghaft.«

»Und genau das macht mich stutzig. Jeff würde in das Muster passen.«

Jenner bestätigte das mit einem leichten Nicken. »Ein Mensch kann zwanghaft ordentlich sein, ohne deswegen zwanghaft mordlustig zu sein.«

»Wo war eigentlich der Weihnachtsbaum?«, murmelte Finn.

»Der Weihnachtsbaum?«

»Er hat den Kranz, er hat die Lichter. Aber keinen Baum. Man könnte annehmen, er hätte den Baum irgendwo anders.«

»Vielleicht gehört er zu jenen traditionsbewussten Menschen, die ihn bis zum Heiligabend nicht aufstellen.« Das Fehlen des Weihnachtsbaums war tatsächlich interessant.

»Noch etwas, Lieutenant. Er behauptet, er kam früh nach Hause, um sich hinzulegen. Das Bett in seinem Zimmer war das Einzige, was nicht aufgeräumt war. Das Kissen ein wenig zerknautscht, die Bettdecke zerwühlt. Wir haben ihn um sein Nickerchen gebracht.«

»Das hat er ja auch gesagt.«

»Warum hatte er dann seine Schuhe an?« Finns Augen funkelten im Dämmerlicht. »Die Schnürsenkel waren mit Doppelknoten gebunden. Ein solcher Pedant legt sich doch nicht mit Schuhen aufs Bett.«

Verdammt, er hatte diesen Hinweis tatsächlich übersehen, dachte Jenner. »Ich glaube, ich sagte es bereits, Mr. Riley, Ihnen entgeht wohl so leicht nichts.«

Zu Hause konnte er nicht bleiben. Nicht ohne sie. Finn tat das Einzige, was möglich schien. Er fuhr zurück zum Sender, mied allerdings die Nachrichtenredaktion. Er hätte es nicht ertragen können, Fragen zu beantworten oder Fragen gestellt zu bekommen, ging in sein Büro und braute sich einen starken Kaffee. In die erste Tasse kam noch ein ordentlicher Schuss Whiskey.

Er startete seinen Computer.

»Finn.« Fran stand in der Tür, ihr Gesicht war ganz fleckig, die Augen geschwollen und rot. Noch bevor er sich ganz erhoben hatte, stolperte sie einen Schritt nach vorne. »O Gott, Finn.«

Er strich ihr über die zitternden Schultern, obwohl er keine tröstenden Worte fand, die er ihr hätte sagen können. Im Moment war es lediglich Gewohnheit, tröstende Etikette, die niemandem etwas bedeutete.

»Ich musste Kelsey wegen ihrer Vorsorgeuntersuchung zum Kinderarzt fahren. Ich war nicht hier. Ich war nicht einmal hier.«

»Du hättest nichts ändern können.«

»Vielleicht ja doch.« Mit grimmigem Blick schob sie sich von ihm weg. »Wie bekam er sie nur zu fassen? Ich habe ein Dutzend verschiedener Geschichten gehört.«

»Da bist du bei mir an der richtigen Stelle. Wahrheit oder Genauigkeit, was von beiden willst du?«

»Beides.«

»Das eine ist nicht dasselbe wie das andere, Fran. Du bist jetzt lange genug im Geschäft. Genaues wissen wir nicht. Sie ging früh von der Arbeit, ging auf den Parkplatz, wo ihr Auto und ihr Fahrer warten sollten. Jetzt ist sie weg, und ihr Fahrer scheint sich ebenfalls in Luft aufgelöst zu haben.«

Sie mochte weder die kühle Kontrolle seiner Stimme noch das arbeitsame Surren des Computers. »Was ist denn die Wahrheit, Finn? Warum sagst du mir nicht, was die Wahrheit ist?«

»Die Wahrheit ist, dass wer auch immer ihr diese Briefe geschickt hat, wer auch immer Lew McNeil, Angela und Pike auf dem Gewissen hat, Deanna in seiner Gewalt hat. Sie haben eine Suchmeldung für sie, für O'Malley und für den Wagen draußen.«

»Tim war das bestimmt nicht. Er könnte das nicht tun.«

»Warum?« Das einzelne Wort war wie eine Kugel. »Weil du ihn kennst? Weil er Teil von Deannas großer Familie ist? Vergiss es. Natürlich hätte er das tun können.« Finn setzte sich hin, schlürfte seinen Kaffee. Wie ein samtener Blitz schoss der Schock von Koffein und Whiskey durch seine Adern. »Aber ich denke nicht, dass er es war. Bis er auftaucht, kann ich mir dessen aber nicht sicher sein. Wenn er wieder auftaucht.«

»Warum sollte er denn nicht mehr auftauchen?«, fragte Fran. »Er hat für Dee zwei Jahre gearbeitet und nicht einen einzigen Tag gefehlt.«

»Er war ja auch noch nie tot, nicht wahr?« Er fluchte auf sie und auf sich selbst, als ihr alles Blut aus dem Gesicht wich. Er stand auf, goss ihr einen Whiskey ein. »Tut mir leid, Fran. Ich bin im Moment nicht ganz bei Verstand.«

»Wie kannst du hier drin sitzen und solche Dinge sagen? Wie kannst du an Arbeit denken, wenn Dee irgendwo da draußen ist. Das ist nicht irgendeine internationale Krise, über die du berichtest, verdammt noch mal, wo du der standhafte, unerschütterliche Journalist bist. Hier geht es um Dee.«

Er vergrub seine unnützen Hände in den Hosentaschen. »Wenn irgendetwas wichtig und von ganz zentraler Bedeutung ist, wenn von der Antwort alles abhängt, sitzt du da, arbeitest du, denkst die Sache durch, berücksichtigst alle Umstände und entwirfst ein Szenario, das stimmt. Ich glaube, Jeff hat sie.«

»Jeff.« Fran erstickte fast an ihrem Whiskey. »Du bist verrückt. Jeff hat Dee verehrt, und er ist harmlos wie ein Baby. Er hat ihr nie wehgetan.«

»Darauf baue ich auch«, sagte er matt. »Das kannst du mir glauben. Ich brauche jetzt alles, was du von ihm hast, Fran. Persönliche Aufzeichnungen, Merkzettel, Akten. Ich brauche deine Eindrücke, deine Beobachtungen. Ich brauche dich, damit du mir hilfst.«

Sie sagte nichts, sah ihn nur prüfend an. Seine Augen waren alles andere als kalt, stellte sie fest. Sie glühten. Und dahinter verbarg sich seine Angst. »Gib mir zehn Minuten«, sagte sie, und ließ ihn allein.

Mit einem Berg von Akten und einer Kiste mit Disketten kam sie kurz darauf zurück. »Seine Arbeitskarte, Lebenslauf, Bewerbungsunterlagen, Lohnsteuerkarte.« Fran lächelte dünn. »Ich habe ihm sogar seinen Schreibtischkalender stibitzt. Er bewahrt sie von Jahr zu Jahr auf und hat alles abgeheftet.«

Pedantisch. Besessen. Obwohl es ihn schauderte, öffnete Finn die erste Diskette.

»Das ist seine persönliche Akte von der CBC. Ich hoffe, es macht dir nichts aus, gegen das Gesetz zu verstoßen.«

»Nicht die Bohne. Diese Bewerbung ist von April neunundachtzig. Wann ging Dee bei der CBC auf Sendung?«

»Ungefähr einen Monat davor.« Fran griff nach dem Whiskey, um den Kloß im Hals zu lösen. »Das beweist gar nichts.«

»Nein, aber es ist eine Tatsache.« Und auf der ließ sich alles Weitere aufbauen. »Er hatte damals dieselbe Adresse wie heute. Wie konnte er sich ein solches Haus leisten, wenn er als Laufbursche beim Rundfunk gearbeitet hatte?«

»Er hat es geerbt. Sein Onkel hinterließ es ihm. Finn, ich musste Dees Familie anrufen.« Sie drückte eine Hand an ihren Mund. »Sie nehmen die erste Maschine.«

»Tut mir leid.« Er starrte auf den Bildschirm. Familien. Er hatte nie eine Familie gehabt; es gab keinen Menschen, um den er sich hätte kümmern müssen. »Vielleicht hätte ich bei ihnen anrufen sollen.«

»Nein, so war das nicht gemeint. Ich dachte nur ... Ich weiß nicht, was ich ihnen sagen soll.«

»Sag ihnen, wir sind dabei, sie zurückzuholen. Das entspricht der Wahrheit. Fran, sieh mal nach, ob du den Tag in seinem Kalender findest, an dem Lew McNeil ermordet wurde. Das war im Februar zweiundneunzig.«

»Ja, ich erinnere mich.« Sie öffnete das Buch, blätterte die Seiten durch, überflog Jeffs ordentliche, präzise Notizen. »Wir haben an jenem Tag eine Sendung aufgezeichnet. Jeff führte die Regie. Ich erinnere mich noch daran, weil wir Schnee hatten und alle befürchteten, dass wir nicht genug Publikum im Studio hätten.«

»Erinnerst du dich noch, ob er hereinkam?«

»Na klar, er war hier. Er fehlte doch nie. Sieht so aus, als hätte er um zehn Uhr ein Treffen mit Simon gehabt.«

»Die Zeit hätte ausgereicht«, murmelte Finn.

»Allmächtiger Gott, glaubst du wirklich, er hätte nach New York fliegen, Lew erschießen, wieder zurückkommen und ins Studio hineintanzen können, um Regie zu führen? Und das alles vor dem Mittagessen?«

Ja, dachte Finn kühl. O ja, das konnte er. »Tatsache ist: Lew wurde um sieben Uhr Central Time getötet. Zwischen Chicago und New York besteht ein Zeitunterschied von einer Stunde. Bleiben wir mal bei dieser Theorie. Er fliegt hin und zurück, chartert vielleicht sogar eine Maschine. Ich benötige seine Belege.«

»Seine persönlichen Sachen bewahrt er hier nicht auf.«

»Dann muss ich noch einmal zu seinem Haus. Du vergewisserst dich, ob er morgen früh kommt. Und wenn er kommt, dann sorg dafür, dass er auch bleibt.«

Sie stand auf und goss Kaffee in ihren Whiskey. »Alles klar. Was noch?«

»Schauen wir mal, was wir sonst noch finden können.«

Sie hatte jegliches Zeitgefühl verloren. In der klaustrophobischen Welt, die Jeff für sie geschaffen hatte, war es bedeutungslos, ob gerade Tag oder Nacht war. Die Droge hatte ein wattiges Gefühl in ihrem Kopf zurückgelassen und sie hatte ein flaues Gefühl im Magen, doch sie aß das Frühstück, das er für sie dagelassen hatte. Den glatten weißen Umschlag, den er für sie auf ihr Tablett gelegt hatte, öffnete sie nicht.

Für eine unbestimmte Zeit widmete sie sich dem schweißtreibenden Unterfangen, in der Wand eine Öffnung zu finden. Mit einem Löffel hatte sie herumgestochert, bis ihre Finger sich verkrampften und zu nichts mehr zu gebrauchen waren. Sie hatte nichts erreicht, außer die vorher makellose Tapete verschandelt zu haben.

Deanna war sich nicht sicher, ob er gegangen war, oder wie lange sie allein gewesen war. Als ihr plötzlich der Fernseher einfiel, stürzte sie sich wie eine Katze auf die Fernbedienung.

Es ist noch Morgen, dachte sie, und während ihr die Tränen in die Augen stiegen, schaltete sie die Kanäle durch. Wie leicht war es, sein Leben anhand des vertrauten Programmablaufs des

Tagesfernsehers zeitlich auszurichten. Das heitere Lachen in einer bekannten Quizsendung empfand sie als spöttisch und zugleich wohltuend.

Während ihrer eigenen Show hatte sie geschlafen, stellte sie fest, und unterdrückte ein bitteres Lachen.

Wo war Finn? Was machte er gerade? Wo suchte er sie?

Mechanisch stand sie auf und ging ins Badezimmer. Obwohl sie bereits einmal nachgeschaut hatte, wiederholte sie die Prozedur, sich auf den Wannenrand zu stellen, auf den Toilettendeckel zu steigen und nach versteckten Kameras zu suchen.

Sie hatte keine andere Wahl. Sie musste Jeffs Aussage vertrauen, dass er ihr in diesem Raum nicht nachspionierte. Sie schob die Tür zu und versuchte, nicht weiter über das Fehlen eines Schlosses nachzudenken. Dann zog sie sich aus.

Sie verkniff sich die Furcht davor, dass er hereinkommen würde, wenn sie am verwundbarsten war. Sie brauchte jetzt den kalten, erfrischenden Strahl, der ihr half, einen klaren Kopf zu bekommen. Kräftig schrubbte sie sich ab, sammelte ihre Gedanken, während sie sich einseifte und abspülte und wieder einseifte und abspülte.

Er hatte wirklich an alles gedacht, hatte ihre Shampoo-, Puder- und Crememarken besorgt. Sie benutzte sie alle. Die alltäglichen, gewohnten Aktivitäten spendeten ihr etwas Trost. In ein Badetuch gewickelt, ging sie zurück ins Schlafzimmer, um die Schubladen durchzugehen.

Sie wählte Pullover und Hose. Genau das würde sie anziehen, wenn sie sich einen Tag lang bei sich zu Hause entspannen würde. Den Schauder ignorierend, der sie kurz überkam, trug sie die Kleidung und die Spitzenunterwäsche, die er für sie besorgt hatte, ins Bad.

Als sie sich angezogen hatte, begann sie im Zimmer auf und ab zu laufen, und während sie das tat, begann sie zu planen.

Finn parkte seinen Wagen einen halben Häuserblock entfernt und ging dann zu Fuß zu dem Haus zurück, in dem Jeff wohnte. Da er gerade noch über das Autotelefon mit Fran gesprochen hatte, wusste er, dass Jeff im Büro war, und machte sich nicht die Mühe, an die Tür zu klopfen.

Fran hatte Jeffs unterster Schreibtischschublade den Ersatzschlüsselbund entnommen, und mit diesem schloss Finn jetzt die drei Schlösser auf, mit denen die Vordertür gesichert war. Für ein ruhiges Viertel wie dieses fast ein wenig übertrieben, dachte er. Als er im Haus war, schloss er vorsichtshalber wieder ab.

Er ging zunächst nach oben, verkniff sich den Drang, wie ein Wilder in Jeffs Schreibtisch und seinen Akten herumzuwühlen, und durchsuchte stattdessen akribisch jede Schublade und jedes Schriftstück, wobei sein Reporterauge auf jedes noch so kleine Detail achtete. Er suchte irgendeinen Beleg dafür, dass Jeff an dem Tag, an dem Lew ermordet worden war, nach New York und wieder zurück gereist war.

Seinen Instinkt als Reporter mochte die Polizei ja vielleicht noch ignorieren, hatte er jedoch Fakten, sah das schon ganz anders aus. Und sobald sie Jeff erst einmal verhaftet hatten, würden sie ihm Deannas Aufenthaltsort schon entlocken können. Außerdem achtete er auf irgendwelche Hinweise auf andere Häuser, Zimmer oder Wohnungen, die Jeff gehörten. Vielleicht hielt er Deanna ja dort fest.

Dass Deanna tot sein könnte, wollte er nicht glauben.

Bisher waren alle Opfer immer an öffentlichen Plätzen ermordet worden.

Er schloss die letzte Schreibtischschublade wieder und ging zu den Akten über.

Als er auch diese durchgesehen hatte, waren seine Handflächen nass. Sich sein Gefühl der Verzweiflung verbeißend, kam er aus dem Büro in Jeffs Schlafzimmer. Nichts hatte er gefunden, absolut nichts, außer dem Beweis, dass Jeff Hyatt ein organisierter und ergebener Arbeitnehmer war, der im Rahmen seiner Möglichkeiten friedlich und gut lebte, fast zu gut.

Während Finn das Schlafzimmer durchsuchte, lief Deanna ein Stockwerk unter ihm auf und ab. Sie wusste, sie hatte nur eine einzige Chance, und ein Scheitern wäre mehr als riskant. Es könnte tödlich sein.

Oben im Zimmer sah Finn endlose Reihen von Videokassetten durch. Dieser Mann war kein Fan mehr, er war ein Fanatiker. Die sauber beschrifteten Aufkleber kennzeichneten Videos mit Fernsehserien, Spielfilmen und Nachrichtenereignissen. Über einhundert schwarze Kassetten säumten die Wand neben dem Fernseher. Mit einer Hand jonglierte Finn dabei mit der Fernbedienung. Wenn er nach der Durchsuchung des Hauses noch die Zeit hatte, sich ein paar Videos anzuschauen, würde er einige überfliegen und nachschauen, ob sie noch persönlicheres Material über Jeff enthielten.

Er legte die Fernbedienung beiseite und war nur einen Knopfdruck davon entfernt, Deanna live auf den Bildschirm zu bekommen. Dann wandte er sich dem Kleiderschrank zu.

Der Geruch von Mottenkugeln, der Geruch einer alten Frau, kitzelte in seiner Nase. Die Hosen hingen gerade und genau ausgerichtet nach unten, Jacken schmückten gepolsterte Bügel, Schuhspanner hielten die Schuhe in Form. Das Fotoalbum, das er auf dem Regal fand, enthielt nur die Schnappschüsse eines älteren Mannes, der darauf manchmal allein und manchmal mit Jeff an seiner Seite zu sehen war, und immer ein ausgesprochen finsteres und angespanntes Gesicht machte. Neben jedem Foto standen sorgfältige Notizen.

Onkel Matthew an seinem fünfundsiebzigsten Geburtstag. Juni 1983. Onkel Matthew und Jeff, Ostern 1983. Onkel Matthew, November 1988.

Ansonsten war in dem Album niemand zu sehen. Nur ein Mann, jung, ein wenig dünn, und sein Onkel mit dem gepanzerten Gesicht. Nie war ein junges Mädchen oder ein lachendes Kind oder ein herumtollendes Haustier zu sehen.

Das Buch in seinen Händen fühlte sich ungesund und krank an. Finn schob es ins Regal zurück und achtete darauf, die Ecken genau auszurichten.

Alles kleine Einzelheiten, dachte er grimmig.

In der obersten Schublade des Kleiderschranks befand sich die Unterwäsche. Alles schneeweiße Boxershorts, gebügelt und gefaltet. Darunter war nur noch glattes weißes Papier, das einen leichten Fliederduft verströmte.

Der ist ja fast noch schlimmer als der Geruch der Mottenkugeln, dachte Finn und ging zur nächsten Schublade über.

Keines der üblichen Verstecke war genutzt. Er fand keine Papiere, keine Päckchen, die mit Heftpflaster an die Unterseite oder den Rücken der Schubladen geklebt waren, keine Wertsachen in den Zehenräumen der Schuhe. In der Nachttischschublade lag eine aktuelle Fernsehzeitung mit ausgewählten gelb markierten Programmen. Ein Block, ein gespitzter Bleistift und ein zusätzliches Taschentuch lagen daneben.

Annähernd eine Stunde hatte er sich jetzt im Haus aufgehalten, als er endlich Erfolg hatte. Unter dem Kissen fand er das Tagebuch. Es war in glänzendes Leder gebunden und abgeschlossen. Finn suchte gerade in seiner Tasche nach seinem Taschenmesser, als er das Rasseln eines Schlüssels im Schloss vernahm.

»Verdammt, Fran.« Er blickte zum Schrank, dann machte er einen Schritt nach vorne auf die Schlafzimmertür zu. Er würde dem Feind lieber offen gegenübertreten, als sich in dieses demütigende Versteck zu begeben. Jeff lief den Flur entlang und pfiff auf dem Weg zur Küche leise vor sich hin.

»Scheint alles gar nicht so schlecht zu laufen, nicht wahr? Du Scheißkerl!«, murmelte Finn flüsternd und schlich sich zur Treppe.

Er konnte es nicht erwarten, sie zu sehen. Jeff wusste, dass er ein Risiko auf sich genommen hatte, als er das Büro verließ, obwohl Fran so sehr darauf gedrängt hatte, dass er blieb. Doch dann war er ihr entschlüpft und brannte darauf, nach Hause zu kommen, zu Deanna. Das Büro ist in Aufruhr, dachte er. Arbeiten konnte dort ohnehin niemand, und er konnte jederzeit behaupten, dass er sich zurückziehen musste. Niemand würde ihn deswegen verurteilen.

Jeff goss sich ein Glas Milch ein, arrangierte extrafeine Teeplätzchen auf einem Porzellanteller und stellte alles zusammen mit einer weiteren einzelnen Rose auf ein Tablett.

Jetzt müsste sie ausgeruht sein, dessen war er sich sicher. Sie würde sich bestimmt auch besser fühlen, das Zimmer war jetzt schon mehr ihr Zuhause. Und bald, sehr bald würde sie sehen, wie gut er für sie sorgen konnte.

Oben an der Treppe wartete Finn. Er hörte Jeff pfeifen und das Geräusch aneinanderklingelnden Geschirrs. Er hörte seine Schritte, ein leises Klicken und wenige Augenblicke später ein weiteres Klicken.

Dann war alles still.

Wohin ist der Kerl gegangen? fragte er sich. Leise huschte er die Treppe hinunter und glitt dann wie ein Schatten von Zimmer zu Zimmer. Als er in die Küche kam, war er völlig verwirrt. Er sah die Schachtel mit dem Gebäck, roch den süßen Duft der Glasur, aber der Mann hatte sich einfach in Luft aufgelöst.

»Du siehst wunderschön aus.« In der Sicherheit des schalldichten Raumes lächelte er Deanna scheu an. »Gefallen dir die Kleider?«

»Sie sind sehr schön.« Sie bemühte sich zurückzulächeln. »Ich habe geduscht. Ich kann gar nicht glauben, dass du dir so viel Mühe gegeben hast, mir alle meine Lieblingsmarken zu besorgen.«

»Hast du die Handtücher entdeckt? Ich habe sie mit deinen Initialen versehen.«

»Ich weiß.« Ihr drehte sich der Magen um. »Das war sehr lieb von dir, Jeff. Plätzchen?«

»Das sind die, die du am liebsten magst.«

»Ja, das stimmt.« Während sie ihn beobachtete und damit kämpfte, nicht mit den Zähnen zu knirschen, ging sie zu ihm hinüber. Während sie ein Plätzchen nahm und zaghaft hineinbiss, sah sie ihn die ganze Zeit an. »Wundervoll.« Sie leckte an einem Krümel und sah, wie sich sein Blick auf ihren Mund senkte. »Du bist lange weg gewesen.«

»Ich kam zurück, sobald ich konnte. Nächste Woche werde ich meine Kündigung einreichen. Ich habe eine Menge Geld auf die hohe Kante gelegt, und mein Onkel hat investiert. Ich will dich nie wieder verlassen müssen.«

»Es ist so einsam hier. So ganz allein.« Sie saß auf der Bettkante. »Du bleibst jetzt bei mir, nicht wahr?«

»So lange du willst.«

»Setz dich zu mir.« Mit einer unaufdringlichen Einladung berührte sie neben sich das Bett. »Ich denke, wenn du mir jetzt alles erklärst, kann ich es verstehen.«

Seine Hände zitterten, als er das Tablett absetzte. »Du bist nicht mehr wütend?«

»Nein, ich habe nur immer noch ein wenig Angst. Hier eingesperrt zu sein, macht mir einfach Angst.«

»Das tut mir leid.« Behutsam setzte er sich neben sie und achtete darauf, dass er immer ein paar Zentimeter von ihr entfernt blieb. »Eines Tages wird das anders sein.«

»Jeff.« Sie nahm Kontakt mit ihm auf, indem sie ihre Hand über seine Hand legte. »Warum hast du dich entschieden, das hier zu tun? Wie wusstest du, dass jetzt der richtige Zeitpunkt dafür ist?«

»Ich wusste, dass es bald sein musste, auf jeden Fall vor der Hochzeit. Als ich gestern hereinkam und dich in deinem Hochzeitskleid sah ... Ich konnte da nicht länger warten. Es war wie ein Signal. Du warst so wunderschön, Dee.«

»Aber das war doch fürchterlich riskant. Tim wartete unten auf der Treppe.«

»Das war ich. Ich habe dort gewartet, habe einfach seinen Hut, seinen Mantel und seine Sonnenbrille angezogen. Tim musste ich dafür allerdings aus dem Weg räumen.«

»Wie?« Als er den Blick senkte und auf ihre miteinander verbundenen Hände blickte, hatte sie das Gefühl, ihr Herzschlag würde aussetzen. »Jeff, ist Tim tot?«

»Bei ihm habe ich es nicht so gemacht wie bei den anderen.« Gespannt und ein wenig besorgt schaute er zu ihr hinüber. Seine Augen waren hoffnungsvoll wie die eines Kindes. »Bei ihm nicht. Tim hat dir nicht wehgetan. Aber ich musste ihn aus dem Weg räumen, und es musste schnell gehen. Ich mochte ihn. Daher war ich sehr schnell. Er hat überhaupt nicht gelitten. Hinterher habe ich ihn in den Kofferraum des Wagens gelegt, und nachdem ich dich hierhergebracht hatte, fuhr ich den Wagen auf einen Parkplatz in der Innenstadt, ließ ihn dort stehen und kam wieder nach Hause, um mit dir zusammen zu sein.« Der Ausdruck auf seinem Gesicht fiel in sich zusammen, als sie ihres von ihm abwandte. »Das musst du verstehen, Deanna.«

»Ich versuche es.« *O Gott, Tim!* »Finn hast du nichts angetan, oder?«

»Ich habe dir versprochen, ihm nichts zu tun. Er hatte dich die ganze Zeit über, und ich habe gewartet.«

»Ich weiß, ich weiß.« Instinktiv versuchte sie, ihn zu besänftigen. »Sie suchen mich, nicht wahr?«

»Sie werden dich nicht finden.«

»Aber sie suchen nach mir.«

»Ja.« Seine Stimme wurde lauter, als er sich vom Bett erhob. Bis jetzt war alles perfekt gelaufen, erinnerte er sich. Einfach perfekt. Aber er hatte das Gefühl, am Rand einer Klippe zu stehen, deren unteren Teil er nicht sehen konnte. »Und sie werden suchen und suchen. Und irgendwann hören sie mit der Suche auf, und keiner wird uns mehr stören. Keiner.«

»Ist schon gut.« Auch sie stand auf, obwohl ihr die Beine zitterten. »Du weißt ja, wie neugierig ich bin. Ich muss immerzu Fragen stellen.«

»Du wirst es nicht vermissen, nicht mehr im Fernsehen zu sein, Dee.« Er wischte sich mit dem Ärmel eine Träne weg. »Dein bestes Publikum bin ich. Ich kann dir stundenlang zuhören, und das tue ich auch. Jetzt muss ich mir kein Video mehr anschauen, jetzt kann alles Wirklichkeit werden.«

»Du willst, dass es Wirklichkeit wird, nicht wahr?«

»Mehr als alles andere.«

Ihr Herz hämmerte gegen ihre Rippen, als sie eine Hand ausstreckte und seine Wange streichelte. »Und du willst mich.«

»Du bist alles, was ich jemals gewollt habe.« Das Gesicht unter ihrer Handfläche zuckte. »Diese ganzen Jahre hindurch warst du immer alles, was ich jemals gewollt habe. Nie war ich mit einer anderen Frau zusammen, nicht so wie Pike, nicht so wie Riley. Ich habe auf dich gewartet.«

Sie wünschte sich, ihr Herz ein wenig härter machen zu können, aber ein Teil von ihr weinte um ihn. »Du willst mich berühren.« All ihre Kraft zusammennehmend, nahm sie seine Hand und legte sie auf ihre Brust. »So, nicht wahr?«

»Du bist so weich. So weich.« Die Hand an ihr zitterte, als seine Finger begannen, ihre Brust zu liebkosen. Es war bemitleidenswert und erschreckend zugleich.

»Wenn ich dir erlaube, mich so anzufassen wie du gerne möchtest, lässt du mich dann hier heraus?«

Als hätte er sich an ihr verbrannt, zuckte er von ihr zurück. Das Gefühl bitteren Verrats stieg in ihm hoch. »Du versuchst, mich reinzulegen.«

»Nein, Jeff.« Es ist in Ordnung, dass meine Verzweiflung sichtbar wird, sagte sie sich. Lass ihn nur meine Schwäche sehen. »Ich bin nicht gerne eingesperrt. Es macht mir Angst. Ich will auch nur für ein paar Minuten nach draußen und ein wenig frische Luft schnappen. Du willst doch, dass ich glücklich bin, nicht wahr?«

»Das wird noch eine Weile dauern, bis du nach draußen kannst.« Sein Mund wurde zu einem störrischen Strich. »Du bist noch nicht so weit.«

»Du weißt doch, wie wichtig es für mich ist, immer etwas zu tun zu haben, Jeff.« Sie kam einen Schritt auf ihn zu, schaute ihm dabei bewusst die ganze Zeit in die Augen. Als sie ihre Arme an seiner Brust nach oben gleiten ließ, trübte sich sein Blick. »Hier eine Stunde nach der anderen herumzusitzen, bringt mich völlig durcheinander. Ich weiß, wie viel du für mich getan hast.« Und dann – endlich – spürte sie die Spritze in seiner Jackentasche. »Ich weiß, du willst, dass wir zusammen sind.«

»Wir sind zusammen.« Er legte seine unsichere Hand wieder auf ihre Brust. »Wir werden immer zusammen sein.«

Er senkte seinen Kopf, um sie zu küssen. Ohne dass er es merkte, ließ sie die Spritze aus seiner Tasche gleiten.

»Deanna«, murmelte er.

Ihr heftiges Einatmen verriet sie. Sie drehte sich herum und bemühte sich verzweifelt, die Nadel in seinen Körper zu stechen, doch da gingen sie bereits miteinander ringend zu Boden.

Seine Suche nach Jeff hatte Finn wieder zu der Bücherwand zurückgebracht. Jetzt hatte er gesehen, was ihm und Jenner bei ihrer ersten Suche entgangen war. Die Abmessungen, dachte er, und sein Mund wurde ganz trocken. Die Abmessungen stimmten nicht. Die Bücherwand konnte keine Endwand sein. Das war unmöglich.

Er wurde sich bewusst, dass Deanna in dem Raum dahinter war, und zwar nicht allein. Voller Panik stellte er sich vor, wie er sich gegen die Regale warf. Sein Körper zitterte, weil er sich nur mit großer Mühe davon abhalten konnte, es tatsächlich zu tun. Doch auf diese Weise ging es nicht. Weiß Gott, was Jeff ihr in der Zeit antun würde, die Finn brauchte, um durch diese Wand zu brechen.

Sich mühsam wieder beruhigend, begann er, ganz methodisch nach einem Mechanismus zu suchen, der dazu gedacht war, die Bücherwand in Bewegung zu setzen.

Sie verlor den Kampf. Als er sich über sie rollte, spritzte ein wenig Flüssigkeit zwischen ihren Fingern hindurch. Ihr Kopf schlug heftig auf den Boden und sie schrie auf. Obwohl alles um sie herum verschwamm, konnte sie ihn über sich sehen. Tränen liefen ihm über sein verzerrtes Gesicht. Und sie wusste, dass er dazu fähig war, sie umzubringen, dass er nicht nur andere töten konnte, sondern jetzt auch sie.

»Du hast gelogen«, schrie er gequält und verzweifelt auf. »Du hast gelogen. Darum muss ich dich bestrafen. Ich muss es einfach tun.« Schluchzend legte er ihr seine Hände um die Kehle.

Mit den Fingernägeln zerkratzte sie sein Gesicht. Blut trat durch die Haut und lief ihm wie seine Tränen über die Wangen. Als er vor Schmerz aufheulte, wand sie sich unter ihm weg und kam frei. Ihre Finger strichen über die Spritze, als er nach ihrem Knöchel griff.

»Ich habe dich geliebt. Ich habe dich geliebt. Jetzt muss ich dir wehtun. Das ist der einzige Weg, auf dem du begreifen wirst. Und es ist nur zu unserem Guten. Das hat auch Onkel Matthew immer gesagt. Es ist nur zu unserem Guten. Du wirst hier drinbleiben, wirst die ganze Zeit bei Wasser und Brot hier drinbleiben, bis du bereit bist, dich zu benehmen.« Er sang die Worte, als er Deanna wieder zum Bett zerrte. »Ich tue doch mein Bestes, und das tue ich nur für dich. Ich habe dir ein Dach über dem Kopf gegeben, dich mit Kleidern versorgt. Ist das jetzt dein Dank dafür? Du musst noch vieles lernen. Ich weiß das.«

Er schnappte sich ihre Hand, riss ihren Arm hoch.

In diesem Augenblick stieß sie ihm die Nadel in den Körper.

Finn hörte in der Ferne die Sirenen, aber sie waren bedeutungslos für ihn. Seine gesamte Konzentration war auf das vor ihm liegende Rätsel gerichtet. Es gab einen Weg hinein. Es gab immer einen Weg, und er würde ihn finden.

»Irgendwie muss es gehen«, murmelte er. »Dieser Scheißkerl ist doch nicht durch die Wände gegangen.« Seine Finger stießen gegen eine kleine Erhöhung. Er drehte daran, und lautlos öffnete sich die Wandverkleidung.

Mit der Spritze in der Hand stand Deanna neben dem Bett. Jeff, der mit glasigem Blick ihren Namen murmelte, kroch über die Matratze auf sie zu.

»Ich liebe dich, Deanna.« Seine Hand strich noch einmal gegen ihre, dann sackte er in sich zusammen.

»Mein Gott, Deanna!« Mit einem einzigen Satz war Finn bei ihr und nahm sie in die Arme.

Sie schwankte, ihre Finger lösten sich, die Spritze fiel auf den Boden. »Finn.« Sein Name brannte in ihrer übel zugerichteten Kehle und fühlte sich für sie an wie der Himmel auf Erden. Wie aus weiter, weiter Ferne hörte sie ihn fluchen, als ein Ruck durch ihren Körper ging und sie erbebte.

»Hat er dir etwas angetan? Sag, hat er dich verletzt?«

»Nein, nein. Er wollte sich nur um mich kümmern.« Sie vergrub ihr Gesicht an Finns Schulter. »Er wollte sich nur um mich kümmern.«

»Lass uns hier weggehen.« Er führte sie durch die Öffnung in der Wand nach draußen, dann den Flur entlang, schloss ungeduldig die Haustür auf.

»Ich bat ihn die ganze Zeit, er solle mich nach draußen lassen.« Sie sog die frische Luft in sich hinein, sie kam ihr vor wie Wein. »Er hat auf dich geschossen, Finn. Er war das. Und er hat Tim umgebracht.«

Sie fuhr zusammen, als sie das Kreischen der Bremsen hörte.

»Na, ihr beiden?« Jenner stieg nur wenige Sekunden vor den zwei anderen Polizisten aus dem Wagen. Nach dem panischen Anruf von Fran Myers hatte er alles andere erwartet, als hier auf Finn zu treffen, der mit Deanna in den Armen die Stufen vor dem Haus herunterkam. Der Anblick stellte ihn sehr zufrieden. »Da sind Sie ja doch wieder auf eigene Faust losgezogen, wie?«

»Einem Reporter kann man eben nicht trauen, Lieutenant.«

»Das denke ich auch. Schön Sie zu sehen, Miss Reynolds. Frohe Weihnachten.«

Deanna warf ihrem Spiegelbild einen prüfenden Blick zu. Die blauen Flecke an ihrem Hals waren verschwunden, der gehetzte Ausdruck in ihren Augen ebenfalls.

Ihr Herz jedoch war immer noch wund.

Joe hatte recht gehabt mit dem, was er ihr damals in ihrer Zeit als Reporterin immer gesagt hatte. Sie hatte viel zu viel Mitleid.

Doch im Moment konnte sie sich kein Mitleid leisten. In einer halben Stunde begann ihre Show.

»Hey.«

Sie blickte sich um, sah Finn. »Ein Hey zurück!«

»Hast du einen Moment Zeit?«

»Für dich habe ich mehr als nur einen Moment Zeit.« Sie drehte sich in ihrem Stuhl herum und hielt ihm ihre Hände hin. »Musst du nicht diesen Flug erwischen?«

»Ich habe am Flughafen angerufen. Mein Flug geht erst mit zwei Stunden Verspätung. Ich habe also noch etwas Zeit.«

Ein argwöhnisches Leuchten kam in ihre Augen. »Du wirst mir aber nicht den Flug verpassen, ja?«

»Ich weiß, ich weiß. Arbeit ist Arbeit. Ich fliege für eine außerplanmäßige Woche nach Rom.« Er beugte sich zu ihr hinab und gab ihr einen Kuss. »Ich dachte, ich hätte vielleicht die Zeit, es ein letztes Mal zu versuchen, dich dazu zu überreden, mitzukommen.«

»Auch ich muss hier meine Arbeit tun.«

»Die Leute von der Presse werden nur so über dich herfallen.«

Sie wölbte ihre Brauen. »Alles nur Versprechungen.« Sie kam von dem Sessel herunter und drehte sich einmal im Kreis. »Na, wie sehe ich aus?«

»Wie jemand, den ich nicht Tausende von Meilen von mir entfernt wissen will.« Er neigte ihr Kinn hoch und schaute ihr tief in die Augen. »Es tut immer noch weh, nicht wahr?«

»Es geht mir schon viel besser. Wir haben es überstanden, Finn.« Sie bemerkte, wie sein Gesichtsausdruck sich veränderte und härter wurde. »Nicht!«, meinte sie.

»Ich weiß nicht, wie lange noch ich dich immer wieder in diesem Raum vor mir sehe, sobald ich die Augen schließe. Das Wissen, dass du dort diese vielen Stunden verbracht hast und ich direkt an dir vorbeigegangen bin, ist kaum zu ertragen.« Er riss sie an sich. »Am liebsten würde ich ihn immer noch umbringen.«

»Er ist krank, Finn. Diese vielen Jahre, in denen er emotional missbraucht wurde, haben ihn krank gemacht. Er musste davor flüchten, und er hat das Fernsehen dazu genutzt. Und als er auf seinen toten Onkel stieß, bin ich aus dem Fernsehbildschirm auf ihn zugegangen und in sein Leben getreten.«

»Mir ist völlig egal, wie krank, wie mitleiderregend und wie verdreht dieser Kerl ist!« Finn zog sie zurück. »Mir ist es einfach nicht gegeben, ihm gegenüber dasselbe zu empfinden wie du. Für mich ist kaum auszuhalten, dass du dir auch noch dauernd selbst die Schuld an allem gibst.«

»Das tue ich aber nicht. Wirklich! Ich weiß, dass ich nichts von dem verschuldet habe, was er getan hat.« Und dennoch. Deanna musste an Tim denken, dessen Leiche im Kofferraum eines Wagens des Senders gefunden wurde. »Für ihn war ich nie real, Finn, nicht einmal die ganze Zeit über, in der wir zusammengearbeitet haben. Ich war nur ein Bild, eine Vision. Und für das, was er mit diesem verdrehten Bild gemacht hat, kann ich mir nicht die Schuld geben. Aber er kann mir trotzdem noch leidtun.«

»Dee.« Fran trat in die Tür, zwinkerte Finn zu. »In fünf Minuten wird der Star draußen auf der Bühne verlangt.«

»Der Star ist so weit.«

»Ich kann den Flug verschieben und stattdessen noch bis zur Pressekonferenz nach der Show bleiben«, schlug Finn vor.

»Mit Reportern werde ich schon fertig.« Sie gab Finn einen festen Kuss auf den Mund. »Da habe ich einiges an Erfahrung.«

»Willst du heiraten, Kansas?« Er legte seinen Arm um ihre Taille und führte sie auf den Flur und bis zum Studio.

»Und ob. Am dritten April. Sei auch da, ja?«

»Termine halte ich ein.« Er drehte sie zu sich herum. »Ich bin verrückt nach dir.« Finn zuckte zusammen. »Eigentlich keine gute Wortwahl.«

Sie war nicht überrascht, dass sie darüber lachen konnte. Im Moment vermochte sie ohnehin nichts zu überraschen. »Ruf mich aus Rom mal an, ja?« Marcie sprang auf Deanna zu, um ihren Lippenstift nachzuziehen. »Und vergiss nicht, du musst dich noch um die Blumen für die Kirche und den Empfang kümmern. Du hast die Liste, die ich dir gegeben habe?«

Hinter ihrem Rücken verdrehte er die Augen. »Welche denn?«

»Alle.«

»Nicht doch!« Marcie hob die Hand, um zu verhindern, dass Deanna sich für einen weiteren Kuss zu Finn hinüberbeugte. »Sie haben noch dreißig Sekunden, und ich will nicht, dass meine ganze Arbeit verschmiert ist.«

»Bleib bei Laune, Kansas! Bis bald!«

Deanna machte einen weiteren Schritt auf die Bühne zu. »Zum Teufel damit!« Sie wirbelte noch einmal herum, flog in Finns Arme und presste ungeachtet Marcies Aufstöhnen ihre Lippen auf Finns Mund. »Komm ganz schnell wieder zurück«, bat sie ihn, dann eilte sie zur Bühne und erwischte gerade noch ihr Stichwort.

Der Aufnahmeleiter zeigte mit dem Finger in ihre Richtung. Begleitet von tosendem Applaus, lächelte sie in das Glasauge der Kamera und glitt in Millionen Wohnzimmer.

»Guten Morgen. Schön, wieder da zu sein.«

Werkverzeichnis der im
Heyne und Diana Verlag
erschienenen Titel von
Nora Roberts

© Bruce Wilder

HEYNE

Die Autorin

Nora Roberts wurde 1950 in Silver Spring, Maryland, als einzige Tochter und jüngstes von fünf Kindern geboren. Ihre Ausbildung endete mit der Highschool in Silver Spring. Bis zur Geburt ihrer beiden Söhne Jason und Dan arbeitete sie als Sekretärin, anschließend war sie Hausfrau und Mutter. Anfang der Siebzigerjahre zog sie mit ihrem Mann und den beiden Kindern nach Maryland aufs Land. Sie begann mit dem Schreiben, als sie im Winter 1979 während eines Blizzards tagelang eingeschneit war. Nachdem Nora Roberts jedes im Haus vorhandene Buch gelesen hatte, schrieb sie selbst eins. 1981 wurde ihr erster Roman *Rote Rosen für Delia* (Originaltitel: *Irish Thoroughbred*) veröffentlicht, der sich rasch zu einem Bestseller entwickelte. Seitdem hat sie über 200 Romane geschrieben, von denen weltweit über 500 Millionen Exemplare verkauft wurden; ihre Bücher wurden in mehr als 30 Sprachen übersetzt. Sowohl die Romance Writers of America als auch die Romantic Times haben sie mit Preisen überschüttet; sie erhielt unter anderem den Rita Award, den Maggie Award und das Golden Leaf. Ihr Werk umfasst mehr als 195 New-York-Times-Bestseller, und 1986 wurde sie in die Romance Writers Hall of Fame aufgenommen.

Heute lebt die Bestsellerautorin mit ihrem Ehemann in Maryland.

E-Books

Alle Romane in diesem Werkverzeichnis sind auch als E-Book erhältlich.

Besuchen Sie Nora Roberts auf ihrer Website
www.noraroberts.com

1. Einzelbände

Licht in tiefer Nacht *(Come Sundown)*
So lange Bodine denken kann, liegt ein Schatten über dem Fami-
lienanwesen. Ihre Tante Alice lief mit achtzehn fort und wurde nie
wieder gesehen. Was niemand ahnt: Alice lebt. Nicht weit entfernt,
ist sie Teil einer Familie, die sie nicht selbst gewählt hat …

Dunkle Herzen *(Divine Evil)*
Eine New Yorker Bildhauerin erlebt in ihren Albträumen eine
»Schwarze Messe«, welche in ihrem Heimatort in Maryland
stattfindet. Sie erinnert sich an den grauenvollen Tod ihres Vaters
und entschließt sich zur Heimkehr in ihr Elternhaus. Dunkle
Mächte werden daraufhin wiedererweckt.

Erinnerung des Herzens *(Genuine Lies)*
Eine alleinerziehende Mutter und erfolgreiche Autorin soll für
eine Filmdiva die Memoiren verfassen. Sie erhält deshalb immer
häufiger Drohbriefe, je mehr sich die Diva in ihren brisanten
Informationen öffnet.

Gefährliche Verstrickung *(Sweet Revenge)*
Die schöne Adrianne führt ein Doppelleben: bei Tag elegante
Society-Lady, bei Nacht gefürchtete Juwelendiebin. Doch all ihre
Einbrüche sind bloß Fingerübungen für ihren größten Coup:
Sie will jenen Mann bestehlen, der einst ihrer Mutter das Leben
zur Hölle machte. Nur einer könnte ihre Pläne zunichtemachen:
Philip Chamberlain, Ex-Juwelendieb und Interpol-Agent …

Das Haus der Donna *(Homeport)*
Eine amerikanische Kunstexpertin wird zu einer wichtigen Ex-
pertise über eine Bronzefigur aus der Zeit der Medici nach Flo-

renz eingeladen, doch vorher wird sie überfallen und mit einem Messer bedroht. Die Echtheit der Figur und der Überfall stehen in einem gefährlichen Zusammenhang.

Im Sturm des Lebens *(The Villa)*

Teresa Giambelli legt die Führung ihrer Weinfirma in die Hände ihrer Enkelin Sophia und in die von Tyker, dem Enkelsohn ihres zweiten Mannes, beide charakterlich sehr unterschiedlich. Als vergiftete Weine der Firma auftauchen, erkennen beide, dass sie gemeinsam für ihre Familie und das Weingut kämpfen müssen.

Insel der Sehnsucht *(Sanctuary)*

Anonyme Fotos beunruhigen die Fotografin Jo Hathaway, und deshalb kommt sie nach Jahren zurück in ihr Elternhaus auf der Insel Desire. Dort findet sie ihren Vater und die Geschwister vor. Jo versucht herauszufinden, weshalb ihre Mutter vor langer Zeit verschwand.

Lilien im Sommerwind *(Carolina Moon)*

South Carolina. Tory Bodeen findet keine Ruhe, seit vor achtzehn Jahren ihre beste Schulfreundin Hope ermordet wurde. Heimlich stellt sie Nachforschungen an, unterstützt von Hopes Bruder. Sie stellen fest, dass Hope das erste Opfer einer Mordserie ist.

Nächtliches Schweigen *(Public Secrets)*

Der Sohn eines umjubelten Bandleaders wird entführt und dabei versehentlich getötet. Die Tochter Emma beobachtet die Untat, stürzt dabei und verliert jede Erinnerung an die Täter. Sie quält sich mit Vorwürfen und versucht mithilfe eines Polizeibeamten, ihr Gedächtnis wiederzuerlangen. Dadurch gerät sie in große Gefahr.

Rückkehr nach River's End *(River's End)*
Auf mörderische Weise verliert die kleine Livvy ihre Eltern, ein Hollywood-Traumpaar. Die Großeltern bieten ihr im friedlichen River's End eine neue Heimat. Jahre später kommen die Erinnerungen und damit die Gefahr, dass bedrohlicher Besuch eintreffen könnte.

Der Ruf der Wellen *(The Reef)*
Auf der Suche nach einem geheimnisumwitterten Amulett vor der Küste Australiens wird James Lassiter bei einem Tauchgang ermordet. Dessen Sohn Matthew und sein Onkel sind weiter auf der Suche, zusammen mit Ray Beaumont und dessen Tochter Tate, und entdecken ein spanisches Wrack.

Schatten über den Weiden *(True Betrayals)*
Nach der Trennung von ihrem Mann erhält Kelsey einen Brief von ihrer totgesagten Mutter. Diese widmet sich seit ihrer Entlassung aus dem Gefängnis der Pferdezucht in Virginia. Kelsey entdeckt dort ihre Wurzeln, verliebt sich, beginnt aber auch in der Vergangenheit ihrer Mutter zu forschen: Weshalb wurde ihr ein mysteriöser Mord zur Last gelegt?

Sehnsucht der Unschuldigen *(Carnal Innocence)*
Innocence am Mississippi ist für die Musikerin Caroline Waverly der richtige Ort der Erholung nach einer monatelangen Tournee mit Beziehungskonflikten. Tucker Longstreet, Erbe der größten Farm in Innocence, verliebt sich in Caroline. Drei Frauen werden innerhalb einiger Wochen ermordet, eine von ihnen war die ehemalige Geliebte von Tucker.

Die Tochter des Magiers *(Honest Illusions)*
Roxanne teilt das geerbte Talent für Magie mit Luke, einem früheren Straßenjungen, den ihr Vater, ein Zauberkünstler, einst auf-

nahm. Allerdings erleichtern sie Reiche auch um deren Juwelen. Sie werden Partner in der Zauberkunst und in der Liebe. Ein dunkler Punkt in Lukes Vergangenheit lässt ihn verschwinden – Jahre später taucht er wieder auf ...

Tödliche Liebe *(Private Scandals)*
Die erfolgreiche Fernsehmoderatorin Deanna Reynolds hat Glück im Beruf – und in der Liebe mit dem Reporter Finn Riley. Doch eine eifersüchtige Kollegin und anonyme Fanpost machen ihr das Leben schwer.

Träume wie Gold *(Hidden Riches)*
Philadelphia. Die Antiquitätenbesitzerin Dora Conroy kauft eine Reihe von Objekten und gerät damit ins Blickfeld von internationalen Schmugglern. Sie und der ehemalige Polizist Jed Skimmerhorn beginnen, Diebstähle und Todesfälle im Umkreis der geheimnisvollen Lieferung zu untersuchen.

Verborgene Gefühle *(Hot Ice)*
Manhattan. Auf der Flucht vor Gangstern landet der charmante Meisterdieb Douglas Lord im Luxusauto von Whitney. Dabei erfährt sie von Douglas' Plan, im Dschungel von Madagaskar einen sagenhaften Schatz zu suchen.

Verlorene Liebe *(Brazen Virtue)*
Zwei Schwestern. Während Grace unbekümmert alleine als Krimiautorin lebt, arbeitet Kathleen als Lehrerin an einer Klosterschule und verdient sich nebenbei Geld mit Telefonsex für den Scheidungsanwalt. Ein lebensgefährlicher Job, denn Grace findet Kathleen mit einem Telefonkabel erdrosselt.

Verlorene Seelen *(Sacred Sins)*
Washington. Blondinen sind die Opfer eines Frauenmörders, die Tatwaffe immer eine weiße Priesterstola. Mithilfe der Psychiaterin Tess Court versucht Police Sergeant Ben Paris, die Mordserie aufzuklären. Doch nicht nur er hat ein Auge auf Tess geworfen.

Der weite Himmel *(Montana Sky)*
Montana. Der steinreiche Farmer Jack Mercy verfügte in seinem Testament, dass seine drei Töchter aus drei Ehen erst dann ihren Erbteil erhalten, wenn sie ein Jahr lang friedlich zusammen auf der Farm verbringen. Sie versuchen es, doch in dieser Zeit geschehen auf der Farm mysteriöse Dinge.

Tödliche Flammen *(Blue Smoke)*
Reena Hale ist Brandermittlerin und kennt durch ein schlimmes Kindheitserlebnis die Macht des Feuers. Neben Bo Goodnight interessiert sich noch jemand sehr für sie – allerdings verfolgt dieser Unbekannte ihre Spur, um die Macht des Feuers für seinen Racheplan zu benützen.

Verschlungene Wege *(Angels Fall)*
Reece Gilmore ist auf der Flucht: vor der Erinnerung und vor sich selbst. Als sie sich endlich in einem Dorf in Wyoming dem einfühlsamen Schriftsteller Brody anvertraut, glaubt sie, zur Ruhe zu kommen. Doch die Vergangenheit holt sie bald ein.

Im Licht des Vergessens *(High Noon)*
Phoebe MacNamara kennt die Gefahr. Geiselnehmer, Amokläufer – kein Problem für die beim FBI ausgebildete Expertin für Ausnahmezustände. Aber erst die Liebe zu Duncan hat sie unverwundbar gemacht. Glaubt sie. Bis sie von einem Unbekannten brutal überfallen wird. Fortan muss sie um ihr Leben fürchten.

Lockruf der Gefahr *(Black Hills)*
Tierärztin Lilian führt auf ihrer Wildtierfarm in South Dakota ein erfülltes, aber auch abgeschiedenes Leben. Fast zu spät erkennt sie die Gefahr, der sie ausgesetzt ist, als ein Mann sie und ihre Familie bedroht. In letzter Minute nimmt sie die Hilfe ihrer Jugendliebe Cooper an. Kann er sie retten?

Die falsche Tochter *(Birthright)*
Als die Archäologin Callie Dunbrook an den Fundort eines fünftausend Jahre alten menschlichen Schädels gerufen wird, ahnt sie nicht, dass dieses Projekt auch ihre eigene Vergangenheit heraufbeschwören wird.

Sommerflammen *(Chasing Fire)*
Die Feuerspringerin Rowan kämpft jeden Sommer erfolgreich gegen die Brände in den Wäldern Montanas. Doch seit ihr Kollege dabei ums Leben kam, plagen sie Schuldgefühle. Hätte sie Jim retten können?

Gestohlene Träume *(Three Fates)*
Tia Marshs Leben gehört der Wissenschaft. Dass das Interesse für griechische Mythologie ihr einmal zum Verhängnis wird, ahnt sie nicht – bis sie Malachi Sullivan begegnet. Der attraktive Ire ist dem Geheimnis dreier Götterfiguren auf der Spur, und nicht nur er will die wertvollen Statuen um jeden Preis besitzen …

Das Geheimnis der Wellen *(Whiskey Beach)*
Eli Landon wird unschuldig des Mordes an seiner Frau verdächtigt. Im Anwesen seiner Familie an der rauen Küste Neuenglands sucht er Zuflucht. Auch seine hübsche Nachbarin, Abra Walsh, will dort ihre schmerzhaften Erinnerungen vergessen. Doch während sich die beiden näherkommen, holt sie die Vergangenheit ein.

Ein Leuchten im Sturm *(The Liar)*

Nach dem Unfall ihres Mannes erfährt Shelby, dass Richard ein Betrüger war. Der Mann, den sie geliebt hat, ist nicht nur tot – er hat niemals existiert. Shelby flüchtet mit ihrer Tochter zu ihrer Familie nach Tennessee, wo sie Griffin kennenlernt. Doch Richards Lügen folgen ihr und werden zur tödlichen Bedrohung.

Strömung des Lebens *(Under Currents)*

Von außen betrachtet ist das Leben der Bigelows perfekt. Doch hinter den Kulissen tyrannisiert der Vater seine Familie. Als Sohn Zane sich schließlich zur Wehr setzt, kommt das jahrelange Martyrium ans Licht. Fast zwanzig Jahre später findet die junge Landschaftsgärtnerin Darby McCray in Lakeview ein neues Zuhause. Auch Zane kehrt als erfolgreicher Anwalt in seinen Heimatort zurück. Die beiden fühlen sich sofort zueinander hingezogen, doch ihre aufblühende Liebe wird von der Vergangenheit überschattet. Was damals geschehen ist, holt die beiden wieder ein und wird zur gefährlichen Bedrohung …

Vermächtnis der Dunkelheit *(Legacy)*

Adriana erlebt in ihrer Kindheit Traumatisches, doch sie geht als starke Frau daraus hervor. Schon mit siebzehn gründet sie ein gefeiertes Fitnessunternehmen in New York. Alles scheint perfekt, bis Adriana ein Drohbrief erreicht, dem jedes Jahr ein weiterer folgen wird. Um Abstand zu gewinnen, beschließt sie, nach Traveler's Creek zurückzukehren, wo ihre Großeltern leben. Während Familie und Freunde zusammenrücken und alte Wunden heilen, kommt Adrianas Stalker immer näher. Aber diesmal ist sie bereit, sich zu verteidigen.

2. Zusammenhängende Titel

a) Quinn-Familiensaga

– Tief im Herzen *(Sea Swept)*
Maryland. Der Rennfahrer Cameron Quinn kehrt zurück in die Kleinstadtidylle an das Sterbebett seines Adoptivvaters. Dieser bittet ihn, sich mit den beiden Adoptivbrüdern um den zehnjährigen Seth zu kümmern. Er ist ein ebenso schwieriger Junge, wie es Cameron einst war. Hinzu kommt, dass sich die Sozialarbeiterin Anna Spinelli einmischt, um zu prüfen, ob in dem Männerhaushalt die Voraussetzungen für eine Adoption gegeben sind.

– Gezeiten der Liebe *(Rising Tides)*
Ethan Quinn übernimmt während der Abwesenheit seiner Brüder die Rolle des Familienoberhaupts. Seine Arbeit als Fischer und die Verantwortung für den zehnjährigen Seth binden ihn an die kleine Stadt. Außerdem liebt er Grace Monroe, eine alleinerziehende Mutter, welche den Haushalt der Quinns führt.

– Hafen der Träume *(Inner Harbour)*
Gemeinsam kämpfen die drei Quinn-Brüder um das Sorgerecht für Seth, denn sie wissen, dass Seths Mutter eher am Geld als an dem Jungen gelegen ist. Da kommt die Bestsellerautorin Sybill in die Stadt und will unbedingt verhindern, dass Seth von Philipp und seinen Brüdern adoptiert wird.

– Ufer der Hoffnung *(Chesapeake Blue)*
Seth Quinn hat sich durch die Fürsorge seiner älteren Brüder zu einem erfolgreichen Maler entwickelt. Als er aus Europa nach Maryland zurückkehrt, wird er von seiner leiblichen Mutter mit der Publikation seiner Kindheitsgeschichte erpresst. Seth lernt Drusilla kennen, welche sich auch nicht mehr mit ihrer leiblichen Familie identifizieren kann.

b) Die Garten-Eden-Trilogie

– Blüte der Tage *(Blue Dahlia)*

Tennessee. Die Witwe Stella Rothchild kehrt mit ihren kleinen Söhnen in ihre Heimat zurück. Die Gartenarchitektin beginnt, sich ein neues Leben in der Gärtnerei Harper aufzubauen, unterstützt von der Hausherrin Rosalind. Alles ist gut, bis Stella dem Landschaftsgärtner Logan Kitridge begegnet. Doch jemand will diese Verbindung verhindern.

– Dunkle Rosen *(Black Rose)*

Rosalind Harper hat sich in die Arbeit gestürzt, um den Tod ihres Mannes zu überwinden. Besonders der Gartenkunst widmet sie sich. Doch in dem harperschen Anwesen geht ein Geist um. Rosalind engagiert den Ahnenforscher Mitchell Carnegie, um zu erfahren, um welche übernatürlichen Kräfte es sich dabei handelt.

– Rote Lilien *(Red Lily)*

Hayley Phillips kommt mit ihrer neugeborenen Tochter Lily zu ihrer Cousine Rosalind Harper und findet dort ein neues Heim. Für Rosalinds Sohn Harper empfindet sie tiefe Gefühle, doch dann ergreift eine dunkle Macht von Hayley Besitz.

c) Die Jahreszeiten-Reihe

– Frühlingsträume *(Vision in White)*

Gemeinsam mit ihren Freundinnen Parker, Laurel und Emma betreibt Mac eine erfolgreiche Hochzeitsagentur. Sie lebt und arbeitet mit den drei wichtigsten Menschen in ihrem Leben – wozu braucht sie da noch einen Mann? Doch als Mac Carter trifft, gerät ihr so gut ausbalanciertes Leben ins Wanken.

– **Sommersehnsucht** *(Bed of Roses)*
Freundschaft und Liebe – das geht nicht zusammen. Zu dumm nur, dass sich Emmas langjähriger Freund Jack völlig überraschend als ihre große Liebe erweist. Nun steckt Emma in der Klemme, zumal sie weiß, wie sehr Jack an seiner Freiheit hängt.

– **Herbstmagie** *(Savor the Moment)*
Laurel verliebt sich in den smarten Staranwalt Del, den Bruder ihrer Freundin Parker. Er ist für sie die Liebe ihres Lebens, aber sieht der heiß begehrte Junggeselle das ebenso?

– **Winterwunder** *(Happy Ever After)*
Parker ist anscheinend mit ihrem Beruf verheiratet – bis Malcolm in ihr Leben tritt. Aber wie soll sie mit ihm eine Beziehung führen, wenn er sich weigert, über seine Vergangenheit zu sprechen?

d) Die O'Dwyer-Trilogie

– **Spuren der Hoffnung** *(Dark Witch)*
Iona verlässt Baltimore, um sich im sagenumwobenen County Mayo auf die Suche nach ihren Vorfahren zu machen. Als sie den attraktiven Boyle trifft, bietet er ihr an, auf seinem Gestüt zu arbeiten. Schnell spüren beide, dass sie mehr verbindet als die gemeinsame Leidenschaft für Pferde. Doch dann droht ein dunkles Familiengeheimnis das Glück der beiden zu zerstören.

– **Pfade der Sehnsucht** *(Shadow Spell)*
Ionas Cousin Connor O'Dwyer hat die Frau fürs Leben noch nicht gefunden, doch auf wundersame Weise fühlt er sich immer mehr zur leidenschaftlichen Meara hingezogen. Das Glück wird getrübt, als Cabhan, der alte Feind der Familie, Meara benutzt,

um sie alle zu vernichten. Hält der Kreis der Freunde dieser Herausforderung stand?

– Wege der Liebe *(Blood Magick)*

Branna und Fin waren schon mit siebzehn ein Paar, doch dann ist ihre Liebe zerbrochen. Branna liebt Fin zwar noch immer, sie fühlt sich aber von ihm verraten und misstraut ihm seither. Doch sie gehören beide zum magischen Kreis der Freunde und kämpfen gemeinsam gegen Cabhan, den unversöhnlichen Feind des O'Dwyer-Clans. Aber welche Rolle spielt Fin eigentlich in diesem Kampf? Ist er in die Machtspiele seines Vorfahren verwickelt, oder steht er aufseiten von Iona, Connor und Branna?

e) Die Schatten-Trilogie

– Schattenmond *(Year One)*

Lana und Max verbindet eine große und außergewöhnliche Liebe. Als eine weltweite Seuche ausbricht und New York innerhalb kürzester Zeit ins Chaos stürzt, fliehen sie aus der Stadt und gründen mit Gleichgesinnten die Gemeinschaft New Hope. Doch auch hier rückt die Gefahr dem Paar bedrohlich nahe. Lana setzt alles daran, dem Inferno zu entkommen, denn sie trägt inzwischen ein Kind unter dem Herzen, die »Auserwählte«, ihre zukünftige Tochter, die als Einzige in der Lage sein wird, dem Leid der Menschheit ein Ende zu setzen.

– Schattendämmerung *(Of Blood and Bone)*

Fallon trägt eine schwere Verantwortung: Sie wurde mit den Kräften geboren, die notwendig sind, um die postapokalyptische Welt vom Bösen zu befreien. Doch dafür muss sie ihrer geliebten Familie den Rücken kehren und von der kleinen Farmerstochter zur mutigen Kriegerin werden. Gleichzeitig tritt immer wieder Duncan in ihr Leben, mit dem sie etwas Tieferes verbindet, als sie sich eingestehen will. Um den dunklen Mächten und dem Mörder ihres leiblichen Vaters Einhalt zu gebieten, muss das junge Mädchen magische und nichtmagische Wesen zusammenbringen und Hinterhalt und Intrigen enttarnen, die die Gesellschaft noch vor der ersten Schlacht zu unterwandern drohen.

– Schattenhimmel *(The Rise of Magicks)*
Die erste Schlacht ist bereits geschlagen, doch der große Kampf um Gut und Böse steht noch bevor: Die junge Fallon führt ihre Armee nach Washington D.C., um die schwarze Magie aus der Welt zu verbannen. Sie ist die Auserwählte, die nach der Apokalypse die Welt wiederaufbauen und ihre Bewohner vereinen soll. Auf der jungen Frau liegt eine große Last, denn die Familie des Mörders ihres Vaters sinnt auf Rache an ihr und ihren Liebsten. Doch ihre große Mission fällt Fallon mittlerweile leichter als die Deutung ihrer Gefühle für Duncan, dessen Schicksal unlösbar mit ihrem verwoben ist.

3. Sammelbände

a) Die Unendlichkeit der Liebe

(Drei Romane in einem Band)

Auch als Einzeltitel erschienen:

– Heute und für immer *(Tonight and Always)*
Kasey gewinnt das Herz von Jordan und seiner Nichte Alison, aber jetzt fürchtet Großmutter Beatrice, dass sie die Macht über ihre Familie verliert.

– Eine Frage der Liebe *(A Matter of Choice)*
Ein Antiquitätenladen im Herzen Neuenglands. Ohne Jessicas Wissen dient er einer internationalen Schmugglerbande als Umschlagplatz für Diamanten. Zu ihrem Schutz reist der New Yorker Cop James Sladerman nach Connecticut, wo ihm Jessica die Ermittlungen aus der Hand nimmt.

– Der Anfang aller Dinge *(Endings and Beginnings)*
Die beiden erfolgreichen Fernsehjournalisten Olivia Carmichael und T.C. Thorpe sind erbitterte Konkurrenten im Kampf um die neuesten Meldungen. Sie kommen sich näher, doch da gibt es einen dunklen Punkt in Olivias Vergangenheit.

b) Königin des Lichts (A Little Fate)

(Drei Fantasy-Kurzromane in einem Band)

– Zauberin des Lichts *(The Witching Hour)*
Aurora muss den Königsthron zurückerobern, nachdem Lorcan ihre Eltern getötet und ihre Heimatstadt zerstört hat. Verkleidet gelangt sie an den Hof des Tyrannen. Dort trifft sie auf dessen Stiefsohn Thane und verliebt sich.

– Das Schloss der Rosen *(Winter Rose)*
Der schwer verletzte Prinz Kylar wird von Deidre, Königin der Rosenburg, auf welcher ewiger Winter herrscht, gerettet und gepflegt. Dafür will Kylar die Rosenburg von ihrem Fluch befreien.

– Die Dämonenjägerin *(World Apart)*
Kadra ist auf der Jagd nach den Bok-Dämonen. Dabei erfährt sie, dass sich der Dämonenkönig Sorak des Tors zu einer anderen Welt bemächtigt hat. Um beide Welten vor dem Untergang zu bewah-

ren, folgt sie Sorak dorthin. Sie landet mitten in New York, in der Wohnung von Harper Doyle. Sie braucht seine Hilfe.

c) Im Licht der Träume (A Little Magic)

(Drei Romane in einem Band)

– Verzaubert *(Spellbound)*

Der amerikanische Fotograf Calin Farrell begegnet im Schlaf der Hexe Bryna, welche ihn um Hilfe bittet, und wird dazu bewogen, nach Irland zu reisen, ins Land seiner Vorfahren. Dort kommt er dem Rätsel auf die Spur: Die Vorfahren von Calin und Bryna waren vor tausend Jahren ein Paar. Doch der Magier Alasdir hatte ihr Leben zerstört – und er versucht es aufs Neue.

– Für alle Ewigkeit *(Ever After)*

Allena aus Boston soll eigentlich ihrer Schwester in Irland helfen. Durch Zufall verbringt sie stattdessen einige Tage im Haus von Conal O'Neil. Die offenbar zufällige Begegnung scheint vom Schicksal vorbestimmt zu sein, denn die beiden fühlen sich stark zueinander hingezogen.

– Im Traum *(In Dreams)*

Die Amerikanerin Kayleen landet durch einen Sturm im Haus des Magiers Draidor. Kayleen verliebt sich sofort in Draidor, und er bereitet ihr einen im wahrsten Sinne des Wortes zauberhaften Aufenthalt.